Chuck Wendig

NACHSPIEL – LEBENSSCHULD.

AF201919

Chuck Wendig

NACHSPIEL – LEBENSSCHULD

Roman

Deutsch von Andreas Kasprzak
und Tobias Toneguzzo

blanvalet

Die amerikanische Originalausgabe erschien 2016
unter dem Titel »Star Wars™: Aftermath: Life Debt«
bei Del Rey/The Ballantine Publishing Group, Inc., New York.

Sollte diese Publikation Links auf Webseiten Dritter enthalten,
so übernehmen wir für deren Inhalte keine Haftung, da wir uns diese
nicht zu eigen machen, sondern lediglich auf deren Stand
zum Zeitpunkt der Erstveröffentlichung verweisen.

 Das Buch ist auch als E-Book erhältlich.

2. Auflage
Copyright der Originalausgabe
© 2016 by Lucasfilm Ltd. & TM where indicated.
»Kindred Spirits« copyright © 2015
by Lucasfilm Ltd. & TM where indicated.
All rights reserved.
Copyright der deutschsprachigen Ausgabe © 2017
by Blanvalet in der Verlagsgruppe Random House GmbH,
Neumarkter Str. 28, 81673 München
Redaktion: Rainer Michael Rahn
Umschlaggestaltung: Isabelle Hirtz, Inkcraft, nach einer Originalvorlage
Cover Art Copyright: © 2016 by Lucasfilm Ltd.
Jacket art and design: Scott Biel
JvN · Herstellung: sam
Satz: omnisatz GmbH, Berlin
Druck und Bindung: GGP Media GmbH, Pößneck
Printed in Germany
ISBN 978-3-7341-6105-6

Besuchen Sie uns auch auf:
www.facebook.com/blanvalet und
www.twitter.com/BlanvaletVerlag

www.blanvalet.de

Für alle, deren Herz höher schlägt,
wenn Han Solo auf der Leinwand,
dem Bildschirm oder der Buchseite auftaucht ...

**Es war einmal vor langer Zeit
in einer weit, weit entfernten Galaxis …**

Das Imperium versinkt im Chaos. Die alte Ordnung zerfällt, und die aufstrebende Neue Republik will den galaktischen Konflikt schnell beenden. Viele Mitglieder der imperialen Führung sind desertiert und hoffen, in den entlegensten Winkeln des bekannten Raumes ihrer gerechten Strafe zu entgehen.

Norra Wexley und ihre zusammengewürfelte Einheit sind auf der Suche nach diesen Deserteuren. Mehr und mehr Offiziere werden gefangen genommen und Planeten, die einst unter dem Joch des Imperiums litten, hoffen nun auf seine bessere Zukunft. Dabei ist keine Hoffnung größer als die der Wookiees von Kashyyyk. Zwei Helden der Rebellion, Han Solo und Chewbacca, haben ein Team von Schmugglern und Schurken zusammengestellt, um Kashyyyk ein für alle Mal von den imperialen Sklavenhaltern zu befreien.

Unterdessen bereiten die übrig gebliebenen Imperialen – nunmehr unter der Führung von Großadmiral Rae Sloane und ihrem mächtigen, rätselhaften Berater – einen schrecklichen Gegenschlag vor. Sollten sie Erfolg haben, würde die Neue Republik eine vernichtende Niederlage erleiden, und die Galaxis würde in dieser Zeit größter Not von Anarchie verschlungen werden …

Auftakt
Jakku, vor dreißig Jahren

Der Junge rennt, und seine Schritte hallen über den harten, unnachgiebigen Boden. Er hat keine Schuhe an den Füßen; diese sind mit zerlumpten Stofffetzen umwickelt – die gleichen benutzt Mersa Topol, um die Wunden der Bergbauarbeiter und Schrottsammler zu behandeln, die sich auf der Suche nach Hilfe an die Krankenschwester der Anachoreten wenden. Entsprechend hart ist der Boden unter seinen Füßen; er beißt durch die Stoffbänder, schürft seine Haut ab. Doch der Junge blutet nicht, seine Füße sind widerstandsfähig, auch wenn viele ihn für einen Schwächling halten.

Jeder Schritt wirbelt Staubwolken auf. Steine knirschen über den Fels.

Der Junge folgt einem Paar Kondensstreifen, die den toten Himmel zerschneiden. Sie stammen von dem Schiff, das über ihn hinwegflog. Ein seltsames Schiff, wie er es noch nie gesehen hatte, schwarz glänzend wie poliertes Glas. Er war gerade draußen und schrubbte die Solarpaneele, als er es vorübergleiten sah. Einer der anderen Waisen, Brev, sagte: »Sieh dir dieses hübsche Schiff an, Galli.«

Narawal, das Mädchen mit dem toten Auge, verzog die rissigen, blutigen Lippen und erwiderte: »Lange wird es nicht mehr so aussehen. Hier bleibt nichts hübsch.«

Der Junge musste sich das ansehen. Er musste das hübsche Schiff sehen, bevor Jakku es ruinierte. Bevor die Steinwinde seine Hülle zerschrammten, bevor die Sonne seine Farbe ausbleichte. Der Anachoret Kolob hatte ihn angewiesen, dazubleiben und seine Arbeit zu erledigen, aber das konnte der Junge nicht. Er fühlte sich wie von unsichtbaren Händen gedrängt, als wäre es sein Schicksal.

Also rannte er davon. Einen Kilometer, dann noch einen, bis seine Beine so sehr schmerzten, dass sie sich anfühlten wie Klumpen gepökelten, getrockneten Fleisches. Und nun steht er auf dem Plateau der Bittenden Hand. Diesen schrägen, flachen Felsen halten die Anachoreten für einen heiligen Ort, einen Ort, der schon seit Jahrtausenden ihre Heimat ist, seit der Zeit, als Jakku angeblich noch ein üppiger, lebendiger Planet war.

Dort, unten im Tal, erspäht er das Schiff. Die Sonne spiegelt sich auf dem perfekten Stahl, und selbst im Tageslicht leuchtete es blendend grell.

Der Junge denkt: *Ich könnte jetzt stehen bleiben.* Tatsächlich *sollte* er stehen bleiben. Er weiß, er sollte sich umdrehen und nach Hause zurückkehren, zurück zum Habithaus, zurück zu seiner Arbeit und seinen Überlegungen und den anderen Waisen.

Und doch kann er nicht. Als würde er gezogen, von einem unsichtbaren Strick um seinen Hals, von einer Leine an einem Halsband. *Ein wenig näher kann ich gehen. Niemand wird mich vermissen.*

Der Junge schleicht den schmalen, gewundenen Pfad ins Tal hinab. Am Fuß des Hangs trennt ihn nur noch ein Dutzend Felsvorsprünge von dem Schiff; Säulen aus gezacktem, rotem

Stein, die wie abgebrochene, blutige Zähne aus dem Sand ragen. Er huscht von einem zum nächsten, versteckt sich hinter ihnen. Dabei versucht er, leise zu sein – leise wie die Skittermäuse, die durch die Wüste huschen, wenn die Nacht kommt und der Boden abkühlt.

Das Schiff füllt sein Blickfeld aus. Es gehört nicht hierher. Ein dunkler Spiegel, lang und schlank, mit nach hinten geneigten Flügeln und roten Fenstern. Es kauert so still und geduldig da wie ein Raubvogel. Wie die wilden Vworkka, die vom Himmel herabschnellen und die kleinen Skittermäuse fressen.

Der Junge huscht von einem Stein zum nächsten, bis er ganz nah dran ist. Nah genug, um den Ozongeruch wahrzunehmen, der davon ausgeht; nah genug, um die Wärme der Sonne zu spüren, die von seiner Hülle abstrahlt. Ein Hitzeflimmern hängt über dem Schiff und verzerrt die Luft.

Nichts rührt sich. Kein Geräusch erklingt aus dem Inneren.

Ich habe genug gesehen. Ich sollte gehen.

Trotz dieses Gedankens bleibt der Junge wie angewurzelt stehen.

Schließlich ertönt ein Zischen, das Schiff erschaudert, und eine Rampe sinkt aus seinem glatten Bauch herab. Dampf wallt empor, in die erhitzte Luft.

Beinahe muss der Junge lachen, als eine Gestalt die Rampe hinabschreitet – gewiss muss sie sich verirrt haben, so wie sie gekleidet ist. Ein langer, violetter Umhang weht hinter dem Mann her, ein hoher Hut sitzt auf seinem Kopf. Doch dann überlegt der Junge, dass auch einige der Anachoreten schwere Roben wie diese tragen. Sie sagen, es ist eine Prüfung. Der Hitze zu widerstehen, das ist eine heilige Lektion. Es ist nötig, so sagen sie, um den Schmerz zu überwinden und jenseits seiner Reichweite zu leben.

Vielleicht ist dieser Mann also ein Anachoret. Aber die Anachoreten meiden hübsche, wertvolle Dinge. *Keine materiellen Ablenkungen*, sagen sie, und in den Augen des Jungen ist dieses Schiff ganz eindeutig eine materielle Ablenkung.

Ebenso wie die Droiden, die dem Mann rasch folgen. Insgesamt sind es sechs, jeder aufrecht gehend auf Beinen, die wie schwarzes, sonnenbeschienenes Glas funkeln. Antennen ragen von insektenartigen Schädeln hoch, und die Gestalt in der violetten Robe winkt sie wortlos zu sich. Mundschlitze vokalisieren eine Reihe von Tönen und Klicklauten, dann treten sie auf den harten, sandverwehten Fels hinaus. Der Junge sieht zu, wie sie schwarze Kisten abstellen. Kisten, die durch grüne Lichtstrahlen miteinander verbunden sind. Strahlen, die so hell sind, dass man sie selbst im Tageslicht sehen kann und eine Art Rahmen zwischen den Behältern bilden.

Langsam tritt der Mann von der Rampe, und sein Mantel streicht über das Metall wie Sand, der über ein Stück Blech weht. »Hier ist es. Das ist der Ort. Markiert ihn und beginnt mit der Ausgrabung. Ich komme wieder.«

Einer der Droiden erwidert: »Jawohl, Berater Tashu.«

In diesem Moment erkennt der Junge, was sich ihm gerade für eine Möglichkeit eröffnet hat. Er hasst diese Welt. Er gehört nicht hierher. Während der Mann in der violetten Robe wieder die Rampe hochsteigt, denkt er: *Das ist meine Chance. Meine Chance, diesen Ort zu verlassen und nie wieder zurückzukehren.* Eine Sekunde lang ist er wie erstarrt. Gelähmt vor Unschlüssigkeit. Versteinert angesichts der Furcht vor dem Ungewissen. Schließlich hat er keine Ahnung, wohin das Schiff fliegen wird oder wer dieser Mann ist oder was er tun wird, falls er ihn entdeckt.

Doch er weiß, dass dieser Ort tot ist.

Die Rampe beginnt wieder hochzuklappen.

Der Junge, Galli, denkt: *Ich muss mich beeilen.* Und er beeilt sich – schnell und leise wie eine Skittermaus huscht er auf seinen nackten Füßen über den Sand und springt zum Rand der Rampe hoch, während sie sich schließt. Er zieht sich hoch und hinüber und kriecht in die Dunkelheit. Augenblicke später hebt das Schiff ab.

Teil I

1. Kapitel

Leia geht unruhig auf und ab.

Die chandrilanische Sonne brennt eine helle Linie rings um die zugezogenen Vorhänge des Zimmers, in dessen Mitte eine blaue Holoplattform aus Glas steht – und schweigt. Leia kommt jeden Tag zur exakt selben Zeit hierher und wartet auf eine Nachricht. Han hätte sich längst melden müssen. Ihre letzte planmäßige Kommunikation ist schon Tage her und …

Die Plattform erwacht flackernd zum Leben.

»Leia«, sagt ein schimmerndes Hologramm, während es sich aus einem Durcheinander von Voxeln in das Abbild ihres Ehemannes verwandelt.

»*Han.*« Sie tritt in Übertragungsreichweite. »Ich vermisse dich.«

»Ich dich auch.«

Die Art, wie er das sagt … etwas stimmt nicht. Da ist ein düsterer Unterton in seiner Stimme. Sie spürt Verzweiflung, und nicht nur das. Da ist auch Zorn, aber er gilt nicht ihr. Selbst von hier aus erreichen ihre Gefühle Han, und sie spürt, dass diese Wut nach innen gerichtet ist, wie ein Messer, dass auf den eigenen Bauch zielt. *Er ist wütend auf sich selbst.*

Sie weiß, was er ihr gleich sagen wird.

»Ich habe ihn noch immer nicht gefunden«, brummt Han. Chewbacca war verschwunden. Vor zwei Monaten hat Han ihr berichtet, sie hätten eine Chance zu tun, wozu die Neue Republik nicht in der Lage war: Chewies Heimatwelt Kashyyyk von den Ketten des Imperiums zu befreien. Sie sagte ihm, er sollte warten, genauer darüber nachdenken, aber er meinte nur, die Zeit wäre reif. Er hatte Informationen von einer alten Schmugglerin zugespielt bekommen – einer Frau namens Imra, vor der Leia ihn gewarnt hatte.

Und sie behielt recht.

»Bist du noch immer am Äußeren Rand?«, fragt Leia.

»In der Nähe des Wilden Raums. Ich habe ein paar Spuren, aber es sieht nicht gut aus.«

Sie wählt einen bittenden Ton: »Komm nach Hause, Han. Ich bearbeite gerade den Senat. Falls wir die nötigen Stimmen bekommen, können wir Kashyyyk zum Prioritätsziel machen – und Chewbacca und die anderen vielleicht so finden. Falls ein General wie du die Lage schildert, könnte uns das einen großen ...«

»Beim letzten Mal konnte ich sie nicht überzeugen.«

»Also versuchen wir es noch einmal.«

Das Hologramm schüttelt den Kopf. »Ich kann so was nicht. Ich bin kein General. Ich bin nur ein dahergelaufener Pirat.«

»Sag so etwas nicht. Jeder hier weiß, dass du das Allianzteam auf Endor angeführt hast. Sie denken von dir als General, nicht als ...«

»Leia, ich habe den Rang abgegeben.«

»*Was?*«

»Ich muss das auf meine Weise erledigen. Was passiert ist,

ist meine Schuld, Leia. Ich habe meine Aufgabe, du hast deine. Kümmer du dich um die Republik. Ich suche Chewie.«

»Nein, warte. Sag mir, wo du bist, dann komme ich zu dir. Was brauchst du?«

Ein zögerliches Lächeln breitet sich auf dem Gesicht seines flackernden Abbildes aus. »Leia, sie brauchen dich dort. Und ich möchte auch, dass du dortbleibst. Ich komme schon klar. Ich finde Chewie. Und *dann* komme ich nach Hause.«

»Versprochen?«

»Vers...«

Das Hologramm erzittert unvermittelt, und ihr Mann reißt überrascht den Kopf herum. »Han!«, ruft sie.

»Bei den ...« beginnt er, dann flackert das Bild erneut. »Werden an ...« Die Worte brechen ab, und das Bild löst sich auf.

Leia spürt, wie sich ihr Magen zusammenzieht. *Nein.* Einmal mehr beginnt sie, auf und ab zu gehen, in der Hoffnung, dass die unterbrochene Verbindung wiederhergestellt wird, dass Han wieder erscheint und erklärt, dass es nur ein falscher Alarm war. Sie wartet Minuten, dann Stunden, bis es dunkel wird. Die Holoplattform bleibt dunkel.

Ihr Ehemann ist irgendwo dort draußen.

Und er steckt in Schwierigkeiten.

Sie muss ihn finden. Zum Glück weiß sie schon, wen sie um Hilfe bitten muss.

2. Kapitel

Das Grav-Floß treibt durch den Nebel. Ringsum stehen gewaltige Steinsäulen, schwarz wie die Nacht und gerade wie Speere. Sie erinnern an aufmerksame Wachen, vor allem, weil die Umrisse heulender Gesichter in ihre Spitzen gemeißelt sind. Unten in der Tiefe glühen derweil Ströme aus verschwommenem, grünem Licht – die leuchtenden Pilze im höhlenartigen Inneren von Vorlag.

Jom Barell streckt den Arm aus, greift nach einer Kette und zieht das Floß Hand um Hand weiter. Diese Ketten sind an den achteckigen Augenöffnungen jeder Säule verankert, reichen von einem der dunklen Steinwächter zum nächsten. Das Floß hat kein eigenes Triebwerk, und so ist das schwache Surren seiner Schwebeplatten das einzige Geräusch, während es durch den Nebel gleitet.

»Das gefällt mir nicht«, sagt Jom mit leiser Stimme.

»Wie könnte einem das auch gefallen?«, entgegnet Sinjir Rath Velus, der auf dem flachen Teil des Floßes liegt, die Arme über der Brust verschränkt. »Der Nebel ist kalt, der Tag hässlich, und ich bin so nüchtern wie ein Protokolldroide.« Ruckartig setzt er sich auf. »Wusstest du, dass es auf dem Todesstern eine

Bar gab? Ein hässliches, schmuckloses Loch – typisch Imperium, eben –, und die Getränkeauswahl war kaum der Rede wert. Aber falls man den Kerl hinter der Bar, Pilkey, kannte, schenkte er einem manchmal von seinem ›Geheimvorrat‹ ein …«

Norra Wexley unterbricht ihn. »Alles ist in Ordnung. Alles läuft nach Plan.« Grundsätzlich war der Plan der gleiche wie immer: reinschleichen, ihre imperiale Zielperson schnappen und sie auf Chandrila ihrer gerechten Strafe zuführen. Der Hauptunterschied war, dass sie sich sonst nicht in die Bergfestung eines galaktischen Sklavenhändlers wagen mussten …

»Oh, ja.« Joms Erwiderung ist ein sarkastisches Grummeln. »Wir haben die Idioten-Reihe. Oder sollte ich besser sagen, wir *sind* die Idioten-Reihe? Hoffentlich erledigt unser Mädchen da drin ihren Job.«

»Sie ist nicht *unser* Mädchen«, schnappt Sinjir. »Sie ist nicht mal *ein* Mädchen. Jas ist eine Frau, die auf sich selbst aufpassen kann, und ich bin sicher, sie würde dich mit einem Tritt von diesem Floß befördern, falls sie das Geseiere hören könnte, das dir aus dem Schnurrbart tropft.«

»Sie ist eine *Kopfgeldjägerin*.« Jom ächzt, während er das Floß zur nächsten Steinsäule weiterzieht. »Und ich traue Kopfgeldjägern nicht.« Unbewusst hebt er die Hand an seinen buschigen Schnurrbart und streicht darüber.

»Ja, das wissen wir. Und wir wissen auch, dass du keinen ehemaligen Imperialen traust. Du lässt keine Gelegenheit aus, uns daran zu erinnern.«

Jom wendet sich ab und stößt den Atem aus. »Hätte ich etwa Grund, dir zu vertrauen?«

»Nach all der Zeit könntest du es zumindest mal versuchen.«

»Vielleicht begreifst du nicht, was das Imperium für Leute wie mich bedeutet, und warum die Rebellion …«

Norra unterbricht ihn erneut. »Wir haben es verstanden, Jom. Aber wir sitzen alle im selben Boot. Beziehungsweise auf demselben Floß.« Sie deutet mit den Händen.

Links von ihnen schält sich ein titanischer Umriss aus dem Nebel – ein schwarzer Schatten. Die Konturen des Palastes lassen sich vage ausmachen: gewundene Türme und vorgewölbte Brustwehren. Falls sie weiter der Kette an den Felsen entlang folgen, werden sie bald höher steigen – höher und höher, bis zu den Haupttoren des riesigen Komplexes, der in der Caldera eines erloschenen Vulkans errichtet wurde. Dort residiert Slussen Canker, auch bekannt als Canker der Rote, Seine Tödliche Hoheit, Hüter der Seinen und Mörder aller Anderen, der Prinz und liebste Sohn von Vorlag, Meister Slussen Urla-fir Kal Kethin-wa Canker.

Mörder. Sklavenhändler. Abschaum.

Doch er ist nicht ihr Ziel.

Das Ziel ist ein ehemaliger Vizeadmiral des Imperiums, ein Mann namens Perwin Gedde. Er setzte sich vom Imperium ab, im Gepäck eine große Tasche voller Credits – so groß, dass er weiter in rauschendem Luxus leben und sich den Schutz eines Verbrecherfürsten wie Slussen Canker leisten kann. Er lässt sich von Gewürz umnebeln, von Sklaven bedienen, genießt sein ausschweifendes Leben. Sein *geschütztes* Leben in einer stark gesicherten Festung auf einem Vulkan. Einfach vor die Tore einer solchen Festung zu marschieren wäre höchst unklug, denn sie wird von einer geifernden Hroth-Bestie bewacht. Und von zwei Phasenkanonen. Und einem Paar Wachen, die sich um die Hroth-Bestie kümmern. Und *dann* ist da noch das Fallgitter aus sich überkreuzenden Lasern …

Zum Glück ist das nicht weiter wichtig, denn sie nehmen einen anderen Weg.

Anstatt sich von vorn zu nähern, nähern sie sich von unten.

Jom zieht das Floß an zwei weiteren Steinsäulen vorbei, dann streckt er die Hand nach hinten und hält Norra die Handfläche hin – eine stille Bitte, auf die sie jedoch nicht eingeht. Stattdessen sagt sie: »Ich kümmer mich darum. Du musst nicht alles selbst erledigen, weißt du?«

Sie nimmt den Kletterhaken und schraubt ihn auf die Spitze der Schockpistole. Jom beobachtet sie aus schmalen Augen, als sie auf den Berg zielt. »Gib das Signal«, fordert sie.

Sinjir hebt einen Notrufsender – den Sender, der auf ihrem Schiff, der *Nimbus*, installiert war, für den Fall, dass es je abstürzen sollte – und tippt das Gerät dreimal kurz an. Rote Lichter blinken in rascher Folge.

Sekunden vergehen. Dann ...

... blinken am Fuß des Berges unterhalb der Festung ebenfalls rote Lichter auf. »Jas, du verfluchter Stachelkopf«, sagt Sinjir, dann lacht er und klatscht in die Hände.

Norra bedeutet ihm, still zu sein, und schießt den Kletterhaken ab, genau auf die Stelle, wo die Lichter im Nebel aufgeblitzt sind. Die Pistole verursacht kaum einen Laut, nur ein leises *Pff!*, als sie losgeht, dann surrt das Kabel, das am Floß befestigt ist, hinter dem Haken her durch die Luft.

In der Ferne ist ein Klacken zu hören. Genau ins Schwarze getroffen.

Jom packt das Kabel und zieht das Floß in eine neue Richtung – nicht länger auf die Tore der Festung zu, sondern ihrem Bauch entgegen. Irgendwo vor ihnen sollte sich eine Kluft im Fels befinden; Ihrem Informanten zufolge tun sich Slussen Cankers Hroth-Bestien dort gern an ihrer Beute gütlich. Diese grässlichen Kreaturen haben Flügel, und sie gehen mehrmals täglich auf die Jagd – und das ist der Ort, an den sie danach zurückkehren. Die Öffnung befindet sich oberhalb eines Felssimses, und normalerweise werden die Hroth-Bestien durch ein weiteres Gitternetz aus Lasern im Innern gehalten. Nur jetzt nicht, denn Jas, die vor mehreren Tagen schon hierherkam, hat die Laser deaktiviert. Ihr Signal in der Düsternis war eindeutig: *Der Weg ist frei.*

»Ich hab doch gesagt, sie wird uns nicht enttäuschen«, wispert Sinjir Jom ins Ohr.

Seine einzige Reaktion besteht aus einem skeptischen Schnauben.

Das Floß gleitet durch den Nebel, und vor ihnen wird der Weg in den Berg allmählich sichtbar. Es sieht aus wie ein klaffender Schlund mit Fängen aus Stalaktiten und Stalagmiten, die nur darauf warten, sie zu verschlingen. Rotes Glühen ist hingegen nicht zu erkennen; die Laser sind deaktiviert – der Weg ist wirklich frei. Jom zieht das Floß hinüber, hakt das Kabel ein und macht es an einem der Felsen fest, anschließend steigen sie einer nach dem anderen in die Höhle.

Der Gestank trifft sie wie ein Schlag. Entlang der Wand türmt sich totes Fleisch in Metallbehältern: gerupfte Vögel ohne Köpfe, verrottete Brocken, bei denen man nicht mehr sagen kann, zu welchem Wesen sie einst gehörten, Beine mit Hufen, glänzende Innereien. Wolken hungriger Stechmücken hängen in Schwärmen über dem Boden. *Das muss das Fressen für die Hroth-Bestien sein*, denkt Norra. Die roten Flecken auf dem trockenen Fels legen den Schluss nahe, dass bei der Fütterung jemand hier steht und das Fleisch in die Luft wirft – und die Bestien schnellen in die Luft hoch, um es sich zu schnappen.

Sinjir sagt: »Ich denke ernsthaft darüber nach, mich zu übergeben.«

»Dieser Geruch.« Jom verzieht das Gesicht. »Das würde einen kowakianischen Echsenaffen umhauen.« Er zieht die Brauen zusammen. »Wo ist Jas?«

»Vermutlich weiter drinnen«, erwidert Norra. »Gehen wir.«

Der Plan war denkbar einfach: Jas Emari hatte sich vor einigen Tagen Zutritt zur Festung verschafft, indem sie vorgab, eine Kopfgeldjägerin auf der Suche nach Arbeit zu sein. Was gar nicht mal so weit von der Wahrheit entfernt war, immerhin war ihr Ruf weithin bekannt. Verbrecherfürsten ziehen Kopfgeldjäger an wie diese Fleischhaufen die Fliegen – die Jäger sind stets auf der Suche nach dem nächsten Auftrag, und die Bosse haben eigentlich immer irgendjemanden, der ihnen ein Dorn im Auge ist.

Jetzt, wo Jas den Eingang für sie geöffnet hat, beginnt die eigentliche Arbeit. Einen Grundriss der Festung besitzen sie bereits dank des Holocrons, das Surat Nuat ihnen zur Verfügung gestellt hat – mit anderen Worten: das sie ihm gestohlen haben. Der akivanische Boss führte genauestens Buch über die Verbindungen zwischen Imperialen und der kriminellen Unterwelt, um im Fall der Fälle ein Druckmittel zu haben. Sein Datenwürfel hat der Gruppe schon zahlreiche Informationen enthüllt. Tatsächlich spielte er eine nicht unerhebliche Rolle, das Team überhaupt zusammenzubringen.

Sobald sie diesen Raum verlassen haben – was laut Norras Nase gar nicht früh genug geschehen kann –, sollten sie am Ende eines langen Tunnels eine Lavaröhre erreichen, die durch die gesamte Festung nach oben verläuft. Natürlich führt der Schacht auch in den Bauch des Vulkans hinab, was bedeutet, dass niemand den Halt verlieren sollte. Wären sie dann erst in den südlichen Turm hochgeklettert, würden sie warten, bis Gedde auftauchte, oder aber zu seinen Gemächern schleichen, je nachdem. Dann würden sie ihn fesseln, betäuben und mitnehmen. Das Ziel war, ihn unbemerkt aus dem Palast und auf das Floß zu schaffen, um ihn anschließend dem Tribunal der Republik zu übergeben. Die Gerechtigkeit holt das Imperium ein, einen Kriminellen nach dem anderen.

Temmin würde sie mit dem Schiff abholen, und hoffentlich haben sie die Atmosphäre bereits verlassen, wenn Geddes Verschwinden schließlich jemandem auffällt.

Temmin. Ihre Gedanken wandern zu ihrem Sohn. Der arme, vaterlose Junge. Er ist ein Teil des Teams, und kein Tag vergeht, an dem sie sich nicht wünscht, er wäre es nicht. *Er ist zu jung*, sagt sie sich, auch wenn er sein Können jeden Tag mehr beweist. *Er ist mir zu wertvoll*, denkt sie, und das ist vermutlich der eigentliche Grund – jetzt, wo sie und ihr Sohn wiedervereint sind, fühlt sie sich daran erinnert, wie verwundbar er ist. Wie verwundbar sie *alle* sind. Vom Blickwinkel einer Mutter aus betrachtet, ist es völlig verantwortungslos, ihn mit auf ihre Missionen zu schleifen, und doch ist da ein selbstsüchtiger Teil von ihr, der sie frostig daran erinnert, dass es nur eine Alternative gäbe: ihn einmal mehr im Stich zu lassen. Sie würde es nicht überleben, Temmin erneut abzuweisen. Doch welche andere Wahl hat sie? Soll sie etwa in den Ruhestand gehen? Dieses Leben aufgeben?

Warum ist diese Option so unvorstellbar für dich?, überlegt sie.

Doch jetzt ist nicht die Zeit, über solche Dinge zu sinnieren. Sie haben einen Job zu erledigen.

Sie geht in Richtung Tunnel los, dicht gefolgt von Jom und Sinjir …

Das Knistern eines Blitzes ertönt hinter ihnen, dann breitet sich ein rotes Glühen aus.

Das Lasergitter ist wieder aktiviert. Die verengenden Linien zischen, als sie einander berühren, und sie schneiden durch das Kabel, das am Fels befestigt ist. Das Floß treibt davon und verschwindet im Nebel. »Nein!«, entfährt es Jom.

Vor ihnen wird das Klacken von Stiefelsohlen hörbar.

Mehrere Gestalten bauen sich vor ihrem Fluchtweg auf. Die Festungswachen – Schläger unterschiedlicher Größe und Form, ihre Gesichter hinter rostigen Helmvisieren verborgen. Vier von ihnen sind es, und sie haben ihre Blaster erhoben. Jom zieht seine eigene Waffe, ebenso Sinjir. Norra will es ihnen gerade nachtun und nach der Pistole an ihrer Hüfte greifen …

Da erklingt hinter den Wachen ein lautes Räuspern.

Ein Vorlaggn tritt nach vorne. Seine Haut sieht aus wie ein verbranntes Stück Fleisch, klare Flüssigkeit quillt aus Rissen hervor, bevor er sie mit einem schmutzigen, braunen Stofffetzen abtupft. Seine drei tief in den Höhlen liegenden Augen blinzeln.

Slussen Canker.

Er klickt mit der Zunge, und als er spricht, ist seine Stimme schleimig, als müssten sich die Worte erst an einem Klumpen in seiner Kehle vorbeikämpfen. »Ihr dachtet wohl, ihr könntet den Frieden stören, den Seine tödliche Hoheit, Slussen Canker, hier geschaffen hat. Slussen will euch hier nicht. Slussen findet euer unerwünschtes Eindringen sogar äußerst unhöflich.«

Einen Moment überlegt Norra, ob es vielleicht doch nicht Slussen ist, doch dann erinnert sie sich an etwas, das Jas gesagt hat: Die Vorlaggn sprechen von sich in der dritten Person. Eine seltsame Sitte.

Jom hält seine Pistole weiter erhoben. »Wir sind nicht wegen Ihnen hier.«

»Wir wollen Gedde«, fügt Sinjir hinzu. »Überlass ihn uns

einfach, dann verschwinden wir ganz schnell wieder aus diesem Dunghaufen, den du einen Palast nennst. Wie wär's?«

Der Vorlaggn gurgelt. »Slussen wird euch nichts geben. Gedde?«

Hinter einer Ecke tritt ihre Zielperson hervor, der Vizeadmiral höchstselbst. Es heißt, er hatte das Kommando bei einem der grausamsten Biowaffenprogramme des Imperiums; dass er auf unterdrückten Welten uralte Seuchen erprobte, dass Tod und Krankheit aus seinen Schlachtschiffen herabregneten.

Er ist dürr, abgesehen von dem Bauch, der sich unter seinem offenen – und schmutzigen – grauen Hemd wölbt. Seine Haut ist teigig und fleckig; die Haut eines Gewürzabhängigen. Ein Mann, der völlig seiner Sucht erlegen ist.

Doch Gedde ist nicht allein.

Er zieht jemanden zu sich heran …

Jas. Der Imperiale hat sie am Kragen gepackt, hält ihr eine Pistole an die Schläfe, und jedes Mal, wenn sie versucht, ihren Kopf wegzudrehen, drückt er ihn grob wieder nach hinten.

»Slussen hat eure Kopfgeldjägerin erwischt. Falls ihr eure Waffen nicht fallen lasst, wird Slussen ihren Kopf durchlöchern lassen, dann kann ihr Gehirn den Hroth-Bestien als Mahlzeit dienen.«

Sinjir seufzt. »Poodoo.« Seine Pistole landet klappernd auf dem Boden.

Norra löst langsam ihr Holster und lässt es fallen.

Joms Blaster bewegt sich keinen Zentimeter. »Ich gebe meine Waffe nicht her. Bei den Spezialeinheiten haben wir gelernt, dass unsere Waffe ein Teil von uns ist. Ich kann sie also ebenso wenig fallen lassen, wie ich meinen Arm fallen lassen könnte, oder mein …«

Die Hand bewegt sich unglaublich schnell – dann hat Sinjir

die Pistole von oben gepackt und sie Jom aus den Fingern gerissen. Er wirft sie gegen die Wand. »Sie haben Jas, du Trottel.«

Die Wachen rücken näher und heben die Waffen auf.

Gedde fährt sich mit der Zunge über die Lippen und grinst. »Ihr närrischen Rebellen. Wir werden euch an das Imperium verkaufen. Ich bin sicher, für euch kriege ich eine offizielle Begnadigung ...«

Wütend reißt Jas sich von ihm los und schlägt die Waffe von ihrem Kopf weg. »Ich glaube, du kannst jetzt aufhören, damit auf mich zu zielen.«

Im ersten Moment denkt Norra: Das ist unsere Chance. *Jas ist frei.* Doch warum konnte sie sich so leicht befreien? Es war zu leicht. Sie kämpft auch nicht weiter, steht nur mit verärgerter Miene da. Die Erkenntnis triff Norra wie eine Triebwerksturbulenz: Jas hat sie verraten.

Die Kopfgeldjägerin macht einen Schritt von Perwin Gedde fort und schiebt die Hände gelassen in die Taschen. »Tut mir leid, Freunde«, sagt sie, und das letzte Wort betont sie mit besonderem Sarkasmus. »Ich kann meine Hörner nicht verschwinden lassen, ich kann meine Haut nicht färben. Ich bin eben, wer ich bin.« Sie zieht die Schultern hoch. »Sie haben das bessere Kopfgeld geboten. Um die Wahrheit zu sagen, ist ihr Deal ziemlich ansehnlich ...« Sie zieht einen Datenblock hervor und wirf ihn Norra zu.

Wexley fängt ihn.

Mit zitternden Fingern aktiviert sie den Bildschirm.

Ein Steckbrief erscheint.

Ihr Steckbrief. Sie sieht ihre Gesichter, das Gesicht ihres *Sohnes.*

»Du intrigante, kleine Bilgenassel«, zischt Barell. »Ich habe dir vertraut.«

»Nein, hast du nicht«, entgegnet Jas. »Und das hättest du auch nie tun dürfen. Ich werde mir an euch eine goldene Nase verdienen. Nicht nur, dass Gedde mich dafür bezahlt, dass ich ihn vor euch gewarnt habe, nein, der Vorlaggn hier wird mir zwanzig Prozent ...«

»Slussen sagte fünfzehn.«

»Na schön. Ich musste es zumindest versuchen. Dann eben *fünfzehn* Prozent. Fünfzehn Prozent des Kopfgelds. Das ist mein Finderlohn.«

»Tu das nicht«, bittet Norra.

Bedauern fällt über Jas Emaris Gesicht. »Tut mir leid. Aber ich muss einige Rechnungen bezahlen, und die werden bald fällig. Die Republik zahlt einfach nicht gut genug.« Mit einem spielerischen Salut fügt sie hinzu: »Es hat Spaß gemacht, solange es dauerte.«

Sie verlässt den Raum. Gedde lacht. »Dann wollen wir euch mal in die Käfige sperren.«

Sinjir hat nicht viel übrig für Käfige. Vor allem nicht die Art, die über einem Abgrund hängt, ganz gleich ob nun auf Vorlag oder auf Akiva in Surat Nuats Kerker. Hier sind die Käfige eng wie aufgestellte Särge, und sie hängen von schwarzen Felsvorsprüngen, nicht weit von dem Eingang entfernt, durch den sie zuvor die Fütterungshöhle der Hroth-Bestien betreten haben. Nebel steigt auf, und unter ihnen schaffen die glühenden Pilze ein Netz scharfer, heller Linien.

»Wie denkst du jetzt über deine kleine Freundin?«, ruft Jom. Sein Käfig hängt ungefähr zehn Meter entfernt. »Findest du noch immer, ich sollte ihr vertrauen?«

»Ich tue es jedenfalls«, erwidert Sinjir mit trotzig vorgerecktem Kinn.

Die Worte überraschen ihn selbst.

Er vertraut *niemandem*. Und ist doch so sicher, dass das alles nur Teil eines geheimen *Plans* ist, eines Plans, den sie nur noch nicht kennen.

Eine leise Stimme sagt ihm, dass er recht hat. Er ist schließlich ein Experte, wenn es darum geht, die Körpersprache eines Wesens zu interpretieren. Es war sein Job, Leute mit nur einem Blick einzuschätzen, sie in all ihre verräterischen Atome zu zerlegen. Doch eine zweite Stimme warnt ihn, dass er bei Jas Emari womöglich etwas übersehen hat.

Doch dieser Zweifel wird von einer Woge Selbstvertrauen hinfortgespült, und ein seltsames Gefühl der Gewissheit überkommt ihn. Also verkündet er den anderen: »Sie wird uns hier rausholen. Wartet einfach ab.«

Jom schnaubt. »Träum weiter, Imperialer.«

»Ob sie nun uns oder die Gegenseite übers Ohr haut, wir können uns nicht darauf verlassen, dass sie uns rettet«, wirft Norra ein. Ihr Käfig hängt hinter dem von Sinjir, und sie hat die Finger um die Eisenstäbe geschlossen. »Wir müssen uns aus eigener Kraft befreien. Sie wollen uns an das Imperium verkaufen, und das dürfen wir nicht zulassen.«

»Ich glaube, wir haben es bereits zugelassen«, brummt Jom. Er lehnt sich nach vorne gegen den Käfig und starrt in die Ferne. »Was ist das Imperium überhaupt noch? Wer kontrolliert es? Wer wird für uns zahlen?«

Das ist eine Frage, die Sinjir sich auch schon gestellt hat. Zunächst hat es ihn überrascht, wie schnell die imperialen Streitkräfte auseinandergebrochen sind. Doch je länger er sich damit beschäftigt, desto weniger verwundert es ihn. Die Einheit des Imperiums rührte allein daher, dass alle Fäden und Ketten in einer Hand zusammenliefen: der Hand des Imperators. Jetzt ist der Imperator tot. Wer also soll das Imperium zusammenhalten? Vader? Der ist angeblich auch ums Leben gekommen? Wer dann? Die Admiräle? Die Moffs? Die waren immer nur Ratten, die von den Katzen im Zaum gehalten wurden, und jetzt gibt es keine Katzen mehr.

Es gibt keine klare Nachfolgeordnung. Palpatine hatte keine Familie, zumindest nicht, soweit irgendjemand weiß. Und Vader ebenso wenig (soweit es Sinjir angeht, war er nicht einmal mehr menschlich). Zudem sind viele der besten und begabtesten Mitglieder des Imperiums mit den beiden Todessternen untergegangen. Die Neue Republik hat diese Gelegenheit ergriffen. Die Rebellion ist vorbei, und an ihrer Stelle wächst schnell, wenn auch noch unbeholfen, die neue Regierung heran.

Somit muss das Imperium ums nackte Überleben kämpfen. Es gibt keine klare Führung, weil sämtliche Anwärter um die Kontrolle kämpfen. Und Tag für Tag verlieren sie Ressourcen, die entweder zerstört, aufgegeben oder gestohlen werden.

Sinjir vermutet, dass es dem Imperium als Ganzem ähnlich ergehen muss wie ihm an jenem schicksalhaften Tag auf dem Waldmond Endor – benommen, verletzt, umgeben von Leichen, nicht sicher, wohin es sich wenden, was es tun, woran es noch *glauben* soll.

Eine Glaubenskrise. Eine Sinnkrise. Das ist es.

Er selbst leidet noch immer darunter. Die Neue Republik konnte ihm nicht helfen. Dieses Team vielleicht ein bisschen, aber jetzt, wo es aussieht, als hätte eine Freundin sie verraten, wird ihm einmal mehr der Boden unter den Füßen weggezogen. Die Frage nach Sinn und Vertrauen hängt wieder über ihm, und eine einfache Antwort ist nicht in Sicht.

Das Imperium braucht ebenfalls eine Antwort – andernfalls wird es untergehen. Was es vermutlich auch verdient hat.

Ich brauche einen Drink, denkt er.

Nicht weit entfernt verstummt das Summen des Lasergitters plötzlich – und eine unheimliche Stille breitet sich aus. Doch nur ein paar Sekunden lang.

Dann ertönte ein neues Geräusch: lautes Schnauben und feuchtes Krächzen. Aus der gähnenden Öffnung in der Flanke des Berges werden mehrere Stücke Fleisch in den Nebel hinausgeworfen.

Die Hroth-Biester folgen dichtauf. Rote, ledrige Kreaturen mit langen Flügeln und einem Dutzend Beinen springen in die Leere und stürzen ihrem Futter hinterher. Ihre Gesichter kann man kaum als solche bezeichnen: Da ist lediglich eine augenlose Anhäufung von Polypen und Tubuli – eine fleischige Masse, die mehr wie ein Pilz aussieht und weniger wie ein Teil eines lebenden Wesens. Insgesamt drei Bestien sind es, die durch die Luft rollen und peitschen und das Fleisch fangen, das ihnen zugeworfen wird. Doch schon bald wird ihnen kein Fleisch mehr zugeworfen.

Und niemand befiehlt die Tiere wieder nach drinnen.

Die Hroth-Bestien steigen höher in den Himmel. Vermutlich haben sie noch immer Hunger.

Oder schlimmer, fährt es Sinjir durch den Kopf: *Ihnen ist langweilig.*

Und wir geben tolle Spielzeuge ab.

Als hätte es seine Gedanken gelesen, schnellt eines der Wesen direkt auf seinen Käfig zu und rammt ihn mit der Wucht eines geschleuderten Evaporators. Die Bestie hält sich an der Seite fest und presst seine Tentakel zwischen den Stangen hindurch. Sinjir hat gerade genug Platz, um mit dem Fuß danach zu treten – bis das Tier seinen Stiefel erwischt und ihn ihm vom Fuß saugt. Die Bestie gibt gierige, schmatzende Laute von sich, während es … versucht, den Stiefel zu fressen? Einen Moment später würgt die Kreatur verärgert, dann dreht sie den Schädel zur Seite und spuckt den Stiefel in den Nebel.

Jom formt mit den Händen einen Trichter und ruft: »Lass dich nicht berühren. Diese Dinger auf seinem Gesicht sind voller Stacheln. Es wird dich betäuben.«

Verflucht. Sinjir presst sich gegen die andere Seite des Käfigs, während die Kreatur mit ihrem Schädel und ihren Vorderklauen gegen das Metall schlägt.

Seine zuckenden Tentakel schlängeln sich wie Würmer zwischen den Gitterstangen hindurch, und an seinem Hals fällt Sinjir etwas Seltsames, Glänzendes auf. Etwas, das von einer Kette herabhängt. Es sieht aus wie …

Ein Schlüssel. Ein dunkler, achteckiger Metallschlüssel. Genau wie der, den Slussens Leute benutzten, um sie hier einzusperren.

Na, so was.

Plötzlich fliegt das Tier davon und flattert einmal mehr in den Nebel hinaus.

Nein, nein, nein!

Dieser Schlüssel …

Wer immer ihn der Bestie umgehängt hat, es war sicher keiner von Slussens Männern – die sind nicht schlau genug für so grausame Spiele. Was bedeutet, jemand wollte ihnen auf geheimem Wege diesen Schlüssel zukommen lassen. Und das bedeutet, jemand will sie befreien.

»Jas«, wispert Sinjir leise, plötzlich voll freudiger Erregung. Es ist genau wie in Surat Nuats Kerker – er ist gefangen, und sie kommt ihm einmal mehr zur Hilfe. Ein seltsam erfreuliches Muster. Und ein klassischer Trick! Sinjir schiebt sich zur Vorderseite des Käfigs und zwängt die Hände durch die schmalen

Lücken – er kann die Arme bis zu den Ellbogen hinausstrecken, und er wedelt mit ihnen herum wie ein panisches Tier. »He! He! Du fliegender Schleimbeutel! Hier, hier! Sehe ich nicht lecker aus? *Mmmh.* Sehe ich nicht zum Anbeißen …«

Rumms. Die Bestie saust von oben herab, ohne dass Sinjir sie sieht, dann packen ihre Tentakel seinen linken Arm. Es fühlt sich an, als würde er einen Stromschlag bekommen; im ersten Moment prickelt sein Arm, dann ist es, als würden tausend Nadeln in sein Fleisch stechen. Er schreit, aber er weicht nicht zurück. Seine freie Hand schnellt vor und reißt der Kreatur mit zuckenden Fingern den Schlüssel vom Hals, anschließend reißt er seinen Arm von der zuckenden Masse der Tentakel los.

Zwischen zusammengepressten Zähnen ächzend, zieht er rasch die Fetzen seines Ärmels zurück – sein Unterarm ist gerötet, bedeckt von Bläschen, und er schwillt bereits an.

Außerdem ist er völlig taub, genau wie Jom sagte. Sinjir schüttelt ihn, versucht, wieder ein wenig Gefühl in dem Arm zu bekommen.

Er widersteht dem Drang, den Käfig sofort aufzuschließen und …

Und was, eigentlich?

Ins Nichts zu springen?

Oder auf eine dieser Bestien und dann zu versuchen, sie zu reiten?

Beides klingt nach sicherem Selbstmord. Und wenn es etwas gibt, das Sinjir nicht will, ist es zu sterben. Er weiß zwar nicht so genau, wofür er lebt, aber *nicht zu sterben* ist schon mal ein guter Anfang. »Geduld, alter Junge. *Geduld*«, flüstert er vor sich hin.

Er wartet. Die Kreaturen verschonen auch Norra und Jom nicht, rammen ihre Käfige, dass das Metall gegen den Fels hinter ihnen donnert. Sinjir würde ihnen am liebsten zurufen, dass sie die Augen nach Schlüsseln offen halten sollen, aber Slussens Wachen, die Bestien-Hüter, könnten ihn hören. Schließlich werden die Tiere es leid, nicht an das widerspenstige Fleisch in den unnachgiebigen Metall-Exoskeletten heranzukommen, und kurz darauf ertönt eine schrille Pfeife. Die Bestien springen in die Luft und fliegen zurück in die Höhle, aus der sie kamen.

Anschließend ertönt wieder das vertraute Summen des Lasergitters.

Jetzt ist der richtige Moment.

Sinjir streckt seinen heilen Arm aus dem Käfig, den Schlüssel fest zwischen seinen Fingern. Es dauert eine Weile, aber schließlich hat er den Schlüssel herumgedreht und ins Schloss geschoben. Jetzt noch eine kleine Bewegung, und die Tür springt auf.

»Äh«, machte er und räuspert sich. »Ich bräuchte hier ein wenig Hilfe.«

Jom und Norra drehen sich mit offen stehenden Mündern zu ihm um.

»Dein Käfig ist offen?«, fragt Jom.

»*Offensichtlich*«, erwidert Sinjir abfällig. »Eine Halluzination ist es jedenfalls nicht.«

»Wie hast du das geschafft?«, will Norra wissen.

»Ein Schlüssel. Jas hat ihn um den Hals eines dieser ... schrecklichen fliegenden Viecher gebunden. Er, ähm, war ziemlich hilfreich, aber jetzt ...« Er beugt sich aus dem Käfig, wobei er sich mit der heilen Hand festhält. Der andere Arm ist noch immer taub, er baumelt an seiner Seite wie ein umgeknickter Ast. »Sagen wir einfach, ich hänge gerade ein bisschen in der Luft.«

»Wir wissen nicht, dass es Jas war«, ruft Jom. »Könnte ebenso gut einer der Sklaven gewesen sein. Sie haben sicher großes Interesse daran, befreit zu werden.«

Ja, denkt Sinjir, *aber das ist nicht der Grund, weswegen wir hier sind*. Auch wenn er es vielleicht sein sollte.

Er zieht den Schlüssel aus dem Schloss, nimmt ihn zwischen die Zähne und beißt fest darauf, anschließend greift er zur oberen Kante des Käfigs hinauf. Die Gitterstäbe wie die Sprossen einer Leiter benutzend, klettert er auf das Metallgebilde. Der Käfig schwingt unter ihm hin und her, und um ein Haar verliert er den Halt – aber er kann noch rechtzeitig nach oben greifen und sich an dem Fels abstützen, von dem der Käfig baumelt. Über diesem Felsen befindet sich ein Sims, gerade breit genug für eine Person. Auf diesem Weg wurden sie hergebracht: Zwei von Slussens Wachen zogen ihre Käfige herbei, hakten sie an den Ketten ein und ließen sie dann über den Rand kippen – ein kurzer, heftiger Fall, der zumindest für Sinjir mit dem Gefühl zusammenprallender Zähne und sich umstülpender Innereien endete.

Einatmen, ausatmen.

Die imperialen Fitnessvorschriften haben ihn ziemlich gut in Form gehalten, aber nachdem er desertierte … hat er sich zugegebenermaßen etwas gehen lassen. Er wurde ein wenig dünner, hat ein wenig Muskelmasse abgebaut. Und es ist nicht, als würde die Neue Republik hohe Anforderungen stellen. So etwas wie Fitnessvorschriften gibt es dort nicht. Bislang gibt es dort ganz generell kaum etwas.

»Du kannst es schaffen«, sagt Norra, die ewig Motivierende. Die kollektive Mutter der Gruppe. Das Komische ist: Es funktioniert. Er glaubt ihr.

Ich kann es schaffen.

Er greift nach dem Fels über sich und tastet sich vor, bis

er festen Halt findet. So. Jetzt schwingt er seinen tauben Arm nach oben, nur für den Fall, dass er so vielleicht wieder zum Leben erwacht – aber es bringt nichts. Das Positive: Allmählich kehrt das Gefühl in den Arm zurück. Das Negative: Es ist ein Gefühl brennenden, prickelnden Schmerzes.

Er muss es also mit einem Arm schaffen. Sinjir zieht sich hoch, sucht mit den Beinen vergeblich Halt an der Kette. Bereits jetzt tut sein Arm weh – vor allem am Gelenk. Es fühlt sich an, als würde er jeden Moment abbrechen. Wie der Arm einer Puppe in den Händen eines übermütigen Kindes.

Und dann ist sein halber Oberkörper auf dem Sims. Keuchend schiebt er sich weiter nach vorne.

Jetzt fehlt nur noch ein kleines Stück. Für jemanden mit so langen Gliedmaßen sollte das kein Problem sein.

»Wir haben nicht den ganzen Tag Zeit«, ruft Jom.

Würde Sinjir nicht nach Atem ringen und auf den Schlüssel beißen, würde er jetzt sagen: *Noch mal so ein Spruch, und ich lass dich für das Imperium hier.* Stattdessen bringt er nur eine dreifingrige Geste zustande, die auf vielen Welten am Äußeren Rand als Beleidigung gilt. Zumindest hat man ihm das gesagt. Soll irgendetwas mit der Mutter des Adressaten und einem Gravitationsbrunnen zu tun haben.

Um Jom zu ärgern – und weil es das Vernünftigere ist –, beschließt er, zuerst Norra zu befreien. Er kriecht über den Sims und streckt den Arm nach unten, den Schlüssel zwischen seinen Fingerspitzen.

Norra greift hoch und nimmt ihn.

Sie braucht nur wenige Minuten, um den Käfig zu öffnen und auf den Sims hochzuklettern. Jetzt ist Jom an der Reihe, und schon bald ist auch die in Sinjirs Augen unsympathischste Person der Galaxis befreit und oben auf dem Sims.

»Was jetzt?«, fragt Sinjir, wobei er mit dem Finger seinen Arm anstupst, der inzwischen weniger taub ist, dafür aber umso mehr wehtut. »Falls ich mich recht erinnere, ist am Eingang ein Lasergitter, das uns alle in kleine, blutige Würfel schneiden würde.«

Jom überlegt kurz. »Schaut mal, hier.« Er geht zum Ende des Simses, direkt vor die knisternden Laser. »Normalerweise ist das ein geschlossenes System. Die Strahlen stammen aus diesen Emittern ...« Er deutet auf die rostigen Emitter, die aus dem dunklen Berg des Felsens ragen. Sie sehen aus wie die Spitzen von Blasterläufen. »Ich brauche einen Stein.«

Norra sucht den Sims ab und findet einen neben ihren Füßen. »Hier.«

Jon nimmt den Felsbrocken in die hohle Hand und hämmert ihn seitlich gegen den Emitter. Nichts geschieht. Noch einmal holt er aus, und noch einmal, dann legt er seine ganze Kraft in seinen Arm und schlägt brüllend ein viertes Mal zu, so heftig, dass ihm der Felsbrocken aus der Hand springt und ins Nichts hinabfällt.

Es scheint, als wäre alles umsonst gewesen. Sinjir seufzt, er und Norra sehen sich erfolglos nach weiteren Steinen um ... da speit der Emitter unvermittelt Funken und kippt nach unten; nur ein Bolzen hält ihn noch an der Felswand.

Das Lasergitter löst sich zischend auf.

Und mit einem Mal ist ihr Weg frei.

Einer nach dem anderen schleichen sie zurück in den einzigen Raum der Festung, den sie bereits kennen – die Fütterungshöhle der Hroth-Bestien. Einmal mehr wallt ihnen der Gestank entgegen, und Sinjir muss sich zusammenreißen, um nicht zu würgen.

»Was jetzt?«, fragt er, seine Stimme verzerrt, weil er die heile Hand flach über Mund und Nase gepresst hat. »Haben wir einen Plan? Jas ist noch immer irgendwo hier, und das bedeutet …«

»Das bedeutet gar nichts«, unterbricht ihn Jom. »Wir wissen nicht, ob sie es war. Also halten wir uns an den ursprünglichen Plan: Wir klettern die Lavaröhre hoch, schnappen uns Gedde und …«

»Ich kann diesen Schacht nicht hochklettern. Mein Arm ist taub, und ich bin kaputt.«

»Ich hätte gedacht, dass du besser in Form bist, Rath Velus.«

»Entschuldige, aber habe ich nicht gerade deinen ungewaschenen Hals gerettet? Denn … du musst verzeihen, ich nahm an, du würdest mir zum Dank dafür die Füße küssen. Aber stattdessen stichelst du schon wieder gegen mich.«

Norra schiebt sich zwischen die beiden. »Sinjir, du suchst nach einem Komm. Unsere haben sie uns ja leider abgenommen, und wir müssen irgendwie Temmin oder Jas erreichen. Wir kommen auf dem Rückweg wieder hierher und …«

Außerhalb des Raumes erklingen Stimmen und Schritte. Jom flüstert: »Wir bekommen Besuch. Und wir haben keine Waffen …«

Begleitet werden die Stimmen von einem weiteren vertrauten Geräusch.

Grunzen, Schnauben, Krächzen.

Hroth-Bestien. *Verflucht.*

Den Tieren folgen Slussens Wachen – vermutlich hat sie der Lärm angelockt; vielleicht haben sie auch entdeckt, dass das Lasergitter deaktiviert ist. Jedenfalls stürmen sie im Eilschritt herein, die Blaster erhoben, die Hroth-Bestien an langen Leinen haltend. Die Tentakel der Kreaturen peitschen suchend durch die Luft.

Doch Norra ist gedankenschnell – und reaktionsschnell. Sie springt zu den Behältern mit verrottendem Fleisch, und Sinjir beobachtet voller Bewunderung (und Ekel), wie sie beginnt, die roten Brocken zu werfen. Sie zielt auf die Wachen, deren Blasterschüsse danebengehen, weil ihnen verrottendes Fleisch ins Gesicht und gegen die Arme klatscht.

Der Gestank ist zu verlockend, als dass die Hroth ihm widerstehen könnten.

Brillant, denkt Sinjir, als die Bestien zu ihren Meistern herumwirbeln. Sie greifen an, schlingen ihre feuchten Tentakel um die Wachen und suchen verzweifelt nach Stücken des übel riechenden Fleischs.

»Los!«, ruft Jom, und sie rennen an dem abstoßenden Anblick vorbei.

Die Lavaröhre ist eng, aber weit genug, um sich darin zu bewegen. Die Wände sind mal ausgekehlt, mal ragen sie vor, was ihren Händen und Zehen beim Klettern ausreichend Halt bietet. Norra und Jom stützen sich mühelos ab und steigen durch den langen Schacht. Langsam, aber stetig.

Tief unter ihnen glüht ein stecknadelkopfgroßer Fleck orangefarbenen Lichts.

Nicht abrutschen, nicht abrutschen, nicht abrutschen, wiederholt Norra, als wäre es ein Mantra. Ein Sturz wäre alles andere als angenehm. An dem porösen Vulkangestein entlang in die Tiefe zu rutschen würde ihr vermutlich sämtliche Haut vom Körper reißen, noch bevor sie in ihrem siedend heißen Magmabad landet. Und bei lebendigem Leib verbrennt.

Durch Röhren wie diese beheizt Slussen seine Festung, so scheint es – die Luft, die um sie herum aufsteigt, fühlt sich an wie der heiße Atem eines höllischen Monsters. Hin und wieder stoßen sie auf weitere Schächte, die ihren Gang in schrägen Winkeln kreuzen, und wenn sie daran vorbeiklettern, hören sie die Geräusche eines Aufruhrs, der sich in Slussen Cankers Palast ausbreitet – Schreie, schallende Alarme. *Wir haben nicht viel Zeit.*

Weiter, weiter, weiter nach oben. Ihre Arme und Beine schmerzen. Mehrmals fordert Jom sie auf, nicht stehen zu bleiben, und am liebsten würde sie erwidern ›*Ich bin nicht für so was gemacht*‹, aber sie muss es schaffen. Für alles andere ist es längst zu spät, also schiebt sie sich weiter, und als ihre Hände schließlich den Rand am oberen Ende des Ganges ertasten, fühlt es sich an, als wäre eine Ewigkeit vergangen. Sie zieht sich nach oben, spürt, wie der Stein gegen ihren Bauch schabt, dann findet sie sich keuchend in einem opulenten (und schrecklich hässlichen) Raum wieder.

Norra hebt den Kopf. Die Wände sind mit kitschigen Gold- und Borzitspiegeln behangen, in der Ecke steht eine Statue von Slussen, aus feuerrotem Kwarzkristall gehauen. Dann ist da noch ein Bett, achteckig, ebenso wie der Schlüssel für ihre Käfige – und es ist beladen mit Tierhäuten und roten Lederkissen. Ein derartiger Luxus ist Norra fremd. Und an einem Ort wie diesem scheint er zudem eine absolute Verschwendung.

»Da seid ihr ja. Gut.«

Norras Herz schlägt ihr bis zum Hals, als Jas' körperlose Stimme aus einer Ecke des Raumes ertönt. Sie dreht sich um und sieht die Kopfgeldjägerin auf einem hochlehnigen Stuhl sitzen, einen imperialen Vizeadmiral zu ihren Füßen liegend. Geddes Hände sind mit Draht hinter seinem Rücken gefesselt, und etwas, das aussieht wie ein aufgerollter, hinter seinem Kopf zusammengeknoteter Kissenbezug, dient als Knebel.

Jetzt klettert auch Jom aus der Lavaröhre. Er sieht die Zabrak sofort, und kaum dass er aufgestanden ist, stampft er auf sie zu und brüllt vor Zorn.

»Du hättest uns beinahe getötet, du …«

»Ich habe uns alle *und* unsere Belohnung gerettet. Ich habe den Job erledigt. Aber darüber können wir diskutieren …« Sie nimmt das Komm von ihrem Gürtel, aktiviert es. »Temmin, du musst uns abholen. Wir sind noch immer im Turm. Du wirst wissen, wo.« Als sie den Kommunikator wieder an ihrer Hüfte eingehakt hat, fragt sie: »Wo ist Sinjir?«

»Unten. Er sucht nach einem Komm«, antwortet Norra.

Jas verzerrt auf eine kränkende Weise das Gesicht. »Das … macht die Sache komplizierter. Ich werde ihn holen gehen. Wir treffen uns in der Hroth-Höhle.«

Außerhalb des Raums wird das Trommeln von Schritten hörbar. Die Tür ist ein rundes, goldglänzendes Portal, durch eine elektronische Kontrolltafel versiegelt – eine Tafel, die herausgerissen ist, sodass die Drähte, noch immer funkenspeiend, herabhängen. Jemand hämmert gegen die Tür, dann erklingt eine gedämpfte Stimme von der anderen Seite.

»Slussen will wissen: Ist Gedde da drin?«

Gedde scheint ihn nicht mal zu hören. Seine Augen sind gerötet, die Pupillen groß und rund, und er blinzelt nicht einmal. Durch seinen Knebel gibt der Imperiale leise, ächzende und gurgelnde Geräusche von sich. Norra erkennt, dass er zugedröhnt ist. Nicht weit entfernt entdeckt sie eine kleine Büchse – auch diese von achteckiger Form – voll mit dunklem Gewürz.

Jenseits der Tür erklingen die Worte: »Slussen verlangt Einlass.« Das Surren eines Bohrers schwillt an. *Sie werden die Tür aus der Wand schrauben.*

»Wie kommen wir hier raus?«, fragt Norra. »Der Schacht?«

»Das ist der Weg, den ich nehmen wollte«, erwidert Jas. »Aber ihr beide geht da lang.« Während sie ›*da lang*‹ sagt, deutet sie auf ein gewaltiges Bogenfenster auf der anderen Seite des Raumes.

Norra will schon protestieren, aber zu ihrer Überraschung nickt Jom Barell.

»Guter Vorschlag. Machen wir es auf.«

Jas sagt noch: »Die *Nimbus* sollte bald hier sein. Wir sehen uns.« Anschließend verschwindet sie ohne ein weiteres Wort in der Lavaröhre.

Barell und Norra eilen zum Fenster hinüber und tasten es ab. Sie suchen nach Angeln, einem Riegel, irgendetwas. Schließlich erklärt Norra, dass sie nichts finden kann, und er nickt. Dann geht er hinüber, nimmt den Stuhl, auf dem Jas eben noch saß, und schleudert ihn kommentarlos durch die Scheibe.

Klirr!

Der Stuhl schlägt ein Loch in das Glas und verschwindet außer Sicht.

Barrel tritt den Rest der Scheibe mit dem Stiefel aus dem Rahmen.

Draußen, über dem Nebel und den Gipfeln weiterer, dunkler Berge erspäht Norra ein Schiff – ein SS-54-Kampfschiff. Die *Nimbus*.

Temmin.

»Sag Vizeadmiral Gedde, dass seine Mitfluggelegenheit hier ist«, grinst Norra. Dann begeht sie den Fehler, nach unten zu blicken. Ein Schwindelgefühl überkommt sie. »Und sag ihm auch, ich hoffe, dass er Höhenangst hat.«

Klappernd und ratternd schneidet die *Nimbus* durch den Nebel über Vorlag. Die Ionentriebwerke auf beiden Seiten sind horizontal ausgerichtet und heulen laut, während das Kampf-schiff – vom Hersteller, den Botajef-Werften, als leichter Frachter deklariert, um offizielle Bestimmungen zu umgehen – dahinrast. Vor ihm taucht Slussen Cankers Vulkanfestung aus dem Dunst auf; ihre gekrümmten Türme sehen aus wie verkohlte Knochenfinger, die sich dem Himmel entgegenrecken, als wollten sie ihn zu sich herunterzerren.

Temmin sitzt an den Kontrollen, den Steuerbügel ganz nach vorne gedrückt. Das Schiff ist nicht so schnell wie ein X-Flügler, aber es hat *Kraft* – vor allem jetzt, nachdem er einige Modifikationen an den Triebwerken durchgeführt hat. Es bewegt sich träge, aber entschlossen, und während er es fliegt, pocht Temmin das Blut in den Schläfen wie eine akivanische Trommel. Er lässt seine Knöchel knacken und spreizt die Finger; eine nervöse Angewohnheit, die er sich von seinem Vater abgeschaut hat.

»Bist du bereit?«, fragt er seinen Kopiloten.

»ROGER-ROGER«, antwortet Mister Bones. Der B1-Kampf-droide ist gleichermaßen Leibwächter und Freund, und er verfügt über mehr als ein paar »spezielle Modifikationen«. Sein rot-schwarzer Körper erinnert an ein menschliches Skelett, gekrönt vom Schädel eines Felsgeiers – und Temmin hat im Lauf der Jahre daran gearbeitet, ihn noch einschüchternder zu gestalten. Gezackte Metallstücke sind aus der Vorderseite seines Kopfes geschnitten, um den Eindruck von Zähnen zu vermitteln, und seine Hände sind zu Klauen angespitzt. Zudem verfügt sein Körper über ein halbes Dutzend zusätzlicher Gelenke, was ihn noch biegsamer macht als eine normale, ohnehin schon zusammenklappbare B1-Einheit. Die kleinen Knochen, die ihn bis vor Kurzem zierten, mussten leider weichen – ihre Missionen verlangen nach unbemerktem Vorgehen, und Jas war der Meinung, die Knochen würden klirren wie ein Windspiel. Temmin war nicht glücklich darüber, aber er befolgte ihren Rat. Er vertraut ihr, und falls sie sagt, dass sie unauffällig sein müssen ...

Dann ist es eben so.

Auch wenn sie im Moment ungefähr so unauffällig sind wie eine Banthaherde.

»ICH FREUE MICH DARAUF, UNSERE GEGNER AUSZULÖSCHEN«, sagt Bones mit verzerrter, trillernder Stimme. »ICH HOFFE, SIE IN ROTEN DUNST VERWANDELN ZU KÖNNEN. SIE MÜSSEN NUR DEN BEFEHL GEBEN, MASTER TEMMIN.« Die Hände des Droiden sind um die Waffenkontrollen geschlungen. Die *Nimbus* verfügt über gewaltige Durchschlagskraft: ZX7-Zwillingslasergeschütze unter dem gut gepanzerten Cockpit und eine Vierlingskanone auf einem behelfsmäßigen Geschützturm. Jetzt besteht ihre Mission aber nicht darin, die Landschaft mit Laserfeuer in Schutt und Asche zu legen, sondern ihre Freunde abzuholen, also weist Temmin seinen Droiden an, sich zu beruhigen.

Bones nickt und summt vor sich hin, wobei er seinen Schädel rhythmisch zur Melodie bewegt.

»Los geht's«, sagt Temmin, während er Schub von den Triebwerken nimmt, dann richtet er das Schiff auf und geht in einen Schwebeflug über. Von ihrer Position aus kann er den zweithöchsten Turm der Festung sehen – sein Fenster ist zerschmettert.

Seine Mutter – sichtlich nervös und angespannt – winkt ihn näher heran.

Er zeigt an, dass er verstanden hat, und dreht das Kampfschiff zur Seite, sodass die Einstiegsrampe dem Turm zugewandt ist. »Bones, geh und hilf ihnen. Ich halte uns in Position.« Der Droide springt auf, katapultiert sich mit einem Radschlag über den Sitz und verschwindet im Bauch der *Nimbus*.

Temmin legt die Bilder der Außenkamera auf den Schirm und fährt die Rampe aus. Die Seite des Schiffes schält sich nach außen und wird zu einem Einstieg. Bones hilft Norra, ihren Gefangenen an Bord zu bringen, anschließend springt auch Jom mühelos an Bord.

Da trifft etwas die Seite des Schiffes, und die *Nimbus* erzittert.

Die Scanner piepsen, als sie einen Kontakt erfassen.

Vier rote Punkte. Sie nähern sich von achtern.

Temmin überprüft die Signaturen – ein imperialer Shuttle und ein Trio von TIEs. Er ruft über die Schulter: »Wer hat das Imperium zu dieser Party eingeladen?«

Seine Mutter schiebt sich ins Cockpit. »Slussen Canker. Und Gedde – er wollte sich von der Bestrafung für einen desertierten Vizeadmiral freikaufen.« Anschließend erklärt sie ihm, wo Jas und Sinjir sind. »Wir müssen sie holen.«

»Und falls sie nicht da sind?«

»Dann warten wir.«

Unvermittelt streckt Jom seinen Kopf durch die Tür – und so grimmig, wie er dreinblickt, weiß Temmin bereits, was er sagen wird: *Wir lassen sie zurück, die Mission hat Vorrang.* Denn so ist er nun mal. Die Mission ist wichtiger als alles andere. Ganz abgesehen davon scheint er Jas und Sinjir nicht leiden zu können.

Umso größer ist darum die Überraschung, als Jom erklärt: »Wir lassen niemanden zurück.«

Temmin grinst. »Nicht mal einen Imperialen und eine Kopfgeldjägerin?«

»Es sind *unser* Imperialer und *unsere* Kopfgeldjägerin. Also los.«

Temmin dreht das Schiff, fort von der Festung. Laut Scanner kommen der Shuttle und die TIEs schnell von hinten näher.

Da kommt ihm eine Idee. Er neigt das Schiff nach vorne, gibt kurz vollen Schub auf die Triebwerke und kehrt dann abrupt in einen Schwebeflug zurück. Seine Mutter protestiert: »Warum hältst du an? Wir müssen in Bewegung bleiben!«

»Ich weiß, was ich tue«, entgegnet er, während er die *Nimbus* um 180 Grad wendet.

»Temmin. *Temmin*!«

Die TIE-Jäger rasen nun direkt auf sie zu. Sie durchschneiden die Luft wie Rasierklingen, und während sie sich noch im Tiefflug der Festung nähern, prasselt auch schon Laserfeuer auf den Bug der *Nimbus* ein.

Jetzt, sagt sich Temmin.

Er legt einen Schalter um und übernimmt die Waffenkontrollen, dann richtet er die Kanone nach vorne und oben aus und drückt den Abzug. Nanofaserdünne Strahlen zucken aus der Waffe, mehrere Hundert pro Sekunde. Die Geschosse hageln auf den schwarzen Felsturm ein, sodass das Gestein in einem Meer aus Splittern auseinanderbirst.

Wie ein gefällter Baum beginnt der Turm, auf die Seite zu kippen. Und er stürzt direkt auf zwei der TIE-Jäger. Einer wird sofort zerstört – mitten in der Luft zerschmettert, bleibt nichts weiter von ihm übrig als ein flammender Schweif am Rand von Temmins Blickfeld. Die andere Jagdmaschine wird von Trümmern am Flügel getroffen, und sie wirbelt unkontrolliert dem Boden entgegen, wie ein Vogel, dem man einen Flügel abgeschnitten hat.

Jom klopft dem Jungen auf die Schulter. »Gut mitgedacht, Junge. Jetzt lass uns unsere Leute holen und von hier verschwinden.«

Was ist aus meinem Sohn geworden?

Die Frage sticht in Norras Bauch wie ein Messer. Ihre Gedanken sind völlig von ihrem Handeln losgelöst, als wäre sie zwei unterschiedliche Personen. Eine davon ist die innere Version von Norra, ein Bündel aus Sorgen und Ängsten; die andere ist Norra, die Soldaten, die Pilotin, die die Waffensysteme übernimmt und die Festung mit Laserfeuer beharkt.

Die innere Norra ringt mit einem Durcheinander von Gefühlen, die alle um die Vorherrschaft kämpfen wie Planetensysteme, die einander dominieren wollen. Ihr Sohn tut genau das, was er tun soll; er kämpft für die Neue Republik. Das Imperium ist ihr Feind. Was er getan hat, ist schlau, gerissen, ein Beweis seiner Fähigkeiten – was bedeutet, dass er jetzt wirklich beides ist, Soldat und Pilot.

Doch ist es das, was sie für ihn will?

Er ist jung, gerade erst fünfzehn (obwohl er in Kürze Geburtstag hat, erinnert sie sich; die Zeit vergeht so schnell, und umso schneller, wenn man Kinder hat). Nun hat er gerade zwei TIE-Jäger zerstört. Mehr noch – er hat zwei Piloten *getötet*. Zwei Leben ausgelöscht. Die Frage ist nicht, ob sie dieses Schicksal verdienten; sie waren Soldaten in einem Krieg, und sie kannten die Risiken. Die Frage ist, was das aus Temmin macht. Sie wird den Gedanken nicht mehr los. Werden seine Taten ihn verfolgen? Ist er zu jung, um wirklich zu verstehen, was hier vor sich geht? Wird er eines Tages aufwachen und die Geister der Toten hören? Oder wird es ihn zu schnell abhärten – wird es die Güte in ihm auslöschen und ihn in jemanden wie Jom Barell verwandeln?

Diese Gedanken zerreißen sie innerlich, während sie weiter ihrer Pflicht nachgeht und die Geschütze bedient. Als Temmin das Schiff auf den Eingang der Fütterungshöhle zusteuert, mäht sie die maskierten Wachen nieder, die herbeieilen, um Cankers Reich zu verteidigen.

»*Da*«, sagte Jom, wobei er ihr eine Hand auf den Unterarm legt. Seine Stimme klingt weit entfernt. Norras Puls pocht in ihrer Brust, in ihrem Hals, in ihren Handgelenken. Das Adrenalin frisst sie auf, so wie die Kanone den Turm der Festung zernagt hat. Sie blinzelt und verdrängt alles andere.

Zwei weitere Wachen tauchen am Ausgang der Höhle auf, aber bevor sie irgendetwas unternehmen können, zucken sie beide zusammen und kippen mit dem Gesicht voran in den Abgrund. Hinter ihnen erscheinen Jas und Sinjir. Erstere hält ihren Blaster in der einen Hand, während sie Sinjir mit der anderen stützt. Er humpelt neben ihr her, und sein Arm hängt noch immer leblos an der Seite herab.

Der letzte TIE rast von oben heran, und Norra richtet die Kanone rasch auf dieses neue Ziel aus, während Temmin die *Nimbus* dicht vor den Ausgang navigiert. Eine kurze Salve lässt den TIE abdrehen; zumindest für den Moment bricht er seinen Angriff ab.

Jetzt sind Jas und Sinjir an Bord, und Jom ruft dem Jungen zu: »Voller Schub.«

Norras Blut rauscht aus ihrem Kopf in ihre Füße, als die *Nimbus* beschleunigt und durch die Atmosphäre über Vorlag jagt. Doch der TIE-Jäger setzt sich rasch auf ihre Spur und nimmt die Verfolgung auf.

3. Kapitel

Sloane steht im Zentrum eines glühenden, blauen Kreises und wendet sich an die Galaxis.

»Hier spricht Großadmiral Rae Sloane, Kommandantin der imperialen Flotte und somit de facto Oberhaupt des Galaktischen Imperiums. Das Imperium bleibt weiter unermüdlich in seinem Kampf gegen die anarchistische, kriminelle Regierung, die sich die Neue Republik nennt. Der Traum einer sicheren, geordneten und vereinten Galaxis ist nicht mit dem glorreichen Imperator Palpatine untergegangen. Das Galaktische Imperium strebt weiterhin unermüdlich und gewissenhaft nach dem Ziel, Ordnung und Stabilität wiederherzustellen, wo es im Moment nur Chaos gibt. Unterdessen setzt die Neue Republik ihre eigene Mission fort: zu zerstören, was wir gemeinsam aufgebaut haben. Das Verbrechen ist zehnmal stärker in die Galaxis zurückgekehrt, und die Unterweltdynastien nisten sich wieder auf Welten ein, die einst durch das Imperium vor ihrem giftigen Einfluss geschützt wurden. Versorgungsrouten werden unterbrochen und viele Welten nagen am Hungertuch. Der zersetzende Einfluss der Neuen Republik hat zahllose Arbeitsplätze, Existenzen und Leben zerstört.«

Das ist der Moment, denkt sie. Sie wählt eine stählerne Haltung und – wie nannte ihr neuer »Berater« es doch gleich? *Einen bronzenen Tonfall.*

»Aber fürchtet euch nicht. Das Imperium wird bestehen, so sicher wie ein Berg, sicher wie die Sterne in all den Systemen der Galaxis. Wir werden diese falsche Regierung für ihre Verbrechen bestrafen. Während ich hier spreche, bauen wir neue Schiffe und Basen, entwickeln neue Technologien, um euch zu beschützen. Das Imperium wird euch helfen. Wir werden euch retten. Und wir werden zurückschlagen, unsere Feinde vernichten. Bewahrt Ruhe. Bewahrt eure Loyalität. Mit aufrichtigen Herzen wie euren wird unser Sieg – der Sieg des Guten in der Galaxis – nicht lange auf sich warten lassen.«

Sie nickt knapp, und das blaue Glühen rings um sie verblasst. Der Kreis wird dunkel, und einen Moment steht sie im Dunkel und lauscht dem Gemurmel und den scharrenden Füßen. Es ist ein Moment des Friedens, selten und wertvoll, und sie klammert sich daran, wie ein Kind sich an seine Puppe klammert.

Anschließend erwachen die Lichter wieder zum Leben, und sie ist zurück in ihrem neuen Leben.

Sie steht in der Mitte des Büros für Imperiale Förderung, Galaktische Wahrheit und Faktische Korrektur. Die meisten nennen es nur das BIF. Es entstand aus der Asche der KOMENOR – der Kommission zur Erhaltung der Neuen Ordnung – und soll dem Einfluss der Neuen Republik in den galaktischen Systemen und Sektoren entgegenwirken.

Sloane ist oft hier, aber sie kann nicht behaupten, dass es ihr gefällt.

Ferric Obdur und seine Assistentin – ein hübsches Ding, aber so bleich, dass Rae die dunklen Adern unter ihrer Haut sehen kann – treten vor und helfen ihr von der Projektorplattform. Obdur ist älter als sie, ein jähzorniger Prolet mit silbrigen Bartstoppeln an Wangen und Kinn, und er ist so etwas wie ein Relikt aus alten Tagen. Als junger Soldat der Armee erlebte er sogar die turbulente Wandlung der Republik zum Imperium mit. Er half dabei, die Informationsstrategie zu entwickeln, die während der Übergangsjahre wieder Ruhe in der Galaxis schuf, und genau aus diesem Grund ist er jetzt der oberste Presseoffizier. Sloane hat ihm diesen Posten zugewiesen, aber nicht aus freiem Willen. Vielmehr hat sie nur die Entscheidung einer *anderen* Instanz weitergeleitet.

Wie immer lächelt Obdur. Da ist ein Funkeln in seinen Augen, als würde er glauben, dass er mehr weiß als sonst jemand in diesem Raum. »Großadmiral Sloane, das war hervorragend. Höchstens ein wenig ... steif.«

»Mir wurde gesagt, ich solle eine stählerne Haltung einnehmen.«

»Natürlich, natürlich. Wie gesagt, es war hervorragend. Falls Sie mir folgen würden, da sind ein paar Bilder, die sie sich ansehen sollten.« Er führt sie zu einem langen Metalltisch an der hinteren Wand – ein Tisch mit integrierten Lampen, die nun flackernd zum Leben erwachen. Anschließend klappt der Presseoffizier eine Mappe auf und breitet mehrere durchschimmernde Fotografien vor sich aus. Durch die Beleuchtung von unten werden ihre Linien und Farben nach oben in die Luft projiziert. »Das sind Plakate, wie Sie sehen können. Sie werden auf sicheren und umkämpften Welten aufgehängt.«

Ein Plakat zeigt zwei Sturmtruppler, die einer Not leidenden Menschenfamilie einen Korb mit Früchten reichen. Auf einem anderen ist eine kleine Einheit der Neuen Republik zu sehen – dargestellt als schmutzige, unrasierte Fieslinge mit schief sitzenden Helmen –, die ihre Flammenwerfer auf den Eingang einer imperialen Schule richten. Hinter den Fenstern kann man schreiende Kinder sehen. Weitere Republik-Soldaten sind auf einem dritten Plakat abgebildet, und hinter ihnen prangt der Schatten eines Hutten.

Dieses Motiv zieht Obdur in die Mitte des Tisches. »Das hier gefällt mir nicht wirklich. Zu subtil. Das Ziel ist natürlich, die Verbindung zwischen den Rebellen und kriminellen Organisationen hervorzukehren. Aber wir brauchen mehr als nur eine Andeutung. Die Verbindung muss unmissverständlich sein, ein Schlag ins Gesicht, eine Dosis kalte, harte Realität.«

Realität, wiederholt Sloane in Gedanken. Wie ironisch. Nichts von alledem ist real. Und das sagt sie auch: »Warum greifen wir auf solche … Übertreibungen zurück, wo die Wahrheit doch vollkommen ausreicht? Wir haben die Fakten auf unserer Seite. Das Imperium *ist* Stabilität. Die Galaxis ist zu groß, als dass sie sich selbst überlassen werden könnte, und die Selbstbestimmung, die die Neue Republik verspricht, ist nicht realisierbar. In der Theorie klingt es natürlich schön, aber …«

»Ihre Waffen in diesem Krieg sind Schiffe und Blaster und Rüstung. Meine Waffen sind Worte. Und wichtiger noch: *Bilder.* Bilder, die eine *künstlerische Interpretation* der Realität zeigen. Fakten lassen sich drehen und wenden, aber diese Bilder zeigen die Wahrheit, von der sie sprechen – auch wenn sie sie nicht *präzise* wiedergeben.« Obdur legt ihr beruhigend die Hand auf den Unterarm. Die Geste ist vielleicht gut gemeint, aber sie verfehlt ihre Wirkung. Rae zieht ihren Arm zurück, dann packt sie sein Handgelenk und verdreht es grob.

»Ich bin Großadmiral Sloane, keine mädchenhafte Assistentin, die sie betätscheln oder beschwatzen können. Fassen Sie mich noch einmal an, und ich werde das entsprechende

Glied abhacken und sämtliche Nerven im Stumpf abtöten lassen, damit keine robotische Hand je ihren Befehlen gehorcht.«

Obdurs Gesicht wird aschfahl, aber er lächelt unvermindert weiter, das muss sie ihm lassen. Er stößt ein bellendes Lachen aus. »Mein Fehler, Admiral. Sie haben natürlich recht. Verzeihen Sie bitte.« Er fährt sich mit der Zunge über die Lippen. »Habe ich Ihre Zustimmung für diese Plakate? Oder sollen wir die Entwürfe ändern?«

Sloane zögert. Sie hat einen bitteren Geschmack in ihrem Rachen, wie Gift. Es widert sie an, aber sie muss nachgeben: »Benutzen Sie diese Entwürfe. Sie haben meinen Segen.«

In diesem Moment trifft sie die Erkenntnis, so heftig wie ein Blasterstrahl durch die Stirn.

Ich bin nicht länger ein Admiral.

Ich bin jetzt eine Politikerin.

Der Schauder, der über ihre Wirbelsäule rinnt, lässt sich nicht unterdrücken. Ihre einzige Rettung vor all dieser *Politik* ist ihre persönliche Assistentin, Adea Rite. Eine intelligente junge Frau, stark und entschlossen – und bedingungslos loyal. Sloane fürchtete erst, sie würde das Mädchen nie wiedersehen, doch der Einfluss von Flottenadmiral Gallius Rax reicht weit. Er hat Leute in der Neuen Republik, und um ihr einen Gefallen zu tun, ließ er Adea von Chandrila fortbringen, bevor sie in eine Gefängniszelle gesperrt wurde. Sloane weiß diesen Gefallen wirklich zu schätzen, denn das Imperium braucht mehr Adea Rites und weniger Ferric Obdurs.

»Admiral«, sagt Adea.

»Das sollte deine Aufgabe sein«, flüsterte Rae leise. »Du solltest für die Propaganda zuständig sein.«

»Ich bin sicher, er tut sein Bestes, wie ich an Ihrer Seite mein Bestes gebe.«

Das ringt Sloane ein seltenes Lächeln ab. »Was steht als Nächstes auf dem Tagesplan?«

»Da gibt es eine kurzfristige Änderung.«

»Hm?«

»Er erwünscht Ihre Gegenwart.«

»*Oh.*« Er. Ihr »Berater«. »Wann?«

»Jetzt gleich, Admiral.«

Mit stählerner Haltung und bronzenem Tonfall sagt Sloane: »Dann lass uns gehen.«

Rae Sloane weiß sehr wenig über Flottenadmiral Gallius Rax. Eigentlich nur Folgendes:

Er trat mit zwanzig der Flotte bei – das ist nun zwei Jahrzehnte her. Für jemanden ohne nennenswerten Hintergrund gab er sein Debüt auf einem ungewöhnlich hohen Posten, denn kaum dass er den Dienst angetreten hatte, wurde er zum FGD – dem Flottengeheimdienst – versetzt und in den Rang eines Commanders erhoben. Seine Berichte wanderten direkt an die höchsten Stellen, er war weder seinen Vorgesetzten, noch den Vizeadmirälen des Büros, Rancit und Screed, Rechenschaft schuldig. Stattdessen erhielt Rax seine Befehle direkt von Wullf Yularen, bis dieser beim Angriff der Rebellen auf den ersten Todesstern ums Leben kam.

Nach Yularens Tod schickte Rax seine Berichte ganz nach oben, an Imperator Palpatine höchstpersönlich.

Neunzig Prozent dieser Berichte wurden gelöscht, was bedeutet, dass der Rest fast völlig unverständlich ist. Die einzige nützliche Information, die Adea zutage fördern konnte, ist die Dauer seines FGD-Dienstes unter Yularen und unter Palpatine.

Sloane hat sich die verbliebenen Teile seiner Berichte durchgelesen, aber es hat ihr nicht wirklich weitergeholfen. Es scheint, als hätte er den Großteil seiner Missionen am Äußeren Rand bestritten. Andererseits war sie ebenfalls dort draußen, und während all der Jahre hat sie kein einziges Mal von ihm gehört.

Die Informationen darüber, was nach dieser Zeit geschah, sind noch magerer. Fest steht nur, Rax gilt als Held des Galaktischen Imperiums, und er hat eine beachtliche Sammlung von Auszeichnungen angehäuft: Novastern, Verdienstmedaille, Orden des Galaktischen Krieges gegen Aufständische, das Ehrenband der Goldenen Sonne und die berühmte (wenn auch umstrittene) Medaille des Imperialen Willens. Doch wodurch er sich diese Auszeichnungen verdient hat oder wann sie ihm verliehen wurden, lässt sich nicht mehr rekonstruieren.

Rax ist ein Phantom – einst nur ein Name, der nun aber plötzlich Gestalt angenommen hat. Zumindest beschleicht Sloane jedes Mal dieser Eindruck, wenn sie mit ihm in Kontakt tritt. Als würde sie mit dem Hologramm eines Toten sprechen, einer Illusion, die nur real wirken soll.

Selbst jetzt hat sie noch dieses Gefühl.

Sie betritt den Raum. Er will das Treffen hier abhalten, in seiner Kabine, nicht auf der Brücke. (»Das ist Ihr Territorium«, wie er zu sagen pflegt. »Sie kontrollieren die Flotte, nicht ich.« Da ist ein unausgesprochener Teil dieser Aussage, den sie selbst in Gedanken hinzufügt: *Aber ich kontrolliere Sie, »Großadmiral« Sloane.*)

Seine Kabine ist weit weniger asketisch, als man angesichts der imperialen Ästhetik erwarten würde. Die Grau- und Schwarztöne werden durch bunte Einsprengsel konterkariert: ein seltsamer, roter Wandteppich, dessen verschlungene Muster einen in den Wahnsinn treiben, wenn man zu lange hinsieht; ein zylindrisches Aquarium mit kleinen Kreaturen, deren Organe in verschiedenen Farben leuchten; eine goldene Kette, die zwei sichelförmige Vibroklingen in einem Schaukasten aus Sicherheitsglas verbindet, beleuchtet von einem kleinen Scheinwerfer, der die komplexen Verzierungen auf den Waffen enthüllt.

Im Augenblick hellt eine weitere Farbe den Raum auf: das blaue Glühen einer galaktischen Karte. Sloane kann die territorialen Trennlinien sehen, und erkennt, dass sie den letzten Stand der politischen Unruhen zeigen. Die Galaxis sieht aus, als wäre sie auseinandergerissen und zu einem hässlichen Flickenteppich zusammengenäht worden. Einige Systeme sind zur Neuen Republik übergelaufen, und ebenso viele haben sich von jeglicher Zugehörigkeit losgesagt. Der Teil, der vom Imperium kontrolliert wird, schrumpft zusehends. Die Neue Republik hat einen verderblichen Effekt; ihre beständigen Attacken zeigen Wirkung. Unvermittelt überwältigt der Anblick der Karte Sloane, und sie spürt Furcht in sich hochsteigen.

Rax scheint es nicht zu bemerken. Eigentlich sollte sie froh darüber sein; tatsächlich fühlt sie sich dadurch nur noch einsamer.

Er trägt nicht länger seine Uniform, sondern eine Robe, rot wie Blut, die bis auf den Boden herabreicht. Bei Treffen, bei denen er seine offizielle Rolle als ihr sogenannter Berater spielt, hüllt er sich normalerweise in die Kleidung eines Flottenadmirals, aber hier, in seiner Kabine, zieht er etwas Bequemeres vor. Er wendet sich ihr zu, ein selbstsicheres, grausames Lächeln auf seinen Zügen. Eine Augenbraue wandert nach oben, und er breitet die Arme aus. »Admiral Sloane. Danke, dass Sie gekommen sind.«

Als hätte ich eine Wahl. Wenn der Puppenspieler an den Fäden zieht ...

»Aber gewiss doch«, ist alles, was sie erwidert.

»Wie ergeht es Ihrem Imperium?« Seinen Worten mangelt es nicht an Ironie. Der Sarkasmus ist so subtil, dass er den meisten nicht einmal auffallen würde. Doch Rae hört ihn. Sie erinnert sich daran, wie er eines Nachts vor mehreren Monaten erklärte: *Das ist nicht länger unsere Galaxis.* Er sagte, dass sie verloren hätten, dass das Imperium, dem sie diente ... wie waren noch seine Worte gewesen? Dass es plump wäre. *Vulgär.*

Stählerne Haltung, bronzener Ton.

»Wir konzentrieren uns zu sehr auf Propaganda, aber Herzen und Köpfe lassen sich nicht durch Plakate an Cantinawänden gewinnen. Dafür sind militärische Siege über die Neue Republik vonnöten.«

Er macht *hmm*, dann tritt er mit einem dramatischen Schritt durch das blaue Phantom der galaktischen Karte und macht eine bedeutsame Handbewegung. »Das ist ein guter Punkt. Eine militärische Gegenoffensive ist derzeit noch nicht möglich, aber sagen Sie Obdur, er soll Videomaterial von unseren Siegen über die republikanischen Verräter suchen. Schlachtaufnahmen. Gewalttätig, aber nicht *zu* gewalttätig. Wir müssen wie heldenhafte Eroberer wirken, nicht wie brutale Schläger. Würde das Ihre Sorgen lindern, Admiral Sloane?«

Nein, denkt Rae, dennoch nickt sie steif. »Es ist ein Anfang. Aber ich bin unzufrieden – *zunehmend* unzufrieden – mit dieser künstlichen ...«

Er unterbricht sie. »Kennen Sie sich mit der Oper aus?«

»Was?«

»Die Oper. *Der nonagonische Zyklus? Die Esdrit und der Tholothianer? Das Meisterstück von Illure Beelthrak*? Selbst die Hutten hatten ihre eigene Oper – eine äußerst ... abstoßende Geschichte über Verrat und Fortpflanzung. Die *Lah'chispa Kah*

Soh-na.« Er schneidet eine säuerliche Grimasse. »Die Galaxis sollte von singenden Würmern verschont bleiben.«

»Ich kenne ein paar Opern, aber ich bin kein Enthusiast.«

Er faltet die Hände. »Sie sollten einer werden. Es wird unsere Zusammenarbeit befriedigender für Sie machen. Die Oper bewegt mich. Und doch ist nichts davon real. Das ist, was Sie verstehen müssen: Nur, weil etwas nicht echt ist, heißt das nicht, dass es keine Wirkung haben kann. Die Instrumente und der Gesang, das Drama und das Melodrama, das Pathos und die Tragödie. Alles eine Lüge. *Fiktion.* Und doch vermittelt das, was auf der Bühne geschieht, eine gewisse Wahrheit. Fakten und Wahrheit, das sind zwei verschiedene Dinge. Ich persönlich interessiere mich mehr für die Wahrheit als für die Fakten. Das Künstliche soll mir recht sein, solange es unseren Zielen dient. Und in diesem Fall tut es das.«

»Aber ...«

Mit einem Mal wirkt er ungeduldig. Seine Nasenflügel beben, und seine Hände ballen sich zu Fäusten. »Wir sind uns doch einig, dass die Neue Republik gefährlich ist, oder?«

»Ja, natürlich.«

»Wir sehen das, weil wir einen höheren geistigen Blickwinkel haben. Aber die meisten anderen? Sie sind Narren. Ich weiß, dass Sie diese Einschätzung teilen. Und solange wir beide die Wahrheit kennen, sehe ich nichts Problematisches daran, die geistig Schwachen zu einer Schlussfolgerung zu bringen, die wir bereits erreicht haben. Sie brauchen das Drama und das Melodrama, damit ihnen klar wird, was für Sie und mich offensichtlich ist. Unsere Augen sind weit geöffnet. Andere brauchen hingegen einen leichten Schubs in die richtige Richtung. Habe ich mich jetzt deutlicher ausgedrückt?«

Sloane schluckt hart. Obwohl seine Stimme ruhig und bedächtig ist, kann man ihm die Verärgerung deutlich am Gesicht ablesen. Eine Art ruhige Intensität geht von ihm aus. Sie muss daran denken, wie sie einst, vor einer halben Ewigkeit, ihr Kriegsschiff – die *Dreadstar* – bei einer schwebenden Treibstoffanlage betankte, hoch über dem Meer von Carawak auf dem neunten Mond von Tilth. Ein Sturm zog auf, und das Meer sah genauso aus wie Rax jetzt. Die Wellen waren grau wie Stahl, und obwohl sie sich nicht auftürmten, brodelten und schäumten sie. Als der Sturm dann schließlich losbrach … verwandelte sich die See in ein Monster.

Genau daran erinnert sie Rax.

Wann wird dieser Sturm losbrechen? Wird er dann ebenfalls zu einem Monster?

Vielleicht ist sie auch einfach nur paranoid.

»Ich verstehe«, sagt sie schließlich. »Was mir nicht ganz so klar ist, ist unser Ziel.«

Er grinst. »Unser Ziel ist der Wiederaufbau des Imperiums – eines stärkeren, schlankeren Imperiums.«

»Ja, aber wie sollen wir das anstellen? Wir haben keinen Kontakt zu Mas Amedda gesucht, obwohl der noch immer auf Coruscant die Stellung hält. Werden wir einen neuen Imperator wählen? Unser Treffen auf Akiva war …« *Ein gefährlicher und unausgegorener Fehler*, denkt sie. Laut sagt sie hingegen: »Eine notwendige List, aber das ändert nichts daran, dass wir Einigkeit brauchen. Da sind Moffs, die rebellieren und behaupten, Palpatine sei noch am Leben. Da sind Leute wie Großgeneral Loring, der auf Malastare belagert wird. Da sind …«

»Haben Sie Vertrauen, Rae. Vertrauen wird unseren Weg erhellen. Überlassen Sie mir diese Probleme. Sie liegen in der Zukunft. Jetzt zählt nur die Gegenwart: Ich habe Aufträge für Sie. Fürs Erste nur einen, aber mehr werden folgen.«

Aufträge. Als wäre sie ein Botenmädchen mit einer Aufgabenliste. Dieses Gefühl ist befremdlich für Sloane. Vielleicht weil sie das Imperium nur nach außen hin kontrolliert. Vielleicht weil sie keine Ahnung hat, wer Rax wirklich ist oder ob er den Respekt verdient, den sie ihm entgegenbringt.

Vielleicht auch einfach nur, weil sie ihm nicht traut.

Er beginnt, in der Kabine auf und ab zu gehen, die Hände steif hinter dem Rücken verschränkt. »Sie müssen jemanden für mich finden.«

Müssen. Noch so ein herrisches Wort. Als wäre sie nur ein Haustier, dass hinter einem geworfenen Ball hergeschickt wird. »Wen?«

»Brendol Hux.«

Dieser Name, er klingt vertraut. Hux, Hux, Hux ...

»Kommandant Hux?«, fragt sie abrupt. »Von der Arkanis-Akademie.« Wieder rinnt ein Gefühl seltsamer, namenloser Furcht durch ihren Körper. Hux bildet Kinder aus, die besten und intelligentesten, die das Imperium zu bieten hat.

»Genau den.«

»Arkanis wird von den Truppen der Neuen Republik belagert.« *Wir sind drauf und dran, dieses System zu verlieren.*

»Ja, und ich möchte, dass Sie ihn persönlich befreien.«

»Befreien? Meinen Sie wirklich *befreien*, oder ist das nur wieder eine Ihrer Metaphern?«

Es wäre nicht das erste Mal, dass sie ein Mitglied des Imperiums ausschalten sollte, weil Gallius Rax es für inkompetent oder für einen Rivalen hielt. Die Ereignisse auf Akiva waren in dieser Hinsicht nur der Anfang, und die Liste derer, die durch sein Zutun ums Leben kamen oder als vermisst gelten, ist seitdem deutlich gewachsen. Rax vergleicht diese Ausdünnung des Imperiums mit dem Schärfen einer Klinge, dennoch kann

Sloane sich nicht mit seinen Methoden anfreunden. Im Gegenteil, sie empfindet sie als Übelkeit erregend.

Er entblößt die Zähne zu einem Grinsen. »Fürs Erste sollen Sie ihn retten. Hoffentlich wird er unsere Mühen zu schätzen wissen und sich unserer Sache anschließend. Er hat ein Kind – einen unehelichen Jungen, falls ich korrekt informiert bin. Die Mutter ist nicht seine Frau, Maratelle, sondern irgendeine ... *Küchenhilfe.* Die beiden können Ihnen egal sein, aber ein Kind ist ein Kind, und Blut ist Blut, also sorgen Sie dafür, dass der Junge ebenfalls gerettet wird.«

»Ist es wirklich klug, Ressourcen auf die Rettung eines Jungen zu verwenden?«

»Das Imperium muss fruchtbar und jung bleiben. Kinder sind entscheidend für unseren Erfolg. Viele unserer Offiziere sind alt, darum brauchen wir diese Art von Vitalität. Diese *Energie*, die die Jungen uns verleihen können. Das Imperium braucht Kinder.«

Das Imperium braucht Kinder.

Mehrfach wiederholt sie diesen Satz im Geiste.

Und mit jedem Mal wird er noch erschreckender.

Aber hat er damit nicht recht? Die Neue Republik wird von den Jungen angetrieben. Sie mögen naiv sein, aber es mangelt den Rebellen nicht an Überzeugung. Sie sind voller Energie, und auch wenn sie nicht immer die nötigen Fähigkeiten besitzen, lässt sich an ihrem Engagement nicht rütteln.

Sie sagt: »Wir könnten einige der Familienprogramme aus den frühen Tagen des Imperiums wieder einführen. Die Leute durch Begünstigungen ermuntern, Familien zu gründen und Kinder zu kriegen.«

Rax klatscht strahlend in die Hände. »Ja. Ich wusste, wir würden ein großartiges Team abgeben, Rae. Wenn wir unsere

Fähigkeiten bündeln, wird am Ende sich keine Welt mehr dem Imperium verschließen. Die gesamte Galaxis wird uns gehören. Danke.«

Sie nickt zögerlich. »Sicher.«

»Sobald Sie Ihre Mission erfüllt haben und Hux wieder in unserer Mitte ist, können wir unseren Schattenrat aus der Taufe heben. Dann wird sich die Marschrichtung des Imperiums klären.«

Schattenrat? Sie muss nicht einmal danach fragen; der Ausdruck auf ihrem Gesicht ist genug, um Admiral Rax zu einer Erklärung zu bewegen.

»Verzeihen Sie, hatte ich es noch nicht erwähnt? Ich formiere einen Schattenrat, um das Imperium hinter den Kulissen zu lenken. Nur die Besten werden einen Sitz in diesem Rat haben, die klügsten und loyalsten imperialen Köpfe. Sobald Hux sich uns anschließt, werden wir unsere erste Sitzung einberufen – Sie sind natürlich ebenfalls Mitglied. Aber die Details können wir besprechen, wenn Sie wieder hier sind. Ich wünsche Ihnen eine sichere Reise, Admiral Sloane. Mögen die Sterne Ihren Erfolg beflügeln.«

Fast erwartet sie, dass er hinzufügt: *Und jetzt gehen Sie und tun Sie, was ich Ihnen gesagt habe.* Doch er wendet sich lediglich ab und tritt einmal mehr in den blauen Schein der Sternkarte.

Gallius Rax' Worte haften in ihrem Gedächtnis wie ein übler Geruch. *Vertrauen wird unseren Weg erhellen. Das Imperium braucht Kinder. Ich formiere einen Schattenrat …*

So führt man kein Imperium. Der Mann will einen Kult, keine Regierung. Die Gerüchte über Palpatine reichten von bizarr bis unheilvoll: dunkle Märchen darüber, dass er Wesen opferte oder Kinder jagte; Erzählungen darüber, dass er monatelang verschwand; Ängste, dass der alte Mann unsterblich war und nicht nur eines, sondern viele Leben gelebt hatte. Doch ganz gleich, wie wahr oder falsch diese Geschichten auch sind, eine Tatsache bleibt bestehen, nämlich die, dass Palpatine stets die Stabilität des Imperiums garantiert hat. Er herrschte weniger als Politiker und mehr als kapuzenverhüllter Theokrat, aber imperiale Welten mussten nie Hunger leiden; nie breitete sich Gesetzlosigkeit aus. Die Galaxis befand sich im festen Griff des Imperiums, und das war zu seinem Besten – denn diese Galaxis war zu groß, zu verrückt und zu weit verzweigt, als dass sie sich selbst verwalten könnte. Sie brauchte eine klare Vision, die sie einte. Wenn Palpatine eines konnte, dann, die richtigen Leute so einzusetzen, dass sie die Maschine am Laufen hielten. Er vertraute ihnen. Er ließ sie ihre Arbeit machen. Der Imperator wusste, wann er Befugnisse abgeben musste.

Rax hingegen will zu viel Macht für sich. Seine Hände liegen auf allen Kontrollen.

Sloane weiß nicht, was er wirklich vorhat, und das missfällt ihr. Gallius Rax liebt das Gekünstelte, das Drama. Was verbirgt er vor ihr?

Am Turbolift erwartet sie bereits Adea. Der Rücken des Mädchens ist gerade, ihre Augen leuchten klar. *Das* ist der Stolz des Imperiums. Adea Rite ist die Art Person, die eine Führungsposition einnehmen sollte – mit so jemandem kann man eine loyale, gute Regierung aufbauen. Sie vertraut auf Daten und Logik, auf Ursache und Wirkung, auf Wahrheit und Konsequenz. Sie ist eine viel bessere Imperiale als Brendol Hux – ein sich windender Wurm, der Leute als Werkzeuge und Beiwerk betrachtet. (*Kein Wunder also*, denkt Rae, *dass Rax ihn lebend will.*)

Einen Moment lang driften ihre Gedanken in eine Fantasie

ab, in der Adea Rite mehr ist als nur ihre Assistentin. Eine bessere Tochter könnte man sich nicht wünschen. Natürlich hat Sloane nie diesen Weg beschritten; sie hat nie erwogen, eine Familie zu gründen, denn das wäre nur ein weiterer Vorwand für die Männer an der Macht, sie unten zu halten, ihren Aufstieg zu behindern. Doch jetzt fragt sie sich, wie ihr Leben wohl ausgesehen hätte, hätte sie diesen anderen Pfad gewählt. Eine Familie. Ein Ehemann. Eine Tochter wie Adea ...

Als Sloane den Turbolift betritt, folgt Rite ihr und reicht ihr einen Datenblock mit ihrem überarbeiteten Terminplan. Die Türen schließen sich hinter ihnen, und in diesem Moment endet auch Raes Tagträumerei von einer Familie. Für diesen Traum ist es schon viel zu spät, entscheidet sie.

Sie nimmt den Datenblock, würdigt ihn aber keines Blickes. Stattdessen starren ihre Augen auf einen Punkt viele Tausend Kilometer entfernt.

»Stimmt etwas nicht?«, fragt Adea.

Der Turbolift setzt sich in Bewegung und trägt sie zu den unteren Decks der *Ravager*, des letzten imperialen Supersternzerstörers. Doch nun stellt sich Sloane plötzlich die Frage: Ist er das wirklich? Sie hat es bislang als Tatsache akzeptiert, aber sagte Rax nicht, Fakten und Wahrheit sind zweierlei Dinge. Sie macht sich eine mentale Notiz, dass es Zeit für eine neue Auflistung sämtlicher Schiffe in der Flotte ist. Das heißt ...

Sie hält den Lift an.

»Adea«, sagt sie, »ich brauche deine Hilfe.«

Die junge Frau blickt sich verwirrt um. »Warum haben wir ...?«

»Weil das eine vertrauliche Unterhaltung ist und ich nicht möchte, dass uns jemand belauscht, dem ich vielleicht nicht vertrauen kann.« *Und die Liste der Leute, denen ich vertrauen kann, ist kürzer, als mir lieb ist.* »Ich ... bewundere Admiral Rax, aber er ist mir ein Rätsel. Ich bin nicht sicher, ob ich ihm zutraue, das Imperium weise zu führen.«

Adea gehört zu der Gruppe, die weiß, dass Sloanes Macht hinter der von Rax zurücksteht. Viele der Offiziere an Bord dieses Schiffes wissen es, was bedeutet, dass es früher oder später auch der Großteil des Imperiums erfahren wird. Doch Rae hat im Moment keine Zeit, um sich darüber Gedanken zu machen.

»Ich werde noch einmal versuchen, etwas über seine Vergangenheit herauszufinden«, erklärt Adea.

»Nein. Darum kümmere ich mich diesmal. Nicht, weil ich dir nicht trauen würde. Aber ich brauche dich für etwas anderes. Zunächst musst du mir eine Liste sämtlicher Schiffe zusammenstellen, die zu Palpatines Lebzeiten in imperialen Diensten standen. Zweitens musst du wieder Kontakt zu dem Kopfgeldjäger aufnehmen. Finde Mercurial Swift und arrangiere ein Treffen. Oh, und ich brauche außerdem einen Entwurf für ein neues Familienförderprogramm. Ein imperialer Bürger erhält für jedes Kind, das er hat, eine Begünstigung; vielleicht eine Steuererleichterung oder einen bezahlten Urlaub. Kannst du das für mich tun?«

»Ja, sicher.«

Diese beiden Worte, so wertvoll und perfekt.

Ja, sicher.

Keine Widerworte. Keine Frage. Nur eine Bestätigung.

»Gut.«

»Was haben Sie vor, Admiral?«

»Im Moment ist alles ziemlich verworren, Adea. Ein Knoten, der sich nicht lösen will. Und weißt du, wie man so einen Knoten entwirrt?« Sie schmunzelt. »Man schneidet ihn durch.«

Intermezzo
Velusia

Das Kolo-ha-Atoll: der Krater eines erloschenen Unterwasservulkans, der sich durch die Wellen nach oben geschoben hat und als Insel wiedergeboren wurde. Klauenförmig ist sie, diese Insel, und ihre Erde reichhaltig und schwarz wie pulverisierter Ruß. Die Pflanzen, die daraus sprießen, bilden einen kleinen, verworrenen Dschungel voller bunter Blumen, in dem unzählige Insekten summen. Jenseits der Insel befindet sich ein Ring schimmernden Sedimentgesteins unter der Wasseroberfläche; eine kristalline Masse, die tatsächlich aus den versteinerten Überresten der gallertartigen Chomong besteht, träge dahintreibenden Meereskreaturen, die aussehen wie halb durchsichtige Klumpen aus glühendem Fleisch.

Die Einheimischen essen sie, hat Mon Mothma erklärt, um dann noch hinzuzufügen: *roh*.

Leia schaudert bei dem Gedanken. Während ihrer Zeit als Prinzessin, Botschafterin und General hat sie zahlreiche kulinarische Feuerproben bestehen müssen – von eingelegtem Coodler-Wild auf Goliath Mal (die Textur des Fleisches allein bereitet ihr noch Albträume) bis hin zu Mandlertoks, am Spieß über offenem Feuer gegrillt (sie muss zugeben, diese kleinen

Echsen waren eigentlich ganz schmackhaft, wenn man darüber hinwegsehen konnte, dass sie einem im Mund platzen, wenn man daraufbeißt). Das Unappetitlichste ist und bleibt kurioserweise trotzdem die Proteinpaste, die sie während der frühen Tage der Rebellion des Öfteren essen musste. Sie sah aus und schmeckte wie Dichtungsmasse. Gut möglich, dass es Dichtungsmasse *war*.

Aber seltsame Dinge zu essen gehört nun mal dazu, wenn man mit galaktischen Bürgern zu tun hat, ruft sie sich ins Gedächtnis. Es ist eine willkommene Ehre, wenngleich bisweilen auch eine wenig schmackhafte. Heute ist das zum Glück nicht nötig. Die Insel wird nicht von Velusianern bewohnt – oder von sonst jemandem.

Sie steht auf dem Deck des dahintreibenden Kreuzers – einst ein schwimmender Touristenpalast, der aber schon deutlich bessere Tage gesehen hat. Die meiste Ausrüstung und die meisten Schiffe der Neuen Republik sind ramponiert, zerdellt, von Brandspuren übersät oder schlicht und ergreifend *alt*. Das ändert sich zwar allmählich, während sie ihren politischen Einfluss ausbaut und das Imperium System um System zurückdrängt. Doch fürs Erste müssen sie sich mit alten Rosteimern wie diesem zufriedengeben – und das nicht nur auf dem Wasser, sondern auch in der Luft und zwischen den Sternen.

Während sie so dasteht, tritt eine Frau in Weiß neben sie, deren feuerrotes Haar im Kontrast zu ihrem sanften, beruhigenden Lächeln steht. Mon Mothma hat diese Ausstrahlung. Sie bleibt ausgeglichen, selbst wenn sie besorgt oder wütend ist.

Mon sagt: »Sie wirken skeptisch.«

»Das ist alles mehr als nur ein bisschen verrückt«, erwidert Leia. »Was tun wir hier draußen? Das kann keine ernstgemeinte Bitte gewesen sein.«

»Vielleicht. Aber mir scheint sie durchaus ernst. Und es ist nicht, als wären wir ungeschützt.« Der Blick der Kanzlerin schweift zum Himmel – dort, jenseits der Atmosphäre, wartet eine Flotte von Schiffen der Neuen Republik. Und vor ihnen, auf dem Atoll, warten ihre Soldaten – die meisten von ihnen kompetente Elitekämpfer. »Sie haben die Insel bereits durchkämmt. Entspannen Sie sich, Leia. Wir sind sicher.«

»Es könnte eine Falle sein.«

»Sie klingen paranoid.«

»Das sollte ich auch«, erwidert Organa. »Alles Gute in dieser Galaxis dreht und windet sich wie eine Schlange – gerade, wenn man glaubt, man hat sie, wirbelt ihr Kopf herum, und sie beißt einen.«

»Was ist aus der Idealistin geworden, die ich auf Alderaan kennengelernt habe?« Ein seltener Anflug von Belustigung zerrt an ihren Mundwinkeln. »Wir sehen einander zu selten, Leia. Ich vermisse Sie. Wie geht es Ihrem Mann?«

»Gut«, lügt Leia. Und dann fügt sie noch eine weitere Lüge hinzu, denn wenn man schon so ein Fundament gelegt hat, warum dann nicht ein Haus darauf bauen? »Seine Mission macht Fortschritte. Er ist ein neuer Mensch.«

Mon mustert sie. Ist es Misstrauen, was da in ihren Augen glänzt, oder bildet sie sich das nur ein? »Es muss schwer sein, in solchen Zeiten verheiratet zu sein. Aber ich verspreche Ihnen, die Übergangsphase wird bald vorüber sein. Dann werden Frieden, Wohlstand und – mögen die Sterne uns helfen – ein wenig *Normalität* zurückkehren.« Wieder richtet sie die Augen zum Himmel. Leia sieht es ebenfalls: Ein Schiff tritt in die Atmosphäre ein. Ein Kinro 9747, ein unauffälliger Bergbaufrachter. Selbst von ihrer Position aus kann Organa die Plasmaspuren und die Pockennarben von Trümmereinschlägen sehen.

Hinter ihnen erklingt die Stumme von Sergeant Hern Kaveen, einem bärtigen Pantoraner, der zu den Leibwächtern der Kanzlerin gehört. (Leia wurde gesagt, dass sie ebenfalls Leibwächter benötigt, aber sie hat dankend abgelehnt und erklärt, dass sie ganz gut auf sich selbst aufpassen kann.)

»Er ist hier, Kanzlerin«, sagt Kaveen. Zwei Y-Flügler flankieren das Bergbauschiff, ihre Waffen feuerbereit – nur für alle Fälle.

»Ist er allein?«, will Leia wissen.

»Es ist nur das eine Schiff, mit einer einzigen Biosignatur an Bord.«

Auf dem Atoll wurde ein Abschnitt des Strandes freigeräumt, um eine Landezone zu schaffen, und der Kinro 9747 schwebt darauf zu, wobei seine Abgase eine Woge aus Sand aufs Meer hinausfegen, bevor er schließlich aufsetzt. Eine Gruppe von republikanischen Soldaten umstellt das Schiff mit erhobenen Waffen, und kaum dass sich die Rampe öffnet, stürmen sie hinein.

Trotz der warmen, milden Seeluft überkommt Leia plötzlich ein Frösteln. Sie kennt all die Möglichkeiten: Das Schiff könnte explodieren und diese Männer in den Tod reißen. Oder vielleicht lauert im Inneren etwas noch Schlimmeres auf sie: ein biologischer Kampfstoff, eine chemische Waffe, eine ausgehungerte Kreatur, zum Beispiel ein kybernetisch veränderter Rancor ... Nach allem, was sie erlebt hat, rechnet sie mit allem. Um sie zu schockieren, müsste schon Darth Vader in seiner glänzenden Maske die Rampe heruntersteigen.

Doch dann ruft Kaveen die Soldaten über das Komm.

Ihre Antwort leitet er an die beiden Frauen weiter: »Kanzlerin, sie sagen, alles ist in Ordnung.«

Mon nickt.

Mehr ist nicht nötig.

Die Soldaten eskortieren den Piloten des Bergbauschiffes auf den Strand hinaus.

Mas Amedda ist eine imposante Erscheinung. Seine chagrianische Haut ist blaugrau wie ein stürmisches Meer (im Gegensatz zum hellen Aquamarin des Ozeans hier auf Velusia), und seine langen, in Stacheln endenden Tentakel verleihen ihm etwas Drohendes, Giftiges. Was Leias Ansicht nach nicht ganz falsch ist. Immerhin war dieser Mann einst der engste Berater von Imperator Sheev Palpatine. Nun ist er so etwas wie der stellvertretende Imperator, wenn auch nur in der politischen Arena.

Er beobachtet sie vom Strand aus, und sein Blick haftet weiter auf ihnen, als die Soldaten ihm die Hände hinter dem Rücken fesseln und ihm auf einen der Wasserspeeder helfen. Das Fahrzeug dreht sich auf den Wellen und saust auf das alte Kreuzfahrtschiff zu, wobei es eine Zwillingsspur aus Gischtfontänen hinter sich herzieht.

»Gehen wir's an«, murmelt Leia.

Als sie näher kommen, sehen sie, dass die imposante Gestalt längst nicht mehr so einschüchternd ist wie früher. Er sieht *alt* aus. Verwittert und müde. Die Tentakel auf seinem Kopf wirken schlaff, sein Blick ist hohl und – falls Leia das richtig interpretiert – ohne Hoffnung.

Der Wasserspeeder kommt unter dem Deck des Kreuzers zum Stillstand.

Leia und Mon treten an die Reling und blickten zu Amedda hinab.

»Darf ich an Bord kommen?«, fragt er mit einem leblosen Lächeln.

»Nein«, sagt Mon. »Wir werden uns so unterhalten.«

Er verschwendet keine Zeit. »Ich biete mich Ihnen als Gefangener an. Ich, Großwesir Mas Amedda, Oberhaupt des herrschenden Imperialen Rates, ergebe mich Kanzlerin Mon Mothma und Prinzessin Leia Organa von der Neuen Republik. Führen Sie mich ab.«

Diesmal ist es Leia, die es sagt:

»Nein.«

Ein schockierter Ausdruck huscht über sein Gesicht. »W-was?«

»Wir akzeptieren Ihre ›Kapitulation‹ nicht.«

Mit einem Mal panisch, wendet er sich zu den Soldaten um. »Wollen sie mich erschießen lassen? Hier und jetzt? Das können Sie nicht. Das *wollen* sie nicht. Das … das ist …«

Mon ruft zu ihm hinab: »Beruhigen Sie sich, Mas. Wir richten unsere Gefangenen nicht hin – oder jene, die sich uns als Gefangene anbieten.«

»Wir akzeptieren Sie bloß nicht als Gefangenen«, fügt Leia hinzu.

»A-aber«, stammelt er. »Ich bin das *Oberhaupt* des Galaktischen Imperiums. Ich bin sein *Anführer*. Ich bin der erste Name auf Ihrer Liste. Kein Gefangener wäre wichtiger als ich!«

»Sie sind nur ein Strohmann«, entgegnet Mon.

»Ich habe Informationen! Namen, Details. Ich kann Ihnen helfen. Ich … ich bin den weiten Weg gekommen, von der Hauptwelt geflohen.« Seine Stimme dröhnt, trotzdem ist ihm die Verzweiflung deutlich anzuhören. »Sie werden meine Kapitulation gefälligst akzeptieren! Es verstößt gegen den galaktischen Vertrag der Systeme aus dem Jahr …«

»Das Imperium hält sich schon lange nicht mehr an diesen Vertrag. Dank Ihrer Bemühungen gilt er offiziell als null und nichtig. Und die Namen und Details, die Sie kennen, sind in der gegenwärtigen Situation vermutlich weit weniger beeindruckend, als Sie uns glauben machen wollen, Mas.«

Leia lächelt. »Aber wir könnten Ihnen vielleicht ein Angebot machen, falls Sie Interesse haben, Großwesir.«

»Was immer Sie sagen!«

»Unterzeichnen Sie eine offizielle Kapitulation.«

Zunächst lacht er, aber dann erstirbt ihm das Lachen auf den Lippen. »Sie ... Sie meinen das ernst. Sie wollen, dass ich ... für das gesamte Galaktische Imperium kapituliere?«

»Genau.«

»Ich habe ...« Den Rest der Worte schluckt er hinunter.

Leia weiß, was er sagen wollte, und sie beendet den Satz für ihn: »Sie haben nicht die nötige Macht, richtig?«

»Ich ...«

»Dann verschaffen Sie sich diese Macht. Und kommen Sie das nächste Mal mit einem unterzeichneten Vertrag zu uns.«

»*Das*«, ergänzt die Kanzlerin, »ist das einzige Angebot, das wir akzeptieren. Das einzige Angebot, das Ihnen die Chance auf eine Zukunft ermöglicht. Andernfalls erwarten Sie eine Anklage wegen Kriegsverbrechen und ein gnadenloser Prozess – sofern Sie nicht vorher von Ihren eigenen Leuten aus einer Luftschleuse geworfen werden.«

»Wie soll ich das anstellen?«

Mon zuckt mit den Schultern. »Sie sind ein Verwalter. Also *verwalten* Sie.« Anschließend nickt sie knapp, und die Soldaten drehen den Wasserspeeder wieder in Richtung Insel. Die Triebwerke erwachen zu summendem Leben, und er saust zurück zum Atoll. Den ganzen Weg über klagt und fleht Amedda, bis seine Stimme schließlich von den Geräuschen des Meeres verschluckt wird. Sie beobachten, wie er in der Ferne aus dem Speeder geschubst wird, und nachdem die Soldaten seine Fesseln durchtrennt haben, bleibt er schockiert, mit offen stehendem Mund am Strand zurück.

»Es war unsere einzige Option«, sagt Mon.

»Ich weiß. Für einen großen Fisch ist er überraschend klein. Trotzdem befürchte ich, dass wir einen schweren Fehler gemacht haben. Es wäre ein schwerer Schlag für das Imperium gewesen. Wir hätten es als Sieg für die Neue Republik darstellen können.«

»Das ist wahr. Aber die Leia, die ich kenne, würde nichts irgendwie *darstellen* wollen. Es sei denn, der Krieg hat Sie verändert.«

Die Prinzessin seufzt. »Hat er nicht. Ich gehe lieber die lange Distanz und fahre einen echten Sieg ein, als mich mit einem zeremoniellen zufriedenzugeben.«

»Gut. Dann lassen Sie uns nach Chandrila zurückkehren. Wir haben einen Krieg zu gewinnen.«

4. Kapitel

Sie rechnen mit einem Kampf, aber der TIE, der die *Nimbus* verfolgt, dreht ab, bevor sie die Atmosphäre verlassen, und kehrt zur Oberfläche von Vorlag zurück. Wenn man bedenkt, dass die Jagdmaschinen normalerweise so hartnäckig an einem kleben wie Kletten, fragt Norra sich, ob sie vielleicht irgendetwas übersehen haben – ob sie in eine Falle fliegen, oder in ein Asteroidenfeld, in dem der TIE keine Überlebenschancen hätte. (Aber würde er sie nicht selbst dann weiterverfolgen?)

In jedem Fall schickt der Jäger ihnen nur ein paar halbherzige Schüsse hinterher, bevor er die Verfolgung aufgibt und verschwindet.

Temmin an den Kontrollen meint: »Das war seltsam.«

»Allerdings.« Obwohl sie in Gedanken bereits eine Theorie aufgestellt hat. »Vielleicht geht es dem Imperium so schlecht, dass sie es sich nicht leisten können, auch nur einen TIE zu verlieren. Oder den Piloten ist inzwischen einfach alles egal.«

»Du meinst ... wir sind vielleicht schon dabei zu gewinnen?«, fragt Temmin.

»Vielleicht, Tem. Vielleicht.«

Das Aufflackern von Zuversicht und Hoffnung in ihrem Herzen ist nur von kurzer Dauer – dann erklingen hinter dem Cockpit im Bauch der *Nimbus* laute Stimmen.

Oh, oh.

»Bleib hier und berechne die Hyperraumkoordinaten«, weist sie ihren Sohn an, bevor sie aufsteht und nach hinten geht. Das Kampfschiff ist nicht groß – das Cockpit ist winzig, und auch der Hauptfrachtraum bietet kaum genug Platz für sie alle. Dahinter befinden sich die Toilette, zwei Arrestzellen und die beiden Schlafkabinen, und dann ist man auch schon im achtern gelegenen Maschinenraum (obwohl es weniger ein Raum ist, sondern vielmehr ein Kriechabteil, in das man auf Händen und Knien hineinkriechen muss, wenn es dort etwas zu tun gibt). Das Schiff ist für kurze Reisen entworfen, nicht für Langstreckenflüge, und entsprechend wenig Privatsphäre findet man hier. Ein Streit breitet sich hier schnell auf alle Anwesenden aus; er lässt sich einfach nicht eindämmen.

Im Hauptfrachtraum kniet Jas neben Sinjir, dessen Arm so stark geschwollen ist, dass er aussieht wie ein blutsaugender Blähwurm. Rath Velus hat das Gesicht verzerrt, seine Stirn glänzt feucht, während Jas eine klebrige Salbe aus einem halbleeren Medikit auf den Arm streicht. Bones kauert nicht weit entfernt, und sein kurzschnäbeliger Droidenkopf ruckt von einer Person zur nächsten, um den Wortwechsel zu verfolgen. Vor ihm steht Jom Barell, der die Kopfgeldjägerin gerade zurechtweist und jedes Wort unterstreicht, indem er mit einem dicken, schwieligen Zeigefinger in die Luft sticht.

»Man ändert nicht einfach den Plan, ohne den anderen ein Zeichen zu geben. Wir hätten draufgehen können, Emari. Wir hätten ...«

Jas steht ruckartig auf, als wäre sie bereit zuzuschlagen.

Doch stattdessen lächelt sie nur und tätschelt seine Wange, wie eine Mutter es bei ihrem Kind tut. »Ich habe nichts geändert, Barell. Das war von Anfang an der Plan.«

Er blickt verblüfft drein, dann dreht er sich zu Norra herum und stellt wortlos die offensichtliche Frage: *Wovon redet sie da?*

Leider hat Norra keine Ahnung. Also fragt sie: »Wie meinst du das, Jas?«

»Ich *meine*«, antwortet Emari, wobei sie Kisten öffnet und Schubladen aufzieht, als würde sie nach etwas suchen, »dass ich es von Anfang an so geplant habe.«

»Aber du hast es nicht für nötig gehalten, uns das mitzuteilen?« Jom packt sie und wirbelt sie zu sich herum, aber Jas befreit sich sofort aus seinem Griff und stößt ihn nach hinten. »He! Versuch das nicht noch mal«, warnt sie ihn.

»Du hast also die ganze Zeit ein doppeltes Spiel gespielt?«, fragt Jom.

Sie schüttelt den Kopf. »Ein *dreifaches* Spiel. Ich muss schon sagen, Barell, du bist genauso hirnlos wie dieser schmuddelige Teppich, den du da im Gesicht trägst.«

»Warum?«, will Norra wissen. »Warum hast du das getan?«

Jas bleckt die Zähne. »Habt ihr den Steckbrief gesehen? Da sind wir alle drauf. Ich bin eine Kopfgeldjägerin, auf deren Kopf ein Preisgeld ausgesetzt ist. Ich war aufgeflogen, bevor ich überhaupt diesen Misthaufen von einem Palast betreten hatte. Glaubt ihr ernsthaft, Slussen und Gedde hätten mich einfach so herumspazieren lassen? Ich sah nur eine Möglichkeit, und die habe ich ergriffen. Ich habe euch verraten. Dann, als sie mit euch beschäftigt waren, schlich ich mich in Geddes Zimmer und wartete dort auf ihn. Aber erst, nachdem ich einen der Stallsklaven bezahlt hatte, damit er die Schlüssel an den Hälsen der Hroth-Bestien befestigt.« Ihre Augen funkeln.

»Davon mal ganz abgesehen ...«, fügt sie hinzu und klopft ihre Taschen ab. Sie klimpern. »... wurde ich so zweimal bezahlt, und das ist nie verkehrt. Vor allem nicht, wenn man Rechnungen bezahlen muss.«

»Du hättest es uns *sagen* sollen«, beharrt Norra wütend.

»Ihr wollt einfach nicht begreifen, oder? Ich kann so was, ihr aber nicht.« Mit dem Finger zeichnet Jas eine unsichtbare Trennlinie zwischen sich und Norra und Jom. »Ihr beide seid blauäugige Rebellen, die für das Gute in der Galaxis kämpfen. Ihr seid keine Kopfgeldjäger. Ihr gehört nicht zu den bösen Jungs. Ich aber schon. Ich kann so was tun. Ich kann lügen und betrügen und schwindeln, ohne auch nur mit der Wimper zu zucken. Ihr könnt das nicht. Hätte ich euch eingeweiht, hättet ihr es vermasselt.«

Sinjir hebt benommen seinen geröteten, blasenbedeckten Arm. »Ähm, hallo? Mir wurde eine Bacta-Packung versprochen. Fühlt sich irgendjemand angesprochen? Nein?«

»Wusste *er* es?«, knurrt Jom und deutet auf den ehemaligen Imperialen. Anschließend wendet er sich anklagend direkt an Sinjir. »Wusstest du es?«

»Nein«, antwortet Rath Velus ein wenig gereizt.

»Ich wusste es.«

Alle drehten sich zu Temmin herum, der strahlend im Eingang steht.

»Was?«, fragt er und hebt beschwichtigend die Hände. Das spielerische, neckische Leuchten, das Norra in seinen Augen sieht, erinnert sie an seinen Vater. »Jas hat es mir anvertraut. Sie meinte, es wäre die richtige Strategie, und dass ich vorbereitet sein sollte.«

Norra starrt ihren Sohn an. Er hat sie angelogen (*und nicht zum ersten Mal*, wie sie sich ins Gedächtnis ruft). Sie tut ihr

Bestes, um den Zorn zu unterdrücken, der plötzlich in ihr hochbrodelt, aber sie hat das sichere, wehmütige Gefühl, dass sie die Kontrolle verliert. Als würden ihr die Dinge aus den Händen gleiten. Ihr Sohn. Ihr Team. Ihre Mission.

Als Jom seinen Finger also auf sie richtet und sagt: »Du solltest mal ein Wörtchen mit deinem Sohn reden«, macht er sich unwissentlich zum Blitzableiter für ihren Zorn.

»Ich leite dieses Team, nicht du«, zischt sie, ihre Stimme so schneidend wie eine Vibropeitsche. »Ich entscheide selbst, wie ich mit ihm verfahre.«

»Vielleicht solltest du nicht die Anführerin sein«, entgegnet er mit einem leichten Schulterzucken, das dennoch aggressiv wirkt.

»*Ist* sie aber«, brummt Jas. Sie schiebt sich an ihm vorbei. »Falls es dir nicht passt, dann such dir ein anderes Schiff. Ich bin sicher, die Spezialeinheiten würden dich mit Handkuss zurücknehmen. Geh denen doch mit deinem Ego auf die Nerven. Jetzt lass mich durch. Ich muss eine Bacta-Packung und einen Verband für Herrn Calamari-Arm da drüben suchen.«

Sinjir schneidet eine Grimasse, als er das hört. »He, du verletzt meine Gefühle. Und nicht nur ein bisschen.«

Norra wirbelt zu ihrem Sohn herum und tippt ihm den Finger gegen die Brust. »*Du*«, flüstert sie. »Du und ich, wir werden uns später noch darüber unterhalten.«

»Oh, oh«, macht er.

»Das kannst du laut sagen.«

Sie hofft, dass die Sache damit fürs Erste beendet ist, aber die Gemüter sind noch immer erhitzt. Jas verlässt zwar den Raum, um in den Kabinen ein anderes Medikit aufzutreiben (»vorzugsweise eines mit einer Bacta-Packung«), aber Barell folgt ihr, noch immer vor Wut schäumend.

»Bleib hier«, knurrt Norra ihren Sohn an, dann geht sie los, um den Streit ein für alle Mal zu beenden.

»Ich wusste, ich hätte dir nie trauen sollen«, groll Jom. Er steht am Eingang der Kabine, in der Jas unter den Kojen herumwühlt. »Eine Kopfgeldjägerin aufzunehmen? Antilles muss während seiner Gefangenschaft ein paar Schläge zu viel auf den Kopf abbekommen haben ...«

Jas lacht. Endlich hat sie eine verschlossene Bacta-Packung gefunden. »Du verstehst da etwas falsch. Dieses Team braucht mich. Was wir nicht brauchen, ist ein störrischer, blind gesetzestreuer Rohling mit der Vorstellungskraft eines umgekippten Lorenwagens. *Moralische Flexibilität*, das ist das Schlüsselwort.«

»Ich bin flexibel. Ich habe Vorstellungskraft.« Er stampft in den Raum, die Fäuste in den Hüften. »Ich bin nicht wie eines deiner hilflosen Opfer. Ich kann auf mich aufpassen.«

Klatsch. Jas verpasst ihm eine schallende Ohrfeige.

»Ach, wirklich?«

Einen Moment lang reibt er sich fassungslos die Wange. Sein Unterkiefer knackt, als er ihn nach links und rechts bewegt. Doch dieser Moment ist schnell vorbei.

»Du kleine ...« Mit einem Brüllen geht er in Kampfstellung, die Fäuste vor dem Gesicht, die Beine gespreizt. Jas beginnt, vor ihm hin und her zu tänzeln, ohne aber die Arme zu heben. Er schlägt zu, und sie blockt den Hieb ab, dann tritt sie ihrerseits zu, und er dreht sich nach innen, um den Treffer mit dem Knie abzuwehren. Die beiden umkreisen einander wie zwei wildäugige Tiere, die sich in derselben Höhle wiederfinden.

Norra ruft: »Genug jetzt, ihr beiden. Ihr benehmt euch wie ein Paar Murra in der Brunft ...«

Der Soldat schlägt mit der flachen Hand nach Jas, aber sie

weicht mühelos nach hinten aus, sodass er nur leere Luft trifft. Die Kopfgeldjägerin bewegt sich unglaublich schnell, hakt ihr Bein unter seines und wirft sich gegen seinen Rücken, die Arme unter seinen Achseln hindurchgeschlungen, die Finger hinter seinem Nacken verschränkt.

Jom brüllt. Er wirbelt herum, schlägt mit seinem Fuß aus, und trifft die Türkontrollen – und die Luke der Kabine fällt zu.

Norra versucht, sie zu öffnen, muss aber feststellen, dass sie verriegelt ist.

»Kann irgendjemand diese Tür öffnen?«, fragt sie, während sie noch einmal den Knopf drückt. Ohne Ergebnis.

»Mann, die gehen sich wirklich an die Kehle«, kommentiert Temmin.

Sinjir neigt den Kopf in Richtung Tür. »Ich glaube, der Kampf ist vorbei.«

»Das klingt ja, als würden sie ...« Die Augen des Jungen werden groß wie Monde. »*Oh.*«

Selbst Bones stößt einen Pfiff aus – eine wabernde, disharmonische Note.

Was bedeutet, dass Norra offiziell die Letzte ist, die erkennt, was wirklich vor sich geht. Die beiden kämpfen wirklich nicht mehr. Sie hört Klappern, dann Klacken, dann fällt etwas um. Jom flucht. Jas lacht.

Kussgeräusche.

Das sind Kussgeräusche.

»Ich denke, ich werde das alles einfach ignorieren«, sagt Norra. Sie atmet tief durch. »Tem, triff die Vorbereitungen für den Sprung in den Hyperraum und bring uns zurück nach Chandrila. Und nimm ... ihn mit.« Mit »ihm« meint sie Bones. Der Junge und der Droide gehen davon, womit nur noch Norra und Sinjir vor der Tür übrig bleiben.

»Ich warte noch immer auf meine Bacta-Packung«, murmelt Sinjir.

»Sieht aus, als müsstest noch ein wenig länger warten.«

»Ich fürchte, mein Arm wird platzen wie ein Blasenkäfer, wenn ich noch länger warte. Es tut wirklich weh.« Er verzieht das Gesicht. »Und es sieht wirklich hässlich aus.«

Norra seufzt. »Also gut, komm mit. Sehen wir mal nach, ob in der anderen Kabine noch ein Medikit herumliegt.«

Im Singsang antwortet er: »Danke, Mama.«

»Nenn mich nicht so.«

»Mit dir kann man einfach keinen Spaß haben.«

»Danke für die Information, Sinjir.«

Die *Nimbus* fällt aus dem Hyperraum zurück.

Chandrila ist bereits in Sichtweite – ein kleiner, blaugrüner Planet, jetzt die Heimat der aufkeimenden Neuen Republik. Beinahe idyllisch mit seinen ruhigen Meeren und sanften Hügeln, denkt Norra. Das Wetter ist mild; die Jahreszeiten machen sich zwar bemerkbar, aber sie sind nie dramatisch. Die Leute sind friedlich – wenn auch ein wenig pedantisch und übermäßig kritisch, was jedes noch so kleine politische Manöver im Galaktischen Senat angeht.

Ein guter Ort für ein Zuhause, überlegt sie, dann blickt sie zu ihrem Sohn hinüber. »Alles in Ordnung?«, fragte sie.

Er zieht eine Braue hoch. »Bestens.«

Sie glaubt nicht, dass er lügt, aber wenn es darum geht, in Gesichtern zu lesen, ist sie längst nicht so gut wie Sinjir, der einen nur kurz ansehen muss, um eine Tiefenanalyse anzustellen.

»Du musst mir vertrauen«, sagt sie.

»Das tue ich.« Seine Augen werden schmal. »Das ist wegen der Sache mit Jas, oder? Mom, es ist, wie sie gesagt hat …«

»Das Leben ist eine Aneinanderreihung von Momenten …«
Norra bricht abrupt ab, dann massiert sie sich den Nasenrücken und seufzt laut. »Himmel, ich bin drauf und dran, dir
eine diese Ansprachen zu halten, nicht wahr? Ich hasste es,
wenn meine Mutter mir diese Predigten hielt, und meistens
bin ich rausgegangen und hab genau das Gegenteil von dem
getan, was sie sagte. Und du wirst genau das Gleiche tun, immerhin bist du *mein* Sohn. Das ist alles so dumm.«

»Also schön.« Er verdreht die Augen. »Es ist nicht dumm.
Sag, was du zu sagen hast. Ich verspreche auch, ich werde mich
nicht übergeben oder so was.«

Norra zögert. »Es ist nur … Ich möchte einfach, dass du
das Richtige tust und weißt, wo du hingehörst. Nicht, wo
andere dich sehen wollen, sondern wo du wirklich hingehörst. Hier drin muss es sich richtig anfühlen.« Sie legt die
Hand auf ihre Brust, und er schneidet eine Grimasse, weil
es wirklich rührselig und sentimental ist und sie beide es
wissen. »Du arbeitest mit Jas zusammen, aber du bist kein
Kopfgeldjäger. Du musst nicht so sein wie sie. Du kannst ein
Soldat sein, aber …« Wieder beißt sie sich auf die Zunge, nur
um dann doch fortzufahren. »Weißt du was? Du musst auch
kein Soldat sein. Ich möchte einfach nur, dass du *du* bist und
dich nicht darum scherst, was der Rest der Galaxis von dir
erwartet.«

»Ich glaube, die Galaxis würde mich gerne als absurd reichen Droidenkonstrukteur in einem Palast am Äußeren Rand
sehen.«

Da ist es wieder, dieses spielerische Funkeln in seinen Augen. Wie bei seinem Vater.

»Na, wenn du meinst«, erwidert sie lachend.

Er formt mit der Hand einen Trichter vor seinem Ohr. »Oder

vielleicht sagt die Galaxis auch, ich soll ein Cantinasänger irgendwo auf einer abgelegenen Raumstation werden. Die Stimme dafür hätte ich jedenfalls.«

»*Da* wäre ich mir jetzt nicht so sicher.«

»Halt, warte! Ich denke, ich werde ein Jedi.«

»Jetzt weiß ich, dass dein Gehirn durchgeschmort ist.« Sie deutet auf den Computerschirm. »Bring uns in Hanna City runter. Und bitte sanft diesmal. Ansonsten wird Wedge dir den Hals umdrehen. Und mir vielleicht auch.«

Der Arm sieht … nun, er sieht *besser* aus. Das wütende Rot ist zu einem ungehaltenen Rosa verblasst. Die Blasen sind verschwunden, aber an ihrer Stelle befinden sich jetzt Krater trockener, gerunzelter Haut. Sinjirs Arm erinnert an altes Fleisch, das zu lange am Metzgerhaken hing.

Zumindest ist er nicht länger taub. Rath Velus wackelt mit seinen Fingern. Die Haut fühlt sich unangenehm straff an. Ein Glück, dass Norra irgendwo Schmerzmittel aufgetrieben hat.

»Hallo, Hand«, sagt er.

»*Hallo, Sinjir*«, lässt er seine Hand antworten.

Von der anderen Seite des Frachtraums erklingt das Zischen einer sich öffnenden Tür. Und wer kommt herausstolziert? Natürlich Jom Barell.

»Dein Haar ist ein bisschen durcheinander«, stellt Sinjir fest.

»Hm?« Joms Augen wandern nach oben, wo eine Strähne rebellisch absteht. »Oh?«

»Hier. Lass mich dir helfen.« Er erhebt sich, und einen Moment später steht er schon vor Jom und beginnt behutsam, die Frisur des Mannes wieder in Ordnung zu bringen.

»Wie romantisch.«

»Äh, ja. Und wo wir gerade von Romantischem sprechen, Jomby ... Hattest du einen netten Kampf mit unserer liebsten Kopfgeldjägerin?«

»Sie weiß, wie man, äh, kämpft.«

»Oh, da bin ich sicher.« Während Sinjir weiter Strähne um Strähne zurechtrückt – und Jom zunehmend unbehaglich dreinblickt –, verzieht er das Gesicht zu einem durchtriebenen Lächeln. »Übrigens: Du weißt ja vielleicht, dass ich während meiner Zeit in Diensten des Imperiums Loyalitätsoffizier war. Und manchmal war es gar nicht so leicht, Leute zur Loyalität zu motivieren. Ich lernte, dass der menschliche Körper vierhundertvierunddreißig Schmerzpunkte besitzt, also Punkte, von denen Schmerzen ausgehen können. Ich weiß, es klingt vielleicht ein wenig prahlerisch, aber ich habe tatsächlich noch drei weitere Punkte entdeckt. Aber die im imperialen Trainingshandbuch anfügen zu lassen ist in etwa so schwer, wie einen Felsen mit einem Löffel zu bewegen, wenn du verstehst, was ich meine. Aber, langer Rede kurzer Sinn: Ich bin *exzellent* darin, Schmerzen auszulösen.«

Jom zieht seinen Kopf von Sinjirs kämmenden Fingern zurück. »Willst du mir drohen, Rath Velus? Es klingt nämlich ganz so.«

»Ja, das tue ich, und aus gutem Grund. Du sollst wissen, falls du Jas Emari in irgendeiner Form wehtust – emotional, körperlich ... selbst falls du ihr aus Versehen auf den Fuß trittst – dann werde ich dir persönlich alle vierhundertvierunddreißig ... tut mir leid, alle vierhundertsiebenunddreißig Schmerzpunkte an deinem Körper zeigen. Verstehen wir uns?«

Eine seltsame Ruhe breitet sich auf Joms Zügen aus – was Sinjir ein wenig überrascht. Er war sicher, seine kleine Ansprache würde den Mann zu einem Angriff verleiten. Barell ist doch sonst so ein Hitzkopf. Doch es wird wohl nicht dazu kommen, oder? Jom verschränkt die Arme und nickt.

»Deine Treue zu ihr ist bewundernswert«, erklärt der Elitesoldat. »Ich werde deinen, ähm, *weisen Ratschlag* berücksichtigen. Aber um ehrlich zu sein: Falls einer von uns beiden dem anderen wehtut, dann glaube ich, dass ich es sein werde.«

»Vermutlich.«

»Und das würde dich überhaupt nicht stören?«

Sinjir zuckt halbherzig mit den Schultern.

»Gut. Aber eines würde mich trotzdem interessieren: Was läuft da zwischen dir und ihr? Ich dachte, ihr beiden wärt ... in romantischer Hinsicht nicht kompatibel.«

»Darum geht es nicht. Ich schätze sie einfach. Ich fühle mich ihr verbunden. Ich glaube, sie ist ein ›Freund‹ oder zumindest das Nächstbeste.« Das Wort *Freund* spricht er aus, als wäre es ein Ausdruck aus einer fremden Sprache, über dessen Bedeutung er sich nicht wirklich im Klaren ist.

»Eine Zeit lang dachte ich, du hättest ein Auge auf mich geworfen.« Jom spöttelt natürlich nur, aber Sinjir beschließt mitzuspielen.

»Oh, das hatte ich. Muss am Bart liegen. Aber ich bin schon vergeben.«

Barell schmunzelt. »Wirklich?«

»Wirklich.«

»Freut mich für dich, Kumpel.«

Sinjir rückt eine letzte Strähne auf dem Kopf des Elitesoldaten gerade. »Ich wünsche dir und Jas viel Spaß. Aber vergiss die Zahl nicht: vierhundertsiebenunddreißig.« Die *Nimbus* erschaudert – die Wände sind isoliert, aber dennoch sickert plötzlich Wärme hindurch, und sie wissen, was das bedeutet, während das Schiff bereits über der Wolkendecke dahinhüpft wie ein Stein über der Wasseroberfläche eines Teichs.»Klingt, als wären wir in der Atmosphäre. Du kümmerst dich besser um unseren Gefangenen, Jomby.«

Die Landeplattform OB-99. In einer Richtung erstrecken sich die geschwungenen Hügel und weiten Wiesen von Chandrila; das weiche Balmgras und die spitzstacheligen Orcanthi haben sich bereits von Rot zu Grün verfärbt, Zeichen des nahenden Frühlings, und Sonne und Wolken werfen wandernde Schatten auf das Land. In der anderen Richtung liegt das Silbermeer, dessen Wasser so grau und reglos ist wie Schiefer. Draußen auf offener See rollen Formationen dunkler Wolken dahin, aus denen sich Regen ergießt und Blitze zucken. Noch ein Anzeichen des Jahreszeitenwechsels, während sich Winter zu Frühling wandelt.

Am Rand der Plattform steht Wedge Antilles gegen einen Stapel Kisten gelehnt. Temmin ist der Erste, der die Rampe herabsteigt, und er rennt sofort zu Antilles hinüber. Die beiden schütteln einander die Hände und umarmen sich.

»He, Knacks«, begrüßt Wedge ihn – ein Spitzname, den er Temmin wegen seiner Angewohnheit gegeben hat, mit den Fingerknöcheln zu knacken.

Bones trottet als Nächster ins Freie und breitet seine skelettartigen Arme aus. »AUCH ICH WILL EINE UMARMUNG MIT MASTER ANTILLES TEILEN, UM FREUDE ZU SIMULIEREN.« Wedge lehnt sich zurück, als der Droide seine vielgliedrigen Arme um den Captain schlingt. Bones sieht dabei weniger aus wie jemand, der einen Freund in eine Umarmung schließt, sondern eher wie ein Insekt, das versucht, seinem Partner das Gesicht abzufressen. »SCHÖN«, sagt er dann, offensichtlich zufriedengestellt. Er lässt Antilles los und beginnt, mit dramatischen Pliés und Pirouetten über die Landeplattform zu tanzen.

Temmin zieht die Schultern hoch. »Tut mir leid. Er versucht ... sich menschlicher zu verhalten. Und weniger ...«

»Wie ein singender, tanzender Killerbot?«, schlägt Wedge vor.

»Genau.« Bones ist nun schon seit einer ganzen Weile Temmins Leibwächter und Freund, und nachdem der Junge ihn aus Ersatzteilen neu zusammengebaut hat (glücklicherweise haben die Soldaten der Neuen Republik sein Datengehirn aus dem akivanischen Palast geborgen), bekundete der Droide zu seiner Überraschung Interesse daran, sich besser in das Team einzufügen. Vermutlich hat es mit Sinjir und seiner Aussage zu tun, die anderen würden ihn unheimlich finden. Nun befürchtet Temmin, dass Bones' Bemühungen ihn nur noch unheimlicher machen. Aber immerhin gab er sich Mühe. »Oh Mann, Wedge, du hättest mich da draußen sehen sollen. Ich habe die *Nimbus* geflogen, ja? Und wir fliegen an Slussen Cankers Bergfestung entlang ...«

»Langsam, Knacks«, lacht Wedge. »Nimm mal kurz Schub weg. Ich muss mit deiner Mutter sprechen. Du kannst mir den Rest morgen früh erzählen, bevor du eine Runde mit meinem X-Flügler drehst.«

»Wow, wirklich? Klar! *Abgemacht*!« Wedge hat Temmin schon ein paarmal seinen Sternjäger fliegen lassen. Er findet, Temmin hat eine natürliche Begabung als Pilot, genau wie seine Mutter (auch wenn Norra nicht gerade glücklich darüber ist, dass ihr Sohn in ihre Fußstapfen tritt). Das letzte Mal, als er den Jungen über dem Silbermeer durch ein paar Trainingsübungen gelotst hat, meinte Antilles: »Ich arbeite gerade an etwas, das ich die Phantom-Staffel nenne. Vielleicht kannst du bei uns mitfliegen, wenn du bereit bist.« *Das* hat Temmin seiner Mutter natürlich nicht erzählt.

Außerdem ist er noch nicht sicher, ob er das wirklich will. Manchmal lässt er seine Gedanken schweifen und spielt verschiedene Fantasien durch – ein Sänger in einer stickigen Cantina zu sein gehört natürlich nicht wirklich dazu, aber das Leben als Kopfgeldjäger stellt er sich ziemlich aufregend vor. Natürlich ist nichts aufregender, als Pilot zu sein – wenn er mit Wedges altem X-Flügler durch die Wolken jagt, ist das gleichzeitig beängstigend und extrem faszinierend –, aber er vermisst auch seine Schwarzmarktgeschäfte auf Akiva, die Gefahr, wenn man etwas kauft, die Freude, wenn man etwas verkauft, der Nervenkitzel, wenn man verbotene Waffen, Teile und Droiden an Kriminelle verhökert, die einen umbringen, falls man sie nur falsch ansieht. Kurzum: Temmin weiß nicht, was er sein will.

Vor ein paar Wochen erwähnte er es Sinjir gegenüber, woraufhin der Ex-Imperiale (der zu jenem Zeitpunkt ein wenig unter dem Einfluss von corellianischem Wein stand) die Schultern hochzog und erklärte: »Keiner weiß, wer er ist oder was er will. Die meisten Leute warten einfach nur darauf, dass jemand anderes es ihnen sagt. Dann treten sie an und tun, was man ihnen aufträgt. Ich habe nur einen Rat für dich, Junge …« Er rülpste, und was immer er noch sagen wollte, er kam nicht dazu, denn er kippte einfach um und schlief ein. Nun, vielleicht ein andermal.

Im Moment weiß Temmin nur eines: Er ist so aufgeregt, wieder ins Cockpit zu steigen, dass er am liebsten Luftsprünge machen würde.

»Captain Antilles.«

»Lieutenant Wexley.«

Eine kühle Brise weht über die Landeplattform, während die Regenwolken heranziehen. Temmin geht um seinen Droiden herum, verpasst ihm einen Tritt in den metallenen Hintern und wartet darauf, dass er ihm folgt. Was Bones auch tut, ganz der willfährige Freund, der er ist.

Wedge lächelt, dann nimmt er seinen Stock und wendet sich Norra zu, um sie in die Arme zu schließen.

»Das ist doch gleich viel angenehmer als das, was der Droide versucht hat«, sagte er und drückt sie noch einmal, bevor er sie loslässt.

»Bones?« Sie lacht. »Oh, er ist harmlos. Na ja, nicht wirklich *harmlos*, aber …«

»Ich verstehe schon. Wie lief die Mission?«

»Wir haben Gedde«, antwortet sie mit einem Blick über die Schulter. Noch ist niemand mit ihrem Gefangenen aufgetaucht, aber da ist Sinjir. Das Kinn vorgereckt steigt er die Rampe hinab, aufgeplustert, als wäre er aus irgendeinem Grund stolz auf sich.

»Ich hole mir jetzt einen Krug … irgendwas«, verkündet er und hält direkt auf die Treppen zu. »Tüdelü.«

Sie überlegt, ob sie ihm eine mütterliche Ermahnung hinterherrufen soll, aber sie beißt sich auf die Zunge und wendet sich mit einem leicht beschämten Blick an Wedge. »Das Team ist etwas ungehobelt, aber sie arbeiten zusammen. Wie schreitet deine Behandlung voran?«

»Die Physiotherapie ist in Ordnung, und ich kriege jetzt Serolin-Injektionen. Sie sagen, ich könnte vielleicht vor Ende des Jahres wieder im Cockpit sitzen. Aber das hier ist auch nicht übel … Missionen koordinieren und so.« Norra braucht nicht

Sinjirs geübtes Auge, um Wedges Lüge zu durchschauen. Er würde alles tun, um wieder hinter einem Steuerknüppel zu sitzen. Sein ganzer Körper schreit förmlich danach. »Aber genug von mir. Da ist jemand, der dich …«

»Wir haben ein Problem!« Jom Barell steht auf der Rampe. Norra zieht die Schultern hoch und wirft ihm einen halbirritierten Blick zu. *Na, dann raus mit der Sprache.*

»Es ist Gedde«, erklärt Jom. »Er ist tot.«

Die Leiche des imperialen Vizeadmirals liegt auf dem Tisch im Hauptfrachtraum der *Nimbus*. Speichel glänzt auf seinen Lippen, seine Haut ist bereits fahl und grau. Dunkle Streifen verlaufen über seine Stirn und zeichnen schattenhafte Linien um seinen Mund und seine weit offen stehenden Augen. Der Anblick erinnert Norra daran, dass wirklich etwas verschwindet, wenn jemand stirbt. Es sind nicht nur die kleinen Mikrobewegungen des Körpers, oder dass die Brust sich nicht länger hebt und senkt. Da ist mehr. Etwas weniger Handfestes, etwas weniger Substanzielles. Sie hat dieser Tage nicht viel Zeit, um über die Natur der Seele nachzudenken, aber …

Vielleicht existiert die Macht doch wirklich.

Und falls dem so ist – dann hat sie diesen Körper ganz sicher verlassen. Nichts verbindet ihn mehr mit der Welt ringsum. Da ist nur noch totes Fleisch auf einem Tisch.

»Jas«, sagt Norra. »Als du ihn bewusstlos geschlagen hast, wie fest hast du da …«

»Bitte. Ich bin ein Profi. Solche Fehler mache ich nicht.«

Wedge kratzt sich am Kopf. »Nun, wir werden ihn untersuchen müssen. Ich werde ein paar Droiden rufen, die bringen die Leiche dann zu Doktor Slikartha. Der kann dann die Todesursache bestimmen …«

»Sie können die Leiche bringen, zu wem Sie wollen, aber ich versichere Ihnen, dieser Mann wurde ermordet.« Jas beugt sich dicht über den Toten. Ihre Hände formen einen Trichter über seinem Mund, dann wedelt sie die Luft in ihre Nase. »Dieser Geruch. Bitter, quarzig. Wie eine überreife Kakadufrucht. Und sehen Sie die Flüssigkeit im Mund?« Sie zieht seine bereits steife Lippe nach unten. Der Speichel, der sich dort angesammelt hat, ist weder weiß noch klar. »Er wurde vergiftet, und zwar mit Kytrogorgia. Auch bekannt als ceruleanischer Schleimpilz. Man trocknet ihn, zermahlt ihn, und dann … nun, falls ich raten müsste, würde ich sagen, jemand hat es in seine Gewürzdose gemischt. Er hatte keine Ahnung, dass er sich umbringt. Vermutlich hat er es sogar genossen.«

Wedge und Norra wechseln einen Blick. »Ich werde es dem Doktor sagen. Danke.«

»Zumindest müssen wir weder Zeit noch Geld auf einen Prozess verschwenden«, brummt Jom. »Dieser Kerl hat zahllose Leben auf dem Gewissen. Wer immer ihn kaltgemacht hat, hatte einen Sinn für Ironie.«

Vor dem Schiff sagt Norra zu Antilles: »Es tut mir leid, Wedge. Wir sollten diese Kerle lebend fassen, nicht tot. Ich versichere dir, es war keiner von uns. Mein Team ist vielleicht etwas ungeschliffen, aber so etwas würde keiner von ihnen …«

»Schon gut. Ich glaube dir. Wer immer es war – er hat es getan, bevor ihr Gedde an Bord gebracht habt.«

»Okay.« Doch da ist noch etwas, das er sagen möchte. »Was?«

»Jemand will dich sehen.«

»Mich und das Team?«

»Nur dich.«

»Wer? Und ... wann?«

»Prinzessin Leia. Und jetzt gleich.«

5. Kapitel

»Mein Ehemann, Han Solo, wird vermisst.«

Norra blinzelt. Ehemann? Ihre Lippen formen Worte, aber kein Ton dringt hervor. Sie steht einfach nur mit großen Augen da und starrt die Frau an, die in der ganzen Galaxis als die Stimme der Neuen Republik gilt. Leia Organa ist eine Prinzessin, ein General und, wichtiger noch, eine Inspiration für Abermillionen. Sie trägt eine weite weiße Robe – was dem traditionellen Kleidungsstil hier entspricht – und hat die Hände vor dem Bauch gefaltet. Sie hat sich nicht vorgestellt, als Norra in ihr großes Büro trat, von wo aus man die Küste des Silbermeers sehen kann. Norra versuchte, das Zittern in ihrer Stimme zu unterdrücken, als sie sagte: »Lieutenant Norra Wexley. Sie wollten mich sprechen.«

Und alles, was Leia darauf erwiderte, war:

Mein Ehemann, Han Solo, wird vermisst.

»Verzeihung?«, fragt Norra. »Ich verstehe nicht. Falls General Solo ...«

»Er ist nicht länger General. Er ist von seinem Posten beim Militär zurückgetreten.«

»Oh. Ich ...«

Leia hebt den Kopf, schließt die Augen und atmet tief ein. Die chandrilanische Luft scheint ihr zu bekommen – ihre Haut strahlt förmlich. Sie ist wie ein kostbarer Edelstein, makellos und leuchtend. Nachdem sie langsam ausgeatmet hat, erklärt Leia: »Mein Bruder hat mir beigebracht, meine innere Mitte zu finden. Darauf zu achten, was ich fühle. Er meinte, der Geist ist ein Gefäß, und man muss aufpassen, womit man es füllt.« Sie verzieht das Gesicht. »Und mir wird erst jetzt klar, wie unerwartet das alles für Sie sein muss. Verzeihen Sie meine Unhöflichkeit. Lieutenant Wexley, ich bin Leia Organa.«

Sie zögert, bevor sie antwortet: »Ich bin Norra. Es ist eine Ehre, Sie kennenzulernen, Hoheit. Was Sie für uns getan haben …«

Es ist seltsam. Leia hat diese Fassade, diese *Schale*. Sie ist nicht wirklich arrogant. Ein wenig eisig vielleicht. Und voller Selbstbewusstsein. Dieses Selbstbewusstsein ist es, das an Arroganz grenzt. Es ist nicht, als würde sie auf einen hinabblicken, aber man hat das Gefühl, dass sie die *Kontrolle* über einen hat. Eine Kontrolle, die so selbstverständlich ist wie der elliptische Orbit einer Welt um seine Sonne oder der Fluss der Zeit oder die Schwerkraft.

Doch Norra sieht, wie sich Risse in diesem Eis zeigen. Die Fassade bröckelt. Die Spannung weicht aus Leias Schultern, als sie sich gegen ihren Schreibtisch lehnt. »Bitte, Norra. Nennen Sie mich nicht ›Hoheit‹. Ich habe schon mit zu vielen Leuten zu tun, die diese Angewohnheit einfach nicht abschütteln können.«

»Ich … ich würde mir dumm vorkommen, Sie Leia zu nennen.«

»Falls es hilft, kann ich Ihnen *befehlen*, mich Leia zu nennen.«

»Das würde es tatsächlich.«

Leia erhebt sich, jetzt wieder etwas steifer, wie um eine spezielle Förmlichkeit zu beschwören. »Lieutenant Norra Wexley, mit der Autorität, die mir als letzter Prinzessin von Alderaan und oberster Was-auch-immer der Neuen Republik ...« An dieser Stelle macht sie eine ungeduldige Handbewegung. »... und so weiter und so fort. Nun mit dieser Autorität befehle ich Ihnen jedenfalls, mich Leia zu nennen.«

Norra deutete eine Verbeugung an. »Danke. Äh, Leia.«

»Ich habe Sie hergebeten, weil ich Gutes über Ihr Team gehört habe. Sie erzielen Resultate. Innerhalb von nur ein paar Monaten haben Sie bereits ein halbes Dutzend bekannter imperialer Kriegsverbrecher aufgespürt ...«

»Nummer sieben haben wir heute Morgen zurückgebracht. Vizeadmiral Gedde. Aber es gab einen ... Zwischenfall. Er hat die Reise leider nicht überlebt.«

»Das hörte ich schon. Ich bin sicher, dieses Rätsel wird sich schon bald aufklären.« Leia streckt den Arm aus und nimmt Norras Hand. »Ihre Arbeit ist wichtig. Sie zeigt einer zersplitterten Galaxis, dass die Neue Republik für Recht und Ordnung sorgen kann. Und uns hilft sie zu verstehen, wie es so weit kommen konnte – damit wir sicherstellen können, dass etwas Derartiges nie wieder geschieht.«

»Danke. Aber ich verstehe nicht, was das mit General, äh, *Captain* Solo zu tun hat ...«

Leia zögert. Ihr Gesicht ist wie eine Welle, die kurz davorsteht, in sich zusammenzustürzen. Gefühle streiten in ihren Augen um die Kontrolle. Sie weiß, dass es ihre Aufgabe ist, ruhig und beherrscht zu sein, aber was sie wirklich will, ist einfach nur, alles loszulassen: die aufgestauten Emotionen, die Frustration, eine Regierung zu führen, die Ängste, die Hoffnungen.

Sie spricht langsam, wohlüberlegt.

»Han ist verschwunden. Ich muss ihn finden. Und Ihr Team ist darauf spezialisiert, Leute zu finden.«

»Sie wollen ... dass *wir* ihn suchen?«

»Sie müssen nur tun, was Sie sonst auch tun.« Die Prinzessin wirkt plötzlich nervös. »Um ehrlich zu sein, es ist nicht mal eine offizielle Mission. Und Sie können sie auch ablehnen. Ich befehle Ihnen nicht, mir zu helfen. Ich bitte Sie darum.« Sie fährt fort, indem sie erklärt, was sie weiß. »Han und Chewbacca, sein Kopilot, brachen zu einer nicht wirklich durchdachten Mission auf, um den Wookiee-Planeten Kashyyyk zu befreien. Doch das Ganze entpuppte sich als List des Imperiums. Sie nahmen Chewie gefangen, und Han konnte mit knapper Not entkommen. Er ist jetzt allein da draußen, und seine letzte Übertragung endete sehr abrupt. Seitdem habe ich nichts mehr von ihm gehört. Ich fürchte, dass er in Gefahr ist ...«

Sie hält inne. Ihr Gesicht ist angespannt vor Sorge, aber dann atmet sie wieder tief durch, und es ist, als würde sie ihren Kummer hinunterschlucken.

Norra sagt: »Ich wusste gar nicht, dass Sie verheiratet sind.«

»Wir hatten eine kleine Zeremonie, noch auf Endor, gleich nachdem alles vorbei war. Nur die Leute, denen wir absolut vertrauen, waren dabei. Es ist nicht als würden wir es geheim halten, aber wir hängen es auch nicht an die große Glocke.«

»Es muss hart ein. Dass er fort ist, meine ich.«

»Ja. Das ist ein Gefühl, das Sie ebenfalls kennen, nicht wahr?«

Sie meint Brentin. Allein der Gedanke wirbelt Erinnerungen auf, so wie die Hitzewelle eines Schiffsabsturzes Sand aufwirbelt. Sturmtruppler, die ihre Tür eintreten. Der imperiale Offizier mit dem Haftbefehl. Wie sie ihren Mann in die Nacht hinauszerren. Wie sie bis zum Morgen Temmin tröstet, ihm versichert, dass sie Brentin zurückbringen werden, dass es nur ein Missverständnis ist, dass alles wieder gut wird. Viele Jahre sind seitdem vergangen, und Norra hat Brentin seitdem nie wieder gesehen. Irgendwann hat sie sich an den Gedanken gewöhnt, dass ihr Ehemann und Temmins Vater aller Wahrscheinlichkeit nach tot ist.

»Ja, ich kenne das Gefühl«, nickt sie und zwingt ein schmales Lächeln auf ihre Lippen. »Haben Sie irgendwelche Informationen über Captain Solos Aufenthaltsort?«

»Er war am Äußeren Rand unterwegs, und er meinte, er wäre nicht weit vom Wilden Raum entfernt. Ich kann Ihnen eine Karte mit den Flugdaten des *Falken* geben – leider ist dieser wundervolle Schrotthaufen, den er einen Frachter nennt, zu weit entfernt, als dass die Sensoren seine Bewegungen noch verlässlich nachzeichnen könnten. Ich werde die Karte in Ihr Quartier schicken.«

»Sie können Sie direkt ans Schiff schicken. Andockplattform OB-99.« Nach einer kurzen Pause fügt Norra hinzu: »Wir werden ihn finden.« Es ist ein Versprechen, vom dem sie weiß, dass sie es besser nicht machen sollte, und kaum dass sie es ausgesprochen hat, spürt sie auch schon das Gewicht der Aufgabe auf ihren Schultern – ein erdrückendes Gewicht. Doch was soll sie sagen? Was kann sie tun? Das Versprechen ist gegeben. Es hat jetzt ein Eigenleben.

Leia lächelt – ein warmes, *wirklich* warmes Lächeln, und all das Eis schmilzt. Sie nickt. »Ich glaube Ihnen. Danke Norra Wexley. Möge die Macht Sie auf Ihrem Weg leiten.«

6. Kapitel

Es ist nicht leicht, sich von seinem eigenen Kommando davonzuschleichen.

Einiges an Arbeit war nötig. Sie überlegte, ob sie eine Krankheit vortäuschen sollte, aber jetzt, wo alle Augen auf sie, das scheinbare Oberhaupt des Galaktischen Imperiums, gerichtet sind, würde das kleinste Niesen eine Armee von Medidroiden und Gesundheitstechnikern auf den Plan rufen. Stattdessen hat Rae Sloane sich etwas anderes überlegt: Sie nutzte ihren ohnehin schon überfüllten Terminkalender zu ihrem Vorteil. Ferric Obdur erklärte sie, dass sie sich Zeit nehmen müsse, um mit Vizeadmiral Gaelan über die Flottenbewegungen zu sprechen – was auch stimmt. Gaelan drängt schon seit Tagen – nein, seit Wochen – auf ein solches Treffen.

Gaelans Büro ließ sie mitteilen, dass die Besprechung um einen Tag verschoben werden muss, weil sie erst mit General deVores die Truppenbewegungen ausarbeiten möchte. (Gaelan wird das zwar sicherlich verärgern, aber er ist ein guter Offizier, und wie immer wird er seine Ungeduld hinunterschlucken und ihre Entscheidung akzeptieren.)

DeVores informierte Sloane unterdessen, dass sie ein Treffen wünscht, sich aber zuerst mit Ferric Obdur über die Propagandastrategie besprechen müsse ...

Und so entstand ein Dreieck der Täuschung. Drei Punkte, von denen einer zum nächsten führte. Sofern niemand wirklich hartnäckig nach ihr suchte, würde jeder glauben, dass sie ein Treffen zugunsten eines anderen verschoben hatte. Kaum jemand würde sich anmaßen, sie zu stören – sie war niemand, den man gegen sich aufbringen wollte. Sloane ist nicht dafür bekannt, so etwas einfach auf sich beruhen zu lassen. Sie sagte, wo die Linie verlief, und niemand wagte es, sie zu überqueren.

(Niemand außer dem mysteriösen Flottenadmiral, natürlich.)

Für den nächsten Schritt ihrer List brauchte sie Adeas Hilfe. Rae konnte nicht einfach in ein Schiff steigen und mit unbekanntem Ziel davonfliegen; das Imperium war gründlich. Sie selbst hatte dieser Gründlichkeit auf die Sprünge geholfen. Alles musste nachvollziehbar sein. Falls auch nur ein Schiff fehlte, stellte das einen Riss in der bürokratischen Struktur dar. Und so wenig die meisten auch von der Bürokratie halten, sie ist das Fundament, auf dem die gesamte Galaxis aufgebaut ist. Falls sie den Krieg gewinnen wollen, dann durch Bürokratie. Dagegen zu verstoßen würde das Prinzip gegenseitiger Kontrolle stören ...

... es sei denn natürlich, Sloane und Adea ändern Bezeichnung und Zielort eines kleinen Versorgungsschiffes. Und so wird ein imperialer Shuttle der *Lambda*-Klasse, der ursprünglich nach Questal fliegen sollte, nun losgeschickt, um eine Ladung Naamit-Batterien und Transponderanlagen zur Thronwelt Coruscant zu bringen. Die Pilotin ist eine junge Rekrutin namens Dasha Bowen, oder zumindest steht es so im Verzeichnis. Tatsächlich ist es nur eine wasserdichte Tarnidentität, die Adea zusammengebastelt hat.

»Imperialer Shuttle CS-831«, sagt Rae ins Komm. »Hier spricht Transportpilotin Dasha Bowen. Ich übermittle Ihnen meinen Autorisierungscode und meinen Berechtigungsnachweis.«

Vor ihr strahlt Coruscant, eine gewaltige Welt, durchzogen von Linien aus Licht, den geometrischen Mustern dieser planetengroßen Metropole, die den Ausdruck vermitteln, als würde sie jeden Moment auseinanderbrechen. Als wäre sie in einem Moment erstarrt, kurz bevor sie glüht, anschwillt und zerbirst.

Das ist vielleicht gar nicht so weit von der Wahrheit entfernt, überlegt sie. Die Thronwelt des Imperiums ist drauf und dran, sich selbst auseinanderzureißen. Es ist nicht, als würde ihre Kruste aufbrechen, nichts derart Dramatisches. Nein, diese tektonische Verschiebung findet innerhalb der Bevölkerung statt. Die Bürger in einigen Sektoren haben sich gegen das Imperium erhoben. Und andere wiederum haben sich gegen ihre rebellischen Nachbarn gewandt. Das Resultat ist ein regelrechter Bürgerkrieg. Ein Krieg, dessen Flammen fleißig angefacht werden von den Widerstandskämpfern der Neuen Republik, die sich auf die Oberfläche geschlichen haben. Sie säen Misstrauen, und das Resultat ist Chaos.

Rings um ihr kleines Frachtschiff formt eine defensive Armada einen schützenden Ring um den Planeten. Es sind Schiffe des ISB – des Imperialen Sicherheitsbüros. Nicht der Flotte. Admiral Rax hat sich überaus klar ausgedrückt, was das angeht. Er sagte, dass sie keine Ressourcen abziehen dürfen, um die Thronwelt zu beschützen. Das ISB kontrolliert Coruscant – die Flotte will nichts damit zu tun haben. Das zeigt die

Bruchlinien innerhalb des Imperiums auf: all die Teile, die zersplittert durcheinandertreiben.

»Es ist ein Symbol unserer Trägheit und Benommenheit«, hat er gesagt. »Es ist der faulige Kern einer überreifen Frucht, und ich möchte diese Fäule herausschneiden, damit nur noch das gesunde Fruchtfleisch übrig bleibt. Und natürlich die Samen darin.«

Sie hielt dagegen, dass es sicher ein aussagekräftigeres Symbol wäre, Coruscant zu retten.

Seine Antwort lautete: »Worauf es wirklich ankommt, ist zu demonstrieren, wie viel wir aufzugeben bereit sind, um die Stärke unseres Imperiums zu bewahren.« In diesem Moment fühlte sie sich an die Worte von Graf Vidian erinnert: *Vergesst den alten Weg.«* War es Zufall, dass seine Einstellung nun ein Echo fand? Woher sollte Rax wissen, was Vidian ihr gesagt hat. »Wir müssen uns über das Offensichtliche hinwegsetzen, Admiral Sloane. Wir müssen uns einen eigenen Pfad durch die Sterne bahnen, falls wir bestehen wollen.«

Und damit war die Diskussion beendet.

Jetzt schwebt sie über dieser Welt, die sie ganz bewusst vergessen haben. Die sie dem ISB unter dem Kommando von Palpatines einstigem Berater, Großwesir Mas Amedda, überlassen haben.

Sie fragt sich, was wohl nötig wäre, um den Planeten zurückzuerobern. Die Neue Republik könnte die Blockade des ISB ohne große Mühe durchbrechen. Natürlich würde es eine Weile dauern, andererseits erreichen sie jeden Tag neue Berichte über die erstarkende militärische Stärke der Republik. Doch auf der Oberfläche haben sich die imperialen Truppen fest eingegraben. Ein Einsatz in der Luft allein würde nicht ausreichen …

Endlich knackt ihr Komm, und sie erhält eine Antwort:

»Der Code ist gültig. Landung genehmigt, CS-831.«

Natürlich ist der Code gültig. Adea weiß, was sie tut. »Dasha Bowen« setzt zum Landeanflug an.

Sloane lässt den Transporter auf der Landeplattform zurück – wo Droiden darangehen, die absolut realen Ausrüstungteile aus dem Frachtraum zu laden. Während sie damit beschäftigt sind, klappt Rae die Gesichtsplatte ihres Helms herunter. Das Visier verbirgt ihr Gesicht, und mit einem Druck auf den Knopf an der Seite des Helms kann sie ein Frontsichtdisplay auf seine Innenseite zaubern. Jetzt gerade zeigt es eine Karte von Coruscant.

Ihr Zielort ist als pulsierender roter Stern darauf verzeichnet.

Die alte Imperiale Registerhalle.

Auch unter dem weniger schmeichelhaften Namen »Die Grube« bekannt.

Es ist ein Lagerhaus der Urkunden, der Aufzeichnungen, der Daten.

Für die meisten stellt es nur ein wertloses Symbol imperialer Bürokratie dar. All die Aufzeichnungen von Schiffen und Navcomputern und Büros und Akademien und Warenlagern müssen irgendwann irgendwo abgeladen und verwaltet werden. Also werden sie hier abgeladen und verwaltet (in der Regel von Droiden). Nur wenige verirren sich hierher, denn diese Datenmassen zu durchkämmen ist, als würde man auf einem windgepeitschten Strand nach einem ganz bestimmten Sandkorn suchen. Und die Informationen sind oft absolut wertlos. Flugberechnungen, Inventarlisten und Personalakten füllen dieses gigantische Datenlager.

Doch Letzteres ist es, was sie hierher führt: Personalakten.

Falls es irgendwelche Informationen über Gallius Rax gibt, dann sind sie hier. *Sofern* Sloane sie finden kann.

Zum Glück hat sie kein Problem, sich an diesem Ort zurechtzufinden. Für andere mag es eine Grube sein. Für sie ist es ein *Tempel*.

Die Grube befindet sich am Rand des Distrikts der Wahrheit – einem gut gesicherten, imperialen Teil von Coruscant. Hier befinden sich die Halle der Gerichtsurteile, das Institut zur Bewahrung der Imperialen Geschichte und die Akademie sowie die Büros des ISB. Die Straßen sind normalerweise sauber, gepflegt und von geschäftigem Treiben erfüllt. Doch nicht so heute. Sie kommt an zwei Sturmtrupplern vorbei, die auf einer stählernen Barrikade sitzen, die Helme zwischen ihre Beine geklemmt; beide Männer sind verschwitzt, müde, ihre Augen ins Nichts gerichtet. Ein Stück weiter ist die Straße verkohlt, das Plastokret zerschmettert und aufgebrochen. Sieht nach einem Thermaldetonator aus.

Still ist es ebenfalls. Für gewöhnlich würde sie hier das Summen des dichten Verkehrs über ihr hören – Speeder und Grav-Schlitten, die im Zickzack dahinsausen, wie kleine Insekten, die ihrer Kolonie dienen. Jetzt hingegen ist der Himmel leer. Kein einziger Speeder. Keine Droiden, keine Vögel. Nichts. Der Luftraum ist wohl abgesperrt. Kein Wunder. Sie hat Berichte darüber gehört, dass Bürger ihre Gleiter mit Sprengstoff beladen und sie in imperiale Gebäude steuern.

Wie von diesen Gedanken provoziert, erbebt der Boden. Irgendwo in der Ferne hat sich gerade genau so eine Explosion zugetragen. Sloane spürt die Vibration durch ihre Stiefel bis hoch in ihre Zähne. Sie kann nichts sehen, aber es dauert nicht lange, bis eine Säule roten Rauchs wie eine Schlange in den Himmel hinaufkriecht.

Alarmsirenen plärren los. Zwei ISB-Gleiter rasen über ihr vorbei.

Was für ein Albtraum, denkt sie. Doch sie kann sich nicht darum kümmern. Ihre Zeit hier ist begrenzt. Sie muss weiter.

Die Grube liegt vor ihr. Vom Boden aus wirkt sie wie ein einstöckiger, gesicherter Bunker, mit einem einzigen Eingang und einem Fenster mit heruntergelassenem Rollladen.

Als Sloane sich nähert, gleitet der Rollladen ratternd hoch. Dahinter sieht sie die obere Hälfte eines Verwaltungsdroiden, sein kapselförmiger Kopf nach vorne geneigt. Eine schwache, blecherne Stimme dringt aus seinem Vokabulator.

»BLEIBEN SIE BITTE STEHEN, DAMIT ICH EINEN AUGEN-SCAN DURCHFÜHREN KANN.«

Jetzt kann sie sich nicht mehr verstecken. Ganz gleich, wie gründlich die künstliche Identität Dasha Bowen auch aufgebaut ist, zwei neue Augäpfel konnte nicht mal Adea auftreiben. Das hier kann Rae nicht vortäuschen, also klappt sie das Visier hoch.

Aus dem Auge des Droiden zuckt ein schimmernder, roter Strahl hervor.

Sie blinzelt und zuckt zusammen, als er über ihr Gesicht gleitet.

»GROSSADMIRAL RAE SLOANE«, sagt die Einheit. »SCHÖN, SIE ZU SEHEN. WILLKOMMEN IN DER IMPERIALEN REGIS-TERHALLE. BITTE PASSEN SIE AUF, WO SIE HINTRETEN. ES GEHT ZIEMLICH WEIT NACH UNTEN.«

Der Droide hat recht. Die Grube umfasst fünfzig Stockwerke, nur geht es eben nicht nach oben, sondern senkrecht nach *unten*. Wie eine Schraube ragt der Komplex in die Außenhaut von Coruscant hinab. Er ist rund und windet sich spiralförmig in die Tiefe, was Sloane ein Gefühl vermittelt, als würde sie einen Abfluss hinuntergespült. Ein Teil von ihr erwartet fast, dass sich ganz unten ein Schlund befindet, der die Besucher verschlingt, wie ein Sarlacc, der sich am tiefsten Punkt eingenistet hat und jeden Datensucher verdaut, der sich dorthin verirrt.

Sie hat nicht vor, sich verdauen zu lassen. Nicht heute.

Jetzt muss sie sich aber wirklich an die Arbeit machen, bevor sie den Verstand verliert. Trägheit ist ein Fluch für sie, und ihr ganzes Leben, ihre ganze Karriere war ein Kampf gegen die Trägheit. Also richtet sie sich in einem kleinen Alkoven ein. Stunden vergehen. Die Aufsichtsdroiden – weitere Verwaltungseinheiten, die aber auf Schienen eingehakt sind und so blitzschnell an den Regalen entlangsausen können, um digitale oder physische Aufzeichnungen zu suchen – bringen ihr alte Datenmodule. Sie hat ihnen erklärt, dass sie eine vollständige Auflistung aller Schiffe in der imperialen Flotte braucht, die seit der Zerstörung des zweiten Todessterns im Dienst sind. Jetzt ist sie bei dem achten und letzten Modul angelangt.

Sie fängt mit den größten Schlachtschiffen an – den Supersternzerstörern.

Dreizehn von ihnen waren im Einsatz, bevor der wiederbelebte Todesstern über Endor zerstört wurde. Einer davon ist die *Ravager*, der SSZ, von dem aus Sloane das Imperium leitet (und der nun strenggenommen unter Gaelans Kommando steht). Ein anderer ist die *Exekutor*, Vaders Flaggschiff. Auch die *Exekutor* ging an jenem Tag unter, als sie auf die Oberfläche des Todessterns stürzte und Hunderttausende der besten Köpfe des Imperiums mit in den Untergang riss.

Der Gedanke lässt Sloane schaudern.

Damit bleiben noch elf Schiffe.

Drei befinden inzwischen in der Hand der Neuen Republik.

Zwei, weil ihre Admiräle sich mit ihrer Besatzung freiwillig dem Feind ergeben haben; das dritte, weil es während Reparaturen über Kuat gewaltsam von Truppen der Neuen Republik übernommen wurde.

Fünf Schiffe wurden bei Schlachten überall in der Galaxis zerstört – sie waren unterbesetzt, schlecht geschützt und auf der Flucht (sicher, diese Schlachtkreuzer verfügen über Batterien mächtiger Waffen, mit denen sich ganze Flotten auslöschen lassen; aber sie sind auch langsam und träge – sie hängen im All wie Ziegelsteine, und ohne adäquaten Schutz war es nur eine Frage der Zeit, bis die feindlichen Truppen ihre Schilde durchdrangen und ihre Zerstörung herbeiführten).

Ein Supersternzerstörer fiel an Piraten: die *Annihilator*. Tagges altes Schiff. Doch wer kontrolliert es jetzt? Das steht nicht in den Berichten.

Dann ist da noch die *Arbitrator*. Sie machte auf der Flucht vor NR-Schiffen einen falsch berechneten Hyperraumsprung und wurde in einen Gravitationsbrunnen gezogen. Nichts ist mehr davon übrig.

Bleibt nur noch Palpatines eigenes Kommandoschiff.

Die *Eclipse*.

Die Aufzeichnungen zeigen, dass auch sie von einer Flotte der Neuen Republik zerstört wurde – Ackbars Fregatte, die *Home One* höchstselbst, verpasste ihr den Todesstoß.

Aber da ist ein Haken an der Sache, und genau deswegen ist Sloane hier. Die Schiffe übermittelten ihre Daten als Informationsimpulse hierher, an diesen Ort. Das Prinzip ist ähnlich wie bei einem Flugschreiber: Die Aufzeichnungen sollen zeigen, was sich vor der Zerstörung, Eroberung oder Kapitulation eines Schiffes zugetragen hat. Alle anderen Informationen fügen sich zu dem bekannten Bild zusammen. Und diese Aufzeichnungen hier decken sich ebenfalls mit den Berichten über das Schicksal der Supersternzerstörer. Mit einer Ausnahme.

Bei der *Eclipse* endet der Datenstrom einen vollen Tageszyklus vor ihrer angeblichen Zerstörung. Nichts deutet auf eine Belagerung durch Truppen der Neuen Republik hin. Das Schiff … verschwindet einfach von den Sternkarten. Es löst sich in Luft auf.

Sloane muss natürlich die Möglichkeit einkalkulieren, dass die *Eclipse* vielleicht wegen eines fehlerhaften Datenrecorders keine weiteren Informationen senden konnte. Aber es gab weitere Systeme, die das imperiale Kommando in so einem Fall alarmieren sollten – auch hier hätten Bürokratie und sich überlappende Mechanismen das Schlimmste abwenden sollen.

Doch das hatten sie nicht.

Kann es sein, dass die *Eclipse* noch immer dort draußen ist? Ist die *Ravager* vielleicht gar nicht der letzte Supersternzerstörer im Arsenal der Flotte?

Die Liste der Sternzerstörer liest sich ähnlich, auch wenn sie deutlich länger ist. Fünfundsiebzig Prozent der Schiffe, die vor Endor im Einsatz waren, haben nachweisbar ein vergleichbares Ende gefunden: zerstört, geentert, auf andere Weise verloren gegangen. Doch bei einem Viertel der Schiffe passen die Teile nicht zusammen. Da widersprechen sich die Berichte über ihr tragisches Schicksal mit den »Flugschreiber«-Daten.

Verfügt das Imperium über mehr Schiffe, als Sloane weiß? Geisterflotten, irgendwo dort draußen? Operieren sie unabhängig? Wurden sie übernommen oder aufgegeben? Oder geht hier vielleicht etwas anderes vor sich?

Weiß Rax davon? Oder ist auch er ahnungslos?

Apropos Gallius Rax …

Die Berichte nach Daten über den einstigen Flottenadmiral zu durchsuchen ist wie die Suche nach einem Edelstein in einer Kiste voller Glassplitter. Eine langwierige und freudlose Aufgabe. Doch das ist schließlich, weswegen sie hergekommen ist. Also ruft sie einen Druiden und macht sich ans Werk.

»ICH WILL SEHEN, WAS ICH AUSGRABEN KANN«, sagt der Droide mit einem kurzen Nicken, bevor seine Servomotoren lossurren und ihn davontragen.

Ausgraben, denkt Sloane. Eine perfekte Wortwahl. Und das von einem Droiden.

Seite um Seite blättert sie sich auf dem Lesegerät durch die Module – wischt wieder und wieder auf der Kontrollkugel nach links, durch endlose Verwaltungsunterlagen. Wie bei den Flottenarchiven ist Rax auch hier kaum mehr als ein Phantom. Sie jagt nach Schatten.

Und dann bleibt ihr nur noch, die Aufzeichnungen nach denen zu durchsuchen, die sie mit ihm in Verbindung bringen kann: Yularen, Rancit, Screed und Palpatine selbst. Sie überprüft persönliche Berichte, genealogische Akten, Inventarlisten, einfach alles. Stunden vergehen. Die Schrift auf dem Schirm verschwimmt vor ihren Augen. Sie fühlt sich allein und überwältigt, und das einzige Geräusch, das ihre Frustration und ihre Befürchtungen begleitet, ist das Klicken und Klacken und Geraschel der Droiden.

Sie steht auf. Die Suche ist vorbei.

Rax existiert nur an der Oberfläche.

Herauszufinden zu wollen, wer er ist oder wer er *war*, ist, als wolle man Nebel einfangen – er löst sich auf, wenn man danach greift, aber er verhüllt dennoch alles, was dahinter liegt.

Es ist Zeit zu gehen, also packt sie ihre Notizen zusammen,

schiebt sie in eine Tasche und hängt sich diese über die Schulter.

Plötzlich ist da eine Bewegung hinter ihr ...

Sie wirbelt herum, greift nach ihrem Blaster.

Es ist der Droide. *Natürlich*. Wer sollte es auch sonst sein? Dennoch ... Nun, sie hat zumindest eine Erklärung für ihre erschrockene Reaktion. *Ich bin müde und wütend.*

Der Droide summt: »EIN BILDKRISTALL.« Er streckt einen Teleskoparm vor, in dem er einen kleinen, rauchgrauen Kristall hält. Das Imperium benutzt dieses Medium nicht mehr, und es gilt als reichlich veraltet, aber vor ein paar Jahrzehnten waren Einzelbildkristalle noch weit verbreitet. Heute speichert das Imperium visuelle und Textinformationen auf Modulen und Datenkarten.

Sloane will ihn schon zurückgeben. Was kann ein Bild schon ändern?

Andererseits, das Lesegerät steht gleich hier. Sie nimmt die Tasche von der Schulter, bleibt aber stehen, und legt den Kristall auf das glatte Projektorfeld auf dem Schreibtisch. Anschließend drückt sie den Knopf darunter, und das Gerät leuchtet auf.

Ein dreidimensionales Bild erscheint vor ihr in der Luft.

Es scheint irgendwo in einer imperialen Landebucht entstanden zu sein; im Hintergrund steht ein Shuttle der *Lambda*-Klasse. An den Rändern des Holos sind weiß gerüstete Sturmtruppler und zwei imperiale Ehrengardisten in roten Roben zu erkennen.

Und in der Mitte des Fotos:

Wullf Yularen, Dodd Rancit, Terrinald Screed und drei weitere Personen: Großwesir Mas Amedda, Imperator Palpatine und ...

Ein Junge.

Oder besser: ein Junge an der Schwelle zum Erwachsenenalter.

Er sieht aus wie ein dahergelaufener Bauerntölpel, den man in eine schlecht sitzende Akademieuniform gesteckt hat. Sein Haar ist dunkel, seine Haut blass. Aber diese Augen … Eine vertraute Arroganz liegt in ihnen, jedes ein schwarzes Loch, das alles Licht verschluckt.

Was besonders hervorsticht: Eine seiner Hände ist nach vorne gedreht, und Sloane sieht etwas auf seiner Handfläche. Eine Art Zeichen. Eine Tätowierung?

Oder ein Brandzeichen?

Das Holobild an sich wirft kein Licht darauf, wer Rax ist. Und doch erweckt es in Rae eine Hoffnung. Sie ist bei dieser »Ausgrabung« auf ein wirklich kurioses Fossil gestoßen. Falls das *er* ist, Gallius Rax, dann ist das Rätsel um seine Persönlichkeit jetzt lösbar. Dann ist er jetzt eine Beute, die sie töten kann.

(Natürlich nicht im wörtlichen Sinne. Zumindest hofft sie das.)

Wie soll sie weiter mit diesem Mysterium verfahren? Sie hält nun einen Faden in der Hand, aber in welche Richtung kann er sie führen? Vier der Männer auf dem Bild, das vor ihr leuchtet, sind tot. Palpatine ist fort, Yularen starb auf dem Todesstern, Rancit bei einem Rebellenangriff (es gibt aber auch Gerüchte, wonach Vader ihn wegen Verrats hingerichtet hat) und Screed fiel abseits des Iktari-Kreises Piraten zum Opfer.

Nur einer von fünfen lebt noch.

Es ist Zeit, Mas Amedda einen Besuch abzustatten, denkt sie.

Intermezzo
Coronet City, Corellia

Erno beobachtet den Jungen. Der Kerl weiß nicht mal, dass ihn jemand ins Auge gefasst hat. Er schleicht sich im Schutz der Dunkelheit an die Wand wie eine Sinkspinne, dann hebt er eine Schablone an den Stein und zieht eine Sprühdose hervor. Nachdem er sie ein paarmal geschüttelt hat, drückt er den Knopf, und sie zaubert ein Bild an die Seite der W&S, der Wach- und Sicherheitsstation.

Ein Bild von einem bösen, bösen Mann.

Vielleicht ist es nicht mal ein Mann. Vielleicht ist es eine Maschine.

Vader lebt, steht in Schablonenschrift unter dem allzu bekannten, stilisierten Abbild des helmtragenden Schurken.

Der Junge dreht sich um, als wäre er bereits davongekommen. Ist er aber nicht.

Erno tritt in den Lichtschein der Straßenlaterne und räuspert sich, woraufhin das Kind in dem dunklen Mantel mit der Kapuze den Kopf hebt. Noch einer von diesen trotteligen Akolyten. Erno pfeift. »Nettes Kunstwerk. Ein echtes Original.«

Der Junge sagt nichts. Er steht nur da, zittert auf seinen nackten Füßen. Er ist jung, dumm, verängstigt. Mit einem

Seufzen hebt Erno seinen Blaster. »Komm schon, du kleine Rattenschabe, dreh dich um, damit ich dir Fesseln anlegen kann.«

Schmollend dreht sich der Junge um, und Erno schlingt ihm Handschellen um die Arme, dann schubst er ihn durch die Tür der Station.

Die Neue, eine hübsche Pantoranerin namens Kiza, steht am Empfangstisch. »Hallo, Kommissar«, sagt sie, und Erno schenkt ihr ein Zwinkern und ein Nicken, obwohl sie vermutlich noch nie irgendetwas mit einem zerzausten Stiernacken wie ihm zu tun hatte. Er zerrt den Jungen durch die Station, vorbei an den Schreibtischen und Holoschirmen und den Büros in einen der hinteren Räume. Dort verpasst er ihm noch einen leichten Stoß, der ihn unsanft auf einen Stuhl befördert.

Der Kerl zischt etwas. Erno versteht die Sprache nicht, und er macht sich auch nicht die Mühe nachzufragen.

»Ja, ja, was immer du sagst, Kleiner.« Er nimmt dem Jungen gegenüber Platz, schiebt sich einen Streifen Gummiwurzel in den Mund und beginnt, darauf herumzukauen. Es schmeckt nach Stiefelsohle, aber immerhin ist sein Mund jetzt beschäftigt, und es ist besser als die Stimstäbchen, die er früher rauchte.

Der Junge ist schnell eingeordnet. Menschlicher Rabauke, vielleicht vierzehn oder fünfzehn. Genauso blass wie die anderen (sie tun, als wären sie Wesen der Nacht). Schwarze Kapuze, schwarzer Mantel. Maske hat er aber keine. Viele dieser Akolyten-Trottel basteln sich eine aus Plastoid, Metall, Holz, Schutzbrillen, Ventilatoren, was auch immer, und tragen sie, während sie die Einheimischen behelligen. Ziemlich erbärmlich und belanglos das Ganze. Größtenteils nur Vandalismus.

»Vader lebt«, murmelt Erno und kaut weiter auf der Gummiwurzel herum. »Vader lebt, sagst du. Nach dem, was ich gehört habe, flog er mit dem Todesstern in die Luft. *Kabumm*. Er ist tot. Falls er überhaupt je wirklich gelebt hat. Das Imperium bricht auseinander, und das würde wohl kaum passieren, wenn er noch da wäre, glaubst du nicht auch?«

»Der Tod ist nicht das Ende.«

»Nach meiner Erfahrung ist es die Endstation, Kleiner.«

Der Junge grinst. Seine Zähne sind weiß, zu weiß. Er streicht mit der Zunge darüber, und einen Moment lang ziehen sich Ernos Eingeweide zusammen. Sein Instinkt sagt ihm, dass hier etwas faul ist, aber er kann noch nicht sagen, was.

Nein, du lässt den Jungen einfach nur an dich heran. Es ist spät. Du bist schon zu lange im Dienst. Sperr den Trottel ein, und geh nach Hause.

»Wie heißt du?«

»Verwüstung.«

Er stößt ein spöttisches Lachen aus. »Oh. Wie hübsch. Ist das dein Vor- oder Nachname?« Der Versager erwidert nichts, er sitzt einfach nur da, und seine Brust hebt und senkt sich wie bei einem wilden Tier, das man in die Ecke gedrängt hat. »Hör zu, Kleiner, ich hab dich wegen Vandalismus am Wickel. Ich könnte dich ein paar Nächte unten ins Loch stecken. Aber ich bin gerade in guter Stimmung. In *großzügiger* Stimmung. Wenn du mir die Namen von ein paar deiner Akolyten-Freunde gibst – du bist doch ein Akolyt des Jenseits, oder? –, dann belasse ich es bei einem tadelnden Zeigefinger, und du kannst nach Hause. Was meinst du?«

Der Junge schweigt weiter.

Erno seufzt.

»Was habt ihr kleinen Mistkerle nur für ein Problem? Wollt ich euch beim Imperium einschmeicheln, oder was?«

»Es geht um etwas, das *größer* ist als das Imperium.«

»Vader.«

Der Kerl grinst.

»Nicht Palpatine?«

Auch jetzt sagt der Junge nichts, aber sein Grinsen wird breiter.

Das macht Sinn, denkt Erno. Warum sollte ein alter, runzliger Kapuzenträger solch verquerer Heldenverehrung wert sein? Vader sah zumindest aus wie ein harter Bursche. Einschüchternd, gefährlich, da passte wirklich alles zusammen.

»Hast du gar keine Maske?«, fragt er.

»Nein.«

»Wieso nicht? Bist wohl doch kein so großer Vader-Fan, hm? Willst du nicht so aussehen wie er? Oder weißt du vielleicht, dass er einer von den Bösen war?«

»Sind sie ein guter Mann?«, fragt der Knilch. »Einer ›von den Guten‹?«

Wohl kaum, denkt Erno. Seine Frau hat ihn für zwei Künstler im Teeno-Bezirk verlassen; seine Nachbarn halten ihn für einen Chaoten; selbst der Fisch in seinem Aquarium wirft ihm jeden Morgen, bevor er das Haus verlässt, einen abfälligen Blick zu.

»Ich fragte nach der Maske.«

Der Junge rutscht auf seinem Stuhl herum. »Man muss sich seine Maske verdienen.«

»*Ah.* So, so. Du hast sie dir also noch nicht verdient.«

Der Bursche blickt erst zur Decke hoch, dann an den nackten Wänden des Raums entlang. »Dieses Gebäude ist sehr alt.«

»Ja. Und?«

»Ich weiß, was darunter liegt.«

Was darunter …? Das Museum nebenan teilt sich einen Keller mit der W&S-Station. Die Beamten lagern dort unten Beweismittel, und einen Gitterkäfig weiter bewahrt das Museum einen Haufen staubiger, alter Artefakte und dergleichen mehr auf.

Erno ist gerade im Begriff nachzuhaken. Warum sollte sich ein rotznäsiger Halbstarker schließlich für so etwas interessieren? Vielleicht ist es ein Hinweis. Vielleicht arbeitet sein Vater für das Museum. Oder …

Doch da betritt jemand den Raum.

Es ist ein Sicherheitsoffizier, Spod Rydel, mit dem Hut in der Hand. »Erno, du solltest dir das ansehen.«

Ääähm, ich bin gerade beschäftigt, Rydel, denkt Erno, aber gut – wenn einer der Kerle von der Sicherheitseinheit ihm etwas zeigen will, dann wird er es sich eben ansehen. Er nimmt die Handgelenke des Jungen, drückt sie auf den Tisch und drückt einen Knopf auf seiner Seite. Die Tischplatte wird magnetisch, und die Handschellen des Burschen knallen hart auf das Metall, als das unsichtbare Feld sie nach unten zieht.

Kurz darauf ist Erno wieder im Hauptraum der Station, wo die Holoschirme einer nach dem anderen auf den CCI – den Coronet-City-Informationskanal – wechseln.

Er braucht eine Sekunde, um einzuordnen, was er sieht. Es sind Holoaufnahmen von verschiedenen Stadtteilen, und überall spielt sich dasselbe Szenario ab. In der Innenstadt, auf dem Diademplatz, zertrümmert eine Horde kapuzenverhüllter Gestalten Schaufenster und springt zu den Schwebetuks hoch, um die Gleiter auf den Boden herunterzuziehen; bei Linie 1 der Magnetschienenbahn stürmen sie einen Zug, kaum dass dieser an der Haltestation Juni-Straße zum Stehen kommt; unten bei den Casinos greifen sie die Glücksspieler an, die die Gebäude verlassen, eine Meute flatternder Mäntel im Dunkel der Nacht.

Sie haben Stöcke.

Rot angemalte Stöcke.

Und sie *haben* Masken.

Ein koordinierter Angriff. Ein Aufstand. Oder Schlimmeres.

Bereits jetzt machen die Beamten in der Station mobil – sie eilen aus der Tür oder die Treppen zum Speeder-Landeplatz auf dem Dach hinauf.

»Es sind die verfluchten Akolyten«, sagt Rydel. »Hast du nicht gerade einen von der Brut im Verhörzimmer? Bring den Mistkerl her, dann verpassen wir ihm eine kleine Lektion.«

Ja, denkt Erno. *Ja.* Er stampft zurück zum Verhörraum, stößt die Tür weit auf und …

Der Junge ist verschwunden.

In diesem Moment flackert das Licht, einmal, zweimal. Dann geht es aus.

Erno steht im Dunkel. Zum Glück springt ein paar Sekunden später die Notbeleuchtung an der Decke an und taucht alles in einen roten Schein. Er flucht leise und eilt zurück in den Hauptraum. Die meisten Beamten haben das Gebäude bereits verlassen, nur er und Rydel und ein paar andere Kommissare wie Shreen und Mursey sind noch da …

Moment mal, war Kiza nicht gerade noch hier? Wo bei den Sonnen ist sie hin?

Er will gerade Rydel darauf ansprechen, aber da schneidet ein Blasterschuss durch die Luft und trifft den Offizier mitten in die Stirn. Rydel kippt nach hinten. Zwei weitere Schüsse, und Shreen und Mursey gehen ebenfalls zu Boden – Shreen stürzt rücklings über ihren Schreibtisch, Mursey sackt einfach nach vorne gegen den Hydrospender.

Erno greift nach dem Blaster hinter seinem Rücken.

Doch er ist zu langsam.

Da ist Kiza. Ausgerechnet Kiza. Sie zielt mit einem serienmäßigen Blaster des Sicherheitsdienstes auf ihn. Von dem Knaben in Schwarz fehlt jede Spur.

»Kiza, ich ... ich verstehe nicht, was das hier soll, Schätzchen?«

»Ich bin nicht dein Schätzchen.« Ihre Stimme zittert, als sie spricht.

»Was ... geht hier vor sich?«

Langsam schiebt sie sich im roten Halbdunkel durch das Meer von Schreibtischen auf ihn zu. »Eine Revolution. Das ist die Rache der Dunkelheit. Das ist die Auslöschung.«

»Ich fasse es nicht«, stößt Erno hervor. »Du ... du bist eine von *ihnen*.«

Er ist sicher, dass sie keine geübte Schützin ist. Und sie hat Angst, das kann er an ihrer Stimme hören. Also greift er trotzdem nach seinem Blaster. Er ist alt, aber sie ist keine Polizistin. Seine Finger berühren die Waffe, er reißt den Arm nach vorne ...

Die Luft neben ihm glüht auf. Die Welt verschwimmt, als ein Strahl roten Lichts durch den Raum zuckt ...

Ein brennender Schmerz durchzuckt seinen Arm.

Und die Hand, die den Blaster hält ... ist fort.

Sie klatscht gegen einen der Schreibtische, die Waffe noch immer fest umschlungen. Er beobachtet, wie sie auf dem Boden landet und davonrollt. Es ist absurd zuzusehen, wie die eigene Hand einfach so von ihm fortkullert.

Neben ihm steht der Junge in dem Mantel.

In der Hand hält er ein Lichtschwert mit roter Klinge.

»Ich sagte doch, ich weiß, was im Keller ist«, zischt er.

»Ist das das Schwert, nach dem du gesucht hast?«, fragt Kiza.

Der Akolyt nickt nachdrücklich.

Dann – *Bumm.*

Kiza verpasst Erno einen Schlag gegen die Schläfe. Die Welt wirbelt davon, während er auf dem Boden zusammenbricht. Sie beugt sich über ihn und flüstert in sein Ohr: »Vader lebt. Und dich lassen wir auch am Leben. Sag allen, dass die Akolyten kommen – *Schätzchen.*«

7. Kapitel

Die kleine Bar liegt abseits der Junari-Landzunge am Meer, ein paar Kilometer außerhalb von Hanna City. Sie macht nicht viel her: ein runder Tresen aus dunklem Holz unter einem vom Wind aufgeplusterten Zelt. Bulavögel staksen über den Sand und den Kies und drehen mit ihren sternengekrönten Schnäbeln kleine Steine herum, in der Hoffnung, dass ihre nächste Mahlzeit darunter hervorkrabbelt. Das Meer rollt über den Strand, begleitet nicht vom Donnern echter Wellen, sondern eher von Wispern und Zischen, wie ein ruhiger See, der gegen seine Ufer schwappt. Die Nacht ist kühl, der Nieselregen hat aufgehört, und zurückgeblieben ist nur eine erfrischende Brise.

Sinjir sitzt an der Bar und blickt in eine weiße Tasse mit schwarzer Flüssigkeit. Dampf steigt davon auf und wärmt sein Kinn.

Heute Nacht sind nur wenige andere Gäste hier – andere Chandrilaner. Da drüben, ein Fischer mit ausdrucksstarkem Kinn, der in sein eigenes, dampfendes Getränkt stiert. Auf der anderen Seite, ein junger Mann in einem modischen, bunten Hemd, der voller Desinteresse auf seinen Holoschirm blickt.

Die Wirtin – eine hochgewachsene Frau, ihr weißblondes Haar zu einem komplexen Zopf gebunden, der wie ein Kragen um ihren Hals liegt – geht an ihm vorbei und fragt: »Alles in Ordnung?«

Er nickt leicht. Als sie weitergeht, bemerkt er, wie ihre Augen nach oben wandern. Sie sieht jemanden kommen. Jemand hinter Sinjir. Er versteift ...

Und dann, eine halbe Sekunde später, legt sich ihm eine Hand auf die rechte Schulter, während über der linken ein zerzauster, vertrauter Kopf erscheint. Sandfarbene Haare kratzen sein Schlüsselbein.

»Hallo«, sagt Rath Velus und wölbt eine Augenbraue.

Die freie Hand des Mannes schiebt sich an Sinjirs Arm vorbei und greift nach der Tasse, dann hebt er sie hoch, um daran zu riechen.

»Das ist *Kaff*«, stellt der Mann mit einem Stirnrunzeln fest.

»*Was?*« Sinjir täuscht Empörung vor. »Kaff? Das habe ich nicht bestellt. Ich glaube, ich muss diese Bar niederbrennen. Das ist die einzige Lösung.«

Der Mann – Conder Kyl – verdreht die Augen. »Du bist zu theatralisch. Ich bin nur überrascht, dass du *das* da trinkst und nicht kowakianischen Rum oder eine *Feuerzunge*.«

»Ich wollte wach bleiben, bis du endlich auftauchst. Darum der Kaff.« Er hebt die Tasse und schmunzelt über ihren Rand hinweg. »Oh, und übrigens, *Feuerzunge* war mein Spitzname an der imperialen Offiziersakademie.«

»Daran zweifle ich nicht.« Conder beugt sich vor und gibt Sinjir einen Kuss auf die Wange.

Alarmglocken schrillen in Rath Velus' Kopf. Reflexartig dreht er den Kopf zur Seite und rückt seinen Hocker ein paar Zentimeter von dem Mann fort.

»Oh, oh«, macht Conder. »Wir kennen uns erst so kurz, und du bist schon mit mir fertig?«

»Wer ist jetzt theatralisch?«

»Was ist es dann?«

»Ich habe es dir doch *gesagt*. Ich mag … das hier nicht.«

»Was?«

»Das hier! In der Öffentlichkeit.«

Conder schiebt mit der Hüfte einen Hocker zu Sinjir herüber und lässt sich darauffallen. Er stützt den Ellbogen auf die Theke und das Kinn auf die Hand, sein Gesicht zu einer skeptischen, nachdenklichen Maske verzogen. »Du weißt, wo wir sind, oder? Hier ist es sicher, Rath Velus. Wir sind sicher. Chandrila ist … ziemlich aufgeschlossen.«

Conder wandelt auf dem schmalen Grat zwischen *hübsch* und *männlich*. Er hat eine breite Brust und muskulöse Arme, lasergeschorenes Haar und einen ungleichmäßigen, stacheligen Bart. Aber er hat auch lange, ausdrucksstarke Wimpern und einen Schmollmund. Seine Haut ist so glatt und gebräunt wie eine Statue aus nimarianischem Korabaster. Seine Stimme passt perfekt dazu: hart, aber mit einem melodiösen Ton. Wie raue, aber wunderschöne Musik.

Er ist einer der besten Hacker in Diensten der Neuen Republik. Es gibt nur wenige Systeme, in die er nicht hineinkommt, wenn er es sich wirklich in den Kopf gesetzt hat. Deswegen sind er und Sinjir sich überhaupt erst begegnet – vor zwei Missionen war das Team auf der Jagd nach Moff Gorgon, und sie brauchten jemanden, der sich in den Kopf eines Verhördroiden einklinken konnte. Temmin schaffte es nicht, also schickte man ihnen Conder Kyl.

Conder, den Sinjir zunächst vehement ablehnte.

»Das ist es nicht«, sagt er. »Nicht nur. Das Imperium …« Er

hat das alles doch schon erklärt, oder? Conder kennt seine Bedenken. Das Imperium scherte sich nicht um sexuelle oder romantische Beziehungen, *solange* sie sich nicht in der Öffentlichkeit abspielten. Ganz gleich, welche Vorlieben man hatte, die Anstandsregeln schrieben vor, dass man ihnen nur zu Hause, hinter verschlossenen Türen nachgehen durfte (vor allem, wenn sie gegen die Familieninitiativen des Imperiums verstießen – das Bevölkerungswachstum zu fördern war eines von Palpatines höchsten Zielen). Während dieser Zeit hatte sich Sinjir eingebrannt, dass Zuneigung Schwäche war. Beziehungen sind ein Band, das sich einem um den Hals legt – ein Strick, der nur allzu leicht straff gezogen werden kann. Wann immer er den Auftrag erhielt, die Treue eines Kollegen zu überprüfen, überprüfte er zunächst dessen Bettgespielen. Das war immer ein wichtiger Schwachpunkt – wie eine Luftröhre, die man mit dem Daumen zudrücken, eine Niere, in die man seine Faust rammen kann. Wusste man erst, wer wen liebte, konnte man diese Schwäche ausnutzen, diese Leute kontrollieren. »Zuneigung macht uns verwundbar. Und ich will nicht verwundbar sein. Außerdem fangen die Leute schon an, uns anzustarren.«

Der Fischer blickt weiter in sein Getränk, der junge Kerl in seinem bunten Hemd auf seinen Datenblock, und die Wirtin hat ihnen den Rücken zugewandt und poliert Gläser.

»Oh ja«, kommentiert Conder. »Ich fühle mich förmlich von ihren Augen seziert.«

»Ach, was weißt du schon?« Sinjir nippt lautstark an seinem Kaff.

Hinter ihnen erklingen Schritte auf dem Kies. Bulavögel gackern und hüpfen davon, als zwei weitere Gäste die Bar betreten. Sinjir hat sie hier schon zuvor gesehen. Beide sind Piloten der Neuen Republik: einer ein Chandrilaner mit langer Nase und einer verblassten Narbe auf der Stirn; der andere eine Frau mit herabhängenden Schultern, pockennarbigen Wangen und einem ewig finsteren Ausdruck auf ihrem nicht gerade attraktiven Gesicht.

Narbenstirn tritt rechts neben Sinjir, klopft mit den Knöcheln auf den Tresen und ruft der Wirtin zu: »Einen Balmgruyt. Jetzt gleich, wenn's geht.«

»Zwei«, sagt Finsterblick und klatscht die flache Hand auf die Bar.

Während die Wirtin die Getränke holt, dreht Narbenstirn den Kopf und wirft Sinjir einen langen, grimmigen Blick zu. »Eure Sorte kann ich nicht ausstehen«, knurrt er.

Rath Velus applaudiert. »Danke, guter Mann. Danke, dass Sie mein Argument untermauern. Siehst du, Conder? Diese Piloten haben etwas gegen unseren Lebensstil.«

Finsterblick beugt den Kopf an Narbenstirn vorbei nach vorne. Ihre Augen werden schmal, und sie reckt das Kinn vor. »Imperiale sind hier nicht willkommen.«

Wie enttäuschend.

»*Das* ist euer Problem?«, braust Sinjir auf.

»Er ist kein Imperialer«, erklärt Conder, wobei er aufsteht. »Er kämpft auf unserer Seite.«

»Also, so weit würde ich dann doch nicht gehen …«, korrigiert Rath Velus.

»Er ist ein verfluchter Imperialer, mehr nicht.« Narbenstirn senkt den Kopf und bleckt die Zähne. Sinjir kann den Alkohol in seinem Atem riechen; der Kerl ist dicht wie eine Luftschleuse. »Ein hinterhältiger, verräterischer Köter, der uns die Kehlen durchschneidet, wenn wir nicht aufpassen. Deine Sorte ist hier nicht willkommen. Und Imperialenfreunde brauchen wir auch nicht.«

»Ich verstehe.« Sinjir tut, als würde er an seiner Kafftasse nippen – eine Tasse, die er in wenigen Sekunden über dem Schädel dieses Idioten zu zertrümmern gedenkt. »Wirklich. Das Imperium hat jedes System und jeden Planeten jahrelang unterdrückt, vom warmen, plüschigen Kern bis hin zu den frostigsten Winkeln des Äußeren Randes. Aber jetzt bricht das Imperium auseinander, und Schurken wie ich tauchen auf eurer Türschwelle auf und bitten mit einem Schulterzucken und einem Lächeln um Vergebung. Vermutlich haben wir sie nicht verdient, aber, hey, hier sind wir nun mal. Das ist natürlich ein Problem für Leute wie dich. Die eigentliche Frage lautet also: Werdet ihr euch wie die würdigen Befreier der Galaxis verhalten? Werdet ihr, die Guten, den Besiegten vergeben, oder seid ihr letztlich genauso schlimm wie …«

Bumm. Sinjirs Kopf fliegt nach hinten. Da steckte einiges an Wucht in dem Faustschlag, aber er besitzt in etwa so viel Eleganz und Präzision wie ein austretender Nerf. Sein Kopf dröhnt, aber er schmeckt kein Blut. Um auf Nummer sicher zu gehen, fährt er sich mit der Zunge über die Lippe. Nein, da ist nichts.

Seine Hand schließt sich um die Tasse. Der Kaff ist noch immer heiß.

Er wird eine herrliche Verbrennung auf der Kopfhaut des Kerls zurücklassen.

Doch dann legt Conder die Hand auf seinen Arm. »Wir könnten einfach gehen«, flüstert ihm der Hacker ins Ohr. Es ist ein leises Wispern, aber ohne Furcht. Er klingt selbstbewusst.

Der Pilot erhebt sich. Narbenstirns Hände sind zu Fäusten geballt, er ist bereit für den Kampf; er kann es kaum noch erwarten. Sinjir empfindet das Gleiche; die Kampflust brennt in seinem Blut, heiß und prickelnd.

Doch alles, was er tut, ist zu nicken. »Gute Nacht, Freunde.«

Narbenstirn und Finsterblick blicken verwirrt drein, als Sinjir und Conder Arm in Arm die Bar verlassen. Die dampfende Tasse Kaff steht noch immer auf der Theke.

Der nächste Morgen. Derselbe Strand, dieselbe Bar.

Sinjir war fort, aber dann hat er das warme Bett verlassen und ist wieder hierher zurückgekehrt. *Ein passendes Ende für diese Nacht*, dachte er zu dem Zeitpunkt – bevor er sich noch mehr betrank und auf seinem Hocker einschlief.

Das verschwommene Licht des Sonnenaufgangs brennt sich durch seine geschlossenen Lider. Er schmatzt mit den Lippen und hebt den Kopf von der Theke. Dabei entsteht ein deutliches Geräusch, als würde man einen Verband von einer klebrigen Wunde ziehen.

Sein Mund schmeckt wie …

Was ist das? Ah, ja. Tsiraki. Ein alkoholisches Getränk aus fermentierten Salakbeeren und eingelegten Gewürzen. Süß und sauer und absolut abscheulich. Aber gut.

Er blinzelt sich den Schlaf aus den Augen. Sein Kopf fühlt sich noch immer wackelig an. Was ihn nicht stört, denn es bedeutet, dass der Kater noch nicht seine Klauen nach ihm ausgestreckt hat. Jetzt ein kleiner Drink, um wieder in Fahrt zu kommen, und …

Äh, aber wo, *oh*, *wo* steckt nur diese launische Wirtin?

Das ist nicht gut.

In diesem Moment stellt er fest, dass jemand neben ihm sitzt.

»Hallo«, sagt er.

»Falls es dein Ziel war, dich selbst in Alkohol einzulegen, dann Glückwunsch«, erwidert Jas Emari. Sie lehnt sich auf ihrem Hocker zurück und pult mit der schmalen Klinge ihres Messers zwischen den Zähnen.

»Hm? Ja. Der Tsiraki hier ist ausgezeichnet.«

Sie schneidet eine Grimasse.

»He, verurteil mich nicht, bis du ihn nicht selbst gekostet hast«, brummt er.

»Habe ich. Schmeckt wie Bilgenschleim.«

»Du trinkst nicht. Du bist kein *Connaisseur*.« Er gähnt und streckt sich. »Aber darum sind wir so gute Freunde. Du bist die ernste Kopfgeldjägerin, die direkt auf den Punkt kommt, und ich bin der beschwipste, aber liebenswerte Provokateur. Sie sollten eine HoloNetz-Serie über uns beide drehen, jetzt wo das Imperium die Kontrolle über die Medien verloren hat.«

»Du bist wütend auf mich«, sagt sie.

»Was? Nein«, lügt er.

»Ist es wegen Jom? Bist du deswegen sauer?«

»Führen wir gerade *wirklich* dieses Gespräch?« Doch der harte Ausdruck in den Augen der Zabrak zeigt ihm, dass sie es ernst meint. »Na *schön*. Nein, es ist nicht wegen Jom. Zwischen den Laken kannst du tun und lassen, was du willst. Es …« Er will es nicht aussprechen, und einen Moment lang hängen ihm die Worte auf der Zunge wie ein kehliges Knurren, bevor er sie schließlich über die Lippen bringt. »Es ist der Plan. *Dein* Plan, bei Slussen Cankers Festung. Du hast dein kleines Spiel gespielt, und du hast dem Jungen davon erzählt. Aber mir nicht.«

»Ich gebe es zu: Ich hätte dich einweihen sollen.«

»Es gefällt mir nicht, außen vor gelassen zu werden. Das macht mich nervös. Und das ist nicht alles. Es ist … ich weiß auch nicht. Ich hatte keine Ahnung, dass du uns übers Ohr hauen würdest. Normalerweise sehe ich so was kommen, lange bevor es aus dem Hyperraum fällt. Aber du hast mich kalt erwischt. Und dem Jungen habe ich auch nichts angemerkt. Entweder verliere ich langsam meinen Instinkt, oder ...«

»Oder du vertraust uns.«

»Ja.«

»Und das gefällt dir nicht?«

»Nein.« Jetzt ist es an ihm, eine Grimasse zu schneiden. »Lass mich dich was fragen.«

»Nur zu.«

»Warum tust du es?«

»Warum tue ich was?«

»Das hier. Das Team. Die Neue Republik.«

Sie wischt die Klingenspitze mit dem Daumen ab und zieht die Schultern hoch. »Keine Ahnung. Credits. Schulden.«

»Das nehme ich dir nicht ab.«

»Das ist deine Entscheidung. Weswegen tust *du* es denn?«

»Mir ist langweilig.«

Nun ist sie an der Reihe: »Also, das kaufe *ich dir* nicht ab.«

»Vielleicht haben wir beide Schulden, die man mit Credits allein nicht begleichen kann.«

Sie zuckt mit den Schultern. »Vielleicht.«

Er zieht die Nase hoch. Diese Unterhaltung ist viel zu ernst und wehmütig geworden. »Wie hast du mich überhaupt gefunden?«

»Conder hat mir gesagt, dass du hier bist.«

»Und wie hast du *Conder* gefunden? Ich wusste gar nicht, dass du ihn kennst.«

Sie schmunzelt. »Ich bin eben gut in meinem Job. Ich weiß alles.« Sie dreht die Klinge hin und her, dann steckt sie das Messer zurück in die Scheide an ihrer Seite. »Was mich daran erinnert: Wir haben einen *neuen* Auftrag. Norra hat uns zurückgerufen.«

»Ich dachte, wir hätten ein paar Tage Landurlaub.«

»Ist das hier deine Vorstellung von einem Urlaub?«, fragt sie und deutet auf die beiden Gestalten am anderen Ende der Theke. Eine davon ist Narbenstirn, der wie ein toter Fisch über dem Tresen liegt. Rings um seinen Kopf sind die Überreste einer Tasse verstreut, und ihr erkalteter Inhalt hat seine Kleidung durchtränkt. Die andere Gestalt ist Finsterblick, die auf dem Boden kauert, ein Geschirrtuch vor ihre blutende Nase gepresst. Sie ächzt.

»Zumindest atmen die beiden noch«, kommentiert Jas.

»Ich bin kein Mörder.«

»Was haben sie getan?«

Er seufzt. »Sie waren unhöflich.«

»Also gut, Sin. Komm schon. Wir haben Arbeit.«

8. Kapitel

Sloane verlässt die Grube und tritt nach draußen, wobei sie den Hals streckt und die Schultern kreisen lässt, um die Verspannung daraus zu vertreiben. Wie lange war sie überhaupt schon hier? (Die exakte Dauer ist unwichtig, denn die eigentliche Antwort lautet: *viel zu lang*. So lange, dass irgendjemandem an Bord der *Ravager* ihre Abwesenheit auffallen muss.) Was ihr sofort auffällt ist:

Es ist dunkel.

Auf einer anderen Welt würde das einen Sinn ergeben, immerhin ist es spät – oder zumindest sehr, sehr früh –, aber die Sache mit Coruscant ist: Diese Welt schläft nie. Die Lichter gehen nie aus. Die Dunkelheit kommt, und die Stadt erhellt sich selbst. Doch hier, im Distrikt der Wahrheit, ist es *stockdunkel*.

Und es ist *still*.

Die Haut in ihrem Nacken prickelt. Etwas stimmt hier nicht.

Sie muss verschwinden. Aber wohin soll sie gehen? Ihr Plan war es, eine der Magnetschienenbahnen zu nehmen – die Schwarze Linie führt direkt in den Regierungsdistrikt. Doch falls hier oben der Strom ausgefallen ist, haben die Tunnel unten dann noch Energie? Und ein Taxi zu suchen, kommt nicht infrage ...

Am Rand des Häuserblocks rennen drei Gestalten zwischen den Gebäuden dahin. Sie bewegen sich geduckt und hastig, bis sie aus Sloanes Sichtfeld verschwinden. Es sind keine Sturmtruppler – die Schritte, die sie hört, sind nicht das vertraute Klacken von Uniformstiefeln.

Wir werden angegriffen. Die Rebellen sind hier. Genau jetzt.

Jetzt gibt es nur noch eine Option: Sie muss zu ihrem Schiff.

Gefühlt ist es schon ewig her, seit Rae das letzte Mal in einer Kampfsituation war, aber ihre Instinkte sind nicht abgestumpft. Ihre Sinne sind mit einem Mal übernatürlich scharf, und ihr Geist arbeitet die kühle, objektive und nur allzu vertraute Checkliste ab. *Halte dich von weiten Straßen fern, halte dich zwischen Gebäuden, halte den Kopf unten, zieh deinen Blaster.* Eine grimmige Erkenntnis kriecht in ihr hoch: *So* sieht dieser Tage das Leben auf der Thronwelt aus.

Sloane bewegt sich schnell. Über die Straße. Durch die Gasse zwischen einem NOWE-(Neuorientierung und Wiedereinordnung) und einem Kommissionsgebäude hindurch. Anschließend duckt sie sich hinter einen Müllzerkleinerer, um ihren Blaster zu überprüfen. Und es geht weiter. Bei einer Medistation um die Ecke, dann im schwarzen Schatten einer Kommunikationsantenne an einer Reparaturbucht vorbei.

Bumm. Weit vor ihr erhellt eine pulsierende Explosion die Luft – Blitze knistern in ihrem weiß glühenden Zentrum, und dann ist sie auch schon wieder verblasst. Alarmsirenen erklingen. Auf einer nahen Straße braust ein Transporter des ISB vorbei, dem Ort der Explosion entgegen. *Ich hoffe nur, das war nicht meine Landeplattform,* denkt Sloane. Sie macht einen Schritt, noch immer gegen die weißen Lichtpunkte vor ihren Augen anblinzelnd, dann dreht sie sich um ...

Etwas streift die Seite ihres Kopfes, und sie geht zu Boden.

Ein Stiefel drückt auf ihre Hand, und der Chromblaster gleitet aus ihren Fingern. Ein zweiter Stiefel tritt die Waffe von ihr fort.

Ein absurder, pessimistischer Teil von ihr denkt: *Na schön, ist es eben so.* Sollen die Soldaten der Neuen Republik sie ruhig gefangen nehmen. Dann ist es wenigstens vorbei. Wer immer der Buschpilot oder hinterwäldlerische Guerillakämpfer über ihr ist, sie wird eine nette Trophäe für ihn abgeben – eine Medaille ist ihm in jedem Fall sicher.

Doch da lodert ein Feuer in ihrem Bauch. Ihr Herz verwandelt sich in eine Supernova. *Das ist mein Imperium*, denkt sie. Sie wird es nicht diesen Rohlingen überlassen. Und ganz sicher wird sie auch nicht zulassen, dass alles, worauf sie hingearbeitet hat, von jemandem wie Gallius direkt ins Herz des nächsten Sterns gerammt wird. Nein. Es ist nicht vorbei. Nicht heute. Nicht, wenn sie etwas dagegen unternehmen kann.

Sloane rollt sich in Richtung ihres festgenagelten Armes herum – auch wenn es große Schmerzen verursacht –, und greift mit der freien Hand nach oben, um zu packen, wer immer über ihr steht. Ihre Finger finden den Gürtel des Angreifers, und sie zerrt heftig daran, sodass er nach vorne kippt. Es ist nicht mal ein Soldat der Neuen Republik – sie sieht dunkle Kleidung, ein blau-goldenes Stoffband um seinen Arm. *Lokaler Widerstand.*

Der Mann, praktisch noch ein Junge, schreit um Hilfe. Andere Gestalten bewegen sich auf sie zu, aber jetzt ist Sloane bereits in der Hocke. Die Erinnerung daran, wie man kämpft, ist in ihrem Körper eingebrannt. An der Akademie hat sie beim Corps geübt und geboxt, und sie war gut. Hat zwar nie den Gürtel gewonnen, aber sie war immer im oberen Feld.

Und sie ist nie aus der Übung gekommen.

Der erste Rebell, der auf sie zustürmt, bewegt sich mit der

Unbeholfenheit eines Betrunkenen, der einen Kuss ergattern will – sie weicht ihm mit einem Schritt zur Seite aus und erwischt ihn mit der Faust am rechten Auge. Er wedelt mit den Armen und taumelt nach hinten, aber der nächste tritt bereits vor, um seinen Platz einzunehmen. Dieser Angreifer trägt eine primitive Rüstung und einen Gesichtsschutz. Sloane tritt ihm ein Bein weg, und als er umkippt, lässt sie sich mit ihm fallen und packt seinen Arm. Anschließend wirbelt sie ihn herum und drückt sein Handgelenk brutal nach hinten, sodass der Arm mit einem gänsehauterregenden Knacken aus dem Gelenk springt. Der Terrorist kreischt – es ist die Stimme einer Frau, die ihren Schmerz hinausschreit. Sloane tritt ihr mit dem Fuß den Gesichtsschutz vom Kopf und wirft ihn nach der nächsten Person, die auf sie zukommt ...

Das Geschoss trifft den Rebellen im Gesicht, und er wirbelt um die eigene Achse. Doch Sloane ist zu langsam, und ihre Angreifer sind zu zahlreich. Jemand stürzt sich von der Seite auf sie, und sie landet hart mit der Schulter auf dem Plastokret. Die Luft wird ihr aus der Lunge gepresst, und sie versucht davonzukriechen.

Da presst sich etwas fest gegen ihre Schläfe.

Ein Blaster.

»Keine Bewegung«, sagt eine zitternde, verunsicherte Frauenstimme. Einen Moment später ruft dieselbe Stimme: »Wir haben einen. Eine Imperiale. Sieht aus wie eine Pilotin.«

Sloane spielt weitere Optionen durch. Sie könnte weiterkämpfen. Doch falls sie sie gefangen nehmen – soll sie dann die Rolle von Großadmiral Rae Sloane spielen oder so tun, als wäre sie lediglich Dasha Bowen, die harmlose Pilotin? Ersteres macht sie zu einer bedeutenden Person, Letzteres zu einem Niemand. Mit welcher Taktik fährt sie besser?

Eine weitere Person tritt auf sie zu – ein hochgewachsener Mann, die Hälfte seines Gesichtes hinter einem Tuch aus blaugoldenem Stoff verborgen. Er greift mit einer Pranke nach unten, und dreht ihren Kopf, sodass sie zu ihm hochblicken muss. Die Frau mit dem Blaster steht auf und starrt sie an. Ihr Gesicht ist schmutzig, ihre Augen liegen tief in den Höhlen. »Wir nehmen sie mit. Garris wird wissen, was wir mit ihr tun sollen.«

»Wir könnten uns gleich hier um sie kümmern«, erwidert der Hüne. Weitere Personen versammeln sich hinter ihnen. Männer, Frauen, Alte, Junge. Ein halbes Dutzend.

»Uns um sie *kümmern*?«

»Ja. Sie erledigen.«

»So etwas tun wir nicht.«

»Vielleicht sollten wir damit anfangen.«

Jemand weiter hinten sagt mit rauer Stimme: »Wir sind keine Soldaten. Wir holen uns nur unser Zuhause zurück.«

Der Blaster, der auf Sloanes Nase gerichtet ist, zittert.

Eine weitere Gestalt stößt zu der Gruppe. Eine große, schlanke Person, die Arme ausgestreckt, in jeder Hand einen Schlagstock. Außer der Silhouette ist kaum etwas von ihr zu erkennen. Sie lässt die Schlagstöcke kreisen.

»Was ist hier los?«, fragt sie.

»Wir haben einen Fisch gefangen«, erklärt der Hüne.

Doch dann fragt jemand: »Moment mal, wer bist ...«

Der Neuankömmling bewegt sich wie ein Wirbelsturm. Er duckt sich und dreht sich, schlägt mit seinen Stöcken auf die Rebellen ein. Bei jedem Treffer donnern sie wie ein Kugelwerfer, und Sloane erkennt – das sind Schockschlagstöcke. Und es sind die Lieblingswaffen einer Person, mit der sie erst vor Kurzem zusammengearbeitet hat.

Der Kopfgeldjäger Mercurial Swift.

Die Frau schwenkt ihren Blaster von Raes Gesicht fort und konzentriert sich auf den neuen Angreifer – ein Fehler. Sloane springt hinter ihr auf und schlingt ihr den Arm um den Hals. Sie drückt fest zu, noch fester, bis die Rebellin auf den Boden hinabsackt.

Swift springt und duckt sich und dreht sich wie eine Marionette, an deren Fäden ein Kind zerrt, seine Schlagstöcke knallen hier gegen ein Kinn, dort gegen Rippen. Bei jedem Treffer knacken sie wie Donner, und ein weiterer Angreifer geht zu Boden.

Bis schließlich nur noch Sloane und Swift auf den Beinen sind.

»Sie«, knurrt Rae. »Sie sind mir gefolgt.«

»Das ist jetzt wohl kaum der Moment, um darüber zu diskutieren.« Der Kopfgeldjäger lässt seine Schlagstöcke kreisen und hakt sie dann wieder an seinen Ausrüstungsgürtel. »Wir müssen verschwinden, Admiral. Es sei denn, Sie wollen noch mehr Ihrer neuen Freunde hier kennenlernen.«

Will sie nicht. »Können Sie mich hier rausbringen?«, fragt sie.

Swift grinst und fährt sich mit der Zunge über die Zähne. »Es wäre mir ein Vergnügen.«

Der Speeder rast über dem Distrikt der Wahrheit dahin, so dicht über den Dächern, dass Sloane befürchtet, er könnte ein Gebäude streifen und den Gleiter in einen fliegenden Feuerball verwandeln. Doch er versichert ihr, dass sie so schwer zu entdecken sind – und wichtiger noch: schwer zu *treffen*.

Sie riecht verbranntes Ozon. Und Rauch. Irgendwo hinter ihnen ist Blasterfeuer zu hören. Coruscant ist ein Kriegsgebiet.

Ist der Distrikt der Wahrheit an den örtlichen Widerstand gefallen? Oder ist es nur ein weiterer, willkürlicher Angriff?

In der Ferne ragt der Imperiale Palast auf, ein gewaltiges, vielzackiges Ding. Wie ein Berg, der von hämatomfarbenem Licht verschluckt wird. Scheinwerfer auf Türmen leuchten in den Himmel hoch und zeichnen helle Kreise auf die dunklen Wolken, die das Firmament bedecken. Plötzlich heulen zwei TIE-Jäger vorbei.

»Sagen Sie Ihren Leuten, dass die Widerstandskämpfer die alten Frachttunnel benutzen, die parallel zu den Bahnröhren verlaufen.« Er blickt zu ihr hinüber, wartet auf eine Reaktion.

Doch was kann sie schon erwidern? Die sinnvollste Entgegnung, die ihr einfallen will, die aus ihren Gedanken herausragt wie ein schief eingeschlagener Nagel, ist, dass das nicht »ihre Leute« sind. Und dieser Gedanke lässt ihr Blut stocken, denn was er bedeutet, ist schlichtweg, dass es nicht mehr nur ein Imperium gibt. Es gibt mehrere – Scherben eines zerbrochenen Spiegels. Alle zeigen mehr oder weniger das Gleiche, aber die Reflexion ist zersplittert ...

Und sie fragt sich, ob die Scherben je wieder zusammengesetzt werden können.

Alles, was sie hervorbringt, ist: »Danke.« Das Wort klingt hohl, und der Kopfgeldjäger merkt, wie wenig Aufrichtigkeit darin liegt.

»Es scheint Sie ja nicht wirklich zu interessieren, dass ich Ihnen gerade den Hals gerettet habe.«

»Ich weiß, was Sie getan haben. Und ich weiß auch, dass Sie mir gefolgt sind.«

»Sie haben mich gerufen, schon vergessen?« Er zeigt die weißen Zähne in einem Lächeln.

Sie dreht sich herum und erklärt mit einem plötzlichen Aufflackern von Zorn: »Wenn ich Sie rufe, dann erwarte ich, dass Sie unverzüglich antworten. Nicht, dass Sie hinter mir herschleichen wie ein Tooka.«

Sie fliegen über die Grenze zwischen dem Distrikt der Wahrheit und dem Regierungsbezirk – wo die Lichter noch brennen. Sloane bezweifelt, dass irgendjemand es wagen würde, diesen Stadtteil zu stürmen, denn dort würde er sich der ganzen Macht des Imperialen Sicherheitsbüros gegenübersehen. Andererseits: Irgendwann zerbröckelt selbst der größte Berg. Er wird zu einem Hügel und dann zu Staub, den der Wind davonträgt. Die meisten Berge werden langsam zerfressen, aber manchmal wird ihre unausweichliche Zerstörung durch eine tektonische Verschiebung beschleunigt. Und jetzt gerade durchläuft die Galaxis so eine Verschiebung.

»Haben Sie einen Auftrag für mich?«, fragt Swift. »Ich nehme an, der letzte verlief zu Ihrer Zufriedenheit. Ihr Freund, der Vizeadmiral, musste herausfinden, wie gefährlich seine Sucht wirklich ist. Schlimmes Zeug, dieses Gewürz.«

»Sie müssen jemanden für mich finden.«

»Das dachte ich mir schon.« Es sieht aus, als wolle er noch mehr sagen – eine schnippische Bemerkung, ein narzisstischer Kommentar. Doch er ist nicht dumm; er weiß, dass er das öffentliche Oberhaupt des Imperiums nicht zu sehr reizen darf. Also räuspert er sich. »Wer und wo?«

»Brendol Hux. Er ist auf Arkanis, an der Akademie.«

»Arkanis. Wurde der Planet nicht von der Neuen Republik erobert?«

»Noch nicht, aber es wird nicht mehr lange dauern. Er wird belagert.«

»Und die Zielperson muss erledigt sein, bevor das geschieht. Ich verstehe.«

»Nein, Sie verstehen nicht. Ich will nicht, dass Sie ihn ›erledigen‹. Sie sollen ihn mir lebendig bringen. Und unversehrt.«

Swift stößt ein Lachen aus. »Ich soll jemanden von einem Kriegsschauplatz fortbringen und seine Unversehrtheit garantieren? Ich bin ein Kopfgeldjäger, kein Kindermädchen.«

»Dann wird es Sie bestimmt enttäuschen, dass Hux einen Sohn hat, den Sie ebenfalls in Sicherheit bringen werden.« *Das Imperium braucht Kinder* ... Die Worte lassen ihre Gedanken zu dem Bild aus den Archiven zurückkehren: ein Junge an der Schwelle zum Erwachsenenalter, der in einem schlecht sitzenden Anzug neben Palpatine höchstpersönlich steht.

»Dafür brauche ich mehr Credits.«

»Ich verdopple den üblichen Preis«, erklärt Sloane.

»Verdreifachen Sie ihn lieber.«

»Oder ich richte stattdessen die ganze Aufmerksamkeit des Imperiums auf Sie. Wir würden Sie verfolgen, wohin immer Sie auch fliehen. Es gäbe keinen Unterschlupf, der sicher wäre, niemand würde es wagen, Sie noch anzuheuern, aus Angst, dass er sich dadurch auch das Imperium zum Feind macht.«

»Nicht schlecht, dafür, dass es eine leere Drohung ist.«

»Glauben Sie wirklich? Das Imperium erstarkt, und ich stehe an seiner Spitze. Gibt Ihnen das gar nicht zu denken?«

Einige Sekunden vergehen.

»Dann eben das Doppelte«, sagt er.

»Gut. Jetzt bringen Sie mich zum Imperialen Palast. Melden Sie sich wieder, wenn der Auftrag erledigt ist, dann kriegen Sie Ihr Geld.«

Intermezzo
Die *Annihilator*

Eleodie steht auf der Brücke und betrachtet ihr Ziel.

Wie überrascht sie sein werden, denkt sie, die Augen auf den corellianischen CR-90 vor ihnen gerichtet, der sich im Griff des Traktorstrahls windet und aufbäumt. *Die armen Trottel haben keine Ahnung, was sie erwartet.* Sie glauben, sie haben es mit dem Imperium zu tun. Und warum auch nicht? Ein Supersternzerstörer schneidet durch das All wie eine Schwertspitze, und wenn sein Schatten über dein Schiff fällt ... nun, dann bedeutet das normalerweise nur eines. Du bist jetzt Gast des Imperiums. Seine Truppen kommen an Bord. Du bist nicht länger eine freie Person. Eleodie kennt das Gefühl. Sie gehörte einst zum Imperium. Auf eine gewisse Weise, jedenfalls.

Doch diese Zeiten sind vorbei.

Und wir sind nicht das Imperium. Ein *eigenes* Imperium aufzubauen und zu *dem* Imperium zu gehören sind schließlich zweierlei Dinge.

Sie blickt zu ihrer rechten Hand hinüber, zu Shi Shu, einem Omwati, der mit dürren Fingern durch die Federn auf seinem Kopf streicht. Eleodie fragt ihn: »Was genau ist das noch mal für ein Schiff?«

»Die *Starfall*«, erklärt er. »Mit einem Senatsgesandten an Bord – Tia'dor Emshwa.«

Sie summt. »Und wo du schon dabei bist, erinnere mich doch auch gleich daran, warum wir so früh schon die Neue Republik provozieren.« Der Kopf der Piratin ist erfüllt von Daten und Details, voller Pläne und Absichten, angefüllt mit den Namen jener, die sie betrogen haben. Eleodie hofft, hier eine Gelegenheit zu ergreifen. Der langsame Tod des Imperiums und der Aufstieg der wiederbelebten Republik eröffnen Piraten und Kriminellen wie ihr die Möglichkeit, sich eine eigene Nische zu sichern. Doch Eleodie will keine Nische. Sie will alles. »Das scheint mir ... unklug. Ist diese Operation den Aufwand wirklich wert?«

»Das ist sie«, erklärt Shi Shu mit einem Nicken. »Sie sind unterwegs nach Ithor, wo sie hoffen, die Regierung zum Beitritt zur Neuen Republik zu überreden. Als Teil ihres Angebots bringen sie ihnen ein Schiff voller Wunder: zurückgeforderte ithorianische Kunstwerke, aber auch Vorräte, Medikamente und jede Menge Technologie. Eine solche Fracht würde unserer Flotte einen großen Vorteil verschaffen. Wir haben zwar dieses Schiff gestohlen, aber wir müssen es auch am Laufen halten ...«

»Na schön. Und haben wir das Schiff im Griff?«

»Ja.«

»Wie sieht es mit ihren Kommsystemen aus?«

»Frittiert wie *Ksharra*-Brot.«

»Es darf keine Fehler geben. Nicht wie letztes Mal. Die Rangs hätten uns fast erwischt. Und nur weil jemand vergessen hat, die Luftschleuse zu versiegeln ...«

»Wir haben alles im Griff.«

»Dann lass uns endlich loslegen.«

Der Zerstörer zieht die Korvette in seinen Bauch. Eleodie macht sich mit den anderen bereit. Als sie das Entermanöver beginnen, steht sie direkt hinter den beiden Weequay-Piraten mit den Bogenschneidern. Und während sie eine glühende Linie in das Metall um die Luke brennen, macht die Piratin ein paar Stimmübungen und geht im Kopf noch mal ihre Ansprache durch. Anschließend lässt sie die Knöchel knacken und ihren Kopf kreisen.

Jetzt ist es so weit. Die Tür ist offen. Der Weg ist frei.

Sie nickt.

Die beiden Weequays stürmen ins Innere und werfen Blendgranaten. Als sie detonieren, füllt sich der Korridor voraus mit grellweißem Licht. Eleodie tritt beiseite, und weitere Mitglieder ihrer Mannschaft eilen vor. Aus der offenen Schiffsluke ertönen Schreie, Rufe, dann die Explosion einer weiteren Blendgranate. Eleodie summt ein Lied im Rhythmus des Universums, die Hände hinter dem Rücken, die Augen fest geschlossen. Sie wartet. Sie meditiert.

Die Piratenführerin weiß selbst nicht, wie lange sie so verharrt.

Schließlich tippt Vinthar sie sanft am Arm an. »Es ist Zeit«, erklärt das Reptilienwesen. »Die Besatzung ist gefangen genommen. Das Schiff ist sicher. Die anderen erwarten dich.« Er reicht ihr einen langen, barockwirkenden Stab. Eleodie nimmt ihm zudem einen Vocoder aus der Hand, den sie sich wie eine Kropfkette um den Hals bindet.

Es ist wirklich Zeit, denkt sie.

Vinthar steigt in die Korvette.

Von ihrer Position aus kann Eleodie seine Ansprache hören, eine Ansprache, die sie geschrieben hat.

»Seien Sie gegrüßt!«, beginnt er, seine Stimme tief und

durchdringend – als stünde das Reptilienwesen auf einer Bühne, um ein Publikum zu unterhalten. »Ich bin Vinthar, Sarkan aus der Xazin'nizar-Brut, und ich heiße Sie, Freunde des Schiffes *Starfall*, zu dieser nicht planmäßigen Flugunterbrechung willkommen. Ich beneide Sie um das Vergnügen, das Ihnen heute zuteilwird, denn Sie haben eine Audienz bei Ihrer Hoheit, der glorreichen, der wundersamen, der unvergleichlichen Piratenkönigin! Der Plünderin! Der Herrscherin des Wilden Raums! Der großen Schurkin – Eleodie Maracavanya!«

Und los!

Vinthar presst sich mit einer ehrerbietigen Verbeugung gegen die Wand des Korridors, und Eleodie schlendert mit langbeinigen Schritten an Bord. Das Kinn nach oben, die Augen nach unten gerichtet. *Strahl Zuversicht aus. Du wirst eines Tages die Galaxis beherrschen.*

Sie schiebt die Schulter vor, und ein Umhang aus metallischen Schuppen fällt über ihre rechte Seite – eine schimmernde Woge aus Farben, die wie bei einem Gezeitenwechsel über ihren Körper brandet. Eleodie nimmt den Stab und pocht damit zweimal auf den Boden. *Klack, klack …*

Eine geschwungene Sichelklinge zuckt aus dem oberen Ende. Sie surrt und knistert, umgeben von Linien blauer Energie. Eine Elektrosense.

Aus goldenen Augen betrachtet sie die Gestalten, die vor ihr gefesselt sind. Sie haben Angst davor, was mit ihnen passiert. Gut. Sie haben allen Grund dazu.

Jetzt ist es Zeit, diese Furcht zu besänftigen. Eine Salbe gegen das Stechen.

Der Vocoder verzerrt ihre Stimme, während sie spricht. Ihre eigenen Worte sind laut und lebhaft, erfüllt vom Vibrieren größter Intensität. Die Stimme aus dem Vocoder ist samtig und volltönend, und Eleodie kann sie bis in ihre Fingerspitzen spüren. Sie hofft, dass sie die anderen auch so durchdringt.

»Ich bin Eleodie Maracavanya, eine Tochter Nar Shaddaas und Kapitän des Supersternzerstörers *Annihilator*.« An dieser Stelle macht sie eine Pause und blickt zur Decke hoch, als würde sie ihre Worte noch einmal überdenken. »Ich glaube, ich werde diesen Namen ändern. Die *Annihilator*. Das klingt so endgültig. So gewalttätig. Das ist nicht wirklich mein *Stil*.« Sie macht eine wedelnde Handbewegung, die an eine flatternde Motte erinnert. »Ihr könnt euch also entspannen. Sofern keiner von euch versucht, mich zu töten, werde ich auch keinen von euch töten. Das ist mein Angebot. Wir werden eure Korvette in meine Flotte aufnehmen – um unsere Unabhängigkeit zu schützen, brauchen wir Schiffe wie dieses. Und die Fracht, die es an Bord hat. Aber ich bin keine Mörderin, und auch keine Sklavenhändlerin. Ihr dürft gerne in die Rettungskapseln steigen und von hier verschwinden.«

Vinthar tritt vor und reckt einen klauengekrönten Finger in die Luft. »Aber!«, dröhnt er.

»*Aber*«, fährt Eleodie fort, »auch wenn ich keinen von euch in meinen Dienst zwinge, biete ich euch an, sich mir anzuschließen. Kommt an Bord unseres gestohlenen Zerstörers. Genießt das Leben von Piraten. Holt euch Beute und Reichtümer. Seid *gierig*. Denkt an euch selbst. Das Leben ist zu kurz für all diesen ...« Sie verzieht säuerlich das Gesicht. »... *Unsinn* der Neuen Republik. Glaubt ihr wirklich, eure nette Stümper-Regierung wird diese Galaxis retten? Ich bitte euch. Wohl kaum. Ich bin Realist durch und durch, und wenn ich in diesem Leben etwas haben will, dann muss ich es mir nehmen. Kommt mit mir. Schließt euch meinem Reich an. Werdet Teil meiner Flotte, meines souveränen Gebiets. Genießt die Freiheit, die man hat, wenn man sich nimmt, was man will, was man kann, wann immer sich die Gelegenheit bietet. Nun, wer hat Interesse? Meldet euch.«

Jemand wird das Angebot annehmen.

Irgendjemand nimmt es *immer* an.

Doch die Person, die sich diesmal erhebt, überrascht Eleodie.

Eine junge Frau, eigentlich noch ein Mädchen, steht auf. So unscheinbar wie Erde unter den Füßen, wie der Raum jenseits der Brücke. Aber sie hat Feuer in den Augen. Sie steht auf und schiebt sich von einer Frau fort, die vermutlich ihre Mutter ist, oder zumindest ihr Vormund …

Die Frau schreit: »Kartessa! Setz dich hin!«

»Ich hasse Chandrila«, schnappt das Mädchen. Seine Stimme zittert, aber Stärke schwingt darin mit. Das gefällt Eleodie. Diese Selbstsicherheit. Dieser Egoismus. Gut. »Es ist langweilig. Ich will Abenteuer. Ich will ein *Leben*. Ich will nicht mehr in einem Kloster eingesperrt sein.«

Ja, Kleines. Das ist es. Sei, wer du sein willst. Eleodies aufstrebendes Piratenkönigreich im Wilden Raum ist auf dem Willen aufgebaut, sein eigenes Schicksal zu bestimmen.

Natürlich bettelt die Frau: »Nein, Kartessa …«

Doch Eleodie bringt sie mit einem Zischen zum Schweigen. »Schh. Lass sie. Bist du ihre Mutter?«

Widerwillig, ihre Augen voller Abscheu, nickt die Frau. »Ja.«

»Deine Tochter hat eine Entscheidung getroffen. Respektiere sie.«

Die Frau schluckt. »Dann … komme ich auch mit.«

»Mama!«, sagt Kartessa. Eleodie zieht das Mädchen zu sich herüber.

»Lass sie mitkommen. Aber sie kann dir nicht länger befehlen, Kartessa. Die Mutter findet ihren Weg, und die Tochter den ihren. Sonst noch jemand?«

Niemand meldet sich.

»Keiner?«

Gut.

Mit einem Grinsen sagt sie: »Dann genießt eure weitere Reise in den Fluchtkapseln. Danke für euer Schiff und eure Vorräte. Eleodie Maracavanya wünscht euch einen schönen Tag. Ich bin sicher, es war euch ein Vergnügen.« Mit einer schwungvollen Bewegung ihres Umhangs dreht sie sich um und geht zurück zur Schleuse.

Das Mädchen, Kartessa, folgt dicht hinter ihr. Ein Lächeln zerrt an ihren Mundwinkeln, während ihre Mutter leise weint.

Eleodies eigenes Imperium ist einmal mehr gewachsen.

9. Kapitel

Als der Sonnenaufgang den Rand des Silbermeeres versengt, trottet das Team einer nach dem anderen in den Bauch der *Nimbus*. Sie versammeln sich im Hauptfrachtraum, und alle reden durcheinander. Temmin grummelt, dass er seine X-Flügler-Übungen nicht verpassen will; Jom tadelt den Jungen, weil man von Training spricht, nicht von Übungen; Sinjir erklärt, dass er vergessen hat, eine Flasche Tsiraki mitzubringen, und, hey, hat irgendjemand zufällig eine Flasche Tsiraki, weil … nun, Tsiraki eben.

Für die Kopfgeldjägerin ist das alles nur Hintergrundrauschen. Das einzige Geräusch, das sie wirklich interessiert, ist das Knistern und Knacken ihrer Gedanken. Ein ungewohntes Gefühl der Anspannung lässt ihre Haut prickeln. Es rührt von einem Zwiespalt in ihrem Inneren, einer Kluft, die sie nicht überbrücken kann, einer Verletzung, die nicht heilen will. In ihrem Innersten fühlt sich Jas Emari wie zwei unterschiedliche Personen.

Sie hat sich stets eingeredet, dass sie alles, was sie tut, nur für sich selbst tut. *Ich bin nicht hier, um Freundschaften zu schließen* ist ein Satz, den sie oft wiederholt hat – wann immer ein Waffenhändler oder Wirt oder Kunde mehr will, als nur übers Geschäft zu reden, bekommt er das zu hören. Keine Freundschaften. Die braucht sie nicht. Trotzdem vielen Dank. Und tschüss.

Sie hatte sich auch nie wirklich einer Sache verschrieben – das einzige Ziel, das sie hat, ist, ihre Schulden zu bezahlen. Schulden, die eigentlich nicht mal ihre eigenen sind, sondern die ihrer Tante, Sugi.

Sei verflucht, Sugi.

Jas liebte ihre Tante mehr, als Worte ausdrücken können. Und die ganze Zeit über musste sie zusehen, wie die Frau ihre Aufträge in den Sand setzte. Die einen nahm sie nicht an, weil sie ihre »Ehre« verletzten; andere erledigte sie auf ihre eigene Weise, wodurch sie es sich mit den Auftraggebern verscherzte. Oder sie stellte sich auf die Seite ihres Teams, wenn es Fehler machte. Oder sie übernahm einen lausig (oder gar nicht) bezahlten Job an, um irgendeine Gruppe von Unterdrückten oder Sklaven oder erbärmlichen Widerständlern zu helfen. Oder, oder, oder.

Letztlich führte das alles zu einem Ergebnis:

Sugis Schulden überstiegen ihre Einnahmen.

Und jetzt waren es Jas' Schulden.

Sie sagte sich stets: *Ich werde nie so werden wie Tante Sugi.* Dieser Job ist undankbar, und er erfordert extreme moralische Flexibilität. Man geht dorthin, wo es Credits zu holen gibt, und man schaltet sein Ziel aus, wie immer es möglich ist. Man muss nicht freundlich sein, aber man muss verdammt noch mal *schnell* sein, und man muss *gut* sein. So macht man sich einen Namen. So sichert man sich den nächsten Auftrag.

Sie versucht sich einzureden, dass sie jetzt hier ist, weil die Neue Republik den Kampf zu gewinnen scheint. Sicher, noch hat sie die Galaxis nicht im Sack, zusammengebunden mit einer hübschen Schleife, aber das ist definitiv die Richtung, in die die Sterne sich bewegen. Ein System nach dem anderen streift das Joch der imperialen Unterdrückung ab und strebt nach Unabhängigkeit – und das Chaos dieser Unabhängigkeit führt sie unweigerlich zur Neuen Republik. Ein Banner. Eine Regierung. Eine neue galaktische Ordnung.

Oder etwas in der Art.

Und falls sie zerbricht und sich auflöst, was ja durchaus möglich ist? *Nun, dann*, so sagt Emari sich, *werde ich eben die Seiten wechseln.* Wie ein kowakianischer Echsenaffe sich von einem abgebrochenen Ast zu einem intakten schwingt. Von der Republik zurück zum Imperium – oder zu einem separatistischen System. Vielleicht wird sie sich auch bei einem reichen Verbrecherfürsten verdingen (solange es nur nicht die Hutten sind; Sugi hatte nie Erfolg mit diesen hinterhältigen, glitschigen Poodoohaufen). Und sicher gibt es auch einige vormals imperiale Bankiers, die sich selbstständig gemacht haben und jemanden brauchen, der Schulden eintreibt, der hier ein Bein bricht, dort einen Tentakel verknotet, eine Nase oder ein anderes Sinnesorgan blutig schlägt.

Sie hat sich stets vorgebetet: Pragmatismus ist wichtiger als Ideale. Du bist wichtiger als der Rest. Was dein Verstand dir sagt, ist wichtiger als das, was dein Herz will.

Der Job ist wichtiger als alles andere.

So ist es doch, oder?

Und dennoch … *dennoch* …

Ist sie nun hier. Mit einem *Team.* Oje. Sinjir blickt zu ihr herüber, zwinkert ihr zu, während sie sich noch ermahnt: *Du bist nicht hier, um Freundschaften zu schließen.* Und ihr gegenüber sitzt Jom, der diesen Ausdruck in den Augen hat, dieses hungrige Funkeln, als würde er am liebsten über den Tisch greifen, sie packen und sie verschlingen, und, mögen die Sterne ihr helfen, sie spürt eine Hitze in sich aufsteigen, und bei all den Göttern des großen Jenseits, was ist nur mit ihr passiert?

Ist das wirklich noch sie? Sie ist weich wie Sugi. Vielleicht steckt ihre Tante in ihr wie ein Geist, in fleischliche Form beschworen, als sie schwach wurde. Oder vielleicht wusste Sugi die ganze Zeit über auch nur etwas Wichtiges. Etwas, das Jay erst jetzt erkennt.

Es gefällt ihr nicht. *Brenn es mit Feuer aus*, denkt sie.

Dann steht da noch Norra – für die Jas so *herzliche* Gefühle empfindet; es ist, als wäre ihr Gehirn von einer Art Parasit übernommen worden, wie bei diesen neimoidianischen Zeckenlarven, die einen plötzlich nach Blut dürsten lassen – und breitet ein Deck Pazaak-Karten vor sich aus.

Emari ist dankbar für die plötzliche Ablenkung.

Es sind keine normalen Karten. Sie zeigen die meistgesuchten Feinde der Neuen Republik. Jeder Name und jedes Gesicht steht für einen Imperialen, den die neue Regierung in Ketten sehen will. Manche von ihnen sind große Fische, die noch immer im bekannten Imperium operieren. Andere sind untergetaucht, so wie Gedde.

Apropos Gedde. Norra nimmt die Karte mit seinem Konterfei und reicht sie ihrem Sohn. »Tem, falls du so nett wärst?«

Er nickt und geht zu einer Anschlagtafel an der Wand hinüber, neben dem Sauerstoffaufbereiter. Dort nimmt er eine Fingerspitze klebriger Paste aus einer Dose, schmiert sie auf die Rückseite des Bildes und klebt sie zu dem knappen Dutzend anderer Karten. Unter ihnen: die Zielpersonen von Akiva (Pandion Tashu, Shale, Crassus) und die Imperialen, die sie seitdem erwischt haben (Kommandant Stradd, Präfekt Kosh, die Moffs Keong und Nyall, Vizegeneral Adambo und der ehemalige ISB-Minister Venn Eowelt).

Norra spricht aus, was Jas bereits weiß: »Gedde wurde vergiftet. Vermutlich hat jemand das Gift unter sein Gewürz gemischt.« Emari fragt, ob es der Pilz war, und sie bestätigt es. *Als hätte es je einen Zweifel daran gegeben*, denkt die Kopfgeldjägerin.

»Ich weiß, wer es war«, sagt sie.

Alle Augen richten sich erwartungsvoll auf sie.

»Ein Kopfgeldjäger wie ich. Mercurial Swift. Er liebt Gifte. Und dieses Mykotoxin ist praktisch seine Spezialität.«

Jom brummt, aber erst nachdem er sich eine halbe Sekunde Zeit genommen hat, um sie anzusehen. Er lächelt. Sie versucht, dieses Lächeln nicht zu erwidern, und scheitert kläglich. *Verflucht.* »Was bedeutet das?«, fragt er. »Hetzt das Imperium seinen eigenen Leuten jetzt Killer auf den Hals?«

»Wir wissen nicht, ob das Imperium hinter diesem Mord steckt«, entgegnet Norra.

»Aber es ergibt doch einen Sinn, oder?«, wirft Temmin ein. »Ich meine, Gedde hat dem Imperium den Rücken gekehrt. Hätten wir ihn zurückgebracht, hätte er vielleicht andere ehemalige Kameraden ans Messer geliefert.«

»Gut«, sagt Jom. »Das macht die Sache einfacher. Wir klammern all die Kerle aus, die desertiert sind, und konzentrieren uns auf den Rest. Soll das Imperium sich selbst um seine Verräter kümmern. Das spart uns Zeit und Mühe.«

»Aber es bringt uns um einen Haufen Credits«, gibt Jas zu bedenken, ihre Stirn gefurcht.

»Wir tun das nicht wegen der Credits.«

»*Ihr* tut es vielleicht nicht wegen der Credits. Für mich ist das Geld der einzige Grund.«

»Ist dir die Galaxis etwa völlig egal? Wir sorgen für Gerechtigkeit. Wir werfen das Imperium aus der Luftschleuse. Für das Volk.«

Sie zuckt mit den Schultern, obwohl sich der kalte Krieg zwischen den beiden widerstreitenden Hälften in ihrem Inneren gerade aufheizt. »Ja, es ist mir egal. Mich interessiert bei der ganzen Sache nur eine Person, und das bin ich. Und davon abgesehen, falls euch die Galaxis und das Volk so wichtig sind, warum ging es bei der letzten Mission dann nur um Gedde und nicht um Canker? Gedde war fertig mit dem Imperium. Er wollte einfach nur seinen Gewürzrausch genießen. Aber Canker ist der Kopf eines ganzen Netzwerks von Sklavenhändlern. Wir hätten ihn ausschalten und seine Sklaven befreien können. Also, was haben wir wirklich bewirkt?«

»Wir hatten unsere Befehle!«, protestiert Barell.

»Gesprochen wie ein wahrer Imperialer«, schlägt Jas zurück. Sie weiß, sie ist bewusst feindselig, aber unter den scharfen Zähnen ihres Sarkasmus verbirgt sich eine echte Frage: Wofür tun sie das eigentlich?

Die bessere Frage lautet jedoch: Warum interessiert es sie überhaupt.

Jom steht auf, seine Nasenflügel beben. Es freut Emari, dass sie ihn wütend gemacht hat. Aus irgendeinem Grund erregt es sie. Am liebsten würde sie ihn für einen weiteren, ähm, Übungskampf zurück in die Kabine schleifen. Doch da erklärt Norra plötzlich mit lauter Stimme:

»Das ist im Moment alles unwichtig. Wir können später über das *Warum* und das *Wie* sprechen. Jetzt müssen wir uns um einen neuen Auftrag kümmern. Wir wurden – sehr, sehr, inoffiziell – gebeten, nach einem Vermissten zu suchen.«

»Wer ist es?«, fragt Jas.

Temmin pfeift zwischen den Zähnen. »Ich wette, es ist Skywalker oder Solo.«

Das bringt ihm ein paar ungläubige Blicke ein, und Norras Unterkiefer klappt herunter, aber Jas findet die Möglichkeit gar nicht mal so abwegig. »Das würde einen Sinn ergeben. Zwei Helden der Schlacht von Endor, und Solo ist seit Monaten nirgendwo mehr aufgetaucht. Skywalker sogar noch länger.«

Norras Miene verrät, dass Temmin ins Schwarze getroffen hat. Es geht um einen der beiden. Sie massiert sich den Nasenrücken und nickt. »Ja. Han Solo wird vermisst.«

»General Solo«, korrigiert Barell.

Woraufhin Norra ihn ihrerseits korrigiert. »Er ist von seinem Posten zurückgetreten.«

»Dann ist er nur ein Schmuggler und nicht unser Problem.«

»Das finde ich nicht«, erwidert Wexley. »Außerdem kommt dieser Auftrag von ganz, ganz oben …«

»Leia«, sagt Jas.

»Für dich immer noch *Prinzessin* Leia«, brummt Norra. »Und woher weißt du das überhaupt? Hast du mein Zimmer verwanzt?«

»Nein. Ich weiß es, weil ich ein Profi bin. Und weil es Gerüchte gibt, dass sie seit Endor etwas miteinander haben – oder schon zuvor hatten. Da macht es Sinn, dass sie nach ihm suchen will, wenn er verschwindet. Und natürlich wendet sie sich an uns. Ich wette, sie benutzt Wedge als Mittelsmann.«

»Ich hörte, dass sie geheiratet haben«, wirft Temmin ein.

»Wedge und Prinzessin Leia?«, fragt Jom ungläubig.

»*Solo* und Prinzessin Leia.«

»Oh.«

Sinjir klatscht in die Hände. »Da kann ich noch einen oben draufsetzen. Sie ist schwanger.«

Ein Chor von Protesten und abfälligen Bemerkungen folgt auf diese Worte. Doch Sinjir verschränkt die Arme vor der Brust und blickt trotzig drein. »Was? Seht mich nicht an, als wäre ich ein defekter Droide, der Unsinn plappert. Was immer ihr zu diesem Team beitragt, meine Aufgabe ist es, die Körpersprache der Leute um mich herum zu analysieren. Und was soll ich sagen? Die Art, wie sie sich kleidet. Wie sie sich bewegt. Die roten Wangen. Wie ihre Hände unbewusst zu ihrem Bauch wandern. Vertraut mir. *Schwang-er*!« Das letzte Wort spricht er wie eine Art Singsang aus.

»SCHWAAANG-EEER«, wiederholt Mister Bones, diesen Singsang nachahmend. Nur, dass es bei ihm wie eine disharmonische Ballade aus Vokoderfehlern klingt. Der Klang lässt alle zusammenzucken.

»Hör auf«, befiehlt Sinjir dem Droiden.

»ROGER-ROGER.«

Wie melodramatisch und unbedeutend all das ist, denkt Jas. »Haben wir irgendwelche Hinweise bezüglich Solo?«

»Einen«, antwortet Norra. »Leia hat uns eine Karte mit der Route des *Falken* geschickt. Solo versuchte, im Alleingang Kashyyyk zu befreien, aber etwas ging schief, und sein Kopilot Chewbacca, der Wookiee, wurde gefangen genommen. Wir haben den Kurs, den Solo bei der Suche nach ihm genommen hat.« Sie ruft eine Holokarte auf. Diese füllt die Luft zwischen ihnen mit Kugeln, die glänzende Sternsysteme darstellen, verbunden durch eine leuchtende Hyperraumroute. Norra zoomt eine Region in der Nähe des Wilden Raumes heran. »Er könnte in einem Dutzend Systemen sein.«

»Nun, es ist ein Anfang«, meint Jom.

Sinjir richtet seinen langen, spitzen Finger auf die Tischfläche und tippt eine Karte nach der anderen an. »Vielleicht weiß ja einer unserer imperialen Gäste etwas. Ich kann unsere Gefangenen befragen.«

»Und ich höre mich bei meinen Kontakten in der Unterwelt um«, erklärt Jas. »Falls Solo wirklich verzweifelt ist, hat er vielleicht Fehler gemacht und Aufmerksamkeit erregt.«

»Gut«, sagt Norra. »Ich werde derweil die *Moth* entstauben und zu den Koordinaten fliegen, bei denen Chewbacca gefangen genommen wurde. Falls wir einen Hinweis darauf finden, wo das Imperium Solos Kopiloten hingebracht hat, grenzt das vielleicht die Optionen ein.«

Jom nickt. »Also gut, machen wir uns an die Arbeit.«

Jeder kennt seine Aufgabe. Jas verlässt das Schiff – ganz bewusst vor Jom, um ihm und dem Rest des Teams zu demonstrieren, dass sie keine liebestrunkene, naive, lüsterne Närrin ist. Doch in ihrem Inneren bekriegen sich noch immer widersprüchliche Gedanken. *Warum ist dir so wichtig, was sie denken? Übertreibst du es nicht ein bisschen? Gib es zu, du würdest dich am liebsten auf ihn stürzen wie ein Eberwolf.*

Es macht sie mürrisch.

Und draußen wartet bereits Sinjir, um sie noch mürrischer zu machen.

Er grinst breit, mit der Häme eines Jungen, der die Brieftasche seiner Mutter versteckt hat.

»Was?«, fragt sie abweisend.

»Du«, erwidert er.

»Ich was?«

»Du hast gar nicht gefragt.«

»Was habe ich nicht gefragt? Drück dich klar aus, Sin, bevor ich dich von dieser Landeplattform trete. Ich bin nicht in der Stimmung für deine Scherze.«

»Wie viel Credits dabei rausspringen.«

»Ich sagte, *drück dich klar* ...«

Er verdreht die Augen, offensichtlich ungeduldig, weil sie es nicht kapiert. »Du hast kein einziges Mal gefragt, wie viel Geld wir für die Suche nach Solo bekommen, Jas. Du hast weder nach einer Prämie gefragt noch nach einer Belohnung. Nach gar nichts.«

»Ich ...« Ihr Atem stockt. Eine kalte, äußerst reale Panik kocht in ihr hoch. Er hat recht. Sie hat nicht gefragt. Schlimmer noch, sie hat nicht mal darüber nachgedacht. »Ich wusste, dass es eine Belohnung gibt«, lügt sie ihn an (und sich selbst). »Leias Taschen sind tief. Natürlich wird sie einen schönen Batzen Credits springen lassen, wenn wir Solo retten. Und! Und selbst falls nicht, einen Gefallen bei einer alderaanischen Prinzessin gutzuhaben, ist auch einiges wert.« Das ist so offensichtlich, dass sie es vermutlich einfach vorausgesetzt hat, überlegt sie. Sie *wusste*, dass die Mission sich bezahlt machen wird.

»Hör sich das einer an. Wie verzweifelt du zurückruderst.«

»Friss *Sleem*, Rath Velus.«

Er lacht und zwinkert. Jas marschiert davon.

Ich bin nicht hier, um Freundschaften zu schließen. Das wiederholt sie im Geiste immer und immer wieder, bis es nur noch ein brabbelndes Dröhnen ist.

10. Kapitel

Mas Amedda ist nervös. Er hat seit Tagen nicht geschlafen, hat kaum gegessen. Die Architektur der Regierung, an deren Erschaffung er selbst beteiligt war, hält ihn nun gefangen. Und dabei will oder braucht diese Regierung ihn gar nicht mehr. Eine Zeit lang hat er gehofft, er hätte einen Weg gefunden – er wollte sich der Neuen Republik ergeben, sein Schicksal in ihre Hände legen. Der Plan erschien ihm narrensicher. Und gleichzeitig auch seltsam tröstlich. Denn zumindest wäre es eine eigenmächtige Entscheidung. Es war *seine* Wahl. Denn alles andere liegt längst nicht mehr in seinen Händen, abgesehen höchstens von unbedeutenden administrativen Details.

Das Oberhaupt eines sterbenden Imperiums zu sein ist ein einsamer Posten.

Er ist ein Strohmann. Nein, schlimmer. Sie lassen ihn nicht einmal mehr öffentliche Auftritte wahrnehmen. Sein Büro und seine Gemächer sind ein Gefängnis. Dort verbringt er den Großteil seiner Zeit. Stochert in seinen Mahlzeiten herum. Klickt sich durch das HoloNetz. Denkt über die Zukunft nach, oder genauer, darüber, dass *er* keine Zukunft hat.

So hat er sich das nicht vorgestellt.

Palpatine hätte an der Macht bleiben sollen. Der Imperator war ein Fixpunkt, wie der Kern der Galaxis selbst. So beständig und unumstößlich wie der imperiale Palast. Zeitlos und unsterblich.

Nur leider war er es nicht wirklich.

Er ist gestorben. Und Mas Amedda muss mit den Folgen leben.

Er sehnt inzwischen selbst den Tod herbei.

Das ist sein Plan, als er sich auf den Weg zu seinem Büro im höchsten Turm des Palastes macht. Dort gibt es einen Balkon, der den Blick auf die ganze Weite des imperialen Thronraums freigibt. Natürlich ist er durch einen Deflektorschild gesichert, so wie der gesamte Rest des Palastes auch. Aber dieser Schild hält nur Energiestrahlen ab – ein solider Körper wie seiner wird einfach hindurchstürzen.

Er wird in sein Büro gehen. Auf den Balkon hinaustreten.

Und springen.

Niemand wird sich darum scheren. Warum auch? Die Illusion eines vereinten, zusammenhängenden Galaktischen Imperiums liegt bereits im Sterben. Die Risse sind längst zu sehen. Das Imperium zerbröckelt wie eine Pastete zwischen seinen Fingern.

Sie sind ein Verwalter, sagte Mon Mothma. *Also verwalten Sie.*

Das Einzige, was er heute Nacht zu verwalten gedenkt, ist sein eigener Untergang.

Geistesabwesend betritt er das Büro. Es dauert einen Moment, ehe ihm das blaue Glühen auf der anderen Seite des Raumes auffällt. Es flackert vor dem gewaltigen, nach außen gewölbten Fenster, das wie ein überdimensioniertes Auge auf den Regierungsbezirk hinausstarrt. Es ist ein holografisches

Bild, aber es bewegt sich nicht. Eine statische Aufnahme. Verunsichert geht Amedda auf den Schreibtisch zu.

Da, in der Mitte der Tischplatte liegt ein Bildlesegerät und auf seiner Oberseite: ein Kristall.

Amedda starrt sich selbst an. Denn er ist auf dem Bild zu sehen. Wie ein Geist seiner selbst steht er da, neben Palpatine und vier anderen. Screed und Rancit erkennt er, und Yularen ebenfalls.

Die letzte Person hingegen ... ist lediglich ein Kind. Es dauert einen Moment, ehe er es identifiziert.

»Erinnern Sie sich an dieses Bild?«, erklingt eine Stimme aus der gegenüberliegenden Ecke. Amedda zuckt zusammen, versucht aber, es zu verbergen. Er drehte sich herum, entschlossen, seine unfehlbaren Manieren zu zeigen. Als seine Augen sich an die Düsternis gewöhnen, sieht er jemanden auf dem Rand des Liegesessels sitzen, den Oberkörper nach vorn gebeugt, die Hände vor den Knien gefaltet.

Weibliche Hände. Weibliche Knie.

»Großadmiral Sloane«, sagt er.

Sie erhebt sich.

Hier vor ihm steht nun das Oberhaupt eines dieser imperialen Bruchstücke – eines ziemlich großen Stückes sogar. Vielleicht sogar des *wichtigsten* Stückes. Sie kontrolliert, was noch von der imperialen Flotte übrig ist, und angesichts der Macht dieser Flotte ist offensichtlich: Wer die Kontrolle darüber hat, hat die Kontrolle über das Imperium. Zumindest mehr oder weniger. Was ihr hingegen fehlt, sind die Bodentruppen. Gerüchten zufolge ist sie aber bereits dabei, diese Lücke zu schließen und das Defizit ihrer militärischen Streitmacht zu eliminieren.

Ein anderes Gerücht besagt, dass sie konsequent aufgeräumt hat. Alle, die der Flotte nicht treu ergeben sind, fanden sich auf der falschen Seite eines Blasters wieder.

Und da wird es ihm klar.

Sie ist hier, um ihn zu töten.

Und so ironisch es auch ist, Amedda denkt: *Ich könnte sie zuerst töten.* Er hat einen Blaster unter seinem Schreibtisch versteckt; er muss sich nur um den Tisch herumschieben, und er könnte an ihn herankommen. Er könnte ihr zuvorkommen und sie ausschalten. Was für ein Coup das wäre – anstelle des Coups, den sie sich offensichtlich verspricht.

Er beginnt, sich rückwärts auf seinen Schreibtisch zuzuschieben, während Sloane näher kommt.

»Das sind Sie auf diesem Bild«, sagt sie.

»Offensichtlich.« Er hat den Rand des Tisches erreicht. Seine Nägel klacken auf der harten Metallplatte, als er sich um den Rand herumschiebt. Jetzt hängt das Holobild zwischen ihnen. Es verzerrt Sloanes Gestalt, zumindest, bis sie einen Sessel erreicht und sich hinsetzt. »Wir müssen uns unterhalten.«

»Gut. Unterhalten wir uns.«

Seine Hand gleitet zu seinem Knie hinab, dann nähert sie sich dem Blaster.

»Warum haben Sie dieses Bild mitgebracht?«, fragt er.

»Weil ich mehr darüber erfahren möchte.«

»Ich kann mir nicht vorstellen, warum es Sie interessieren sollte. Es ist uralt. Bedeutungslos.«

Sein Finger fährt am Rand des Holsters entlang, dann merkt er, dass er sich zu weit vorbeugt. Es muss ziemlich offensichtlich sein, was er gerade versucht. Sloane ist keine Närrin. *Du musst schnell sein.* Und er ist schnell.

Seine Hand schnellt vor …

Und findet keinen Blaster.

»Ich habe Ihre Waffe«, erklärt sie und zieht sie hinter ihrem Rücken hervor. Die Pistole baumelt zwischen ihren Fingern wie eine verlockende Frucht an einem Ast, der außerhalb seiner Reichweite ist. »Ich bin nicht hier, um Blaster sprechen zu lassen. Ich bin hier, um ein Gespräch auf Augenhöhe zu führen.«

Diesen letzten Teil spricht sie aus, als würde sie ihn nicht wirklich als ebenbürtig erachten, aber Mas Amedda weiß ihre Wortwahl dennoch zu schätzen.

Mit einem resignierten Seufzen lässt er sich auf seinen Sessel fallen. »Also schön. Aber ich weiß beim besten Willen nicht, wie ich Ihnen behilflich sein könnte.«

»Es geht um den Jungen auf diesem Bild. Wer ist er?«

»Das weiß ich nicht.« Sie scheint zu merken, dass er lügt.

»Sie wissen etwas.«

»Haben Sie es noch nicht gehört? Ich weiß gar nichts.«

Sie beugt sich vor und stemmt die Hände auf den Schreibtisch. »Ich hatte eine anstrengende Nacht, also ersparen Sie mir das Selbstmitleid.« Erst jetzt fällt ihm auf, dass sie tatsächlich mitgenommen wirkt. Sie trägt nicht mal ihre Uniform. Stattdessen scheint sie sich als simple Pilotin verkleidet zu haben. Was für ein Rätsel verbirgt sich wohl dahinter? »Nun reden Sie schon.«

Amedda überlegt. Warum soll er ihr helfen? Nun, sie hält sein Schicksal in ihrer Hand. Wieder hört er Mon Mothmas Worte: *Also verwalten Sie.* Falls er das Imperium wieder unter seine Kontrolle bringen will, dann ist das vielleicht der Weg. Eine Allianz mit Sloane. Oder zumindest, ihr einen Gefallen zu tun, um dann etwas bei ihr gutzuhaben.

Er druckst herum, während er nachdenkt. »Ich erinnere mich an ein paar Dinge. Er hat regelmäßig sein Schiff losgeschickt. Immer mit Stellvertretern an Bord. Droiden oder Berater, und davor auch seine Inquisitoren. Einmal kehrte das Schiff mit einem blinden Passagier zurück. Falls ich mich nicht irre, war es dieser Junge. Der auf dem Bild.«

»Und wer ist der Junge.«

»Ich denke, das wissen Sie bereits.«

»Gallius Rax.«

Ein seltsames Flattern erfasst seine zahlreichen Mägen. Ein bitteres Prickeln, erwartungsvoll und aufgeregt trotz des Wahnsinns der Situation. Seit der Zerstörung des zweiten Todessterns haben Gerüchte jeden Schritt des Imperiums begleitet. Aus allen Richtungen sind sie auf Amedda eingeprasselt. Die meisten lassen sich guten Gewissens verwerfen: Vader ist nicht mehr am Leben, ganz gleich, was einige behaupten; und Palpatine gibt nach seinem Tod auch keine weiteren Befehle durch codierte Droidennachrichten – wie absurd wäre das denn! Doch dann gab es da noch das Gerücht, dass Rax überlebt hat und den letzten Supersternzerstörer des Imperiums, die *Ravager*, kontrolliert. Aber schließlich kam die Wahrheit heraus: dass er tot ist und Sloane das Kommando hat. Oder?

»Er ist nicht tot«, wispert Amedda.

Sloane geht nicht darauf ein. »Woher stammt Rax?«

Anstatt ihr zu antworten, sagt er: »Falls er nicht tot ist … Haben Sie dann überhaupt die Kontrolle, Admiral Sloane?«

Sie richtet den Blaster auf ihn. »Ich habe die Kontrolle über dieses Gespräch. Daran sollten Sie besser nicht zweifeln.«

»Ja, natürlich.« Er schluckt hart. Das ist seine Chance. So lange schon hat er das Gefühl, als würde er einen Berghang hinabschlittern – ein langsamer und endloser Rutsch in die Tiefe. Doch hier ist ein Vorsprung, an dem er sich festhalten kann. Er versteht noch nicht, was es bedeutet, wo dieser Weg hinführt, sollte er ihn beschreiten. Insofern ist es keine echte Hoffnung, die er empfindet – noch nicht. Aber es ist nahe dran. »Ich weiß nicht, woher Rax stammt. Aber ich weiß, wo Sie es herausfinden können.«

»Raus mit der Sprache.«

»Diese Droiden, von denen ich sprach. Sie wissen vielleicht etwas über den Jungen, der Rax einmal war. Ihr Speicher könnte dahingehende Daten enthalten. Und falls nicht ihr Speicher, dann vielleicht die Datenbanken des Schiffes selbst. Der *Imperialis*.«

»Ein Hacker könnte die Speicher der Droiden anzapfen«, murmelt Sloane. »Falls ich wüsste, wo ich sie finden kann.«

»Ich weiß, wo sie sind.«

Eine frostige Stille breitet sich zwischen ihnen aus. Schließlich fragt Sloane: »Wo?«

»Und was bekomme ich für diese Information.«

»Keinen Blasterstrahl zwischen die Augen.«

»Das ist nicht gut genug«, erwidert er. »Meine Lebenslust ist nicht mehr, was sie mal war, Admiral Sloane. Ich bin ein gebrochener Mann auf den Zinnen eines leeren Palastes. Falls Sie meine Hilfe wollen, dann verlange ich einen Platz in Ihrem Imperium. Es ist doch *Ihr* Imperium? Oder?«

Ihre Augen werden schmal, misstrauisch. Mit gutem Grund. »Ja. Oder zumindest wird es mein Imperium sein. Ich kann Ihnen einen Platz anbieten. Sie wissen zumindest, wie man Staatsgeschäfte führt.«

Ja, denkt er. *Ich weiß, wie man ein Imperium verwaltet. Auch wenn ich nicht weiß, wie man eines lenkt.* »Rax ist noch am Leben, nicht wahr? Sie müssen nicht antworten. Ich sehe die Furcht in Ihren Augen. Sie sind eine Gefangene Ihres eigenen Kommandos, genau wie ich. Vielleicht können wir unseren

Fesseln gemeinsam entkommen. Vielleicht können wir sogar das Gefängnis übernehmen.« Langsam tippt er mit dem Fingernagel gegen einen Zahn. *Klick, klick, klick.* »Die Droiden wurden eingelagert. Gemeinsam mit dem Wrack der *Imperialis* selbst.«

»Wo?«

»Wo schon? Auf Quantxi, dem Schrottmond von Ord Mantell.«

Teil II

Intermezzo
Die alderaanische Flotte

Asteroiden trudeln durch das All, treiben taumelnd dahin, und wenn einer den Perimeterschild berührt, bricht er auseinander. Dann tanzen pulverisierte Trümmer im Nichts, während der Rest der Felsen davontanzt und sich zum Rest seiner zerbröckelnden Brüder gesellt.

Jedes Mal, wenn das passiert, versetzt es Teven Gales Herz einen Stich. Weil dieser Asteroid ein Teil seiner Welt ist. Oder ein Teil seiner Welt *war*. Wo einst ein Horizont war, ist jetzt nur noch Schwärze, und alles, was von Alderaan noch übrig ist, sind diese Trümmer.

Die Flottille ist endlich sicher. Sie zählt jetzt sieben Schiffe, einschließlich der neuen alderaanischen Fregatte *Sunspire*. Sie ist ein weiteres Geschenk der erwachenden Republik. Oder besser gesagt, ein weiteres Geschenk ihrer Prinzessin.

Die Schiffe haben eine enge Formation eingenommen; sie sind durch die Deflektorschilde vor den Asteroiden geschützt, und hoffentlich auch vor Piraten. *Die Galaxis driftet der Gesetzlosigkeit entgegen*, denkt Gale. Aber selbst das ist besser, als weiter im stählernen Würgegriff von Darth Vaders schwarzem Handschuh gefangen zu sein.

Draußen in der Schwärze bohren und graben sich Bergbaudroiden in die Asteroiden, in einen nach dem anderen – die hellen, orangefarbenen Lichter ihrer flackernden Schneidelaser lassen sie aussehen wie Glühwürmchen. Diese Droiden suchen nach Überbleibseln der Welt, die die Alderaaner verloren haben: Artefakte, Fragmente von Edelsteinen oder Mineralien oder Metallen. Schon ein einzelner Fund wäre ein Triumph. Die Trümmer zu untersuchen war zu Zeiten der imperialen Herrschaft unvorstellbar; damals war jeglicher Zugang zum alderaanischen Friedhof untersagt.

Hinter Gale setzt sich die Diskussion fort, die er so angestrengt auszublenden versucht.

Eglyn Valmor geht auf und ab, wie sie es so oft tut. »Das ist unser Zuhause. Dieser Fleck Weltall gehört uns. Unsere Welt war hier. Und die Diaspora hat uns hierher zurückgeführt. Wir sind zu Hause, und ich für meinen Teil werde hier nicht wieder weggehen.« Sie zupft an einer losen Strähne ihres eisblonden Haares. *Sie ist jung*, denkt Gale. Im Gegensatz zu ihm. *Aber sie hat das Herz am rechten Fleck*. Er mag sie. Sie und die anderen sind keine Adeligen – davon gibt es heute nur noch eine Handvoll –, aber sie sind alles, was von dieser Welt übrig ist. Irgendjemand muss schließlich über Alderaan herrschen, auch wenn die meisten Überlebenden Bürgerliche sind. Valmor ist darum nicht Königin, sondern herrschende Verwalterin.

»Pah«, entgegnet Icar Orliss – einst Dozent an einer Universität. Er hat sich in seinem Sessel zurückgelehnt und kratzt sich an dem buschigen Bart, der wie ein Berg aus Schaumgebäck von seinem Gesicht absteht. »Das ist keine Welt mehr, Verwalterin. Verzeiht mir, wenn ich das sage, aber das sind nur noch Felsbrocken. Verkohlte, leblose Felsbrocken. Das Imperium hat unsere Welt in Staub verwandelt, und auch wenn ich alt bin, will ich nicht wie irgendein Greis enden, der die Überreste der Vergangenheit an seine Brust presst. Es ist Zeit, eine Umsiedlung zu erbitten. Ich habe eine Liste von Welten zusammengestellt, die wir kolonisieren könnten, und …«

»So funktioniert das nicht«, wirft Argus Tanzer ein. Der junge Bürokrat ist auf eine Weise gut aussehend, die weniger kultiviert wirkt, sondern vielmehr, als hätte man ihn aus einem Block Quartzin geschnitzt. »Die Neue Republik wird uns nicht einfach einen Planeten aussuchen und besiedeln lassen. Das ist ein langwieriger Prozess.« Er senkt die Stimme, bevor er hinzufügt: »Nicht, dass irgendjemand wirklich weiß, wie dieser Prozess auszusehen hat.«

Orliss grollt: »Umso mehr Grund, *jetzt* die Gelegenheit zu ergreifen. Wir können behaupten, dass die Republik einfach noch nicht bereit war. Wir benutzen ihre Unwissenheit als Rechtfertigung.«

»Davon mal ganz abgesehen«, bemerkt Janis Pol. Die ältere Diplomatin ist klein gewachsen, so bleich und hart wie ein abgebrochener Zahn. Über ihre aneinandergelegten Fingerspitzen hinweg blickt sie die anderen an. »Wir sind noch nicht Mitglieder der Republik.«

»Doch, das sind wir«, entgegnet Riyana Torr. Sie ist jung – zu jung, um hier zu sein, wie Gale findet. Aber als das Imperium ihre Welt vernichtete, blieben eben nur jene Alderaaner übrig, die auf anderen Planeten weilten. Riyana war zu dem Zeitpunkt bei ihren Eltern, die als Missionare durch die Galaxis zogen, um jenen zu helfen, die sich nicht selbst helfen konnten. Jetzt ist sie zurück und erfüllt hier eine ganz ähnliche Mission. *Wir können uns selbst nicht helfen*, denkt Teven. *Wir sind alle nur Asteroiden, die durcheinandertrudeln.* Riyana ist sichtlich nervös, als sie weiterspricht. »Wir sind Mitglied der Neuen Republik! Leia ist eines ihrer wichtigsten Mitglieder.«

»Aber wir haben keinen Senator«, hält Orliss dagegen. »Wir haben keinen Repräsentanten. Wir haben keine *Stimme.* Was hat Leia uns gegeben? Ist sie überhaupt unsere Prinzessin? Keiner hier ist Adeliger. Warum sollte sie auf uns hören?«

Es ist Zeit, dass Gale sich zu Wort meldet. Er dreht sich herum und spricht mit ernster Stimme: »Leia hat uns bereits erhört! Sie hat uns diese Flotte gegeben. Vier dieser Schiffe verdanken wir ihr. Wir sind nur deswegen hier versammelt, weil sie und Evaan Verlaine und die anderen Alderaaner auf Chandrila es möglich gemacht haben. Ich werde nicht dulden, dass ihr Name in diesem Raum gering geschätzt wird.«

Das zieht sowohl zustimmendes, als auch protestierendes Murmeln nach sich.

Er hofft, dass die Proteste möglichst bald ersterben.

Wie auf ein Stichwort hin leuchtet das Zentrum des Korabittisches auf – ein Tisch, geschnitzt aus dem alderaanischem Schiefer eines Asteroiden –, als eine Nachricht eintrifft. Die Gestalt von Rickert Beagle, einem der Kommoffiziere der *Sunspire* erscheint in der Luft.

»Wir haben näher kommende Schiffe erfasst«, meldet er, sichtlich besorgt.

»Wer ist es?«, fragt die herrschende Verwalterin und beugt sich vor.

»Ich ... wir wissen es nicht. Aber die Schiffe sind groß.«

Das sollten sie besser auch sein, denkt Teven. Um so große Fracht zu transportieren, reichen ein paar Schrottschlepper nicht.

Anspannung breitet sich in dem Raum aus. Es wird über Piraten oder Banditen spekuliert. Da ist auch die Sorge vor Truppen des Imperiums – oder schlimmer, vor einem der brutalen Fragmente, die einst zum Imperium gehörten. Es gibt hartnäckige Gerüchte über Splittergruppen der imperialen Streitkräfte, die hier draußen im All wahnsinnig geworden sind.

Plötzlich sagt Rickert: »Einen Moment. Wir haben eine Signatur – es ist ein Code der Neuen Republik.«

Jenseits des Asteroidenfeldes tauchen die ersten Schiffe aus dem Hyperraum auf. *Große* Schiffe – doch nicht mal die Frachträume dieser Transporter sind groß genug für die Ladung, die Gale erwartet. Diese Ladung braucht ihren eigenen Schild und wird mit Magnastrahlen hinter den anderen Schiffen hergezogen. Es sind Metallteile von wahrlich epischen Ausmaßen: gewaltige, geschwungene Teile, wie die Rinde einer Frucht, so groß, dass nur die Hand eines alten Gottes sie halten kann. Teven und die anderen versammeln sich vor dem Aussichtsfenster und starren nach draußen.

»Was ... was ist das?«, fragt Valmor.

»Ein Geschenk unserer Prinzessin. Ich musste einige Beziehungen spielen lassen, aber wie sich herausstellte, hat niemand wirklich Verwendung dafür – es hätte also nur irgendwo als Schrott geendet. Ich habe den Ball ins Rollen gebracht, aber es war Leia, die es möglich machte. Sie und Evaan.«

Orliss brummt: »Ich weiß noch immer nicht, was es ist oder was es uns bringen soll.«

Doch Tanzer erkennt es. Er schmunzelt. »Es sind Teile des verfluchen Todessterns, nicht wahr?«

»In der Tat.« Teven nickt mit einem Lachen. »Sie haben unsere Welt in Trümmer gelegt. Jetzt bekommen wir die Trümmer ihres Herzstücks als Reparation. Das ist nur die erste Lieferung. Weitere werden folgen, wenn wir nur darum bitten.«

»Wir können unsere eigene Raumstation bauen«, strahlt

die herrschende Verwalterin. Sie presst die Hände gegen das Glas, eine Geste, die die Faszination eines Kindes widerspiegelt, auch wenn sie längst kein Kind mehr ist.

»Das war meine Hoffnung«, erklärt Gale. »Was sagt der Rest dazu?«

Orliss brummt eine Art zähneknirschende Zustimmung, dann stampft er davon. Pol, ein weiterer Zweifler, zuckt mit den Schultern. »Wir können es versuchen. Aber eine Umsiedlung ist deswegen noch lange nicht vom Tisch. Und wir *brauchen* eine Stimme im Senat. Falls wir der Neuen Republik bei der Sicherung der Galaxis helfen sollen, ist das das Mindeste.«

Die Diskussion ist beendet, und Teven blickt die herrschende Verwalterin an – eine junge Frau, unerprobt, ungeschult, politisch naiv. Ihre Augen sind groß wie Monde, und ihr Herz strahlt wie zehn Sonnen. Die Ehrfurcht in ihrem Blick ist so greifbar, dass Gale das Gefühl hat, sich daran wärmen, mehr noch, darin sonnen zu können.

»Das ist unsere Zukunft«, sagt sie. Die Worte gelten nicht ihm, sondern dem Glas und dem All dahinter.

Ja, denkt er. *Hoffentlich ist es das.*

11. Kapitel

Die *Moth* fällt aus dem Hyperraum in die weite Schwärze des Nichts zurück. Im ersten Moment empfindet Norra die leere Weite als überwältigend. Als würde das All sie jeden Moment verschlingen. Einst empfand sie diese Schwärze als tröstlich; so viel Potenzial, so viel Freiheit. Heute erfüllt sie der Anblick nur noch mit einem Grauen, von dem sie ihre Gedanken mühsam befreien muss.

Norra versucht es mit Leias Trick: die Augen schließen, tief Luft holen und langsam ausatmen. Sie will das Gefühl der Freiheit zurück, aber selbst *das* gestaltet sich als schwierig, und letztendlich sitzt sie einfach nur da und atmet.

Ein, aus. Leere deinen Geist. Werde eins mit den Sternen. Und dann ...

Es hilft. Sie fühlt sich weniger ... verloren. Weniger machtlos. Fokussierter.

Danke, Leia.

Sie schaltet die Triebwerke ab, und das Schiff hängt im Nichts.

Einst gehörte die *Moth* dem Schmuggler Owerto Naiucho, aber der starb während der Rebellion auf Akiva, nachdem er

Norra geholfen hatte, auf den Planeten zu gelangen. Somit war der MK-4-Frachter herrenlos. Wexiey erwog, ihn zu verkaufen ...

Aber die Wahrheit ist, dass sie dieses Leben nicht ewig führen kann. Sie war eine Pilotin für die Rebellenallianz und führt jetzt ein Team, das für die Neue Republik Imperiale jagt. Dieser Job hat ein Ablaufdatum, das weiß sie. (Und doch kommt sie immer wieder zurück, nimmt einen Auftrag nach dem anderen an.)

Nun, wie auch immer. Es schien ihr jedenfalls eine gute Idee, zur Abwechslung mal ihr eigenes Schiff zu haben. Etwas, das den Wexleys gehört. Falls sie stirbt – oder besser, *wenn*, denn Unsterblichkeit ist in ihrem Fall eher unwahrscheinlich –, dann hat Temmin etwas, das er sein Eigen nennen kann. Er wird immer besser als Pilot. Er hat sich ein Schiff verdient. Vor allem, da sein Vater fort ist. Er sollte etwas haben, das nur *ihm* gehört.

Im Moment ist Temmin aber nicht hier.

Was nicht bedeutet, dass Norra allein ist.

»Siehst du etwas?«, fragt Wedge, als er ins Cockpit humpelt.

Sie deutet auf den Sichtschirm. Dort draußen, vor den glitzernden Sternen, treiben Teile schimmernden Metalls dahin. Wrackteile.

»Ich gebe ein wenig Schub«, sagt Norra, bevor sie es tut. Die *Moth* gleitet vorwärts. Wedge beugt sich über ihre Schulter und streift sie aus Versehen – sie lachen beide unbeholfen, und er räuspert sich, dann stellt er den Scanner ein.

Nach ein paar Eingaben bewegt sich ein grüner Strahl über den Sichtschirm. Er glänzt wie eine Edelsteinkette auf einem Tuch aus schwarzem Samt, sucht und katalogisiert in einer pulsierenden Bewegung, erst vertikal, dann horizontal.

Dies sind die Koordinaten des *Millennium Falken*, als Solo

und Chewie vom Imperium in die Falle gelockt wurden. »Ich dachte, der *Falke* wurde nicht zerstört. Das sind verdammt viele Trümmer«, murmelt Norra.

»Ich glaube, Leia hätte es erwähnt«, sagt Wedge. »Außerdem ist der *Falke* schon aus mehr brenzligen Situationen entkommen, als die Galaxis Sterne hat.«

Das kann Norra bestätigen – sie erinnert sich noch deutlich an das blaue Lodern seiner Triebwerke, als der Frachter durch die engen Tunnel und Röhren in den Eingeweiden des zweiten Todessterns raste. Das Schiff streifte eine Leitung und verlor seine obere Antenne – die Bruchstücke wirbelten direkt über ihren Y-Flügler hinweg. Wedge fährt fort: »Aber irgendetwas ist hier passiert. Sieh dir das an.« Daten laufen über die Navschirme. »Die Trümmer stammen von … mindestens vier verschiedenen Schiffen. Der *Falke* war nicht darunter. Mal sehen, was der Computer sagt … drei Frachter, ein Sternjäger. Moment. Da sind auch imperiale Wrackteile. Überreste eines TIE-Flügels. Was für ein Durcheinander. Ich glaube nicht, dass wir hier draußen Hinweise auf Chewies Aufenthaltsort finden, Norra.«

»Ziehen wir den Schrott an Bord. Vielleicht finden wir ja irgendetwas.«

»Ich fahre den Traktorstrahl hoch.« Wedge schiebt sich auf den Sessel des Kopiloten. Während er die Kontrollen bedient, blickt er zu ihr herüber. »Danke, dass du mich mitgenommen hast. Es ist schön, mal wieder hier draußen zu sein. Chandrila ist ja ganz nett, aber das hier? Das hier ist mein Zuhause.«

»Nicht mehr lange, und du kannst dich wieder in den Kampf stürzen.«

»Hoffen wir's.« Er zögert, aber es ist offensichtlich, dass er etwas sagen möchte.

»Was ist?«

»Wenn das hier vorbei ist ... wenn wir Han gefunden haben – und wir *werden* ihn finden, da bin ich sicher –, könnten wir vielleicht ...« Er hustet und benetzt sich die Lippen. »Könnten wir vielleicht mal was trinken gehen. Ich kenne da diese kleine Cantina, direkt an den Klippen von ...«

Eine Bewegung auf dem Schirm. Sie bemerken es.

Norra fragt: »Hast du das gesehen?«

Etwas huscht von einem Trümmerstück zum nächsten. Es bewegt sich wie ein Tintenfisch durch Wasser: Tentakel treiben es voran, Beine wie eine blühende Blume, deren Blätter sich schließen. Kurz ist ein rotes Glühen zu erkennen, bevor der schattenhafte Umriss hinter dem nächsten Schrottteil verschwindet. Dort – wo die Sensoren es nicht aufspüren können – versteckt er sich. Wedge murmelt: »Sehen wir uns das mal genauer an.«

Der Traktorstrahl erwacht mit einem Summen zum Leben.

»Ich bin nicht dein Kindermädchen«, erklärt Sinjir.

»Gut. Weil ich kein Kleinkind bin.«

Temmin und Sinjir gehen den Korridor hinab, auf eine Tür zu, die von zwei Soldaten der Neuen Republik bewacht wird. Ihre Vibrostäbe sind vor der Tür überkreuzt.

»Ich habe nie behauptet, dass du ein Kleinkind bist.«

»Gut. Ich bin nämlich keines, wie gesagt.«

Bevor sie das Ende des Korridors erreichen, bleibt Sinjir stehen und hält Temmin die Hand vor die Brust. »Hör zu, diese schmollende wütende Halbstarkenmasche wird allmählich langweilig.«

»Ich weiß. Könntest du bitte damit aufhören?«, fragt Temmin, wobei er die Arme vor der Brust verschränkt und die Augenbrauen hochzieht.

Sinjir kann das Schmunzeln nicht unterdrücken, das über sein Gesicht huscht. »Oh, ho, ho. Du glaubst, du bist clever, hm?« Er seufzt. *Zumindest hat er seinen verrückten Droiden zu Hause gelassen, als ich ihn darum bat.* »Glaub mir, ich spreche aus Erfahrung, wenn ich sage, dass Cleverness dir mindestens ebenso viele Feinde wie Freunde einbringen wird.«

»Und?«

»Schalte einen Gang zurück. Wir haben Arbeit vor uns.«

»Es ist nur …« Doch dann verstummt der Junge.

Sinjir weiß, dass er es bedauern wird – genauso, wie er es bedauern würde, seine Hand in ein Nest von Rotwespen zu stecken, weil er nach Honig sucht (Hinweis: Rotwespen produzieren keinen Honig.) –, aber er fragt trotzdem: »Na schön, was ist?«

»Ich weiß nicht, was ich hier soll.«

»Wir sind hier, um einen unserer hochgeschätzten Gefangenen zu besuchen.«

»Nein, ich meine *hier*-hier. Ich meine …« Der Junge seufzt und macht eine wilde, wedelnde Geste. Das Geräusch und die Bewegung sind die perfekte Beschreibung für ein Gefühl, das Sinjir kennt. Und mit einem Mal versteht er.

»Ah. Das *existenzielle* ›Hier‹.«

»Ich weiß nicht, was das bedeutet.«

»Es bedeutet, du hast eine Existenzkrise.«

Temmin stutzt. »Ja, vermutlich.«

»Glückwunsch, Junge. Das bedeutet, du bist jetzt ein richtiger Erwachsener.«

»Dann weißt du also auch nicht, was du hier sollst?«

»Wohl kaum. Neun von zehn Malen wundere ich mich selbst darüber, was ich tue. Ich sehe dabei nur gut aus, das ist der Unterschied. Ich habe genauso wenig Ahnung wie du, was ich hier soll. Und ich bin sicher, sollte ich es eines Tages herausfinden, werde ich eine halbe Sekunde später sterben. Denn falls es eine mystische Energie gibt, die die Galaxis zusammenhält, dann ist es nicht die Macht, sondern reine, unverfälschte *Ironie*. Jetzt lass uns mit General Shale reden. Mal sehen, ob sie uns bei unserer törichten Suche nach dem vermissten Schmuggler helfen kann.«

»Ich hasse diesen Ort«, brummt Jom, als er Jas durch eine der schmalen, gewundenen Gassen von Nar Shaddaa folgt. Hinter ihnen liegt der Ausgang eines der zahllosen Schwarzmarktläden des Mondes. Dieser wird von Nyarla der Huttin geleitet – einem schleimtropfenden Schneckenwesen, dessen rote Zunge das Mundstück einer blubbernden Gewürzpfeife liebkoste, während sie den beiden erklärte, dass sie nichts, rein gar nichts über Solo, den Wookiee oder imperiale Gefängnisse im Wilden Raum weiß.

»Falls du mehr Zeit mit mir verbringen willst«, erwidert Jas, »solltest du dich besser an Orte wie diesen gewöhnen, Barell.«

Was das betrifft, ist Jom hin- und hergerissen. Er *möchte* Zeit mit ihr verbringen. Er fühlt sich auf eine Weise zu ihr hingezogen, wie er es noch nicht erlebt hat. Es ist praktisch schon *animalische* Anziehung. Im Moment möchte er nichts lieber, als sie zu packen, in eine dunkle Nische zu ziehen und sie an sich zu pressen. Andererseits bleibt die Frage: warum? Sie haben nichts gemeinsam. Er, ein Mann der Ordnung und Prinzipien. Sie, eine verfluchte *Kopfgeldjägerin*. Kein Wunder, dass sie sich in einem Verbrechernest wie diesem wohlfühlt. Er hingegen fühlt sich wie ein Mon Cala auf dem Trockenen – als würde er ersticken, als wäre er völlig schutzlos.

»Das ist ein seltsamer Ort für ein Date«, sagt er.

»Sehr komisch. Das ist kein Date. Glaub nicht, dass sich das, was passiert ist, noch einmal wiederholen wird. Das war eine einmalige Sache.«

Sie kommen an einem Stand vorbei, an dem eine Gruppe Nichtmenschen mit großen, zähnestarrenden Mäulern hinter einem Tisch mit seltsamen Ölen und Salben hervorgrölt. Jom schlägt ihre Hände fort, als sie ihn heranziehen wollen, und ruft Jas hinterher: »Es hat doch Spaß gemacht. Kein Grund, es nicht noch mal zu versuchen.«

»Jeder Spaß hat ein Ende, Barell.«

Sie stapfen weiter in Richtung Raumhafen. Dabei handelt es sich eigentlich nur um ein Loch, in dem Schiffe landen können, herausgeschnitten aus dem Dschungel der Stadt. Jas hat einen Weequay mit faltigem Schädel bezahlt – viel zu gut bezahlt –, um ihr Schiff zu verbergen und es aus den Landelisten des Syndikats herauszuhalten. Wie sie Jom erklärt hat, ist die Schwarze Sonne hier draußen sehr aktiv, und das Letzte, was sie will, ist, deren Aufmerksamkeit auf sich zu ziehen. Oder die der Crymorah. *Ich habe Schulden*, erklärte sie. Als er wissen wollte, was für Schulden, ist sie ihm nur ausgewichen.

Sie ducken sich unter einem fleckigen Banner hinweg, das an ausgefransten Seilen herabhängt, und betreten den Raumhafen. Jom sagt: »Das waren jetzt drei Kontakte, die uns nicht weiterhelfen konnten, Emari. Vielleicht ist es Zeit, sich einzugestehen, dass deine Unterweltbeziehungen hier allmählich austrocknen. Wir sollten zurück nach Chandrila und …«

Die Luft wabert, und etwas bohrt sich in seinen Rücken. Es presst ihm die Luft aus der Lunge. Er kippt nach vorne, landet mit dem Kinn auf dem Boden und beißt sich heftig auf die Zunge. Blut füllt seinen Mund, aber als er versucht, seine Gliedmaßen zu bewegen, verweigern sie ihm den Dienst. *Ich wurde betäubt.* Er bringt kaum noch den Willen auf, sein Kinn vom schmutzigen Boden hochzustemmen ...

Und er sieht Jas, auf deren Körper rote Punkte erschienen sind – die Laserzielpunkte von Blastern, erkennt er. Dutzende davon. Sie hebt die Hände in stummer Kapitulation, und ihre Angreifer treten aus den Schatten.

Verdammt.

Ein Schaudern rinnt durch die Luftschleuse, als die Sauerstoffzylinder der *Moth* Luft hineinpumpen. Wedge tritt vor, schwer auf seinen Stock gestützt. Er und Norra wechseln einen Blick, dann schlägt sie mit der Handfläche auf den großen roten Knopf. Die Tür gleitet mit einem Rasseln auf.

Dahinter befindet sich der Schrott, den sie mithilfe des Traktorstrahls an Bord gezogen haben. Bereits auf den ersten Blick sind Plasmaverbrennungen und Rußflecken zu erkennen.

Zu bewegen scheint sich jedoch nichts.

»Ich weiß, dass ich da draußen etwas gesehen habe«, sagt sie.

Wedge nickt. »Wir haben es beide gesehen.«

In diesem Moment verschiebt sich ein Stück einer Schiffshülle. Es schabt über den Boden, dann kehrt wieder Stille ein. Die beiden ziehen ihre Blaster ...

Erneut hören sie ein leises Klappern und Schaben.

Und danach wieder Stille.

Sekunden vergehen. Wedge beginnt: »Vielleicht können wir das Teil gemeinsam hoch...«

Da werden die Trümmerstücke hochgewirbelt. Mit einem ohrenbetäubenden Donnern prallen sie gegen die Wände. Zwischen ihnen schießt ein dunkler Umriss in die Höhe, groß wie ein Astromech. Er rammt Wedge. Antilles schreit und stürzt.

»Der Tee hier«, sagt Sinjir, seine dampfende Tasse erhoben, um die Worte zu unterstreichen, dann schlürft er lautstark das Getränk, während Temmin enttäuscht in seine eigene Tasse hinabstarrt. »Der ist um einiges besser als das, was wir früher in der imperialen Kantine bekommen haben, hm?«

Jylia Shale war einst ein General in der Armee des Imperiums – und eine legendäre Strategin. Leider wurde ihr Talent stets von ihren Vorgesetzten ignoriert. Sie sitzt den beiden gegenüber, ihre kleinen Hände um eine weitere Tasse Tee geschlungen. »Er ist nicht schlecht. Aber beim Imperium hatte ich meine persönliche Mischung.«

Die Wohnung ist spartanisch eingerichtet, aber funktional. Sie hat auf jeden Fall mehr zu bieten als eine Gefängniszelle – hier gibt es einen Nahrungszubereiter anstelle eines Proteinrecyclers, ein richtiges Bad anstelle eines Vaku-Sauglochs in der Wand, und es schwebt auch kein Verhördroide in der Ecke. All das hat sie sich verdient, weil sie sich kooperativ zeigte und die Fragen der Neuen Republik wahrheitsgemäß beantwortete.

Hausarrest ist gar nicht so übel, denkt Sinjir. *Warum habe ich mich nicht unter Arrest stellen lassen?* Er könnte ein angenehmes Leben in einer dieser Kisten führen. Vorausgesetzt natürlich, man bekommt hier auch Alkohol. Bekommt man doch, oder? Er macht sich eine mentale Notiz, später nachzufragen.

Anschließend stellt er seine Tasse ab, weil Tee widerlich ist.

»Sie können uns also nicht weiterhelfen?«, fragte er und klopft mit den Knöcheln leise auf die Tischplatte. Er deutet auf die Sternkarte, die holografisch zwischen ihnen hängt. »Sie wissen nichts über diesen Raumabschnitt? Haben Sie vielleicht eine Vermutung? Könnten sich dort irgendwo Imperiale herumtreiben?«

Falls sie keine Antworten finden, bedeutet das ... ja, was eigentlich? Dass Solo diese Region nur zum Spaß besucht hat? Dass er vielleicht wirklich zu seinem Schmugglerleben zurückgekehrt ist? Dass er dem Druck des Erwachsenenlebens nicht mehr standhielt und vor seiner Frau und seinem ungeborenen Kind davonlief? Dass er der Ehrbarkeit den Rücken gekehrt und sich wieder in seine illegalen Abenteuer gestürzt hat?

Das ist zumindest, was Sinjir tun würde.

Um genau zu sein: Es ist das, was Sinjir getan *hat*.

Trotzdem. Shale lügt. Er kann spüren, dass sie ihnen etwas vorenthält.

Es ist seltsam, hier zu sitzen und jemanden von ihrem Kaliber zu befragen. Obwohl sie natürlich längst nicht mehr die Persönlichkeit ist, die sie einmal war. Zumindest nicht, soweit es ihn betrifft. Dieses Verhör – und genau das ist es; vielleicht eine höflichere Version, aber trotzdem ein Verhör – erfüllt ihn mit Unbehagen.

Er versucht, es sich nicht anmerken zu lassen.

»Vermissen Sie es?«, fragt Shale plötzlich.

»Was?«

»Die warme Umarmung des Imperiums?«

»Eine Umarmung, so warm wie die einer Leiche.« Er tippt mit dem Daumennagel gegen die Seite der Teetasse. *Klick, klick, klick.* »Nein, ich vermisse sie nicht. Ich vermisse auch nicht, wer und was ich im Dienst des Imperiums war. Das Einzige, was ich vermisse, ist die Person, die ich war, bevor das Imperium mich in *mich* verwandelt hat. Nicht, dass ich noch viel von dieser Person weiß, aber ich bin ziemlich sicher, dass es sie mal gab. Vielleicht war sie sogar ein richtig netter Kerl.«

»Ich vermisse es auch nicht. Was wir getan haben, hat eine Narbe durch die Galaxis gezogen, und ich bin nicht sicher, ob sie je wirklich verheilen wird.« Sie seufzt. »Sie sollten Tashu fragen. Ich weiß nichts, aber er und seine speichelleckenden Berater schienen schrecklich interessiert an dieser Region. Viel Glück. Ich hoffe, Sie finden, was immer Sie suchen, Loyalitätsoffizier Rath Velus.«

Und damit ist das Gespräch beendet.

Wedge windet und krümmt sich unter den klackenden Gliedmaßen des imperialen Suchdroiden – kein Viper, sondern eines der kleineren Prowler-Modelle. Plötzlich leuchtet der flache, scheibenförmige Körper der Maschine entlang der Ränder rot auf, und ein hohes Trillern ertönt. Norra schreckt mit klingelnden Ohren von dem Geräusch zurück. Das Schrillen ist unerträglich, als würde es sich direkt in ihren Schädel hineinfressen.

Alles, was sie tun kann, ist, ihre Waffenhand abzustützen, zu zielen und …

Der Blasterschuss schleudert den Suchdroiden nach hinten, und sein Gehäuse fliegt davon. Die um Antilles geschlungenen Spinnenbeine brechen ab, und Wedge schleudert sie zu Boden und tritt sie mit dem heilen Bein von sich fort.

Sein Haar ist völlig zerzaust, er blutet an der Wange. Norra eilt hinüber, zieht ein Taschentuch hervor und tupft die Wunde ab. »Halt still«, weist sie ihn an. Zum Glück ist es nichts Ernstes – nur ein Kratzer von einem der Metallbeine.

Der Droide liegt rauchend und funkensprühend in der Ecke. Die roten Lichter leuchten ein letztes Mal hell auf, dann erlöschen sie. Der Lärm ist verstummt. Aber was war das? Eine Art Selbstverteidigungsmechanismus?

Die beiden sitzen nebeneinander auf dem Boden und blicken sich an.

»Was treibt ein Suchdroide hier draußen?«, fragt Wedge keuchend.

Sie hilft ihm aufzustehen. »Vielleicht hat er die Trümmer durchsucht, genau wie wir.«

»Vielleicht. Aber das ist ein Prowler-Droide. Die können nur kurze Distanzen zurücklegen.«

»Sie müssen ihn vergessen haben«, schlussfolgert Norra. »Oder sie haben ihn zurückgelassen. Würde mich nicht wundern, so aggressiv, wie er war.«

»So etwas sieht dem Imperium aber nicht ähnlich.«

»Vielleicht nicht dem alten Imperium. Aber in seinem gegenwärtigen Zustand? Es ist nicht mehr so effizient wir früher.« Sie furcht die Stirn. »Moment. Diese Droiden können nur geringe Distanzen zurücklegen, sagst du. Aber wie sieht es mit ihrer Übertragungsreichweite aus? Könnte er …«

Wedge hebt seinen Stock auf und geht auf den Suchdroiden zu. Mit der Stiefelspitze hebt er die Maschine an. Und da, an der Unterseite befindet sich ein kantiges Komm-Modul: eine kleine Sender- und Empfängereinheit, die normalerweise zwischen seinen Beinen verborge wäre.

Die Einheit blinkt grün.

»Er überträgt noch«, murmelt Norra.

»Was könnte er ihnen …«

Aus dem Cockpit erklingt ein Annäherungsalarm. Das kann nur eines bedeuten: Ein anderes Schiff ist im Anflug. Norra eilt aus der Schleuse nach vorne. Sie wirbelt den Sessel herum und lässt sich gerade rechtzeitig hineinfallen, um einen Sternzerstörer zu sehen, der wie eine riesige Speerspitze durch das All schneidet.

Speichel tropft von Joms Kinn, als er ächzt und sich mit zitternden Beinen nach oben stemmt. Er fällt sofort wieder zurück, als sich seine alte Schulterverletzung schmerzhaft bemerkbar macht. Dennoch tastet er mit einer Hand nach dem Blastergewehr, das über seinem Rücken hängt – doch eine Stiefelspitze stößt die Hand fort und stellt sich sanft auf sein Handgelenk.

Es ist Jas' Stiefel. Ihre Hände sind noch immer erhoben. Sie blickt zu ihm hinab und schüttelt den Kopf. »Nicht jetzt. Bleib liegen.«

»Jas …«, stöhnt er.

»Schhh.«

Und dann sind sie auch schon umzingelt.

Niktos mit Stirnkämmen treten vor, ihre Blaster erhoben, sodass die Laserzielpunkte alle auf Jas gerichtet sind. Ihre Nasenschlitze flattern, als würden sie nach ihrem Körpergeruch schnüffeln. Stumpfzähnige Münder verzerren sich und schnappen nach Luft.

Schließlich teilen sie sich, und eine weitere Gestalt betritt die Szene.

Eine Frau, wie es aussieht, wenn ihr Gesicht auch hinter einer rostfleckigen Metallmaske verborgen ist. Diese Maske ist gewölbt, der obere Teil zu einem Abbild geschwungener Hörner verdreht. Zwei Trilliumlinsen surren und klacken, als sie sich auf Jas fokussieren. Die Frau neigt den Kopf. »Hallo, Emari.«

»Unterboss Rynscar«, erwidert Jas. »Lange nicht gesehen.«

»Ja, weil du mir aus dem Weg gegangen bist. Spielst jetzt das brave Mädchen für die Neue Republik, wie ich höre.«

»Ein Job ist ein Job. Und ich brauche die Credits.«

Die maskierte Frau versteift sich. »Allerdings. Um mich zu bezahlen. Du hast Schulden.«

»Meine *Tante* hatte Schulden.«

»Und jetzt sind es deine!«, schnappt Rynscar, plötzlich erzürnt. »Aber da du sie offenbar nicht zahlen kannst, bleibt mir nichts anderes übrig, als Boss Gyuti deinen Kopf zu bringen. Die Schwarze Sonne treibt alle Schulden ein, entweder in Credits oder in Blut. Wird es diesmal dein Blut sein, Kopfgeldjägerin? Ein Preis ist auf dich ausgesetzt.«

Jom denkt: *Ich werde das nicht zulassen.* Er versucht wieder, sich in die Höhe zu stemmen – aber Jas stellt ihm den Fuß auf den Rücken. Sie zischt: »Hör auf. Sie würden uns nur beide töten, und was hättest du dann erreicht? Lass mich das machen.« Anschließend, an Rynscar gewandt: »Wer hat mich auf die Liste gesetzt? Die Hutten, nicht wahr?«

»Die Hutten sind zerstritten. Nyarla ist wieder bei der Schwarzen Sonne.«

»Ich werde meine Schulden begleichen.«

»Den Spruch haben wir alle schon gehört.«

»Dann lass mich dir ein Angebot machen.«

Rynscar atmet hinter ihrer Maske ein. Die Niktos um sie wechseln hämische Blicke und lachen. »Was könntest du mir schon anbieten.«

»Ich zahle dir das Doppelte von dem, was ich euch schuldig bin. Und sollte ich es nicht schaffen, ergebe ich mich euch freiwillig. Ich – und die Gruppe, mit der ich arbeite.«

Würde sie uns wirklich verraten? Wieder will er aufstehen, protestieren …

Und sie presst ihre Stiefelsohle in seinen Nacken.

»Interessant«, gurrt Rynscar. Ihr Kopf neigt sich in einem seltsamen Winkel. »Und alles, was ich tun muss, ist, dich gehen zu lassen, jetzt, wo ich dich habe.«

»Um die Wahrheit zu sagen«, erwidert Jas mit einem nervösen Lachen, »ist da noch eine Sache. Ich brauche Informationen.«

»Tun wir das nicht alle.« Der Unterboss zögert. »Worum geht es?«

»Ich muss jemanden finden. Einen Schmuggler. Han Solo.«

Der imperiale Berater ist ein wildäugiger, religiöser Eiferer, und vermutlich wird er es immer bleiben. Seine Gefangennahme auf Akiva konnte seinen Fanatismus jedenfalls nicht dämpfen; die Infektion scheint sich noch weiter in seinem Geist ausgebreitet zu haben.

Das stellt Sinjir vor zwei Probleme.

Erstens: Tashus Hingabe gegenüber dem Imperium – oder genauer, gegenüber Palpatine selbst – ist so tief, dass sie jegliches Eigeninteresse überstrahlt.

Zweitens: Er ist so verrückt wie ein funkentrunkener Mynock.

Es ist nicht leicht, jemanden zu verhören, der eines dieser Kriterien erfüllt. Die Verrückten geben kryptische oder völlig unsinnige Antworten, während die Hingebungsvollen sich nicht selten selbst verstümmeln, um sicherzugehen, dass sie nichts verraten. Und wenn beides zusammenkommt …

Sinjir hat keine Fortschritte gemacht, seit er vor Tashu getreten ist. Und so, wie seine Zelle aussieht, wird es auch nicht besser.

Der Mann geht hinter dem summenden Laserfeld auf und ab wie ein Pilger, der vom Weg abgekommen ist und nun mit einem vagen Gefühl von Bestimmung und Überzeugung dahinstapft, ohne aber ein echtes Ziel zu haben. Die Wände sind mit Essensresten verschmiert. Sie formen seltsame Symbole und Landkarten und andere unentzifferbaren Unsinn. Temmin starrt ihn an, und Sinjir kann sehen, wie entsetzt der Junge ist.

Interessant. Irgendetwas an Tashu scheint ihm unter die Haut zu gehen. Die Fassade falscher Selbstsicherheit hat es in jedem Fall aufgebrochen.

»Ich glaube nicht, dass ich das noch länger schaffe«, sagt Temmin.

»Musst du auch nicht«, erwidert Rath Velus. »Geh ruhig.«

»Aber ...«

»Es ist in Ordnung, Temmin. Geh.«

Der Junge scheint den Blick nicht losreißen zu können, also hilft Sinjir ein wenig nach, indem er ihn an den Schultern herumdreht und mit einem leichten Schubser davonschickt. Mehr ist nicht nötig. Temmin verlässt den Raum.

Jetzt ist nur noch die Wache übrig: ein Chandrilaner mit einem Schopf blonder Haare und einer hellen Narbe am Kinn.

»Ist Tashu immer so?«, will Sinjir wissen.

Die Wache mustert ihn mit kalten, grauen Augen, dann nickt sie widerwillig. Sie scheint Unbehagen zu empfinden, und Rath Velus fragt sich, wieso. Vielleicht traut der Mann ihm nicht.

Das ist nicht weiter schlimm. Er hat schließlich keinen Grund dazu.

»Deaktivieren Sie das Feld.«

»Ich ...«

»Sie haben Ihre Befehle, oder etwa nicht?«

Doch die Wache zögert noch immer.

Und das, denkt Sinjir, ist die glorreiche und doch naive Achillessehne der Neuen Republik. Sie hat keine funktionierende Regierung. Sie hat kein richtiges Militär. Im Imperium widersetzte sich niemand einem Befehl. Niemand zögerte, denn Zögern wurde bestraft. Und wenn man versagte, bekam man Besuch von Darth Vader, und er drückte einem mithilfe der Macht die Luftröhre zu.

Im Imperium war die Befehlskette alles. Jemand über einem sagte, man solle seine Hose runterlassen und sich dreimal im Kreis drehen, und man tat es. Man stellte keine Fragen. Hier hingegen wird Individualität hochgehalten. Das war der große Vorteil, zumindest auf dem Papier, oder? Man darf seine eigenen Gedanken haben. Seinen eigenen Überzeugungen folgen. Und falls etwas falsch klingt, darf man dagegen protestieren.

Doch wenn so etwas passiert, dann zerbricht die Ordnung.

Das alte Sprichwort lautet zwar *Zu viele Admiräle, zu wenige Fähnriche*, aber in diesem Fall trifft es nicht wirklich zu. Die Neue Republik hat von beidem zu wenig, auch von den Admirälen. Und Mon Mothma hat bereits begonnen, ihre Pläne zur Demilitarisierung der Galaxis umzusetzen ...

Wie lange wird es wohl dauern, bis alles auseinanderbricht? Bis die Ordnung ins Schlingern gerät und sich verabschiedet? Viel wäre jedenfalls nicht nötig. Nicht mal das Imperium konnte die Galaxis zusammenhalten. In den Ritzen und Spalten formte sich die Rebellenallianz – eine Infektion, die nun dabei ist, ihren Wirt zu töten. Wann wird die Neue Republik das gleiche Schicksal ereilen? Wann wird das Imperium selbst als Infektion zurückkehren?

Palpatines Griff um die Galaxis war zu fest.

Vielleicht ist der Griff der Neuen Republik nicht fest genug.

Oh Mann. Er braucht einen Drink.

Sinjir legt einen grollenden Ton in seine Stimme, der Jom Barell zur Ehre gereicht hätte. »Deaktivieren Sie dieses Feld, oder ich deaktiviere Ihre Laufbahn!«

»Na schön«, brummt die Wache mit einem hasserfüllten Blick, dann öffnet sie die Zelle.

»Danke«, sagt Sinjir und tritt nach drinnen. Anschließend weist er die Wache an, das Feld wieder zu aktivieren, und diesem Befehl kommt der Chandrilaner mit deutlich weniger Zögern nach. Langsam verschränkt Rath Velus die Arme hinter dem Rücken. Einen Anschein von Autorität zu vermitteln erscheint ihm die beste Strategie. Falls er sich wie ein Offizier gebärdet, fällt Tashu vielleicht in ein altes Muster zurück. Womöglich fühlt er sich daran erinnert, wie es war, in Palpatines Imperium zu dienen, und er wird nicken und lächeln und die Fragen beantworten, die Sinjir ihm stellt. »Guten Tag, Berater Tashu.«

»Ich kenne Sie.«

»Ja, das denke ich mir. Ich würde mit Ihnen gerne über imperiale Gefängnisse sprechen.«

»Darüber weiß ich nichts.«

»Das wird sich noch zeigen, Berater.« Und so beginnt Sinjir sein Verhör. Er versucht, einen Nerv zu treffen, dem Mann Informationen zu entlocken (von einem Ex-Imperialen zum anderen, sozusagen). Wohin das Imperium einen so wertvollen Gefangenen wie Chewbacca gebracht haben könnte. Nach welcher Einrichtung Solo suchen könnte. Stück für Stück bricht der Wille des Mannes, bis er schließlich völlig weggebröckelt ist und nur noch das nackte Skelett einer Person vor ihm steht. Tashus Schultern beben, als er leise in sich hineinlacht, dann wird aus dem Lachen ein Schluchzen, und er zupft an seinen Fingern, bis die Nägel blutig sind.

Sinjir steht nur ruhig da und beobachtet ihn.

Er hat nicht wirklich etwas getan. Er hat dem Mann kein Haar auf seinem zerzausten, schweißglänzenden Kopf gekrümmt. Tashu hat sich selbst in diesen Zustand hochgeschaukelt, in dem er vor sich hin brabbelt, dass er »sich öffnen« will, weil alle »in diesem Netz gefangen« sind. Dass er »seine Stimme nicht mehr hören«, »das Beben seiner Schritte« nicht spüren kann. Dass ihm jetzt nur noch bleibt, auf seinen Instinkt zu vertrauen und den »Instruktionen« zu folgen, die man ihm gegeben hat.

Das war's, denkt Sinjir. Das Spiel ist vorbei. Er wird nichts aus diesem plappernden Irren herauskriegen.

Sein Komm piepst.

»Entschuldigen Sie«, sagt er, an Tashu gewandt, und verlässt die Zelle. Die Wache mit dem blonden Haar beobachtet ihn, während er in sein Kommlink spricht. Jas ist am anderen Ende der Verbindung.

»Ich habe Informationen«, erklärt sie.

»Gut, weil ich es hier mit einem Verrücken zu tun habe, aus dem überhaupt nichts herauszubekommen ist. Ich hätte mehr erreicht, hätte ich eine Regenpfütze befragt.«

»Was ich habe, ist nur bruchstückhaft. Frag Tashu nach *Irudiru*.«

»Was ist das? Eine Art Delikatesse?«

»Ein System im Wilden Raum.«

»Irudiru, sagst du. In Ordnung.«

Und er geht zurück in die Zelle.

Die Waffen am Bug des Sternzerstörers sind zahlreich – die Hauptbatterie allein wartet mit einer Unmenge an Turbolasern auf, die eine ganze Raumstation in Fetzen schießen können. Doch genau da liegt der Wert eines kleineren Schiffes: So schwer, wie es für einen Menschen ist, eine Fliege zu fangen, so schwer ist es für einen Sternzerstörer, einen kleinen Frachter zu erwischen.

Vorausgesetzt natürlich, der kleine Frachter verhält sich wie eine Fliege. Stillzustehen – oder entlang einer geraden Linie zu fliehen – bringt nichts.

Norra reißt die *Moth* hart herum und rast in einer spiralförmigen Bewegung durch den offenen Raum. Das gewaltige Schlachtschiff vergeudet keine Zeit und feuert zahlreiche Waffen auf sie ab. Das dunkle Vakuum des Alls wird von zerstörerischen Speeren aus Laserfeuer erhellt, die dicht an der *Moth* vorbeizischen. Wedge stützt sich am Instrumentenpult ab, während er sich festschnallt und die Waffensysteme bedient.

Es ist Zeit für eine kleine Rolle. Ein Manöver, das sie schon während ihrer frühen Kampfeinsätze für die Allianz erlernt hat. Es wird auch Eimalgan-Wende genannt, nach dem Mann, der es angeblich erfunden hat: Cargin Eimalgan, eines der ersten Fliegerasse der Allianz. Ein Held. Und wie die meisten Helden lebt er nicht mehr.

Norra beschleunigt und zieht das Schiff nach oben. Es steigt durch die weite Schwärze, und dort, wo sie eben noch war, brennen Laserstrahlen durch den Raum. Aus einem halben Looping lenkt Wexley die *Moth* dann in eine harte Rolle, sodass sie nun in die exakt entgegengesetzte Richtung fliegen.

Mit anderen Worten: direkt auf den Sternzerstörer zu. Es ist, als würde man von einem monströsen Raubtier gejagt, das einen fressen will – nur, um dann auf den offenen Schlund der Bestie zuzurennen.

»Das ist verrückt«, sagt Wege mit einem bewundernden Lächeln.

»Hoffen wir, dass es die positive Art von Verrücktheit ist«, sagt sie, dann gibt sie maximalen Schub ...

Und im selben Moment speit der Sternzerstörer einen Schwarm von TIE-Jägern ins All.

Jom schüttelt den Kopf, als sie wieder auf der *Nimbus* sind. Er versucht, den Schlamm abzukratzen, mit dem er sich beschmutzt hat, als er von den Totschlägern betäubt wurde. Seine Sicht ist noch immer verschwommen, aber er sieht, wie Jas ihr Gespräch mit Sinjir beendet. Sie dreht sich zu ihm herum.

Es ist offensichtlich, dass sie unruhig ist. Ihr Puls muss gerade rasen.

Sie ballt und öffnet die Fäuste. Doch ist sie nun wütend oder aufgeregt oder beides? »Du hast uns gerade alle verkauft«, grollt er.

»Entspann dich, Barell. Ich liefere das Team nicht ans Messer. Ich muss uns nur ein wenig Zeit verschaffen.«

»*Dir* selbst, meinst du wohl.«

Sie geht nicht darauf ein, sagt stattdessen: »Glaubst du, ihre Info ist korrekt? Könnte uns das zu Solo führen?«

»Wenn ich das wüsste. Aber im Moment weiß ich nicht mal, ob ich dir noch trauen …«

Sie stößt gegen Jom, schiebt ihn nach hinten. Er will schon protestieren, da presst sie ihre Lippen auf die seinen, und ihre Zunge schlängelt sich in seinen Mund.

»He«, schnappt er. »Was soll das?«

»Es gibt keinen Grund, warum der Spaß schon aufhören sollte«, antwortet sie. *Klingt logisch*, findet er, kurz bevor sie ihren Sturmangriff auf sein Gesicht fortsetzt.

Sinjir muss nur den Namen aussprechen:

»Irudiru.«

Dieses eine Wort reicht, um Tashu erstarren zu lassen. Er hört auf, zu schluchzen und zu lachen. Hört auf, seine Fingerspitzen zu lädieren. »Irudiru«, wiederholt er.

»Sie kennen diesen Ort?«

»Ich kenne ihn.«

»Befindet sich ein Gefängnis auf Irudiru?«

»Nein.«

»Was dann?«

»Kein Gefängnis«, erklärt Tashu. »Sondern ein Gefängnis-*macher*.«

Die TIEs folgen ihnen wie eine heulende Wolke, aus der Laser-blitze zucken. Die *Moth* bebt und bockt, als ihr Heck wieder und wieder getroffen und gestochen wird. Wedge macht sich am Navcomputer zu schaffen, während Norra sie weiter auf den Sternzerstörer zusteuert – was bedeutet, dass die Schüs-se der TIEs auch ihr eigenes Schlachtschiff treffen. Sie manö-vriert den Frachter dicht an einem Geschützturm vorbei und entgeht so seinem Zwillingsfeuer, dann reißt sie ihn erneut herum, damit das träge Geschütz ihr nicht folgen kann.

»Bin gleich so weit«, meldet Wedge.

»Beeil dich«, presst sie zwischen zusammengebissenen Zähnen hindurch, und um ein Haar streift sie die Oberfläche des Sternzerstörers.

»Fertig! Bring uns auf sichere Distanz.«

Rechts von ihnen ragen die gewaltigen Aufbauten und Schildgeneratoren wie gezackte Klippen in die Schwärze. Direkt voraus befinden sich die Triebwerke des kolossalen Schiffs. Norra hat vor, den Sternzerstörer hinter sich zu las-sen, dann hart abzudrehen, um den Triebwerksemissionen zu entgehen, und dann …

Dann sind sie in sicherer Distanz.

»Jetzt«, ruft sie.

Peng. Der Frachter bäumt sich heftig auf, der hintere Teil wird nach unten gedrückt, und kurz überschlagen sie sich unkontrolliert, bevor Norra die Stabilisatoren anpasst und sie wieder in eine aufrechte Position bringt.

»Der Hyperantrieb«, verkündet Wedge. »Er ist hin. Direkter Treffer. Wir sind erledigt.«

»Ich war schon oft erledigt. Und du auch.« Sie zieht hart nach oben, führt erneut einen halben Looping mit einer anschließenden halben Rolle aus – mit so einem Manöver werden sie nicht rechnen. Nicht jetzt schon. Doch das Überraschungsmoment wird nicht allzu lange vorhalten. »Aber wir sind noch immer hier.« Die *Moth* saust durch die Wolke von TIE-Jägern hindurch, wobei Norra versucht, den Frachter so unberechenbar wie nur möglich zu steuern. Es funktioniert. Zwei der TIEs versuchen, ihre Bewegungen vorauszuahnen und ihr auszuweichen, woraufhin sie zusammenprallen. Alles, was von ihnen übrig bleibt, ist eine Blüte aus blauen Flammen, die rasch von der Leere aufgesaugt wird.

Wedge weiß, was zu tun ist. Er war schon oft in solchen Situationen, und er weiß, wie man einem großen Schiff aus dem Weg geht. Sternzerstörer sind schnell, aber sie wenden nur langsam. Während die automatischen Zielsysteme der *Moth* den TIEs folgen, um sie ihnen vom Hals zu halten, gibt er die Strategie vor. »Also gut. Wir müssen vertikal wegkippen. Damit wir lotrecht zu den Imperialen stehen. Verstehst du?«

»Ich verstehe.« Der Bauch des Zerstörers – dort müssen sie hin. Norra schafft es, den Frachter an den Triebwerken vorbei unter das Schlachtschiff zu lenken, dann lässt sie ihn senkrecht nach unten stürzen. Die TIEs werden sich auf sie stürzen wie Moskitos, aber zumindest können sie sich nun von dem Sternzerstörer lösen ...

Weitere Alarme schrillen los.

Da kommt noch etwas aus dem Hyperraum.

Verstärkung.

Zwei Sensorkontakte werden angezeigt, und sie werden rasch größer ...

Zwei *gewaltige* Schiffe. Nein, nein, nein ...

Die Verstärkung fällt in den Normalraum zurück.

Plötzlich stößt Wedge einen erleichterten Jubelschrei aus. Denn es sind keine imperialen Schiffe – sie gehören zur *Neuen Republik*. Eines ist eine alderaanische Begleitfregatte, die *Sunspire*; bei dem anderen handelt es sich um ein brandneues Schlachtschiff, einen Mark-eins-*Starhawk*, eines der wenigen Großkampfschiffe, die in den Nadiri-Raumdocks tief im Bormea-Sektor konstruiert wurden. Der Kreuzer, ebenso wie alle anderen, die von Nadiri stammen, wurden aus Teilen imperialer Schiffe zusammengebaut, die die Neue Republik seit Endor erobert hat. Kriegsbeute, im wörtlichen Sinne. Waffen, die nun gegen ihre Meister eingesetzt werden.

Diesen *Starhawk* identifiziert Norra als die *Concord*. Sie steht unter dem Befehl von Krysta Agate, der frischgebackenen Kommodore und zuvor Kommandantin eben der Fregatte, die nun neben dem Schlachtschiff herfliegt.

Der Bug des *Starhawk* sieht aus wie eine Axtklinge, die durch das All schneidet. Ein bedrohlicher Anblick, der auf seine eigene Weise aber auch majestätisch ist.

Und wessen Stimme erklingt da knisternd aus dem Komm? Es ist Agate höchstpersönlich. »Ich rufe das republikanische Schiff *Moth*. Hier spricht Kommodore Agate. Zeit, an Bord zu kommen – wir übernehmen den Rest.«

Und damit eröffnet die *Concord* das Feuer.

12. Kapitel

Seit ihrem Abstecher nach Coruscant sind mehrere Tage vergangen, und Großadmiral Rae Sloane fühlt sich wie in einer Warteschleife gefangen. Der Druck, das Imperium zu führen, lässt ihr nicht genug Zeit für eine Reise nach Quantxi, und im Moment sieht sie keine Möglichkeit, dieses Problem zu lösen, zumal ihr letzter Ausflug nicht unbemerkt geblieben ist. Glücklicherweise konnte sie Fragen und Kritik mühelos ablenken – aber sie ist ja auch das amtierende militärische Oberhaupt des Galaktischen Imperiums, und ihre Macht wird von den meisten gefürchtet.

Die Männer, mit denen sie nun am Speisetisch sitzt, scheinen sie hingegen überhaupt nicht zu fürchten.

Und das beunruhigt sie über alle Maßen, denn sie *sollten* Angst vor ihr haben.

Dies ist also Admiral Rax' besonderer Schattenrat. Sie sitzt am einen Tischende, und auf der anderen Seite, am Kopfende, steht ein leerer Stuhl, den Rax für sich selbst reserviert hat (obwohl er noch nicht erschienen ist). Die restlichen Anwesenden sind mit dem Abendessen beschäftigt, und damit, einander fragend zu mustern. Sie sind nicht sicher, was das hier überhaupt werden soll; sie trauen weder einander noch der Situation. Alle scheinen zu befürchten, dass jeden Moment der Boden unter ihren Stühlen sich öffnen könnte und sie ins All hinausgesaugt würden. Oder in einen Müllschlucker stürzen, dessen Wände sie zerquetschen. Oder von einer sabbernden Kreatur verschlungen werden.

Das Problem ist nur: Keiner von ihnen hält es für nötig, *sie* zu fürchten. Sie beachten sie kaum. Der leere Stuhl ihr gegenüber? Oh, von dem können sie kaum die Augen nehmen. Aber sie? Was für Trottel.

Der Schattenrat, wie er um diesen Tisch zusammengekommen ist, besteht aus fünf Imperialen (einschließlich Sloane):

Neben ihr sitzt Brendol Hux, einstmals Kommandant der Arkanis-Akademie. Mercurial Swift hat einen Auftrag erledigt und ihn gerettet. (Rae macht sich eine mentale Notiz, den Kopfgeldjäger für seine Dienste zu bezahlen.) Hux ist ein großes, aufbrausendes, egoistisches Schwein. Er hat sich gehen lassen: Sein Bauch stellt die Knöpfe seines Hemdes auf eine harte Probe, und sein einst kantiges Kinn ist weich geworden, halb verborgen unter einem Fleckenteppich aus Barthaaren. Er sieht erschöpft aus, orientierungslos, wütend. Hin und wieder scheint er sich daran zu erinnern, dass er an einem Abendessen teilnimmt; dann macht er sich plötzlich mit Gusto über seinen Teller her und schaufelt Löffel um Löffel in seinen Mund.

Rechts von Hux sitzt Großmoff Randd, Sondergouverneur des Außenbereichs, einer weit entlegenen Zone des Äußeren Rands, die noch unter imperialer Kontrolle steht. Dass er so weit vom Geschehen entfernt war, erklärt, warum er noch lebt. Die Flammen des Krieges brannten sich quer durch die Galaxis, und viele der klügsten Köpfe des Imperiums fielen ihnen zum Opfer. Randd gehörte nicht zu dieser Elite. Aber er war am Rand.

Und jene am Rand waren und sind Überlebende. Sloane zählt auch sich selbst zu diesen Überlebenden – man hatte sie so weit vom Kern entfernt versetzt, dass dies ihr vermutlich das Leben rettete.

Randd ist so starr und so spitzfindig wie eine Nadel. Das Einzige, was sich an ihm bewegt, sind seine Augen; seine Hände liegen flach auf dem Tisch, und er hat keinen einzigen Bissen zu sich genommen. Wie vorsichtig. Vielleicht hat er Angst, die Speisen seien vergiftet. Oder seine Nerven sind so gespannt, dass er gar nicht ans Essen denken kann.

Ihm gegenüber: General Hodnar Borrum, obwohl niemand ihn so nennt. Sein Spitzname lautet »der Alte«, weil er schon so lange in Diensten des Imperiums steht – tatsächlich diente Hod Borrum bereits der ursprünglichen Republik unter Kanzler Palpatine. Angeblich war er es, der am Ende der Klonkriege den Angriff gegen die letzte Verteidigungsstellung der Jedi anführte; er persönlich entsandte die Klontruppen gegen die Bergfestung von … Wie heißt sie gleich noch? Ihr geschichtliches Wissen lässt sie plötzlich im Stich. Madar? Morad? Unwichtig.

Er ist jedenfalls ein Veteran im wahrsten Sinne des Wortes. Sloane und viele andere wundern sich, warum Kenner Loring zum Großgeneral ernannt wurde und nicht Borrum. Einige meinen, es lag daran, dass er zu alt war, andere, dass er zu praktisch dachte. Außerdem war er für seine Geringschätzung der »Macht« bekannt – das hat vermutlich Vader gegen ihn aufgebracht. Borrum *ist* alt, daran lässt sich nicht rütteln. Seine Wangen sind eingesunkene Krater, gezeichnet von tiefen Falten und Leberflecken. Doch seine Augen sind noch immer hellwach, ungetrübt vom Nebel des Alters. Das sind die Augen eines jungen Mannes. Eines Jägers.

Zu guter Letzt ist da noch die Person, die Rae am wenigsten leiden kann: Ferric Obdur. Imperialer Propagandist par excellence. Er ist der Einzige, der froh wirkt, hier zu sein.

Niemand sagt etwas.

Sloane beschließt, das zu ändern.

Sie wendet sich an Hux. »Ich freue mich, dass wir Sie von Arkanis retten konnten.«

»Ja.« Er macht eine Pause, blickt auf das dampfende Stück Fleisch auf den Zinken seiner Gabel hinab, dann legt er sie klappernd ab, als hätte er plötzlich keinen Hunger mehr. »Ich schätze, ich freue mich ebenfalls.«

»Sie schätzen?«

»Die Akademie war mein Lebenswerk. Dort konnte ich etwas leisten. Die Besten des gesamten Imperiums kamen von Arkanis. Die *Allerbesten.* Und nun?«

»Jetzt sammeln wir uns wieder«, sagt Randd. »Und dann schlagen wir zurück.«

Ferric Obdur wedelt mit seinem eigenen Besteck, um sein Argument zu unterstreichen. »Wir zeigen dem Rest der Galaxis, warum sie uns braucht.« Er richtet sein Messer auf Sloane. »Admiral, ich weiß, Sie haben eine nette Geschichte zu dem Thema. Sie sollten alle gut zuhören, denn als Sloane ein Mädchen war, da … nun, das erzählen Sie besser selbst, Admiral.«

Ihr Gesicht brennt, als sie die Aufmerksamkeit des gesamten Tisches auf sich spürt. Es ist offensichtlich, dass Obdur einen Hintergedanken hat, aber er hat recht. Sie hat eine Geschichte – über eine schreckliche Kindheit in einer gesetzlosen Welt, bis das Imperium kam, um Ordnung in das Chaos zu bringen. Sie will gerade diese Geschichte erzählen, als Hux sie unterbricht.

»Dies sind dunkle Zeiten. Dunkle Zeiten für uns alle.«

Dass man ihr so das Wort abschneidet, macht Sloane wütend. Hux ist ganz bewusst so respektlos, weil er sie für unwichtig hält. Umso wichtiger ist, dass sie das nicht auf sich sitzen lässt. Eigentlich würde sie ihm im Moment am liebsten ihre Gabel durch den Handrücken rammen, um ihn für seine Unhöflichkeit zu bestrafen. Doch das würde Rax nicht gefallen, und sie weiß, wie empfindlich das Machtverhältnis zwischen ihnen ist.

»Brendol«, sagt sie. »Soweit ich weiß, haben Sie einen Sohn. Aber nicht von Ihrer Frau, richtig? Ein uneheliches Kind. Gehört er auch zum Allerbesten, was das Imperium zu bieten hat?« Es ist ein Seitenhieb mit einem doppelschneidigen Dolch: zum einen die Tatsache, dass er einen unehelichen Sohn hat, und zum anderen eine Anspielung darauf, dass kein noch so guter Kadett seiner Akademie das Imperium vor seinem Schicksal retten konnte.

Er blinzelt, als hätte er gerade eine Ohrfeige bekommen. »Ich ... Armitage hat keinen starken Willen. Er ist dünn wie ein Blatt Papier und genauso nutzlos. Aber ich werde ihn noch zurechtbiegen. Sie ... Sie werden schon sehen. Er hat Potenzial.«

Rings um den Tisch wird leises Gelächter hörbar.

Es ist nur ein kleiner Sieg, denkt Sloane, aber das macht ihn nicht weniger süß.

General Borrum tupft sich mit einer Serviette den Mund ab. »Vom militärischen Standpunkt aus betrachtet, haben wir hier eine interessante Umkehrung der Verhältnisse. Wir waren die dominante Macht in der Galaxis, und jetzt stehen wir plötzlich auf dem zweiten Platz – einem weit abgeschlagenen zweiten

Platz, falls die jüngsten Prognosen sich bewahrheiten. Es ging alles sehr schnell. Was beweist, wie leicht eine Kriegsmaschinerie zusammenbricht, wenn man sie nur oft genug trifft. Es scheint, als würden viele im Imperium noch immer glauben, wir wären die Nummer eins, das einzige Gesetz in der Galaxis. Aber wir müssen der Wahrheit ins Auge blicken. Diese Position haben wir verloren.«

»Ich stimme Ihnen zu«, nickt Sloane. »Es ist höchste Zeit, dass wir uns unvoreingenommen und objektiv mit unserer Situation auseinandersetzen – und dementsprechend handeln. Wir sind die Außenseiter, die um die Zukunft der Galaxis kämpfen.«

»Jawohl!« Obdur klatscht in die Hände. »Genauso ist es, nicht wahr? *Wir* sind die Rebellion. Wir sind der Widerstand!« Er stößt ein unheimliches Lachen aus. »Sehen Sie es so: Die Wahrheit wird uns in zwei Stufen präsentiert. Das alles hier, *alles*, was irgendjemand tut, ist nur so real wie die Geschichten, die wir darüber erzählen. Die Schilderung, darauf kommt es an. Wir müssen kontrollieren, wie die Geschichte erzählt wird. Wir können diejenigen sein, die vortreten und notgeplagte Welten vor dem Schatten der ignoranten Neuen Republik retten. Aber dazu müssen wir die Botschaft verkünden. Wir müssen die öffentliche Meinung politisch kontrollieren. Und *dann* erzwingen wir sie auf militärischem Wege. So, und nicht anders herum. Zu oft gehen wir erst aggressiv voran und versuchen erst danach, die Geschichte zu erzählen. Aber ich sage: Arbeiten wir eine Geschichte aus, auf dass die Reste unserer Kriegsmaschinerie sie anschließend in die Herzen und Köpfe der Galaxis hämmern.«

»Und was für eine Geschichte soll das sein?«, fragt Großmoff Randd mit scharfer, abgehackter und skeptischer Stimme. »Was ... erzählen wir?«

Einmal mehr setzt Obdur sein Schauspielerlächeln auf, als er antwortet: »Es ist genau, wie Sloane sagte. Wir sind die Außenseiter. Und jeder liebt den Außenseiter. Also machen wir das zum Kernpunkt, anstatt uns als dominante Macht zu präsentieren. Wir spielen das verwundete Tier. Der loyale Jagdhund, der von seinem brutalen, ungerechten und unwissenden Herrchen getreten wurde.«

Aus dem hinteren Teil des Raumes erklingt leiser Applaus – ein Geräusch, das an Lautstärke zunimmt, als es näher kommt. Und dann tritt der Flottenadmiral persönlich, Gallius Rax, aus den Schatten jenseits des Esstischs.

Es überrascht Sloane nicht im Geringsten, dass er diesen Augenblick für seinen Auftritt wählt. Es ist schließlich der denkbar dramatischste Moment, oder etwa nicht? Ferric schwingt seine Rede über Geschichten und Manipulation, die sich perfekt mit Rax' Vorliebe für das Künstliche deckt. Die vergängliche, unsichere Natur der Wahrheit ist eines seiner Lieblingsthemen.

»*Das*«, beginnt Gallius, »ist der Grund, warum ich Sie alle ausgewählt habe. Diese großartigen Ideen. Dieses geballte Wissen. Die Wahrheit ist schlicht und ergreifend, dass wir den Krieg verloren haben. Das Imperium, wie wir es kannten, existiert nicht mehr. Sein Schicksal war besiegelt, als wir zuließen, dass sich die Rebellenallianz im Schatten ausbreitet wie ein Krebsgeschwür.« Unbehagen macht sich am Tisch breit, und die Anwesenden rutschen auf ihren Stühlen hin und her. »Aber das stellt auch eine Gelegenheit dar, uns neu zu erfinden. Darum habe ich Sie hier zusammengerufen, einen Beraterstab der Besten und Schlausten in unseren Reihen. Es ist nun an uns, die Kontrolle über diese Geschichte zurückzugewinnen.« Er hebt etwas, das aussieht wie eine kleine Fernbedienung.

»Wie wird unsere Geschichte aussehen? Was – oder *wer* – ist das Imperium?«

Hux beugt sich vor. Verzweiflung glänzt in seinen Augen. »Und wie genau sollen wir die Kontrolle zurückgewinnen? Propaganda ist schön und gut, aber wir brauchen trotzdem Ressourcen! Wir verlieren immer mehr Leute. Und Schiffe. Und ...« An dieser Stelle blickt er General Borrum an. »Und Bodenfahrzeuge.«

Ein frostiges Lächeln breitet sich langsam auf Rax' Gesicht aus.

Dann drückt er einen Knopf.

Eine Hololinse in der Mitte des Tisches – die bislang keinem aufgefallen ist – projiziert ein Bild rings um sie. Über sie, hinter sie, zwischen sie. Es zeigt den galaktischen Raum: Sterne und Systeme, Wolken und Hyperraumrouten. Dabei handelt es sich nicht um eine Karte, sondern um Ausschnitte mehrerer Karten.

»Es ist Zeit«, erklärt Rax, »meinen Plan zu enthüllen.«

Noch einmal drückt er den Knopf. Die Luft schimmert, und jetzt blicken sie auf dichte, interstellare Wolken: Sternnebel, wie der Vulpinus, in dem sie sich jetzt gerade verstecken. Sloane kennt die galaktische Karte gut; als Flottenoffizierin wäre es inakzeptabel, die Sterne zu ignorieren. Fünf der Nebulae sind ihr bekannt: die roten Wolken des Almagest, die blutergussvioletten Streifen des Einsiedlernebels, der saphirfarbene Ball des Queluhan, das spiralförmige Ro-Loo-Dreieck und die trostlosen Säulenwolken der Inamorata.

Was für einen Plan will er enthüllen? Es wird ihr schlagartig klar, bevor er auch nur weiterspricht. So, wie sie sich in einem Sternnebel verstecken, sind andere Flotten in anderen Nebeln verborgen.

Sie sind nicht allein hier draußen. Sie sind nicht die letzte Flotte.

Einen Moment später bestätigt Rax ihre Vermutung. »Teile unserer Flottenstreitkräfte sind kurz nach der Zerstörung unserer glorreichen Kampfstation über dem Mond von Endor untergetaucht. Sie sind nicht so groß wie unsere Flotte hier im Vulpinus-Nebula, aber sie zählen dennoch Hunderte Sternzerstörer und Tausende kleinerer Schiffe.«

Sloane ist fassungslos. Sie fühlt sich wie ein Dolo-Fisch, dem man den Bauch aufgeschlitzt hat und der nun neben seinen dampfenden Innereien auf einem Kai liegt und inmitten der Luft erstickt. Sogar ihre Lippen öffnen und schließen sich geräuschlos, während sie um Worte ringt. Eigentlich sollte sie froh sein, oder nicht? Der Untergang des Imperiums ist nicht so sicher, wie sie befürchtet hat. Aber alles, was sie empfindet, ist Enttäuschung. Und Zorn. Rot glühender, hochkochender Zorn.

Sie ist kurz davor zu explodieren ...

Da sagt Rax: »Admiral Sloane und ich hielten es für nötig, dieses Geheimnis für uns zu behalten. Wir wussten einfach nicht, wem wir trauen können.«

Ein zweiter Schlag. Er hat sie in seine Verschwörung hineingezogen – eine Verschwörung, von der sie eben erst erfahren hat, gemeinsam mit dem Rest des Schattenrats. Sie starren sie an, Überraschung in ihren Augen. Aber da ist auch etwas anderes.

Bewunderung.

Das ärgert sie am meisten. Sie *bewundern* den Plan, den Rax ausgeheckt hat – den Plan, für den er sie fälschlicherweise mitverantwortlich gemacht hat. Warum? Warum hat er das getan?

Alles, was sie tun kann, ist zu nicken und mit den Zähnen zu knirschen. Ihn bloßzustellen wäre unpassend. Mehr noch, es würde Rax als jemanden bloßstellen, der die Lorbeeren mit einer Untergebenen teilt, und sie selbst würde als undankbar dastehen, weil jemand ihr einen Knochen hingeworfen hat und sie ihn ablehnt. *Aber ich will mehr als einen Knochen*, denkt sie. *Ich will das ganze verfluchte Tier.* Nur so kann das Imperium geschützt und gestärkt werden – wenn sie die Zügel persönlich in der Hand hält.

Doch dafür ist jetzt nicht der richtige Moment.

Also schluckt sie ihren Widerwillen runter und spielt mit. Einen Tonfall falschen Selbstvertrauens beschwörend, erklärt sie:

»Nach Palpatines Untergang war es klar, dass mehrere Fraktionen innerhalb des Imperiums versuchen würden, die Kontrolle an sich zu reißen. Pandion war ein ausgezeichnetes Beispiel dafür – er war gierig und hat das Chaos genutzt, um seinen Einfluss zu stärken. Davon abgesehen ließ sich nicht abschätzen, wer zur Neuen Republik überlaufen würde, um seinen Hals zu retten. Wir mussten sichergehen, dass die Personen, die davon erfahren, absolut vertrauenswürdig sind. Und das sind Sie, meine Herren.«

Jetzt wirft ihr ein weiteres Augenpaar einen bewundernden Blick zu – Gallius Rax persönlich. Sein Mundwinkel wandert spitzbübisch nach oben, während er sie mustert. *Er ist zufrieden*, denkt sie.

Das beruhigt sie, lässt sie gleichzeitig aber auch frösteln. *Der Fuchs ist zufrieden mit der Gans.* Fällt sie auf seine seltsamen Methoden herein? Bewundert sie ihn jetzt? Vielleicht. Sie mag ihn hassen, aber sie hat auch Respekt vor ihm.

»Wir brauchen mehr als Schiffe«, sagt Borrum. »Wir brauchen Bodentruppen und die nötige Ausrüstung.«

»Dann habe ich gute Nachrichten für Sie«, erwidert Rax. »Die Fabriken auf Kuat wurden völlig zerbombt, und die Werften auf Xa Fel, Anadeen und Turco Prime sind allesamt umkämpft oder an den Feind gefallen. Aber der Äußere Rand wird uns retten – er wird die Garotte sein, die wir um den Hals der Neuen Republik legen. Wir haben hier bereits drei Welten unter unserer Kontrolle: Zhadalene, Korrus und Belladoon. Das Imperium hat sich leider viel zu lang darauf verlassen, dass Zulieferer die nötigen Bausteine für unsere Kriegsmaschinerie bereitstellen, aber damit ist nun Schluss. Allein das Imperium kontrolliert die Produktion. Und besagte Produktion ist auf diesen drei Welten bereits angelaufen. Allterrain-Läufer, neue TIE-Jäger, E-11-Gewehre und anderes benötigtes Kriegsgerät.«

Hux sitzt verblüfft da. »Trotzdem brauchen wir Leute. Wir brauchen neue Akademien ...«

»Alles zu seiner Zeit«, unterbricht ihn Rax schneidend.

Sloane ist so damit beschäftigt, die Reaktion der anderen auf diese Neuigkeit zu beobachten – widerstreitende Emotionen, von Erleichterung über Sorge bis Zorn spiegeln sich in den Gesichtern dieser Männer –, dass sie gar nicht bemerkt, wie eine weitere Gestalt den Raum betritt. Jemand, der hinter sie tritt und ihr sanft die Hand auf die Schulter legt.

Sie zuckt erschrocken zusammen, als Adea Rite wispert: »Admiral, wir haben ein Problem.«

Verärgerung züngelt in ihr empor, und einen Moment lang will sie das arme Mädchen vor den versammelten Offizieren schelten. Doch das wäre falsch. Adea hat so etwas nicht verdient. Sloane ist angespannt, und falls Rite findet, dass ein Problem ihrer Aufmerksamkeit bedarf, dann vertraut Rae darauf, dass es auch so ist.

Sie muss all ihre Willenskraft aufbringen, um sich von dem

Tisch zu erheben – das Treffen zu verlassen, und sei es nur für eine Sekunde, wird sie um wichtige Informationen bringen. Und im Imperium sind Informationen gleichbedeutend mit Macht.

13. Kapitel

Der Sternzerstörer geht in Zeitlupe unter. Die Vernichtung eines solchen Großkampfschiffes geht nur selten schnell vonstatten. Er wird geschwächt wie ein gewaltiges Biest, wie ein Purrgil, dem wieder und wieder Haken in den Leib gerammt werden, bis er schließlich an Bord gezogen werden kann. Raketen und Laserfeuer zucken durch die endlose Schwärze, und langsam aber sicher bricht der Zerstörer auseinander, während das Vakuum des Alls gewaltige Feuerzungen aus den Rissen in seiner Hülle saugt. Und dann, einfach so ...

Ist es vorbei. Die Triebwerke verwandeln sich in eine Supernova, und ein mächtiger, pulsierender Blitz rollt durch die Dunkelheit. Seine Umrisse brennen sich in Norras Netzhaut, und als sie blinzelt, sieht sie hinter ihren Lidern das Skelett des Schiffes, einen Moment vor seiner Auslöschung.

Alles, was jetzt noch dort draußen übrig ist, sind Trümmer. Und Leichen – obwohl sie die von ihrer Position aus nicht sehen kann.

»In den Blütejahren des Imperiums waren um die vierzigtausend Besatzungsmitglieder auf so einem Sternzerstörer stationiert«, sagt Kommodore Agate, nachdem sie hinter Norra getreten ist. »Bei diesem Schiff dort draußen, der *Scythe*, befanden sich unseren Schätzungen nach deutlich weniger Personen an Bord – so um die fünfzehntausend. Aber das sind immer noch schrecklich viele Opfer.«

Agate ist hochgewachsen und gertenschlank, mit breiten Schultern und langen Beinen. Ihr Haar trägt sie kurz – eine lange, dunkle Locke um jedes Ohr ist alles, was sie sich an Extravaganz zugesteht. Die Hände behält sie hinter dem Rücken; sie zittern immerzu; sie zittern ständig, wie sich in der ganzen Flotte herumgesprochen hat. Einst brachte ihr das Tadel und Zweifel ein, aber die Zeiten haben sich geändert. Krysta Agate hat Mal um Mal bewiesen, dass sie ihre Position verdient hat, und viele bewundern ihren Ernst.

Obwohl Nora sich im Augenblick fragt, worauf sie hinauswill.

»Ich verstehe nicht«, sagt sie. »Wir hatten keine Wahl. So ist das nun mal im Krieg.«

»Ja, es ist Krieg. Und es ist leicht, sich darin zu verlieren. Die Orden, die Paraden, die Girlanden und der Lorachidkranz auf der Stirn des Siegers. Aber wir dürfen nicht vergessen, dass Krieg die meiste Zeit *so* aussieht: Tod und Zerstörung. Wir sind Mörder.«

Es gelingt Norra nicht, ein Schaudern zu unterdrücken. »Ich … wollen Sie damit sagen, was wir tun, ist falsch? Bei allem Respekt, Kommodore, das kann ich nicht glauben.«

Agate dreht sich mit einem traurigen Lächeln zu ihr herum. »Nein. Das ist unser Job. Die Leute an Bord der *Scythe* wussten, warum sie hier sind. Sie wussten, welchen Preis der Krieg fordern kann. Ich möchte nur, dass meine Leute diesen Preis auch kennen.«

»Sie wollen, dass wir bedauern, was wir getan haben?«

Zu ihrer Überraschung nickt Agate. »Ja. Zumindest ein wenig. Ich möchte keine gnadenlosen Killer, Lieutenant Wexley. Ich will Soldaten, die hassen was sie tun, und fürchten, es wieder tun zu müssen.«

»Und was, falls wir wegen eincr solchen Einstellung den Krieg verlieren?«

»Dann verlieren wir, aber zumindest bleiben wir uns treu.«

Das trifft sie wie ein Faustschlag. Sie fühlt sich benommen, förmlich betäubt.

»Danke«, sagt sie schließlich. Obwohl die Art, wie sie das Wort ausspricht, eher nach einer Frage als nach einer Aussage klingt.

Agate nickt. »Ich habe mit Captain Antilles gesprochen. Er hat mir verraten, warum Sie hier draußen waren.« Norra fragt sich, ob er wohl gelogen hat; ihre Mission, Han Solo zu retten, ist schließlich nicht gerade offiziell. Doch als der Kommodore fortfährt, wird schnell klar, dass Wedge offenbar nicht zu einer so offenen Lüge fähig ist. »Han Solo wird also vermisst?«

»Ja. Und die Imperialen könnten damit zu tun haben.«

»Hoffen wir, dass Sie ihn finden.«

»Hoffen wir, dass man ihn uns finden lässt. Er hat seinen Generalsposten aufgegeben.«

Agate seufzt. »Das könnte die Sache verkomplizieren.«

»Davon gehe ich aus.«

Vor der *Moth*, auf einem der Decks der *Concord*, kommen Wedge und Norra wieder zusammen. Er ist nervös, blickt sich immer wieder im hellen, sauberen, gewölbten Inneren des *Starhawk* um. »Ziemlich beeindruckendes Schiff, hm?«

Sie stimmt ihm zu. Es ist schon seltsam, auf einem Schiff zu sein, dass sich so *neu* anfühlt. Beinahe könnte man sagen, es fühlt sich falsch an – als würden sie nicht hierhergehören. Selbst etwas so Unspektakuläres wie ihre Andockbucht besitzt eine gewölbte Decke mit weißen, ausgekehlten Rändern, und anstelle harten, weißen Lichts ist alles in einen warmen Schein getaucht. Auch der Boden ist von unten beleuchtet.

»Hör mal.« Er beugt sich auf seinem Stock nach vorne. »Ich habe Agate eingeweiht.«

Er muss nicht aussprechen, in was er sie eingeweiht hat. »Ich weiß. Schon in Ordnung.«

»Ackbar wird sich vermutlich mit uns darüber unterhalten wollen.«

»Davon ist auszugehen.«

»Bist du nicht wütend?«

»Nein, bin ich nicht. Wirklich.«

»Ich dachte nur, falls jemand Leia auffliegen lässt, dann besser ich als du. Selbst wenn das bedeutet, dass ich in gewisser Weise auch dir in den Rücken falle …«

»Wedge, es ist in Ordnung.«

»Sicher?«

»Ich schwöre es bei allen Sternen am Himmel.«

Er zieht eine Augenbraue hoch. »Weißt du noch, als ich meinte, wir könnten mal was trinken gehen …«

Norra küsst ihn. Sie tut es, bevor ihr wirklich klar ist, was sie tut. Ihre Augen sind geschlossen, und sie atmet scharf durch die Nase ein, während ihre Lippen sich weiter aufeinanderpressen. Einen flüchtigen Moment denkt sie an ihren Ehemann, Brentin, und ihr Herz wird schwer in ihrer Brust.

Als sie sich schließlich von ihm löst, fühlt es sich an, als wäre eine Ewigkeit vergangen. So viel Zeit, dass der Krieg vielleicht schon vorbei ist, dass sie alles vergessen können, was davor passiert ist. Aber das ist natürlich nur eine Illusion.

Wenn auch eine tröstliche.

Sie lächelt.

Er lächelt ebenfalls.

»Wie gesagt«, meint er und versucht, etwas Selbstsicherheit à la Sinjir in seine Stimme zu legen. »Ich bin sicher, es gibt eine Bar irgendwo auf diesem Schiff. Mal sehen, ob wir sie finden können.«

14. Kapitel

Während der ersten zwölf Jahre von Gallius Rax' Leben war Musik etwas, das einfach nicht existierte. Sicher, da war die Musik seiner Umgebung: der Wind, der zwischen den Steinsäulen hindurchpfiff, das Klirren der knöchernen Windspiele, die die Anachoreten herstellten, das melodische Summen, wenn ein Speeder eine Schneise durch den glühenden Sand zog. Doch echte Musik, richtige Musik, bewusst von Händen, von intelligenten Wesen *orchestriert* ...

Das war ihm fremd.

Das erste Stück, das er je hörte, erfüllt jetzt seine Gemächer. Die *Kantate von Cora Vessora*, eine Oper aus der Alten Republik. Es geht um eine dunkle Hexe auf einer namenlosen Welt, die sich weigert, eine Jedi zu werden – aber auch nicht den Sith beitreten will. Eine Geschichte von Geburt, Tod und all den Erfahrungen dazwischen: Liebe, Leidenschaft, Krieg und – wichtiger als alles andere – Rache. Rache an den Sith, die ihr den Liebsten raubten. Rache an den Jedi, die tatenlos daneben standen und sich weigerten, sie zu schützen, weil sie sich nicht ihrem Orden anschloss. Rache an der Galaxis, die genauso fehlerhaft und unrein ist, wie sie immer schon befürchtet hat.

Die Geschichte selbst hat er erst viel später entdeckt. Natürlich ist sie wichtig. Aber als Kind, als er zum ersten Mal den düsteren, staubbedeckten Planeten verließ, von dem er dachte (oder befürchtete), dass er das Zentrum der Galaxis sein mochte ... da war es der Klang der Musik, der ihn überwältigte. Und das ist auch jetzt noch so.

Das leichte Zupfen an den Saiten der Moda-Khur.

Das Scheppern, mit dem das Glas der Denda-Trommeln zerbricht und sich wieder zusammensetzt, nur um erneut zu zerbrechen.

Die Vibrationen des tiefen Chors von drüsenbeschnittenen Sängern – eine Vibration, die er als Surren in seinen Schläfen und seinen Kiefern wahrnimmt, eine Vibration, die einen beinahe trunken machen kann.

Er lässt die Klänge über sich hinwegschwappen, während er inmitten der Musik steht. Fast als könnte sie ihn jeden Moment hochheben und mit sich forttragen.

Rax weiß, dass jemand die Kabine betreten hat. Vermutlich Sloane, die ihm Fragen wegen der *Scythe* stellen will. Natürlich wird sie ihm keine Schuld an der Zerstörung des Schiffes geben; dafür ist sie zu schlau. Obwohl er befürchtet, dass der Tag kommen wird, an dem sie sich gegen ihn wendet.

Er will die Kantate nicht unterbrechen, nicht einmal für sie. Also bleibt er stehen, leicht vor- und zurückwippend, und hebt einen mahnenden Finger, um Geduld von seinem Besucher einzufordern.

Erst als die letzten Töne verklungen sind, dreht er sich um.

Es ist nicht Sloane, die da vor ihm steht. Es ist ihre Assistentin, Adea Rite.

»Miss Rite«, sagt er. »Ich bin überrascht, Sie zu sehen, und nicht den Admiral selbst.«

»Sie entschied sich dagegen zu kommen.«

Er hebt eine Augenbraue. »Sie hat von der Vernichtung der *Scythe* erfahren.« Adea bestätigt es mit einem Nicken. »Und sie hat erfahren, dass ich eine Nachricht an das Schiff schickte.«

»Sie hat beide Nachrichten entdeckt.«

Es ist eine Schande, dass Sloane nicht hergekommen ist, um das Ganze persönlich mit ihm zu besprechen. Selbstverständlich kennt er ihre Gründe. Sie fühlt sich betrogen, weil er sie angelogen hat. Und er hat vor, sie noch eine ganze Weile weiter anzulügen. Da sind Dinge, die sie einfach nicht wissen darf. Noch nicht.

Würde sie ihm doch nur *vertrauen*. Ein ironischer Gedanke, wenn man bedenkt, wie viele Gründe sie hat, ihm *nicht* zu trauen. Doch manchmal müssen Anführer eben so sein. Und jene, die ihnen folgen, müssen ihnen vertrauen, auch wenn sie vielleicht daran zweifeln, dass es die richtige Entscheidung ist.

Nein, nicht vertrauen.

Sie müssen an sie *glauben*.

»Rae Sloane wird darüber hinwegkommen«, erklärt Rax mit plötzlicher Zuversicht, dann nimmt er Adeas Hände in die seinen. Ihre Augen leuchten vor Bewunderung. Doch da ist noch etwas anderes: ein Konflikt. Das Mädchen bewundert und respektiert auch Sloane. Das hier ist schwer für sie. Gut. Das soll es auch sein. »Wir tun, was wir tun müssen. Die *Scythe* zu opfern war ein notwendiger Schritt. Davon abgesehen hat Kommandant Valent mit Loring ein Komplott geschmiedet. Wir dürfen keine weiteren, sinnlosen Abspaltungen zulassen, und er war zu engstirnig, um sich dem großen Ganzen unterzuordnen. Von seiner Inkompetenz ganz zu schweigen.«

»Kann ich diese Informationen an Admiral Sloane weitergeben?«

Sanft zieht er sie näher zu sich heran, bis ihr Kinn an seine Brust gebettet ist. »Ja, das kannst du. Nur jetzt noch nicht.«

»Ich ... ich sollte zu ihr zurückkehren.«

Er spürt, wie ihr Herz gegen sein eigenes pocht. Schnell wie das eines Hasen. Behutsam legt er einen Finger unter ihr Kinn und drückt es nach oben.

»Kannst du heute Nacht wieder herkommen?«, fragt er.

»Ich ...«

»Du musst. Ich bestehe darauf.«

Er senkt den Kopf und presst seine Lippen auf die ihren. Kälte trifft auf Wärme. Ein Kuss zwischen Feuer und Eis.

Die *Scythe* ist zerstört. Kommandant Valent und alle anderen an Bord sind tot. Und es ist ihr Fehler. Oder zumindest wird es so *aussehen*, als wäre es ihr Fehler.

Da, auf ihrem Komm, eine Nachricht an den Sternzerstörer, von ihrer Station aus geschickt, mit *ihrem* Autorisierungscode versehen – nur Text, kein Video, kein Audio. In dieser Nachricht wird die *Scythe* aufgefordert, dem Alarmsignal eines Prowler-Suchdroiden nachzugehen.

Danach hat jemand alle eingehenden Übertragungen von der *Scythe* blockiert, damit der Notruf des Zerstörers nicht durchkam.

Und schließlich das letzte Teil dieses beunruhigenden Puzzles: eine zweite, sorgfältig chiffrierte Botschaft, die auf gesicherten Kanälen an die Neue Republik gesandt wurde.

Er steckt dahinter. Ihr sogenannter Berater. Flottenadmiral Rax. Seit fast drei Monaten füttert er die Neue Republik gezielt mit Informationen, wobei er sich als Sympathisant ausgibt. Es scheint fast, als wolle er, dass sich das Imperium selbst zerfleischt. Was er tut, verschafft dem Feind nur einen noch größeren Vorteil. *Er sagt ihnen, wohin sie ihre Waffen richten sollen, und dann dirigiert er Imperiale in ihr Schussfeld.* Bislang konnte sie sein Vorgehen vielleicht noch entschuldigen – es gab Teile des alten Imperiums, die ihre eigenen Ziele verfolgten. Leute wie Pandion, die aufgehalten werden mussten. Unvorstellbar, was geschehen wäre, hatte so jemand den imperialen Thron für sich beansprucht.

Aber das hier? Die *Scythe*? Das war eine *Hinrichtung*. Sie zweifelt jedenfalls nicht daran, dass es der Flottenadmiral war, der die Schiffe der Neuen Republik auf den Plan rief. Er hat sie angelockt, ihnen ein weiteres lohnenswertes Ziel vorgesetzt. Tausende Soldaten sind nun seinetwegen tot.

Und wofür? Zu welchem Zweck? Zitternd geht Sloane in ihrem Büro auf und ab und versucht, Rax' Beweggründe zu entziffern. Valent. Er war loyal, oder? Schön, *loyal* ist vielleicht eine Übertreibung, aber er wusste, auf welcher Seite er stand. Sie setzt sich vor ihren Holoschirm und ruft alle verfügbaren Informationen über die *Scythe* und ihren Kommandanten auf. Da ist nichts Außergewöhnliches. Das heißt ... einen Moment. Valent ging nicht gleich zur Flottenakademie, richtig? Er ging zuerst zur Offiziersschule auf Uyter ...

... gemeinsam mit Großgeneral Loring.

Das ist es also. Eine weitere Rivalität, die beendet ist. Ein weiterer potenzieller Konkurrent, dem metaphorisch die Kehle durchgeschnitten wurde. Rax hat kein Interesse daran, Brücken zu bauen und Andersdenkende auf seine Seite zu ziehen. Er bleibt seinem extremen Kurs treu, und alle, die ihm an den Rand des Spektrums folgen, werden erschossen wie Hunde.

Sie knurrt vor Zorn und fegt die Daten von ihrem Schirm, so vehement, dass sie dabei eine Karaffe mit Wasser streift, die umkippt und davonrollt. Rae kocht förmlich, und ihre Brust hebt und senkt sich pumpend, während sie sich vorstellt, wie sie in Rax' Kabine marschiert und ihm zwei Blasterschüsse durch den Kopf jagt. Das wäre die passende Strafe für seine Taten.

Das ist nicht mein Imperium, denkt sie.

Doch wie soll sie es sich zurückholen? Rax bloßzustellen ist natürlich eine Option, aber die Konsequenzen würden nicht unbedingt zu ihren Gunsten ausfallen. Erstens wäre es ein öffentliches Eingeständnis, dass sie keine Kontrolle über dieses Imperium hat. Zweitens ist er ein Kriegsheld, und ganz gleich, wer man ist, für einen Imperialen haben diese Orden großes Gewicht. Drittens würde es vielleicht nicht einmal jemanden interessieren. Na und, könnten sie sagen, ist er eben ein manipulativer Intrigant. Das war Palpatine doch auch. Nur dadurch kam das Imperium an die Macht; weil er die Republik und die Jedi gegeneinander ausspielte, nur um dann selbst die Kontrolle über die bereits existierende Kriegsmaschinerie zu übernehmen und die zerrissene Galaxis unter dem imperialen Banner zu vereinen. Ganz gleich, wie brutal, wie bizarr Gallius Rax' Entscheidungen auch sind, es könnte sein, dass die anderen ihm trotzdem vertrauen. Und wie gesagt, ihn bloßzustellen würde zudem auch Sloane selbst bloßstellen. Und das könnte das Imperium in einen internen Bürgerkrieg stürzen.

Sie hat es lange genug aufgeschoben: Es ist Zeit, nach Quantxi zu fliegen und das Wrack der *Imperialis* zu finden. Falls die Droiden noch dort sind – und sei es nur in Form von Schrott –, findet sie vielleicht etwas, *irgendetwas*, um Rax' Vergangenheit und seine wahren Absichten zu erhellen.

Erfüllt von neuer Energie und Zielstrebigkeit erhebt Sloane sich von ihrem Stuhl. Sie geht zur Tür, sie öffnet sich mit einem Zischen …

Und vor ihr steht Ferric Obdur. Er schenkt ihr ein kriecherisches Lächeln. »Admiral, ich bin hier wegen der Besprechung über unsere Informationsstrategie. Wir sollten eine Stellungnahme über den Verlust von Arkanis vorbereiten. Und es wäre wichtig, einen vagen Ausblick auf die Zukunft des Imperiums zu geben – wir hatten ja schon über die neuen Familienprogramme geredet, und ich ...«

Er redet weiter und weiter. Sloane spielt mit und nickt. Sie hat das Gefühl, als wäre sie im Morast gefangen, als würde sie immer tiefer sinken, bis sich schließlich ihr Mund und ihre Lunge füllen. Sie ertrinkt im Schlamm, und das Imperium, das sie liebt, gleitet ihr langsam, aber sicher aus den Händen.

Intermezzo
Takodana

In Maz Kanatas Schloss gibt es nur eine Regel.

(Na schön, es gibt Dutzende, vielleicht sogar Hunderte Regeln. *Wer auf die Bühne tritt, muss spielen; nicht aus dem braunen Krug trinken; nicht in den Keller gehen; falls dein Tier drinnen sein Geschäft verrichtet, bist du draußen; alle Geschäfte müssen von Maz abgesegnet werden, und falls jemand versucht, sie zu hintergehen, nimmt sie alles, was er hat und verkauft es an den Meistbietenden; und was immer du tust, sprich nicht über Maz' Augen, andernfalls steht dir eine sehr, sehr lange Unterhaltung bevor.*)

Aber es gibt nur eine ausgesprochene Regel – sie steht sogar in hundert verschiedenen Sprachen (viele davon längst vergessen) an der Wand hinter der Bar. Jeder ist willkommen. Mit anderen Worten: keine Kämpfe.

Diese Regel erscheint zunächst sehr simpel, aber sich daran zu halten ist alles andere als einfach, denn Maz Kanatas Schloss ist seit Urzeiten ein Treffpunkt, der Wesen jeglicher Spezies, Zugehörigkeit und Überzeugung anlockt. Ein Ort, an dem Freund und Feind zusammenkommen und komplexe Konflikte vor der Tür bleiben, damit alle beisammensitzen, trinken und essen, der Musik lauschen und Geschäfte machen können – welche Geschäfte ihre Herzen, ihre Brieftasche oder ihre Fraktion auch immer für nötig halten. Aus diesem Grund wehen die Flaggen von Hunderten Städten, Zivilisationen und Gilden vor dem Schloss. Die Galaxis besteht nicht nur aus zwei widerstreitenden Kräften, die um die Vorherrschaft kämpfen – früher nicht, und auch jetzt nicht. Da sind *Tausende* Kräfte am Werk. Bei diesem Tauziehen gibt es nicht nur ein Seil, sondern ein ganzes Spinnennetz von Einfluss, Dominanz und Wünschen. Klans und Kulte, Stämme und Familien, Regierungen und Regierungsgegner. Könige, Satrapen, Kriegsfürsten! Diplomaten, Piraten, Droiden! Hacker, Gewürzhändler, Intriganten und Spieler! Um es noch einmal zu wiederholen: Jeder ist willkommen (keine Kämpfe).

Und falls jemand doch kämpft? Dann war's das für denjenigen.

Das genaue Strafmaß wird von Kanata selbst bestimmt. Vielleicht wird der Betreffende vor die Tür gesetzt. Oder er wird so lange eingesperrt, wie sie es für sinnvoll hält. Und wenn sie jemanden wirklich nicht ausstehen kann, dann fliegt sie ihn mit einem ihrer zahlreichen Schiffe – der *Tua-Lu*, auch bekannt als die *Stranger's Fortune* – in den Orbit, steckt ihn in die Luftschleuse und lässt ihn einen Spaziergang zwischen den Sternen machen.

Jetzt gerade sitzt ein imperialer Offizier vom ISB an der Bar. Zumindest *denkt* er, dass er noch beim ISB ist. Aber um die Wahrheit zu sagen: Agent Romwell Krass ist nicht einmal sicher, ob das ISB überhaupt noch funktioniert. Er wurde in einem Geheimgefängnis auf dem Hyboreanischen Mond stationiert. Seine Familie siedelte mit ihm auf den Mond über: seine Frau Yileen, sein Sohn Qarwell und sein Vater Romwell senior. Viele seiner Freunde aus dem Büro arbeiteten ebenfalls dort;

Krass hatte hinter den Kulissen einige Fäden gezogen und dafür gesorgt, dass die Leute, die mit ihm in den imperialen Rängen aufgestiegen waren, ebenfalls versetzt wurden, denn ein Posten auf dem Hyboreanischen Mond bedeutete einen einfachen, gemütlichen Job. Das Gefängnis war völlig abgeriegelt. Man musste nicht viel tun, man bekam ein Haus an einem der heißen Quellseen, und am Ende wartete eine Beförderung für die geleisteten Dienste, die gezeigte Loyalität und die bewiesenen Fähigkeiten.

Doch dann kamen die Rebellen. Krass denkt nicht daran, sie Republik zu nennen, egal ob neu oder alt. Dieser anarchistische Abschaum hat eine solche Würdigung nicht verdient. Sie kamen mit einer kleinen Flotte aus dem Hyperraum, und bevor irgendjemand erkannte, was überhaupt vor sich ging, regneten bereits Tod und Zerstörung auf den Mond herab.

Sie feuerten auf sämtliche Einrichtungen.

Sie feuerten auf die *Wohnhäuser*.

Lanzen aus brodelndem Licht brannten Romwells Zuhause vom Erdboden. Seine Familie versteckte sich im Inneren, als es geschah. Sie sind tot, und er lebt, weil er in das nächstbeste Schiff stieg und in den Hyperraum entkam, während der Rebellenabschaum das Gefängnis stürmte.

Das ist jetzt einen Monat her. Er kontaktierte Coruscant – das ISB-Hauptquartier dort steht unter Belagerung, und er erhielt Befehl zurückzukommen, um bei der Verteidigung zu helfen. Doch er kehrte nicht zurück. Stattdessen zog er ziellos umher. Ließ sich treiben. Saß weinend über den Bildern seiner Familie. Schrie vor Zorn über jene, die ihm das angetan haben. Selbst jetzt füllen sich seine Augen noch mit Tränen, wenn er daran denkt. Es ist, als wolle etwas aus ihm herausbrechen: ein brüllendes Monster mit Feueratem.

Er ist vor zwei Tagen hier angekommen. Eigentlich wollte er nur Informationen über die Leute, die für den Angriff verantwortlich waren. Wer gab den Befehl, sein Haus zu zerstören? Die Republik rühmt sich ihrer Ehrbarkeit – ihre arrogant hochgereckten Nasen sind gefüllt mit dem Schleim der Aufrichtigkeit. Aber wie wollen sie rechtfertigen, was sie auf dem Hyboreanischen Mond getan haben?

Warum haben sie seine Familie ermordet?

Sein Sohn Qarwell war gerade fünf. Er liebte es, im Mondstaub zu zeichnen. Er hatte einen MSE-Mausdroiden als Spielgesellen. Er war süß und lebensfroh, und er hatte einen großen Wortschatz und ein noch größeres Herz. Eines Tages hätte er einen hervorragenden Offizier des Imperialen Sicherheitsbüros abgegeben. Besser als Romwell. Besser sogar als sein Großvater.

Jetzt ist er tot.

Die Rebellen sind dafür verantwortlich.

Und, was für ein Zufall, jetzt gerade sieht Krass einen solchen Rebellen.

Da, am anderen Ende der Bar, in der Nähe der Bühne sitzt sein Feind. Ein schlanker Kerl mit dem Kinn eines Schönlings und einem Schopf dunkler Haare. Auf dem Ärmel seiner Pilotenjacke prang das Emblem der sogenannten Neuen Republik. Er ist mit einer Frau hier, sie nicken mit dem Kopf im Takt der Musik – irgendeine wahnwitzige Melodie, die Minlan Weil und das Tam-honil-Trio gerade zum Besten geben.

Romwell ist nahe genug, um das Schild hinter der Theke lesen zu können. Alle sind willkommen. Keine Kämpfe. Bla-bla-bla. Er kennt die Regeln. Er *versteht* die Regeln.

Aber ... er hat getrunken.

Außerdem ist der Rebell ein Pilot. Der Hyboreanische Mond fiel wegen solcher Piloten an die Rebellen. Selbst jetzt noch muss er an die drei Y-Flügler denken, die über seinem Kopf hinwegheulten und ihre Bomben abwarfen. Jede Wette, dieser Kerl fliegt auch einen Y-Flügler.

Krass gelangt zu einer Schlussfolgerung.

Dieser Mistkerl war einer von ihnen. Einer der Piloten, die seine Familie auf dem Gewissen haben. Anarchist! Mörder! Er ist ganz sicher. Nicht, dass er wirklich Grund hätte, sicher zu sein, aber je mehr er trinkt, desto größer wird seine Überzeugung.

Schließlich kommt der Moment, als die Band verstummt und eine kurze Pause einlegt. Einmal mehr füllen die Geräusche der Menge seine Ohren, und das reicht, um ihn aufstehen zu lassen. Er bezahlt, klatscht eine Handvoll imperialer Credits auf die Theke, dann schiebt er sich an einem Trio kreischender Chandra-Fans vorbei, die um Geld würfeln. Als er gegen den Tisch einiger bravaisianischer Goldhändler stößt, die gerade glitzernde Edelsteine ablecken, um ihren Wert zu schätzen, quieken sie ihm wütend hinterher. Nicht, dass es ihn kümmert. Er geht weiter, vorbei an einem Skrilling mit trauriger Miene, der neben einem runden Krug blubbernden Weins zusammengesunken ist – Romwell schiebt einen Finger durch den Henkel und hebt den Krug hoch. Er ist voll. Und er ist schwer. Perfekt.

Die Frau sieht ihn zuerst. Krass trägt noch immer seine schwarze Offiziersuniform; er hat schon lange nicht mehr die Kleider gewechselt. Ihre Augen weiten sich, und sie greift nach dem Arm des Piloten, und im selben Moment, als dieser sich umdreht, sagt Romwell, nach all dem Alkohol mit lallender Stimme:

»Du hast meine Familie umgebracht.«

Anschließend donnert er dem Rebellen den Krug auf den Kopf.

Das heißt, er versucht es zumindest. Wie gesagt, der Krug ist schwer, und der Rebellenverräter ist nicht betrunken. Er kann schnell genug ausweichen, und Krass erwischt ihn nur an der Schulter. Der Kerl geht dennoch zu Boden, und Romwell lacht hohl.

Zu seiner Überraschung steht die Frau auf und verpasst ihm einen harten Faustschlag ins Gesicht. Seine Nase platzt auf wie eine überreife Frucht, und er taumelt mit einem Schrei nach hinten. »Das gehört sich aber nicht für eine Dame«, ruft er, aber wegen des Alkohols und des Bluts, das über sein Gesicht strömt, klingt es eher wie *Dasch hört sich abanich für eine Daaa...*

Jemand packt seinen Knöchel. Der Rebell. Der Kerl zieht, und die gesamte Welt überschlägt sich, als Krass zu Boden geht und dabei hart gegen einen Stuhl prallt. Inzwischen sind die ersten Gäste aufgesprungen, um den Kampf zu beobachten. Maskierte Sonderlinge, abstoßende Nichtmenschen, schmallippige Kopfgeldjäger. Er will sie gerade anbrüllen, dass sie gefälligst woandershin glotzen sollen, als sich der Rebell auf ihn rollt und beginnt, ihm die Fäuste in den Bauch zu rammen.

»Du verdammtes imperiales Schwein!«, schreit er zwischen zwei Schlägen.

Romwell spuckt dem Kerl sein eigenes Blut ins Gesicht, dann stößt er ihn mit beiden Händen von sich. Sein Widersacher stürzt rücklings gegen einen Tisch. Gläser rollen und zerbrechen. Und dann treten die anderen Gäste plötzlich mit einem Keuchen beiseite.

Romwell braucht eine Weile – *zu* lange –, um den Grund zu erkennen.

Über ihm steht ein Droide. Die seltsamste Protokolleinheit, der er je begegnet ist. Ein Exoskelett aus poliertem Bronium, mit spitzen Stacheln, die von den Armen, Beinen und seinem Schädel abstehen.

Das Ding fiept ihn erst in einer Maschinensprache an, dann wiederholt es das Ganze mit einer mechanisch klingenden, weiblichen Stimme auf Basic:

»Sie haben das Gesetz des Schlosses verletzt. Das Gesetz muss gewahrt werden. Machen Sie sich bereit, bestraft zu werden.«

»Ich würde euer dummes Gesetz jederzeit wieder brechen, du dämlicher, dreckiger ...«

Der Droide richtet die Hand auf ihn und spreizt die Finger. Einen Moment später zucken winzige Nadeln aus den Spitzen dieser Finger, und sie bohren sich durch den Stoff von Romwells Hemd. Er sieht fünf dünne, goldene Drähte, die die Nadeln in seiner Brust mit den Fingern des Droiden verbinden.

Die Metallhand beginnt zu glühen. Elektrizität knistert durch die Drähte. Die Welt wird so gleißend hell wie bei einer Supernova ...

... und dann so schwarz wie in der tiefsten Nacht.

Das Nächste, was Krass bewusst wahrnimmt, ist, wie er keuchend auf einer schmutzigen Pritsche voll stinkendem Stroh aufwacht. Die Ketten, mit denen die Pritsche an der Wand befestigt ist, klirren, als er sich herunterrollt. Sein Kopf fühlt sich an wie ein zertrümmerter Kürbis. Er übergibt sich in seine Hände.

Der Boden ist feucht und kalt. Da – eine Tür. Altes Holz, mit Angeln aus noch älterem Eisen. Ein kleines Fenster ist in den oberen Teil eingelassen, und Romwell kriecht hinüber und zieht sich zu der Öffnung hoch (während sein Gehirn die ganze Zeit über versucht, ein Loch in seine Stirn zu rammen, oder zumindest fühlt es sich so an). Er presst sein Gesicht gegen das Gitter vor dem Fenster.

»Hilfe«, sagt er. Dann etwas lauter: »Hilfe!«

»Das war's für uns«, brummt der Rebell, der auf der anderen Seite des Ganges durch ein ganz ähnliches Fenster hinter einer ganz ähnlichen Tür blickt. Wasser tropft von der gewölbten Decke. »Wir haben es vermasselt, imperiales Schwein. Jetzt müssen wir den Preis zahlen.«

»Als hättest du auch nur irgendeine Ahnung, worüber du sprichst«, entgegnet Romwell, und erneut steigt Zorn in ihm hoch. Er schluckt ihn hinunter und rülpst in seine Hand.

»Ich weiß, dass es nur eine Regel gibt, und wir haben sie gebrochen. Warum bist du so auf mich losgegangen? Ich habe deine Familie nicht ermordet.«

Romwell denkt: *Habe ich das wirklich gesagt*? Hm. Möglich wäre es. »Na gut, du selbst vielleicht nicht, aber deine Leute, die haben meine Familie ermordet. *Meinen Sohn.*«

Der Rebell runzelt die Stirn und blickt auf seine Finger hinab, mit denen er das Gitter umschließt. »Falls das passiert ist, dann tut es mir leid. Aber im Krieg ist es mit der Präzision oft nicht weit her, so bedauerlich das auch ist.«

»Sagst du dir das, damit du nachts schlafen kannst, Rebellenabschaum?«

»He, du musst gerade reden. *Ihr* habt einen ganzen Planeten in die Luft gejagt.«

»Als hätte ich den Befehl dazu gegeben!«

»Als hätte ich deine Familie getötet!«

»Aber du glaubst an diesen Unsinn von einer ›Neuen Republik‹, und damit hast du dazu beigetragen, dass …«

Ein Stück den Gang hinab schnappt eine Stimme: »Ruhe!« Es ist eine Frau. Sie klingt alt. Dann nähern sich Schritte auf dem Steinboden.

Maz Kanata tritt in ihr Blickfeld. Sie ist klein und runzlig wie eine Frucht, die zu lange am Baum hing. Die Hände hinter dem Rücken, mustert sie erst den Rebellen und dann den Imperialen durch die runden, mondgroßen Linsen vor ihren Augen.

»Hm«, macht sie.

»Hören Sie, Madame Kanata«, beginnt der Pilot. »Madame Kanata? Wir bedauern zutiefst, was passiert ist – hätte dieser Barbar mich nicht angegriffen ...«

Romwell fährt ihm ins Wort: »Barbar? *Barbar*? Du und deine Rebellen, ihr seid die Barbaren. Bombardiert einfach wahllos ...«

Mit einem »Schhhh« bringt Maz Kanata sie zum Verstummen.

Wie das tadelnde Zischen einer Schlange hallt es von den Wänden wider, und Krass ist überrascht, wie rasch er und der Rebell bei diesem Geräusch den Mund zuklappen.

Maz nimmt einen zweistufigen Hocker, der an die Wand gelehnt ist und zieht ihn vor die Tür von Romwells Zelle. Mit einem Räuspern klettert sie hinauf, sodass sie durch das kleine Gitterfenster blicken kann.

»Lass mich dich ansehen«, sagt sie und klappt eine der Linsen vor ihre Augen. »Komm näher. Keine Scheu vortäuschen.«

Was will diese verrückte, greise Piratin von ihm? Er zieht den Kopf zurück, und sie klackt mit der Zunge. »Entweder du kommst näher, oder ich schicke Emmie hier runter, damit er dir einen *richtigen* Stromstoß versetzt. Hm?«

Grummelnd kommt er ihrer Aufforderung nach und beugt sich vor.

Ihr rosinengroßes Auge wird schmal, und sie fährt sich mit einer dunkelvioletten Zunge über die Lippen. »Ich sehe Schmerz in deinen Augen. Verlust. Bedauern. Aber du hast

auch selbst Schmerz zugefügt. Hast anderen etwas entrissen.«
Sie schürzt die schmalen Lippen. »Mir scheint, die Waagschalen haben sich ausgeglichen. Was deine Leute betrifft ...«

»Was redest du da von Waagschalen? Was ist mit meinen Leuten?«

»Das Imperium ist tot«, verkündet sie. »Du denkst vielleicht, es hat noch Leben in sich, und alle denken nur, dass es stirbt, aber ich sage dir, es ist tot. Doch genauso, wie eine Leiche neues Leben gebären kann – Fliegen und Pilze und dergleichen mehr –, so wird auch die Leiche des Imperiums Neues hervorbringen. Fürs Erste ist es aber einfach nur tot.« Ihre Hand macht sich am Schloss zu schaffen, dann klettert sie von dem Hocker und stößt die Tür auf. »Du kannst gehen. Komm nicht wieder hierher. Und ich rate dir, deinen Schmerz nicht mit dem Rest der Galaxis zu teilen. Finde Frieden, oder du wirst nur noch mehr Leid erfahren.«

Romwell weiß nicht, was er sagen soll. Soll er ihr danken? Sie verfluchen? Oder am besten vielleicht einfach den Mund halten? Seine Augen huschen zu dem Rebellen, und es ist, als könnte Kanata seine Gedanken lesen.

»Mach dir wegen ihm keine Sorgen. Ich werde ihn auch freilassen, aber erst nachdem dein Schiff am Himmel über meinem Schloss verschwunden ist.«

Krass nickt. Und geht.

Später, als er fort ist, und der Rebellenpilot ebenfalls, steht Kanata allein auf der Brustwehr über den Wellen des Nymeve-Sees. Sie fühlt sich hin und her gezogen und gezerrt, und so lässt sie ihren Körper hin- und herwanken. ME-8D9 tritt neben sie.

Sie fragt den alten Droiden – ein Droide, der länger als Maz selbst in diesem Schloss lebt; ein Droide, der so viel von der

Galaxis gesehen hat, dass jeder Versuch, seine Datenbanken zu ergründen, unweigerlich in den Wahnsinn führen würde –, ob Minlan Weil und seine Band ihre Betten für die Nacht haben, und ME-8D9 bestätigt es.

»Es ist wieder Ruhe im Schloss eingekehrt«, erklärt er.

»Gut, gut. Aber in meinem Herzen hat sich noch keine Ruhe eingestellt. Etwas ist aus dem Gleichgewicht. Eine Turbulenz in der Macht, die das Wasser trübt. Es ist schwer, etwas zu erkennen. Aber ich glaube, wir sollten uns für alle Eventualitäten wappnen.«

»Definieren Sie bitte die nächsten Schritte.«

»Mach die *Stranger's Fortune* startbereit. Ich möchte mich ein wenig dort draußen umsehen. Vielleicht entdecke ich ja etwas.«

»Das ist akzeptabel.«

ME-8D9 gehört ihr nicht. Er gehört niemandem. Der Droide ist sein eigener Herr. So, wie es sein sollte. Maz hört, wie er davonstakst, dann schließt sie die Augen und versucht, das Beben in der Galaxis zu erfassen. Das Wogen und Beben einer sich wandelnden Macht.

15. Kapitel

Einer nach dem anderen treffen die Mitglieder des Teams im Himmelsgarten über dem Polis-Bezirk von Hanna City ein. Dort kommen häufig die Bürger der Stadt zusammen, um öffentlich über Politik zu diskutieren – augenscheinlich eine der beliebtesten Freizeitbeschäftigungen hier auf Chandrila. Für Norra klingt das ermüdend. Sie würde lieber nach Hause gehen und etwas kochen oder ausgehen und etwas unternehmen. Alles, *außer* über Politik zu debattieren. Sicher, sie weiß, dass eine solche Diskussion ihren Wert hat. Die Leute nehmen aktiv an der Demokratie teil und all das. Trotzdem wäre sie lieber hundert Parsec davon entfernt.

Zum Glück findet heute keine solche Debatte statt. Der Himmelsgarten wurde geschlossen, und im Moment sind sie die Einzigen dort.

»Etwas stimmt nicht«, sagt Jas, die sich gegen einen Pflanzkübel gelehnt hat. Die Arme vor der Brust verschränkt, kaut sie auf einem Pizostäbchen herum – einem getrockneten, geräucherten Zweig des Ölborkenbaums. Die Chandrilaner kauen ihn und saugen den Saft heraus, um wach zu bleiben. Vor allem Piloten lieben die Pizostäbchen, so sie denn welche in die

Finger bekommen. »Hier passieren einfach zu viele seltsame Dinge. Zwei Helden der Republik verschwinden. Dann ruft der Suchdroide einen Todesstern. Und irgendwie ist Tashu in all das verwickelt. Ich trau dem Braten nicht.«

Sinjir streckt sich auf einer Bank aus, dann dreht er den Verschluss von seiner zerkratzten Merkuriumflasche, nippt daran, und schmatzt mit den Lippen. »Tashu ist wie ein Vogel, der in einem Turbolift gefangen ist. Vollkommen durchgeknallt. Trotzdem hat er mir meine Frage sofort beantwortet. Er *wollte*, dass ich es weiß. Was mich zu der Vermutung führt, dass Nicht-mehr-General Solo tief in der Tinte steckt.«

Norra nickt. »Entweder hat er Probleme – oder wir.«

Sie erwartet eine schnippische Entgegnung aus dem Munde ihres Sohnes – das ist praktisch seine Spezialität. Doch er sitzt nur auf seinem Platz und starrt ins Nichts. Abgelenkt. Mürrisch. Sie denkt: *Ich werde mal besser mit ihm sprechen, sobald wir hier fertig sind.* Doch dann fragt sie sich: *Sollte ich ihm von Wedge erzählen? Was wird er davon halten?*

Panik steigt in ihr hoch.

Jom geht derweil auf und ab, wobei er seinen Hals kreisen lässt und die Gliedmaßen streckt. »Diese Kopfgeldjäger konnten mich wirklich nicht leiden.« Seine Gelenke knacken, und er zieht mit einem Ächzen die Schultern hoch. »Vielleicht ist es Zeit einzusehen, dass die Suche nach Solo keine Mission für uns ist. Wir haben andere Ziele, um die wir uns kümmern müssen. Muss ich euch daran erinnern, dass wir Admiral Rae Sloane auf Akiva praktisch schon im Sack hatten? Wie sich herausgestellt hat, ist sie inzwischen praktisch das militärische Oberhaupt des Imperiums. Soll jemand anderes Solo finden. Ich möchte noch mal mein Glück bei Sloane versuchen.«

Hinter ihnen jagt Mister Bones einem Schmetterling nach.

Er fängt ihn geschickt in der hohlen Hand – dann reißt er ihm die Flügel ab.

Norra richtet ihre Aufmerksamkeit wieder auf die Gruppe und sagt: »Und muss ich dich daran erinnern, dass es Leia und Solo waren, die den Schildgenerator auf Endor deaktiviert haben. Ohne sie wäre der Todesstern nie zerstört worden.« Ihre Organe verknoten sich bei dem Gedanken, wie der Krieg dann wohl ausgegangen wäre. Sie waren bereits zahlenmäßig und ausrüstungstechnisch unterlegen, bevor der Superlaser der Raumstation die *Liberty* und den Mon-Calamari-Kreuzer *Nautilian* vernichtete. Norra muss ihre ganze Willenskraft aufbringen, um sich zusammenzureißen, und sie kann nicht umhin, ihrer Stimme einen ätzenden Unterton zu verleihen, als sie fortfährt: »Ohne sie wären wir heute nicht hier. Ein wenig Loyalität wäre also durchaus angebracht, Barell ...«

Nicht weit entfernt, in der Mitte des Parks, fährt die Turboliftplattform mit einem Piepsen nach oben. Sie trägt eine kleine Gruppe in den Himmelsgarten empor.

Ackbar tritt als Erster von der Plattform – sein Kopf nach vorne gerichtet, als würde er von der Schwerkraft schierer Entschlossenheit angezogen. Leia folgt ihm und redet gestenreich und sichtlich besorgt auf ihn ein. Wedge und Kommodore Agate bilden das Schlusslicht.

Wedge. Er hebt den Kopf, sein und Norras Blick treffen sich. Einen kurzen Moment lang verblassen all ihre Ängste, all ihre Sorgen, wie ein schwerer Rucksack, der von ihren müden Schultern gleitet.

Dieser Moment endet, als Ackbar ein brüskiertes Geräusch ausstößt, das halb wie ein Räuspern klingt. Seine Lippen sind zusammengepresst, aber er hat eindeutig etwas zu sagen.

Sinjir pfeift eine leise Melodie. Norra beugt sich vor und tritt ihm gegen das Schienbein, woraufhin sich der ehemalige Imperiale murrend aufsetzt und sich die Lippen abwischt. Deutlich zu laut wispert er den anderen zu: »Wir werden gleich vom Akademiekommandanten gemaßregelt, Kinder. Schhh.«

»Ich bin nicht hier, um jemanden zu maßregeln«, blafft Ackbar.

»Sie haben auf meine Bitte hin gehandelt«, sagt Leia. Anschließend fügt sie mit bitterem Unterton hinzu: »Ich bin diejenige, die eine Rüge verdient hat.«

»Sir«, beginnt Norra, »bei allem Respekt …«

Doch der Mon Calamari bringt sie mit einem Blick dazu zu verstummen. Seine vorstehenden, goldenen Augen fixieren sie. »Soweit ich weiß, hat Han Solo sein militärisches Kommando aufgegeben. Und selbst falls er noch General wäre, können wir nicht die gesamte Neue Republik auf den Kopf stellen, um nach einem Mann zu suchen, der aus eigenem Triebwerk aus unserer Mitte verschwunden ist. Unsere Ressourcen sind bereits maximal beansprucht. Die Rückeroberung der Systeme verläuft langsam, unser Einfluss breitet sich nur mühsam aus. Ihr Team, Lieutenant Wexley, wurde zusammengestellt, um einen ganz bestimmten Zweck zu erfüllen, und einen Schmuggler zu finden – ganz gleich, wie gutherzig oder hilfreich er auch war – ist nicht Teil davon. Diese Suche ist hiermit beendet. Sie werden sich wieder der Gefangennahme imperialer Kriegsverbrecher widmen.«

»Nein.«

Das Wort kommt aus dem Nichts. Norra ist nicht mal sicher, wer es ausgesprochen hat. Bis sie erkennt …

… dass es ihre eigene Stimme war.

Ackbar wirkt verdutzt. Seine Nasenschlitze flattern, und er kneift die Augen zusammen.

Sie sagt es noch einmal und wünscht sich verzweifelt, dass sie die Worte zurückhalten könnte, bevor sie ihren Mund verlassen. Doch jeder Versuch, sie hinunterzuschlucken, ist vergeblich. »Nein. Wir werden die Suche nicht aufgeben. Die Neue Republik steht tief in Leias und Solos Schuld. Er wird vermisst, und wir glauben, dass er in Gefahr ist. Das Imperium will nicht, dass wir ihn finden, und das sollte umso mehr Grund sein weiterzumachen. Also, mit allem gebotenen Respekt ... Wir werden die Suche nach Solo fortsetzen.«

Oh nein. Was tue ich hier? Halt den Mund, Norra. Sei still!

Ihre Furcht findet eine Reflexion in Wedges Augen, die inzwischen groß wie Monde sind. Er schüttelt den Kopf, versucht, sie wortlos zur Vernunft zu bringen.

»Sie widersetzen sich meinem Befehl?«, fragt Ackbar.

Nein, denkt sie. *Das würde ich nie tun. Ich bin eine Pilotin. Eine Soldatin. Ich ...*

Ich bin eine Rebellin.

»Ja«, antwortet sie, und das Wort platzt förmlich aus ihr heraus. »Ich widersetze mich Ihrem Befehl. Falls nötig, trete ich von meinem militärischen Rang zurück. Was wir tun, ist richtig, und ich werde es zu Ende bringen, ganz gleich, wer sich gegen mich stellt. Ich werde Solo finden, zur Not auch alleine.«

Sinjir grinst wie ein Wahnsinniger, als er auf seiner Bank nach vorne rutscht. »Und plötzlich wird die Sache interessant.« Jas verfolgt den Wortwechsel ebenfalls mit einem Schmunzeln. (Leider kann Norra nicht abschätzen, ob dieses Schmunzeln nun Zustimmung anzeigt oder Belustigung – oder etwas völlig anderes.)

Jom hingegen sieht aus, als hätte er gerade auf verschimmeltes Fleisch gebissen.

Und Temmin? Er ist bereits an ihrer Seite. »Ich bin dabei.«

Leia tritt vor. Sie nimmt Norras Hände in ihre eigenen. »Lieutenant Wexley ...«

»Norra.«

»Norra. Bitte, überlegen Sie sich das noch einmal. Tun Sie sich das nicht an. Nicht um meinetwillen.«

»Warum nicht? Sie würden es für mich tun. Für uns alle. Diese Person, die Prinzessin in all den Holovids ... das ist nicht nur ein erfundener Charakter. Sie haben so viel für uns aufgegeben. Sie haben Ihre Heimat verloren. Lassen mich Ihnen zumindest Ihren Ehemann zurückbringen.« Sie beugt sich vor und fügt mit gesenkter Stimme an: »Außerdem braucht ein Kind einen Vater. Das weiß ich inzwischen.«

Leia ist sprachlos. Alles, was sie tun kann, ist, die Worte mit einem leichten Nicken zur Kenntnis zu nehmen.

»Damit ist die Sache dann wohl geklärt«, erklärt Norra. Ihr Herz pocht vor Aufregung – und Panik –, das Blut rauscht durch ihre Adern. Ihr ist schwindelig, als würde sie am Rand eines gewaltigen Abgrunds stehen. Doch es fühlt sich gut an. Es fühlt sich *richtig* an. »Da ich jetzt nur noch Zivilistin Norra Wexley bin, ist dieses Gespräch wohl nicht länger für meine Ohren bestimmt. Falls Sie mich entschuldigen würden, Admiral. Es gibt da ein paar Dinge, um die ich mich kümmern muss.«

Die Dinge, um die Norra sich kümmern muss, sind:

a) an sich zu halten, damit sie sich nicht übergibt,

b) noch mehr an sich zu halten, damit sie nicht in Ohnmacht fällt,

c) sich gleichzeitig verloren und frei zu fühlen, was vermutlich der Grund ist, warum sie so kurz davorsteht, sich zu übergeben und in Ohnmacht zu fallen.

Sie steht auf der anderen Seite des Himmelsgartens, außer Sicht der anderen. Noch kann sie nicht zur Liftplattform gehen; ihre Beine sind zu wackelig, außerdem ist sie nicht mal sicher, wohin sie gehen soll.

Das ist der Punkt. So viele Jahre schon verläuft ihr Leben wie auf Schienen. Schienen, die jemand anderes für sie gelegt hat. Auf Akiva ist sie aus diesem Gleis gesprungen, aber dann rief die Pflicht wieder, und sie ließ sich einmal mehr für den Kampf anderer einspannen. Zugegeben, es gab ihr ein Gefühl von Sicherheit. Mehr noch, es fühlte sich *leicht* an.

Befehlen zu folgen ist immer leicht.

Doch die Galaxis ist nicht simpel. Blind Befehlen zu gehorchen, das ist das Mantra des Imperiums. Die Neue Republik wollte das alles ändern – die alte Ordnung auf den Kopf stellen und ihren Erben eine lange Nase drehen, bevor sie weitermarschiert. Das Imperium scherte sich nicht um einzelne Schicksale. Es war nur an sich selbst interessiert. Und ist es heute noch. Doch Norra möchte die Individuen wieder an erste Stelle setzen. Keine Befehle, keine Regierungen, sondern Personen. Die Liste der Dinge, um die sie sich kümmern muss, wird um einen Punkt länger: Sie muss versuchen, nicht zu weinen.

Es misslingt. Norra schluchzt, ihre Schultern beben, und was über ihre Lippen dringt, ist ein verzweifelter, animalischer Laut. *Brentin.* Ihr Ehemann, Temmins Vater. Dass sie sich für die Überzeugungen eines anderen einspannen ließ, ist genau der Grund, warum sie Brentin verloren hat. Und jetzt kann sie ihn nicht mehr zurückholen. Denn sie hat sich für einen Pfad entschieden, der größer und wichtiger ist, auch wenn es nicht ihr eigener Weg sein mag.

Es war *sein* Weg. Es war Brentins Kampf. Er war der Rebell.

Norra wollte einfach nur ihrem Sohn eine Mutter sein. Damals hoffte sie noch, die Galaxis würde von selbst wieder in Ordnung kommen.

Sie beugt sich vor und wischt sich mit dem Unterarm die Tränen vom Gesicht.

Eine Hand berührt ihre Schulter.

Es ist ihr Sohn. Sie schließt ihn in die Arme, und nachdem er zuerst leise ächzt, lässt er sich darauf ein und erwidert die Umarmung. Unter einer Gruppe von Deckbäumen treten auch Sinjir und Jas auf sie zu, gefolgt von Mister Bones.

Norra sagt: »Tut mir wirklich leid, aber ich verlasse das Team und ...«

»Ach, hör auf.« Jas verdreht die Augen. »Wir sind dabei.«

»Was?«

»Wir helfen dir, Solo zu finden.«

Sinjir schnaubt. »Das kleine Fräulein Kopfgeldjäger hier hat sogar einen ansehnlichen Preis für die Mission herausgehandelt.«

»Halt die Klappe, Rath Velus.«

»Zehn Credits. *Zehn.* Wir werden so gut bezahlt, dass wir uns ein Koftabrötchen kaufen können, wenn wir alle zusammenlegen. Oder vier Flaschen Jogansaft. Kleine Flaschen, natürlich. Wir werden so reich sein wie in unseren kühnsten Träumen. Vorausgesetzt, wir sind in unseren kühnsten Träumen bettelarm. Du bist wirklich weich geworden, Emari.«

»Wie Norra sagte, wir stehen in Solos Schuld. Und ich begleiche meine Schulden.«

»Was ist mit Jom?«, fragt Wexley.

Jas verzieht das Gesicht. »Nein. Der Feigling wagt es nicht, Ackbar zu widersprechen. Antilles ebenso wenig.«

»Das ist schon in Ordnung. Sie müssen ihren eigenen Weg

wählen. Also, machen wir uns an die Arbeit.« Sie holt tief Luft und wundert sich, worauf sie sich nun schon wieder eingelassen haben. »Han Solo rettet sich schließlich nicht von allein.«

Teil III

16. Kapitel

Die Savanne erstreckt sich vor ihnen.

Die *Ki-a-ki*-Büsche wiegen sich im warmen Wind. So wie die dunklen, dornigen Büsche sich sanft bewegen, könnte man meinen, Tiere versuchen, sich darin zu verstecken. Das Durstgras hat sich ebenfalls mit dem Wind verbündet und wispert und zischt und rauscht. Rote, fasrige Wolken wandern über den offenen Himmel, der die Farbe geröteter Wangen hat. Ein einsames Schiff zieht eine Linie über diesen Himmel. Vermutlich ein Frachter, einer der wenigen Besucher, die sich auf die entlegene Welt Irudiru verirren.

Dort unten, zwischen Gras und Büschen, befindet sich ein Anwesen.

Es besteht aus sieben Gebäuden, jedes niedrig und kantig, jedes aus gelblichen Ziegeln und blutrotem Mörtel, jedes mit flachen, von Geländern umschlossenen Dächern und runden Bullaugenfenstern und Wassertanks. Eines der Gebäude ist jedoch anders: ein Wohnhaus, größer und auffälliger als die anderen, schlichteren Bauten. Es hat einen großen, umzäunten Garten mit Xeriscap-Bäumen und mehreren schimmernden Holostatuen. Ein Droide mit zahlreichen Werkzeugarmen schwebt darin umher, kümmert sich um die Pflanzen und korrigiert die Einstellungen der Statuen.

Davon abgesehen regt sich nichts in der gesamten Anlage.

Und so ist es schon den ganzen Tag.

Dies ist das Anwesen von Golas Aram.

Das Team weiß nur wenig über Aram, aber vielleicht reicht es: Der eitle Siniteen stand einst als Architekt in Diensten des Galaktischen Imperiums. Als *Gefängnis*architekt, um genau zu sein. Er entwarf einige der berüchtigtsten imperialen Strafeinrichtungen, einschließlich des Lemniskats unter Coruscant, des fliegenden Asteroidengefängnises Orko 9 und der Goa-Strafkolonie. Arams Spezialität war es Berichten zufolge, seine Gefängnisse selbstversorgend und ausbruchssicher zu gestalten. Er betrachtete es als eine »Kunst«.

Doch er arbeitete nicht nur für das Imperium. Er stellte sein Können auch in den Dienst des Meistbietenden – unter anderem half er beim Bau von Gefängnissen für den Kanjiklub, für das Junihar-Kartell und für Splugorra, den Hutten.

Heute ist er angeblich im Ruhestand.

Dennoch ist er die einzige Person mit imperialen Kontakten hier auf Irudiru. Die einzige Spur, die das Team hat, führt zu ihm. Doch was wird geschehen, wenn sie an diesem Faden ziehen? Wird es sie zu Solo führen? Oder wird alles um sie zusammenstürzen? Könnte es sein, dass sie Leias Mann dadurch vielleicht in noch größere Gefahr bringen?

Ihr Wissen über Solos Verbleib ist sogar noch dürftiger als das über Aram. Der *Millennium Falke* wurde unweit der Warrin-Station in einen Kampf verwickelt. Han meldete sich auch danach noch bei Leia, aber was immer dort geschehen war, es sorgte für einiges Aufsehen. Der Prowler-Suchdroide, die Informationen von der Schwarzen Sonne und nicht zuletzt

Tashus verrückte Freude bei der Erwähnung des Namens Irudiru – nichts von alledem lässt Gutes ahnen. Doch selbst falls Han Aram einen Besuch abgestattet hat, was bedeutet das wirklich? Sie haben keine weiteren Anhaltspunkte. Wurde Solo vielleicht beim Herumschnüffeln erwischt? Ist er im Gefängnis? Oder sucht er nach jemandem, der im Gefängnis sitzt?

Wie dem auch sei. Es ist alles, was sie haben. Und darum sind sie nun hier.

In ihrem Versteck auf einem sanft gewölbten Hügelplateau beugt Norra sich vor und teilt das scharfkantige Durstgras wie einen Vorhang, um durch ihr Makrofernglas ins Tal hinabzublicken. Sie benutzt das Auswahlrad an der Seite des Geräts, um erst nach Hitzesignaturen und dann nach Anzeichen elektrischer und elektronischer Aktivität zu suchen. Das Fernglas hebt eine Reihe von Gefahrenpunkten an dem Anwesen als rot glühende Umrisse hervor. »Ich sehe sie«, wispert Norra Jas zu, die zwar nur ein paar Meter entfernt liegt, aber im hohen Gras nicht zu sehen ist.

Das Fernglas zeigt ihr, dass das Anwesen von einem unsichtbaren Schutzzaun umgeben ist: einer Barriere aus geisterhaften Laserstrahlen, mit bloßem Auge nicht zu erkennen, aber zweifelsohne in der Lage, einen in kleine Scheiben zu schneiden, falls man hindurchmarschiert. Auf beiden Seiten dieses Zaunes ist der Boden zudem mit Landminen übersät. Und innerhalb des Anwesens sind mehrere Droidengeschütze aufgestellt, jedes in der Nähe eines Evaporators platziert, sodass es aussieht, als wäre es nur Teil des Mechanismus. Eine perfekte Tarnung.

Jas' Stimme dringt aus dem Gras. »Der Kerl ist für einen Krieg gerüstet. Ich verstehe ja, dass die Entwicklungen in der

Galaxis einen paranoid machen können, aber das hier übersteigt alles. Aram hat Angst. Und er hat sich seit Tagen nicht mehr ins Freie gewagt.« Hinter sich hört Norra, wie Temmin an etwas arbeitet – ein *Klink, Klink, Klink*, gefolgt vom Summen eines Mikroschraubenschlüssels. Was treibt er da drüben? Sie will ihn gerade genau das fragen, als …

Das Gras teilt sich mit einem Rauschen, und Sinjir kriecht auf dem Bauch neben sie. »Au!«, stöhnt er und lutscht an seinem Daumen. »Dieses Gras schneidet einen in Stücke.«

»Es trinkt unser Blut«, erklärt Jas, die sich ebenfalls näher heranschiebt. »Durstgras ernährt sich von den Kreaturen, die hindurchstapfen. Ein paar Tropen von jedem kleinen Schnitt.«

Sinjir runzelt die Stirn. »Wundervoll. Ich bin hier, um meine stündliche Lagemeldung zu machen. Und meine stündliche Lagemeldung lautet: Mir ist langweilig. Todlangweilig.«

»Das war schon die letzten fünfmal deine Lagemeldung.«

»Und jedes Mal hat es gestimmt.«

»Mir ist auch langweilig«, sagt Temmin und kriecht zu ihnen. »Im Ernst, das ist schrecklich. Ich möchte jeden Grashalm auf diesem Planeten niederbrennen. Und jeden Dornenbusch. Und jeden Moskito.« Wie um seine Worte zu unterstreichen, schlägt er sich auf den Handrücken. »Seht ihr? Widerlich. Ich hätte auf Chandrila bleiben sollen.«

»Können wir nicht einfach zurück nach Kai Pompos?«, fragt Sinjir. »Wir könnten bei Einbruch der Dunkelheit dort sein. Es gibt eine kleine Bar am Dorfrand. Die haben ihre eigene Destille, wo sie diese Wurzel fermentieren, diese Korvawurzel. Also, warum fliegen wir nicht zurück, kippen ein paar Gläser unter den Monden von Irudiru und überlegen uns eine neue Strategie …«

»Wir sind hier, um Informationen zu sammeln«, entgegnet

Norra. Sie fühlt sich wie eine Mutter, die ihre kleinen Kinder anweist stillzuhalten. »Und wir bleiben hier, bis alle Informationen gesammelt sind.«

»Das Einzige, was wir sammeln, sind Moskitostiche«, sagt Temmin. »Der Kerl kommt nicht raus. Er hat sich da drin eingegraben wie ein Blutkäfer.« Sie hörten Gerüchte darüber, dass Aram ein Großwildjäger sei, und sie hofften, dass ihnen das eine Möglichkeit bieten könnte, nahe an ihn heranzukommen. Doch bislang haben sie kein Glück. Niemand hat das Wohnhaus verlassen, um Vorräte zu besorgen. Oder auch nur, um frische Luft zu schnappen. Sie haben keine Spur eines lebenden Wesens gesehen. Da sind nur die Droiden. »Wir sollten Folgendes tun. Wir nehmen Mister Bones ...« Bones sitzt hinter ihnen, den Skelettkörper zusammengefaltet, den Kopf gebeugt und die Arme um die Knie geschlungen. »... und lassen ihn da runtermarschieren. Wenn er den Kerl gefunden hat, zerrt er ihn hier herauf, und wir können ihn befragen. Ganz einfach.«

»So einfach, wie Vögel mit einem Hammer zu jagen«, murmelt Sinjir.

»Still, ihr alle«, knurrt Jas. »Temmin, hast du gebaut, was ich dir gesagt habe?«

»Ja.« Er wühlt in seiner Tasche herum, und als er den Arm hebt, liegen zwei kleine Gegenstände auf seiner Handfläche. Eines sieht aus wie eine Patrone aus einem Kugelwerfer, aber sie ist modifiziert – die Hülse ist birnenförmig ausgewölbt, und an der Spitze befinden sich vier kleine Zacken, wie Insektenmandibeln. Der zweite Gegenstand ist rund, nicht größer als ein Knopf, und eine kleine, gekrümmte Antenne ragt aus der Oberseite.

»Eine Wanze«, erklärt Temmin. Er klingt, als wäre er von sich selbst beeindruckt.

»Als ob es auf diesem Planeten nicht schon genug Krabbelvieh geben würde«, brummt Sinjir. »Versteht ihr? Weil eine Wanze auch ein ... Genau wie ... Ach, vergesst es einfach. Was machen wir jetzt mit dem Ding, Jas?«

»Es gibt nichts zu sehen, aber vielleicht gibt es ja etwas zu hören. Ich lade die Kugel in mein Gewehr und feuere die Wanze direkt vor das Wohnhaus. Dann ...« Sie hebt den zweiten Gegenstand in die Höhe. »... können wir mit diesem improvisierten Ohrknopf lauschen.«

»Gar nicht dumm«, sagt Sinjir. »Auch wenn ich noch immer nicht weiß, was ich hier soll.«

Jas drückt ihm den Ohrknopf in die Hand. »*Du* wirst das Lauschen übernehmen.«

»Welch Freude.« Er schneidet eine Grimasse, während er den Knopf nimmt und ins Ohr stöpselt.

Die Kopfgeldjägerin zieht ihren Kugelwerfer vom Rücken. Norra beobachtet erneut mit dem Fernglas das Anwesen.

Eine Tierherde hat sich dem unsichtbaren Verteidigungsgürtel genähert – Kreaturen mit langen Beinen und langen, ledrigen Hälsen. Dutzende von ihnen. Einige bleiben Stehen und knabbern an den *Ki-a-ki*-Büschen, die anderen verscheuchen mit den knochigen Auswüchsen auf ihren schmalen Schnauzen die Moskitos. Norra ist ziemlich sicher, dass es Morak sind. Groß und kräftig, aber Pflanzenfresser. Trotzdem möchte sie nicht unter diese langen Beine geraten – Beine, die in klauenbewehrten Füßen enden.

Jas legt mit dem Kugelwerfer an, klappt zwei Standbeine am Ende des Laufs aus, um die Waffe zusätzlich abzustützen, und presst das Auge ans Zielfernrohr. Norra beobachtet sie durch das Gras, während Jas tief einatmet, dann langsam ausatmet, bis ihre Lunge leer ist. Sie ist nun völlig reglos ...

Gar nicht mal so viel anders als das, was Luke Leia beigebracht hat, oder?

Die Welt aussperren. Konzentriert sein, aber an nichts denken.

Wie ein Gefäß, das mit allem gefüllt werden kann.

(Nur, dass Jas das nur tut, um zielgenauer Leute zu töten.)

Der Finger der Kopfgeldjägerin schließt sich um den Abzug. Doch dann ...

Heben die Morak plötzlich alle gleichzeitig die Köpfe. Etwas hat sie alarmiert.

Norra streckt den Arm aus und berührt Jas an der Schulter. »Warte.«

»Was ist?«, will sie wissen.

»Irgendetwas geschieht da unten.«

Sinjir pult den Knopf aus seinem Ohr. »Das Ding hat eine Störung. Es macht so ein ... hohes, heulendes Geräusch. Nicht auszuhalten.«

Unter ihnen setzen sich die Morak in Bewegung. Die gesamte Herde geht innerhalb weniger Schritte vom Trott in einen wilden Galopp über. Ihre langen, dürren Beine katapultieren sie dabei mit einer Geschwindigkeit vorwärts, die Norra ihnen gar nicht zugetraut hätte.

Die Tiere halten auf den Hügel zu, auf dem sie und ihr Team warten.

Und sie kommen immer näher.

Der Boden unter ihnen beginnt zu vibrieren.

Aber der Hang ist bestimmt zu steil. Sie können nicht ...

Die Morak erreichen den Fuß des Hügels und beginnen, seine Flanke hochzustürmen. Ihre Füße graben sich in die Erde, und jetzt versteht Norra, welchem Zweck ihre Klauen dienen. Staub wirbelt hinter der Herde auf.

Sie kommen direkt auf uns zu.

»Wir müssen hier weg!«, ruft sie. »*Schnell!*«

Gemeinsam mit den anderen springt sie aus ihrem Versteck auf, dann wirbelt sie herum und rennt durch das Gras davon. Die Herde erreicht die Hügelkuppe, blökend und Schleim aus ihren Nüstern schnaubend. Der Boden bebt nun, und die Tiere setzen ihre wilde Flucht fort.

Das Gras schneidet in Norras Arme, aber sie hat keine Zeit, sich darum zu kümmern. Alle rennen um ihr Leben – alle außer Bones, der noch immer irgendwo hinter ihnen sitzt und hoffentlich widerstandsfähig genug ist, um den Tritten und dem Trampeln der Moraks standzuhalten. Sie ist nicht mal sicher, in welche Richtung sie sich wenden soll. Geradeaus weiter? Nach links? Nach rechts? Die Morak sind inzwischen direkt hinter ihnen …

Ein Tier galoppiert donnernd an Norra vorbei und streift sie mit seinem langen Hals. Es ist doppelt so groß wie sie, und sie kann ihm nur mit knapper Not aus dem Weg gehen. Doch die nächsten Moraks nahen bereits. Sie kann es zwar noch nicht sehen, aber vor ihr senkt sich das Hügelplateau ab. Was soll sie tun? Soll sie den Hang hinabhasten und hoffen, dass sie nicht stolpert? Sich ducken und beten, dass die panischen Tiere sie nicht zertrampeln?

Die Kopfgeldjägerin sprintet neben ihr dahin, und als ein Morak von hinten auf sie zuwalzt, schlägt Jas mit dem Kolben ihres Kugelwerfers danach. Das Tier weicht torkelnd von ihr fort – und hält nun direkt auf Norra zu. Es stößt sie an, sie gerät ins Taumeln … Dann verliert sie das Gleichgewicht und …

Temmin packt sie am Gürtel und zieht sie nach hinten. Es reicht gerade, um wieder die Beine unter ihren Körper zu bringen. Sie will gerade ihrem Sohn danken …

Doch sie bekommt keine Gelegenheit dazu.

Ein Geräusch rollt über sie hinweg, ein hohes Summen, und unvermittelt drehen die Moraks seitlich ab. Es ist, als wäre da eine unsichtbare Mauer, an der sie entlangstürmen. Norra denkt: *Was immer diesen Laut verursacht, den Sternen sei Dank dafür.*

Doch da landet etwas vor ihnen im Gras. Das Ding rollt dahin und überschlägt sich dabei, wie ein Stein, den jemand geworfen hat. Dann piepst es dreimal in schneller Folge, gefolgt von dem Geräusch einer Implosion. *Flupp.* Die Luft ringsum glüht auf, ein harscher, greller Lichtblitz. Eine Schockwelle prügelt die Luft und trifft Norra wie ein Donnerschlag. Mit einem Mal ist sie blind und taub; ihre Ohren klingeln, ihr Sehvermögen ist von einer Sturmwelle gleißender, weißer Helligkeit hinfortgefegt. Sie greift nach dem Blaster an ihrer Seite, zückt ihn – doch er wird ihr aus der Hand geschlagen und fällt zu Boden.

Ein Umriss taucht vor ihr auf, als das weiße Licht zu verblassen beginnt. Ein Umriss in der Form eines Menschen. *Aram hat uns erwischt*, denkt sie. *Wir dachten, wir würden ihn beobachten, aber dabei war er es, der uns beobachtet hat.*

Sie beugt sich vor, will nach ihrer Waffe tasten.

»Keine Bewegung«, sagt eine Stimme. Leise, aber drängend.

Die Gestalt tritt vor. Norra kann zwei erhobene Blaster ausmachen, einen in jeder Hand, und einer davon ist direkt auf sie gerichtet. »Mein Name ist Han Solo. Captain des *Millennium Falken.* Und wer zur Hölle seid ihr?«

17. Kapitel

Die kleine Cantina hier ist weniger eine Bar und mehr eine bunt zusammengewürfelte Ansammlung von Schrott und Müll. Das Team sitzt unter einem Drahtnetz in einer Nische, die von Wrackteilen gebildet wird: dem von Feuer versengten Fuß eines AT-AT-Läufers; zusammengerollte Laufketten; Munitionskisten, deren Deckel hochgeklappt sind, sodass man die gequälten Augen vergessener, deaktivierter Droiden sehen kann.

Sie sitzen und starren den Mann an, der als Han Solo bekannt ist.

Auf dem Plateau haben sie ihn beinahe nicht erkannt. Der struppige Bart machte es schon schwer genug, außerdem trug er ein Ensemble aus abgewetzten Fetzen – Fetzen, deren Farbe der des Durstgrases gleicht, wie Jas später klar wurde. Nicht schlecht. Sein Haar ist auch länger. Zotteliger. Ungekämmt.

Hier, jetzt, erkennt sie an ihm das Selbstbewusstsein eines Schmugglers, eine leichte Arroganz, um die er sich nicht erst bemühen muss. Sie ist ein Teil von ihm. Teil des berühmten Solo-Charmes. Gut aussehen tut er, daran lässt sich nicht rütteln. Er hat etwas Spitzbübisches an sich. Falls sich die Gelegenheit ergäbe, würde Jas ihn sicher nicht von der Bettkante stoßen. An dieser Stelle wandern ihre Gedanken wie von selbst zu Jom. *Dieser Feigling.* Sie versucht, ihren Zorn auf den alten Soldaten höher züngeln zu lassen, als er es eigentlich tut, aber es funktioniert nicht. Sie vermisst ihn trotzdem.

Solo lehnt sich zurück, den Arm über die Lehne eines leeren Stuhls gelegt. Da ist noch etwas an ihm, jenseits dieses prahlerischen Zuges und des Charmes, und der Blick, den Sinjir ihr zuwirft, zeigt Jas, dass er es ebenfalls sieht. Solo ist angespannt. Sicher, ein Schmuggler ist immer angespannt. Aber das hier ist anders.

Han Solo ist *wütend.*

Und nicht nur auf sie, denkt Emari.

Der Wirt, ein Bith, schlurft herbei, sein rechtes Bein kaum mehr als eine krude Metallprothese, und stellte Gläser für sie auf den Tisch. Korva. Das Zeug, von dem Sinjir gesprochen hat. Der Geruch allein würde ausreichen, um die Schaltkreise eines Astromech durchbrennen zu lassen. Die Dämpfe, die von dem Alkohol aufsteigen, lassen die Luft wabern. Der Bith platziert auch vor Temmin ein Glas, und Jas beobachtet, wie Norra dem Jungen das Glas wegschnappt, bevor er danach greifen kann. Seine Reaktion besteht aus einem gekränkten Schmollen.

Sobald der Wirt fort ist, beugt Solo sich vor.

»Wer seid ihr und was wollt ihr von Golas Aram?«

Die Gruppe wechselt unbehagliche Blicke.

Es ist Norra, die schließlich das Wort ergreift: »Wir sind nicht an Aram interessiert. Wir haben nach Ihnen gesucht.«

Es dauert einen Moment, ehe sich eine Reaktion auf seinem Gesicht zeigt. Er lacht, obwohl keine Belustigung in dem Laut mitschwingt. »Tja, dann Glückwunsch. Ihr habt mich gefunden. Ihr könnt eure Belohnung an der Tür abholen.« Solo räuspert sich. »Auf dem Weg nach draußen, falls ihr versteht, was ich meine.«

»*Sie* sind unsere Belohnung«, erwidert Jas.

Seine Hand ist nicht länger auf dem Tisch.

Sie weiß, dass er nach seinem Blaster greift. Die anderen scheinen es nicht zu merken. Sie haben keine Ahnung, dass er sie mit seinem DL-44 niedermähen wird, bevor sie auch nur ihre Holster aufklappen können. Vermutlich sollte sie versuchen zu verhindern, dass es überhaupt so weit kommt.

»Wir sind *keine* Kopfgeldjäger«, erklärt Jas und hebt die Hände, mit den Handflächen nach außen. Das universelle Zeichen, dass sie keine Gefahr darstellt.

Sinjir legt die Stirn in Falten. »Ja, ähm, du *bist* eine Kopfgeldjägerin.«

»Halt die Klappe, Sinjir.«

Hans Blick huscht von einem zum anderen. »Wer hat euch geschickt?«

»Sie wissen, wer«, sagt Norra.

Da. Dieser Argwohn, dieser Zorn, diese Härte – einen Moment lang verschwindet all das, als würde eine Maske fallen und sein wahres Gesicht preisgeben. Er sagt, was ihm bereits klar sein muss. »Leia.«

»Ihre letzte Nachricht endete abrupt. Sie glaubt, Ihnen ist etwas zugestoßen.«

»Oh, mir ist etwas zugestoßen. Ich war auf dem Weg hierher und begegnete einem Sklavenschiff der Dodath-Plünderer. Ohne Chewie als Kopiloten bemerkte ich sie zu spät, und als sie mich unter Beschuss nahmen, wurde meine Kommanlage zerstört. Wieder mal.«

»Sie hätten sicher eine andere Möglichkeit finden können, sie zu kontaktieren.«

Er zögert.

Norra sagt, was er nicht sagen will. »Sie wollten nicht, dass sie Ihnen folgt.«

»Natürlich nicht. Ich muss mich um meine Angelegenheiten kümmern, und sie hat ihre eigenen Probleme. Ich werde zurückkehren, wenn ich hier fertig bin.«

»Zu Hause warten ebenfalls Angelegenheiten auf Sie.« Einen Moment blicken Solo und Norra einander an. Sie hat einen Nerv getroffen. Jas fragt sich, ob die Frau vielleicht ein zu großes Risiko eingeht. Solo ist wütend, und Zorn kennt keine Logik. Hier ist ein Mann, der sich in eine Ecke gedrängt fühlt. Festgenagelt von seiner Verantwortung und seiner Schuld.

Wexley fährt fort: »Wir helfen ihnen, Ihren Wookiee zu finden.«

»Er ist nicht *mein* Wookiee. Chewbacca gehört niemandem, damit das mal klar ist, Schwester.« Erneut ringen widerstreitende Emotionen auf seinem Gesicht. Sanftheit und Trauer werden schließlich von neuem Zorn überwältigt. Han greift nach seinem Glas und wirft es über die Trennwand der Nische. Ein paar Meter entfernt zerbricht es mit einem lauten Klirren. »Ich habe Mist gebaut, und jetzt ist Chewie fort.«

Er lässt die Deckung sinken. Er bricht zusammen. Und er erzählt ihnen, was passiert ist.

»Uns bot sich eine Gelegenheit. Und nein, bevor ihr mich schief anseht, es ging nicht um ein Schmuggelgeschäft. Eine echte Gelegenheit. Eine, die einen Unterschied machen kann.

Chewie und ich, wir arbeiten schon seit langer, langer Zeit zusammen. Er ist mein Partner, nicht nur ein Handlanger. Oder ein Haustier. Und ganz sicher ist er nicht mein Sklave. Wir sind gleichberechtigte Partner. Wir teilen alles halbe-halbe, versteht ihr? Jede Belohnung von jedem Job. Die Kratzer und Wunden. Und manchmal teilen wir auch … die Lasten des anderen.

Er ist ein Wookiee von Kashyyyk, das ist seine Heimat. Aber es ist nicht mehr derselbe Planet. Ich war dort, ich habe gesehen, was das Imperium daraus gemacht hat. Sie haben die Bäume entwurzelt. Sie haben den Wookiees Fesseln und Sklavenkragen angelegt. Manche von ihnen haben sie einfach erschossen. Andere wurden mit Schiffen fortgebracht, um die schlimmsten Arbeiten zu erledigen, die das Imperium zu bieten hat. Sie haben Chewie seine Heimat weggenommen. Mein einziges Zuhause ist der *Falke*, aber Chewie? Er hat ein Zuhause. Und er hat es verdient, dorthin zurückkehren zu können. Er hat eine Familie, müsst ihr wissen.

Ich habe ihn gerettet – zumindest behauptet der große, pelzige Trottel das, aber eigentlich war es genau anders herum. Er hat mich gerettet. Ich war auf einem Kurs, der nur ins Unglück führen konnte, und Chewie hat den Steuerknüppel herumgerissen. Mehr als einmal hat er mir den Hals gerettet. Er meint, es sei Teil einer *Lebensschuld* – es gibt ein Wort dafür in seiner Sprache, aber falls ich versuche, es auszusprechen, verrenke ich mir die Zunge. Aber auch wenn ich es nicht aussprechen kann, ich weiß, was es bedeutet. Dass er mir sein Leben schuldet.

Das ist natürlich Unsinn erster Güte. Er ist mir überhaupt nichts schuldig. Im Gegenteil, schulde ich *ihm* etwas. Ich bin ihm schuldig, dass er nach Hause zurückkehren kann. Darum habe ich keine Sekunde gezögert, als sich diese Gelegenheit ergab. Die Rebellen … die Republik … wie immer sie sich nennen wollen … Sie wollten nichts davon wissen. Ich versuchte, ihnen klarzumachen, wie wichtig die Befreiung von Kashyyyk ist, aber sie winkten nur ab. *Nicht strategisch wichtig*, sagten sie. *Noch nicht. Aber bald.* Bla-bla-bla. Bürokratie und Strategie und Kriegsplanung? Sie machten mich zum General, aber ich hatte keine Ahnung, was ein General tut. Ich halte mich nicht an irgendetwas, was auf einer Schlachtkarte steht. Ich folge dem hier. Ich folge meinem Bauch. Mein Bauch weiß immer, was zu tun ist.

Zumindest dachte ich das. Ich stürzte mich auf diese Gelegenheit, ohne nachzudenken. Imra, die Schmugglerin, die mir dieses kleine Geschenk überbrachte – nun, es zeigte sich, dass sie auf der falschen Seite steht. Das Imperium muss irgendetwas gegen sie in der Hand haben, also erklärte sie sich bereit, mich in eine Falle zu locken. Und nicht nur mich. Uns alle. Ich forderte ein paar Gefallen ein, rief ein paar Schmuggler in der Nähe der Warrin-Station zusammen, und das ist nicht alles. Ich rief auch mehrere andere Wookiees, die im Exil leben. Die ich kannte und von denen ich wusste, dass sie dem Imperium eins auswischen wollen. Dass sie ihre Heimat zurückhaben wollen.

Wir alle kamen dort zusammen – ein halbes Dutzend Schiffe voller Leute, die bereit waren, mir zu helfen. Na gut, schön, vielleicht habe ich ihnen eine Begnadigung versprochen, obwohl ich nicht wusste, ob ich dieses Versprechen auch halten kann. Ich meine, ich bin kein Jedi. Ich kann nicht einfach mit dem kleinen Finger wackeln und jemanden zum Tanzen bringen. Aber da waren wir nun. Ich schickte Chewie an Bord des Kanonenbootes von Kirratha, einem Wookiee-Piraten. Und plötzlich werden wir angegriffen. Zwei Sternzerstörer und ein Schwarm imperialer Sternjäger. Sie sind überall. Und sie schießen uns in Stücke. Das Triebwerk von Kirrathas Schiff wurde zerstört, sie konnten nicht fliehen – und Chewie war noch immer an Bord. Die meisten Schiffe wurden völlig vernichtet, die übrigen mit Traktorstrahlen festgehalten. Und ich ...

Ich hab Fersengeld gegeben und bin abgehauen. Ich wusste nicht, was ich sonst tun sollte. Ich dachte, meine beste Chance, Chewie und die anderen zu befreien, wäre vom Cockpit des *Falken* aus, nicht in irgendeiner Zelle an Bord eines Sternzerstörers. Aber inzwischen weiß ich: Ich war einfach nur feige. Ich hätte bei ihnen bleiben sollen. Bestimmt hätte ich einen Weg gefunden, uns da rauszuhauen. Ich hätte Chewie nicht im Stich lassen dürfen. Ich hätte diese Last mit ihm teilen solle, so wie immer. Jetzt ist er irgendwo dort draußen und trägt die Last ganz allein.

Seitdem habe ich die Galaxis nach ihm abgesucht. Jeder schäbige Imperiale, den ich finden konnte, hat mir gesagt, was er wusste, oder ich habe ihm die Zähne eingeschlagen. Schließlich fand ich heraus, was mit ihm passiert ist.

Sie haben ihn nach Kashyyyk gebracht. Zurück nach Hause.«

Seine Augen glänzen feucht. Seine Lippe zittert, während er sich am Bart kratzt. Und Jas versteht.

Ja, Solo ist wütend.

Aber er ist wütend auf *sich selbst.*

»Was wollen Sie dann von Golas Aram?«, fragt Norra. »Warum sind Sie hier draußen?«

Der Schmuggler zögert. Vielleicht ist er noch immer nicht sicher, ob er ihnen trauen kann. Jas kennt das Gefühl.

Schließlich sagt er: »Es heißt, Chewie wäre an Bord eines Gefangenentransporters zu Ashmeads Riegel gebracht worden, ein Hochsicherheitsgefängnis auf Kashyyyk. Ich weiß nicht viel darüber, nur, wer es entworfen hat.«

»Golas Aram«, murmelt Jas.

»Genau. Ich habe ihn beobachtet. Dann seid plötzlich *ihr* aufgetaucht und habt um ein Haar alles ruiniert. Hätte ich nicht diese Morak-Herde durchgehen lassen, hättet ihr eure Wanze auf sein Haus abgefeuert. Ihr müsst wissen, dass Golas paranoid ist. Und ich meine, *wirklich* paranoid. Er lässt routinemäßig das gesamte Anwesen scannen. Er hätte die Wanze vor Einbruch der Dunkelheit entdeckt und euch seine Jagddroiden auf den Hals gehetzt – und *mich* hätten die natürlich auch gefunden.« Er schiebt seinen Stuhl nach hinten und steht auf, die Arme erhoben. »Ihr habt mich gesucht. Hier bin ich. Gut gemacht. Jetzt geht und sagt Leia … nun, sagt ihr, was immer ihr wollt, aber ich will nicht, dass sie hierherkommt, um mir zu helfen. Ich will nicht, dass sie sich in Gefahr begibt. Wie wäre es damit: Sagt einfach, es geht mir gut, und ich werde bald wieder nach Hause kommen.«

»Wann?«, fragt Norra.

»Sagt einfach, ich werde *rechtzeitig* wieder da sein.«

Mit diesen Worten schiebt Solo sich an den anderen vorbei aus der Nische.

»Tja«, kommentiert Sinjir, »damit wäre das wohl erledigt. Mission erfolgreich beendet. Zeit, auf unseren Erfolg anzustoßen.« Er kippt sein Glas Korva hinunter und schüttelt sich, als der Alkohol seine Wirkung entfaltet. Anschließend hustet er so stark, dass er sich Tränen aus den Augen wischen muss. »Oh, dieses Zeug ist wirklich furchtbar. Es könnte …« Er rülpst. »Es könnte durchaus Gift sein.«

Die anderen sitzen schweigend da, nicht sicher, was sie nun tun sollen.

Schließlich ist es Norra, die das Wort ergreift. »Ich glaube, wir sollten …«

Ganz in der Nähe erklingen unvermittelt die Geräusche eines Kampfes. Ein erschrockener Schrei, ein klatschendes Schlaggeräusch und dann ein dumpfer Knall.

Sie eilen aus der Nische. Direkt hinter der Nische, in der Nähe der Korva-Destillieranlage, liegt eine reglose Gestalt. Han Solo.

Mister Bones steht breitbeinig über dem Bewusstlosen.

»ICH HABE DAS ZIEL GEWALTSAM RUHIGGESELLT«, zirpt der Kampfdroide, und kurzes, knisterndes Statikrauschen unterstreicht seine Worte. »MISSION ERFÜLLT. ICH BEGLÜCK-WÜNSCHE UNS ZU UNSEREM ERFOLG.«

18. Kapitel

Leia hört Stimmen jenseits der Tür. Sie beugt sich vor, und während sie lauscht, steigt Wut in ihr hoch.

Ackbar: »Die Allianzen in der Galaxis sind ein Flickenteppich. Zu viele Systeme stehen allein und rutschen in die Spalten, die sich zwischen unserem Territorium und dem Einflussgebiet des Feindes auftun. Wir wachsen langsamer, als das Imperium schrumpft. Wir schaffen es nicht, diese Lücken zu schließen.«

Mon Mothma: »Darum müssen wir unsere Unterstützung auf die Welten konzentrieren, die eher geneigt sind, sich der Neuen Republik anzuschließen, um eine Stimme im Senat zu haben.«

Einer von Mons Beratern, Hostis Ij: »Unsere Ressourcen sind weit verteilt, Kanzlerin! Aber es gibt vielleicht eine einfache Methode, neue Quellen für Nahrung, Treibstoff und andere lebenswichtige Vorräte zu erschließen ...«

Mons oberste Beraterin, Auxi Kray Korbin: »Oh bitte! Lassen Sie mich raten: ein stärkeres Militär? Verraten Sie uns doch, wie Streitkräfte uns bei diesem Problem weiterhelfen sollen?«

Hostis daraufhin: »Indem wir mehr Leute rekrutieren, haben wir mehr Soldaten, um Versorgungslinien zu sichern, die zuvor vom Imperium genutzt wurden. Bevor andere Elemente diese Ressourcen für sich beanspruchen.«

Es folgt weiteres Hin und Her. Zeit, sich in die Rancorgrube zu wagen.

Leia berührt die Kontrolltafel, und die Tür gleitet mit einem Zischen auf.

Die Jalousien vor den Fenstern des Sitzungsraumes sind heruntergelassen, aber an den Rändern quillt das helle Licht des chandrilanischen Tages herein wie Magma. An den Wänden reihen sich Holoprojektionen aneinander: Datenanzeigen, Systemkarten, Planetenkarten, Gitternetzdarstellungen. Sie zeichnen das Bild einer Galaxis im Chaos. Einer Galaxis, die gespalten ist – und nicht nur entlang der Frontlinie zwischen den verfeindeten Parteien der Neuen Republik und des Galaktischen Imperiums, sondern in diverse Fraktionen zersplittert. Diese Fraktionen werden einander bekriegen. Sie werden einander verschlingen. Und es werden neue Machtstrukturen entstehen, angeführt von Kriegsfürsten, von Despoten, Verbrecherbossen, Kultführern. Die Galaxis wird, kaum dass sie die Grausamkeit der imperialen Ordnung überlebt hat, in einen Mahlstrom aus Chaos und Wahnsinn gezerrt werden. Falls es der Neuen Republik nicht gelingt, einen Weg durch dieses labyrinthische Geflecht zu finden, dann wird die Zukunft hässlich, das weiß Leia. Dann steht ihnen eine *dunkle* Zeit bevor.

Alle Augen richten sich auf sie, als sie den Raum betritt.

Sie sind überrascht. Überrascht, obwohl sie ihren eigenen Sitz in diesem Raum hat – einen Sitz zwischen Mon Mothma und Admiral Ackbar, der gegenwärtig verwaist ist, weil niemand sie von diesem Treffen informiert hat. Man wollte sie ganz bewusst nicht bei dieser Besprechung dabeihaben.

»Leia.« Mon Mothma erhebt sich. »Willkommen. Nehmen Sie doch Platz.«

»Ich stehe lieber.« Sie hört die Frostigkeit in ihrer eigenen Stimme. Kurz überlegt sie, ob sie ihre Verärgerung unterdrücken soll, aber dann entscheidet sie sich dagegen. *Zeig ihnen ruhig, was du von ihren Winkelzügen hältst.* »Findet hier gerade eine Sitzung statt?«

»Bitte, verstehen Sie«, sagt Mon. »Sie machen gerade schwierige Zeiten durch. Ihr Ehemann ist verschwunden, dann diese unglückliche Situation mit diesem Team …«

»Ja. Überaus unglücklich.«

»Ich … Sie können natürlich jederzeit an der Diskussion teilnehmen und Ihre eigenen Überlegungen einbringen.«

»Ich habe es ihr gesagt«, erklärt Ackbar, seine Stimme ein schroffes Gurgeln.

Mon nickt. »Ich verstehe. Es war ein Fehler von mir, Leia. Ich hätte Sie einladen sollen. Ich dachte nur, Sie wären im Moment schon mit zu vielen anderen Dingen beschäftigt.«

»Leia ist mehr als nur das Gesicht unserer Bestrebungen in der Galaxis«, entgegnet der Admiral mit einem kleinen Nicken, wie um sich selbst beizupflichten. »Sie ist auch eine wertvolle politische Stimme. Eine intelligente, aufgeklärte und nötige Stimme.«

Einmal mehr merkt Leia, was für ein guter Freund Ackbar ist.

Doch Mon ist nur realistisch. Manchmal lässt sie das kalt erscheinen. Vor allem für eine Idealistin wie Leia, deren Leidenschaft gerne mal hochkocht. Sie werden natürlich Freunde bleiben, aber das bedeutet nicht, dass Organa sich eine solche Behandlung gefallen lassen sollte.

Dies ist ein kritischer Zeitpunkt für die Neue Republik. Als

Palpatine das Imperium gründete, ging er vor wie ein Parasit; eine Kreatur, die im Körper eines stärkeren Wirtes heranwächst, bis sie aus seiner Haut herausplatzt und die Kontrolle übernimmt. Das Imperium trat voll ausgeformt aus seinem grausigen Kokon hervor – es musste nur die Ressourcen für sich beanspruchen, die die dahinwelkende Republik bereits in ihrem Besitz hatte: Schiffe, Waffen, Soldaten, Vorräte. Die Neue Republik hat keinen derartigen Vorteil. Sie muss um jedes Schiff, jede Waffe, jede Ration und jeden bereitwilligen Soldaten kämpfen.

Mon möchte, dass dieser Übergang möglichst friedlich abläuft, was natürlich ein nobles Ziel ist. Einmal, spätabends, beichtete die Kanzlerin Leia ihre Ängste. Sie weiß noch genau, was geschah, als sich der Parasit Palpatine zum ersten Mal unter der Haut der Republik regte. Wie leicht es für ihn war, die Sorgen der Galaxis auszunutzen, System gegen System aufzuwiegeln, indem er die Feuer des Fremdenhasses, des Zorns und der Selbstsucht anfachte (bei dem Gedanken daran hört sie Lukes Stimme in ihrem Hinterkopf: *Die Mittel und Werkzeuge der Dunklen Seite, Leia*). Wie formt man ein Imperium? Indem man eine Republik stiehlt. Und wie stiehlt man eine Republik? Indem man ihre Bürger überzeugt, dass sie sich nicht selbst regieren können – dass die Freiheit ihr Feind und die Furcht ihr Verbündeter ist.

Palpatine war ein brillanter Puppenspieler. So brachte er sich selbst an die Macht. Er zog an allen Fäden, und die Galaxis tanzte nach seinen Launen.

Mon hat glücklicherweise keinerlei Interesse an solcher Macht.

Und sie hat bereits begonnen, Befugnisse abzugeben. Als Kanzlerin hat sie durch Wahlen die ersten Schritte auf dem

Weg zur Demilitarisierung vollzogen. Das ist ein Zeichen moralischer Stärke, aber auch ein Signal defensiver Verwundbarkeit (und Mothma die Autorisierung neuer Militärkontrakte – etwa für den Bau der *Starhawk*s – abzuringen, wird dadurch in etwa so schwer, wie einem widerspenstigen Tauntaun die Zähne zu ziehen). Was die Zerschlagung der verstreuten Überreste des Imperiums angeht, so scheint Mon darauf zu hoffen, dass sich diese Infektion von alleine ausbrennt. Die Republik soll sich wehren, falls nötig, und sich ansonsten zurücklehnen und zusehen, wie die Antikörper einer freien Galaxis den Rest erledigen.

Doch Leia fürchtet, dass sie die Infektion unterschätzt. Es ist nicht viel nötig, um die Krankheit wiedererstarken zu lassen. Und manchmal *mutieren* die Erreger dabei.

Schlimmer noch, was für ein Signal schicken sie dadurch den Systemen, die jetzt sofort die Hilfe der Neuen Republik benötigen? Das Imperium versklavt noch immer ganze Welten.

Wie Kashyyyk, denkt Leia.

Kashyyyk; ein Planet, bei dem die Neue Republik warten möchte, bis sich das imperiale Problem von selbst erledigt. Dem Ganzen liegt eine grimmige, übermäßig pragmatische Denkweise zugrunde. Die Wookiees sind keine wichtige Ressource für die Neue Republik. Weder militärisch noch politisch. Kashyyyk mag zwar Rohstoffe besitzen, aber die sind nicht wertvoll genug, um dafür Schiffe zu opfern (ganz zu schweigen davon, dass das Imperium die meisten dieser Bodenschätze ohnehin schon geplündert hat).

Doch genau darum geht es doch, oder? Um die Bereitschaft, Opfer zu bringen.

In die Leere zu springen und jene zu retten, die Hilfe benötigen. Seinen *Freunden* zu helfen.

»Wir streiten uns darüber, ob wir das Militär stärken oder Teile davon abbauen sollen«, sagt Leia plötzlich. »Aber wir vergessen, dass wir das Privileg haben, in weichen Sesseln, viele Parsec vom eigentlichen Kampfgeschehen entfernt über diese Dinge zu diskutieren. Wir debattieren darüber, was vernünftig und was praktisch ist, während dort draußen Personen leiden. Wissen Sie, was die Leute wirklich von der Neuen Republik wollen?«

Mon Mothma überlässt ihr das Wort. »Bitte.«

»Sie wollen, dass wir Helden sind.«

Ein Moment vergeht, in dem einige Anwesende unbehaglich lachen. Doch schließlich erkennen auch sie, dass Leia es absolut ernst meint.

Mon nickt. »Ich weiß. Sie haben nicht unrecht. Sie sind eine Heldin. Und Sie haben uns allen geholfen, die Helden zu sein, die die Galaxis braucht, um an diesen Punkt zu gelangen. Aber Leidenschaft und Idealismus müssen mit der Realität vereinbart werden. Das ist die Aufgabe dieses komplexen, vielschichtigen Uhrwerks, das wir Regierung nennen.«

Leia versteift sich. »Und genau deshalb scheitern wir. Das hier ist keine Maschine, Kanzlerin. Wann haben wir angefangen, es als Regierung zu betrachten, und nicht länger als Vereinigung von Leuten, die anderen helfen wollen? Wir konzentrieren uns auf … Territorien und Logistik und *Abstimmungen*. Wir sehen nicht länger Herzen und Hände und *Gesichter*. Je länger wir so weitermachen, desto mehr verlieren wir uns. Und die Galaxis.«

»Eine galaktische Regierung zu führen ist alles andere als einfach.«

»Dann will ich keine galaktische Regierung führen!« Die Worte kommen lauter über ihre Lippen, als sie beabsichtigt hat. Alle Anwesenden sind von ihrer Intensität überrascht. *Leere deinen Kopf. Finde deine innere Mitte.* Sie muss sich beruhigen. Aber sie kann nicht.

Leise sagt Mon: »Ich nehme an, es geht hier um Kashyyyk. Um Han.«

»Wir hätten den Wookiees helfen sollen.« Ihre Stimme zittert vor Wut und Sorge.

»Ich verstehe.« Mothma spricht zu ihr wie eine Mutter zu ihrem tobenden Kind: langsam, ruhig, mit einem nachsichtigen Unterton. *Sie redet von oben herab mit mir. Sie ist meine Freundin, und sie redet mit mir, als wäre ich ein kleines Mädchen.* »Aber wie ich Ihnen bereits erklärte, wir haben die Daten analysiert, wir haben die Simulationen durchgespielt, und im Moment gebietet die Logik einfach, dass wir uns erst auf andere …«

»Logik!«, schnappte Leia. »Aber was gebietet unser Herz? Ich fürchte, Sie haben recht. Ich hätte nicht herkommen sollen.«

Ackbar ruft ihr noch hinterher, aber sie bleibt nicht stehen, sondern marschiert hastig aus dem Sitzungsraum.

Wenn sie doch nur die Tür zuknallen könnte. Doch sie gleitet mit einem leisen Zischen hinter ihr zu.

Eine schimmernde Übertragung erscheint über Rax' Schreibtisch. Sie zeigt das Gesicht eines Bith – ein Cantinawirt von der abgelegenen Welt Irudiru. Dass er sich meldet, kann nur gute Neuigkeiten bedeuten.

Der gewaltige Schädel des Bith dreht sich erst nach links, dann nach rechts, als wolle er sichergehen, dass er allein ist. Anschließend erklärt er: »Sie sind hier. Und sie sind zusammen.«

Ein Lächeln breitet sich auf Rax' Gesicht aus wie ein hungriges Feuer. Diese Neuigkeit wärmt ihm das Herz. Es hat zu lange gedauert, um an diesen Punkt zu gelangen. So viele Puzzleteile mussten in die richtige Position geschoben werden. Und wie *stur* einige dieser Teile waren! Ein überzeugendes Rätsel und eine wirksame Bedrohung zu erschaffen ist komplizierte Detailarbeit. Man muss die theatralischen Momente richtig setzen, ohne es dabei zu übertreiben. Sollte irgendjemand seine Hand entdecken, die im Hintergrund die Fäden zieht, würden seine Spielfiguren ihm durchgehen wie eine Meute wilder Tiere.

Der nächste Akt beginnt, denkt Gallius Rax.

Laut sagt er: »Gut. Halte weiter die Augen offen. Die Credits sind unterwegs.« Damit unterbricht er die Verbindung.

Er überlegt, ob das Puzzleteil Golas Aram noch einmal zurechtgerückt werden sollte. *Geduld*, tadelt er sich dann. Alles ist, wie es sein soll. Der Mechanismus wird sich von selbst entfalten.

Auch Sloane ist Teil dieses Mechanismus

Sie ist jemand, der seinen Schatten hinter den Kulissen entdeckt hat. Das ist das Problem. Aber vielleicht kann er dieses Problem noch zu seinem Vorteil nutzen.

Es ist Zeit, sie zu sich zu rufen.

Zeit für einen letzten Test.

Der Raum ist weiß und größtenteils leer. Die Wände sind gepolstert, und durch die zahlreichen Fenster strömt hell und strahlend das Sonnenlicht herein.

Das Einzige, was sich in diesem Raum befindet, sind Leia und eine Topfpflanze.

Die Pflanze ist ein Setzling der Sanktuariumbäume von Endor. Einige nennen sie auch Schlangenbaum, weil die dunklen Zweige in organischen Knoten verwoben sind.

Dieses Bäumchen entwuchs einer kleinen, knolligen Eichel, die Leia von dem Ewok Wicket geschenkt bekommen hat. Die Prinzessin hat die Pflanze in einem Kübel chandrilanischer Erde herangezüchtet, und zu ihrer Verblüffung und Freude gedeiht und wächst der Setzling seitdem.

Er ist der Fokus ihrer Meditationen – wie Luke es vorgeschlagen hat. Nachdem sie aus dem Sitzungsraum gestürmt ist, hat sie beschlossen, dass es wohl das Beste wäre, hierherzukommen und sich auf etwas anderes zu konzentrieren als auf die gegenwärtige Lage der Galaxis oder die aufkeimende Neue Republik. Oder das nagende Gefühl tief in ihr, dass Mon Mothma sie betrogen hat – ein kleiner Betrug zwar, aber dennoch bedeutungsvoll.

Leia setzt sich in der Mitte des Raumes vor die Pflanze.

Sie klärt ihr Bewusstsein.

Und dann versucht sie, das Bäumchen zu *fühlen*.

Das tut sie mindestens ein Mal jeden Tag.

Doch bislang hat sie den Setzling noch nie gespürt.

Was aber ganz sicher nicht daran liegt, dass sie es nicht versucht! Sie sitzt da, atmet tief aus und versucht dann, sich von ihren Gedanken zu befreien. Genau, wie Luke es ihr beibrachte. Dieser Teil stellt nur noch selten ein Problem dar. Doch er meinte auch, dass es möglich ist, die Lebenskraft eines Wesens oder einer Pflanze durch die Macht zu fühlen.

Sie hat ihm erklärt, dass sie dazu einfach nicht in der Lage ist. Dass sie sie nicht beherrscht, diese mystische, immaterielle Energie, die ihr Bruder kontrollieren kann, ebenso wie (und bei diesem Gedanken rinnt ein Schauder durch ihre Wirbelsäule) ihr Vater es einst konnte. Ihr *echter* Vater.

Luke versicherte ihr, dass sie im Lauf der Zeit noch lernen wird, die Macht zu spüren, so wie er. Was ihn so zuverlässig macht, ist, dass sie in der Wolkenstadt seinen Schmerz fühlen konnte, damals, als er kraftlos und verletzt an einer Strebe hing, kurz davor, in die wogenden Wolken hinabzustürzen. Er hat versprochen, sie zu unterrichten.

Und einige Dinge hat er ihr auch beigebracht.

Doch dann? Dann verschwand er.

Genauso, wie Han verschwand.

Luke ...

Sie spürt, wie sich ihr Geist ihrem Bruder zuwendet. Ihre Gedanken strecken sich nach ihm aus wie Zweige, die sich der Sonne entgegenrecken. *Ich brauche dich hier. Ich brauche deine Hilfe.* Manchmal legt Luke noch immer die Naivität eines Farmjungen an den Tag, aber im Moment könnte sie ein wenig Naivität gebrauchen.

Ein Durcheinander von Gefühlen rast durch ihren Kopf. Die Frustration über die politische Komplexität, die Liebe zu (und die Wut auf) Han, der Verlust von Luke, und über allem: die beständige Sorge um das Leben, das sie in sich trägt ...

Ihre Haut prickelt. Unvermittelt hat sie das Gefühl, als würde sich ihr Geist von ihrem Körper lösen. Schwindel überkommt sie.

Oh.

Da! Das ist es. Es spült über sie hinweg – ein Bewusstsein, wie sie es noch nie wahrgenommen hat. Ein pulsierendes Glühen, flackernd und doch kräftig.

Es ist nicht die Pflanze. Es ist nicht Luke. Auch nicht Han. Es ist ihr Kind.

Doch es ist nicht einfach nur das Wissen um das Leben, das in ihrem Leib heranwächst – das Gefühl kennt sie schon. Sie spürt die Gegenwart und die Bewegungen der kleinen Person, die sie in sich trägt (und auch all die anderen Dinge kennt sie schon: das Sodbrennen, die Übelkeit vor dem Frühstück, die Übelkeit nach dem Frühstück, der Hunger nach der Übelkeit ...).

Doch das hier geht weit darüber hinaus. Es ist etwas, das nicht von ihr selbst ausgeht, kein körperliches Gefühl. Es ist überall um sie, hüllt sie ein wie der Duft eines Blumenmeers. Und es lässt sie das Bewusstsein ihres Kindes spüren. Sie nimmt Intelligenz und Entschlossenheit und Scharfsichtigkeit wahr. Und beim Blut von Alderaan, er wird eines Tages einen hervorragenden Kämpfer abgeben!

Moment.

Er?

Es ist ein Junge.

Es ist ein Junge.

Ihre Hände zucken vor ihren Mund, und sie lacht und weint gleichzeitig. Das, denkt sie, ist die Helle Seite, von der Luke ständig redet – das Versprechen des Lichts, das Versprechen eines neuen Lebens ...

Und dann zieht sich der schwarze Ring der Dunklen Seite um ihre Freude zusammen wie eine Schlinge. Denn dicht auf den Fersen ihrer Freude folgt die Angst – eine Angst, die wie ein länger werdender Schatten von ihr Besitz ergreift. Die Angst, ein Kind in diese instabile Galaxis zu setzen. Die Angst, dass Han tot sein könnte – und auch Luke. Wird das Kind ohne Vater aufwachsen müssen? Ohne Onkel? Ohne Mentor? Was ist ihr Erbe, und was das Erbe des Jungen?

Der Atem stockt ihr in der Brust. Sie muss sich zwingen, Luft zu holen.

Leere deinen Geist. Verdränge alles. Konzentrier dich, Leia. Konzentrier dich.

Sind das ihre Gedanken?

Oder sind es die von Luke?

Das Imperium hat nur wenig für die Farbenpracht des Lebens übrig, hüllt stattdessen praktisch alles in kaltes Grau. Doch Gallius Rax ist auf einer toten Welt aufgewachsen, und er hat es sich nicht nehmen lassen, auf einem der oberen Decks der *Ravager* einen kleinen Garten anzulegen. Einen Ort, der ihm Trost spendet.

Hinter ihm räuspert sich Rae Sloane.

Er dreht sich nicht um, aber er vermutet, dass sie einen Blaster trägt. Sie vertraut ihm nicht, und ihr muss klar sein, dass sie nicht allzu viele Optionen hat. Eine davon, die ihr im Moment besonders verführerisch erscheinen muss – weil sie eine Stärke demonstriert, die niemand leugnen kann –, wäre es, ihm ein Loch in den Rücken zu brennen.

Doch Flottenadmiral Rax hofft, ihr einen anderen Weg aufzeigen zu können.

»Sie verabscheuen mich«, sagt er, die Augen auf den Stiel einer rotblättrigen Kubaripflanze geheftet. Ihre Blüte hat zahlreiche Schichten, jede in die jeweils nächste gefaltet. Die schönsten Blätter mit dem intensivsten Rot sind ganz innen verborgen.

»Nein«, erwidert sie. Zweifelsohne eine Lüge. »Natürlich nicht. Ich respektiere Sie.«

»Man kann jemanden respektieren und gleichzeitig verabscheuen. Genauso habe ich für unseren vorigen Imperator empfunden. Er war mächtig und verdiente Anerkennung. Aber er war auch ein Monster, und er hat Fehler gemacht.«

Wäre Palpatine noch am Leben, wären diese Worte Ketzerei.

Vielleicht sind sie das immer noch, falls sie vor der falschen Person geäußert werden.

»Das mag ja sein«, sagt Sloane mit plötzlichem Unbehagen. »Aber falls Sie sich meinetwegen Sorgen machen, können Sie damit aufhören. Es ist nicht nötig.«

»Und doch tue ich es. Ich weiß, dass Sie Mas Amedda einen Besuch abgestattet haben. Ich weiß, dass Sie Nachforschungen über meine Vergangenheit angestellt haben, die weit über eine oberflächliche Überprüfung hinausgehen. Gehe ich richtig in der Annahme, dass Sie jetzt gerade nach diesem eleganten, verchromten Blaster an Ihrer Hüfte greifen? Nein, sagen Sie es mir nicht. Geben Sie mir nur ein paar Minuten.«

Die Reflexion auf dem Glas des Wandfensters zeigt ihm, dass Sloanes Hand in der Tat über der Waffe schwebt. Ganz dicht darüber.

Er rechnet ihr hoch an, dass sie nichts ableugnet. Er mag sie, und er würde es hassen, dieses Gefühl durch etwas so Erbärmliches wie eine banale Lüge getrübt zu sehen. Lügen müssen groß sein, spektakulär. Und sie müssen einen *Zweck* erfüllen.

»In Ordnung«, sagt sie.

Jetzt dreht er sich herum, die Arme zu einer einladenden Geste ausgebreitet. Sein Mund ist zur kalten Maske eines Grinsens verzerrt. »Ich möchte Sie in meinen Plan einweihen.«

Verwirrung huscht über ihr Gesicht wie ein Flackern über ein Holovid. »Warum? Und warum jetzt, nachdem Sie mich die ganze Zeit auf Distanz gehalten haben?«

»Weil ich von Natur aus misstrauisch bin. Und weil die Zukunft alles andere als sicher ist. Wir beschreiten einen schmalen Grat, und ich möchte das Imperium nicht in den Abgrund stürzen, weil ich den falschen Personen vertraue.«

Sloanes Augen werden schmal. »Sie ziehen die Fäden, Admiral. Ich weiß nicht, womit sie verbunden sind oder warum Sie daran ziehen. Ich weiß nicht mal, wer Sie sind oder woher Sie stammen. Sie sind ein Schemen, ein Schatten – und doch kontrollieren Sie das Imperium.«

»Im Geheimen. Aber *Sie* sind der Großadmiral, falls ich Sie daran erinnern darf.«

»Dem Namen nach, ja. Aber dass tatsächlich Sie die Zügel halten, ist nicht so geheim, wie Sie vielleicht denken. Viele Leute ahnen es bereits. Und bald wird es jeder wissen.«

»Wenn es so weit ist, werde ich beweisen, dass ich nurmehr Ihr getreuer Berater bin, indem ich Sie als nächste Imperatorin vorschlage.«

»Wer sind Sie, Admiral?«

Rax rollt mit den Augen. Was für eine brutale, sinnlose Frage. Es wäre Zeitverschwendung, sie auch nur einer Antwort zu würdigen. Als wäre die Identität eines einzelnen Mannes wirklich etwas Besonderes. Es ist der Mechanismus, der zählt, nicht die einzelnen Teile.

Also kommt er direkt zum Punkt.

»Ich plane einen Angriff auf Chandrila.«

Der Schreck steht ihr ins Gesicht geschrieben – zu behaupten, dass der Anblick ihm keine Genugtuung bereitet, wäre eine Lüge. Es bedeutet, dass sie nicht damit gerechnet hat – und wenn es sie überrascht, dann auch jeden anderen.

»Wir haben uns so lange zurückgehalten, haben gewartet ...«, beginnt sie.

»Und jetzt ist es Zeit, wieder die galaktische Bühne zu betreten und der Neuen Republik einen Schlag in ihr pochendes Herz zu versetzen. Unser Angriff wird sie ins Straucheln bringen.«

»Werden Sie die Flotten einsetzen, die sich in den Sternnebeln verstecken?«

Er lächelt hintersinnig, was Sloane als Bestätigung zu missverstehen scheint.

»Wann?«, will sie wissen.

»Bald. Die meisten Teile sind bereits am richtigen Fleck.«

»Was für Teile?«

»Das werden Sie schon bald erkennen.«

Sie braust auf: »Ich muss wissen …«

»Und *ich* muss Ihnen vertrauen können. Alles wird sich aufklären. Ich möchte, dass Sie an meiner Seite stehen. Sie sind genau das, was das Imperium braucht.« Während er den letzten Satz ausspricht, hofft er, dass es wirklich so ist. Dieser Test wird die Antwort bringen. Es ist der letzte von vielen, aber er selbst musste ebenfalls viele Prüfungen ablegen. »Vertrauen Sie mir?«

Sie zögert. »Ich weiß nicht.«

»Eine ehrliche Antwort. Gut. Sprechen Sie mit niemandem über unsere kleine Unterhaltung. Ich werde Sie wissen lassen, wenn der Moment gekommen ist. Halten Sie sich bereit.«

Und damit geht er an ihr vorbei. Die Unterhaltung ist beendet.

Intermezzo
Tatooine

Es ist nicht leicht, ein Wesen ohne Lebenszweck zu sein.

Einst war es das Ziel des Mannes Malakili, anderen Kreaturen einen solchen Zweck zu *geben*. Als Kind in den Slums
von Nar Shaddaa brachte er wilden Gugverms bei, nicht länger von den Essensständen zu stehlen – und im Lauf der Zeit
wurden sie seine Haustiere, seine Freunde, seine Beschützer.
Später zähmte und dressierte er eine Reihe von Tieren für die
Hutten-Zirkusse: Sanddrachen und Mörderschwingen, kleine
Wompratten, die er in kleine Anzüge steckte, und schließlich
sein ganzer Stolz, die Rancors. Diese Monster konnte außer
ihm niemand zähmen.

Und jetzt ist sein letzter Rancor, Pateesa, tot.

Von einem schwarz gekleideten Narren unter einer Schutz-
tür zermalmt.

Schlimmer noch, sein Lohnherr ist ebenfalls tot – ermordet
von demselben Narren und seinen grausamen Freunden. Malakili und die anderen blieben in Jabbas Palast zurück, nachdem seine Segelbarke in Flammen aufgegangen war, unschlüs-
sig, was sie nun tun sollten. Sie sagten sich, dass ein neuer
Hutte kommen würde, um den Platz auf der großen Liege ein-

zunehmen. Und so harrten viele aus, bis Nahrung und Wasser zur Neige gingen. Die ersten zogen davon, hinaus in die Wüste, wo sie zwischen den Dünen verschwanden. Kein Hutte kam. Die Galaxis veränderte sich. Konnte es sein, dass die Hutten einander bekämpften? Dass sich in einer Art Unterweltkrieg Wurm gegen Wurm wandte?

Malakili war der Letzte, der noch im Palast blieb.

Und dann, eines Tages, ging auch er.

Er hatte vor, das gewaltige Monster in der großen Grube von Carkoon zu zähmen (oder sich in seinen Schlund zu stürzen, falls er scheiterte), aber der mächtige Sarlacc war verletzt. Brennende Wrackteile der Segelbarke waren auf ihn herabgeprasselt. Sein Leib – der noch größer war, als das Maul vermuten ließ, das als Einziges aus dem Sand ragte – war halb ausgegraben, seine Stomaröhren waren aufgeschlitzt, und ein Großteil seiner Innereien war bereits von den emsigen Javas geplündert worden. Sie hatten Waffen und Rüstungen, Droiden und Werkzeuge herausgezogen. Und jede Menge Skelette, natürlich.

Das Monstrum von Carkoon hatte einen klaren Lebenszweck gehabt: zu warten und zu fressen. Jetzt konnte es nur noch heulen und sich im Griff seiner Plünderer winden. Malakili weinte um ein weiteres Leben, das seinen Sinn verloren hatte.

Er zog durch die Wüste, wie viele andere es taten. Dabei fühlte er sich wie ein Fetzen Stoff oder ein Stück Schrott, das über den Sand geweht wird, hierhin und dorthin, ohne Ziel. Ohne Zweck.

Und jetzt, denkt er, *werde ich sterben.*

Die Totschläger vom Roten Schlüssel fanden ihn, als er durch Mos Pelgo schlurfte. Er versuchte zu fliehen, aber er ist älter und langsamer als in seiner Jugend. Einer erwischte ihn von hinten, und jetzt?

Jetzt wird sein Gesicht in den heißen Sand gepresst. Ein Stiefel drückt auf seinen Nacken, und die Knochen in seinem Rücken knacken. Einer der Schläger – Männer, die behaupten, für das neue Bergbaukonglomerat zu arbeiten, ein Konglomerat, von dem selbst der naive Malakili weiß, dass es nur eine Fassade für ein Verbrechersyndikat ist – reißt ihm die Lederkapuze vom Kopf und drückt ihm einen Blaster an die Schläfe. Der andere zieht ihm die Tasche von der Schulter und kippt ihren Inhalt auf den Boden. Sein Wasserschlauch findet den Weg in die Hände des Kerls, der den Stöpsel herauszieht und vor Malakilis Augen den letzten Rest trinkt. Seine übrigen Besitztümer zieren den Sand: ein Glücksbringer aus Banthafell und -zähnen; ein kleiner Dolch, aus dem Knochen eines Taurückens geschnitzt; ein paar glänzende Droidenzahnräder, um die Javas zu bezahlen oder die grunzenden Sandleute zu beschwichtigen.

Der Kerl, der sich als Bivvam Gorge vorstellt, knurrt Malakili ins Ohr: »Was hast du sonst noch, Streuner? Dieses Gebiet gehört dem Roten Schlüssel, und Lorgan Movellan verlangt seinen Zoll. Du würdest doch nicht wollen, dass wir dir die Ohren oder deine Zunge abschneiden, oder?« Der zweite Schläger lacht durch seine Atemmaske.

Als müsste er beweisen, dass er es ernst meint, rammt Gorge ein glänzendes Jagdmesser in den Boden. Die Klinge dringt mit einem Zischen in den Sand.

Über ihnen erklingt plötzlich das Heulen eines Blasterstrahls ...

Und dann landet Gorge neben Malakili im Sand. Er fällt so steif um wie ein Evaporator, der von einem Bantha umgestoßen wird. Sein Kopf ist dem Banthawärter zugewandt, und Rauch steigt von den verbrannten Haaren an seinem Hinterkopf auf. Sein Mund bewegt sich noch kurz wortlos, dann werden seine Augen trübe.

Weiteres Blasterfeuer erfüllt die Luft. Der zweite Schläger knurrt wütend durch sein Atemgerät, aber nur kurz, dann stolpert er mit wedelnden Armen nach hinten. Das Gewehr gleitet ihm aus den Händen.

Er gesellt sich zu seinem Freund. Die Sonnen werden ihre Leichen braten.

Malakili bleibt reglos liegen.

Wer immer jetzt kommt, er ist noch schlimmer als diese beiden, insofern ist es wohl das Beste, sich tot zu stellen. Diesen Trick hat er von vielen der Kreaturen gelernt, die er dressierte. Beutetiere wissen: Der beste Schutz gegen ein Raubtier ist oft, eine Leiche zu spielen.

Bitte, lass mich, lass mich einfach …

Doch warum? Welchem Zweck würde das dienen? Gerettet – oder verschont – zu werden sollte ein Privileg für Wesen sein, deren Existenz einen Sinn haben.

Schritte nähern sich. Stiefel knirschen im Sand.

»Du kannst jetzt aufstehen.« Eine männliche Stimme. Schroff, deutlich.

Dann eine andere Stimme. Weiblich. »Entspann dich. Wir sind keine Plünderer.«

»Wir sind das Gesetz.«

Das Gesetz? Auf Tatooine? So etwas gibt es hier nicht. Nicht mehr. Die Hutten *waren* das Gesetz. *Jabba* war das Gesetz. Aber ohne Jabba …

Malakili wälzt sich herum und setzt sich auf.

Der Mann trägt eine mandalorianische Rüstung, auf der

zahlreiche Dellen, Kratzer und Schrammen wie Narben prangen. Diese Rüstung wirkt auf geradezu unheimliche Weise vertraut, und Malakilis Eingeweide ziehen sich bei dem Anblick zusammen. Ein Karabiner baumelt an der Seite des Mannes.

Neben ihm steht eine hochgewachsene Frau. Ihre Kopfschwänze zeichnen sie als Twi'lek aus – obwohl einer der Lekku verstümmelt und sein Ende von Narbengewebe überzogen ist. Zwillingspistolen hängen von ihren Hüften.

»Ich bin Issa-Or«, stellt sie sich mit einem spöttischen Grinsen vor.

Der Mann nimmt seinen Helm ab. Graue Bartstoppeln bedecken seine Wangen. Er blinzelt gegen das Licht der Doppelsonnen. »Mein Name ist Cobb Vanth. Gesetzeshüter und de facto Bürgermeister von dem, was einmal Mos Pelgo war.«

»Jetzt heißt es Freistadt«, erklärt die Twi'lek. »Ein Ort, wo sich gute Leute niederlassen können, wenn sie bereit sind, zu arbeiten und sich gegen die Syndikate zu stellen. Gegen Abschaum wie Lorgan und den Roten Schlüssel.«

Malakili nickt, als würde er verstehen. Aber er versteht nicht. Noch nicht.

Cobb kniet sich vor ihn. »Du kommst mir bekannt vor.«

»Ich bin ein Niemand.«

»Jeder ist jemand, mein Freund. Wer innerhalb der Mauern von Freistadt leben will, muss einen Beitrag leisten. Wie kannst du uns nützlich sein?«

Malakilis Hoffnung zerbricht. Er kann niemandem von Nutzen sein. Das gesteht er den beiden auch, und seine Augen füllen sich dabei unvermittelt mit Tränen. »Ich kann euch nichts bieten. Ich habe keinerlei Wert. Tötet mich. Mein Tier, Pateesa, ist tot. Alle meine Tiere sind tot ...«

Die Twi'lek fragt: »Du bist ein Tierbändiger?«

Tierbändiger. Diesen Titel verdient er nicht länger. Dennoch nickt er unsicher. »Ich zähme Tiere, ja.«

Die beiden wechseln einen Blick. Vanth lacht; ein trockenes Geräusch, als würden Felsen einen Hang hinabrollen. »Wir haben ein paar störrische Rontos, die gebändigt werden müssen. Schaffst du das? Wir würden dich auch bezahlen. Und falls du möchtest, kannst du hierbleiben.«

Verzweiflung weicht schlagartig Euphorie. Ein neuer Sinn lässt wieder Licht in sein dunkles Herz strahlen. »Ja, das … das schaffe ich.«

»Da ist noch etwas«, schiebt Issa-Or nach.

»Sollen wir es ihm wirklich sagen?«

»Warum nicht? Falls er uns helfen kann …«

Cobb beugt sich vor und hilft Malakili auf die Beine, dann flüstert er, so leise, als würde der Sand selbst sie belauschen: »Weißt du viel über die Hutten?«

»Ein wenig.«

»Glaubst du, du könntest auch einen von denen trainieren?«

»Ich … sie sind intelligente Wesen, keine Tiere.«

»Na schön. Dann eben *unterrichten*.«

»Ja. Denke ich. Aber warum?«

»Ein *Baby*.« Cobb kratzt sich am Kinn. »Die Leute vom Roten Schlüssel wollten ihn in den Palast bringen und auf Jabbas Thronliege setzen, um durch ihn zu herrschen. Wir haben ihren kleinen Plan zerschlagen, aber jetzt haben wir diese … Schnecke, und wir sind nicht sicher, was wir mit ihr tun sollen. Falls du uns mit den Rontos hilfst und siehst, was du bei dem Hutten erreichen kannst, hast du einen Platz in Freistadt sicher. Wie klingt das, Freund?«

»Das klingt …« Nach einem Zweck. »Ausgezeichnet. Danke.«

»Du kannst dich bedanken, indem du deinen Job machst.«

»Gehen wir«, sagt Issa-Or. »Lassen wir die Leichen hier, damit ihre Freunde sie finden. Sie sollen sehen, dass das Gesetz, das *wahre* Gesetz, auf dem Vormarsch ist.«

19. Kapitel

Sinjir hat Norra versichert, dass ein Glas Korva ausreichen wird, und er behält recht. Kaum dass sie Solo das Glas unter die Nase hält und er die Dämpfe einatmet, springen seine Augen auf, und er starrt sie mit der Intensität einer Turbolaserbatterie an.

»Was zum …«, keucht der Schmuggler. Er richtet sich ruckartig auf. »Leia?«

»Nein«, sagt Wexley. Sie ist allein mit ihm im Hauptfrachtraum der *Nimbus*. »Ich bin Lieu… Norra Wexley. Wir sind auf Irudiru. Wissen Sie noch?«

Er zuckt zusammen, und seine Hand betastet die Beule, die sich gerade unterhalb seines Haaransatzes bildet. »Ein Droide hat mich angegriffen …« Er verzieht ungläubig das Gesicht. »Eine alte Kampfeinheit aus den Klonkriegen. Ich muss halluzinieren …«

Hinter ihr bewegt sich etwas. Mister Bones streckt den geiergleichen Kopf aus dem Korridor herein. Han greift nach dem Blaster an seiner Seite, aber Norra hält sein Handgelenk fest und schiebt sich zwischen ihn und den Droiden.

»Hau ab!«, keift sie. »Geh! Husch, du Metallgerippe.«

»ROGER-ROBER, TEMMINS MUTTER.«

Der Droide zieht sich zurück.

Han knurrt: »Das ist *dein* Droide?!«

»Er gehört meinem Sohn.«

»Das verfluchte Ding hat mich bewusstlos geschlagen! Ruf diesen Blechkameraden wieder her, damit ich ihm den Arm wegschießen kann. Danach werde ich ihn mit seinem Arm verprügeln. Und dann werde ich seinen Kopf nehmen ...«

Norra drückt ihn auf einen Stuhl. »Ich entschuldige mich für den Droiden. Wir haben uns Ihren Kopf angesehen. Sie haben nur eine Beule abbekommen, mehr nicht.«

»Großartig. Danke, *Doktor*. Jetzt lasst mich hier raus, damit ich wieder an die Arbeit gehen kann. Ihr haltet mich nur auf.«

»Wir wollen Ihnen helfen.«

»Ich brauche eure Hilfe nicht, Lady.«

»Sie sind hier ganz alleine. Ich denke schon, dass Sie Hilfe brauchen.«

Er zieht die Brauen zusammen und beugt sich vor. »Wieso? Warum solltet ihr mir helfen? Ich kenne euch nicht. Ich habe nichts für euch getan. Und ich bin es leid, Leuten etwas zu schulden.«

»Oh, es ist anders herum. Wir schulden Ihnen etwas.«

»Das wüsste ich«, entgegnet er und tippt sich an die Schläfe. »Meine Bücher sind auf dem neuesten Stand, und eure Namen stehen nicht drin, Schätzchen.«

»Wir hätten Sie einfach nach Chandrila zurückbringen können, wissen Sie. Wir hätten Sie nur an einen Stuhl fesseln müssen. Aber Sie sind ein Held der Galaxis. Sie und Ihre Freunde, sie haben uns alle gerettet. *Dafür* sind wir Ihnen etwas schuldig.« Sie versteift sich. »Und bitte, nennen Sie mich nicht Schätzchen.«

Er steht auf.

»Ich schaffe das auch alleine.«

Nein, schaffst du nicht. Doch sie beschließt, ihm den Gefallen zu tun. »Da bin ich sicher.«

»Ich arbeite alleine.«

»Offensichtlich.«

Seine Augen werden schmal, und er kratzt sich nachdenklich an den Bartstoppeln über seinem Kinn. »Aber ich muss Chewie da raushauen.«

Norra versteht. Er will ihre Unterstützung, aber er ist zu stolz, zu grimmig, um wirklich darum zu *bitten.* Also wiederholt sie ihren Vorschlag. »Lassen Sie uns helfen. Das bedeutet mehr Hände, mehr Waffen. Und wir werden uns an Ihre Befehle halten.«

»Das könnte die Sache wirklich einfacher machen.« Er misst sie mit einem Blick. »*Vielleicht.* Aber wehe, ihr haltet euch nicht wirklich daran.«

»Versprochen.«

»Also gut. Ihr könnt mir helfen, Aram zu schnappen.«

Norra steht auf und hält ihm die Hand hin. »Und danach helfen wir Ihnen, Chewie zu befreien.«

»Tja, ich schätze, wer A sagt, muss auch B sagen. Willkommen im Team Solo, Norra. Ich hoffe, ihr steht mir nicht nur im Weg rum.«

20. Kapitel

Alles verläuft nach Plan.

Was Jas mit tiefer Genugtuung erfüllt. Denn der Plan ist alles. Einen Plan zu entwerfen, das ist, als würde man eine Uhr zusammensetzen: die kleinen Teile, die ineinandergreifen, sich drehen, einander schieben und ziehen. Aber letztlich gibt es nur zwei mögliche Resultate. Entweder, die Uhr misst die Zeit, oder sie tut es nicht.

Und dieser Plan läuft wie am Schnürchen.

Zuerst hat sie die Impulsminen ausgeschaltet – dazu ging sie auf demselben Plateau in Stellung, von wo aus sie Golas Arams Anwesen beobachtet hatten. Zunächst benutzte sie ihr Zielfernrohr, um die elektronischen Signaturen der Minen zu erfassen. Danach war alles ganz einfach. Zielen, ausatmen, abdrücken.

Die erste Mine tat, was sie tun sollte.

Sie explodierte.

Und der Knall war das Signal, um die nächste Phase des Plans einzuleiten.

Mehrere Kilometer entfernt, bei der Windfarm, die Solo als Energiequelle des Anwesens identifiziert hatte, gingen Temmin und Bones daran, die Stromleitungen zu durchtrennen. Das legte die Laserzäune und die Geschütze lahm. Und es erlaubt Sinjir, im Schutz der Nacht hinunterzuschleichen. Jas sieht, wie sein Schatten den Zaun passiert.

Um ihn auf Trab zu halten, feuert sie auf ein paar weitere Impulsminen vor ihm. Sie detonieren mit dumpfen Explosionen und lassen kleine Krater und knisternde Wolken aus Ozonrauch zurück.

Er nähert sich dem Wohnhaus …

Plötzlich werden an sämtlichen Gebäuden die Jalousien und Türen geöffnet. Neue Schatten treten in die Nacht hinaus, Umrisse, die menschlich aussehen, sich aber mit unmenschlichen, staksenden Schritten bewegen. *Droiden*, denkt Jas. Ihr Verdacht bestätigt sich, als feuerrote Vibroklingen aus ihren Händen hervorschießen. Es sind mindestens ein Dutzend Maschinen.

Und sie nähern sich Sinjirs Position.

Die erste Belastungsprobe für unsere Uhr.

Die seltsam geformten, glühenden Vibroklingen zerschneiden die Dunkelheit des Anwesens. Sie zeichnen leuchtende Bögen in die Luft, ein Muster, das sich immer enger um Sinjir zusammenzieht. Der Ex-Imperiale huscht hinter eine alte, automatische Bodenfräse und gibt ein paar Schüsse aus seiner Pistole ab. Doch es reicht nicht.

An dieser Stelle kommt wieder Jas ins Spiel. Ihr Kugelwerfer grollt und bockt in ihren Händen, als sie einen Droiden nach dem anderen ausschaltet. Es ist schwer, in der Düsternis etwas zu erkennen, aber sie tut ihr Bestes. Die Maschinen brechen mit einem befriedigenden Funkenschauer zusammen, wann immer sie einem mit einem titaniumummantelten Geschoss den Schädel von den Schultern bläst.

Alles unter Kontrolle, denkt sie.

Doch übermäßige Selbstsicherheit kann einen blenden. Und es hilft auch nicht gerade, dass sie ein Auge gegen den Ring ihres Zielfernrohrs gepresst hat. Denn so merkt sie zu spät, dass sich ihr jemand nähert.

Das Durstgras raschelt und wogt. Jas rollt hastig auf den Rücken und richtet ihr Gewehr nach oben – doch da glüht in der Dunkelheit über ihr bereits eine Vibroklinge auf und schneidet in den Lauf ihres Kugelwerfers. Sie verfängt sich, summend und funkenspeiend, und das Gewicht des Kommandodroiden drückt auf die Kopfgeldjägerin herab.

Sie versucht, die Maschine mit einem Tritt von sich fort zu befördern, aber es ist, als wären seine Beine mit Grav-Bolzen im Boden verankert. Während sie sich weiter erfolglos gegen ihn stemmt, glüht die zweite Vibroklinge des Droiden auf und saust nach unten.

Jas reißt den Kopf zur Seite, und die Klinge bohrt sich in den harten Boden. Staub und trockene Erdklumpen brennen auf ihrer Wange.

Plötzlich beginnt der Droide zu zucken.

Und zu glühen.

Aus seinem Vokabulator dringt eine laute Ankündigung.

»ZERSTÖRUNGSSEQUENZ EINGELEITET.«

Oh, verflucht.

Die Kommandoeinheit glüht wie Magma unter einer rissigen Erdkruste, und sein Körper bebt so heftig, dass die Vibrationen durch die Waffe in Jas' Arme dringen und sie selbst durchschütteln. Sie versucht, die Maschine von sich zu stoßen, bevor sie explodiert – denn im Moment würde sie das nicht überleben; alles, was von ihr übrig bliebe, wäre ein roter Fleck in einem qualmenden Krater. In der Ferne hört sie, wie Sinjir ihren Namen ruft.

Ich habe meine eigenen Probleme, denkt sie.

Mit Mühe gelingt es ihr, das Gewehr zu drehen ...

Der Lauf ist abgeknickt, die Vibroklinge steckt darin fest – aber selbst jetzt noch sollte ein Schuss dem Droiden Schaden zufügen. Hofft sie zumindest. Aber sie muss auf den Kopf der Einheit zielen. Ihre Muskeln ächzen, als sie die Waffe Zentimeter um mickrigen Zentimeter nach oben drückt.

»ZERSTÖRUNG IN DREI ...«

Sie beißt die Zähne zusammen, zwingt den Lauf nach oben. Gleich, *gleich.*

»... ZWEI ...«

Ihr Finger sucht den Abzug.

»... EINS ...«

Nein. Zu spät ...

Ein Laserstrahl schneidet durch die Luft und den stählernen Hals der Maschine. Sein Kopf kippt von den Schultern und brennt glühende Löcher in die Nacht, als er auf dem Boden landet und ins Gras rollt.

Der Körper des Kommandodroiden kippt zur Seite.

Das war nicht das Resultat einer Selbstzerstörungssequenz.

Das war jemand anderes. Jemand, der nun auf Jas zukommt und ihr eine Hand hinhält. Die durchdringende Baritonstimme von Jom Barell dringt an ihre Ohren:

»Da lasse ich dich eine Sekunde aus den Augen, und du wirst mit einem Droiden intim, Emari. Du kannst von Glück sagen, dass ich nicht der eifersüchtige Typ bin.«

»Spar dir die Sprüche, Barell. Sinjir braucht unsere Hilfe.« Sie tut, als wäre ihr seine plötzliche Rückkehr völlig egal – als würde es sie nicht interessieren, dass er ihrem kleinen Team doch nicht den Rücken gekehrt hat. Und niemals würde sie ihm von dem Flattern erzählen, das sich beim Klang seiner

Stimme in ihrer Brust ausbreitet. Sie versucht, dieses Gefühl zu verdrängen, aber es ist, als würde ein ganzer Schwarm Vögel unter ihren Rippen umherfliegen.

Sie haben es ins Innere des Wohnhauses geschafft. Ins Innere von Arams *Refugium.*

Draußen in der Dunkelheit liegen die funkenschlagenden Überreste der Droiden, klaffen die rauchenden Krater, wo sich die Minen befanden.

Doch was sie im Innern vorfinden, ist ... nichts.

Oder besser gesagt: *niemand.*

»Verdammt«, brummt Sinjir, während sie das Haus durchsuchen.

Jas warnt ihn: »Sei vorsichtig. Es könnte sein, dass er hier drinnen ebenfalls Fallen platziert hat.«

»Ist er nun hier oder nicht?«, fragt Jom Barell.

Woraufhin Rath Velus erwidert: »Nein, er ist nicht hier. Und wann bei den Sonnen bist du hier überhaupt aufgetaucht?«

Barell brummt nur und zuckt mit den Schultern.

»Er ist fort«, sagt Sinjir. »Die Hälfte seiner Computersysteme ist verschmort. Die Droidenladestationen sind leer – entweder haben wir alle seine klappernden Monstrositäten erledigt, oder er hat ein paar mitgenommen, als er verschwunden ist.«

»Aber wohin?«

»Woher soll ich das wissen? Mein Job ist es, Fragen zu stellen. Und es ist verdammt schwer, jemandem Fragen zu stellen, der *nicht hier ist.*«

Jas wirft ein: »Wir wissen, dass er unter seinem Anwesen Tunnel angelegt hat.« Han und Norra haben sich in einen dieser Fluchttunnel geschlichen, um Aram abzufangen, sollte er es so weit schaffen. Sie zückt ihr Kommlink. »Solo?« Allein Rauschen antwortet ihr. »Solo. Melden.«

»Nnn«, ertönt eine Stimme.

Klingt wie der Schmuggler. Aber er klingt nicht gut.

»Was ist passiert?«, will sie wissen.

»Dieser … Wasserkopf hat mich überrascht. Er …« Ein Ächzen dringt aus dem Komm, gefolgt von einem leisen Husten. »Er saß auf einem Schwebestuhl, und das verdammte Ding hat mir einen höllischen Stromschlag verpasst, als ich ihn packen wollte.«

»Was ist mit Norra?«

»Keine Ahnung, wo sie ist. Kurz bevor Aram durch den Tunnel raste, meinte sie, sie wolle etwas überprüfen, und dann … hat mich der Mistkerl erwischt.«

Jas ruft sich ins Gedächtnis, dass Aram nicht wirklich ihre Mission ist. Er ist Solos Problem. Und falls Solo ihn hat entwischen lassen, dann ist es eben so. Sie wird Temmin anweisen, dass Mister Bones den Schmuggler noch einmal bewusstlos schlagen soll, damit sie ihn fesseln, in den Frachtraum der *Nimbus* werfen und endlich nach Chandrila zurückkehren können.

Das Einzige, was sie noch interessiert, ist: Wo steckt Norra?

Wie auf ein Stichwort knistert Wexleys Stimme aus dem Komm. »Ich habe ihn.«

»Du hast ihn? Aram?«

»Ja.«

»Wie hast du das geschafft?«

»Ich folgte einem der Seitentunnel und entdeckte einen kleinen Solarshuttle. Die Triebwerke waren hochgefahren und der Navcomputer hatte bereits die Zielkoordinaten hochgeladen. Sieht aus, als hätte Aram Freunde oder Familie auf Saleucami. Ich habe mich versteckt, und als er auftauchte und starten wollte, habe ich ihn betäubt. Aber der Kerl ist schwer – ich könnte Hilfe gebrauchen. Fliegt mit der *Nimbus* zu meiner Position, damit wir ihn an Bord schaffen können.«

Jas grinst von Ohr zu Ohr. »Verstanden, Boss.«

21. Kapitel

Die imperialen Ränge wurden hauptsächlich von Menschen besetzt. »Nichtmenschen« waren in seiner komplexen Ordnung größtenteils unwillkommen, weil sie als fremd und anders betrachtet wurden. Sie waren Diener und Sklaven, im besten Falle niedere Arbeiter. Sie wurden gezähmt, ausgeschaltet oder im besten Falle ignoriert.

So wollte es zumindest die Propaganda.

Hin und wieder spürt Sinjir einen Teil dieser Vorurteile auch in sich selbst, denn es wurde ihm eingebläut, dass allen Nichtmenschen mit Misstrauen zu begegnen ist. Palpatine und seine Propagandamaschine förderten diese Bigotterie noch weiter, indem sie hervorhoben, dass die alte Verbrecherbande der Jedi und der Abschaum der Rebellion aus mehr *Nichtmenschen* als Menschen bestand. Einem Menschen kannst du vertrauen, sagte das Imperium; ein Nichtmensch wird dir früher oder später in den Rücken fallen.

Natürlich erkannte Sinjir im Lauf der Zeit, wie töricht diese Einstellung ist, denn wie sich herausstellte, sind Menschen schreckliche Wesen, voller Arglist. Sie quellen praktisch über vor Heimtücke. Er gelangte zu der Überzeugung, dass das Imperium nur deshalb so verdorben werden konnte, *weil* es xenophob war. Es gestand keinem anderen eine Stimme zu, und so beherrschten Mensch und Maschine das Imperium, während der Rest der Galaxis – obwohl der Großteil davon aus Nichtmenschen bestand – machtlos blieb und unter der Sohle des imperialen Stiefels litt.

Während seiner Ausbildung zum Loyalitätsoffizier hatte Sinjir dementsprechend nur selten Gelegenheit, einem Nichtmenschen Informationen zu ... ähm, *entlocken*. Die physiologischen Schmerzpunkte des menschlichen Körpers kennt er in- und auswendig.

Die anderer Spezies hingegen? Eher weniger.

Und so dauert der Prozess deutlich länger, nun, da er es mit einem Siniteen zu tun hat.

Sein Körperbau gleicht dem der meisten Menschen, abgesehen von seinem Schädel. Der ist wirklich riesig. Doppelt so groß wie bei einem Durchschnittsmenschen und, nun ja, *schwammig*. Er ist nicht durch eine Decke aus Knochen geschützt, sondern einfach nur ein ledriger Hautsack voller Fleisch. Das siniteenische Gehirn ist so gewaltig, dass es sich förmlich gegen die Innenseite der faltigen Kopfhaut wölbt.

Sinjir kann nicht sagen, ob Golas Arams Einstellung typisch für seine Spezies ist, aber die Androhung körperlicher Folter konnte ihn nicht einschüchtern. Rath Velus erklärte, dass er ihn aufschneiden würde wie eine Teigrolle. Keine Reaktion. Arams Arme und Beine sind bereits verkrüppelt, darum braucht er einen schwebenden Repulsorsessel, um sich zu bewegen.

Schließlich beschloss Sinjir, sich auf seine eigenen Instinkte zu verlassen. Manchmal ist es das Beste, jemanden einfach reden zu lassen. Diese Methode stand nicht im *ISB Loyali-*

tätshandbuch; die hat er sich in langjähriger Praxis selbst angeeignet, und sie hat sich schon oft als effektiv erwiesen. Also befragte er Aram über die Droiden. Über sein Anwesen. Sein Schiff. Den Planeten Irudiru. Alles und nichts. Golas wollte jedoch nicht reden, blieb die ganze Zeit über feindselig. Seine schroffen Erwiderungen kündeten von einem erschreckenden Maß an Egoismus.

Meine Droiden sind speziell angefertigt, von Hand programmiert. Niemand in der ganzen Galaxis könnte sie kopieren.

Mein Anwesen ist entworfen, um uneinnehmbar zu sein. Ihr Primaten hattet Glück, das ist alles.

Irudiru? Momentan der beste Ort in der gesamten Galaxis, wenn man bedenkt, wie andere Systeme an ihrer fetten, dummen und faulen Bevölkerung ersticken. Narren, wohin man nur sieht, Narren!

Nein, Golas Aram hat keine sehr hohe Meinung vom Rest der Galaxis.

Dafür hält er aber umso größere Stücke auf sich selbst. Vor allem auf seinen Intellekt. Sein Körper ist ihm nicht wichtig, aber sein *Geist* dafür umso mehr.

Jetzt weiß Sinjir, wie er die Sache angehen muss. Er sagt: »Golas, ich frage mich, was wohl passieren würde, wenn ich ein Messer nehme, oder etwas anderes Langes und Spitzes, so etwas wie das hier ...« Er geht zu einer von Temmins Kisten mit zusammengewürfelten Ersatzteilen, die sich im Hauptfrachtraum der *Nimbus* stapeln, und nimmt eine kleine Antenne heraus. Kurz dreht er sie zwischen seinen Fingern, dann tippt er damit gegen den Schädel des Siniteen. »Und es durch die Haut drücke. Oder es in eines deiner Ohren schiebe. Ein kurzer Ruck, ein kleiner Widerstand, und es wäre in deinem Gehirn.«

Er fährt mit der Antennenspitze am Ohrloch des Siniteen entlang.

»Was? Was tun Sie da? Sie Affe! Aufhören!«

Sinjir schiebt die Antenne in das Loch. Drückt ein wenig zu. Aram schreit auf.

»Das wäre nicht gut, oder? Ich meine, ich bin nur ein dummer, ungeschickter Primat, richtig? Woher soll ich wissen, was dadurch alles beschädigt würde? Aber könnte es sein, dass es Ihre Intelligenz beeinträchtigt, hm? Könnte es Sie vielleicht sogar in jemand so dummen und trotteligen wie mich verwandeln? All diese Genialität – würde sie platzen wie ein Ballon? Würde sie ihnen aus den Ohren tropfen?«

Da, in seinen Augen. Furcht. Glänzend und flackernd wie eine Reflexion auf sich kräuselndem Wasser. Jede Person trägt ein Schloss in ihrem Innern, und Sinjir ist ein Experte, wenn es darum geht, den Schlüssel zu finden. Der Schlüssel, der ihm ihr Innerstes offenbart, mit dem er sie aufklappen und nach Belieben in ihnen herumwühlen kann.

In der Vergangenheit hat ihm dieser Moment großes Vergnügen bereitet.

Aber diesmal nicht.

Stattdessen verlässt er den Frachtraum und geht nach draußen. Den anderen, die dort im Licht des Morgens versammelt sind, erklärt er: »Aram ist bereit. Fragt ihn, was immer ihr wollt.« Dann geht er wie betäubt weiter, durch das Durstgras davon. Er spürt nicht mal den Schmerz, als die Blätter ihn schneiden.

Die Sonne ist über den Horizont geklettert. Ihre goldenen Finger streichen nicht länger über das Durstgras. Sie ist nur noch ein gleißender, pulsierender Ball am Himmel. Sinjir sitzt vor ein paar Frachtkisten und starrt ins Nichts.

Jemand schiebt sich vor die Sonne. Solo.

»Du hast es geschafft«, erklärt der Schmuggler.

»Ich weiß.«

»Er hat uns alles verraten, was wir wissen müssen.« Ein schiefes, struppiges Grinsen liegt auf Hans Gesicht. Er ist aufgeregt. Ungeduldig wie ein Hund, der sich gegen seine Leine stemmt.

»Freut mich, dass ich zu Diensten sein konnte.«

»Du bist ein Imperialer.«

»*Ex*-Imperialer.«

»Ich hab was gegen Imperiale.«

»Willkommen im Club. Selbst Imperiale haben was gegen Imperiale.«

»Aber du hast dich gemacht. Hast deine Vergangenheit wirklich hinter dir gelassen. Ich und Norra gehen nach Kai Pompos, um Vorräte zu holen. Danach verschwinden wir von hier.«

Sinjir reckt lustlos den Daumen in die Höhe. *Hurra.*

Solo geht, aber dafür steigen kurz darauf Jas und Jom Barell aus dem Schiff, in ihr typisches Geplänkel vertieft. Wie *toll*, dass Barell zurück ist. Letzte Nacht stürmten die beiden vom Plateau herunter, gerade als Sinjir davorstand, von einem Rudel Kommandodroiden aufgespießt zu werden – Droiden, die offenbar so gebaut sind, dass sie sich mit einem Feuerwerk aus Funken verabschieden, wenn sie zerstört werden. Trotzdem, Jas und Jom haben ihn gerettet. Vermutlich sollte er dankbar sein. Und wer weiß. Vielleicht ist er es sogar.

Jas zwinkert ihm zu. »Alles in Ordnung?«, fragt sie.

»Bestens«, erwidert er und setzt ein Lügnerlächeln auf.

Sie und Barell gehen weiter, um ... nun, um zu tun, was die beiden eben so tun. Vermutlich werden sie übereinander herfallen, sobald sie außer Sichtweite sind.

»He, Sinjir«, sagt Temmin, als er sich von hinten nähert.

»Hallo, Kleiner.«

»Warum das lange Gesicht?«

»Mein Gesicht hat die perfekten Maße.«

»Nein, ich meine …« Der Junge lacht nervös. »Du siehst aus, als würde dich etwas stören.«

»Irgendetwas stört mich immer. Die Sonne. Die Luft. Die Leute. Neugierige Jünglinge, die plötzlich auftauchen und beleidigende Bemerkungen über meine Physiognomie machen.«

»Ich weiß zwar nicht, welche Laus dir über die Leber gelaufen ist, aber gut. Ich gehe. Man sieht sich.«

»Warte.«

Temmin zögert und blickt zu ihm zurück. »Was?«

»Auf Chandrila, als wir Yupe Tashu einen Besuch abgestattet haben. Das hat dir nicht gefallen, oder?«

»Nein, hat es nicht.«

»Warum?«

»Ich weiß nicht. Ich glaube, das hätte niemandem gefallen.«

»Mmm, die Antwort kauf ich dir nicht ab. Es hat dich getroffen wie ein Meteoritenfragment. *Bumm*, genau zwischen die Augen.«

Temmin tritt einen Stein beiseite, dann murmelt er: »Na schön. Du sagst mir, was dich beschäftigt, und ich sage dir, was mich beschäftigt.«

»Na schön. Ich will nicht länger sein, wer ich bin. Ich möchte jemand anderes sein.«

»Das bist du doch. Du bist jetzt einer von den Guten.«

»Und als *einer von den Guten* habe ich gerade einer Person damit gedroht, ihr eine Antenne durchs Ohr in ihr Gehirn zu bohren.«

»Und warum hast du das getan?«

Sinjir verzieht das Gesicht, als hätte er etwas Verdorbenes im Mund. »Weil hin und wieder schlimme Dinge nötig sind, um die Galaxis zu retten. Weil man manchmal böse sein muss, obwohl man eigentlich gut ist. Weil ich es kann, und weil wir ansonsten vermutlich noch immer hiersitzen und uns fragen würden, was wir nur tun sollen. Ich bin aus einem Grund hier. Ich bin ein Werkzeug, das eine ganz bestimmte Funktion erfüllt. Falls ich sage, nein, ich habe keine Lust mehr, das zu tun, was würde ich dem Team dann noch bringen?«

»Du hilfst uns auf vielerlei Weise.«

»Nenn mir ein Beispiel.«

»Äh.«

»Genau. Jetzt bist du dran.«

»Nein warte. Wenn ich mich schlecht fühle, bist du wirklich gut darin, mich …«

»Zu spät. Ich habe meinen Teil der Abmachung erfüllt. Also? Jetzt du. Yupe Tashu? Du warst aufgewühlt. Wieso?«

»Weil eben.«

»Weil ist keine Antwort, nur ein leeres Wort.«

»Wegen meines Vaters!«

Sinjir zieht die Augenbraue hoch. »Was ist mit deinem Vater?«

»Er … ist vielleicht auch da draußen, irgendwo in einer Zelle. Ich meine, wer weiß, was wirklich mit ihm passiert ist? Und falls er noch lebt, was ist dann aus ihm geworden? Ich musste daran denken, dass er vielleicht genauso verrückt geworden ist wie Tashu. Dass er mich womöglich nicht einmal mehr erkennen würde, falls ich ihn eines Tages finde. Dass mein Vater vielleicht verloren ist, selbst falls er noch lebt, verstehst du?«

»Ich verstehe. Das sind ziemlich tiefgründige Gedanken.«

»Findest du?«

»Für einen neugierigen Jüngling? Definitiv.«

»Nur dass du Bescheid weißt. Du bist gut in solchen Dingen. Mit Leuten reden, meine ich.«

»*Pff.* Da bin ich ja noch lieber gut darin, Leute zu foltern.«

»Idiot.«

»Nerftreiber.«

Temmin lacht. »Danke, Sinjir. Ich fühle mich wirklich besser.«

Eine Zeit lang geht es auch Sinjir so, wenngleich er das natürlich nie laut zugeben würde. Er versucht, diese Auszeit von seinen düsteren Gedanken zu genießen, und er fragt sich: Wie geht es jetzt wohl weiter?

Teil IV

22. Kapitel

Der *Falke* fliegt durch den Hyperraum.

»Du wirkst nervös«, sagt Han zu Norra, die im Sessel des Kopiloten sitzt – ein Sessel, der einen tieferen Sitz hat und niedriger ist als die anderen. Ein Sessel, in dem für gewöhnlich ein deutlich größeres Wesen sitzt.

Etwa ein Wookiee.

»Ich bin nicht nervös«, entgegnet sie.

Aber sie ist es.

Und warum sollte sie auch nicht nervös sein? Sie hat sein Schiff aus der Ferne bewundert – äußerlich ein träger, schwerfälliger Frachter, aber sie hat ihn schon in Aktion erlebt. Wie er sich durch das Chaos der Schlacht windet, ist schon ein besonderer Anblick, das raubt einem allein beim Zuschauen den Atem. Das weiß sie, weil sie dem *Falken* – damals bemannt mit Calrissian und seinem sullustanischen Kopiloten – mit ihrem Y-Flügler in den labyrinthartigen Bauch des Todessterns folgte. Es war unglaublich. Ein Erlebnis, das sie nie vergessen wird.

Wie gesagt, das war aus der Ferne.

Doch wenn man an Bord ist? Sie ist überrascht, dass der Frachter nicht einfach auseinanderbricht. Er hat die strukturelle Stabilität eines Sacks voller Ersatzteile. Nichts passt zusammen. Überall baumelt etwas herunter, Kabel liegen bloß, Platten passen nicht in ihre Einfassung. Die Konsole sieht aus, als wäre sie erst später eingebaut worden – es ist, als hätte ihr Sohn dieses Schiff in einer Werkstatt auf Akiva zusammengebastelt. Teile, die an andere Teile geschweißt sind oder, schlimmer noch, von mehreren Lagen Klebeband und Schellack zusammengehalten werden.

Norra hat Angst, dass sich das Schiff jeden Moment in seine Bestandteile auflösen könnte, während es durch den Hyperraum rast.

Solo hingegen scheint sich in dem Chaos wohlzufühlen. Manchmal schrillt ein Alarm los, oder eine Anzeige auf der Konsole erlischt, dann schlägt er mit der Faust dagegen oder zieht an den Kabeln, die unter dem Instrumentenpult herabhängen. Woraufhin der Alarm verstummt, die Anzeige wieder anspringt. Und Solo schmunzelt.

Norra will das Gespräch nicht auf den Schrotthaufen lenken, in dem sie gerade sitzen, also sagt sie: »Können wir sicher sein, dass Arams Informationen auch zutreffen?«

»Nun, wir werden es bald herausfinden. Falls seine Codes nicht akzeptiert werden, werden wir uns den Weg eben freischießen müssen.« Er schließt die Augen und reibt sich die Stelle zwischen seinen Brauen. »Weißt du was? Es wird funktionieren. Es *muss* funktionieren.« Weil es ihre einzige Chance ist, wie sie weiß.

Kashyyyk ist eine Gefängniswelt. Ein planetengroßes Arbeitslager. Das Imperium hat die Wookiees dort in einer Monstrosität eingesperrt und versklavt, aber nicht etwa, weil sie eine nennenswerte Bedrohung für das Erbe des Imperators darstellen, sondern weil sie anders sind und weil ihr kräftiger, widerstandsfähiger Körperbau lange Stunden harter Arbeit unter extremen Bedingungen ertragen kann. Vermutlich ist eine ganze Menge nötig, bevor sich ein Wookiee zu Tode schuftet. Aber das Imperium wird es garantiert versuchen.

Norra bemüht sich erfolglos, ein Frösteln zu unterdrücken.

»Es wird funktionieren«, sagt sie. *Weil es funktionieren muss.*

Solo greift nach oben und legt ein paar nachträglich eingebaute Schalter um, die die Stabilisatoren steuern. »Wir sind da. Bereit?«

Nein. »Ja.«

»Wir fallen unter Lichtgeschwindigkeit zurück.«

Er tippt kurz den Schirm des Navcomputers an und beginnt anschließend, Schub wegzunehmen. Die langen Lichtstreifen verwandeln sich wieder in Sterne.

Und dort, vor ihnen, liegt ihr Ziel.

Kashyyyk. Ein grüner, üppiger Planet. Norra sieht schneegekrönte Berge und gewundene Flüsse, die sich Ozeanen mit dunklem Wasser entgegenschlängeln. Selbst aus der Ferne kann man erkennen, wie hoch die Wälder aufragen. Die Wolken, die durch die Atmosphäre wirbeln, müssen *um* die Bäume *herum*wirbeln.

Ein zweiter, genauerer Blick zeigt ihr die Verwüstung. Große Flecken Waldes sind dunkel und grau. Flüsse sind zu Rinnsalen versickert. Schwarze Punkte sprenkeln die Meere: vermutlich imperiale Unterwasserförderstationen. Weiße Wolken vermischen sich mit Schwaden schwarzen Rauchs. Falls sie die Zerstörung selbst aus dem All erkennen kann, wie schlimm muss es dann erst am Boden sein? Was haben sie dieser Welt angetan?

Rings um Kashyyyk hängt die imperiale Blockadeflotte. Dutzende Schiffe, darunter zwei Sternzerstörer, mehrere

Schlachtschiffe, diverse Shuttles und patrouillierende TIE-Jäger.

»Wir hätten mit einem imperialen Schiff herkommen sollen«, murmelt sie.

Der Scanner zeigt einen Kontakt hinter ihnen an. Ein weiteres Schiff, das aus dem Hyperraum gefallen ist. Norras Herz zieht sich zusammen, obwohl sie weiß, dass es nur die *Nimbus* ist, die ihnen folgt. Jas fliegt das Kampfschiff. Die anderen sind bei ihr, Wexley ist die Einzige, die den Schmuggler begleitet.

»Ich sagte, es wird schon klappen«, brummt Solo. »Wir hätten ohnehin keine Zeit dafür gehabt.«

»Die kennen Ihr Schiff bestimmt.«

»Ja, aber wir haben Arams imperiale Codes, schon vergessen? Außerdem glauben sie, dass der *Falke* zerstört ist. Und hör endlich auf, mich zu siezen. Das macht mich ganz unruhig.«

»Sie glauben, der Falke wäre zerstört?«

»Nachdem Chewie gefangen genommen wurde, habe ich eine Hackerin angeheuert, um sich in die imperialen Netzwerke einzuklinken und ein wenig herumzuschnüffeln. Bei der Gelegenheit hat sie mir den Gefallen getan und die Daten über mich und den *Falken* ›überarbeitet‹. Ich werde jetzt als tot gelistet, das Schiff als zerstört.«

Sie zögert. »Und die *Nimbus*?«

»Euer Kampfschiff ist ein SS-54. Zum Glück für uns ist die imperiale Bürokratie so starr wie ein Eisberg. Das Imperium hat dieses Modell ursprünglich als ›leichten Frachter‹ klassifiziert. Es wären Berge an Papierkram nötig, die Bezeichnung in ihren Datenbanken zu ändern. Verstehst du? Sie sehen kein Kampfschiff. Sie sehen nur einen Frachter.«

»Dann bleiben wir also bei unserer Geschichte?«

»Natürlich, gute Frau.«

Ihre Geschichte: dass sie Ersatzteile und eine Reparaturmannschaft auf die Oberfläche von Kashyyyk bringen, um Arbeiten an Ashmeads Riegel vorzunehmen. Arbeiten, die vom Architekten des Gefängnisses, Golas Aram, höchstselbst in Auftrag gegeben wurden. Ganz einfach. Ganz simpel.

Als hätte jemand ihre Gedanken gelesen, knackt das Komm.

»Hier ist der Sternzerstörer *Dominion*. Sie sind unbefugt in das imperiale Territorium G5–623 eingedrungen. Identifizieren Sie sich und übermitteln Sie uns Ihre Autorisierungscodes, andernfalls werden wir Sie als Eindringlinge betrachten, die gegen das galaktische Gesetz verstoßen.«

Han räuspert sich und wirft Norra ein nervöses Lächeln zu – soll ihr das etwa Zuversicht schenken? –, bevor er antwortet. »Hier spricht der leichte Frachter *Conveyance*, begleitet vom Frachter, äh, *Swan*. Wir schicken Ihnen unsere Codes.«

Er nickt, und Norra lädt die Codes hoch.

Am anderen Ende der Verbindung herrscht Schweigen.

»Sie fallen nicht drauf rein«, murmelt sie.

»Natürlich fallen Sie drauf rein.«

Weiteres Schweigen.

»Also schön, sie fallen *nicht* drauf rein.«

»Sie haben ihre Waffensysteme noch nicht hochgefahren ...«

Ein Schwall Statik quillt aus dem Komm, dann: »Was ist Ihre Aufgabe auf der Oberfläche des imperialen Territoriums G5–623, *Conveyance*?«

»Wir, ähm, wir sollen Reparaturen an einem alten Gefängnis durchführen. Golas Aram hat uns auf eine Bitte des Imperiums hin losgeschickt. Wir haben technische Teile und die Installationsmannschaft an Bord. Äh, Sir.«

Wieder folgt Stille. Norra hört, wie ihr das Blut in den Ohren rauscht.

»Das ist heute nicht möglich«, erklärt die Stimme. »Drehen Sie ab, und verlassen Sie bitte den imperialen Raum.«

Han runzelt frustriert die Stirn. Er beugt sich über das Komm. »Verzeihen Sie bitte, aber ich verstehe nicht. Die Codes sind doch ...«

»Der Planet ist gegenwärtig abgeriegelt, *Conveyance*. Niemand landet dort, niemand startet von dort. Auf Befehl von Imperator Palpatine persönlich.«

Palpatine. Norra rutscht auf ihrem Sitz nach vorne. Ein Schauder prickelt über ihre Haut, und sie kann ihn nicht abschütteln. Kann es sein, dass er noch lebt? Nach allem, was geschehen ist?

Solo wispert ihr zu: »Er ist tot. Entspann dich.« Anschließend wendet er sich wieder dem Komm zu. »Sir, ich bitte um Entschuldigung, aber mir wurde gesagt, dass der Imperator die Zerstörung des zweiten Todessterns nicht überlebte.«

»Dann hat man Ihnen etwas Falsches gesagt. Der Imperator erfreut sich bester Gesundheit. Und das imperiale Territorium G5–623 steht unter Quarantäne. Jetzt drehen Sie ab, oder wir sind gezwungen, das Feuer auf Sie zu eröffnen.«

Panik hält Norra in ihrem Griff. Sie wechselt einen Blick mit Han. Seine Augen sind weit aufgerissen, wie bei einem eingesperrten Tier, das verzweifelt versucht, sich durch die Stangen zu nagen. Er streckt die Hand nach den Waffensystemen aus ...

Norra fängt seinen Arm ab. »Was tust du da?«

»Wonach sieht es denn auch? Es ist Zeit für Plan B. Wir schießen uns den Weg frei. Sie wissen schon. Die gute, altmodische Weise.«

»Da draußen sind zwei Sternzerstörer.«

»Oh, danke für die Information. Aber der *Falke* hat schon ganz andere Situationen gemeistert. Wir werden es auf die Oberfläche schaffen.«

»Und was dann?«

»Dann begeben wir uns zu den Koordinaten, die Aram uns gegeben hat.«

»Mit dem halben Imperium im Nacken!«

»Ich habe nichts gegen eine kleine Herausforderung, Schwester.«

Sie greift nach dem Komm. Nur sind es nicht die Imperialen, die sie anfunkt, sondern ihre Freunde auf der *Nimbus*. Jas meldet sich.

»Norra, es sieht nicht aus, als würden sie uns Platz machen.«

»Ich weiß. Hol Sinjir.«

Sie hört das Rascheln von Stoff, dann hallt Sinjirs blecherne Stimme aus dem Lautsprecher. »Du wolltest mich sprechen?«

»Ich brauche etwas. Einen imperialen Code. Einen der für Notfälle reserviert ist. Mit hoher Sicherheitsfreigabe. Etwas, das uns auf diesen Planeten bringt.«

»Oh. Äh. Verflucht, das ist lange her … ah! Sag ihm, es ist ein 999–327. Das ist ein geheimer Arbeitsbefehl.«

Norra wechselt den Kanal.

»Sternzerstörer *Dominion*«, sagt sie. »Hier ist die *Conveyance*. Man sagt mir, ich soll es noch ein letztes Mal versuchen. Wir sind hier auf Anforderung von Großadmiral Rae Sloane und des imperialen Beraters Yupe Tashu.« Es ist ein gewagter Zug – die Namen zweier mächtiger Personen zu erwähnen, denen sie persönlich begegnet ist, und darauf zu hoffen, dass sie genug Gewicht haben. »Wir sind hier, um Reparaturen an Ashmeads Riegel durchzuführen, einem Gefängnis für Prioritätsziele. Der Imperator selbst bestimmte, wer dort interniert wurde. Sir. Wir haben einen Arbeitsbefehl. 999–327.« Sie wiederholt die Zahlen noch einmal.

Bereits während sie sie ausspricht, wird ihr klar, wie gering ihre Chancen sind. Also, was tun, wenn sie auffliegen? Wenn es nach Solo geht, lautet die Antwort wohl, sich den Weg freizuschießen.

Was sie mit allergrößter Wahrscheinlichkeit das Leben kosten würde.

»Warten Sie«, fordert die Stimme.

Han wirft ihr einen Blick zu. »Sie werden nicht drauf reinfallen.«

»Ich weiß.«

»Egal, was sie sagen, ich werde uns auf diesen Planeten runterbringen.«

»Auch das weiß ich.«

»Dann schnall dich besser an. Es wird gleich …«

Rauschen. »*Conveyance*, hier ist die *Dominion*. Sie haben Landeerlaubnis.«

Das Seufzen, das über Norras Lippen kommt, lässt ihren ganzen Körper erbeben. »Was wollten Sie sagen, Captain Solo? Es wird gleich *was*?«

»Nicht übermütig werden, Lady. Niemand mag eine Angeberin. Bringen wir die Schiffe runter, bevor sie es sich anders überlegen.«

Die Sitzung des Schattenrats ist in vollem Gange, als der Ruf auf ihrem Holoblock hereinkommt. Brendol Hux blafft gerade von seinem Platz am Ende des Tisches Randd an, wobei die Wangen des Ersteren rot angelaufen sind und eine Ader auf seiner Stirn pulsiert; Letzterer steht indes steif wie ein Flaggenmast da und lässt die Tirade mit gelangweilter Miene über sich ergehen.

Sloanes Holoblock piepst. Ein Sternzerstörer bittet um Kontakt …

Die *Dominion* im Kashyyyk-System.

»Falls Sie mich kurz entschuldigen würden«, sagt sie. Die Männer drehen sich herum und werfen ihr fragende, irritierte Blicke zu. Trottel. Sie verlässt den Raum und tritt in einen der kargen, stählernen Korridore der *Ravager* hinaus.

Sie nimmt den Kommruf entgegen.

Auf dem Schirm erscheint Konteradmiral Urian Orlan. Er ist ein kleiner Mann mit Plastikwangen und Hakennase. Sie konnte ihn nie sonderlich leiden. Als Kommandant war er zögerlich, einer der willensschwächsten, die sie kennt, und doch stieg er während der letzten Jahre weiter auf als sie. Es ist schon ironisch, dass er das Kommando über einen Sternzerstörer namens *Dominion* bekam. Das Einzige, was er kontrolliert, ist seine Frisur, die so perfekt über seine Stirn gestrichen ist, dass Rae vermutet, es handelt sich um ein Toupet.

»Ich melde mich nur aus Höflichkeit bei Ihnen«, beginnt er.

»Aber die Höflichkeit, meine Autorität anzuerkennen, haben Sie anscheinend nicht«, entgegnet sie. »Lassen Sie mich Ihnen helfen: *Seien Sie gegrüßt, Großadmiral Sloane. Es ist mir eine Ehre, heute mit Ihnen sprechen zu dürfen.* Und jetzt Sie. Versuchen Sie's mal.«

Er fährt sich mit der Zunge über die Lippen. »Ja. Natürlich, Großadmiral. Es *ist* mir eine Ehre.« G5–623 ist eines der Territorien, das noch nicht ganz zum Rest des neuen Imperiums aufgeschlossen hat. Ähnlich wie auf Anoat erzählt man sich dort noch immer, dass der Imperator lebt. Wo andere behaupten, dass Palpatine ein dämonischer Geist ist, der das Imperium von jenseits des Grabes führt, glauben die Leute in G5–623, dass er auf wundersame Weise der Explosion des Todessterns entgangen ist. Die Flotte dort kann sich selbst versorgen; sie ist selbstständig genug, dass sie sich dort behaupten konnte, obwohl sie kaum Unterstützung von außen erhalten hat.

»Was gibt es, Urian?«

»Ich wollte Sie nach Ihren Plänen mit dem Gefängnis fragen.«

»Über was für ein Gefängnis sprechen wir hier?«

»Ashmeads Riegel. Hier auf G5–623.«

»Ich kenne dieses Gefängnis nicht.«

Seine Nase zuckt. »Sind Sie da sicher?«

»Wofür halten Sie mich? Für eine Lügnerin? Oder eine Idiotin?«

»Weder, noch. Es ist nur so … Hier sind zwei Schiffe angekommen. Wir schickten sie zunächst fort, aber sie bestanden darauf, dass *Sie* ihre Landung autorisiert hätten.«

»Was sind das für Schiffe?«

Anstatt sie selbst zu beschreiben, schickt er ihr grobe Schemazeichnungen auf den Schirm.

Zwei leichte Frachter – ein YT-1300 und ein SS-54, wobei es sich dabei eigentlich eher um ein Kampfschiff handelt, das fälschlicherweise als Frachter deklariert wird. Es hat keine größeren Bauteile an Bord.

Sloane hatte schon mit Schiffen beider Modelle zu tun. Es ist eine ungewöhnliche Kombination – zu ungewöhnlich, als dass es ein Zufall sein könnte.

Ist es vielleicht wirklich der *Millennium Falke*? Und das Schiff der Kopfgeldjägerin, die *Nimbus*? Dieselben Leute, die ihr auf Akiva durch die Finger geschlüpft sind. Dieselben Leute, die seitdem Jagd auf Imperiale machen und sie Sloane vor der Nase wegschnappen (zumindest hat Mercurial Swift ihnen ihren letzten Fang gleich wieder verdorben). Und der *Falke* gehört General Solo. Der Republik jemanden wie ihn zu entreißen wäre zwar militärisch nicht weiter von Belang, aber ihre Moral würde gewaltigen Schaden nehmen ... oder sie lassen sich zu einem Kampf provozieren, für den sie noch nicht bereit sind.

Doch was es auch mit diesen Schiffen auf sich hat, ihr Eindringen in imperiales Territorium kann nicht geduldet werden.

»Sir?«, fragt Admiral Orlan.

»Schicken Sie eine Einheit, um der Sache auf den Grund zu gehen«, befiehlt sie. »Melden Sie sich, wenn Sie Neues wissen.«

Er zögert. Die Befehlskette ist nicht mehr, was sie mal war. Orlan dient nun mehreren Meistern. Warum hat er überhaupt sie kontaktiert? Vielleicht, um sie nicht gegen sich aufzubringen, für den Fall, dass er sich eines Tages doch für eine Seite entscheiden muss.

»Ich werde Großmoff Tolruck informieren. Falls er sich einverstanden erklärt ...«

»Sagen Sie ihm, falls er sich nicht einverstanden erklärt, bekommt er Besuch von mir.«

»Jawohl, Ma'am. Natürlich.«

Admiral Urian Orlan unterbricht die Verbindung.

Sloane dreht sich um ...

Und stellt fest, dass sie nicht länger alleine ist.

Admiral Rax steht hinter ihr, lautlos wie ein Geist. Seine schwarz behandschuhten Finger sind vor seinem Bauch verschränkt.

»Alles in Ordnung?«, will er wissen.

Sie kann es ihm ebenso gut erzählen; vermutlich weiß er es ohnehin schon. Also erstattet sie ihm Bericht. Auf seinem Gesicht zeigt sich keine Spur von Überraschung.

»Kontaktieren Sie Orlan«, fordert er. »Sagen Sie ihm, wir hätten die Reparaturarbeiten am Gefängnis genehmigt.«

»Das haben wir aber nicht.«

»Nein. Dafür tun wir es jetzt.«

»Diese beiden Schiffe? Ich glaube, sie gehören Unruhestiftern der Neuen Republik. Die Imperialenjäger scheinen sich mit einem der kulturellen Helden der Revolution, General Solo, zusammengetan zu haben. Sie auszuschalten wäre ...«

»... eine vergeudete Gelegenheit.«

»Wie genau meinen Sie das?«

Er legt ihr sanft die Hand auf die Schulter – obwohl es sich anfühlt, als würde sie eine Tonne wiegen. Eine leichte Berührung, die sie zermalmen könnte. Gleichermaßen besänftigend wie herablassend sagt er: »Admiral Sloane, wir wollen sie im Moment nicht zu einer Konfrontation provozieren. Wir stehen kurz vor dem Angriff auf Chandrila. Da wollen wir sie nicht vor unserer wahren Macht warnen. Kein Präventivschlag. Wir müssen schwach erscheinen, damit sie sich in Selbstsicherheit wiegen und unachtsam werden.«

»Das ist falsch.«

»Vertrauen Sie mir. Ich habe alles unter Kontrolle. Die Instrumente sind alle gestimmt, die Musik ist geschrieben. Jetzt ist es Zeit, das Lied zu spielen. Chandrila muss fallen, ja, aber zuerst brauche ich Ihre Hilfe.«

Sie zögert. Es fühlt sich an, als würde sie zu einer Giftschlange ins Cockpit steigen. »Was wollen Sie von mir?«

Er antwortet.

Und als er es ihr erklärt, beschleicht sie das Gefühl, dass dies nur die Einleitung zu einem weiteren Test ist – oder eine Falle, falls sie Pech hat.

»Ich werde es tun«, sagt sie. »Und ich lasse Admiral Oran

umgehend wissen, dass die Arbeiten der Fremden auf G5–623 autorisiert sind.«

»Gut.« Er beugt sich vor und küsst sie auf die Stirn. Seine Lippen sind kalt, und ihr ganzer Körper versteift sich bei der Geste – einer Geste, als würde er sie segnen. Sie verspürt den Drang, sich zu übergeben.

Als er fort ist, kontaktiert sie Orlan wie versprochen.

Doch danach sendet sie noch eine weitere Nachricht, denn *jemand* wird für sie ins Kashyyyk-System reisen. Sie wird sich diese Gelegenheit nicht entgehen lassen – das könnte ihr Rettungsring sein, und sie hat nicht vor, ihn loszulassen.

23. Kapitel

Jas hat ein schlechtes Gefühl bei der Sache.

Sie folgt mit der *Nimbus* dem Kurs, den der *Falke* vor ihnen einschlägt. Es ist Nacht, aber selbst in der Düsternis kann man es problemlos erkennen: Der Planet ist krank.

Die Bäume hier gehören zu den größten, die sie je gesehen hat, größer selbst als einige der Himmelstürme und Komplexe auf Coruscant. Doch sie sind abgestorben. Ihre mächtigen Stämme sind zersplittert, und in den Rissen schimmert ein Kaleidoskop aus biolumineszenten Sporen und Pilzen, die einen ungesunden Schein auf die Bäume werfen. Die Äste erinnern an Skelettarme, die sich dem Himmel entgegenstrecken, als wollten sie die Sterne selbst herunterziehen und sie in der toten Erde des Planeten begraben.

Der *Falke* schlängelt sich zwischen diesen trockenen, leblosen Ästen hindurch, und die *Nimbus* folgt dichtauf. Es ist Jom, der schließlich sagt:

»Hier gibt es nichts. Nichts und niemanden.«

Er hat recht. Keine anderen Schiffe. Keine Lichter unter dem welken Blätterdach. Nur dieses verschwommene, verseuchte Glühen.

Die anderen versammeln sich hinter ihr im Cockpit. Jas brummt ihnen zu, sie sollen ihr Platz lassen, aber natürlich hört keiner auf sie.

Sie sind zu sehr damit beschäftigt, nach draußen zu starren.

Sicher, das hier ist nur ein Teil des Planeten – und Kashyyyk ist groß. Es gibt *Städte*, und laut ihren (zugegebenermaßen veralteten) Karten ist diese Region hier weit von jeglichen Ballungszentren entfernt. Trotzdem ...

Diese Gegend hier ist ihr Ziel, und die Landschaft ist abgestorben. Da denkt man natürlich, dass der Rest der Welt genauso aussieht.

»Dort.« Temmin deutete über ihre Schulter. Sie schlägt seine Hand beiseite, folgt seinem Finger, aber dennoch.

Sie selbst kann es zunächst kaum erkennen, aber dann sieht auch sie es, diesen vagen, großen Umriss auf der Oberfläche. Ein Bauwerk. Ashmeads Riegel. Das muss es sein. Es befindet sich genau an den Koordinaten, die Aram ihnen gegeben hat.

Solo und Norra sehen es augenscheinlich ebenfalls, denn der *Falke* geht tiefer. Jas neigt die Triebwerke des Kampfschiffes in eine vertikale Position und verharrt über dieser Position.

Als sie dem Boden entgegensinken, gleiten vor dem Cockpit krumme, verwahrloste Plattformen und eingestürzte Häuser vorbei, die sich kaum noch an den Seiten der Bäume halten können. Da, vor ihnen, eine alte Geschützstellung: ein übergroßer Kugelwerfer, der, von Ranken überwuchert, auf seinem Gestell hängt und sich leicht hin- und herneigt. Es ist eine Wookiee-Waffe. Wie ein Bogenspanner, aber groß genug, um einen kleinen Transporter vom Himmel zu fegen.

Jetzt sinken sie an einem anderen Bauwerk vorbei. Es ist nicht groß genug, um ein Wohnhaus zu sein. Vielleicht eine Art Wachstation? Es ist mit zerfasernden Tauen an der Seite des Baumes befestigt, und aus dem Eingang hängt eine Leiche. Ein verwester Kadaver, dessen Fell so trocken ist wie die Borsten eines Besens. *Ein toter Wookiee*, denkt Jas. An einem Gurt baumelt noch immer eine Waffe von seiner Schulter.

Es ist ein langer Weg nach unten, gesäumt von vielen weiteren maroden Bauten, weiteren Leichen, weiteren Spuren von Verfall und Zerstörung.

Doch schließlich neigt sich ihnen der Boden entgegen. Der *Falke* findet eine Landeplattform – eine asphaltierte Fläche, die aus einem Gewirr ineinander verschlungener Dornen hervorragt. Jas setzt mit der *Nimbus* auf einem freien Fleck Erde in der Nähe auf. Die ungebändigten Büsche am Rand werden von den Triebwerken fortgebrannt oder -geweht.

Ungefähr zweihundert Meter vor ihnen ragt das Gefängnis auf.

Oder besser: das Gefängnis*schiff*.

Es sieht aus, als hätte Aram die Wahrheit gesagt: Ashmeads Riegel ist kein Gefängnis, das er entworfen hat, sondern ein Gefängnisschiff aus den Zeiten der Alten Republik, erbaut von einer abtrünnigen Fraktion – einem Feind der Republik, die der Architekt die Predori nannte. Wer immer sie waren, jetzt sind sie fort.

Einst wurden in diesem Schiff Mitglieder der Alten Republik gefangen gehalten. Es hing im Zentrum eines gewaltigen Gravitationsbrunnens – was wäre schließlich besser geeignet, um Insassen an der Flucht zu hindern, als ein Schiff mitten im Nirgendwo, das selbst dem zermalmenden Druck einer solchen Anomalie standhalten kann? Reinzukommen ist einfach, eine Flucht hingegen unmöglich. Doch eines Tages brach das Schiff auseinander. Aram meinte, es wäre in sich zusammengeklappt und auf den Planeten darunter gestürzt.

Auf Kashyyyk, wo es Hunderte, vielleicht sogar Tausende Jahre unberührt liegen blieb. Die Wookiees hielten es für verflucht; ein Ort, an dem böse Geister hausen. Sie erklärten es zur verbotenen Zone und hielten ringsum Wache, für den Fall, dass eines Tages etwas aus dem Schiff herauskommen sollte.

Und dann, eines Tages, tauchte das Imperium auf.

Die Imperialen hatten keine Angst vor dem Artefakt. Stattdessen gingen sie daran, das alte Schiff zu reparieren, damit es einmal mehr seine ursprüngliche Aufgabe erfüllen konnte. Und natürlich war niemand besser dafür geeignet, das geheime Gefängnis wiederaufzubauen, als Golas Aram.

Das Schiff ragt in der Ferne auf, beleuchtet von einer einzigen Lichtquelle auf seiner Oberseite; einem schimmernden, blauen Kristall, der alles in einen unheimlichen Schein taucht. Er erinnert an das ungesunde Glühen der Pilze weiter oben und trägt seinen Teil dazu bei, das Gefühl der Übelkeit in Jas' Magengrube noch zu verstärken.

Sie verlassen die *Nimbus*. Der Boden unter ihnen ist hart und trocken und rissig. Das spröde Unterholz knackt unter ihren Schritten wie kleine Knochen.

Sie versammeln sich hinter dem Stamm eines der titanischen Bäume.

»Das ist es«, sagt Solo.

»Sieht nicht aus, als wäre jemand zu Hause«, meint Norra. »Bist du sicher, dass Chewbacca hier ist?«

»Können wir uns vielleicht darauf einigen, dass das hier vielleicht eine Falle ist?«, wirft Sinjir ein. »Ich meine, irgendwelche Daten behaupten, dass Chewbacca hier ist – in einem alten Geisterschiff in einem toten Stück Wald. Für mich klingt das nach einer schlecht getarnten Falle. Und wir wollen da wirklich einfach so reintappen? Hallo?«

»Es ist *keine* Falle«, grollt Solo. »Chewie ist da drin. Ich kann es spüren. Das Imperium ist nicht mehr stark genug, um sich solche ... Tricks leisten zu können. Falls sie uns tot oder in Fesseln sehen wollten, hätten sie uns erwischen können, bevor wir die Oberfläche erreichen. Nein. Wir ziehen das jetzt durch.«

Jas zögert. »Das halte ich für keine gute Idee.«

»Dann bleib hier. Mir egal. Ich geh da jedenfalls rein.«

Und mit diesen Worten tritt Solo hinter dem Baum hervor und nähert sich dem Gefängnis. Mit dem Blaster in der Hand huscht er tief gebückt von einer Deckung zur nächsten.

»Norra«, sagt Jas. »Etwas stimmt hier nicht. Er will es nur nicht sehen.«

»Ich weiß. Aber er braucht unsere Hilfe.« Norra seufzt. »Tem, du und Bones, ihr bleibt hier draußen und ...«

»He! Wir wollen auch mitmachen!«

»Nein. Außerdem ist es gut möglich, dass Imperiale auftauchen, während wir da drinnen sind. Ihr seid unsere Rückendeckung.«

Er verdreht die Augen. *»Na schön.«*

»Der Rest kommt mit mir. Aber seid vorsichtig. Ich weiß nicht, was uns da drin erwartet. Aram meinte, das Gefängnis wäre voll automatisiert – aber er meinte auch, es gibt Verteidigungsmechanismen. Hoffen wir also, dass seine Codes uns wirklich sicher an diesen Mechanismen vorbeibringen.« Sie zieht ihren eigenen Blaster. »Gehen wir's an.«

Es ist Bones, der die Tür öffnet. Einer seiner klauenbewehrten Finger klappt nach hinten, und ein Schnittstellenadapter kommt darunter zum Vorschein. Der modifizierte B1-Kampfdroide summt vor sich hin, als er den Dorn in die Buchse schiebt, und dann summt er noch ein wenig weiter, bis die Codes hochgeladen sind.

Es funktioniert. Die Türen gleiten auf.

Norra wendet sich an ihren Sohn. »Bleibt hier. Benutzt das Kommlink, falls ihr Hilfe braucht.«

Temmin möchte mit ihnen gehen. Er ist gut in solchen Sachen. Hier draußen wird er sich nur langweilen. Außerdem findet er diesen Wald unheimlich, auch wenn er das nie zugeben würde.

Doch er lernt gerade, seiner Mutter zu vertrauen. Also spielt er mit.

Er nickt widerstrebend, dann verschwinden die anderen nach drinnen, während er und Bones vor dem Eingang zurückbleiben.

Der Droide wippt auf seinen Füßen vor und zurück, im Takt einer Melodie, die nur er hören kann. Dabei klickt und klackt er mit seinen Klauen gegen seine Skelettbeine und erzeugt einen unsteten Rhythmus. »Schhhh«, macht Temmin. »Wir müssen leise sein.«

»ROGER-ROGER, MASTER TEMMIN.«

»Halte ... einfach die Augen offen.«

»WIRD GEMACHT.«

»Und sei auf alles gefasst.«

»BEREIT, ZU HÄCKSELN UND ZU SCHNETZELN.«

»Das ist nicht, was ich gesagt habe.« Temmin zuckt mit den Schultern. »Aber mir gefällt deine Einstellung.«

Im Innern herrscht Dunkelheit. Vollkommene, totale Dunkelheit. Norra kann weder Solo vor sich noch die anderen hinter sich sehen. Wie kann es in einem Gefängnis so dunkel sein, wenn ...

Klick, klick, klick.

Eines nach dem anderen gehen die Lichter an, ein Sturzbach aus Helligkeit, der sich einen langen Gang entlang ergießt, von Leuchtstreifen zu Leuchtstreifen. Das Licht löscht alles aus, und Norra kneift die Lider zusammen. Als sich ihre Augen daran gewöhnt haben, erkennt sie allmählich den Aufbau des Schiffes. Über ihnen befindet sich eine Halle, und zwei Treppen rechts und links führen hinauf. Metallene Laufstege spannen sich unter der Decke, jeder mit roten Lampen beleuchtet. Zudem sind auf der oberen Ebene Bullaugenfenster zu erkennen, durch die blaues Licht hereinfällt.

Alles besteht aus glänzendem Chrom. Die Wände sind schwarze Spiegel.

Han blinzelt, dann zieht er eine Braue nach oben. »Also gut. Wir sind drin.« Er hält seine Stimme gesenkt, auch als er hinzufügt: »Wir teilen uns auf. Ich und die Kopfgeldjägerin bleiben auf dieser Ebene. Norra, du nimmst den Imperialen und den Neuen …«

»He«, protestiert Jom. Jas lacht leise.

»… und gehst nach oben. Wir suchen nach … keine Ahnung. Nach der Brücke. Einer Kontrollstation. Vor allem suchen wir aber nach Chewie und den anderen Gefangenen, die das Imperium hierher verschleppt hat. Alles klar?«

»Wie ein wolkenloser Himmel«, sagt Norra.

»Also, an die Arbeit.« Solo und Jas schleichen auf dem unteren Deck davon. Norra weist Sinjir und Jom an, sich hinter ihr zu formieren, bevor sie zur oberen Ebene hochsteigt.

Den Blaster behält sie in der Hand – den Lauf nach unten gerichtet, den Finger am Abzugbügel, nicht am Abzug selbst, wie Wedge es ihr beigebracht hat. Erst den Abzug berühren, wenn man auch bereit ist zu schießen.

Wedge.

Norra vermisst ihn.

Sie kann verstehen, warum er nicht mitgekommen ist: Er ist ein Pilot der Neuen Republik und hat der Regierung die Treue geschworen. Gleichzeitig ist sie aber auch wütend auf ihn. Weil sie ihn als Teil des Teams betrachtet hat. Er hätte tun sollen, was sie tat – seinem Herzen folgen ...

Oh, das ist absurd, oder? Sie tadelt sich für den Gedanken. Seinem Herzen folgen? Wohin? Zu einem Gefängnisschiff auf einem Sklavenplaneten?

Vielleicht war Wedge doch der Schlauere von ihnen.

Im selben Moment, als sie das obere Deck erreichen, wird die Stille plötzlich unterbrochen.

Eine Stimme erklingt aus den Lautsprechern und erfüllt das gesamte Schiff mit ihrer dröhnenden Präsenz. Sie wechselt zwischen männlich und weiblich, während sie etwas in einer Reihe fremdartiger Sprachen sagt. Einige davon erkennt Norra – Ithorese, Gand und Huttisch – aber nicht alle. Die Stimme hetzt von einer zur nächsten, fast, als würde sie nach der richtigen suchen.

Dann bedient sie sich plötzlich einer Sprache, die sie alle verstehen.

»Lebensformen: achtzig Prozent menschlich, zwanzig Prozent Zabrak. Spracheinstellung Basic. Seien Sie gegrüßt, Besucher. Dies ist das Gefängnisschiff Ashmeads Riegel. Sie sprechen mit der IKE des Schiffes, der Intelligenten Kontrolleinheit, Bezeichnung KOP-PK: Künstliches Operationsprogramm des Prozessorkomplexes. Willkommen. Bitte nennen Sie deutlich den Passcode, um Zugang zu erhalten.«

Sinjir muss ein Lachen unterdrücken. »Was hat es gerade gesagt?«

»›Was hat es gerade gesagt‹ ist kein gültiger Passcode. Erster

von drei Versuchen gescheitert. Bitte nennen Sie deutlich den Passcode, um Zugang zu erhalten.«

Norra hebt den Finger vor die Lippen, um Sinjir und Jom zum Schweigen zu bringen. Was immer dieser Passcode ist, Aram hat ihn nie erwähnt. Was bedeutet, dass er sie in die Falle locken wollte. Eigentlich sollte es sie nicht wundern. Verflucht! Warum ist das System erst so spät angesprungen? Warum nicht gleich, als sie über die Schwelle getreten sind? Ein grimmiger Gedanke zuckt durch ihren Kopf: *weil so sichergestellt ist, dass niemand entkommen kann.*

Sie winkt den anderen zu, sie sollen sich umdrehen und die Treppe wieder hinuntersteigen. Es wird wohl das Beste sein, das Schiff zu verlassen und sich einen neuen Plan einfallen zu lassen.

Doch da sagt der Computer – der sich inzwischen auf eine weibliche Stimme festgelegt hat:

»›Was zur Hölle ist das für ein Unsinn‹, ist kein gültiger Passcode. Zweiter von drei Versuchen gescheitert. Bitte nennen Sie deutlich den Passcode, um Zugang zu erhalten.«

Wer? Was?

Natürlich ... Solo.

Verdammt! Sie formt mit den Lippen dreimal das Wort *los!*, und sie ziehen sich in Richtung der Stufen zurück.

Irgendwo unter ihnen erklingt eine dröhnende Stimme. Schon wieder Solo.

»Rück den Wookiee raus, du verrückter Computer!«

Und natürlich lautet KOP-PKs Antwort:

»›Rück den Wookiee raus, du verrückter Computer‹, ist kein gültiger Passcode. Dritter von drei Versuchen gescheitert. Codeprüfung gescheitert. Initiiere Abriegelung. Bitte halten Sie sich zur Abführung bereit.«

Abriegelung? Abführung?

Das klingt nicht gut. Ganz und gar nicht. Norra wedelt mit den Armen, drängt die anderen zur Eile …

Ein tiefes, mechanisches Grollen erfüllt das Schiff, begleitet von einem hohen Surren, das sich tief in ihre Ohren bohrt.

Neben ihnen gleiten die schwarzen Wände mit einem Zischen nach oben, und dahinter kommt ein weiterer Raum zum Vorschein, aus dem zwei Droiden herausstaksen. Ihre Gesichter sind verspiegelt, aber nicht schwarz wie die Wände, sondern eher wie polierter Stahl. Die langen Arme, die sie wie Tentakel hinter sich herziehen, erinnern an Skelettstachel mit zahllosen Gelenken, die sie extrem biegsam machen. Sie bewegen sich vornübergebeugt, mit den zielsicheren Schritten eines hungrigen Raubtiers, und ihre Füße klacken, als sie auf Norra und die anderen zukommen. Unter sich kann Wexley Solos Blaster und Jas' Kugelwerfer hören. Sie feuert ihre eigene Waffe ab. »Lauft!«, schreit sie.

Doch da staksen bereits weitere Droiden von unten die Treppe herauf.

Der Weg nach draußen ist blockiert, also wenden sich die Kopfgeldjägerin und der Schmuggler in die einzige Richtung, die ihnen offensteht: tiefer in die Eingeweide des Gefängnisschiffes hinein. Solo ist vor Jas, und sein Blaster speit Laserstrahlen, während er dahinstürmt. Emari feuert ihren Kugelwerfer aus der Hüfte und rennt hinter ihm her. Droiden springen auf sie zu, ihre langen, peitschenartigen Arme schneiden durch die Luft …

Doch einer nach dem anderen gehen sie zu Boden. Solos Schüsse zerfetzen ihre Beine, und Jas' Kugeln stanzen Löcher in ihre reflektierenden Masken, noch bevor sie das Deck berühren – ihre Köpfe werden nach hinten gerissen, Funken sprühen hervor, und sie schlittern klappernd durch den Korridor.

Eine weitere Einheit stürzt sich aus ihrem Fach in der Wand auf den Schmuggler.

Die Spitze ihres segmentierten Arms glänzt.

Eine Nadel, denkt Emari, und schon sticht die Maschine nach Solos Hals.

Sie hat keine Zeit, irgendetwas anderes zu tun, also feuert sie. Die Kugel durchtrennt den Arm des Angreifers und lässt Metallsplitter davonstieben. Solo schreit und presst die freie Hand auf seinen Hals, während er gegen die Wand taumelt.

»Weiter«, zischt sie in sein Ohr, als sie ihn erreicht, und stößt ihn mit der Schulter nach vorne.

»Du hast auf mich geschossen!«

»Ich habe an dir *vorbei*geschossen.«

Er senkt die Hand, und sie ist rot.

Vor ihnen sind weitere Droiden. Han schnaubt, zieht den zweiten Blaster, den er an der Hüfte trägt, und schickt grelle Lichtblitze durch den Korridor. Die Maschinen wirbeln funkensprühend um die eigene Achse.

Sie erreichen einen Nebengang, und sie packt mit der freien Hand seinen Ellbogen. »Hier entlang!« Am Ende dieses Korridors befindet sich ein weiterer Raum und etwas, das wie eine Kommandozentrale aussieht.

Han Solo gibt noch ein paar Schüsse ab, dann folgt er ihr.

Jas hofft, dass wenigstens die anderen es geschafft haben, sich in Sicherheit zu bringen.

Sie sind überall.

Norra liegt auf dem Boden, den Rücken gegen das metallene Deck gepresst, ihren Blaster erhoben, und feuert auf einen Droiden, der auf sie zuspringt. Der Schuss reißt der Maschine die gesichtslose Maske vom Schädel, sodass seine Schaltkreise zum Vorschein kommen. Die Einheit landet auf ihr und schlägt unkontrolliert mit seinen Gliedmaßen um sich, bis Wexley das Ding von sich herunterrollt und ihm zwei weitere Schüsse in den Kopf verpasst. Jetzt liegt es still.

Jom ist vor ihr. Er schlägt ebenfalls um sich, als zwei Droiden ihn gegen die Wand drücken. Einem zerschmettert er mit dem Schaft seines Gewehres den Schädel, den anderen befördert er mit einem Tritt von sich, doch da stürzen sich bereits zwei weitere Einheiten auf ihn. Ein segmentierter Arm rollt sich um den Blaster und reißt ihn aus Barells Händen.

Im Gegenzug verpasst Jom der Maschine einen Kopfstoß.

Danach blutet seine eigene Nase, und die Maske des Droiden bricht in zwei Teile.

Norra steht auf und zielt ...

Im selben Moment, als sie hinter sich ein Klicken hört, schließt sich auch schon etwas – ein peitschengleicher Arm – um ihren Hals und drückt zu. Ein Geräusch, ein *Krchhh!*, dringt aus ihrem Mund, und sofort beginnt ihr Kopf zu dröhnen und zu pulsieren, als sich das Blut staut und ihre Luftröhre zusammengedrückt wird. Alles um sie herum läuft wie in Zeitlupe ab. Jom geht zu Boden, als ihm die Maschinen eine Nadel in den Hals rammen. Sinjir kann sie erst nicht sehen, aber als ihr Kopf nach hinten gedrückt wird, erspäht sie den ehemaligen Imperialen hoch über ihr. Ein Droide klettert die Wand hoch und zieht ihn hinter sich her, auf ein offenes Portal glühenden, blauen Lichts zu. Dann bohrt sich Norra mit einem brennenden Stich eine Nadel in den Nacken. Sie will schreien, schafft es aber nicht ...

Ihr Körper erschlafft. Es ist, als würden ihre Arme und Beine nicht länger ihr gehören – als wären sie nur Schläuche aus Fleisch, die jemand an ihren Leib getackert hat. Sie versucht, etwas zu tun, egal was, *irgendetwas*, doch der Blaster fällt zu Boden, und ihre Sicht verwischt wie Schmieröl auf einem Fenster. Sie beginnt zu fliegen. Der Boden bleibt unter ihr zurück, und einen Moment lang ist sie voll freudiger Erregung – *Ich entkomme ihnen, ich fliege hier raus.* Aber das bildet sie sich nur ein. Die Droiden tragen sie davon, genau wie Sinjir.

Wohin bringen sie mich?

Was werden sie mit mir anstellen?

Hilfe …

Irgendjemand …

Helft mir …

Sie würgt.

Und Dunkelheit verdrängt alles Licht.

Mister Bones sitzt im Schneidersitz auf dem Boden vor der Tür. Er hat seine Vibroklinge aktiviert, und sie knistert und knackt, während er einen Stock durchsägt, wieder und wieder, bis ein kleiner Stapel gleich langer Stäbchen vor ihm liegt.

Bzzt. Bzzt. Bzzt.

Er wischt den Stapel beiseite und greift nach einem weiteren Stock.

»Was tust du da?«, fragt Temmin.

»ICH SCHNEIDE.«

»Warum?«

»ES MACHT SPASS.«

Der Junge zuckt mit den Schultern. »Wenn du meinst.« Der Droide ist seltsam, das weiß er. Er hat ihn darauf programmiert, Befehle zu befolgen, aber auch darauf, unabhängig zu sein. Das Problem dabei: Temmin war nicht gut genug, um *wirklich* zu wissen, was er tat, als er die Persönlichkeitsmatrix seines Freundes programmierte.

Und was dabei herauskam, ist ... *das hier.*

Aber egal. Das ist im Moment nicht wichtig.

Was hingegen wichtig ist: »Sie sind noch immer nicht zurück.«

»DIESE AUSSAGE IST KORREKT, MASTER TEMMIN.«

»Sie hätten inzwischen zurück sein sollen.«

Der Droide steht plötzlich auf. »JA.«

»Was bedeutet, dass sie in Gefahr sein könnten.«

»ICH LIEBE DIE GEFAHR, MASTER TEMMIN.« Der geiergleiche Schädel des Kampfdroiden neigt sich vor und zurück, begleitet von leisen Surr- und Klickgeräuschen. Seine gezackten Zähne glänzen im Zwielicht, und ein ungeduldiger Ton schwingt in seiner misstönenden Stimme mit.

»Falls sie nicht rauskommen, sollten wir vielleicht reingehen.«

»WIRD GEWALT NÖTIG SEIN?«

»Falls sie in Gefahr sind, vermutlich schon.«

Bones wackelt mit den Fingern. »DANN HOFFEN WIR, DASS SIE IN GEFAHR SIND, DAMIT ICH JEDE MENGE GEWALT ANWENDEN KANN.« Ein Finger klappt nach hinten, und der Datendorn zuckt vor. Seine Fiberoptikspitze glüht. »SOLL ICH DIE TÜR JETZT ÖFFNEN?«

Temmin schnippt mit dem Finger. Mit einem Mal fühlt er sich nervös. »Ja, Bones. Öffne die Tür.« *Hoffentlich ist Mom nichts zugestoßen.* Zuvor hat er sich ein wenig Spannung und Aufregung erhofft, doch nun wird dieser Wunsch von Furcht hinfortgespült.

Eine von Jas' Kugeln hat den Türmechanismus in einen Krater verwandelt, und Bögen statischer Elektrizität wandern knisternd über seine Oberfläche. Emari und Solo haben sich hinter einem Computerterminal zusammengekauert, und die Droiden sind dabei, sich durch die Tür zu schneiden.

Der Raum, in den sie geflüchtet sind, ist sechseckig. Er befindet sich in der Mitte einer gewaltigen, zentralen Halle, auf die sie durch die gewölbten Fenster an den Wänden hinausblicken können. Zum Glück bestehen diese Fenster aus bruchsicherem Panzerglas, und obwohl die Droiden weiterhin mit ihren Peitschenarmen dagegenhämmern, haben ihre Bemühungen bislang nicht mal einen Kratzer versursacht. Die Tür hingegen? Die wird nicht mehr lange halten.

Der Computer ist mit nichts zu vergleichen, was Jas je gesehen hat. Es gibt keine Tastatur, nur eine glatte, konvexe Ausbuchtung vor einem grünen Holoschirm. Als Solos Hand sich über diese Ausbuchtung bewegt, springt der Schirm von einer Darstellung zur nächsten. Doch nichts von dem, was er anzeigt, ist in Basic formuliert. Für die beiden ist es einfach nur Kauderwelsch.

»Ich habe keine Ahnung, was da steht«, stöhnt Han. »Ich bin ein Schmuggler, kein Hacker. Das ist irgendeine ... Maschinensprache oder irgendetwas wirklich, wirklich Altes.« Er grollt vor Frustration – wobei er fast ein wenig wie sein Wookiee-Kopilot klingt – und schlägt mit der Faust auf den Tisch. »Verflucht!«

Sein Hals blutet noch immer – aber nicht sehr stark. Er könnte sich also ruhig ein wenig dankbar für Jas' kleinen Gefallen zeigen, oder?

Die Tür knirscht, als sie ein paar Zentimeter vom Boden hochgleitet. Segmentierte Droidenarme schieben sich darunter hindurch, wischen über den Boden wie aufgeregte Schlangen und beginnen schließlich, die Tür weiter anzuheben. Das Metall jault und bewegt sich ein paar Zentimeter weiter. Jas sagt: »Sie kommen rein.«

Sie beugt sich seitlich hinter dem Computerterminal hervor. *Bumm. Bumm.*

Zwei Schüsse in schneller Folge, und die Arme lösen sich in metallene Ranken auf, die zuckend über den Boden rutschen.

Durch das Fenster sieht sie Dutzende verspiegelter Masken, die zu ihnen in den Kontrollraum starren, unerbittlich und emotionslos. Wie Drohnen. Sie haben aufgehört, gegen die Scheiben zu trommeln. Jetzt warten sie einfach nur.

Von der Decke erklingt die Stimme des Bordcomputers. »KOP-PK fordert Sie auf, Ihre Waffen niederzulegen. Sie werden abgeführt und in Stase versetzt, bis ein Urteil gefällt ist.« Er wiederholt die Worte auf Zabraki. *»KOP-PK thisska chu hai gannomari. Chu tai captak azza kann chutari geist fata-yith ga.«*

»Computer!«, schnappt Han. »Lass meinen Freund Chewbacca frei, oder ich reiße dir die IKE direkt aus dem Computergehirn und verbrenn sie! Hörst du mich?«

»KOP-PK ist für eine große Zahl von Gefangenen zuständig, von denen alle unbefristet in Stase gehalten werden. Sie werden ihnen schon bald Gesellschaft leisten.« Auch das gibt er anschließend noch einmal auf Zabraki wieder.

Solo steht auf und jagt einen Blasterstrahl in den Computer. Das Metall schält sich zurück wie die Blätter einer Blüte. Darunter entzündet sich ein kleines, elektrisches Feuer.

»Das hätte uns noch nützlich sein können«, sagt Jas.

»Vorher war es auch nicht nützlicher als jetzt.«

Die Tür ruckt ein paar Dutzend Zentimeter nach oben, und reflektierende Gesichter starren durch den Spalt. Einer der

Droiden versucht, seinen Kopf hindurchzustrecken. Jas bleckt die Zähne und zielt auf ihn.

Plötzlich beginnt die Maschine in ihrem Fadenkreuz zu zucken und zu beben. Ihre verspiegelte Maske vibriert und fällt zu Boden, als eine glühend heiße Vibroklinge ihren Schädel in zwei Hälften schneidet. Funken regnen auf den Boden, bis der Droide schließlich abschaltet.

Jas senkt das Gewehr.

Kann das sein?

Die Droiden vor den Fenstern haben ebenfalls Notiz vom Schicksal ihres Kameraden genommen. Doch sie reagieren zu langsam.

Zwei glühende Vibroklingen wirbeln durch die Luft, als Mister Bones in wirbelnden Pirouetten durch die Reihen der Maschinen tanzt – glänzende Schädel fliegen hierhin und dorthin wie die Korken von Champagnerflaschen.

»Ist das tatsächlich der irre Droide?«, fragt Solo.

»Jap.«

»Dieses Ding macht mir Angst.«

»Sei einfach froh, dass es auf unserer Seite steht.«

Die Wachdroiden stürzen sich auf Bones und schlagen mit ihren Armen auf ihn ein. Er duckt sich und springt und schneidet mit jeder Bewegung seiner Klingen weitere Segmente von metallenen Gliedmaßen.

»Die Tür«, ruft Solo. »Stemmen wir sie auf, solange wir noch eine Chance haben.«

Sie nickt ...

Doch die Tür bewegt sich noch immer von selbst. Sie wandert ein paar weitere Zentimeter nach oben – womit der Spalt nun breit genug ist, dass sich eine schattenhafte Gestalt hindurchzwängen kann.

Jas legt mit dem Kugelwerfer an, aber Solo drückt den Lauf der Waffe nach unten.

»Ganz ruhig, Emari. Sieh doch.«

Es ist Temmin, dem das Haar an der verschwitzen Stirn klebt. Er lächelt verlegen. »He, Leute. Braucht ihr vielleicht Hilfe?«

Bizarre Visionen.

Norra driftet dahin, mal bei Bewusstsein, mal nicht. Ihr Atem ist eine ächzende Totenklage. Sie fühlte sich losgelöst, sie schwebt, völlig abgeschnitten von der Welt, durch einen dunklen Raum. Sie hört ein Lied, gespielt auf einem Valachord. Brentin ist zu Hause. Blitze zucken vor Fenstern, die gerade eben noch nicht da waren, und sie sieht die Schädelmasken von Sturmtrupplern. Temmin weint, Brentin ruft etwas, und dann treten die Imperialen die Tür ein und zerren ihn nach draußen. Doch draußen ist nicht draußen. Draußen ist drinnen. Die verworrenen Rohre und Röhren im Bauch des Todessterns. Stromkabel schlagen Funken, Energieleitungen leuchten rot, und sie sitzt wieder in ihrem Y-Flügler und dreht in einen Seitenkanal ab, um die TIEs vom *Falken* fortzulenken. Doch die Steuerung spielt verrückt. Sie zieht den Knüppel nach rechts, aber er dreht sich nach links, und sie stößt gegen den *Falken*, woraufhin beide Schiffe zu trudeln beginnen. Sie sieht, wie der Frachter gegen einen massiven Träger aus Metall und Beton prallt und in einer Explosion aus Flammen und Trümmerteilen vergeht.

Ihre Augen springen auf – aufgerissen durch eine Panikattacke.

Jemand trägt sie. Eine verspiegelte Maske starrt auf sie herab. Sie versucht, sich zu wehren, aber die segmentierten

Arme schlingen sich noch enger um sie, halten sie wie eine Schraubzwinge.

Norra dreht den Kopf, sucht nach etwas, das ihr helfen kann. Dabei fällt ihr Blick auf mehrere runde Fenster. Dahinter befinden sich geschlossene Kammern. Kapseln, die in die Wände eingelassen sind. Von unten ist es schwer, Details zu erkennen, aber das sind dieselben Bullaugenfenster, die ihr vorhin schon aufgefallen sind. Und im blauen Licht dahinter lassen sich Gesichter ausmachen. Ein Rodianer. Eine Frau, die sie nicht kennt ... Sinjir! Oh Götter, nein, es ist Sinjir. Seine Augen sind geschlossen, sein Mund wirkt schlaff. Ein Schlauch schiebt sich auf ihn zu, verschwindet in seiner Nase ...

Dann sticht Norra erneut etwas in den Nacken.

Eine Welle der Kraftlosigkeit überschwemmt sie, spült alles hinfort.

Der Droide trägt sie auf eine offene Kammer zu.

Und auf dem Weg dorthin sieht sie noch ein weiteres Gesicht. Es ist ... Brentin. Er starrt hinter einem der Fenster hervor. Seine Augen sind offen, sein Mund bewegt sich in einem lautlosen Schrei. Doch in ihrem Kopf kann sie seine Stimme hören: *Warum hast du nicht nach mir gesucht, Norra? Du hast nie versucht, mich zu finden. Du bist nie gekommen. Aber jetzt bist du hier. Jetzt sind wir endlich wieder zusammen ...*

Vor dem Fenster des Kontrollraums hat Bones es mit einer feindlichen Übermacht zu tun. Die Droiden werfen sich gleichzeitig auf ihn, packen seine Arme und Beine, bevor er zuschlagen oder -treten kann. Einer ihrer Peitschenarme schlingt sich um seinen Hals und hebt den B1 vom Boden hoch. Temmin muss mit ansehen, wie Bones noch oben gezerrt wird. Jeden Moment werden sie ihm den Kopf abreißen.

Doch da katapultiert der Kampfdroide seinen Körper nach oben und tritt mit beiden Beinen zu – wobei die Klauen an seinen Füßen die Masken zweier Drohnen zerschmettern. Mit einer Scherenbewegung rammt Bones die Schädel der beiden Einheiten gegeneinander. Die Schlinge um seinen Hals löst sich, und er landet gebückt auf dem Boden – doch die Angreifer stürzen sich sogleich wieder auf ihn.

Lange wird er nicht mehr durchhalten.

Temmin muss sich beeilen.

»Junge, ich hoffe, du hast einen Plan«, sagt Solo. »Andernfalls sitzt du hier mit uns in diesem Fischglas fest.«

»Ich ... ja, natürlich.« Er hat *keinen* Plan. Und die anderen können es ihm ansehen. Er hatte einfach keine Zeit! Draußen stößt Bones einen mechanischen Schrei aus ...

Einer seiner Arme wird gegen das Fenster geschleudert. Von seinem Körper abgerissen ...

Denk nach, denk nach!

Er kann nicht nachdenken. Panik ergreift von ihm Besitz. Sein Droide wird vor seinen Augen in Stücke gerissen. Seine Mutter ist nicht hier. Er sitzt fest in diesem ... Raum. Und es gibt nichts, was er tun kann, um irgendetwas daran zu ändern.

Moment mal.

Der Strom.

Das war der Schlüssel zu Arams Anwesen, oder? Den Strom abstellen. Woher bezieht dieses Gefängnis seine Energie? Von außerhalb? Falls ja ...

»Ich sage, wir schießen uns den Weg nach draußen frei«, erklärt Jas.

Solo nickt. »Endlich sind wir uns mal einig.«

»Wartet!«, ruft Temmin. »Einen Moment. Da, schaut.« Er deutet durch das Fenster und schnippt mit den Fingern. Dort, auf der anderen Seite der großen Halle, in einer Wandnische, verläuft ein Kabelstrang nach oben. Unter der Decke zweigen mehrere der Kabel davon ab wie Äste von einem Baum – sie führen zu einer Reihe von Kapseln an den Wänden, die ...

Oh nein. In diesen Kapseln befinden sich *Personen.* Sie sind weit entfernt, aber jetzt, wo er genau hinsieht, sind ihre Gesichter deutlich zu erkennen.

Das sind die Gefangenen.

Jas sagt es, bevor einer der anderen es aussprechen kann: »Sie benutzen die Gefangenen als Energiequelle. Sie versetzen sie in Stase, und dann werden sie zu ... *Generatoren.*«

»Menschliche Gonkdroiden«, murmelt Solo. »Widerlich.«

Und genial, denkt Temmin. »Wer von euch ist der bessere Schütze?«

Beide heben gleichzeitig die Hand.

»*Aygir-Dyski*«, flucht Jas mit verzerrtem Mund. »Ich bin der bessere Schütze.«

Han macht eine wegwerfende Handbewegung. »Träum weiter, Schätzchen. Ich bin hier der beste Schütze. Ich bin so gut, man könnte meinen, ich verfügte über die *Macht.* Vielleicht sollte ich Luke mal bitten, das zu überprüfen.«

»Vergesst, dass ich gefragt habe«, sagt Temmin. »Geht beide da raus und schießt auf dieses Kabel. Jetzt gleich!«

Es ist, als würde Norra in dunklem Wasser versinken. Sie kann nicht atmen. Panik frisst sich durch ihren Körper wie ein Parasit. Sie spürt, wie sie in eine Art Kapsel gelegt wird, dann ist da ein prickelndes Gefühl, das sich von ihren Kiefern über ihre Wange auf ihre Nase zubewegt. Vor sich hört sie das Zischen einer sich schließenden Tür.

Das ist meine Gruft, die gerade versiegelt wird.

In ihrem Kopf jagen sich die Gedanken wie ausgehungerte Ratten.

Temmin. Brentin. Leia und ihr Kind. Solo. Jas. Alle. Ich lasse sie im Stich.

Sie erinnert sich an ein Spiel, das sie als Kind gespielt hat. Ein Holospiel, bei dem man Abenteuer erlebte und entscheiden konnte, wie die Geschichte weitergehen soll – kämpfst du gegen das Monster oder rennst du vor ihm davon, gehst du durch den Sumpf oder nimmst du den Weg durch den Wald, wählst du den Blaster oder das Schallmesser, wirst du ein Pilot oder ein Pirat ... und jetzt stellt sie fest, dass das Leben genauso ist. Eine Serie von Entscheidungen. Manchmal trifft man die richtige, dann erlebt man das gute Ende. Und manchmal wird man eben von einem Rancor gefressen.

Bei diesen Spielen waren ihre Entscheidungen immer falsch.

Und im echten Leben waren sie es vielleicht ebenfalls.

Ein Geräusch dringt durch die Dunkelheit.

Nein. *Eine Stimme.*

Sie ist verzerrt, mechanisch ...

Norra kennt diese Stimme. Sie gehört einem B1-Kampfdroiden.

Die Schöpfung ihres *Sohnes* – eine zusammengebastelte robotische Monstrosität, die ihr Kind beschützen wird, selbst falls es seine eigene Zerstörung bedeutet. Genau so, wie Norra es selbst tun würde. Genau, wie sie es jetzt tun muss – denn Temmin ist hier, oder?

Sie konnte Brentin nicht retten. Aber sie kann ihren Sohn retten.

Sie kämpft sich durch das dunkle Wasser ihres eigenen, erstickenden Geistes nach oben, durch eine septische Schicht aus Bedauern und Befürchtungen, und versucht, durch schiere

Willenskraft einen Teil von sich aufzuwecken, egal, welchen. Sich zu *bewegen*. Ihre Hand zuckt, dann folgt der ganze Arm – und bevor sie wirklich registriert, was sie eigentlich tut, greift sie nach der Tür ihrer Kapsel, einen Moment, bevor sie sich schließen kann. Sie zwingt ihre Lider auseinander, ein Akt, der deutlich mehr Kraft erfordert, als er eigentlich sollte – aber sie schafft es trotzdem. Die andere Hand zuckt zu ihrem Gesicht hoch, packt den Schlauch, der sich auf ihr Nasenloch zuschlängelt, und reißt ihn weg.

Die Stimme des Schiffs hallt durch die Luft.

»KOP-KP hat eine schädliche Handlung festgestellt und bittet Sie, weitere Gewalt gegen Ashmeads Riegel *zu unterlassen. Legen Sie sich bitte mit den Händen hinter dem Kopf auf den Boden. Vielen Dank für Ihr Verständnis.«* Anschließend wiederholt sie die Aufforderung in einer Sprache, die Norra nicht versteht und auch nicht verstehen will. Alles, was sie will, ist, die Prozessormatrix dieser IKE zu finden und das gesamte Magazin ihres Blasters hineinzujagen.

Sie versucht, sich aus ihrer Kapsel zu zwängen, stemmt die Tür weiter auf ...

Da taucht einer der Droiden mit den Spiegelgesichtern auf. An seinem Arm glänzt eine weitere Nadel, und sie zuckt auf Norra zu ...

Wexley rutscht zur Seite, sodass sich die Nadel neben ihr in das Polster bohrt. Dann stößt sie ein einzelnes Wort hervor – *»Nein!«* – und springt vor.

Sie rammt den Droiden mit der Schulter. Darauf war er offenbar nicht gefasst. Er versucht, sich an der Kapsel festzuhalten, aber er verliert das Gleichgewicht, und seine Arme bekommen nur leere Luft zu fassen, während die beiden gemeinsam nach hinten stürzen.

Norra zuckt zusammen, als die Luft aus ihrer Lunge entweicht. Sie dreht sich herum, sodass der Droide unter ihr ist – und gerade noch rechtzeitig, denn da prallt die Maschine rückwärts gegen ein Geländer, und ihr Rücken knickt mit einem Geräusch um, als würde ein Baum bersten. Einen Herzschlag später stürzen sie und der Droide sich überschlagend eine Treppe hinunter, bis ...

... sie mit einem dumpfen Knall auf dem Boden landen. Das letzte bisschen Luft wird ihr aus der Brust gepresst, und sie schnappt keuchend nach Atem. Der Droide unter ihr zuckt und zittert, sein Kopf ist um neunzig Grad verdreht. Norra versucht aufzustehen.

Schmerzen stechen in ihre Seite, und sie bricht zusammen.

Die Hände auf ihre Hüfte gepresst, bleibt sie liegen. Die Welt ringsum ist erfüllt von Licht und gedämpften Lauten. Sie hört ihren Sohn rufen, dann Blasterfeuer und das Donnern von Patronen, die die Luft über ihr durchschneiden. Und dann wird sie plötzlich von Bones beiseitegestoßen. Bones, der nur noch einen Arm hat, und dessen Bein in einem seltsamen Winkel von seinem Körper absteht. Bones, dessen Seite verbeult und zerdellt ist wie eine zerdrückte Dose. Der B1-Droide versucht, etwas zu sagen, aber alles, was er hervorbringt, ist ein verzerrter Schrei. Und über alldem dröhnt KOP-PK, das sie unermüdlich warnt, ihre Gegenwehr einzustellen, weil sie andernfalls eliminiert werden.

Als Nächstes glühen Lichter auf – und das Knistern kleiner Blitze erfüllt die Luft über ihr. Norra lässt den Kopf zurück auf den Boden sinken, und einmal mehr wird alles dunkel. Aber ...

Sie ist wach.

Ihr ist nicht schwarz vor Augen geworden. Die Beleuchtung ist ausgefallen.

Jemand hat die Energieversorgung gekappt.

Temmin greift nach ihrer Hand. »Ich bin hier, Mom. Ich bin hier.«

Und damit ist Ashmeads Riegel nur noch lebloses Metall, und KOP-PK ist verstummt.

Intermezzo
Die Stadt Binjai-Tin, Nag Ubdur

Die Türme der ubdurianischen Häuser sind zerschmettert. Leichen sind darunter eingeklemmt, Dutzende von ihnen, entweder zermalmt, erschossen oder von Lanzen durchbohrt. Der Gestank hängt schwer in der Luft. Aasfliegen hängen in verschwommenen Wolken über den Toten.

Tracene Kane zieht das weiße Stück Stoff über ihren Mund. Ihre Nasenlöcher sind von Salzstaub umrandet; Kommandant Norwich meinte, das würde verhindern, dass der Gestank zu ihr durchdringt, aber obwohl es die Wirkung deutlich verringert, kann sie den süßlichen, fauligen Gestank des Todes immer noch wahrnehmen.

Sie hebt einen Finger und winkt Lug zu sich. Der Trandoshaner stampft herüber, scheinbar unbeeindruckt von allem ringsum. Er erzählt gerne vom Leben unter seinen Leuten: vom Jagen und Töten und dem Feiern des Todes. Er selbst ist nicht so, nicht wie die anderen Reptilienwesen seiner Spezies, aber es war ein Teil seiner Kindheit. »Sollen wir hier drehen, Boss?«

»Genau hier«, sagt sie und zieht das Stofftuch höher über ihr Gesicht. »Sorg dafür, dass die eingestürzte Mauer mit im

Bild ist.« Der geborstene Turm, die eingefallene Mauer, die Leiche, die darüber zusammengebrochen ist – alles ist perfekt positioniert.

Lug brummt dem Kameradroiden einen Befehl zu – es ist ein verbessertes Modell, mit zusätzlicher Panzerung für Einsätze in Kampfgebieten. Die kleine, schwebende Maschine mit dem Teleskopauge summt dahin, und Licht blitzt auf, als es eine Reihe von Aufnahmen macht, die das Hologramm begleiten sollen. *Foomp, foomp, foomp.* Der Droide blubbert und piepst.

»Ich hole Norwich«, sagt Lug.

»Nein.« Tracene schüttelt den Kopf. »Hol jemand ... Gewöhnlicheren. Wir müssen diese Geschichte dem gemeinen Volk verkaufen, und das heißt, dass wir einen Durchschnittsbürger vor der Kamera brauchen. Hol mir einen Soldaten, einen Gefreiten, einen aus den Schützengräben.« Das hünenhafte Reptilienwesen will schon mit einem Grunzen losmarschieren, da hält sie ihn noch einmal am Arm zurück. »Wie sieht meine Frisur aus?«

»Ich weiß nicht. Haarig.«

»Ich will einen schlachtzerzausten Look. Aber natürlich trotzdem ... schick, du verstehst? Ein geordnetes Chaos. Geplante Spontanität.«

»M-hm.«

Sie verdreht die Augen. »Danke, Lug.«

»Kein Problem, Trace.« Er zwinkert – eine unheimliche Geste, da sich die Nickhaut seitlich über seinen Augapfel schiebt. Es soll humorvoll sein, wirkt aber nur monströs. Anschließend geht er davon.

Die Dinge haben sich während der letzten Monate dramatisch verändert. Von der unspektakulären Gemütlichkeit sicherer Welten hat Tracene sich in die Galaxis hinausgewagt – in den Krieg zwischen Republik und Imperium. Die Neue Republik drängt das Imperium immer weiter zurück, und das Imperium wird immer verzweifelter, wie ein wildes Tier, das in die Ecke getrieben wird. Was sich außerdem verändert hat, ist das HoloNetz-Mandat; die imperiale Kontrolle über die Medien ist gebrochen, und das Netzwerk kann nun über die *wahre* Geschichte berichten, sich mitten ins Kampfgeschehen stürzen und die Realität zeigen.

Tracene wollte an die Front.

Und, bei all den Göttern der Sterne, man hat sie an die Front geschickt. Jetzt sind sie und Lug hautnah an diesem Krieg dran.

Nag Ubdur liegt im Äußeren Rand – bewohnt von den einheimischen Ubdurianern und hinzugezogenen Keldar- und Artiodac-Flüchtlingen – und wurde jüngst zum Schauplatz einer brutalen imperialen Gegenoffensive. Vermutlich liegt es daran, dass die Felskruste Ubdurs besonders reich an Zersium ist – ein Erz, das für die Produktion von Durastahl unersetzlich ist. Die Imperialen haben sich praktisch bis zum Kern des Planeten vorgegraben, aber noch immer stoßen sie auf neue Erzvorkommen. Folglich wollen sie diese Welt nicht so ohne Weiteres aufgeben. Sie haben sich hier festgebissen, und sie lassen einfach nicht los.

Norwich hegt den Verdacht, dass die feindlichen Truppen im Ubdur-System ihre eigenen Befehle machen. Mit anderen Worten, sie sind vom Rest des Imperiums abgeschnitten. Was aus ihnen eine weitere abtrünnige Splittergruppe macht, die nach der Kontrolle über den Planeten strebt, um bis zum Eintreffen von Verstärkung durchzuhalten – sofern sie nicht gar vorhat, hier ihr eigenes, kleines, verrücktes Reich zu erschaffen.

Vielleicht ist das der Grund dafür, dass die Imperialen immer tollkühner werden – Verzweiflung und Furcht treiben sie an. Das Massaker hier in Binjai-Tin ist ein perfektes Beispiel dafür. Sie griffen an, fegten durch die Stadt wie ein zerstörerisches Feuer und töteten jeden, der ihnen über den Weg lief. Das sieht dem Imperium nicht ähnlich. Das Imperium wusste stets, wie es die Bevölkerung im Zaum halten konnte: Bestrafe zehn Prozent, und die restlichen neunzig werden spuren. Hier hingegen wurde gegen alle losgeschlagen. Das ist eine völlig neue Stufe mörderischer Bösartigkeit.

Tracene weiß, dass sich die Imperialen zehn Kilometer entfernt jenseits der Ebene eingegraben haben. Sie haben Schützengräben ausgehoben. Sie haben Läufer, TIEs, neue Truppen. Eine Schlacht wird vorbereitet. Vielleicht wird sie nicht heute ausbrechen. Vielleicht auch morgen nicht. Aber lange kann es nicht mehr dauern. Und Tracene wird da sein. Sie und Lug werden alles filmen, damit die Galaxis sehen kann, wie heldenhaft die Republik gegen das niederträchtige Imperium kämpft.

Apropos Lug; ihr trandoshanischer Kameramann kehrt in diesem Augenblick zurück, im Schlepp einen Soldaten der Neuen Republik. Es ist ein junger, großäugiger Kupohaner – sein Gesichtspelz ist zu mehreren Zöpfen geflochten, der Helm sitzt schief auf seinem Kopf und drückt seine Augenstiele nach unten. Er wirkt orientierungslos. Geradezu verstört.

»Wie heißen Sie?«, fragt Tracene. Der Kupohaner blinzelt erst die Kamera an, dann Lug, dann sie. Er sieht aus wie ein Kind, das sich verirrt hat. Sie tätschelt seinen Arm. »Schon in Ordnung. Wir nehmen noch nicht auf. Können Sie mir Ihren Namen verraten?«

Er sagt: »Rorith Khadur. Gefreiter der NR.« Seine Stimme ist ein bebendes Grollen, und es ist klar, dass er sich nicht wohlfühlt. Aber er wird genügen müssen – die anderen Soldaten zählen die Toten, behandeln die Verletzten oder bauen ein Lager. Immer mehr Männer und Frauen der Neuen Republik treffen in der Stadt ein, und der langen Reihe nach zu schließen, die sich jenseits des Schildtors dahinzieht, wird der Zustrom noch mehrere Stunden anhalten.

Ohne Vorwarnung hebt Tracene drei Finger hoch, dann zählt sie bis null herunter – Lug klopft mit dem Knöchel gegen den Kameradroiden, und seine Augenlinse wechselt von Rot zu Grün. »Wir sind drauf«, meldet er.

Der Soldat blickt perplex drein, aber er nickt.

»Berichten Sie uns von gestern, Gefreiter Khadur«, bittet sie.

»Gestern.« Er blinzelt. »Richtig. Wir stießen auf imperiale Truppen, vor den Govneh-Höhen – das, äh, das ist ein Plateau über dem Tal, wo diese hohen Kristalle wachsen, und die Imperialen ... sie haben auf uns gewartet. Sie kamen aus dem Nichts. Es war übel. Meine Gruppenführerin, Hachinka, sie wurde am Hals erwischt. Ein Blasterschuss traf sie, und ihr Blut spritzte mir ins Gesicht und ...« Er muss eine Sekunde innehalten. Tracene gibt ihm die Zeit. So wirkt es dramatischer. Der Kameradroide hat eine ausreichende Auflösung, um den Ausdruck auf Khadurs Gesicht einzufangen, und die kleinen Flecken getrockneten Bluts, die noch immer auf seinen Wangen haften und seine Worte unterstreichen. »Wir konnten sie raustragen, und sie hält noch immer durch. Wir haben viele gute Männer und Frauen verloren, aber wir haben es geschafft. Wir haben die Höhen eingenommen.«

Sie hebt einen Finger, und als sich der Droide zu ihr herumdreht, sagt sie: »Markier diese Stelle und füge das Segment ›Aufzeichnung Govneh-Höhen‹ hinein.« Sie hat bereits einen kurzen Beitrag zu den Ereignissen von letzter Nacht zusammengeschnitten. Der Droide wird ihn automatisch in das Interview einfügen, bevor sie ihren Bericht zu den HoloNetz-Servern hochlädt. Khadur wirkt ein wenig verwirrt, aber sie schenkt ihm ihr zuversichtlichstes Lächeln. So gibt sie dem Droiden einen Moment, und als er eine Reihe von Piepstönen von sich gibt, fährt sie fort: »Gefreiter Khadur, können Sie den Zuschauern erklären, wo wir sind und was Ihrer Meinung nach hier geschehen ist?«

Er benetzt sich die Lippen mit der Zunge – sie verursacht ein kratzendes Geräusch –, dann antwortet er: »Das hier ist eine ubdurianische Stadt. Ein Handelszentrum. Binjai-Tin. Die meisten Einwohner sind Ubdurianer. Das Imperium tauchte hier auf und ...« Seine Stimme bricht. »Sie schlachteten alle ab. Diese Leute waren keine Soldaten. Sie leisteten keinen aktiven Widerstand. Sie durften nicht mal Blaster tragen, mussten einen Teil ihrer Einkünfte an das Imperium abtreten. Und was hat es ihnen gebracht? Das hier. Ein *Massaker*.« Die Nasenschlitze des kupohanischen Soldaten blähen sich auf.

Tracene sieht, dass er kurz vor dem Zusammenbruch steht. Sie beschließt, dass sie genug Material hat – die Bilder werden für sich sprechen, außerdem wird nichts, was er noch sagen könnte, dieselbe Wirkung haben wie sein letztes Wort. *Massaker*. Sie sagt ihm, dass er gehen kann, und dankt ihm.

Er will sich schon abwenden, da tritt Lug vor ihn und umarmt ihn unbeholfen. Der Trandoshaner ist nicht gut darin Mitgefühl zu zeigen – die »Umarmung« ist steif und unangenehm und ist in etwa so herzlich, als würde ein Protokolldroide einen Baumstamm umklammern, aber es ist wohl die Absicht, die zählt. Anschließend überreicht Lug dem Kupohaner ein Zeichen seiner Wertschätzung: den Zahn einer Zlagbestie, was, soweit Tracene weiß, ein mehrmäuliges Raubtier mit Dolchfängen ist. Lug tötete eines, als er ein Junge war und noch für seinen Stamm jagte. Er hat die Zähne der Bestie behalten, und es waren wohl eine ganze Menge. Er sagt Khadur das Gleiche, was er allen Soldaten sagt, die sie interviewen. »Das ist ein Glücksbringer. Nehmen Sie ihn. Ich habe ihn an eine Kordel aus gedrehtem Darm gebunden, damit Sie ihn um den Hals oder um das Handgelenk tragen können ... Nehmen Sie es einfach.«

Khadur nickt und ergreift Lugs Hand, bevor er davongeht.

»Es ist nett, dass du das machst«, sagt Tracene, ein trockenes Lächeln auf dem Gesicht.

Der Trandoshaner zuckt mit den Schultern und gibt ein Geräusch – halb Grollen, halb Zischen – von sich. »*Mnuh*. Sie haben es schwer genug.« Er wirkt beinahe verlegen.

Sie lacht. »Also gut. Wir brauchen einen Uplink auf dem höchsten Gebäude.« Sie deutet auf einen Gildenturm – er ist halb eingestürzt, aber selbst jetzt überragt er noch die Stadt. »Bau den Kommsender da oben auf.«

»Das ist ziemlich hoch.«

»Und du kannst klettern.«

Ein weiteres enttäuschtes Zischen. »Ja, ja, ist ja gut.«

Er dreht sich um und geht los – oder besser, schlurft los, denn Lug kennt nur zwei Geschwindigkeiten: langsam und langsamer. Tracene wendet sich wieder der größer werdenden Ansammlung von Soldaten auf dem Stadtplatz zu. Sie bauen Zelte und Generatoren auf. Ein Gonkdroide watschelt umher. Drei Männer schweißen zwei Kabel zusammen, begleitet von einem Regen blauer Elektrizität.

Plötzlich richten sich ihre Augen zum Himmel hoch. Panik tritt auf ihre Züge.

Bevor sie ihren Blicken folgen kann, hört Tracene plötzlich ein Geräusch …

Die heulenden Zwillingstriebwerke von TIE-Jägern.

Sie dreht sich um – und tatsächlich, ein Dutzend Maschinen heben sich vom violetten Himmel ab. Sie kommen näher, und zwar *schnell*. Tracene erwartet das Offensichtliche: Laser, die auf die Stadt feuern, Furchen in den Fels brennen, Soldaten zerfetzen – und vielleicht auch sie selbst, falls sie Pech hat.

Doch der Beschuss bleibt aus.

Und trotzdem kommen die TIEs näher.

Sie wirbelt herum, ruft den Soldaten zu, sie sollen sich zurückziehen – sie heben bereits ihre Waffen und bauen Geschütze auf, aber das wird ihnen nichts bringen. Tracene packt den Kameradroiden, klemmt ihn sich unter den Arm und hetzt so schnell sie kann hinter Lug her. Sie schreit, dass er rennen soll, *los, los, los.*

Bumm. Der erste TIE-Jäger bohrt sich ungefähr 150 Meter entfernt in den Boden. Er pflügt in die Mauer, die den großen Platz von Binjai-Tin umgibt, und ein gewaltiger Feuerball steigt in die Luft hoch – Stein- und Metallsplitter regnen rings um Tracene herab, der Boden erzittert wie bei einem Erdbeben.

Es ist der erste Sternjäger, aber nicht der letzte. Die imperialen Maschinen stürzen auf die Stadt herab, einer nach dem anderen. Ein Selbstmordangriff. *Bumm. Bumm. Bumm.* Der Boden bäumt sich so heftig auf, dass sie das Gleichgewicht verliert – der Kameradroide rollt davon, seine Linse zersplittert. Sie hört Schreie und sieht, wie der Himmel über ihr hinter einem Vorhang erhitzter Luft verschwimmt. Und dann presst sie mit klingelnden Ohren die Augen zu.

Es geht weiter und weiter – bis es nicht mehr weitergehen kann.

In der Dunkelheit hinter ihren Lidern denkt sie: *Wie verzwei-felt müssen sie sein, dass sie diese Piloten auf eine Selbstmord-mission schicken*? Denn genau das ist das hier. Die TIE-Jäger, die sich herabstürzen? Jeder von ihnen ist eine Waffe.

Diese Mistkerle.

Tracene schmeckt Erde und Blut. Sie hat keine Ahnung, wie viele TIEs aufgeschlagen sind oder wie lange es gedauert hat. Ächzend stemmt sie sich mit zitternden Armen in die Höhe. Wo vorhin noch das Lager der Soldaten war, befindet sich jetzt ein TIE-Abfangjäger in einem Krater. Flammen knistern, schmelzende Schaltkreise knacken. Leichen liegen über den Boden verstreut. Andere leben noch und rennen in Deckung, weinen oder greifen zu ihren Waffen, für den Fall, dass dies nur der Anfang eines Großangriffs ist. Nicht weit entfernt entdeckt sie Khadur, der inmitten der Verwüstung steht. Er ist benom-men und fassungslos. Einer seiner Arme fehlt, offenbar von einem Trümmerstück abgerissen, als die Jagdmaschine hinter ihm auf den Platz stürzte.

Er winkt ihr zu. Was für eine seltsame Geste.

Doch obwohl sie noch nicht lange hier draußen ist, hat sie bereits gelernt, was ein Schock auslösen kann. Man benimmt sich wie ein Verrückter.

In der Hand, mit der er winkt, hält Khadur einen Zahn an einer Lederkordel.

Lug.

Sie dreht sich zu ihrem Kameramann um.

Nein.

Nein.

Wo er eben noch war, hat sich der verkrümmte Solarflügel eines TIEs in den Boden gerammt. Tracene schreit und rennt darauf zu – falls jemand so etwas überleben kann, dann Lug.

Trandoshaner sind gebaut wie eine Betonsäule in einer Schuppenrüstung. Einmal hat er eine Jukebox mit einem Kopfstoß zertrümmert, weil sie sein Lieblingslied nicht spielen wollte. Er trug nicht mal einen Kratzer davon.

Doch da sieht sie einen Arm – *seinen* Arm – der auf dem zertrümmerten Boden liegt. Auch sein Gesicht sieht sie. Die Hälfte von Lugs Schädel ist unter dem Metall zertrümmert. Sie eilt an seine Seite und kniet sich hin, ruft seinen Namen, ein Name, der sich auf ihren Lippen in ein wildes Schluchzen auflöst. Seine Augen sind offen und blicklos. Blut rinnt aus seinem Mund. Er ist tot.

Eine Zeit lang weint sie einfach nur. Wie lange, kann sie nicht sagen. Lange genug, dass die Nacht über das Land kriecht wie ein Dieb. Jemand kommt herüber, sieht nach ihr, und sie schlägt mit kratzenden Fingernägeln nach ihm, um ihn zu vertreiben.

Schließlich steht Tracene auf, und die kalte Realität strömt durch ihre Adern. Sie beschließt zu tun, was sie am besten kann: Sie geht hinüber, hebt den Kameradroiden auf und schlägt ein paarmal auf seine Oberseite, um zu sehen, ob er noch funktioniert. Dann trägt sie ihn zurück zu Lugs Leiche.

Sie bückt sich, dreht die Kamera und spricht in die Linse, wobei sie darum kämpfen muss, nicht in Tränen auszubrechen.

»Hier ist Tracene Kane, HoloNetz-Nachrichtenreporterin. Ich begleite die einunddreißigste Division der Neuen Republik. Und ich möchte Ihnen von einem Freund erzählen. Einem Freund, der mir gerade vom Imperium geraubt wurde.«

24. Kapitel

Ashmeads Riegel hat keine Energie mehr.

Alle Kameraübertragungen, alle Verbindungen brechen exakt im selben Moment ab. Kein Kontakt mehr. Das Gefängnis ist befreit.

Admiral Rax lächelt.

Es ist Zeit.

»Deine Rippen«, erklärt Jas Norra, »sind gebrochen.«

Norra hat große Mühe zu atmen. »Werde ich es überleben?«

»Ja. Es fühlt sich nicht an, als wäre die Lunge verletzt – obwohl, für *dich* fühlt es sich vermutlich so an.« Jas gibt ein seltenes Lächeln zum Besten. »Ich habe so etwas schon öfter erlebt, als ich zählen kann, Wexley. Du kommst wieder auf die Beine.«

Rings um sie leuchten Inseln aus Licht in der Dunkelheit des nunmehr leblosen Ashmeads Riegel. Ihr Team befreit die Gefangenen einen nach dem anderen aus ihren Kapseln. Es sind *Dutzende*, vielleicht sogar Hundert oder mehr, und viele von ihnen tragen noch die Uniformen der Rebellenallianz – Offiziere und Piloten und Ärzte aus den Tagen vor dem Untergang des zweiten Todessterns. Einige waren bereits hier, bevor ein Farmerjunge von Tatooine auch nur den ersten in die Luft jagte.

Gestalten schlurfen an Norra vorbei, schwach und verwirrt. Sie erhalten alle dieselben Instruktionen. Geht raus und wartet dort. Oh, und entfernt euch nicht vom Schiff. Wer weiß schließlich, was dort draußen in den unheimlichen Wäldern von Kashyyyk lauern mag?

Norra ächzt, zuckt zusammen und versucht aufzustehen.

»Setz dich wieder hin«, sagt Jas.

»Du bist kein Arzt. Ich möchte helfen.«

»Du kannst auch im Sitzen helfen.«

»Würdest *du* denn sitzen bleiben?«

Im Halbdunkel sieht sie, wie Emari die Schultern hochzieht. »Nein.«

»Und ich auch nicht. Also hilf mir schon hoch.«

Die Kopfgeldjägerin kommt der Aufforderung nach.

Ringsum liegen die Schatten von Droidenleichen. Sobald die Energieversorgung gekappt wurde, sanken sie all in sich zusammen wie Okari-Schrottpuppen, wenn man ihre Tanzfäden durchschneidet. Ein Klappern, und dann lagen sie da.

»Habt ihr Sinjir und Jom schon gefunden?«, fragt Norra.

»Jom ist draußen und hilft dabei, die Gefangenen zusammenzuhalten. Sinjir haben wir noch nicht …«

Irgendwo in der Dunkelheit erklingt eine allzu vertraute Stimme. Sie ist heiser, aber klar. »Alles schmeckt, als würde ich an einer Batterie lecken. Könnte mich bitte jemand hier *rausholen*.«

Sinjir.

Jas verschwindet in der Finsternis und kehrt kurz darauf mit dem Ex-Imperialen zurück. Im Schein von Jas' Taschenlampe sieht Rath Velus aus, als wäre er gerade von einem wochenlangen Trinkgelage erwacht: Sein Haar ist zerzaust, seine Augen sind gerötet, die Haut darunter hat sich dunkel verfärbt. Er leckt sich die Lippen, und die Art, wie er sein Gesicht verzieht, wirkt, als würde man ein nasses Tuch auswringen.

Er nickt. »Norra. Lange nicht gesehen. Haben sie dich auch in eine dieser ... Kapseln gesteckt.«

»Ja. Nun, beinahe.«

»Besser so. Ist nicht wirklich erholsam. Ich kann es jedenfalls nicht empfehlen.« Er beugt sich zwischen Wexley und Emari vor und fügt in gedämpftem Tonfall hinzu: »Hat eine von euch aufrechten Bürgerinnen der Neuen Republik zufällig ein Fläschchen Skee mitgebracht? Ein Schlückchen Korva? Mein Mund ist so schrecklich trocken.«

»Hat dir schon mal jemand gesagt, dass du ein Alkoholproblem hast?«, fragt Jas.

»Ich habe nur dann Probleme, wenn kein Alkohol in Reichweite ist.«

Sie schüttelt den Kopf. »Komm mit. Helfen wir Temmin und Solo, die übrigen Gefangenen zu befreien.« Sie wendet sich an Norra. »Du bleibst hier und schonst dich ...«

»Ich werde nach den Gefangenen draußen sehen und dafür sorgen, dass keiner davonspaziert.« Jas will protestieren, aber sie schneidet ihr das Wort ab. »Ich muss mich beschäftigen. Mich auf etwas anderes konzentrieren.« Nach den schrecklichen Bildern, die ihr Geist ihr unter dem Einfluss des Betäubungsmittels vorgaukelte, hat sie inzwischen wieder das Gefühl, auf sicheren Beinen zu stehen. Sie weiß aber, dass sie sich noch immer am Rand eines rutschigen Abhangs befindet – es wäre nicht viel nötig, und sie würde zurück in die Dunkelheit dieser fürchterlichen Illusionen stürzen. »In Ordnung?«

Jas seufzt und nickt.

Norra nimmt die Lampe von ihrem Gürtel und verlässt das Schiff. Draußen hat sich der abgestorbene Wald mit Leben gefüllt. Gefangene. *Rebellen.* Ein Rodianer in einem Fliegeranzug steht da und starrt ins Nichts. Eine Frau bindet sich die Ärmel ihrer Regenjacke um die Mitte. Ein Sullustaner in blauen dantoonianischen Roben lässt sich von einem fülligen, alten Corellianer stützen, der einen verlotterten Overall der Rebellen trägt. Norra humpelt zwischen ihnen hindurch, schüttelt Hände, keucht Worte der Aufmunterung. Die ganze Zeit über versucht sie, nicht zu husten, denn zu husten fühlt sich an, als würde ihr ein Kolben in den Bauch gerammt. Sie teilt möglichst vielen Personen die frohe Nachricht mit, dass sie nun frei sind, dass sie nach Hause gehen können, dass die Rebellenallianz zur Neuen Republik herangewachsen ist ...

»Ist er hier draußen?«

Solo eilt mit der Vehemenz eines Sturms von Bord des Gefängnisschiffes. Er tritt in die Mitte der Menge, nicht weit von Norra, und ruft den Versammelten zu: »Hallo, ja, hier, hallo. Ich suche nach einem großen Kerl. Ziemlich haarig. Ein Wookiee. Hört auf den Namen Chewbacca.« Verzweiflung lässt sein Gesicht glänzen. Jetzt sieht er Wexley. »Norra. WO ist er? Er ... er ist nicht drinnen ...«

»Han, es tut mir leid ...«

»Dir muss nichts leidtun. Finde ihn einfach!«

Die Panik steht ihm deutlich ins Gesicht geschrieben. Und sie fühlt das Gleiche. All diese Gefangenen zu befreien ist ein Triumph für die Neue Republik – aber ein zufälliger. Für Solo zählt nur eines: seine Schulden zu begleichen.

Und das bedeutet, dass er seinen Freund finden muss.

In diesem Moment ...

Schneidet ein gurgelndes Grollen durch die Luft.

Solo wirbelt herum. Temmin tritt aus dem Schiff, und an seiner Seite ... ein gewaltiges, fellbedecktes Wesen. Der Wookiee, Chewbacca.

»Chewie!«, ruf Solo, dann rennt er lachend los. Der Wookiee macht einen ungepflegten und mitgenommenen Eindruck, aber das dämpft nicht seinen Enthusiasmus. Er legt den Kopf schräg und gibt ein lautes, fröhliches Bellen von sich, dann schlingt er seine unmöglich langen Arme um den Schmuggler. Solo sieht aus wie ein Kind, das von einem liebevollen Vater umarmt wird – einen Moment lang hebt Chewbacca ihn vom Boden hoch, und seine Beine strampeln in der leeren Luft, während sein alter Freund schnurrt und grollt.

»Ich habe Mist gebaut, Kumpel«, keucht Solo, als Chewie ihn schließlich wieder absetzt. Der Wookiee knurrt. »Nein, nein, ich schulde dir was, Großer. Ich hätte bei dir sein sollen. Aber ich mach das wieder gut. Das verspreche ich.« Es folgt ein kurzer Moment, in dem Chewbacca sich umblickt. Die Spannung weicht aus seinem Körper, als er die Szenerie in sich aufnimmt. Alle Anwesenden verstummen.

Der Kopilot des *Falken* gibt ein tiefes Brummen von sich.

Solo nickt. »Ja. Du bist zu Hause, Chewie.«

Der Wookiee bleibt starr und lautlos stehen, und sein Blick wandert zu den Bäumen hoch. Als würde er erst jetzt erkennen, wo er sich eigentlich befindet. Er gibt keinen Laut von sich, macht keine Bewegung, als könnte nichts zum Ausdruck bringen, was er gerade fühlt. Die anderen warten auf eine Reaktion, aber Chewbacca reagiert nicht.

Hinter Temmin tauchen weitere Wookiees auf. »Ich habe noch einen Raum mit Gefangenen im hinteren Teil gefunden. Ich glaube, die gehören auch zu Ihnen, Solo.«

»Danke, Kleiner. Danke.«

Diese Wookiees treten zu Chewie, sodass sie Schulter an Schulter nebeneinanderstehen, während sie in die Dunkelheit ihrer verwundeten Welt hinausblicken.

Norra beobachtet sie. Sie redet sich ein, dass die Tränen, die ihre Augenwinkel benetzen, von den Schmerzen an ihrer Seite rühren, nicht von dem Schmerz in ihrem Herzen. Sie tritt vor, um zu ihrem Sohn zu gehen, ihn nach Bones zu fragen – doch da sagt jemand hinter ihr ihren Namen.

»Norra? Bist ... du das?«

Ihre Knie werden schwach, und beinahe kippt sie um. Temmin eilt zu ihr, hilft ihr, bevor sie stürzt. Diese Stimme.

Sie dreht sich herum, will sehen, ob es wirklich er sein könnte.

Es ist nicht möglich. Nach all der Zeit ...

»Brentin«, haucht sie.

Er steht direkt vor ihr. Sicher nur ein Phantom. Er ist dünner, älter, seine Haut blasser, seine Augen blutunterlaufen. Aber er ist es. Temmins Stimme ist leise, als er sagt: »Dad?«

Was bedeutet, dass der Junge ihn ebenfalls sehen kann.

Er ist kein Geist.

Brentin ist real. Ihr Ehemann lebt. Und er steht direkt vor ihr.

25. Kapitel

Die Mon Calamari auf der Brücke der *Home One* jubeln. Draußen in der Weite des Alls treiben die Wrackteile von Schiffen über Kuat dahin – die meisten davon imperiale Schiffe, wenngleich die Republik während der letzten Wochen auch einige der ihren verloren hat.

Die Bombenangriffe auf die imperialen Werften und Versorgungsbasen von Kuat sind abgeschlossen. Der Sektorgouverneur – Moff Pollus Maksim – und der Gildenvorsitzende der Kuat-Triebwerkswerften haben sich ergeben. Die Region ist befreit und eine Rückkehr der Imperialen unwahrscheinlich.

Es war ein langer, langwieriger Kampf.

Und jetzt ist er vorbei.

»Meinen Glückwunsch, Admiral«, gratuliert Leia Ackbar – sie ist nicht wirklich an Bord, nur in Gestalt eines holografischen Abbildes, gerufen von den Mon Calamari. »Sie und Kommodore Agate haben einen wichtigen Sieg für die Neue Republik errungen.« Mit einem beherzten Lächeln fügt sie hinzu: »Wieder einmal.«

Ackbar gehört jedoch nicht zu denen, die laut jubeln. Leia weiß, dass er den Optimismus der anderen Offiziere teilt, indem er mit ihnen lächelt und nickt. Er möchte ihre Freude nicht durch die Schatten des Zynismus und der Sorge trüben. Aber er bleibt ernst und erinnert sie daran, dass jede Schlacht einen Preis hat. Die Schlacht um die Kuat-Triebwerkswerften ist da keine Ausnahme.

Neben Leia neigt das andere Hologramm – Kommodore Krysta Agate – mit einem steifen Lächeln den Kopf. »Ich freue mich, dass wir heute etwas erreicht haben«, sagt sie. »Dem Imperium diese Werften abzunehmen war ein würdiges Ziel, und ich bin froh, dass der Senat das auch so sieht.«

Leia denkt an die Schlachten im Senat. Sie weiß, dass Diskussionen in der Natur der Demokratie liegen, und sie weiß auch um ihren Wert. Trotzdem – dies sind chaotische Zeiten, und obwohl sie die Soldaten sind, die das wahre Leid erleben, sind die Bürger der Galaxis kriegsmüde. Ihr Leid ist von einer tiefgreifenderen, dauerhaften Art – die ständige Angst, die Unsicherheit, die wie ein Dorn in ihrem Fleisch stecken. Entsprechend turbulent und unentschlossen sind derzeit die Sitzungen des Senats. Seine Mitglieder zeigen sich verständlicherweise zögerlich, wenn es um neue Kampfeinsätze geht. *Und genau darum*, weiß Leia, *bleibt Kashyyyk auch versklavt.*

Jenseits der vorderen Aussichtsfenster schneidet der axtförmige Bug eines *Starhawk*-Schlachtschiffs durch die Leere über Kuat. Ein gewaltiges Schiff, und eines, das nur der Neuen Republik zur Verfügung steht. Imperiales Kriegsgerät wurde zerlegt, um daraus neue Schiffe wie dieses sowie Droiden und Waffen herzustellen. Im Senat eine Zustimmung dafür zu erhalten, war vermutlich eine ebenso verbissene Schlacht wie die auf und über Kuat. Viele der gegenwärtigen Senatoren erinnern sich noch an die Zeit, als Palpatine aus der Asche der Republik das Imperium erschuf – obwohl die meisten nicht mal ahnten, dass die Republik überhaupt brannte. Damals bestand einer seiner ersten Schritte darin, Schiffe für seine neue Militärordnung bauen zu lassen. Die Senatoren sind also nicht ohne Grund besorgt.

Es ist Mon Mothmas Verdienst, dass letztlich die nötigen Stimmen zusammenkamen – obwohl sie selbst Zweifel hatte, was den Bau neuer Kriegswaffen angeht.

Und auch Krysta Agate reagiert mit ernster Miene auf ihren Sieg heute. Das ist einer der Gründe, warum Leia und Ackbar sie beide schätzen: Sie weiß, dass der Preis des Krieges hoch ist, selbst wenn man einen Sieg davonträgt. Diese Rechnung lässt sich nicht einfach so begleichen. Das sieht man an den vielen Soldaten, die noch Jahrzehnte nach dem letzten Schuss unter den Folgen leiden. Man erkennt es an der politischen Furcht. An den Kriminellen, Terroristen und anderen Sympathisanten der Besiegten. Nur Frieden – langfristiger, *echter* Frieden! – kann ein Gleichgewicht schaffen.

Dennoch möchte Leia natürlich, dass der Admiral und der Kommodore sich stolz fühlen.

»Die Schiffswerften von Kuat waren eine wichtige Ressource für den Feind, und ihr Verlust wird das Galaktische Imperium schwer treffen«, erklärt sie. »Ihre Produktion neuer Jäger und Großkampfschiffe wird damit deutlich zurückgeworfen. Und wir können diese Ressourcen nun für unser eigenes Militär nutzen.«

Agate schmunzelt. »Dessen bin ich mir bewusst. Aber ich weiß, was Sie bezwecken, und ich weiß es zu schätzen.«

»Genießen Sie den Sieg, Kommodore. Sie auch, Admiral.«

Ackbar schnaubt. »Das werde ich. Aber ich konzentriere mich trotzdem auf das Gesamtziel: diesen Konflikt zu beenden. In einem Krieg gibt es keine Gewinner, Leia. Alles, was wir erreichen können, ist, dass die Kämpfe aufhören.«

»In dem Punkt sind wir uns einig, Admiral.«

Ein drittes Hologramm erscheint: Kanzlerin Mon Mothma.

»Kanzlerin«, sagt Ackbar mit einem respektvollen Nicken. »Ich habe nicht erwartet, so früh von Ihnen zu hören. Wird heute nicht im Senat über das Budget entschieden?«

»Doch.« Selbst als Hologramm wirkt Mon müde. Der Krieg verlangt ihr einiges ab. Er verlangt ihnen allen einiges ab. Leia sieht, dass Mothmas Blick einen Moment lang in ihre Richtung huscht. Warum zögert sie? Doch der Moment ist ebenso schnell vorbei, wie er kam, und Organa überlegt, ob sie sich das Ganze nicht nur eingebildet hat. Mit angespannter Stimme erklärt Mothma: »Aber es gibt noch eine andere dringliche Angelegenheit. Der Sympathisant hat uns um ein Gespräch gebeten.«

Der Sympathisant – dieser schattenhafte Informant in den imperialen Rängen, der immer wieder in Erscheinung tritt, um die Neue Republik auf verwundbare Punkte des Imperiums hinzuweisen. Leia hatte große Vorbehalte gegen diese Quelle. Der Angriff auf den zweiten Todesstern war schließlich auch aus einer List Palpatines geboren – eine List, die sie eigentlich hätten durchschauen müssen. Doch bei dem Sympathisanten scheinen die Dinge anders zu liegen. Er füttert sie schon zu lange mit Informationen. Dank dieser haben sie bereits Dutzende Siege errungen, und es ist schwer vorstellbar, dass dies Teil eines Tricks sein soll – das wäre schon eine ziemlich lange und vor allem kostspielige List. Und welchem Zweck sollte sie dienen? Warum würde das Imperium sich selbst schwächen?

Also haben sie alle begonnen, dem Sympathisanten zu vertrauen – die einen mehr, die anderen weniger.

Doch sie haben schon lange nichts mehr von ihm gehört. Seit Akiva nicht mehr. In der Neuen Republik wurde bereits darüber getuschelt, was für ein Schicksal dem Informanten widerfahren sein könnte. Wurde er gefangen genommen? Getötet? Ist er geflohen?

Und wer war er überhaupt?

»Hat er auch gesagt, wann er sich mit uns in Verbindung setzen will?«, fragt Ackbar.

»Genau jetzt«, antwortet die Kanzlerin.

Hm. »Na schön.« Der Admiral wendet sich an seinen Kommoffizier. »Toktar, öffnen Sie bitte einen Kanal auf der alten Republikfrequenz Zeta-Zeta-neun.«

Ein weiteres holografisches Abbild erwacht schimmernd zum Leben.

Und es ist *nicht* der Sympathisant.

»Großadmiral Ackbar«, sagt das Konterfei von Rae Sloane.

Leia zuckt vor ihrem Projektor zusammen. Der Sympathisant muss tot sein. Gewiss hat das Imperium den Verräter enttarnt. Warum sonst würde sich Sloane auf seinem Kanal melden – Sloane, die eine Fraktion des Restimperiums leitet; die *stärkste* Fraktion, falls ihre Informationen zutreffend sind.

»*Großadmiral* ist ein imperialer Rang«, sagt der Mon Cala. »Ich bin ein Flottenadmiral, ebenso wie Sie – auch wenn Sie sich mit dem Titel ›Großadmiral‹ schmücken.«

Sloane versteift sich, zuckt aber mit den Schultern. »Es gibt niemanden mehr über mir, der mich befördern könnte, Admiral. In dieser neuen Ordnung muss man sich nehmen, was man verdient.«

»Was wollen Sie von uns?«, will Mon Mothma wissen.

»Ich will mich Ihnen offenbaren.«

»Sich offenbaren? Ich fürchte, ich verstehe nicht …«

»Ich bin Ihr Sympathisant.«

Nein, denkt Leia. *Das kann nicht sein*. Diese Frau ist ihr imperiales Gegenstück; sie beide fungieren in der Galaxis als Sprachrohr ihrer jeweiligen Seite – Leia für die aufstrebende Republik, Sloane für das schrumpfende Imperium. Beide versuchen, die Bürger für sich zu gewinnen. Und darum können ihre Worte unmöglich wahr sein.

Die anderen glauben ihr ebenso wenig. Agate sagt: »Sie sollten sich eine Lüge ausdenken, die nicht so leicht zu durchschauen ist, Admiral Sloane.«

»Verzeihung, wer waren Sie noch mal?«

»Kommodore Agate.«

»Ah, ja. Sie führten den Angriff auf Kuat. Ein eindeutiger Sieg, zu dem ich Sie respektvoll beglückwünsche.«

Krysta will nichts davon hören. »Sie waren auf Akiva. Sie waren Teil der geheimen Verschwörung – und der Sympathisant hat uns darauf aufmerksam gemacht. Würden Sie Ihr eigenes Leben in Gefahr bringen? Wohl kaum. Ihre Behauptung entbehrt also jeglichen Sinns.«

»Ich habe Ihnen Ziele gegeben«, erwidert Sloane, »um meine eigene Position innerhalb des Imperiums zu verbessern. Die Ereignisse auf Akiva ermöglichten es mir, die Kontrolle zu übernehmen. Relativ gesehen, zumindest. All die Ziele, die ich Ihnen nannte, standen meinem Aufstieg im Weg.« Leia geht in Gedanken die Siege durch, die sie dem Sympathisanten verdanken, und sie fragt sich: Könnte Sloane vielleicht doch die Wahrheit sagen? Die ganze Zeit wunderte sie sich, was das Imperium wohl davon hätte, Teile seiner selbst zu opfern, und hier hat sie die Antwort, so offensichtlich, dass sie eigentlich von selbst darauf hätte kommen sollen: *die Konkurrenz eliminieren.*

»Warum erzählen Sie uns das?«, ergreift sie das Wort. »Ich halte es für wahrscheinlicher, dass Sie die Identität des echten Sympathisanten aufdeckten und ihn hinrichten ließen.«

»Ah, Leia. So treffen wir also doch noch … Nun, zumindest kommt das hier einem echten Treffen wohl am nächsten. Es ist eine Ehre, Sie kennenzulernen. Das meine ich aufrichtig. Sie haben so viel bewirkt. Es ist wirklich erstaunlich, wie sehr sich die Galaxis durch die Worte und Taten einer alderaanischen Prinzessin verändert hat.«

»Ich bin nur eine Person von vielen«, entgegnet Organa.

»Und ich sage, Sie lügen. Sie haben den Sympathisanten getötet.«

»Nein. Ich habe den Sympathisanten erfunden, weil wir diesen Krieg verlieren, Leia. Ihr Sieg bei Kuat ist nur der jüngste Beweis dafür. Ich bin es leid zu verlieren. Um ehrlich zu sein, bin ich all das hier leid. Es ist Zeit zu verhandeln.«

»Sie wollen kapitulieren?«

»Nichts überstürzen«, tadelt Sloane. »Falls ich Ihnen eine Kapitulation anbiete, wird das Imperium mich hinrichten lassen. Vermutlich würden sie Ihnen meinen Kopf schicken, vorzugsweise an der Spitze einer thermonuklearen Rakete. Ich meine Friedensgespräche.«

Die Barteln an Ackbars Kinn krümmen sich nach innen. Vermutlich fühlt er gerade das Gleiche wie Leia. Ihre Instinkte schrillen los wie Alarmsirenen. Etwas stimmt hier nicht. Sloane spielt mit ihnen.

Andererseits ist der Verlust von Kuat wirklich ein schwerer Schlag. Eine tiefe Wunde.

Das Imperium braucht Zeit, die Blutung zu stoppen.

Doch wie soll die Neue Republik reagieren? Ihnen Zeit geben, seine Wunden zu lecken – ein Akt des Mitgefühls mit einem Feind, der nie selbst welches gezeigt hat? Oder sollen sie den Vorteil ausnutzen und diesen Feind unter ihrem Stiefel zermalmen? Was natürlich noch mehr Opfer fordert, zu noch mehr Instabilität führen und noch mehr Leid erzeugen würde. Dem Imperium einen Platz in der Zukunft der Galaxis zuzugestehen könnte zu einem gewissen Maß an Konstanz und Frieden führen ... Bei diesem Gedanken fallen Leia Ackbars Worte von vorhin ein: *In einem Krieg gibt es keine Gewinner, Leia. Alles, was wir erreichen können, ist, dass die Kämpfe aufhören.*

Das könnte ihre Chance sein. Ihre Möglichkeit, die Kämpfe zu beenden.

Entweder das – oder sie würden einen fatalen Fehler begehen.

»Wir werden das erst besprechen und dann im Senat darüber abstimmen müssen«, sagt Mon Mothma.

»Ich verstehe. Palpatine hat den Senat abgeschafft, weil er den Fortschritt ausgebremst hat, aber sein eigener Ansatz war leider auch nicht sonderlich effektiv. Jetzt ist er fort, und wir sind noch hier, also: Reden Sie mit Ihren Leuten. Ich würde vorschlagen, wir halten die Friedensgespräche auf Ihrer Welt ab. Ich bin bereit, mit einem Mindestmaß an persönlichem Schutz zu Ihnen zu kommen. Betrachten Sie das als Zeichen meines Vertrauens.«

»Wir haben es zur Kenntnis genommen, Admiral Sloane. Danke.«

»Guten Tag. Und noch mal Glückwunsch Ihnen allen. An erster Stelle bin ich noch immer Soldatin, und was Sie erreicht haben, ist beeindruckend. Ich hoffe, bald von Ihnen zu hören. Benutzen Sie diesen Kanal, und ich werde antworten.«

Und damit erlischt ihr Hologramm.

Zurück bleibt ein spürbares Vakuum. Niemand sagt etwas – Leia ist sicher, dass die anderen ebenso verwirrt und verblüfft sind wie sie selbst. Kann das wirklich sein? Und falls ja, wie sollen sie auf dieses Angebot reagieren?

»Ich werde eine Notfallsitzung des Senats einberufen«, erklärt die Kanzlerin. »Sollte Sloane es ernst meinen, könnte das die Tür zu einem möglichen Frieden weit aufstoßen. Möge die Macht mit Ihnen sein.«

Als die Kanzlerin sich verabschiedet hat, sagt Leia zu Agate und Ackbar: »Ja, möge die Macht mit uns allen sein. Ich habe das Gefühl, wir werden sie brauchen.«

26. Kapitel

Die Stille von Kashyyyk ist beunruhigend. Es gibt hier nichts. Kein Leben. Keine summenden Insekten. Kein Rascheln im Unterholz, mit dem sich Tiere zwischen Blättern und Zweigen bewegen. Im Gegensatz dazu wirkt der Dschungel von Akiva beinahe schon zu lebendig – Norra erinnert sich an die heulenden Ateles und gackernden Listvögel und zischenden Blasenkäfer in den Schluchten von Akar. Die Kakofonie des Regenwaldes war geradezu ohrenbetäubend – und in der Nacht noch lauter als am Tag.

Hier ist das anders. Dieser Kanal ist tot. Eine Nullfrequenz.

Zumindest hier, in diesem kleinen Teil des Planeten, hat das Imperium alles Leben ausgelöscht. Und während Norra so dasitzt und in die Stille hinausstarrt, wünscht sie sich kurz, sie hätte ein wenig Jaqhad-Kautabak. Vermengt man die schwarzen Blätter und rosafarbenen Blüten der Jaqhad-Blume und kaut darauf herum, fühlt man sich wach, lebendig, ist sich seiner Umgebung völlig bewusst. Eine akivanische Tradition.

Ihre Rippen würden sich damit besser anfühlen.

Vermutlich würde sich *alles* damit besser anfühlen.

Nicht weit entfernt hilft ihr Team gerade dabei, die letzten

Gefangenen aus dem Schiff zu holen und ihren Abflug von der Oberfläche vorzubereiten. Brentin, ihr Ehemann, ist bei Temmin – als sie sich hierher zurückzog, waren sie gerade auf der *Nimbus* und nahmen die Einzelteile von Bones in Augenschein. Der Droide war völlig auseinandergerissen worden. Er ist noch immer aktiv, aber er kann nicht sprechen – alles, was er von sich gibt, ist ein verzerrtes Rauschen mechanischer Statik.

Sie hört, wie sich ihr jemand von hinten nähert, und ein Blick über die Schulter zeigt ihr Han Solo.

»He«, sagt er.

»Du hast es geschafft. Du hast ihn gefunden.«

»*Wir* haben es geschafft. Ohne eure Hilfe hätte ich ihn nie befreien können.«

»Wirst du jetzt sentimental?«, fragt sie.

»Nein, aber ich bin in guter Stimmung. Genieß es also.« Er tritt neben sie und starrt gemeinsam mit ihr in den Wald. Plötzlich wirkt er auf jungenhafte Weise verlegen. Die Hände in den Taschen. Er will etwas sagen, aber er kann es nicht laut aussprechen. »Also, ähm, tja, danke!«

Nora hat nicht viel zu erwidern, außerdem schmerzt sie das Sprechen. Ihre beiden gebrochenen Rippen – sie sind inzwischen unter einer Bandage aus Klebeband verborgen, hastig angebracht von der ach so mitleidsvollen Jas Emari – fühlen sich dabei an, als würden sie in ihre Organe stechen. Also nickt sie nur und blickt weiter in die Ferne.

»Ist das da hinten wirklich dein Ehemann?«

»Ja.«

»Dann haben wir wohl beide Grund zum Feiern.«

»Absolut.«

Ihm muss das Zittern in ihrer Stimme aufgefallen sein. »Warum bist du nicht bei ihm? Warum sitzt du stattdessen hier draußen rum?«

»Ich wollte, dass er etwas Zeit mit seinem Sohn verbringen kann.«

»Sicher. Das ist alles, hm?« Er tastet sich vor, testet ihre Reaktion. »Oder geht dir irgendwas im Kopf herum?«

Ich habe Brentin im Stich gelassen.

Es war purer Zufall, dass ich ihn hier fand.

Es ist so lange her.

Nichts ist mehr so wie damals. Ich habe mich verändert. Temmin hat sich verändert.

Die gesamte Galaxis *hat sich verändert.*

Nur Brentin nicht.

»Nein«, lügt sie. »Nichts.« Sie fühlt sich wie eine Verräterin – und als ihre Gedanken zu Wedge wandern, verstärkt sich dieses Gefühl des Verrats nur noch. Es ist nicht so, dass sie Brentin nicht liebt. Nein, sie liebt ihn. Sie wird ihn auch weiterhin lieben. Er ist ihr Ehemann und der Vater ihres Kindes und ... sie kann ihm nicht in die Augen sehen. Nicht ohne Weiteres. Nicht jetzt.

»Ich werde bald Vater«, sagt Solo plötzlich.

»Ich ... ja. Etwas in der Art dachte ich mir schon.«

Er tritt nach einem Ast. »Ich sollte da sein. Für Leia. Für das Kind. Aber da ist ... diese Wolke, die über mir hängt. Ich werde nie *ich* sein. Ich kann kein guter Vater sein, solange ...« Er ballt eine Faust und presst die Knöchel gegen deinen Baumstamm – kein echter Schlag, aber fest genug, dass die Knochen knacken. »Ich meine nur, manchmal muss man tun, was man tun muss.«

»Du kommst nicht mit uns, oder?«

»Bin ich so durchschaubar?«

»Wie eine Scheibe Transparistahl.«

»Nehmt den Falken. Er ist das schnellste Schiff in der Galaxis, und wir haben knapp hundert Gefangene, die zu einem Arzt gebracht werden müssen. Es wird eng wie in einem Viehwaggon, aber ihr schafft das schon. Außerdem haben einige der Gefangenen bereits erklärt, dass sie mit mir und Chewie hierbleiben wollen.«

»Die Flüchtlinge?«

»Ja, und ein paar andere arme Teufel, die von diesem Sternzerstörer erwischt wurden. Mal sehen, was wir ausrichten können.«

Norra starrt in den toten Wald. »Ich glaube nicht, dass es hier noch viel auszurichten gibt.«

»Es sieht nicht überall so aus. Wir befinden uns hier am Rand der Schattenlande. In der Nähe der Städte befinden sich die Lager, die Minen, die Labore. Dort können wir das Imperium treffen.«

»Ihr wollt den Planeten also ganz alleine befreien?«

»Oder bei dem Versuch sterben.«

»Was ist mit Leia? Und eurem Kind? Was werden sie wohl dazu sagen?«

Er kratzt sich am Hinterkopf. »Ich weiß nicht. Vermutlich werden sie mich hassen. Aber vielleicht werden sie es irgendwann verstehen. Sie werden einsehen, dass ich es tun musste.«

»Ich glaube, sie würden es lieber sehen, wenn du lebendig zurückkehrst und es ihnen selbst erklärst.«

»Ich werde es jedenfalls versuchen.«

Norra schneidet eine Grimasse und streckt die Hand aus. Solo schüttelt sie. »Es war mir eine Ehre«, sagt sie.

»Geh zu deiner Familie, Norra Wexley. Bring sie nach Hause.«

»Danke, Solo. Viel Glück.«

»Das Glück hat mich bislang noch nie im Stich gelassen. Hoffen wir, dass es so bleibt.«

Kurz darauf hat Norra ihr Team versammelt.

Alle außer Temmin. Er ist noch immer bei Brentin. Aber das ist in Ordnung. Sie möchte ihn nicht bei dieser Besprechung dabeihaben.

Die Dunkelheit von Kashyyyk weicht dem grauen, trüben Licht der Sonne des Systems. Strahlen dieses Lichts fallen durch die Äste und den Nebel, und Norra tritt in einen dieser Schächte aus Helligkeit und bringt die anderen auf den neuesten Stand. Zu guter Letzt erklärt sie ihnen, dass Solo hier bleibt.

»Was für ein Schwachsinn«, murmelt Sinjir. Dann lauter: »Was für ein Haufen von Trotteln!«

»Ich glaube, ein paar von uns sollten ihn begleiten«, erklärt Norra.

»Ich bleibe«, sagt Jas ohne Zögern.

»Was?«, entfährt es Jom.

»*Was?*«, schnappt auch Sinjir.

Sie zuckt mit den Schultern. »Wir haben Gedde erwischt, aber die Sklaven von Slussen Canker blieben in Gefangenschaft. Das hat mir nicht gefallen. Hier können wir es besser machen.«

»Wir reden hier über einen ganzen *Planeten*«, entgegnet Jom. »Und den sollen wir befreien? Ganz allein? Wir sind gut, Emari, aber *so* gut nun auch wieder nicht.«

»Außerdem«, fügt Sinjir an, »bezweifle ich, dass eine Belohnung dabei herausspringen wird.«

»Ich habe noch aus jeder Situation ein paar Credits rausgeholt. Und vielleicht ist die Belohnung in diesem Fall auch gar nicht Geld. Wir halfen, Akiva zu befreien. Das hat sich gut angefühlt. Hat es dir nicht auch besser gefallen, als Aram eine spitze Antenne ins Ohr zu rammen, Sinjir?«

Norra beobachtet, wie der ehemalige Imperiale zu einer Antwort ansetzt, dann aber doch nur stumm auf seine Füße hinabblickt.

»Du brauchst deswegen kein schlechtes Gewissen zu haben«, fährt Jas fort. »Du hast etwas Schlechtes getan, weil du Grund dazu hattest. Manchmal muss man schlimme Dinge tun, um Gutes zu bewirken. Das ist unser Job. Aber ein Mal, nur ein Mal, möchte ich etwas wirklich Gutes tun. Auch wenn es vielleicht dumm ist. Etwas Gutes, etwas *Richtiges*.«

Sinjir gibt ein abgewürgtes Geräusch von sich. »Ich bitte dich, Jas. Tu es nicht.«

»Meine Entscheidung steht, Sinjir.«

»Na schön!« Er verdreht die Augen. »Dann tue ich eben auch etwas Gutes. Um meine Verbrechen wiedergutzumachen und den ganzen Schwachsinn. Ich bleibe. Außerdem kann ich hier vielleicht *wirklich* etwas bewirken. Dieser Planet steht unter der Kontrolle des Imperiums. Falls die Nachricht von meinem Seitenwechsel noch nicht bis hierher durchgedrungen ist, kann ich das ausnutzen.«

»Ihr habt beide den Verstand verloren«, grollt Jom. Doch dann seufzt er und wirft die Arme hoch. »Aber ich habe mich ohnehin schon über meine Befehle hinweggesetzt. Da kann ich ebenso gut noch ein wenig länger bleiben und versuchen, hier ein wenig Sand in die imperiale Kriegsmaschine zu werfen. Außerdem solltet ihr zumindest einen richtigen Soldaten dabeihaben.«

Norra nickt mit einem Lächeln. Genau darauf hat sie gehofft.

»Was ist mit dir?«, fragt Jas.

»Ich bringe meine Familie und die Gefangenen – und meine gebrochenen Rippen – nach Hause. Aber ich werde an euch denken. Falls es irgendwie möglich ist, schicke ich euch Hilfe.«

Emari nickt und tritt vor sie. »Pass auf dich auf, Norra.«

»Viel Glück, Jas.«

»Ich werde mich zwar auf mein Talent verlassen, aber zu ein wenig Glück sage ich nicht Nein.«

Norra verabschiedet sich auch von Sinjir und Jom, und plötzlich überwältigt sie das erdrückende Gefühl, dass sie diese Leute vielleicht nie wiedersehen wird. Ihr schwärzester Gedanke ist gleichzeitig der lauteste: Hierzubleiben und Kashyyyk befreien zu wollen – das ist eine Selbstmordmission.

27. Kapitel

Alles ist verworren. Es fällt ihr schwer, die Schmerzen in ihrer Seite zu ignorieren und sich auf die jüngsten Ereignisse zu konzentrieren, aber einen Moment der Erkenntnis bringt sie zustande, während sie im Pilotensitz des *Falken* sitzt. Sie fühlt sich wie eine Fremde in einem fremden Haus. Ihr Sohn sitzt neben ihr und übernimmt die Pflichten des Kopiloten. Und hinter ihnen schiebt sich Brentin ins Cockpit.

Er küsst das Haar seines Sohnes.

Er küsst Norra auf die Wange.

Dann bückte er sich zwischen ihnen vor, eine Hand auf ihrer Schulter, eine Hand auf Temmins Schulter. Als Norra den Falken aus dem Hyperraum zurückbringt, und Chandrila vor ihnen in Sicht kommt, lacht er kurz.

»Unglaublich«, sagt er.

»Was ist unglaublich?«, fragt sie, ein wenig verschmitzt.

»Wie die Dinge sich verändert haben. Es ist grauenvoll, dass ich alles verpasst habe, aber seht euch an! Norra, du bist eine *Pilotin*! Und du sitzt auch schon im Cockpit, Temmin. Die Rebellenallianz hat gewonnen und ... so sehr ich auch bedaure, dass ich nichts davon miterlebt habe, bin ich doch froh, dass die Dinge so ausgegangen sind.« Seine Stimme bebt, als er anfügt: »Es ist schon komisch, aufzuwachen und festzustellen, dass sich die Galaxis ohne einen weitergedreht hat.«

»Wir sind noch immer dieselben wie früher«, erwidert Temmin.

Norra streicht über die Hand ihres Ehemannes. Seine Finger zittern leicht. »Tem hat recht. Du warst fort, aber jetzt sind wir wieder eine Familie, und nichts kann daran etwas ändern«, sagt sie, auch um sich selbst davon zu überzeugen. »Es wird eine Weile dauern, bis wir uns wieder daran gewöhnt haben, aber das ist in Ordnung. Wir schaffen das. Könntest du vielleicht kurz nach den anderen sehen? Sag ihnen, dass wir bald landen.«

»Wird gemacht«, nickt er, dann schiebt er nach: »Ich liebe euch.«

»Wir lieben dich auch«, erwidert Temmin.

Während Brentin nach hinten geht, wechselt Norra einen Blick mit ihrem Sohn. Ihr fällt auf, wie *fröhlich* der Junge wirkt. Um die Wahrheit zu sagen, sie kann sich nicht daran erinnern, wann sie zuletzt diesen Ausdruck auf seinem Gesicht gesehen hat. Er strahlt förmlich, hell wie eine Sonne.

»Gehen wir nach Hause«, sagt er.

Norra übermittelt die Autorisierungscodes an die Luftraumkontrolle von Chandrila.

Der *Falke* befindet sich im Sinkflug.

Er ist völlig überfüllt. Temmin bahnt sich einen Weg durch den hinteren Teil des Schiffes und muntert die Gefangenen auf, an denen er sich vorbeischiebt: »Ihr seid jetzt frei«, sagt er zu einer Ithorianerin, die sich in eine Ecke presst. Sie murmelt Worte des Danks. »Wir landen gleich«, informiert er einen jungen Rodianer, dessen Gesicht von einem Zickzack aus Narben übersät ist. »Alles wird gut«, versichert er einem fassbäuchigen Mann in der Uniform der Rebellenarmee.

Im Heck, bei einer dicht gedrängten Gruppe von Passagieren, findet er schließlich seinen Vater, der das Gleiche tut wie er. Zuversicht spenden. Hände drücken. Manche umarmen ihn. Manche weinen. Andere lachen. Aufregung erfüllt die Luft wie eine elektrische Ladung.

»Dad«, sagt Temmin.

»Sohn«, sagt Brentin.

»MASTER TEMMINS VATER«, sagt Mister Bones. Wie aus dem Nichts tritt der Droide zwischen die beiden. Er streckt zwei seiner Klauenarme aus und drückt Vater und Kind zusammen, so heftig, dass sie mit den Köpfen zusammenstoßen. »DIESER KOSTBARE MOMENT MUSS MIT EINER UMARMUNG BESIEGELT WERDEN. EIN LIEBEVOLLES, ABER AUCH KRÄFTIGES AN-SICH-DRÜCKEN, BEI DEM EINE PERSON DIE ANDERE PACKT, MIT DEN ARMEN UMSCHLINGT UND ZUDRÜCKT – ABER NICHT STARK GENUG, DASS DIE AUGEN AUS DEN HÖHLEN ...«

»Bones«, unterbringt Temmin ihn scharf. »Schhhh.«

»ROGER-ROGER.«

Brentin starrt den Droiden verblüfft an. »Der alte B1. Du hast ihn bereits repariert?«

»Ja.«

»Nur mit den Werkzeugen hier im *Falken*?«

Temmin hört die Bewunderung in der Stimme seines Vaters.

»Ja.«

»Du kommst wirklich nach mir.«

Der Junge grinst breit. »Sieht so aus.«

Eine Menge hat sich auf der Landeplattform versammelt, als der *Millennium Falke* in einem weiten Bogen der Oberfläche entgegensinkt.

Die Nachricht hat sich schnell verbreitet: Han Solos Schiff ist zurück, und es hat eine ganze Gruppe von Gefangenen an Bord, von denen viele seit den frühesten Tagen der Rebellion nicht mehr gesehen wurden. Darum sind viele Familienmitglieder zusammengekommen, ebenso Veteranen, die zu jener Zeit kämpften und sehen wollen, ob sie vielleicht alte Freunde, Kameraden oder Geliebte willkommen heißen dürfen.

Die Menge jubelt und johlt.

Doch zwei der Versammelten steht eine Enttäuschung bevor. Sie werden vermutlich die *Einzigen* sein, die wirklich enttäuscht sind – und sie werden ihre Enttäuschung durch die triumphale Freude der anderen nur umso tiefer spüren.

Diese beiden sind Leia Organa und Wedge Antilles.

Wedge steht mit einer Handvoll Blumen auf der Plattform. Nichts Großes oder Auffälliges – die seltsame, kleine Frau aus dem Gewächshaus von Hanna City versuchte, ihm ein Bouquet so breit wie seine Brust und so bunt wie ein Regenbogen anzudrehen, aber er meinte, das wäre nicht Norras Stil. Stattdessen entschied er sich für etwas Dezenteres. Einfach, aber elegant: sechs Sonnenblumen. Dauerhaft schön, mit kräftigen Stielen und robusten Blättern. Sie verwelken nicht gleich. Und sie riechen herrlich.

Für ihn sind sie ebenso bezaubernd wie Norra.

Leia hingegen hat kein Geschenk, nur ihre Freude. Sie strahlt, ihre Wangen leuchten vor Aufregung. Der *Falke* ist zurück.

Und mit ihm gewiss auch ihr Ehemann.

»Das ist ein guter Tag«, ruft sie Wedge über den Lärm der Jubelnden hinweg zu.

»Ich weiß«, antwortet er.

Der Falke setzt auf der Plattform auf und kommt auf seinen Landebeinen zur Ruhe. Die Rampe sinkt auf den Boden, und durch eine Wolke zischenden Dampfes steigen die Gefangenen herab. Es sind Dutzende, und jeder wird von Wachen in Empfang genommen, die sie zu einem Willkommenskomitee führen, zu dem auch Ackbar und Mon Mothma gehören. Mehrere Transporter stehen am Rand der Plattform bereit, um sie zum Senatsplatz zu bringen, wo die Kanzlerin Essen und ein Sanitätszelt vorbereitet hat. Auch einige Offiziere warten dort, um die Zurückgekehrten zu befragen.

Immer mehr Gefangene treten aus dem Schiff, einer nach dem anderen.

Leia muss wissen, dass Han und Chewie zu den Letzten gehören, die von Bord gehen.

Wedge weiß, dass das Gleiche für Norra gilt.

Und dann kommt Norra tatsächlich die Rampe herunter, Temmin dicht vor ihr, gemeinsam mit seinem klappernden Droiden. Der Junge ist glücklich – glücklicher, als Wedge ihn je erlebt hat. Er will ihm schon zurufen, etwas sagen wie *He, hier drüben*. Doch dann sieht er den Mann neben Norra.

Er weiß nicht, wer es ist, aber ...

Er hat den Arm um Norra gelegt.

Er küsst sie auf die Wange.

Sie küsst ihn auf den Mund.

Es dauert nicht lange, bis es *klick* macht – *klick* wie ein Thermaldetonator, wenn er scharf gemacht wird. Nur, dass der Detonator diesmal in Wedges Brust steckt. Die Erkenntnis, dass Norra ihren Ehemann gefunden hat, saugt ihm die Luft aus der Lunge.

Er wendet sich zu Leia um, sieht den suchenden Ausdruck

auf ihrem Gesicht, und blickt selbst noch einmal hinüber. Doch Norra und ihr Mann waren die Letzten, die von Bord gingen, und die Rampe des *Falken* schließt sich, ohne dass noch jemand das Schiff verlässt.

»Er ist nicht mitgekommen«, murmelt Leia.

»Ich weiß«, erwidert Wedge. »Es tut mir leid.«

»Er ist noch immer da draußen.«

»Ich bin sicher, es geht ihm gut ...«

»Ich auch. Ich vertraue ihm.« Aber so, wie sie das sagt, klingt es nicht wirklich überzeugt. »Ich muss mit Norra sprechen. Herausfinden, was passiert ist.«

»Vielleicht solltest du ihr erst ein wenig Zeit geben. Es sieht aus, als hätte sie jemand Besonderen mitgebracht.«

Leia lächelt trotz ihrer offensichtlichen Enttäuschung. »Schön für sie, nicht?«

28. Kapitel

Jas brachte die Wookiees mit der *Nimbus* aus dem Gebiet, das sie den Schwarzen Wald nennen – eine Region ihrer Welt, die schon lange abgestorben ist. Seit Jahrtausenden, so sagen sie. Der Ort wurde vergiftet, »weil dort etwas Schreckliches geschah. Etwas, das eine tiefe Dunkelheit zurückgelassen hat. Wie ein Abdruck in nassem Zement«. Zumindest hat Solo es so übersetzt. Jom spricht kein Shyriiwook, also muss der Schmuggler für sie den Dolmetscher spielen.

Mit Solo zusammenzuarbeiten war bislang äußerst interessant. Chewbacca, der Wookiee, ist sein Kopilot. In gewisser Weise auch seine rechte Hand. Das jedenfalls hat Jom immerzu gehört. Die beiden waren praktisch unzertrennlich, Solo als Pilot und Chewie als sein Navigator. Das war die feste Rollenverteilung.

Doch hier auf Kashyyyk sind die Rollen vertauscht.

Chewie hat das Kommando. Er geht voran.

Und das wirklich Überraschende: Solo folgt ihm. Er lässt den Wookiee den Kurs bestimmen. Ja, er macht Vorschläge, aber er hält sich an die Entscheidungen seines Freundes. Und falls irgendjemand sie infrage stellt, ist Han der Erste, der eine schnippische Entgegnung parat hat.

Nachdem Jas sie aus dem Schwarzen Wald geflogen hat, ließ Chewbacca die *Nimbus* dicht über einem weiß schäumenden Fluss dahingleiten, der sich einen Kanal zwischen den hoch aufragenden Bäume hindurch gegraben hat. Solo meinte, dass er und Chewie seit *Jahren* Informationen über Kashyyyk gesammelt haben. Jom protestierte, dass diese Daten inzwischen vermutlich schon nicht mehr zutreffend sind und dass sie sich nur auf das verlassen können, was sie mit eigenen Augen sehen. Doch Solo konterte: »Unsere Informationen sind gut, und sofern du nichts Besseres hast, schlage ich vor, du klappst den Mund wieder unter deinen Schnurrbart.«

Sinjir lachte. »Unter seinen Schnurrbart. Ich glaube, das muss ich mir aufschreiben.«

»Klappe, Sinjir«, schnappte Jom.

Jas vorne auf dem Pilotensitz kicherte leise.

(Was Jom mehr verletzte, als er gedacht hätte.)

Der Fluss rauschte durch ein Gewirr von Baumstämmen und ergoss sich dann in einen durch einen Damm gestauten See, umgeben von gefällten Bäumen. Dort angekommen, dirigierte Chewie Jas zu einem mächtigen Wrosyhr-Ast über dem Wasserfall und ließ sie an der Stelle landen, wo der Ast aus dem Stamm ragt. Jom hätte nicht gedacht, dass es in der Galaxis Bäume gibt, die stark genug sind, um ein ganzes Schiff zu tragen, aber er hat nichts dagegen, eines Besseren belehrt zu werden. Gemeinsam treten sie auf den Ast hinaus – er bietet mehr als genug Platz, auch wenn Jom immer wieder von einem Schwindelgefühl heimgesucht wird, als er überlegt, wie lange es wohl dauern würde, bis er bei einem Sturz auf dem Boden aufprallen würde.

Solo erläutert indes Chewbaccas Plan. »Das ist ein großer Planet, und soweit wir wissen, haben sich die Imperialen hier festgesaugt wie Blutwürmer – vielleicht sogar noch fester, wenn man bedenkt, wie sich ihre Lage seit der Vernichtung des Todessterns verschlechtert hat. Aber Chewie hat einen Plan, nicht wahr, Kumpel?«

Sein Kopilot nickt und grollt eine Antwort. Der einarmige Wookiee neben ihm beschreibt eine Geste mit der verbliebenen Hand, um seine Zustimmung zu signalisieren.

»So sehr wir es auch wollen, allein können wir Kashyyyk nicht befreien«, fährt Han fort. »Wir hatten bislang Glück, aber jetzt brauchen wir mehr als nur das.«

Chewie knurrt.

»Genau«, sagt Solo. »Wir brauchen eine Armee.«

Jas beugt sich vor. »Mein Motto ist, je weniger, desto besser. Ich arbeite nicht mit Armeen.«

»Tja, dumm gelaufen«, kommentiert der Schmuggler.

»Gib uns ein Ziel. Finde den Kopf des Drachen, und wir schneiden ihn ab. Dann können du und deine Armee zusehen, wie der Planet fällt.«

»So leicht ist es leider nicht. Sicher, der Planet steht unter der Kontrolle eines Mannes: Lozen Tolruck. Aber er hat drei Sternzerstörer im Orbit, und unseren Informationen zufolge versteckt er sich in einer Inselfestung. Natürlich ist er trotzdem ein Ziel, denn er hat einen der Hemmchips.«

»Was?«, fragt Jom.

»Jedem Wookiee auf diesem Planeten wurde ein Chip in den Kopf eingepflanzt, um sie folgsam zu halten – wann immer sie Widerstand leisten, löst der Chip brutale Schmerzen aus, bis sie aufgeben oder sterben. Indem wir die Chips neutralisieren, geben wir den Wookiees ihren eigenen Willen zurück. Aber sie sind dann immer noch eingesperrt. Also müssen wir schnellstens eine große Sklavensiedlung befreien, sobald die Chips deaktiviert sind. Dann haben wir die Armee, die wir brauchen, um den Rest von seinen Ketten zu befreien. Und um all das zu erreichen, brauchen wir erst einmal weitere Informationen.«

Sinjir lässt seine Knöchel knacken und zwinkert. »Da kann ich behilflich sein.«

»Wir brauchen einen Punkt, an dem wir ansetzen können«, wirft Jom ein.

»Dort.« Solo deutet auf die andere Seite des gewaltigen Stausees. Dort, umgeben von gefällten Bäumen, befindet sich eine Kontrolleinrichtung, ein imperialer, zylindrischer Block, der aussieht, als wäre er in die fruchtbare, lehmige Erde von Kashyyyk hineingerammt.

Jom nimmt ein Fernglas zur Hand und richtet es auf die Anlage.

Solo fährt unterdessen fort: »In dieser Kommandostation gibt es Computer und Büros. Und das bedeutet, es gibt dort *Informationen*. Dort werden wir erfahren, wo sich Tolrucks Festung befindet und welche der Sklavensiedlungen die verwundbarste ist. Aber wir müssen schnell zuschlagen. Wir nehmen die *Nimbus*, fliegen mit Höchstgeschwindigkeit auf die Station zu und feuern aus …«

»Einen Moment mal«, unterbricht ihn Jom. Er lässt das Fernglas sinken. »Ich sehe vier Boden-Luft-Turbolasergeschütze da unten. Falls wir mit der *Nimbus* angreifen, werden sie uns in Stücke schießen.«

»Kavis-tha«, flucht Jas. Sie spuckt aus. »Glaubst du, ich kann mein eigenes Schiff nicht fliegen? Ich werde diesen Lasern mühelos ausweichen, Barell. Ich habe mehr auf dem Kasten, als du auch nur ahnst.«

»Na schön, sagen wir also, du wirst nicht abgeschossen.« Er schiebt trotzig das Kinn vor. »Sie werden uns trotzdem schon aus einem Kilometer Entfernung sehen. Das gibt ihnen jede Menge Zeit, Verteidigungsmaßnahme zu treffen. Oder zu fliehen. Außerdem wissen wir nicht, was sich hinter dieser Station befindet. Wer sagt, dass dort keine AT-STs oder ein Fluchtshuttle bereitstehen?«

»Hast du vielleicht eine bessere Idee?«, entgegnet sie in herausforderndem Tonfall.

»Ich dachte schon, du würdest nie fragen. Schickt mich mit einer kleinen Gruppe runter. Wir nähern uns von beiden Seiten. Ich und ein paar dieser Pelzknäuel ...«

»He«, protestiert Solo.

»Entschuldigung. Ich und ein paar dieser noblen Krieger schleichen uns an und überraschen sie. Wir schalten ihre Verteidigung aus, und *dann* kommt ihr mit der *Nimbus* und erledigt den Rest.«

»Gefällt mir«, brummt Han. »Ihr könnt die Turbolaser lahmlegen.«

»Das ist der Plan.«

Jas packt ihn am Arm. »Kann ich mal kurz mit dir reden?«

»Natürlich, Emari.«

Sie zieht ihn in Richtung *Nimbus* und schubst ihn hinter eine der hochgeklappten Turbinen. »Was glaubst du, tust du da?«

»Ich steuere meinen Teil bei«, antwortet er.

»Spiel nicht den Helden.«

»Ich bin kein Held. Ich bin Soldat.«

»Ein Soldat, der sich über seine Vorgesetzten hinweggesetzt hat. Und wir wissen ja beide, warum.«

»Wissen wir das?«

Sie zieht die Brauen zusammen. »Ja. Du bist meinetwegen nach Irudiru gekommen.«

»Sei dir da mal nicht so sicher.«

»Du bist mir nachgelaufen wie ein junger Welpe.«

»Jetzt mal halblang«, schnappt er und schiebt sie von sich fort. Anschließend tippt er ihr mit dem ausgestreckten Zeigefinger gegen die Brust. »Ich wollte meinen Teil beitragen und Solo finden.«

Sie packt seinen Finger und verdreht ihn. »Schön. Du hast ihn gefunden. Aber hast du ihm danach einen Knüppel über den Kopf gezogen und bist mit ihm zurück nach Chandrila geflogen?« Sie lässt ihn los und macht einen Schritt nach hinten. »Nein. Du bist geblieben. Wie ein kleiner Welpe.«

»Du bist wirklich ein Gör.«

»Und du bist ein Hohlkopf.«

Er zuckt mit den Schultern. »Ein Hohlkopf, der weiß, was er tut. Ein Hohlkopf, der kämpfen kann. Zweifle nicht an meinen Beweggründen.«

Sie stampft davon. »Na schön, Barell. Tu, was du nicht lassen kannst.«

»Das werde ich auch«, ruft er ihr nach.

Vor Wut schäumend bleibt er hinter dem Schiff zurück.

Sie ist wirklich ein Gör.

Und schlimmer noch, sie hat recht. Er ist ihr nach Irudiru gefolgt, weil ... nun, weil er sie mag, verflucht noch mal. Und er fühlt sich deswegen wirklich wie der orientierungslose Welpe, für den sie ihn hält. Die Vorstellung, dass sie die Station mit der *Nimbus* angreift und von diesen Turbolasern zerfetzt wird ...

Er schüttelt den Gedanken ab.

Es ist Zeit, zu den anderen zurückzugehen. Zeit, sich an die Arbeit zu machen. Zeit zu *kämpfen.*

Teil V

29. Kapitel

Ein Monat ist vergangen.
Nichts hat sich verändert.
Alles hat sich verändert.

Wedge Antilles überquert den weißen Schotterweg vor dem Raumhafen und nähert sich dem dickbauchigen Shuttle an seinem Ende. Vor ihm weht der Wind Sachi-Blüten über den Boden – sie sehen aus wie Kanarienmotten, die durch die Luft trudeln. Sein Bein fühlt sich schon viel besser an; er braucht inzwischen keinen Stock mehr. Das Humpeln verfolgt ihn zwar weiterhin wie ein Geist, der sich nicht exorzieren lassen will, aber langsam, Stück für Stück wird sein Gang wieder flüssiger.

Ein Pantoraner mit borstigem Backenbart poliert die Chromplatten am Bug des Shuttles.

Als Wedge näher kommt, dreht der Mann sich um und salutiert hastig.

»Captain«, sagt er.

»Rühren, Pilot«, erwidert Wedge.

»Eigentlich bin ich Techniker, Sir. Shilmar Iggson«, erklärt der Pantoraner. »Kann ich Ihnen behilflich sein?«

»Ich suche nach …«

Hinter den zusammengeklappten Flügeln des Shuttles taucht ein Gesicht auf – es ist mit dunklem Maschinenöl verschmiert, sodass Wedge es beinahe nicht erkennt.

»Captain«, sagt Norra. Sie schiebt sich unter dem Flügel hervor, die Knie auf einer Repulsorliege. Als sie aufsteht, verpasst sie der Liege einen Tritt, sodass sie davonschwebt. Anschließend wischt sich Wexley mit einem Stofftuch die Hände ab.

»Captain?«, wiederholt Wedge. »Norra, komm schon, wir sind Freunde.«

»Oh. Ja, nein, natürlich. Ich dachte nur …« Sie lächelt unbehaglich. »Es ist jedenfalls schön, dich zu sehen, Wedge.«

Sie tritt vor, um ihm die Hand zu schütteln, und er tritt vor, um sie zu umarmen, aber letztlich passiert weder das eine noch das andere. Einen peinlichen Moment lang sind seine Arme ausgebreitet und ihre offene Hand vorgestreckt, dann lachen sie beide nervös und machen wieder einen Schritt zurück.

»Also«, sagt er und lässt bewundernd den Blick über das Shuttle gleiten. »Du bist also wieder Pilotin?«

»Ja. Ich arbeite für den Senat. Manchmal … nun, manchmal brauchen sie einen Chauffeur. Nachher fliege ich den – mal sehen, ob ich das hinkriege – den ›Senatssondergesandten für galaktische Deeskalationsstrategien‹? Keine Ahnung. Jedenfalls fliege ich ihn zum See Andrasha, wo er an einer Besprechung teilnimmt.«

»Die Friedensgespräche beginnen in ein paar Tagen.«

»Und die große Feier.«

»Richtig.« Wedge hat die Sicherheitsmaßnahmen für diese Veranstaltung mit vorbereitet. Die Befreiung der Gefangenen von Kashyyyk war ein Moralschub, der genau zur rechten Zeit kam. Einige dieser Leute waren hochrangige Mitglieder

der Rebellenallianz, viele von ihnen Helden und Befreier, und ihre Rettung ... Nun, es wurde beschlossen, dass dieses Ereignis entsprechend zelebriert werden muss.

Tag der Befreiung, so will der Senat es nennen. Der Vorschlag stammt von der Kanzlerin.

Und die Friedensgespräche folgen unmittelbar darauf. Wedge ist kein Politiker, aber selbst er erkennt die Logik dahinter. Die meisten Leute stehen diesen Friedensverhandlungen mit dem Imperium äußerst skeptisch gegenüber – ihm selbst geht es da nicht anders. Die imperiale Unterdrückung hat im Laufe der Jahre einiges an bösem Blut geschaffen, und nicht wenige in der Neuen Republik halten es für falsch, dem alten Feind Spielraum zu geben. Wenn Großadmiral Sloane hier auftaucht, wird das viele Gemüter überkochen lassen. Allein beim Gedanken an sie ächzt Wedges Körper; er hat ihre Zuwendung im Palast des Satrapen auf Akiva noch lange nicht vergessen. Diese Frau verdient kein Mitgefühl – keine Güte. Ist man auch nur einen Moment nachsichtig mit ihr, wird sie die Gelegenheit nutzen, um ein Messer zu zücken und einem die Kehle durchzuschneiden.

Andererseits ist er vielleicht nicht ganz neutral, was sie angeht. Und darum hält er sich auch aus der Angelegenheit heraus. Die große Feier am Tag der Befreiung wird jedenfalls die Gemüter abkühlen, die sich wegen der Friedensgespräche erhitzt haben.

»Es ist eine Weile her«, sagt Norra.

»Ja. Tut mir leid. Es ist einfach nur ... du weißt ja.«

»Ja. Alles ist so hektisch.«

»Alles bewegt sich unglaublich schnell. Mit Lichtgeschwindigkeit.«

Menschliche Emotionen sind wie ein Rudel Tooka-Katzen,

die Schatten hinterherjagen, befindet Wedge. Er freut sich für Norra, dass sie ihren Ehemann wiedergefunden hat, aber dennoch …

Aber dennoch.

»Also«, fragt Wexley. »Was führt dich hierher? Ist alles in Ordnung?«

Er hadert einen Moment mit sich, bevor er antwortet. »Nein, ist es nicht.«

»Was ist los?«

»Es geht um Temmin, Norra.«

Klack, klack, klack.

Temmin hämmert die letzte Federschraube mit dem Griff des Schraubenschlüssels an ihrem Platz fest, dann dreht er das Werkzeug herum und setzt es ein letztes Mal an.

Ein Summen ertönt.

Rote Augen flackern, dann pulsieren sie, und schließlich leuchten sie gleichmäßig.

Bones' schmaler Geierschädel dreht sich nach links und rechts, bevor seine Augen sich auf Temmin fokussieren.

»HALLO, MASTER TEMMIN.«

»Bones!« Er packt den Droiden und presst seine Stirn gegen den kalten Metallkopf der Maschine. »Bin ich froh, dass du wieder in Ordnung bist, Kumpel.«

»UND ICH BIN FROH, DASS ICH KEINE ASTROMECHTEILE HABE.«

»Ich weiß.«

»ASTROMECHS SIND AUFDRINGLICH UND SCHWACH. SIE ERINNERN MICH AN MÜLLEIMER ODER AUFFANGBEHÄLTNISSE FÜR MENSCHLICHE AUSSCHEIDUNGEN. SIE SIND BEINAHE SO NUTZLOS WIE PROTOKOLLDROIDEN. DIE ER-

FÜLLEN REIN GAR KEINEN ZWECK. ALLES, WAS SIE TUN, IST REDEN, REDEN, REDEN, REDEN, REDEN, REDEN ...«

»Ist ja gut.« Temmin lacht. »Ich hab's verstanden, du kannst jetzt den Fuß vom Gas nehmen.« Er macht sich eine mentale Notiz, Bones' Persönlichkeitsmatrix zu überarbeiten. Etwas muss da drinnen durcheinandergekommen sein – der B1 ist normalerweise nicht so redselig. »Wie fühlst du dich?«

»ICH SCHEINE ERNEUT MODIFIZIERT WORDEN ZU SEIN.«

»Ja, aber das meiste davon ist nur kosmetischer Natur.« Der Torso des B1 wurde von den Drohnen auf Kashyyyk so zerbeult und zerrissen, dass Temmin es für das Beste hielt, den skelettartigen Look noch zu verstärken und die beschädigten Teile kurzerhand herauszuschneiden. Jetzt sieht Bones' Rumpf aus wie ein Brustkorb, nur eben mit ... mehr scharfen Spitzen.

Er spielte mit dem Gedanken, Bones einen der Drohnenarme anzuschweißen – diese Peitschenglieder waren ziemlich effektiv. Bemerkenswerte Technologie.

Sein Vater meinte, er könnte ihm dabei helfen, aber dann ...

»SIE SCHEINEN IN EINEN MOMENT DER TRAUER VERTIEFT, MASTER TEMMIN. BITTE NENNEN SIE DIE URSACHE DIESER EMOTION, UND ICH WERDE SIE ZERQUETSCHEN WIE EIN UNBEDEUTENDES INSEKT.«

»Es geht mir gut, Bones. Wirklich. Ich bin froh, dass mein Vater zurück ist.«

»SEHR SCHÖN. ABER ES ERKLÄRT NICHT DEN NIEDERGESCHLAGENEN AUSDRUCK AUF IHREM GESICHT. SIE SIND NOCH IMMER TRAURIG UND BESORGT. BITTE BENENNEN SIE DIE GRÜNDE DAFÜR.«

Was soll er sagen?

Alles war gut. Brentin kam nach Hause. Mom wirkte froh. Temmin war froh. Sie unternahmen gemeinsam Ausflüge, besuchten den Zoo auf der Insel Sarini, wo sie die Pangorine in ihren Grotten und die Krächzkrabben in ihren Becken beobachteten, wo Dad über die dahinwatschelnden Uralangs lachte. Sie aßen jeden Abend zusammen – Dad kochte sogar und versuchte sich an all den fremden chandrilanischen Kräutern und Gewürzen. Mom und er blieben die ersten Nächte lange auf und redeten und lachten bis früh in den Morgen.

Doch dann änderte sich etwas …

Irgendwo in der Wohnung hört Temmin Geräusche. Das Klappern von Geschirr auf einem Teller, das Summen des Proteinzubereiters, das Spritzen des Wasserhahns.

»Bleib hier, Bones«, sagt er und geht in die Küche.

Es ist sein Vater.

Der Gedanke ist noch immer surreal. Sein *Vater*. Der vor all den Jahren aus seinem Leben gerissen wurde – von imperialen Truppen mitten in der Nacht aus ihrem Haus gezerrt. *Natürlich* ist so etwas surreal. Und Temmin kämpft gegen dieses Gefühl an, indem er sich sagt: *Es ist fantastisch, du bist nur zu egoistisch, um es zu erkennen.*

Doch nach den ersten paar Wochen war sein Vater nicht mehr derselbe. Es ist, als wäre er nicht wirklich anwesend. Und hier ist er wieder, Brentin Wexley. Manchmal setzt er noch immer dieses gewinnende Lächeln auf. Er kann noch immer gut mit Werkzeug umgehen. Er schnippt noch immer mit den Fingern, wenn er nachdenkt, genauso, wie Temmin es tut. Und hin und wieder macht er noch einen seiner alten Scherze. Aber …

Normalerweise bewegt er sich in einer gelassenen, lockeren Haltung. Als hätte er keinerlei Problem. Und Dad hat Musik geliebt. Temmin ging sogar in einen Trödelladen (von denen es auf Chandrila nur wenige gibt; die Leute hier vertreten die Ansicht, dass Trödel Müll ist – im Gegensatz zu Temmin, der weiß, was für Schätze sich manchmal unter ein wenig Staub und Rost verbergen) und kaufte ihm ein kleines Valachord. Brentin hat ein paarmal auf die Tasten gedrückt.

Seitdem hat er das Instrument nicht mehr angefasst.

Die Ärzte und Therapeuten sagen, das sei alles ganz normal. Niemand weiß wirklich, was er mental durchlitten hat. Soweit Brentin Wexley sich erinnern kann, war er die meiste Zeit über in Stase – eingesperrt in einer dieser Kammern, missbraucht, um die Sicherheitssysteme des Gefängnisschiffes mit Energie zu versorgen. Mom meinte, dass die Drogen, die die Droiden ihr verabreichten, ihre Ängste und Sorgen verstärkt hätten – und sie war ihrer Wirkung nur ein paar Minuten ausgesetzt.

Wer kann schon sagen, was dieses Gemisch seinem Vater angetan hat. Es strömte schließlich jahrelang durch seine Adern. Vielleicht hat er einen endlosen Albtraum erlebt.

Trotzdem. Dad ist zurück … und gleichzeitig doch auch nicht.

Und das ist furchtbar.

»Tem«, sagt Brentin. »Hallo, Kleiner.«

»Hallo, Dad.«

»Alles im Lot?«

»Ja. Ich … ich dachte nur, du wolltest mir heute helfen.«

»Dir helfen? Ich …« Er zieht das Gesicht. »Mit dem Droiden. Deinem B1. Richtig. Tut mir leid, Tem. Ich war abgelenkt.«

»Wo warst du?«

»Ich habe einen Spaziergang gemacht.«

Das tut er in letzter Zeit häufig. Er geht spazieren, morgens, mittags, selbst mitten in der Nacht. Dieser Therapeut, Doktor Chavani, meinte, auch das wäre nicht weiter ungewöhnlich. Im Lauf der Jahre hat sich einiges in seinem Bewusstsein aufgestaut, und das ist vielleicht Brentins Art, es abzutragen.

Alle gingen davon aus, dass er tot war, und nun ist er es doch nicht – er ist praktisch aus dem Grab wiederauferstanden, wie ein glühender Geist in einer alten Holofolge von Meteor-Horrorgeschichten.

»Wir könnten ja mal gemeinsam spazieren gehen.«

»Nein«, entgegnet sein Vater. »Ich glaube, es ist besser für mich, wenn ich das alleine mache.«

»Denkst du wirklich?«

»Es gibt vieles, was im Moment nicht wirklich klar ist, Kleiner.«

»Oh. In Ordnung. Wie du meinst. Ist zwischen dir und Mom alles in Ordnung?«

»Sicher.« Doch sei Tonfall macht klar, dass er es nicht wirklich glaubt. Temmin hat es selbst schon bemerkt. Da ist eine Distanziertheit zwischen den beiden. Eine Kluft, die immer größer wird.

Und soweit es ihn angeht, ist das alles Norras Schuld.

»Er ist wütend auf mich«, sagt Norra. Sie nimmt ihre Thermoskanne zur Hand und schraubt zwei Scheiben aus dem Verschluss. Eine Handbewegung später sind sie zu kleinen Tassen ausgeklappt. Wexley und Antilles haben sich an einen kleinen Tisch im hinteren Teil des Shuttlehangars zurückgezogen – ein paar Piloten, Techniker und Mechaniker nehmen hier während der Arbeit manchmal einen kleinen Imbiss zu sich. Sie füllt seine Tasse mit Chava-Chava, einem heißen Gebräu aus der gleichnamigen Wurzel. Es ist zwar kein Vergleich zu Jaqhad-Kautabak, aber besser als nichts.

Wedge seufzt. »Das Gefühl habe ich auch.«

»Wir reden nicht mehr allzu viel miteinander.«

»Wieso? Gibt es Probleme zwischen dir und Brentin?«

»Mit Brentin und mir ist alles in Ordnung. Wirklich.« Sie hört selbst, wie aufgesetzt ihre Worte klingen. Es ist, als würde ein Hustenanfall in ihrer Brust lauern, den sie versucht zu unterdrücken, aber er kratzt und kitzelt und sticht sie. »Ach, verdammt. Nichts ist in Ordnung. Temmin hat allen Grund, wütend zu sein. Sein Vater kommt nach Hause, aber er ist nicht wirklich da. Seine Augen sind leer. Als wäre er irgendwo anders, obwohl er mir direkt gegenübersitzt.«

»Die meisten der Gefangenen haben Probleme, sich einzugewöhnen. Ich hörte, dass sie trotz der Stase ... Albträume hatten.«

»Ja. Brentin hat wahrscheinlich *Jahre* voller Albträume hinter sich. Vermutlich ist es da nur normal, dass er sich seltsam verhält. Mehr als normal. Ich ... es ist nicht seine Schuld, dass ich nicht zu ihm durchdringen kann. Er ist einfach nicht mehr Brentin.« *Und du bist einfach nicht mehr Norra.* »Ich weiß, es ist mein Fehler. Er wird sich erholen. Ich muss nur Geduld haben. Ich muss einfach verständnisvoll sein und lächeln und meinen dummen Mund halten. *Er wird sich erholen.*«

Wedge legt seine Hand auf die ihre, und sie verschränken die Finger.

Die Berührung ist warm und tröstlich und ...

Sie zieht ihren Arm zurück.

»Ich bin verheiratet.«

»Ich weiß. Ich weiß! Ich wollte nicht ...«

»Ich weiß. Es ist nur ...«

»Ich verstehe.«

»Ja.«

»Tut mir leid.«

»Du musst dich nicht entschuldigen.« *Es hat sich gut angefühlt, und ich* wollte, *dass du meine Hand nimmst.* Sie knirscht mit den Zähnen und versucht, diesen Gedanken zu verscheuchen. »Sag mir einfach, was mit meinem Sohn los ist.«

»Nichts Ernstes. Es ist nur ... Er war als Reserve beim Tag der Befreiung eingeplant.«

»Aber?«

»Aber er hat zu viele Trainingsstunden verpasst.«

Sie presst Daumen und Zeigefinger gegen ihre Nasenwurzel. »Was bedeutet, dass er nicht fliegen wird.«

»Genau.«

»Er macht gerade einiges durch. Alles, was er je wollte, ist, dass sein Vater zurückkommt. Jetzt ist er wieder da, aber es ist längst nicht so magisch, wie wir gedacht hatten.« Sie nimmt einen tiefen Schluck Chava. »Ich werde es ihm sagen. Wegen der Feier.«

»Bist du sicher? Ich kann ihn auch anrufen ...«

»Er ist bereits wütend auf mich. Da kann ebenso gut ich die schlechte Nachricht überbringen.«

»Danke.«

Eine Weile sitzen sie schweigend da und atmen den Dampf aus ihren Tassen ein. Schließlich fragt Norra: »Gibt es Neuigkeiten aus Kashyyyk?«

»Nein.«

»Wir haben jetzt einen Monat nichts mehr gehört, Wedge.«

»Ich weiß.«

»Leia muss halb wahnsinnig vor Sorge sein.«

»Das ist sie, glaub mir. Das ist sie.«

Der Eleutheria-Platz vor dem Senatsgebäude ist erfüllt von reger Aktivität – alles mit meisterhafter Hand gelenkt von Kanzlerin Mon Mothma und ihren Beratern. Sie benutzt Personen wie Instrumente, erschafft aus schierem Lärm Harmonie und

Rhythmus. Es ist wirklich beeindruckend, ihr dabei zuzusehen.

Es sei denn natürlich, man ist eines der Instrumente, das sie ausgemustert hat.

Genauso fühlt Leia sich nämlich. Doch auch wenn sie nicht länger Teil des Liedes ist ... kann sie noch immer Lärm machen, oder?

Sie schreitet in die Mitte des Platzes. Es ist inzwischen deutlich sichtbar – es noch verstecken zu wollen wäre sinnlos. Und natürlich wird getuschelt. Gerüchte über das Kind eines Schmugglers und einer Prinzessin; eines Schmugglers, der sich davonmachte, während die Prinzessin zurückblieb. Leia interessiert dieses Gemurmel nicht. Sie darf es nicht an sich heranlassen.

Während Mon Mothma den Senatswachen zeigt, wo sie zu stehen haben – und gleichzeitig die letzten Entscheidungen bezüglich der Leuchtdisplays trifft, die den Nachthimmel nach dem Tag der Befreiung in ein beispielloses Meer aus Lichtern und Feuer tauchen werden –, tritt Leia direkt auf sie zu. Zur Hölle mit dem Protokoll. Schicklichkeit ist ein Relikt der Vergangenheit, etwas, das Leia tief begraben hat. Außerdem ist Mon ihre Freundin. Oder?

»Leia«, sagt Mothma. In ihrer Stimme entdeckt Leia widerstreitende Emotionen von Wärme und Irritation. Die Kanzlerin freut sich, sie zu sehen, ist aber gleichzeitig verärgert, dass man sie bei der Arbeit unterbricht. »Wie Sie sehen können, bin ich gerade ein wenig beschäftigt ...«

»Ich ... ich bin auch beschäftigt. Damit, mir Sorgen über meinen Mann und seine Leute und eine *ganze Welt* von Wookiees zu machen, die langsam unter der eisernen Faust des Restimperiums zermalmt wird. Mon, bitte.«

Leia hat ohne Unterlass versucht, eine Lösung für diese Krise zu finden, seit dem Tag, als der *Millennium Falke* auf Chandrila landete – und ihr Ehemann nicht an Bord war. Norra und die anderen hatten die Gefangenen befreit, aber Han blieb zurück. *Es gibt noch etwas, was er tun muss*, wie Norra sagte.

Bei der Erinnerung presst sie die Kiefer zusammen.

Sie versuchte, die nötigen Stimmen zusammenzubekommen, um Hilfe und Truppen nach Kashyyyk zu schicken, aber natürlich ist der Senat voller Abgeordneter, deren eigene Welten Hilfe und manchmal auch militärische Unterstützung brauchen. Die Abstimmung war eng, aber nicht eng genug – das Thema wird erst im nächsten Zyklus wieder besprochen, und dann wird es schon längst zu spät sein.

Nach dieser Niederlage sprach Leia direkt mit Admiral Ackbar darüber – der Mon Cal stimmte ihr zu, dass es Zeit wäre, etwas wegen Kashyyyk zu unternehmen, und sie wogen gemeinsam die Optionen ab. Er schlug vor, eine kleine Spezialeinheit auf die Oberfläche des Planeten zu entsenden, um Hans Gruppe zu unterstützen ...

Mon Mothma blockierte dieses Unterfangen. Es war, als würde sie einen riesigen Keil aus Eis zwischen Leia und ihr Ziel rammen.

Damals meinte Mothma, es wäre »unverantwortlich«, so aggressiv vorzugehen, wo doch die Friedensgespräche mit Sloane bevorstünden. Die Galaxis, so meinte sie, erlebe gerade einen Moment des Friedens; zugegeben, ein angespannter, unangenehmer Frieden, aber zumindest herrsche Ruhe an der galaktischen Front – eine dringend benötigte Verschnaufpause von der zermürbenden Angespanntheit der Kämpfe. In dieser Situation offiziell einen Angriff auf Kashyyyk anzuordnen könnte die alten Sorgen ganz schnell wieder zum Leben erwecken.

Und das war keine Option, daran hatte die Kanzlerin keinen Zweifel gelassen.

Der Senat hatte ihre Meinung unterstützt.

»Leia, bitte. Falls Sie mir ein paar Stunden geben würden …«

»Mon. Hören Sie mir zu. Ich werde nicht länger mit Ihnen verhandeln …«

Mothma beugt sich zu ihr vor und flüstert: »Ich verstehe ja, dass Sie aufgewühlt sind, aber …«

»Ich hoffe, Sie verstehen auch Folgendes«, entgegnet Leia. Ihre Stimme ist deutlich lauter als ein Flüstern. »Sie brauchen mich. Ich bin noch immer das Gesicht der Republik. Zwingen Sie mich nicht, mich vom Senat zu distanzieren.«

Mon versteift sich. »Das würden Sie wirklich tun? Sie würden der Neuen Republik wegen dieser Sache schaden?«

»Ich würde die gesamte Galaxis niederbrennen, falls ich es für nötig hielte.«

Mothma seufzt und setzt ein erzwungenes Lächeln auf. »Das weiß ich.« Sie nickt den Versammelten zu. »Machen Sie kurz Pause. Ich bin gleich wieder da.«

Die Kanzlerin nimmt Leia am Ellbogen, und sie gehen zur anderen Seite des Platzes hinüber. Vole-Vögel mit langen Schnurrhaaren staksen dort herum und suchen mit kratzenden Klauen nach Krümeln. Als die beiden Frauen sich nähern, flattern die Tiere mit wogendem Federkleid davon.

»Also schön, Sie haben meine Aufmerksamkeit«, sagt Mon. »Ich wünschte, Sie hätten einen angenehmeren Weg gefunden, aber gut. Reden Sie.«

»Wir sind Freunde. Oder etwa nicht?«

»Ich denke und hoffe, dass es noch so ist. Ich weiß, es geht Ihnen um Kashyyyk, und glauben Sie mir, wenn ich Ihnen das sage: Meine Hände sind gebunden. Die Dinge haben sich verändert. In den Tagen der Allianz taten wir, was immer wir konnten – und manchmal bedeutete das, dass eine Person auf die Schnelle Entscheidungen für die Gesamtheit treffen musste. Aber das hier ist nicht länger eine Rebellion. Wir verstecken uns nicht mehr. Wir operieren nicht mehr in kleinen Zellen, von behelfsmäßigen Basen aus, die über die Galaxis verstreut sind. Heute sind alle Augen auf uns gerichtet, Leia. Wir sind vereint, und *diese* Einigkeit verpflichtet uns, die Interessen der Gesamtheit zu wahren. Die Mühlen der Regierung mögen langsam mahlen, aber sie sind effektiv ...«

»Effektiv? Wobei? Dinge hinauszuzögern? Faule Zugeständnisse zu machen?«

»*Kompromisse* zu schließen.«

»So viel kalte Logik, während da draußen Welten sterben. Wie sieht Ihr Kompromiss für Kashyyyk aus? Ich habe nämlich den Eindruck, dass es da keinen Kompromiss gibt, zumindest keinen, den die Wookiees als solchen betrachten würden ...«

Mon nimmt ihre Hand und drückt sie. »Kashyyyk ist eine Welt unter Tausenden, die wir retten wollen – und Tausende weitere werden folgen. Bitte, versuchen Sie, über Ihre persönlichen Gefühle wegen Han hinwegzusehen. Es geht hier um mehr als nur einen Mann.«

»Ja, Sie haben recht. Es geht um Millionen Wookiees – von denen viele bereits tot sind, weil niemand ihnen zu Hilfe kam. Chewbacca ist ein Freund und ein Beschützer der Republik. Er gehört zur *Familie*. Ich stehe in seiner Schuld, genauso wie Han.« Eine Erkenntnis steigt in ihr auf, brennend wie eine Woge aus Feuer. Sie versteht, warum Han da draußen ist. Er rennt nicht vor ihr oder dem Kind fort – er rennt etwas anderem *entgegen*. Das meinte Norra also, *das* muss er erledigen. Er muss erst diese Schuld begleichen, bevor er guten Gewissens seine eigene Familie gründen kann.

»Ich habe darüber nachgedacht«, sagt Mon, »und was Han tut, ist vielleicht die beste Art, dieses Problem anzugehen. Auf Welten, die noch immer unter der Kontrolle des Imperiums stehen – oder auf denen Verbrechersyndikate das Machtvakuum gefüllt haben –, können kleine Widerstandsbewegungen eine Rebellion einläuten wie auf Akiva. Wir dürfen sie offiziell nicht unterstützen, aber vielleicht finden wir auf indirektem Wege Möglichkeiten, ihnen zu helfen.«

Leia schnaubt. »Auf indirektem Wege? Haben wir noch immer solche Angst vor dem Imperium?«

»Wie versprochen, ich werde dieses Thema auf den Tisch bringen, wenn Admiral Sloane hier zu den Friedensgesprächen eintrifft. Ich werde die Befreiung von Kashyyyk zu einer der Bedingungen für eine Waffenruhe machen …«

»Sie wollen über etwas verhandeln, das nicht verhandelbar ist«, zischt Leia. Sie hebt die Hände, mit den Handflächen nach außen. »Hier ist der richtige, der *gute* Weg. Und hier ist der falsche Weg. Der *böse* Weg. Wir haben lange gekämpft, um gut zu sein. Um Helden zu sein! Aber jetzt? Jetzt wollen Sie zwischen diesen beiden Wegen verhandeln. Sie wollen die gesamte Republik in eine Grauzone ziehen.«

»Die Dinge sind etwas zu kompliziert, als dass man sie einfach nur in Gut und Böse unterteilen könnte, Leia.«

»Für mich nicht!« Organa dreht sich um. »Ich gehe besser. Hier kann ich offensichtlich nichts tun. Ich dachte, Sie würden es vielleicht verstehen, aber da habe ich mich wohl geirrt.«

»Warten Sie. Der Tag der Befreiung ist morgen. Ich brauche Sie an meiner Seite – das Gesicht der Solidarität. Wie ich schon sagte: Einigkeit.«

»In diesem Punkt sind wir uns aber nicht einig. Sie werden ihre Feier allein über die Bühne bringen müssen.«

»Ich bin nicht diejenige, die allein steht, Leia.«

Sie dreht das Messer in der Wunde. Und Organa geht zum Gegenangriff über.

»Ich bin lieber allein als an Ihrer Seite, Kanzlerin.«

Mit diesen Worten stürmt sie davon. Sie weiß jetzt, was sie tun muss.

Norra trifft ihren Sohn allein in der Küche an. Er isst eine Schale Pakarna – ein chandrilanisches Nudelgericht, scharf und würzig. Bones beobachtet ihn fasziniert, während er die Nudeln um seine Gabel rollt und sie dann lustlos in seinen Mund stopft, ohne auf die Soße zu achten, die auf sein Kinn tropft.

Der Junge nimmt kaum Kenntnis von ihr, als sie durch die Tür tritt.

»Hallo«, sagt sie.

Keine Antwort, nur ein schmollendes Nicken.

»Wo ist dein Vater?«

»Seit wann interessiert *dich*, was er macht?«

»Also gut. Das habe ich vermutlich verdient.«

Temmin zuckt mit den Schultern. »Ja. Er ist rausgegangen. Wollte wieder mal einen seiner Spaziergänge machen.«

»Er muss sich über einiges klar werden, Liebling.«

»Ich glaube eher, er will sich von dir fernhalten.«

Diese Bemerkung macht sie wütend. Sie will es nicht – sie will ihm die andere Wange hinhalten, all die verbalen Schläge einstecken, die er austeilen kann –, aber jetzt schnappt sie, schnell, zu schnell: »Pass auf, wie du mit mir redest, Tem. Wir machen hier gerade alle eine schwierige Phase durch, und glaub mir, es wird noch schwieriger, bevor es besser wird. Dein Vater war lange fort ...«

»Weil er gefangen genommen wurde. War das deine Entschuldigung?«

»Ich habe ...?«

»Was? Versucht, ihn zu finden? Das hat ja toll geklappt.«

Sie ignoriert diese Worte. Oder versucht es zumindest. »Dein Vater hat auf diesem Schiff viel durchgemacht. Deswegen benimmt er sich ein wenig seltsam.«

»Er benimmt sich seltsam, weil du dich *ihm gegenüber* seltsam benimmst.«

Er hat recht. Sie benimmt sich Brentin gegenüber seltsam. Meistens essen sie schweigend. Die erste Woche schliefen sie im selben Bett, aber inzwischen hat er sich auf das Sofa im Wohnzimmer zurückgezogen. Sie reden kaum noch miteinander. Worüber sollten sie sich auch unterhalten? Die gegenwärtige Lage der Galaxis? Die bevorstehenden Friedensgespräche mit den Leuten, die ihn eingesperrt haben – gegen die sie jahrelang gekämpft hat? Könnten sie über seine Albträume sprechen? Über ihre Zeit bei der Allianz? Sie hat es versucht. Hin und wieder, wenn sie allein waren, hat sie an der Oberfläche gekratzt, um zu sehen, was er davon hält, dass sie in seine Fußstapfen getreten ist. Doch die meiste Zeit wirkt er völlig abgelenkt. Das hat sie während des Krieges bei vielen anderen Piloten und Soldaten gesehen – sie waren völlig traumatisiert, innerlich zerrissen, sodass nur noch kleine Fetzen ihres früheren Ichs übrig blieben.

Ist es bei Brentin genauso? Sind von ihm auch nur noch Fetzen übrig?

Temmin stellt seine halbvolle Nudelschale in den Spülstein. Bones streckt den Hals und blickt neugierig darauf hinab.

»ICH WERDE DAS ABSPÜLEN«, erklärt der Droide.

»Nein«, sagt Temmin und tippt der Maschine mit dem Daumen gegen seine neuen Rippen. »Lass uns rausgehen.«

Norra greift nach seinem Arm. »Wedge hat mich besucht. Er meinte, du hättest dein Training verpasst.«

»Und?«

»*Und* deswegen kannst du nicht bei den Patrouillenflügen am Tag der Befreiung teilnehmen.«

Er zieht die Schultern hoch, als wäre es ihm egal, aber dieses Schulterzucken ist gleichzeitig so aggressiv, dass es ihm gar nicht egal sein *kann*. »Na und? Der Tag der Befreiung ist ohnehin eine dumme Idee. Und dann Friedensgespräche mit diesem Monster Sloane? Wir haben ein paar Gefangene gerettet. Als würde das einen Unterschied machen. Wir bekommen ja nicht mal eine Medaille dafür.«

»Temmin ...«

»Weißt du was? Es ist in Ordnung. Ich werde es halten wie Dad und einen langen Spaziergang machen. Allein. Komm jetzt, Bones.«

»FALLS ICH MITGEHE, SIND SIE ABER NICHT ALLEIN.«

»Ich sagte, *komm*.«

»ROGER-ROGER.«

Norra bleibt allein zurück. Tränen brennen in ihren Augen. Doch anstatt sie auf ihren Mann oder ihren Sohn und auf Wedge zu richten, wandern ihre Gedanken zu ihrem Team. Zu den Leuten, die sie auf Kashyyyk zurückgelassen hat. Sie hofft, dass es ihnen gut geht.

30. Kapitel

Lozen Tolruck, Großmoff von Kashyyyk, ist auf der Jagd.

Ein Sichtgerät ist um sein rundliches Gesicht geschnallt, und auf beiden Seiten sind kleine Elektrostim-Polster an seine Schläfen geheftet. Durch das Sichtgerät sieht – und kontrolliert – er seine kleine Attentäterdrohne. Einst war es ein Droide, bis einer von Tolrucks Technikern die Persönlichkeitsmatrix löschte und ihn in eine ferngesteuerte Jagdwaffe verwandelte. Sie ist ein gemeines, kleines Ding, diese Drohne – klein genug, um sie unter dem Arm zu tragen. Und wendig ist sie ebenfalls, mit perfekter Manövrierfähigkeit in alle Richtungen. Sie verfügt über eine Chromabeschichtung aus Schimmerfarbe – eine äußerst effektive Tarnung, durch die sie sich ihrer Umgebung anpassen kann.

Eine wundervolle Maschine. Zumindest in der Theorie.

Doch Lozen Tolruck hasst sie. Durch das Sichtgerät erspäht er seine Beute: einen der Wookiees, die sie abgerichtet haben. Seine Bezeichnung lautet Subjekt 478-98, aber Tolruck hat für sie alle einen eigenen Spitznamen. Das macht die Sache persönlicher. Diesen hier nennt er Schwarzstreif, wegen des schwarzen Fellstreifens, der mitten über sein Gesicht verläuft.

Schwarzstreif rennt und klettert, aber das wird ihm nicht helfen. Die Attentäterdrohne ist schnell, verfügt über Wärmeerfassung und Bewegungssensoren. Sie sieht alles und kann mit rasender Effizienz die Verfolgung aufnehmen. Das wilde Biest schiebt sich an einem der gewaltigen Wroshyr-Bäume im Gartenreservat nach oben, kriecht zwischen Ästen hindurch, schwingt sich an schwammartigen Zha-raratha-Ranken dahin, steigt über Büsche blutroter Nadelblüten hinweg. Höher und höher klettert er.

Und schließlich sieht die Beute den Jäger.

Der Wookiee brüllt, und Tolruck zuckt zusammen, als seine Tatze direkt auf ihn zuzuschnellen scheint. Die Drohne weicht blitzschnell zurück – der unbeholfene Hieb trifft nur leere Luft.

Tolruck muss nur an eine Aktion denken, und schon führt seine Drohne sie aus. Es ist nicht mal wirklich ein bewusster Gedanke nötig. Tolruck blinzelt, die Maschine fährt einen ihrer Waffenläufe aus und …

Pfft, pfft.

Zwei Toxopfeile bohren sich in die Brust der Bestie. Das Gift wirkt schnell, und der Wookiee sollte in die Tiefe stürzen. Aber er tut es nicht. Er ist kräftig. Offenbar haben sie ihn zu gut trainiert. Schwerfällig setzt die Kreatur ihren Aufstieg fort, ächzend und gurgelnd, während er wenig elegant von Ast zu Ast springt …

Na schön. Wut steigt in Tolruck hoch. Er grollt so, wie die Wookiees grollen – auch wenn die Bestie den Laut nicht hören kann, immerhin befindet sie sich mehr als sechzig Kilometer entfernt –, und dann rast die Attentäterdrohne direkt auf das zottelige Monster zu. Im selben Moment, als sie ihr Ziel erreicht, aktiviert er den Eliminierungscode …

Und die Drohne explodiert.

Das wird das verfluchte Ding ganz sicher töten. Es wird Schwarzstreif ein Loch in den Rücken sprengen, das Biest vielleicht sogar in zwei Hälften reißen.

Das Sichtgerät wird dunkel, und Tolruck reißt es mit einem Knurren von seinem Gesicht. Er schleudert es zu Boden und tritt darauf, als wäre es ein nervtötendes Insekt.

Nun kann er sehen, dass sein Adjutant vor ihm steht: Odair Bel-Opis. Ein fähiger Mann, dieser Odair. Organisiert, gnadenlos, corellianisch. Er ist ein brutaler Killer, ja, aber er ist auch vertrauenswürdig – er hat es nicht auf Tolrucks Posten abgesehen. Der Mann ist ein notwendiges Werkzeug, wie ein Knüppel, den man fest in der Hand hält.

»Dieses *Ding*«, grollt Tolruck und stößt das zertrümmerte Sichtgerät mit der Stiefelspitze an, »ist wertlos. Das ist keine Jagd, Odair. Das ist *Voyeurismus*. Ich möchte dabei sein. Ich möchte den Atem der Beute riechen. Ich möchte sein Röcheln und seine letzten Atemzüge hören. Ich möchte es verfolgen und mich von ihm verfolgen lassen. Das ist eine Jagd. Im Gegensatz zu ... dem hier.«

Er marschiert durch den Raum, rastlos wie die wirbelnden Winde der gefürchteten Mrawzim-Stürme hier auf Kashyyyk. Mit der Hand streicht er über die knorrigen Stämme, die die Wände des runden Zimmers formen. Sein Daumen zeichnet eine Linie klebrigen Harzes nach, und er hebt ihn an die Lippen, saugt daran wie ein Baby. Der Geschmack erfüllt ihn mit einer ekstatischen Woge, und er schaudert. Das Harz – Hragathir, wie die Wookiees es nennen – entwickelt eine narkotisierende Wirkung, wenn das Holz lange genug abgestorben ist.

Schließlich lässt er sich auf seinen Stuhl fallen: ein großes, skelettartiges Ding, geschnitzt aus dunklem, totem Holz. Die vielen Spitzen des Arrawtha-Dyr-Geweihs hinter ihm rahmen ihn ein, als er sich nach vorne beugt. Er schiebt den Stoff seiner Robe (gewoben aus dem getrockneten Fell desselben Dyrs, von dem auch das Geweih stammt), nach oben und kratzt sich an seinem blassen Bauch.

Ritsch, ritsch, ritsch.

»Falls Sie etwas zu sagen haben, dann raus damit«, schnappt er, leicht lallend.

»Ich werde den Technikern Bescheid geben, dass Sie eine neue Drohne benötigen.«

»Nein. Ich will da *raus.* Ich will auf die Jagd. *Richtig* auf die Jagd.«

»Dafür ist es im Moment zu gefährlich.«

»Pah.« Er wischt mit dem Arm durch die Luft. »Das ist kein Aufstand. Die Wookiees sind weiter unter unserer Kontrolle. Es ist nur eine kleine Zelle von Unruhestiftern – ein winziges Geschwür, das sich an unserer Operation hier festgefressen hat. Ein Blutkäfer, nichts weiter. Zerquetschen wir dieses *Rathhakkhan.* Mir können die nichts anhaben.«

»Sie haben strategisch wichtige Ziele angegriffen. Und sie sind der Großmoff.«

Nun, dem kann er wohl schlecht widersprechen. Er ist der Herr dieser Welt. Auch wenn das Imperium ihn im Stich gelassen hat, weswegen er jetzt nur noch dem Namen nach Großmoff ist. Die treffendere Bezeichnung wäre inzwischen wohl Kriegsfürst. Oder Imperator. Nein …

Er ist *Gott.*

Eine ganze Welt mitsamt ihrer wilden Bewohner ist ganz seinem Willen ausgeliefert.

Was für eine herrliche Macht.

So lange hat er diesen Ort gehasst. Aber jetzt ist Kashyyyk ein Teil von ihm. Sein Schmutz klebt unter Tolrucks Fingernägeln. Er riecht sogar schon wie dieser Planet. Und was soll er sagen? Der Geruch ist ihm ans Herz gewachsen. Er hat seit Wochen nicht gebadet. Inzwischen isst er sogar diese Wrosha-Larven, ganz und ungekocht: fette Würmer, deren Haut aufplatzt, wenn man hineinbeißt, woraufhin ihre Innereien wie Gummibänder über seine Zunge rutschen. Bei dem Gedanken daran wünscht er sich, er hätte jetzt ein paar Larven, obwohl er erst vor Kurzem gegessen hat.

Tolruck rülpst in seine Faust. Sein Kopf rollt auf seinen Schultern nach hinten. »Ich werde mich nicht einschüchtern lassen, Odair. Ich werde diese Köter selbst jagen. Einen von ihnen haben wir bereits erwischt. Vielleicht können wir ihn als Köder benutzen. Holen Sie mir mein Gewehr.«

»Da ist noch eine andere Sache, Gouverneur.«

»Raus damit.«

»Wir haben einen Besucher.«

»Wen?«

»Einen Imperialen. Einer von Admiral Sloanes Leuten.«

Bei diesen Worten richtet er sich ruckhaft auf. Vielleicht haben sie sich endlich an ihn erinnert. Vielleicht wollen sie ihn und seine Thronwelt wieder in ihr Imperium eingliedern.

Doch dann zögert er. Will er sich ihnen überhaupt wieder anschließen? Kümmern ihn ihre Zusicherungen, ihre Krümel, die sie ihm hinwerfen? Sie werden erwarten, dass er sich dankbar zeigt, dabei waren *sie* es, die ihn im Stich gelassen haben.

Ohne sie ist er besser dran.

Das Beste wird wohl sein, dieses Imperium noch eine Weile hinzuhalten. Kommandant Sardo ersucht ihn schon seit Längerem um ein Gespräch. Zeit, ihm seinen Wunsch zu gewähren. Soll Sloanes Lakai ruhig ein wenig warten und ungeduldig werden, bevor Tolruck ihn empfängt. Und falls ihm nicht gefällt, was der Kerl zu sagen hat, wird er seinen Kopf als Geschenk an Sloane zurückschicken.

Die Wookiees haben viele ihre Städte in und um die mächtigen Wroshyr-Bäume gebaut. Die Stämme dieser Bäume haben einen unvorstellbaren Durchmesser; sie sind so groß, dass man einen halben Tag braucht, um einen davon auf dem Boden zu umkreisen. Und sie wölben und winden sich umeinander, als wären sie in einem verrückten Tanz erstarrt – tatsächlich ist es ein stummer Wettkampf, denn jeder Wrosyhr will seine Äste höher in die Atmosphäre des Planeten strecken als die anderen.

Jeder Baum reckt sich ewiglich der Sonne entgegen.

Jetzt gerade ist diese Sonne hinter einem Band aus dunklen Wolken und Asche verborgen. Schächte aus Licht stechen hie und da durch die Dunkelheit, doch sie wirken blass und schwach, können weder Wärme noch wirklich Helligkeit spenden.

Ihr kränklicher Schein fällt auf die Ruinen der Wookiee-Stadt Awrathakka. Einst ragte sie an einem der Bäume empor – wie so viele Städte hier –, den Windungen und Neigungen des Stammes folgend. Das Leben der Wookiees war dicht mit dem Leben des Baumes verwoben. Sie pflegten ihn, und im Gegenzug spendete er ihnen Schutz und Nahrung und die Grundlage ihrer Existenz. Diese Verbindung war eine gleichermaßen heilige wie biologische Symbiose. Doch jetzt ist ein Großteil der Stadt von der Rinde abgebrochen. Teile hängen herab. Das Holz ist stellenweise verbrannt, ebenso wie die Bauwerke, die früher daran befestigt oder in den Baum hineingewachsen waren. Das Band ist zerbrochen.

Einst war dies eine Stadt der Gärten.

Heute ist es eine Geisterstadt.

Die Wookiees, die hier lebten, sind aber noch immer in der Nähe.

Tief unten, eingehüllt in Schichten aus Nebel, befindet sich das imperiale Arbeitslager #121, auch Sardo-Lager genannt, nach dem Offizier, der hier das Sagen hat, Kommandant Theodane Sardo. Es gibt zahlreiche solche Einrichtungen auf Kashyyyk – allesamt am Boden errichtet, denn die Imperialen haben kein Interesse daran, auf den verwirrenden Windungen der Wroshyren herumzuklettern.

Das Sardo-Lager gehört zu den größten dieser Einrichtungen.

Mehr als fünfzigtausend Wookiees leben hier.

Sie erfüllen diverse Aufgaben: Sie graben die Wurzeln des Baumes aus, denn die Wurzeln sind weicher als das Holz des Stammes und somit leichter zu verwerten. Auch tragen sie das Pilzgewebe ab, das sich an diesen Wurzeln festgesetzt hat. Die Pilze ernähren sich von den Mineralablagerungen, die unter der Erde entstanden sind, und wenn man sie abkratzt, gelangt man an das Wroshit darunter – einen harten stahlgrauen Kristall, der sich perfekt für das Fokussieren von imperialen Strahlenwaffen eignet. Ein Klumpen ist auf dem Schwarzmarkt einen Helm voller Credits wert.

Zusätzlich bauen die Wookiees Nahrung an.

Sie kämpfen gegeneinander, um die Besatzer zu unterhalten.

Sie werden zur Fortpflanzung gezwungen.

Sie werden diversen chemischen und medizinischen Tests unterzogen.

Und sie leisten keinen Widerstand. Sie begehren nicht auf. Denn sollten sie es wagen, würden die Chips in ihren Köpfen sie umbringen. Oder, genauer gesagt, sie *und* ihre Familien. Das ist eine Taktik, die das Imperium schnell erlernt hat. Ein Wookiee ist bereit, bis zum Tod zu kämpfen. Aber sie sind auch Sklaven ihrer Blutlinien, und die Familie ist alles für sie. Macht ein brutaler, wilder Wookiee Probleme? Bedroh den Rest seiner Sippe, und er wird so folgsam wie ein kleines Hündchen.

Manchmal verhungern natürlich ein paar Wookiees, oder sie sterben, weil sie zu hart arbeiten mussten. Wenn so etwas passiert, werden sie in die Kadavergräben geworfen und verbrannt. Und am nächsten Tag lässt Sardo für jeden toten Wookiee einen neuen ins Lager bringen.

»Produktivität ist alles«, erklärt Sardos Hologramm. Tolruck brummt. Der Mann ist ein Speichellecker. Was an sich kein Problem darstellt. Er braucht Leute, die bereit sind, sich zu bücken und ihm die Füße zu küssen. Trotzdem ist es ein widerlicher Anblick. Obwohl Sardo viele Kilometer entfernt ist (jemanden wie ihn würde Lozen Tolruck niemals in seine Inselfestung einladen), liegt seine Unterwürfigkeit deutlich in der Luft. »Das Imperium hat uns vielleicht uns selbst überlassen, aber wir streben weiter danach, in Ihrem Namen unsere Produktion zu steigern. Ich habe über neue Möglichkeiten nachgedacht, um die Wookiees ...«

Sardo redet weiter und weiter. Er beklagt, dass das Imperium keine Wookiees mehr exportiert – früher wurden die Biester zu Tausenden als Arbeitssklaven von Kashyyyk fortgebracht. Wookiees halfen dabei, einen Großteil der imperialen Kriegsmaschinerie aufzubauen. »Aber nun, da das nicht mehr möglich ist, entwickeln sich die Zuchtprogramme zu einem Problem. Wir haben einen Überschuss an Arbeitern – was sollen wir mit ihnen tun?« Das ist das Problem, über das sich

Sardo in letzter Zeit den Kopf zerbricht. »Könnten wir sie vielleicht schlachten und ihr Fleisch verwerten? Im Moment ist es zäh und sehnig, aber falls wir sie mästen oder vielleicht mit anderen, genießbareren Spezies wie den Talz kreuzen könnten …« Tolruck kann nicht behaupten, dass ihm diese Idee missfällt. Talz sind wirklich köstlich.

In diesem Moment flackert das Hologramm.

»Was ist los?«, fragt Tolruck.

»Ich … wir haben ein Geschütz in den Bäumen verloren, das ist alles.«

Tolruck schnaubt. Was ist in den Bäumen über Sardo? Er blickt zur Karte an der Wand hinüber. Eine alte Wookiee-Stadt, nicht wahr? Awrathakka. Hm. »Vermutlich nur ein Defekt.«

Ja, vermutlich.

Der Gouverneur sagt: »Lassen Sie es trotzdem überprüfen. Nicht faul werden, Kommandant. Kontrollieren Sie Ihre Umgebung. Enttäuschen Sie mich nicht.«

Sardo nickt energisch. »Natürlich. Ich werde gleich jemanden losschicken. Danke, Sir.«

Tolruck neigt den Kopf und unterbricht die Verbindung, dann blickt er mit einem Seufzen zu Odair hinüber. »Na gut, dann wollen wir mal sehen, was Sloanes Lakai von mir möchte.«

In der Geisterstadt Awrathakka landet ein Schiff im Schatten eines zerstörten Geschützes.

Es ist ein SS-54-Kampfschiff – oder genauer, ein »leichter Frachter«.

Sein Name: *Nimbus.*

Lozen lässt sich Zeit, während er durch seine Festung schreitet. Wookiees mit mattem Fell und rostige Droiden verrichten ihre Arbeiten, als er vorübergeht – viele von ihnen stellen dicke Planken aus Wroshyr-Holz her, um den Schutz seines Hauptquartiers zu verbessern. Dieses Holz ist geradezu übernatürlich: Es brennt nicht; Turbolaser versengen es oder sprengen ein paar Splitter ab, mehr nicht. Natürlich bedeutet das auch, dass man Protonensägen braucht, um es zu schneiden. Und selbst die verlieren oft genug den Kampf gegen das Holz – schon so manchem Wookiee wurde durch eine zurückprallende Klinge der Schädel gespalten wie eine Tongonuss.

Seine Arbeiter blicken nicht auf, als er an ihnen vorbeimarschiert. Sie wurden konditioniert, ihn nicht mit ihren Tieraugen anzustarren. Und die Hemmchips in ihren Hinterköpfen sorgen dafür, dass ein Verstoß gegen die Regeln durch Schmerz in mehreren Stufen bestraft wird; Widerholungstätern droht gar Lähmung oder im schlimmsten Falle der Tod.

Seine Füße platschen durch Pfützen, während er von Ebene zu Ebene hinabsteigt, von einer Treppe zur nächsten an den hölzernen Laufstegen entlang, dann über metallene Planken, durch ein Langhaus voller Waldtruppler in Tarnrüstung, die ihre Blastergewehre für eine Zielübung vorbereiten.

Hier draußen riecht die Luft nach Asche und Ruß und verbranntem Fell. Am Himmel wallen und wogen die Wolken – grau und tot wie eine kranke Lunge.

Und vor ihm, am Fuße der letzten rostigen Metallstufe: der Besucher. Seine Haltung ist, wie nicht anders vom Imperium zu erwarten, steif und starr. Das Kinn erhoben, die Hände hinter dem Rücken. Seine Uniform weist ihn als Mitglied der Flotte aus. Er ist nur ein Lieutenant. Ein unbedeutender, kleiner Wurm.

Der Mann lächelt schmal, wobei seine Mundwinkel einen

Schnurrbart anheben, der für eine so brutale Welt wie diese viel zu gepflegt ist. Lozens eigener Bart ist nicht gestutzt, wild und struppig – ein Gebüsch, das aus seinen Wangen sprießt. Selbst Odairs Gesicht ist ein Flickenteppich aus dunklen Stoppeln. Genau so etwas braucht man an einem verrückten Ort – verrückte Leute.

Der Imperiale salutiert, dann hält er dem Gouverneur die Hand hin.

»Lieutenant Jorrin Turnbull«, stellt er sich vor.

Lozen schüttelt die dargereichte Hand nicht, verzichtet auf jegliche Respektsbezeugung. Stattdessen verzerrt er sein Gesicht zu einem enttäuschten Stirnrunzeln. »Man sagte mir, Sloane habe Sie geschickt.«

»Das ist korrekt, Sir.«

»*Warum?*«

»Sie weiß, dass Sie, ähm, Probleme haben.«

»Und das Imperium möchte mir helfen?«

»Wir alle sind das Imperium, Sir.«

»Sind wir das?« Lozen brummt, dann tritt er auf den Mann zu. Odair schiebt sich ebenfalls näher – er ist angespannt wie eine Bogensehne, zu allem bereit. Der Kriegsfürst schiebt sein Gesicht dicht vor das des Lieutenants und bleckt die Zähne. Der Kerl ist kleiner als er, außerdem hat Lozen während der letzten Jahre deutlich an Masse zugelegt. Fett und Muskeln umgeben seine Knochen. Dieses kleine, dürre Männlein ist das genaue Gegenteil von ihm. »Sie haben uns im Stich gelassen. Die Versorgungslinien sind versiegt. Die Sklaven werden mehr und mehr, und niemand nimmt sie uns ab. Schon bald werden wir die ersten Zuchtlinien zerstören müssen. Wir haben keinen Wachwechsel gesehen, keine Verstärkung ist gekommen, um unsere Schiffe und unsere Offiziere zu entlasten. Es ist, als hätte man uns völlig vergessen. Aber wir vergessen nicht. Und wir haben allein überlebt.«

Jetzt wirkt der Mann nervös. Das sollte er auch. Gut möglich, dass er das Abendrot nicht mehr miterlebt. »Was das angeht, bittet Großadmiral Sloane inständig um Verzeihung. Wie Sie vermutlich wissen, ist das Imperium nach dem Tod des Imperators zerbrochen, und ...«

»Der Imperator lebt«, knurrt Lozen. Es ist eine Lüge, das weiß er. Und doch beharrt er darauf. Die Geschichte, die er seinen Männern und Frauen erzählt, ist simpel, weil einfache Geschichten die effektivsten sind. Der Imperator wurde seines Imperiums beraubt, aber eines Tages wird er es zurückfordern. Bis es so weit ist, sind sie hier auf sich allein gestellt. Das gibt den Soldaten Hoffnung für die Zukunft. Es gibt ihnen ein Ziel. Sie können auf einen baldigen Sieg hoffen.

»Ja. Natürlich.« Der Imperiale schluckt sichtbar. Er weiß, dass sich die Schlinge um seinen Hals zusammenzieht. »Dennoch reicht Sloane Ihnen die Hand. Es heißt, Sie haben hier mit Terroristen zu kämpfen.«

Lozens Augen werden zu fettgesäumten Schlitzen. »Ja.«

»Wir wissen, wer diese Personen sind. Äh, wir haben zumindest einen starken Verdacht. Sie kamen mit gestohlenen Codes eines imperialen Gefängnisarchitekten hierher.«

»Golas Aram.«

»Korrekt.«

»Einem Siniteen darf man nie trauen. In einem so großen Gehirn gibt es viel zu viel Platz für List und Tücke.«

»Das scheint in diesem Fall zuzutreffen. Die Terroristen benutzten diese Codes und täuschten vor, im Auftrag von Admiral Sloane zu handeln.«

Lozen beugt sich weiter vor. »Wer sind sie?«

»Imperialenjäger, geschickt von der Neuen Republik. Angeführt werden sie von einem bekannten Verbrecher: Han Solo, der inzwischen in ihren Reihen zum General aufgestiegen ist.«

Lozen nickt. Das ergibt einen Sinn. »Interessant. Wir haben einen von ihnen gefangen genommen, aber der hat noch nicht geredet. Kein einziges Wort kam über seine stinkenden Rebellenlippen, ganz gleich, wie sehr wir ihn gefoltert haben.«

»Ist er noch hier? Lebt er noch, dieser Gefangene?«

Der Gouverneur schnaubt. »Ja.« Er hebt den Finger und lässt ihn kreisen. »Bring mir den Gefangenen, Odair.«

Sein Adjutant verschwindet und kehrt kurz darauf mit einem Käfig auf Repulsorpolstern zurück, den er mit den Knien vor sich herstößt. Der Käfig ist zu klein für einen Menschen; es ist ein Metallzwinger für einen von Lozens Strega – Raubvögel mit stumpfem Schnabel, groß wie ein Hund. Sie lassen sich zähmen und geben nützliche Jagdhelfer ab. Man muss sie nur … richtig motivieren. Doch in diesem Käfig sitzt kein Strega.

Vielmehr kauert ein Mensch darin.

Ein Mensch, der hierhergehört. Seine Augen sind so wild wie die Wälder. Er ist langgliedrig und brutal – ein ungezähmter Hund.

Der Imperiale beugt sich vor, um zu dem Gefangenen hinabzublicken. Sein Gesicht verzieht sich. »Ihm fehlt ein Auge.«

»Wir haben das Auge gelockert, weil wir dachten, das würde seine Zunge lockern.« Lozen hustet Schleim aus seinem Hals hoch und kaut darauf herum. »Ein Irrtum.« Er spuckt auf den Boden.

»Nun. Jeder hat seine eigenen Methoden. Hätten Sie vielleicht etwas dagegen, mich durch Ihre Festung zu …«

In diesem Moment reicht einer der Soldaten Odair etwas.

Einen Holoschirm. Der Blick des Adjutanten huscht von dem Schirm zu dem Imperialen und dann zu Lozen. »Gouverneur, Sie sollten sich das hier ansehen.«

Er tritt vor und überreicht ihm den Holoschirm.

Auf dem Display schimmern mehrere Steckbriefe. Das Team der Imperialenjäger, das ihn und sein kleines Reich heimsucht. Unter ihnen befindet sich auch der Mann, den er in dem Käfig hält. Ein Elitesoldat, wie es aussieht. Jom Barell ist sein Name.

Die Sache ist nur: Lozen erkennt noch ein anderes der Gesichter.

Sinjir Rath Velus.

Es ist das Gesicht des Imperialen, der vor ihm steht. Oh, sicher, der Kerl hat sich die Mühe gemacht, ein paar Änderungen an seinem Aussehen vorzunehmen: Das Haar ist länger, ganz zu schweigen von der gestutzten Pelzraupe auf seiner Oberlippe.

Doch es gibt keinen Zweifel. Dieser Mann ist nicht Jorrin Turnbull (sofern diese Person überhaupt existiert). Er ist ein Eindringling. Er ist Beute.

Lozen spürt, wie sein Blut sich erhitzt. Was für eine erstaunliche Wendung: Dieser Kerl glaubte, er könnte den Gouverneur jagen, aber jetzt steckt sein Fuß in der Schlinge. Und er spürt es. Manche Beutetiere sind zu dumm, um es zu merken, aber würdige Beute – die Art, die man jagen will, weil sie einen fordert – fühlt es, wenn sich der Wind dreht. Wenn das Raubtier hinter ihm steht.

Leider ist er zu langsam.

Bevor er reagieren kann, hat Lozen sein Messer gezückt. Eine Kishakk-Klinge. Der Name der Wookiee-Waffe lässt sich grob als »Beerendorn« übersetzen. Die Bestien benutzen sie beim Essen – sie öffnen damit Muscheln und diverse Krusten-tiere und Käfer. Doch Lozen hat festgestellt, dass die Klingen hervorragend ausbalanciert sind. So ausbalanciert, dass …

Er wirft das Messer. Der Verräter wirbelt herum, um zu flie-hen …

Und die Klinge bohrt sich zielsicher in seine Wade und ver-krüppelt sein Bein. Sinjir Wie-immer-er-auch-heißt fällt vorn-über und fängt sich mit den offenen Handflächen ab. Er schreit wie ein verwundeter Dyr.

»Bring ihn her«, blafft Lozen Odair an.

Sein Adjutant gehorcht.

Verbrannte Knochenglockenspiele klirren und klacken in der bewegten Luft. Während Jas ihr Scharfschützengewehr auf-baut und das Zielfernrohr aufsteckt, stößt einer der anderen – Greybok, der einarmige Wookiee – gegen etwas, und es rollt an Emari vorbei.

Ein Spielzeug: ein hölzerner Saurier mit Rädern anstelle von Beinen, und als er dahinrollt, klappt sein Kiefer quietschend auf und zu.

Sie fragt sich, wie lange es wohl her ist, dass ein Wookiee-Junge damit gespielt hat. Vielleicht ist dieser Junge inzwischen erwachsen. Oder tot.

Ein Schatten fällt über sie. Chewbacca tritt neben die Kopf-geldjägerin und starrt in den Nebel hinaus. Er wirkt, als wäre er gleichzeitig traurig und besorgt.

Ein schnaubendes Bellen kommt über seine Lippen.

Solo geht auf Jas' anderer Seite in die Hocke. »Wir halten die Augen offen.«

»Was hat er gesagt?«, will sie wissen.

»Das möchtest du nicht wissen.«

Sie schraubt das Wärmesichtmodul an die Seite des Zielfernrohrs. »Ich bin ein großes Mädchen. Ich verkrafte es schon.«

»Er sagte, wir sollen uns vor Spinnen hüten.«

»Ich habe keine Angst vor Spinnen.« Sie denkt: aber Sinjir schon. Selbst eine winzige Hausspinne, die über den Boden krabbelt, lässt ihn erstarren und Gebete zu hundert Göttern ausstoßen, an die er nicht mal glaubt. Mit einem Mal wird ihr klar, wie sehr sie ihn vermisst.

Solo beugt sich vor. »Du hast keine Angst, weil die meisten Spinnen nicht größer als deine Hand sind. Aber diese Spinnen, diese Netzweber? Die sind so groß wie du und ich.«

»Das klingt nicht gut.«

»Warte, bis du hörst, was sie mit ihren Opfern anstellen.«

Sie blinzelt. »Du hast recht. Ich möchte es nicht wissen.«

»Die Wookiees essen sie. Chewie meint aber, sie haben zähes Fleisch.«

Chewbacca summt zustimmend.

Jas blickt über die Schulter, und halb erwartet sie, ein riesiges, krabbelndes Ding auf sich zustaksen zu sehen. Doch da ist nur die *Nimbus* und das Team, das sie hierher begleitet hat: ein bunt zusammengewürfelter Trupp, bestehend aus kampferfahrenen Wookiee-Flüchtlingen und ein paar Schmugglern. Unter ihnen sind auch zwei von Greyboks Freunden: Hatchet und Palabar. Letzterer hat ihnen dabei geholfen, diesen Plan auszuarbeiten. In einem Kampf ist der Quarren so gut wie wehrlos – selbst wenn andere nur über Gewalt flüstern, kauert er sich zusammen und fängt an zu beten. Aber er ist gut im Umgang mit Technik, und er ist schlau – solange er seine Furcht im Zaum halten kann.

Der Trupp tut, was er tun soll – sie schlagen mit Pneumo-Hämmern gewaltige Bolzen ins Holz. Dieses Holz ist hart wie

Metall, aber die Wookiees kennen die Schwachstellen, und sobald die Bolzen eingeschlagen sind, gehen sie daran, die Sprungseile daran zu befestigen. Alles läuft nach Plan.

Ihre Gedanken wandern zurück zu Sinjir … und zu Jom. Mit einem Mal fühlt sie sich nicht mehr so ruhig. Doch jetzt ist nicht der Moment, um sich ablenken zu lassen. Jeder muss seinen Teil des Plans erfüllen.

Jas schiebt sich vor und presst ihr Auge gegen das Zielfernrohr.

Es ist unangenehm. Hinter einem Gewehr zu sitzen ist immer unangenehm für sie. Das sagt vermutlich viele ungesunde Dinge über sie aus, aber sie schert sich nicht darum.

Solo drückt den Knopf für die Wärmesicht. »Danke«, sagt sie, als sich der Nebel unter ihr auflöst und Farben und Konturen sichtbar werden.

Da, in der Tiefe: das Sardo-Lager. Ein großer Umriss stakst in Sicht – ein AT-AT-Läufer, der langsam um das Lager herumstapft. Sie kann die Vibrationen seiner Schritte nicht spüren, so hoch über dem Boden sind sie hier.

Was sie ebenfalls entdeckt, ist die gewaltige Ansammlung von Lebensformen da unten. Wookiees und Waldtruppen und die Offiziere, die zu Lozen Tolrucks dämonischem Regime gehören.

»Siehst du es?«, erkundigt sich Solo.

»Noch nicht.«

»Lass mich mal.«

»Ich finde es schon«, zischt sie. »Geduld, Solo.«

Er zieht die Hand zurück, als hätte sie ihn gebissen. »Schon gut, schon gut. Aber beeil dich, ja?« Er blickt zu Chewbacca hinüber. »Wie sieht's aus, Chewie?«

Der Wookiee knurrt eine Antwort.

»Die Hemmfrequenz ist noch immer aktiv«, übersetzt Han. »Aber sie kann jetzt jede Minute zusammenbrechen. Komm schon, Emari. Finde den verdammten …«

»Ich hab's«, sagt sie.

Der Schildgenerator strahlt seine eigene Hitzesignatur ab. Er ist eines der größeren Konstrukte im Sardo-Lager – ein zwölfeckiger Turm auf vier Stahlpfosten. Das Energiefeld um den Komplex wird von dort aus mit Energie versorgt. Imperiale können unbeschadet hindurchschreiten, aber sollte ein Chip das Feld passieren, wird er explodieren. Was bedeutet: Sollte ein Wookiee zu fliehen versuchen … *Bumm.* Leider ist dieser Mechanismus nicht an die Hemmfrequenz gekoppelt, sondern gänzlich eigenständig.

Sie müssen die Frequenz und den Generator also separat lahmlegen. Doch sie darf nicht zu früh schießen; sollte das Feld zu früh zusammenbrechen, würde Alarm ausgelöst. Das könnte ihren Plan verkomplizieren.

»Ich hoffe, deine Freunde schaffen das«, brummt Solo.

»Sinjir hat die Lage im Griff.«

»Das dachtest du auch von deinem Elitesoldaten-Freund. Bis er gefangen genommen wurde.«

Sie zögert. *Ich hoffe, es geht ihm gut.* »Nur, weil er sich gefangen nehmen ließ, konnten wir aus diesem Hinterhalt fliehen. Er hat uns gerettet, falls du dich noch erinnerst.«

»Ja, ja.« Er verlagert ungeduldig das Gewicht. »Und dieses Explosivgeschoss wird den Generator auch wirklich zerstören? Bist du da sicher?«

»Ja«, presst sie zwischen zusammengebissenen Zähnen hervor.

»Je länger wir hier sitzen, desto größer wird die Zielscheibe auf unserem Rücken.«

Sie wirft ihm einen Blick zu. »Vertrau uns einfach.«

»Ich vertraue dir, keine Sorge. Und ich vertraue Sinjir. Ich bin nur ein wenig angespannt. Ich weiß, du wirst bereit sein, sobald die Frequenz erlischt.«

»Ich?« Sie schmunzelt. »Ich dachte, du wärst hier der beste Schütze. Der Schurke mit dem Glück der Macht auf seiner Seite.«

»Wie wäre es damit? Wir einigen uns einfach darauf, dass ich besser mit dem Blaster umgehen kann, und du besser mit dem Kugelwerfer. So kriegt jeder, was er will.«

Jas nickt. »Klingt fair.«

Sie kann es nicht leugnen, sie mag Solo. Trotz seiner kindischen Ungeduld. Ihn umgibt eine Aura, irgendwo zwischen scharfzüngigem Flegel und trotteligem Einfaltspinsel, aber letztlich überwiegt das Gefühl, dass etwas wirklich und wahrlich Gutes in ihm schlummert. Sie hofft, dass er in ihr das Gleiche sieht.

»Also gut«, murmelt er. »Halte dich einfach bereit, für den Fall, dass …«

Der Nebel um sie leuchtet auf, als ein einzelner Laserstrahl die Luft zerfetzt.

»… wir Gesellschaft bekommen«, beendet er den Satz, dann wirbelt er herum, den Blaster bereits in der Hand. Über die Schulter ruft er Jas noch zu: »Bleib mit Chewie hier. Schalte den Generator aus, wenn es so weit ist. Wir halten sie zurück!«

Aus dem Nebel hinter ihnen, über ihnen, unter ihnen tauchen Waldtruppen in Tarnrüstung auf. Einen Moment später lässt Blasterfeuer die Luft glühen. Jas kauert sich zusammen, die Kiefer zusammengepresst, und versucht, am Leben zu bleiben.

Jom Barell sitzt in seinem Käfig. Ein Auge hat er verloren, und die Männer, die es ihm raubten, sind nun im Begriff, Sinjir Rath Velus zu töten.

Im ersten Moment hat er seinen Kameraden nicht erkannt. Teils mag es daran gelegen haben, dass er nur noch ein Auge hat, aber Sinjir ging ganz in der Rolle des verunsicherten Bürokraten auf. Tolruck fiel auch darauf rein. Keine Frage, dieser Ex-Imperiale versteht sein Handwerk.

Jom Barell respektiert Leute, die ihre Arbeit beherrschen.

Doch nun wird Sinjir bald feststellen, wie gut Lozen Tolrucks brutaler Adjutant Odair in *seinem* Job ist. Jom schlägt gegen den Käfig, knurrend wie ein Tier, seine Stimme rau, als würde man zwei Steine aneinanderreiben. »Steh auf! Steh auf, Rath Velus, du verfluchter Trottel!«

Odair kommt näher …

Sinjir bewegt sich blitzschnell. Er rollt sich herum und holt mit seinem heilen Bein aus. Odair hat keine Zeit zu reagieren; der Tritt reißt ihn von den Füßen, und er landet auf dem Boden.

Soldaten eilen herbei – Tolrucks Männer, mit Schlamm an den Wangen, Schwielen an den Händen und einem kampflustigen Ausdruck in den Augen. In der Festung kommt es immer wieder zu Handgreiflichkeiten. Manchmal zwingen sie sogar Jom zu kämpfen – in der Regel binden sie ihm eine Hand hinter den Rücken, weil er seine Gegner sonst selbst halbblind in den Staub befördert. Der Rest von Tolrucks Leuten ringsum johlt, ergeht sich in den atavistischen Anfeuerungsrufen einer primitiven Spezies.

Die beiden Männer rollen über den Boden. Odair rammt Sinjir den Ellbogen gegen das Schlüsselbein, aber Rath Velus krümmt sich nach hinten und reißt die Klinge aus seiner eigenen Wade – sie zieht einen Schweif aus Blutstropfen hinter sich her, als er sie in der Hand herumwirbelt. Doch Odair nutzt diesen Moment und rammt seinem Gegner die Faust in den Bauch – wieder und wieder, mit der Wucht eines Vorschlaghammers.

Der Kampf zieht sich dahin. Beide Männer schlagen aufeinander ein. Der eine nimmt dem anderen das Messer ab, nur, um es wieder zu verlieren. Die Klinge bekommt kein weiteres Blut zu kosten. Tolruck verfolgt das Geschehen begierig, pult sich währenddessen mit einem rissigen Fingernagel Essensreste aus den Zähnen. Jom starrt ihn an, denkt: *Sobald ich hier raus bin, bist du ein toter Mann.* Er hat davon geträumt, Gleiches mit Gleichem zu vergelten und Tolruck sein Auge zu nehmen. Als er gefangen genommen wurde, hat sein Team eine Basis angegriffen. Sie haben auf die gleiche Taktik zurückgegriffen wie zuvor bei der Kommandostation auf der anderen Seite von Kashyyyk – ein Angriff von zwei Seiten. Jom und sein Bodentrupp sollten dabei eine Landeplattform einnehmen, mitsamt einem imperialen Shuttle, der sie unbemerkt zu Tolrucks Insel bringen könnte. Doch sie gerieten in einen Hinterhalt. Wie sich herausstellte, haben sie denselben Trick zu oft benutzt. Die Imperialen haben sich darauf eingestellt. Joms Team von Wookiees gelang zwar die Flucht, aber er hatte weniger Glück. Sie nahmen ihn gefangen und brachten ihn hierher.

Und dann schnitten sie ihm sein Auge heraus.

Plötzlich klatscht Tolruck in die Hände – Jom blinzelt und sieht, dass Odair sich hinter seinen Gegner gerollt hat und nun den Arm um seinen Hals schlingt. Sinjirs Augen quellen aus den Höhlen. Seine Zunge hängt aus dem Mund. *Komm schon. Gib nicht auf. Kämpfe. Kämpfe!*

Das Messer entgleitet Rath Velus' Fingern und landet klappernd auf dem Boden.

Und dann ist es vorbei.

Die Menge jubelt. Jom sinkt gegen die Käfigstäbe. Seine Chance auf Freiheit ist vertan. Sie hätten nicht Sinjir schicken sollen.

Odair spuckt zwei Zähne aus, dann zerrt er den ehemaligen Imperialen an seinen Stiefeln zu Tolruck hinüber. »Hier, Gouverneur.«

Er rollt Sinjir auf den Rücken. Jom verzieht das Gesicht. Sein Freund ist blutüberströmt, Hämatome verdunkeln seine Haut, eine Hälfte seines Gesichts schwillt bereits an wie ein Ballon. Seine Nase könnte gebrochen sein, und Blut verklebt seinen hässlichen Schnurrbart.

Rath Velus fährt sich mit der Zunge über die Lippen. »Ich muss nur kurz Luft holen. Dann können wir mit ...« Er schneidet eine Grimasse. »... Runde zwei weitermachen.«

Tolruck baut sich über ihm auf und kratzt seinen Bauch. »Warum bist du hergekommen? Ins Herz meines Reiches. In mein innerstes Heiligtum. Glaubst du, du bist mir gewachsen?«

»Nichts dergleichen. Ich wollte mir nur eine Tasse Zucker leihen.«

»Du wolltest deinen Freund befreien. Den Einäugigen.«

»Nicht wirklich. Eigentlich bin ich hier, um ...« An dieser Stelle hustet er so heftig, dass es klingt, als würde er sich dabei sämtliche Rippen brechen. »Um mir dein Kontrollmodul zu holen.«

Eine winzige Flamme der Hoffnung leuchtet in Joms Brust auf.

Tolruck bricht bei diesen Worten in schallendes Gelächter aus. Das Kontrollmodul – damit programmieren und überwachen sie die Chips in den Köpfen der Wookiees. Hunderttausende Chips. Jom hat es gesehen, ein altmodisches Stück

Technik, praktisch noch aus der Zeit der Klonkriege. Der Großmoff versteht vermutlich nicht mal wirklich, wie es funktioniert.

»Du *Narr*. Ich würde dich nie in die Nähe des Moduls lassen, ganz egal, als wer du dich ausgibst. Ich bin der Einzige, der es benutzt.«

»Da ...« Mehr Husten. »... wäre ich mir nicht so sicher.«

Tolruck zieht die Brauen zusammen. »Du scheinst den Bezug zur Realität zu verlieren, du erbärmlicher, kleiner Wurm.«

»Vermutlich. Aber das ändert nichts daran, dass ich die Wahrheit sage.« Sinjir setzt sich auf. Ein Auge ist inzwischen hinter einem Wulst geschwollenen Fleisches verborgen. »Ihr habt mich am Eingang nach Waffen durchsucht, aber ihr habt vergessen, in meinen Stiefeln nachzusehen. In meinem Absatz ist ein Hyperwellentransmitter versteckt – und deine wertvolle, kleine Konsole ist leider nicht sonderlich gut abgeschirmt. Man muss sie nicht mal von Hand hacken. Das geht alles per Kommsignal. Eine Sicherheitslücke, die das Imperium nur bei den wenigsten seiner alten Systeme geschlossen hat. Glaub mir, ich weiß, wovon ich rede.«

»Du ... nein ... das ist nicht ...«

»Ich musste nur nahe genug an die Konsole herankommen. Und natürlich brauchte ich genug Zeit, damit meine Freunde das System aus der Ferne hacken konnten. Ich denke ... ungefähr jetzt sollten sie damit fertig sein.«

Der Datenblock in Tolrucks Hand beginnt, rot zu blinken. Der Alarm.

Jetzt ist es an Jom, schallend zu lachen. Er rammt die Stiefel gegen den Käfig, dass er laut scheppert.

Tolruck starrt Odair an und schreit: »Töte den Eindringling. *Töte ihn*!«

Ein Laserstrahl zischt durch die Luft, und Jas hört, wie er auf Fleisch trifft – *Bzzt*! Harrgun, einer der Wookiees, kippt neben ihr von der Plattform. Seine baumstammdicken Arme rudern durch die Luft, während er in den Nebel hinabstürzt.

Jeder Zentimeter von Jas' Körper möchte aufspringen und es diesen Waldtruppen zeigen. Sie sind inzwischen fast vollständig umzingelt. Von hinten rückt der Feind unaufhaltsam näher, und dann ist da noch ein ITT, ein Imperialer Tiefflugtransporter, der immer wieder vorbeifliegt, während die Soldaten in seinem Inneren die Eindringlinge unter Beschuss nehmen. Als der Flieger ein weiteres Mal herannaht, nimmt Chewie einen Bogenspanner und jagt einem der Waldtruppler eine Ladung direkt durch die Augenschlitze. Die Luft zischt, die Leiche rollt aus dem Transporter und stürzt in die Tiefe, um Harrgun im Tod Gesellschaft zu leisten.

Doch Jas kann nicht aufstehen. Sie hat ihr Ziel genau im Visier. Sie muss nur noch warten ...

Chewbacca brüllt.

Die Hemmfrequenz ist zusammengebrochen.

Die Chips auf dem gesamten Planeten sind ausgefallen.

Die Revolution beginnt hier und jetzt, in dem Moment, in dem sie den Abzug drückt.

Ihr Finger zuckt, der Kugelwerfer ruckt nach hinten gegen ihre Schulter.

Bämm.

Eine Explosion wie ein Donnerschlag hallt über das Sardo-Lager. Feuer regnet herab, als Trümmer und Teile des Schildgenerators auf den Boden prasseln und mehrere Sturmtruppler unter sich begraben. Metall brennt. Rauch steigt auf. Rings um das alte Awrathakka pulsiert der Nebel, als würden darunter rote Blitze toben.

Die Schilde sind unten.

Überall im Lager klettern Wookiees auf die Türme, auf die Gebäude und stürzen sich auf ihre Wachen. Drei von ihnen brüllen gellend, während sie ein Geschütz aus seiner Verankerung reißen. Nicht weit entfernt packen zwei weitere Wookiees einen Sturmtruppler – einer an den Schultern, der andere an den Beinen – und drehen ihn in unterschiedliche Richtungen. Die Wirbelsäule des Soldaten bricht auseinander, als er in einen menschlichen Korkenzieher verwandelt wird.

Sie wüten. Sie toben. Fell und Zähne und schlagende, tretende Gliedmaßen überall. Menschen schreien. In der Ferne explodiert etwas. Feuer wallt in den Himmel empor.

Die Wookiees jubeln.

Sie sind frei. Ein Feuerball steigt in den Nebel empor, als der Schildgenerator auseinanderbirst. Rings um Jas brüllen die Wookiees und recken Arme und Waffen in die Höhe – ein kleiner Moment des Triumphes, bevor die nächste Phase des Plans beginnt.

Han hakt sich bereits an einem der Seile ein. Ein weiteres wirft er Chewie zu, und der Wookiee befestigt es an seinem Gürtel.

»Alles in Ordnung?«, fragt Solo die Kopfgeldjägerin. Er zuckt zusammen, als ein Blasterstrahl die Luft hinter seinem Kopf kocht. Mit einem Grollen erwidert er das Feuer, und der Schrei eines Trupplers hallt durch den Nebel. Jas sieht einen Schemen in die Tiefe stürzen.

»Alles in Ordnung.«

»Wir haben es fast geschafft«, sagt er, die Hand auf ihrer Schulter. »Wir sehen uns, wenn es vorbei ist, Emari.«

»Es hat Spaß gemacht, mit dir zu arbeiten, Solo.«

Han wendet sich an Chewie. »Komm jetzt, Kumpel. Stehlen wir einen imperialen Läufer.« Anschließend rennen er und Chewbacca los und springen von der Plattform.

Vzzzz!

Die beiden Gestalten verschwinden in der Tiefe.

Einen Moment später folgen ihnen die anderen Wookiees. Einer nach dem anderen stürzen sie sich vom Rand der Plattform, Arme und Beine ausgestreckt, während sie durch den Nebel sausen, dem verhassten Sardo-Lager entgegen. Ihre Seile ziehen sie hinter sich her wie Nabelschnüre.

Jetzt sind nur noch Jas und ihr Kommandotrupp übrig: Greybok, Hatchet und Palabar, drei ehemalige Gefangene von Sevarcos, die sich Solos Mission aus einer Laune heraus angeschlossen haben. Hatchet behauptet, er wolle gar nicht hier sein, und murmelt Dinge wie: *Eigentlich wollte ich mich von Gefängnisplaneten fernhalten, nicht Urlaub auf einem machen.* Doch dann bringt Greybok ihn in der Regel zum Schweigen, indem er ihn mit seinem einen Arm packt und heftig schüttelt. Palabar zittert die meiste Zeit über nur stumm und linst angsterfüllt hinter seinen Händen hervor.

Jas hatte keine große Wahl. Die drei waren alles, was noch für ihr Team übrig war. Zum Glück ist sie zufrieden mit ihnen.

Jetzt winken sie Emari zur *Nimbus*. Zwei Waldtruppler kommen eine lange, spiralförmige Rampe herauf – einer ist bereits bis auf Armeslänge an Jas heran, also rammt sie ihm den Schaft ihres Gewehrs gegen den Kopf, so heftig, dass sein Helm nach hinten gerissen wird. Der andere bekommt aus nächster Nähe einen Schuss in die Brust. Seine Rüstung zersplittert, und Rauch steigt auf, während er zu Boden geht.

Hatchet winkt erneut in Richtung *Nimbus*.

»Das läuft alles viel zu glatt«, sagt er. »Das wird sich nachher noch rächen. Du wirst es sehen, Zabrak. Alles gleicht sich irgendwann aus, und wir können nicht ewig Glück haben.«

»Halt den Mund und setz dich an die Waffensysteme«, schnappt sie, dann springt sie an Bord und fährt die Triebwerke hoch. Das Schiff erwacht donnernd zum Leben und steigt in die Lüfte hoch. Zeit, ihre Freunde zu befreien.

Alles pulsiert wie ein schlagendes Herz. Sinjir würgt, während sich die Hände des Mannes um seinen Hals schließen. Tolrucks Adjutant starrt mit geröteten Augen auf ihn herab, und ein irres Grinsen breitet sich auf seinem Gesicht aus wie eine Öllache, die Feuer gefangen hat. Rath Velus' Hand schlägt erfolglos nach seinem Gegner, dann tastet sie über den Boden, sucht nach dem Messer – ein Messer, von dem er weiß, dass es nicht weit entfernt sein kann.

Da. Er hat es – seine Finger berühren den Griff, und er versucht, es näher zu sich heranzuziehen, während die Dunkelheit sein Blickfeld von den Rändern her aufzufressen beginnt.

Doch er verrechnet sich. Die Waffe rutscht außer Reichweite davon.

Da fällt ein Schatten über ihn. Vermutlich das Phantom des Todes, denkt er, gekommen, um ihn mitzunehmen.

Zur Hälfte hat er recht. Es ist der Tod.

Aber er hat es nicht auf ihn abgesehen.

Einer der Wookiees zieht Odair das flache Ende eines runden Sägeblatts über den Schädel. *Whonnng*. Der Adjutant taumelt schreiend zur Seite, und der Wookiee befördert ihn mit einem Tritt zu Boden.

Anschließend wirft er das Sägeblatt beiseite und packt den Arm. Der befreite Sklave zieht, zieht, zieht …

Odair kreischt. Dann das Geräusch, als bräche ein Ast.

Sinjir kann dieser Laut nicht mehr erschrecken, denn er kennt ihn nur zu gut. Schmerzensgeräusche waren einst wie Musik, die er dirigierte.

Doch jetzt ist keine Zeit, über so etwas nachzudenken.

Jetzt ist es Zeit zu verschwinden.

Er stemmt sich auf Hände und Knie hoch, und erst jetzt fällt ihm das Chaos ringsum auf. Sturmtruppler strömen auf den Platz und feuern mit ihren Blastern. Die befreiten Wookiees lassen sich davon nicht einschüchtern – sie brüllen vor Zorn und greifen Tolrucks Männer an. Ein Truppler fliegt mit wedelnden Armen über Sinjirs Kopf hinweg und prallt mit einem dumpfen Knirschen gegen eine Wand aus Baumstämmen.

Das Messer. Seine Hand findet es, und endlich schafft er es wieder auf die Beine – wenn auch nur wankend, denn sein gesamter Körper fühlt sich an, als wäre er durch den Verdauungstrakt eines Gundarks gewandert. Er eilt zu Joms Käfig, knackt das Schloss mit dem Messer.

Barell beobachtet ihn nur schweigend. Seine Brust hebt und senkt sich heftig.

Einen Moment lang erfüllt Sinjir tiefes Mitgefühl. Der arme Kerl hat wirklich ein Auge verloren. Sein linkes. Und es wurde ohne jegliches Feingefühl entfernt. Die Höhle ist ein gezackter Fleck schlecht zusammengenähter Haut. Immerhin sind keine Anzeichen einer Infektion zu sehen. Das ist doch etwas.

Das Schloss springt auf. Der Deckel des Käfigs klappt nach oben.

Barell brummt. »Ich fühle mich nicht besonders.«

»Du siehst auch nicht besonders aus. Falls du verstehst, was ich meine.« Sinjir zwinkert und deutet auf eines seiner Augen.

»Bist du betrunken?«

»Leider nein.«

Es ist, als würde ein Schalter in Joms Kopf umgelegt; er packt Sinjir am Arm und zerrt ihn nach vorne. »Komm schon, Rath Velus, finden wir Tolruck und lassen wir ihn von seiner eigenen Medizin kosten.«

»Nein«, entgegnet Sinjir. »Wir müssen los, Jom. Jas ist schon unterwegs.« Oder zumindest sollte sie das sein. Falls alles andere nach Plan verlaufen ist ...

Barell zieht ihn nahe zu sich heran, während ringsum die Gewalt ihren Lauf nimmt. »Dieser Kerl hat mir mein Auge genommen, Rath Velus. Er hat es mir rausgeschnitten, während er ... von irgendeinem Baumharz umnebelt war. Er muss bezahlen. Für seine Verbrechen gegen mich. Und für seine Verbrechen gegen die Wookiees.«

»Du bist wütend.«

»Ich bin weit über die Grenzen von bloßer Wut hinaus.«

Sinjir blickt sich um, kann Tolruck aber nirgends entdecken; der verrückte Gouverneur ist geflohen. Er weiß, wie es laufen wird: Jom wird ihn verfolgen, ganz gleich, was er sagt.

Die Frage ist nun: Wird er Barell begleiten oder nicht?

Und das ist natürlich nicht wirklich eine Frage. Schulden müssen beglichen werden.

»Also gut«, sagt Sinjir und verzieht das Gesicht. »Schnappen wir uns Tolruck.«

Es ist, als wäre ein gigantischer Thermaldetonator explodiert ...

Unter der *Nimbus* sieht Jas, dass die Freiheit endlich nach Kashyyyk zurückgekehrt ist. Wookiees, frei von den Sperrfeldern ringsum und den Hemmchips in ihren Köpfen, wüten durch das Sardo-Lager. Sie klettern auf die Türme, reißen die Zelte in Fetzen, stürzen sich zu Dutzenden auf die AT-ST-Läufer und bringen sie zu Fall. Die Waldtruppler fliehen, während die einstigen Sklaven Blaster an sich nehmen, Geschütze bemannen und ihre Unterdrücker überwältigen. Sie sind den Imperialen zehn zu eins überlegen.

Natürlich wird es nicht überall so sein. Noch nicht, zumindest. Viele der Lager sind weiterhin von Energiefeldern umschlossen, die Wookiees dort noch immer eingesperrt. Doch nun, da ihre Chips deaktiviert sind, können sie sich wehren und die Kontrolle über ihre Gefängnisse erringen. Und nicht jeder Wookiee darbt in einem Lager.

Die Revolution hat begonnen.

Greybok brummt.

Hatchet beugt sich zu Jas hinüber, einen skeptischen Ausdruck auf seinem faltigen Weequay-Gesicht. »Er meint, es hätte hier schon früher Aufstände gegeben.«

»Dieser wird Erfolg haben.« Zumindest *hofft* sie es.

Palabar deutet mit dem Finger. Da. Sie lässt die *Nimbus* dicht über dem Kampfgeschehen dahingleiten, auf die gewaltige Form eines AT-AT-Läufers zu, der gerade das Feuer auf eine imperiale Geschützstellung eröffnet. Ein Loch prangt in der Oberseite des Cockpits, und während Jas hinsieht, wirft ein vertraut aussehender Wookiee den Piloten in die Tiefe.

Chewie winkt, und Solo salutiert kurz zu ihrem Schiff hoch, bevor er in der Öffnung verschwindet. Die Flüchtlinge – Kirratha und die anderen – huschen über den Rücken des Läufers, wie Sandleute, die ein Bantha gezähmt haben.

Die *Nimbus* verbrennt die Luft, als sie beschleunigt.

Schon bald liegt das Sardo-Lager hinter ihnen. Jas lenkt das Schiff zwischen den Wroshyr-Bäumen hindurch. Vor ihnen tauchen zwei ITTs aus dem Nebel auf, aber Hatchet überrascht sie mit einem Sturm roter Laserstrahlen. Eine der Maschinen verliert einen Flügel, und sie kippt gegen den anderen Transporter, sodass beide durch den Wald trudeln. Einen Moment später lassen Zwillingsexplosionen den Dunst pulsieren.

Vor ihnen lichtet sich der Nebel, und einer der Küstenstreifen Kashyyyks kommt in Sicht – ein dunkles Meer, dessen gischtgekrönte Wellen helle Linien auf das Wasser zeichnen. Dahinter zeigten die Sichtschirme der *Nimbus* eine felsige Insel. Das ist Tolrucks Bollwerk, eine gewaltige, mit Baumpalisaden abgeschirmte Monstrosität, errichtet auf einem lange erloschenen Vulkan.

»Sollen wir sie erst weichklopfen, bevor wir landen?«, fragt Hatchet.

Sie zuckt mit den Schultern. »Warum nicht? Heiz ihnen ein.«

Der Weequay grinst und aktiviert die Waffensysteme.

»Es ist vorbei«, lallt Lozen Tolruck. »Die Jagd ist vorbei.«

Der Kriegsfürst sitzt vornübergebeugt auf seinem Thron. Harz klebt an seinen Fingern und Lippen. Jom hat das Dornenmesser in der Hand, und er würde nichts lieber tun, als sich auf den Gouverneur zu stürzen, aber Sinjir hält ihn mit einer besonnenen Geste zurück.

»Warte«, sagt er.

»Sinjir ...«

Rath Velus wendet sich an Tolruck. »Sie werden uns jetzt begleiten.«

»*Sinjir ...*«

»Das ist unser Job. Wir jagen Imperiale. Wir nehmen sie gefangen und bringen sie zurück. Er kommt mit uns.« Er legt Jom die Hand auf die Brust. »Wir sind keine Mörder.«

Wie seltsam, diese Worte aus seinem Mund zu hören.

Barell schließt sein heiles Auge. Seine Brust hebt und senkt sich – der keuchende Atem eines Mannes, der darum ringt, seinen Zorn zu beherrschen. Das Auge öffnet sich wieder. »Na gut. Lozen Tolruck, im Namen der Neuen Republik, Sie sind festgenommen.«

»Als ob das einen Unterschied machen würde«, brummt der Gouverneur. Speichelblasen glänzen auf seinen Lippen. Sein Blick wandert über seine Umgebung, ohne sich jedoch zu fokussieren. »Wir sind alle tot. Du und du und die ganzen Wookiees und sogar ich. Wir alle. Tot.«

»Was?«, fragt Sinjir. »Drücken Sie sich deutlicher aus, Sie erbärmlicher Fleischklops.«

»Falls ich diese Welt nicht kontrollieren kann, dann wird es auch niemand anderes tun. Nicht die Neue Republik. Nicht die Wookiees. Und ganz sicher nicht das *Imperium*.«

Der Boden erzittert.

»Was war das?«, fragt Jom.

Ein weiterer Knall.

»Ein Orbitalbombardement«, erklärt Tolruck mit einem müden Grinsen. Er spricht die beiden Worte gedehnt aus, als wäre er betrunken. »Tod regnet von den Sternen herab. Oder genauer, von den Sternzerstörern. Ich habe den Vernichtungscode eingegeben. Nichts wird überleben.«

Sinjir wispert Jom zu: »Wir müssen verschwinden.«

»Aber er ...«

»Lass ihn. Ich erkenne einen gebrochenen Mann, wenn ich einen sehe.«

Jom gibt nach – die beiden wenden sich ab und rennen aus dem Thronraum. Tolrucks irres Lachen hallt ihnen hinterher.

Ein Triumvirat von Sternzerstörern hängt am schiefergrauen Himmel über Kashyyyk – verschwommene Umrisse, wie die Klingen von Henkern.

Und die Zerstörung, die von diesen Schiffen herabprasselt, zeigt, dass sie ihren Namen zu Recht tragen.

Der Tod kommt in Gestalt zischender Flammen und jaulenden Lichts, ausgespien von Turbolaserbatterien oder in Form von Sprengbomben, aus den Bäuchen der Schiffe abgeworfen. Ein brutales, plumpes Vorgehen – als würde man mit einem Flammenwerfer auf ein Wespennest zielen. Nicht gerade präzise.

Aber letztlich doch äußerst effektiv.

Jas steigt aus der Luke der *Nimbus* und sieht einen Moment zu, wie die weit entfernten Sternzerstörer den Planeten mit ihren gewaltigen, alles versengenden Waffen beharken. Selbst hier zittert der Boden noch leicht unter den Einschlägen.

Schon bald, das ist ihr klar, werden sich die Schiffe dieser Region zuwenden.

Zentimeter von ihrem Kopf entfernt prallt ein Laserstrahl gegen die Seite der *Nimbus*. Sie zuckt zusammen und kehrt rasch in die Realität des Augenblicks zurück. Sie sind im Zentrum der Festung heruntergegangen, haben vor der Landung noch mehrere Kugelwerfer und die Truppler, die sie bemannten, ausgeschaltet. Jetzt stürmen Soldaten herbei, um sie mit heulenden Blastern willkommen zu heißen, und das Einzige, was sie tun können, ist, die Horden von Tolrucks Männern auf Distanz zu halten und zu hoffen, dass Sinjir und Jom sich hierher durchboxen können.

Hatchet ist neben ihr, bewaffnet mit Joms schwerer Kanone – einem BlasTech-DSK, geladen mit stahlschmelzenden Drachenfeuer-Zellen. Der Weequay brüllt und lacht, während er die anrückenden Truppen mit grünem Feuer eindeckt.

Seitlich von ihnen huscht eine zottelige Gestalt nach vorne – es ist Greybok. Eine Klinge glänzt in seiner Hand: Jas erkennt die sensengleiche Krümmung eines Ryyk-Schwertes. Er heult einen Schlachtruf auf Shyriiwook und beginnt, die Imperialen zu zerhacken, als bestünden sie aus Papier. Rüstungsteile fliegen durch die Luft, Helme, in denen noch immer Köpfe stecken, rollen über den Boden.

»Greybok scheint sich wirklich zu amüsieren!«, ruft Hatchet über den Lärm hinweg.

»Halt die Augen nach den anderen offen«, erwidert sie.

Kommt schon! Wo steckt ihr nur?

In der Ferne beginnen die Sternzerstörer, voneinander fortzudriften – vermutlich hat jeder seinen eigenen Bombardierungskurs. Es wird lange dauern, diese Welt mit nur drei Schiffen dem Erdboden gleichzumachen, trotzdem richten sie bereits jetzt beispiellose Verwüstung an.

Und wer soll sie aufhalten?

Ein flaues Gefühl erfüllt ihre Magengrube. Dass sie Kashyyyk befreit haben, wird ein kurzlebiger Erfolg, wenn der Planet in Schutt und Asche gelegt wird.

»Da!«, brüllt Hatchet, als Sinjir und Jom hinter einem hölzernen Durchgang auftauchen, dann gibt er ihnen Feuerschutz, denn mehrere Waldtruppler sitzen ihnen dicht im Nacken. Jas nimmt einen Detonator von ihrem Gürtel, macht ihn scharf und wirft ihn.

Die kleine Kugel fliegt piepsend durch die Luft.

Sie landet direkt vor den Füßen der Imperialen.

Hab ich euch, denkt sie.

Feuer und hochgeschleuderte Leiber begleiten die Explosion, und die Druckwelle reißt Sinjir und Jom beinahe von den Füßen, doch sie behalten das Gleichgewicht und rennen taumelnd weiter. Als sie die *Nimbus* erreichen, hilft Jas ihnen, an Bord zu kommen.

»Hallo, Liebling, wir sind wieder da«, ruft Rath Velus mit einem Zwinkern.»Ich habe diesen armen Knaben gefunden und dachte mir, wir können ihn vielleicht adoptieren.«

»Emari«, sagt Jom nur. Er nickt ihr zu.

»Dein Auge …«, haucht sie. Es ist … fort. Ihre Hand legt sich auf seine Wange, ihre Finger betasten die grob vernähte Wunde.

»Gerade als du dachtest, ich könnte nicht noch hübscher werden, hm? Da siehst du mal.« Er beugt sich vor und gibt ihr einen Kuss.»Bringen wir diesen Vogel in die Luft, bevor diese Sternzerstörer uns in Asche verwandeln, in Ordnung?«

Tolruck sitzt da und lacht ins Nichts. Nur mit Mühe nimmt er die Gestalt wahr, die vor ihm steht.

Ah. Ein Wookiee.

Er kennt dieses Biest. Ein Weibchen. Subjekt 6391-A, Spitzname: Splitterzahn. Fast all ihre Zähne sind abgebrochen, als sie versuchte, sich durch ihre Fesseln zu beißen. Sie musste auf die harte Tour lernen, dass Flucht keine Option ist – und seitdem ist sie eines der folgsamsten Biester in Tolrucks Festung. Er benutzt sie für Aufgaben, die ein gewisses Maß an Feingefühl voraussetzen – Gartenarbeiten, Putzen, Zelte aufstellen. Sie ist oft in seiner Nähe, und nie hebt sie den Blick. Splitterzahn hat Respekt vor ihm. *Großen Respekt.*

Sie streckt die Arme aus, und ihre Hände schließen sich um seinen Hals.

Grrk!

Der Wookiee bleckt die gelben Zähne.

Dann bricht sie sein Genick wie einen Vogelknochen.

Und so endet das Leben von Lozen Tolruck.

Intermezzo
Darropolis, Hosnian Prime

»Also gut, Mister Hetkins, beugen Sie sich vor und rutschen sie runter«, sagt Doktor Arsad. »Langsam, ganz langsam«, fügt sie hinzu. »Das linke Bein zuerst.«

Dade verzieht das Gesicht und schiebt sich auf dem Bett nach vorne.

Er tut, was sie sagt: das linke Bein zuerst.

Was das andere Bein angeht – es ist nicht mehr da. Wurde ihm auf Endor von einer Explosion weggefetzt. Er und sein Team säuberten den Sanktuariummond in den Wochen nach der Zerstörung des Todessterns, spürten verstreuten imperialen Bataillonen nach, die es nicht geschafft haben, von der Oberfläche zu fliehen. Letztlich war nur ein – *ein* – Spürtruppler nötig. Ein Spürtruppler mit einer Kiste Thermaldetonatoren und der Bereitschaft, sie zu benutzen. Dann ...

Bumm. Ein Krater im Boden, frische Erde, die durch die Luft fliegt und rings um ihn herabregnet, während er stürzt und den Stumpf unterhalb seines Knies hält, wo sich einmal sein Bein befunden hat. Anschließend umfing ihn Dunkelheit. Die Sanitäter retteten ihm das Leben.

Sein Bein konnten sie leider nicht wieder annähen.

Und jetzt ist er hier. In einem Veteranenkrankenhaus der Neuen Republik auf Hosnian Prime.

Ich lebe den Traum, denkt er.

»Weiter«, fordert Arsad ihn auf. Sie ist eine ältere Frau mit tiefen Falten im Gesicht – tief genug, dass sie aussehen, als hätte man mit einem Messer Linien in dunkles Holz geritzt.

»Ja, ja«, brummt er und schiebt sich weiter vor.

Der prothetische Fuß berührt klackend den Boden, und die metallene Sohle sagt ihm, was sie wahrnimmt. Es ist nicht sein Fleisch und Blut; auch wenn sie ihn den Untergrund spüren lässt, fühlt es sich nicht so an wie bei seinem anderen Fuß. Nein, dieses Gefühl ist kalt und elektronisch. Er hasst es.

Seine neuen Zehen trommeln ungeduldig, geradezu wütend auf den Boden, und Arsad fordert sie auf stillzuhalten. In der Nähe tippt das Dutzend spindeldürrer Arme eines FX-7-Droiden energisch auf den Tasten eines Diagnosegeräts, während die Maschine gleichzeitig eine holografische Datenanzeige in der Luft über ihr inspiziert. Dabei surrt und summt sie.

Arsad sagt ihm, er solle aufstehen. Sagt ihm, er solle gehen. Sie lässt ihn hinsetzen und noch mal aufstehen. Sich strecken und beugen. Sich drehen und bewegen. Und die ganze Zeit über tippt der Droide weiter auf dem Diagnosegerät.

»Sieht gut aus«, sagt Doktor Arsad schließlich.

»Danke. Kann ich dann gehen?« Er streckt die Beine, und die künstliche Nachahmung eines halben Beines hängt wie ein Fluch an ihm. Sie schimmert. Rote Drähte schlängeln sich über die Kolben und Schrauben. *Ich bin kein ganzer Mensch mehr*, denkt er – ein unnützer Gedanke, aber trotzdem einer, der den Zorn in ihm hochsteigen lässt wie Lava in einem ausbrechenden Vulkan. Es ist nicht leicht, die Wut hinunterzuschlucken und ein Lächeln aufzusetzen, aber er schafft es.

»Noch nicht«, sagt Arsad. »Das Bein ist in bester Ordnung. Aber wie sieht es mit *Ihnen* aus?«

»Wenn Sie sagen, das Bein ist in Ordnung, dann bin ich auch in Ordnung.«

Die Art, wie sie ihn ansieht. Fast als würde sie durch ihn *hindurchsehen*. Oder eher, als würde sie durch seine Fassade falscher Zuversicht hindurchsehen. »Haben Sie noch Albträume?«

»Nein«, lügt er. Er verzieht keine Miene, während er sich an den Traum von letzter Nacht erinnert. Darin war er zwischen umstürzenden Bäumen gefangen, hüpfte auf einem blutigen Beinstumpf herum, der letzte Überlebende auf einem Waldmond voller Imperialer.

»Dann können Sie also wieder durchschlafen?«

»Wie ein schnurrender Nexu.« Noch eine Lüge.

»Und auch keine Stimmungsschwankungen mehr?«

Ich habe gestern eine Topfpflanze mit meinem heilen Fuß zu Tode getreten, zählt das als Ja? Die arme, kleine Kaduki-Pflanze. All diese zerstampften Blüten, all die verstreute Erde. »Soweit ich das sagen kann.«

»Selbstmordgedanken?«

»Null.« Zumindest das ist nicht gelogen. Er möchte leben. Er ist nur nicht sonderlich glücklich darüber.

Der FX-7 zwitschert und summt. Arsad nickt.

»Der Droide meint, Sie sind nicht ganz aufrichtig mit uns.«

Er kneift die Augen zusammen. Verräterischer Blecheimer! Das Diagnosegerät hat wohl mehr Bio- und Psychodaten gesammelt, als er dachte. Eigentlich hätte er es wissen müssen.

»Hören Sie, Doktor. Es geht mir *gut*, in Ordnung? Ich habe mein Bein, und ich werde lernen, es zu benutzen. Was den Rest angeht: Ich wusste, worauf ich mich einließ. Ich wollte gegen das Imperium kämpfen. Ich dachte nicht, es wäre eine Fahrt in der Antigrav-Achterbahn im Domino-Park. Mir war durchaus bewusst, was geschehen könnte. Ich lebe noch, der Macht sei Dank, und das nehme ich als Segen.«

»Trotzdem«, entgegnet Arsad, wobei sie sich vorbeugt und ihn mit einem dieser Blicke bedenkt. »Das Protokoll der Neuen Republik verbietet mir, Sie ohne Hilfe zu entlassen.«

»Ich brauche keine Hilfe. Das Einzige, was Sie für mich tun können, ist, mich gehen zu lassen.« *Ich bin jetzt schon zwei Monate hier.*

Sie drückt einen Knopf, und die Jalousien öffnen sich, sodass das Licht vom Garten des Krankenhauses hereinströmt. Draußen sitzen Veteranen der Allianz auf Bänken oder Schwebestühlen, viele von ihnen unter der Aufsicht von FX-Droiden. Dahinter ragen die Kristalldünen über den Randgebieten der Stadt auf, ihre Flanken mit kuppelartigen, hosnianischen Häusern gesprenkelt. »So ist es doch gleich viel besser. Wir können alle ein wenig Licht vertragen.«

»Das klingt, als wäre es die Überleitung zu irgendetwas, was mir nicht gefallen wird.«

»Ich verschreibe Ihnen zweierlei. Erstens, dass Sie jeden Monat zur Gruppentherapie kommen – viele Kriegsveteranen treffen sich hier, um über ihre Erlebnisse und ihre Gefühle zu sprechen. Glauben Sie mir, es hilft.«

Er lacht. Ein trauriger Laut. »Doktor, ich habe nicht vor, in der Nähe zu bleiben. Ich werde mich wieder bei der NR melden, in den aktiven Dienst zurückkehren – mich vielleicht an den Äußeren Rand versetzen lassen.«

Jetzt ist sie es, die lacht. »Oh Dade. Nein. Ihre Tage auf dem Schlachtfeld sind vorbei. Für Sie ist es jetzt Zeit, Frieden zu finden. Falls Sie Hosnian Prime verlassen wollen, in Ordnung. Wir bieten auch auf vielen anderen Welten Gruppentherapie an. Chandrila. Corellia. Jeden Tag erreicht das Licht der Republik neue Welten.«

»Ich ...« Er beißt sich auf die Lippe. »Fein. Ich werde mich mit einem Haufen vernarbter, alter Kriegsneurotiker zusammensetzen. Reicht das?«

»Wie gesagt, es gibt zwei Bedingungen. Warten Sie bitte hier.« Als würde er einfach so aufstehen und davonrennen.

Ein schelmisches Funkeln liegt in ihren Augen, als sie den Raum verlässt. Dade bleibt stumm sitzen und tippt mit seinen neuen Metallzehen auf den Boden – *Klick-klick-klick, Klick-klick-klick* –, bis sie zurückkehrt.

Ein Droide rollt hinter ihr herein.

Eine Einheit wie diese hat er noch nie gesehen. Sie hat einen klobigen, kuppelförmigen Kopf, aber er wiegt sich langsam auf einem blau-goldenen, runden Körper. Das Ding ist kleiner als ein normaler Astromech – es reicht Dade nur bis zum Knie. Und es piepst und tiriliert, während es zwei Augenlinsen auf ihn richtet. Es sieht aus, als müsste es seinen eigenen Kopf balancieren – wie ein Kind, das versucht, eine Kiste auf einem Ball zu balancieren. Er versucht, ihn oben zu halten, aber er kippt immer wieder gefährlich zur Seite.

»Was ist das?«, fragt er.

»Das ist ein Droide, Dade.«

»Das sehe ich, Doktor. Ich meine, *warum* ist er hier?«

»Darf ich vorstellen: QT-9. Er gehört Ihnen.«

Er zieht die Augenbraue so weit hoch, dass sie vermutlich mehrere Zentimeter über seinem Kopf hängt. »Ich kann mich nicht daran erinnern, einen Droiden zu besitzen.«

»Stellen Sie sich das Ganze so vor, als würden Sie ihn *mieten*. Nur, ohne dafür bezahlen zu müssen. QT-9 ist der Prototyp eines neuen Therapiedroiden.«

»Ich will keinen … was immer das ist.«

Arsad schmunzelt. »Ich kann Ihnen auch einen Therapie-Ewok besorgen, falls Ihnen das lieber ist. Einige dieser kleinen, pelzigen Racker haben sich bereit erklärt, Endor zu verlassen und Veteranen wie Sie während der Rekonvaleszenz zu unterstützen. Praktisch als Dank dafür, dass Sie ihre Heimat gerettet haben.«

»Von denen will ich ganz sicher keinen. Die Kerle riechen furchtbar.«

»Dann habe ich gute Nachrichten. Der Droide riecht so sauber wie neues Metall. Unter anderem, weil er neu *ist*. Nach dem Sturz des Imperiums werden überall in der Galaxis neue Technologien entwickelt. Einschließlich neuer Droiden. Dieser hier wurde programmiert, um freundlich und gesellig zu sein. Wie ein Haustier.«

Der Droide rollt schnurrend vor und zurück.

Dade seufzt. »Ich muss diesen Droiden wirklich akzeptieren?«

»Und zu den Therapiesitzungen kommen.«

»Doktor, Sie machen mich fertig.«

»Ich glaube, Sie meinen, *Doktor, Sie retten mir das Leben*.«

»Wenn Sie meinen.«

Sie nimmt seine Hand und hält sie fest umschlossen. »Das meine ich, Mister Hetkins. Glückwünsch zu Ihrem neuen Fuß, Ihrem neuen Droiden und Ihrem neuen Leben. Die Galaxis steht Ihnen offen.«

»Dann sollte ich mich jetzt wohl für die Hilfe bedanken.«

Doktor Arsad umarmt ihn, dann lässt sie ihn mit dem Droiden allein. Dade streckt sich und ächzt, als er das künstliche Bein belastet. Jetzt kann er den Boden deutlich durch die Prothese spüren. In der Nähe befindet sich ein Silicaform-Strumpf (auch Hautsocke genannt). Der Doktor meinte, er könne ihn überstreifen, falls es ihm so angenehmer ist. Aber wenn er schon einen bizarren Metallfuß hat, dann will er ihn nicht verstecken. Warum so tun, als ob? Über diese Phase ist er hinweg.

QT-9 gibt mehrere Triller- und Piepsgeräusche von sich. Dade schüttelt den Kopf und sagt: »Komm mit, du nervige Schrottkugel. Gehen wir nach Hause.«

Wo immer das auch sein wird.

Der Droide quietscht vor robotischer Freude und rollt hinter ihm her.

31. Kapitel

Träume.

Leia weiß, dass sie träumt. Sie erkennt, dass es nur Illusionen sind. Aber sie setzen ihr deshalb nicht weniger zu, während sie mal mehr, mal weniger tief schläft. Sie träumt von Han, der tot im Schnee liegt. Sie träumt von Chewbacca, der irgendwo in einem Käfig sitzt. Sie träumt von sich selbst, auf einem Tisch, auf dem sie stirbt, während ihr Kind – nein, ihre Kinder – auf die Welt kommen. Darauf folgt eine Vision von Luke, der zwischen den Sternen verloren ist, nach etwas sucht, was er nicht finden kann, und nie wieder zurückkehrt. Sie träumt davon, dass sie selbst verloren ist, in einem Wald, und dann im Todesstern, wo sie und Luke und Han vor Sturmtrupplern davonrennen und versuchen, zurück zum *Falken* zu gelangen, nachdem Obi-Wan die Traktorstrahlkontrollen ausgeschaltet hat. Doch jetzt sieht sie die grausige Wahrheit: Er ist gescheitert. Er ist *gestorben*, und das Schiff wird den Todesstern nicht verlassen können. Selbst falls sie es durch dieses Labyrinth von Gängen erreichen, sie werden nie entkommen ...

Ihr Magen zieht sich zusammen. Es tut weh, aber es beunruhigt sie nicht – nur ein kleiner Tritt von innen. Sie muss sich aufsetzen. Ihre Stirn ist schweißnass, ebenso das Bett unter ihr. Ihre Hand gleitet zu ihrem Bauch, und sie spürt, wie sich ein kleiner Körper darunter bewegt. Er hat Hunger. Was bedeutet, dass sie auch Hunger hat.

Da sieht sie einen Umriss an der Tür.

Es ist T-2LO, einer ihrer Protokolldroiden.

»Euer Hoheit«, sagt er. »Ich weiß, es ist spät …«

»Es ist wirklich spät, Ello.«

»Ja, Euer Hoheit. Ich glaube, darauf habe ich eben hingewiesen. Sie haben einen Besucher.«

»Um diese Zeit?« Der Droide nickt. »Ein Mann namens Conder Kyl«, erklärt er. »Er meinte, Sie wollten …«

Der Hacker. »Lass ihn herein, Ello. Ich komme gleich.«

Leia nimmt sich einen Moment, um sich zu sammeln, dann wirft sie eine Robe über, wäscht sich das Gesicht ab und geht nach draußen, um ihren Gast zu empfangen.

Conder Kyl ist auf eine gepflegte Weise ungepflegt – kontrolliertes Chaos. Seine Kleidung ist modern, für chandrilanische Verhältnisse sogar sehr modern: eine lange, dunkle Weste ohne Ärmel und eng anliegende Lederhosen. Er steht auf, als sie den Raum betritt.

»General Organa«, sagt er.

»Dieses Wort scheint Sie nervös zu machen. General.«

»Es ist nur … Ich gehöre nicht zum Militär.«

»Ich weiß. Ich habe Sie angeheuert, schon vergessen?«

Mit einem verlegenen Lächeln nickt er. »Ja, natürlich, Euer Hoheit.«

Es fühlt sich komisch an, sich so mit jemandem zu treffen. Mitten in der Nacht, im Geheimen. Das Ganze erinnert sie an ihre Rebellentage. Nur dass sie jetzt hinter dem Rücken ihrer eigenen Regierung agiert.

»Haben Sie Neuigkeiten?«

»Ja.« Er stellt ein kleines Dreibein auf den Tisch, und seine Metallbeine rasten mit einem Klacken ein. Sofort erscheint ein Bild des Wookiee-Planeten Kashyyyk über dem Holoprojektor. »Die Sonde hat das hier aufgenommen.«

Es ist unglaublich schwer, an Informationen über Kashyyyk zu gelangen. Der Planet ist abgeschirmt, im Würgegriff des Imperiums verloren. Leia hoffte, dass ein kleiner Sondendroide nicht von den Sensoren des Feindes erfasst würde, darum hat sie Conder angeheuert – soweit sie weiß ist er ein Freund von Norra –, um eine solche Drohne zu bauen, ausgestattet mit Tarnsystemen und gleichzeitig in der Lage, imperiale Frequenzen abzuhören und Aufnahmen zu machen, damit sie sich ein Bild von den Vorgängen dort machen kann. Was sie nun vor sich sieht, sind größtenteils orbitale und atmosphärische Aufzeichnungen, aber sie weiß, dass der Droide auch eine Langstrecken-Sensorkamera hat, um Satellitenbilder aufzunehmen.

Sie beobachtet, wie sich die dreidimensionale Darstellung entfaltet. Sie flackert blau, als sich drei Sternzerstörer über den Planeten senken und dann …

»Oh«, entfährt es ihr, und ihre Hand huscht vor ihren Mund. Ein Orbitalangriff. Sie bombardieren den Planeten. Aber warum?

Conder muss diese Frage vorhergesehen haben, denn er deaktiviert das Holo und spielt eine Audiodatei ab. »Die Sonde hat diesen Fetzen Kommverkehr von der Oberfläche aufgeschnappt. Die Nachricht stammt von Lozen Tolruck – ich weiß nicht, warum er sie nicht verschlüsselt hat, aber der Droide konnte sie aufzeichnen.«

Die Stimme eines Mannes dringt aus dem Projektor, begleitet von einer grafischen Darstellung der Schallwellen mit ihren Spitzen und Tiefen.

»Die Terroristen haben gewonnen, Admiral Orlan. Die Hemmchips funktionieren nicht länger. Die Tiere ...«, er lallt ein wenig, während er die nächsten Worte ausspricht, »... sind aus ihrem Gehege entkommen. Bombardieren Sie den Planeten. Brennen Sie alles nieder. Ich lade den Autorisie... den Autorisierungscode hoch. Beginnen Sie mit dem Orbitalschlag.«

Die Stimme verstummt.

Leia braucht ein paar Sekunden, um das zu verarbeiten.

Han hat es geschafft.

Das ist die einzige Erklärung. Nur Han kann jemanden so zur Weißglut treiben, dass er einen ganzen Planeten bombardieren lässt.

Doch was jetzt? Ein orbitaler Vernichtungsfeldzug ist eine lange, hässliche Angelegenheit. Und er wird nicht enden, bevor der Großteil dieser Welt nicht in Schutt und Asche liegt. Was bedeutet, dass Han und die anderen keine Fluchtmöglichkeit haben. Sie könnten dort unten sterben.

Das kann Leia nicht zulassen.

Nach ihrem Gespräch mit Mon Mothma am vorigen Nachmittag hat sie sich einen Plan zurechtgelegt. Eigentlich wollte sie damit bis nach dem Tag der Befreiung warten, aber das geht nun nicht mehr. Obwohl die Feierlichkeiten bereits morgen stattfinden, zählt nun jede Sekunde. Sie darf keine Zeit vergeuden.

»Danke«, sagt sie. »Ich lasse die Credits sofort auf Ihr Konto überweisen.«

»Schon gut.« Der Hacker winkt ab. »Das erste Mal ist umsonst.«

»Ich schulde Ihnen etwas, Conder.«

»Nicht diesmal. Sie können sich das nächste Mal erkenntlich zeigen.«

»Danke.«

»Darf ich fragen, was Sie jetzt vorhaben, Euer Hoheit?«

»Ich werde tun, was jede Ehefrau hin und wieder tun muss«, erklärt sie. »Ich werde meinen Mann retten.«

Großadmiral Sloane kann nicht schlafen.

Morgen ist der erste Tag der Friedensgespräche, und die Nervosität droht sie von innen aufzufressen wie Käfer, die sich durch das verrottete Herz eines alten Baumes nagen. Sie weiß, welche Rolle sie bei den Verhandlungen zu spielen hat: Ihre Aufgabe ist nicht etwa, eine Übereinkunft mit den Verrätern von der Neuen Republik zu treffen, sondern sie von dem bevorstehenden Angriff abzulenken – und dann vom Boden aus bei der Koordination jenes Angriffs zu helfen. Rax sagte: »Sie werden eine Heldin sein. Es wird Ihre Position als nächste Imperatorin untermauern – oder wie Sie sich auch immer nennen wollen. Die Galaxis wird sie auf allen Schirmen sehen. Das HoloNetz wird Ihren Heldenmut live übertragen.«

Daraufhin fragte sie ihn: »Aber werde ich nicht in Gefahr sein?« Es ist höchst ungewöhnlich, jemanden, der angeblich so wertvoll ist wie sie, mitten in eine Schlacht zu schicken. Sie erinnerte Rax daran, dass Palpatine sich so gut wie nie in der Öffentlichkeit gezeigt hat, es sei denn, er hatte völlige Kontrolle über Ort und Umstände.

»Wir werden die gesamte Umgebung kontrollieren«, versichert er ihr. »Sie werden nicht wirklich in Gefahr sein. Niemand wird versuchen, Sie zu töten. Davon abgesehen wird Ihnen der Angriff den nötigen Spielraum bieten, um sich zurückzuziehen.«

Das könnte eine Falle sein. Oder eine seiner *Prüfungen.*

Dennoch: Die Chance, Chandrila anzugreifen, ist … verlockend. Dadurch können sie die Oberhand zurückerlangen. Sie können der Galaxis einmal mehr ihre militärische Macht demonstrieren. Die geheimen Flotten enthüllen, die noch in zahlreichen Sternnebeln verborgen liegen …

Dieser Gedanke erfüllt sie mit einem freudigen Schauder.

Doch jetzt muss sie erst einmal ein wenig schlafen.

Rae versucht, einem reißerischen Hörspiel über einen Droidendetektiv zu lauschen. In seinem Kopf steckt eine künstliche Intelligenz namens ADAM, und eigentlich ist der Droide gar kein Detektiv, sondern ein Attentäter. Sie versucht, sich davon einlullen zu lassen, aber ihre Gedanken schweifen ab. Schließlich steht sie auf und beginnt, in ihrer Kabine auf und ab zu gehen. Sie ruft eine galaktische Sternkarte auf, um die gegenwärtige Lage des Imperiums zu betrachten – doch das deprimiert sie nur. Sie haben so schnell so viel verloren. Kuat ist gefallen, nun entgleitet ihnen G5–623 – obwohl Rax diese Welt bewusst aufgegeben hat und Rae zugeben muss, dass sie im Stillen selbst zufrieden ist, den Planeten befreit zu sehen. In ihrer Vorstellung von einem perfekten Imperium war nie Platz für Sklaverei. Sie mag eine Zeit lang notwendig gewesen sein, aber jetzt sollte die Galaxis die wahre Pracht des Imperiums sehen – und das ist nun mal nicht durch Sklaverei möglich. Sklaverei ist kein Zeichen von Stärke, sondern von Schwäche. Die Bürger sollten dem Imperium dienen, weil es richtig ist. Weil sie es *wollen.*

Auch das ist nur ein Ablenkungsmanöver.

Schlaf. Ich brauche Schlaf. Ich muss morgen hellwach und bereit und wachsam sein.

Doch stattdessen legt sie eine von Rax' Lieblingsopern auf:

Die Kantate von Cora Vessora. Die Version, die er ihr gegeben hat, enthält keinen Text, nur Musik.

Zunächst lenken die Klänge sie genauso ab wie alles andere. Musik ist für sie nur Lärm. Bedeutungsloses Gedudel, das Narren in den Schlummer wiegen soll.

Doch schon bald stellt sie fest, dass auch sie davon eingelullt wird. Die Streich- und die Schlaginstrumente. Das Summen und das Donnern. Ihre Augenlider flattern. Ihr Geist ist leer.

Vielleicht bin ich auch eine Närrin.

Die Musik saugt sie in sich auf. Es ist, als würde eine Welle sie vom Ufer aufs offene Meer hinaustragen. Die ätherische Schönheit packt sie und lässt sie nicht mehr los.

Rae schläft nicht ein, aber zumindest ihr Geist kann sich ausruhen. Vielleicht sollte sie Rax öfter vertrauen. Nun, morgen ist ein großer Tag. Dann wird sich zeigen, ob er ihr Vertrauen verdient ... Oder ob sie tatsächlich eine Närrin ist.

Temmin und Brentin arbeiten bis spät in die Nacht, und Tem tut, als wäre es genauso wie früher. Nichts hat sich verändert. Doch als er zum vierten Mal nach dem Bogenschrauber fragt und Brentin nur weiter auf einen Punkt an der Wand starrt, muss der Junge sich eingestehen:

Hier ist einiges kaputt.

Auf der Werkbank vor ihnen liegt das Valachord, das Tem gekauft hat – er hatte die brillante Idee, das Instrument umzubauen, damit es eigenständig spielt. So könnte sein Vater die Musik genießen, ohne dass er den Druck verspürt, selbst spielen zu müssen. Zu seiner Überraschung erklärte sich Brentin bereit, ihm zu helfen – doch seit sie mit der Arbeit begonnen haben, wirkt sein Vater von allem losgelöst. Als wäre nur ein Teil von ihm hier.

»Stimmt etwas nicht, Dad?«

»Nein«, sagt Brentin, ein schmales, erzwungenes Lächeln im Gesicht. »Ich bin nur müde. Es war ein langer Tag.«

»Oh. Ich … verstehe.«

Ruckartig steht sein Vater auf. »Ich … werde einen Spaziergang machen.«

Sicher. Natürlich macht er einen Spaziergang. Wie immer.

Brentin verlässt die Wohnung.

Und Temmin folgt ihm, während sein Vater durch Hanna City streift. Die Hauptstadt ist bereit für den morgigen Tag – die Zelte sind aufgestellt, ebenso die Imbissbuden und Generatoren. Die Feierlichkeiten zum Tag der Befreiung beginnen mit einer Parade, danach wird Sloane eintreffen. Die Festivitäten werden sich auch während der Friedensgespräche fortsetzen – um die Leute abzulenken, wie Temmin glaubt. Sie bekommen ein Feuerwerk geboten, während das Monster Sloane versucht, sich aus der Verantwortung für ihre Kriegsverbrechen zu stehlen. Es macht ihn wütend, dass man ihr überhaupt Gelegenheit gibt, ihre Argumente vorzutragen (aber dieser Tage gibt es so vieles, was Temmin wütend macht). Er folgt seinem Vater durch Gärten, an den Theatern vorbei über den verwaisten Markt in der Altstadt. Zwischen den Pakarna-Ständen hindurch geht es weiter, hinab zum Meer. Dort verliert Temmin seinen Vater aus den Augen. Er dreht sich nur einmal kurz um, und dann … ist Brentin verschwunden. Jetzt wünscht der Junge sich, er hätte Bones nicht befohlen, in der Wohnung zu bleiben. Der Droide könnte die Biosignatur seines Vaters mühelos aufspüren …

Moment. Da. Er sieht eine Gestalt, die von der Barbicanstraße auf den Kiesstrand hinabgestiegen ist und auf das Wasser zugeht. Temmin eilt ihr hinterher.

Der Wind dreht sich; er kommt jetzt vom Meer und zerzaust dem Jungen das Haar. Mit sich trägt er den Geruch von Fisch. Erst jetzt fällt ihm auf, dass sie nicht mehr weit von den Anlegestellen entfernt sind, und bei den Anlegestellen befinden sich die Fischhallen, wo Droiden den täglichen Fang verarbeiten, von Skorflossen und Marmale über Sternbeine bis hin zu Perlmuscheln. Jetzt sind die Fischhallen jedoch dunkel und verlassen. Die Stege dahinter ragen wie lange, dunkle Schatten ins Meer hinaus. Auf einem von ihnen entdeckt er Brentin.

Und sein Vater ist nicht allein.

Doch wer ist die andere Person? Vermutlich nur ein Angler. Die alten Seebären, die früher ihren Lebensunterhalt mit der Fischerei verdienten – bevor das alles automatisiert wurde –, sitzen noch immer gerne hier draußen, bevor die Sonne aufgeht. Brentin ist wohl zufällig einem von ihnen begegnet, und jetzt unterhalten sie sich. Oder? Das würde einen Sinn ergeben.

Temmin schiebt sich näher heran.

Doch er bleibt stumm. Er sagt sich, dass er die beiden nur nicht erschrecken will, aber er kann die Zweifel nicht ignorieren, die sich in seinen Hinterkopf schleichen wie ein Einbrecher, der ihm das Vertrauen in seinen Vater stehlen will.

Er duckt sich hinter die Ecke einer Fischhalle. Hinter den Fenstern sieht er die skelettartigen Schatten der Droiden, die die Nacht über deaktiviert werden und wie erstarrte Wächter über den Fließbändern stehen. Plötzlich ist er froh, dass er Bones doch nicht mitgenommen hat – falls sein mechanischer Freund eines nicht kann, dann den Mund halten.

Temmin huscht zur anderen Seite der Fischhalle, zu der Ecke, hinter der sich die Anlegestellen befinden. Ein Stapel Fischkisten bietet ihm Deckung.

Von hier aus kann er im Mondlicht Genaueres erkennen.

Sein Vater steht neben einem …

Einer Wache. Ein Chandrilaner. Kennt Temmin dieses Gesicht nicht?

Ja, er hat den Mann tatsächlich schon mal gesehen. Er hielt vor Yupe Tashus Zelle Wache. Da ist der Schweif blonder Haare, und auch wenn man sie nicht sieht, sind da bestimmt auch die Narbe am Kinn und die blassen Augen.

Temmin fühlt sich wie ein Narr. Brentin redet nur mit einer Wache. Vermutlich über morgen. Er und Norra sollen am Tag der Befreiung beide auf der großen Bühne stehen, gemeinsam mit der Kanzlerin und Leia und den meisten der anderen Gefangenen von Kashyyyk. Bestimmt hat es damit zu tun.

Und er hat sich Sorgen gemacht! Wie dumm, dumm, dumm.

Temmin erhebt sich, joggt auf den Steg hinaus und winkt. »He, Dad!«

Die beiden Männer drehen die Köpfe in seine Richtung.

In diesem Moment überkommt ihn ein seltsames, mulmiges Gefühl. Brentin winkt nicht zurück. Der Körper der Wache verspannt sich.

»Tem«, sagt sein Vater.

Temmin bremst seine Schritte, bis er nur noch langsam geht.

»Dad, ich wollte … ich wollte nur Hallo sagen. Ich musste auch mal von Mom fort.«

Die Wache zieht die Brauen zusammen. »Kümmerst du dich darum, oder soll ich es machen?«

Brentin nickt.

Temmin will fragen: *Worum soll er sich kümmern*?

Doch er bekommt keine Gelegenheit mehr dazu.

Sein Vater wirbelt zu ihm herum, einen Blaster in der Hand.

Und dann drückt er ab.

32. Kapitel

Alles bebt und zittert. Kashyyyk ist in tektonischen Zuckungen gefangen. Über ihren Köpfen bricht ein Erdklumpen nach dem anderen aus der Decke. Moos fällt aus den Ritzen, und die gewaltigen, gewundenen Wurzeln ringsum krümmen sich wie Schlangen, die aus langem Schlaf erwacht sind.

Jas wartet, den Rücken gegen die Tunnelwand gepresst, während sich Wookiees in Scharen an ihr vorbeischieben. Sie knurren und grollen einander zu, und auch wenn Emari sie nicht versteht – Shyriiwook ist eine gutturale, glottale Sprache, bei genauerem Hinhören aber auch überraschend komplex –, kann sie doch ihren Tonfall deuten.

Sie klingen genauso, wie sie sich fühlt:

Besorgt, angespannt, traurig.

Sie waren ihrem Ziel so nahe.

So nahe. Beinahe wäre es ihnen gelungen, eine Welt und eine Spezies zu befreien. Das Richtige aus den richten Gründen zu tun.

Und nun ...

Haben all ihre Bemühungen hierzu geführt. Das Imperium – sofern diese Schiffe dort oben überhaupt noch dazugehören – ist dabei, alles Leben auf dem Planeten auszulöschen. Jas weiß, wie es ablaufen wird: Viele der Wookiees sind nur teilweise befreit, sie sitzen noch immer in ihren Lagern fest. Was bedeutet, dass sie leichte Ziele abgeben. Es ist, als würde man mit einem Blaster in einen Eimer voller Frösche feuern.

Hier haben sie zumindest das freigelegte Wurzelsystem der Wroshyr-Bäume über dem Sardo-Lager. Sie hatten Zeit – nicht viel, aber genug –, um die meisten der befreiten Wookiees unter die Erde zu lotsen, bevor der Sternzerstörer am Himmel über ihnen erschien, um das Gebiet in einen Krater aus Staub, Blut, Splittern und Fell zu bomben.

Jas denkt: *Wäre ich mal lieber bei der Kopfgeldjagd geblieben.* Sie ist es nicht gewohnt, das Richtige zu tun. Niemand hätte ihr diese Verantwortung aufbürden dürfen. Sie kommt damit nicht klar; es fühlt sich an wie ein erdrückendes Gewicht auf ihren Schultern.

Die Wookiees sterben. Jom hat ein Auge verloren. Und vielleicht wird er noch mehr verlieren, bevor das hier vorbei ist. Sie haben versagt.

Jemand stößt sie an – es ist Solo. Im Halbdunkel des Wurzelganges kann man nicht allzu gut sehen.

»Solo.« Als sie den panischen Unterton in ihrer Stimme hört, befürchtet sie, dass sie gleich anfangen wird, hysterisch loszuplappern. Und tatsächlich: »Wir haben Mist gebaut. Diese Sache war zu groß für uns. Und jetzt sind wir nur noch Käfer unter dem Stiefel der Imperialen. Du und ich, wir sind beide nur Kriminelle, die sich einreden wollten, sie wären etwas Besseres. Ein Schmuggler und eine Kopfgeldjägerin, mehr sind wir nicht. Alles …«

»He«, sagt er.

»Alles, was wir getan haben, ist, dem Kraytdrachen auf den Schwanz zu treten, und jetzt dreht er sich um und …«

»*He.* Reiß dich zusammen. Es ist noch nicht vorbei. Du bist müde, Emari, und du hattest nicht genug zu essen. Das verstehe ich. Aber du musst klar denken, wenn der nächste Schritt nicht unser letzter sein soll.«

»Der nächste Schritt?«

»Ja. Du und ich, wir sind vermutlich wirklich nur ein Paar Kriminelle. Ein Schmuggler und eine Kopfgeldjägerin. Also tun wir, was die Galaxis uns gelehrt hat.«

»Ich verstehe nicht.«

Er grinst. »Ich habe einen Plan.«

»Das ist kein richtiger Plan, oder?«

»Nun, es ist kein *vollständiger* Plan. Aber er ist gut genug. Größtenteils zumindest.«

»Und wie sieht dieser ›Plan‹ aus?«

»Was können wir besonders gut, du und ich?«

Sie runzelt die Stirn. »Lügen. Betrügen. Stehlen.« Vor dem letzten Punkt zögert sie, denn es ist eine Wahrheit, die sie sich nur ungern eingesteht. Doch schließlich fügt sie hinzu: »Töten.«

»Genau. Also, lass uns lügen und betrügen und stehlen.«

»Was ist mit dem letzten Teil? Dem Töten?«

»Sehen wir erst mal, ob die ersten drei genügen. Falls nicht, improvisieren wir.«

Anschließend erläutert er ihr seinen Plan.

Er ist nicht perfekt. Und er ist alles andere als *vollständig.*

Aber vielleicht – *vielleicht* – wird er funktionieren.

33. Kapitel

Auf der anderen Seite des Hangars wartet eine Frau, so hochgewachsen und blond, dass man sie hier auf Chandrila als Leuchtbake aufstellen könnte. Leia eilt auf sie zu, die graue Robe eng um den Körper geschlungen, die Kapuze über den Kopf gezogen, um ihr Gesicht zu verbergen.

»Sie können die Kapuze abnehmen«, erklärt die Frau. »Wir sind hier allein.«

Organa kann nicht umhin zu lächeln. »Evaan Verlaine«, sagt sie.

»Guten Tag, letzte Prinzessin von Alderaan.«

»Diesen Titel benutze ich nicht mehr.«

Evaan neigt den Kopf und mustert sie mit einem nachdenklichen Blick. »Für mich werden Sie immer die Prinzessin sein. Sie wahren das Erbe unserer Welt. Unserer Heimat. Das dürfen Sie niemals aufgeben.«

»Ich weiß. Und ich habe es auch nicht vor. In gewisser Weise ist das sogar der Grund, warum ich heute hier bin.«

In der Zeit, nachdem der Todesstern sie ihres Heimatplaneten beraubt hat, war Verlaine Leia eine Freundin, eine Waffenschwester – und hin und wieder auch eine Mitverschwörerin.

Sie half ihr dabei, den Sturm anzuführen und die Diaspora der Flüchtlinge von Alderaan zu vereinen. Letzteres ist noch immer eines ihrer größten Anliegen und auch einer der Gründe, warum Leia sie während der letzten Jahre nur so selten gesehen hat (was sie zutiefst bedauert).

Die Pilotin kennt Organa gut. Sie stemmt die Fäuste in die Hüften und bedenkt sie mit einem gespielt skeptischen Blick. »Sie haben dieses Funkeln in Ihren Augen.«

»Und was soll das für ein Funkeln sein?«

»Sie haben vor, auf eigene Faust zu handeln.«

Es wäre nicht das erste Mal, aber Leia beschließt, Evaan noch ein wenig zappeln zu lassen. »Ich? Nicht doch.«

»Bitte, Leia. Ich höre, was die Leute tuscheln. *Was findet Ihre Hoheit nur an diesem Schurken*? Und ich sage dann immer: ›Sie ist selbst mehr Schurke, als man glaubt. Vielleicht sogar ein größerer Schurke als er.‹ Also, raus damit: Was wollen Sie von mir?«

»Ich brauche einen Piloten.«

Evaan schmunzelt. »Das dachte ich mir schon. Sie haben mich wohl kaum herbestellt, um einen Droiden zu reparieren. Und wohin soll dieser Pilot Sie bringen?«

»Ins Kashyyyk-System.«

Das lässt Verlaine stutzen. »Dieses System steht unter imperialer Kontrolle.«

»Dessen bin ich mir bewusst. Und Sie können auch Nein sagen – ich weiß, dass Sie jetzt andere Pflichten in der Neuen Republik haben, und ich weiß, dass uns nur noch … nun, nur noch ein paar Stunden vom Tag der Befreiung trennen. Da haben Sie bestimmt alle Hände voll zu tun. Aber falls Sie ablehnen wollen, dann tun Sie es gleich, denn ich muss Chandrila verlassen, noch bevor die Feierlichkeiten beginnen.«

»Ich bin eine Pilotin der Neuen Republik, ja. Aber in erste Linie bin ich Alderaanerin. ›Pilotin der Neuen Republik‹ rangiert auf Platz zwei. Falls Sie mich brauchen, werde ich Ihnen helfen, Prinzessin.«

»Ich will Sie zu nichts zwingen. Es ist eine Bitte unter Freundinnen.«

»Und als Freundin und loyale Anhängerin sage ich Ja. Aber als Freundin und loyale Anhängerin sehe ich es auch als meine Pflicht zu betonen, dass es vermutlich gefährlich und ganz sicher leichtsinnig ist, nach Kashyyyk zu fliegen, und dass Sie vielleicht besser hierbleiben und den Festivitäten beiwohnen sollten.« Leia will etwas entgegnen, aber Evaan gibt ihr keine Gelegenheit dazu. »Aber ich kenne Sie, und ich weiß, Sie würden mich nicht darum bitten, wenn es keinen guten Grund gäbe, also – der Kreuzer steht im nächsten Hangar. Sind sie abflugbereit? Vergessen Sie die Frage. *Natürlich* sind Sie bereit. Wollen wir aufbrechen, Eure Hoheit?«

»Ja«, erwidert Organa, »aber wir werden nicht den Kreuzer nehmen.«

»Haben Sie ein bestimmtes Schiff im Sinn.«

Leia grinst. »Allerdings. Und wir werden dort draußen auch nicht allein sein. Zumindest hoffe ich das. Kommen Sie. Stehlen wir den *Millennium Falken*.«

Intermezzo
Ryloth

Die Garnison ist wie ausgestorben.

Yendor und die anderen kamen in Erwartung eines Kampfes aus den Höhlen – *mit entsicherten Waffen und geballten Fäusten*, wie Dardama sagen würde. Insgesamt sind sie ein halbes Dutzend Twi'lek-Krieger, jeder bis an die Zähne bewaffnet mit Blastergewehren, Detonatoren und Kurrklauen-Dolchen. Sie wussten, dass sie auf großen Widerstand treffen würden. Selbst diese kleine Garnison wird von drei AT-STs und einem Trupp gut gerüsteter Soldaten beschützt. Ihr Ziel war es nicht, den Feind auszulöschen, sondern ihm zu schaden – vielleicht einen der Läufer auszuschalten, und ein paar der Kübelköpfe gleich mit –, bevor sie sich wieder in die Höhlen zurückziehen. Die imperialen Suchdroiden kommen in dem Gewirr von Gängen unter der Oberfläche nur langsam voran, und falls die Rebellen Glück haben und ein paar Sturmtruppler in die Höhlen locken können, sollten ihre Fallen kurzen Prozess mit diesen Hitzköpfen machen.

Doch nun sind sie hier und müssen feststellen ...

Die Garnison ist wie ausgestorben.

In der Ferne heult der Wind durch die roten Felstürme.

»Ich verstehe das nicht«, sagt Dardama. »Das ist doch noch immer Ryloth, oder? Wir sind nicht zufällig auf einem anderen Planeten herausgekommen.«

Yendor richtet seine Worte an sie und an die anderen. »Das könnte eine Falle sein. Wir sind besser vorsichtig.« Er hebt zwei Finger und bedeutet seinen Begleitern, dicht hinter ihm zu bleiben. Unruhe lässt die Spitzen seiner Lekku prickeln – er ist Pilot, kein Soldat, und schon gar kein General, hat er den anderen erklärt. Doch sie meinten, dass er Kriegserfahrung hätte und sie ihn brauchten.

Darum ist er nun hier.

Er huscht am Rand der von grauen Mauern umgebenen Garnison entlang. Zwei der drei Läufer kommen vor ihm in Sicht, und er zuckt zusammen, überzeugt, dass sie jeden Moment angreifen werden.

Doch der Wind fegt eine Wolke aus Staub und Schmutz durch ihre Beine. Auf einem der Läufer sitzt eine Kanzelle und spreizt ihre Flügel.

Auch die AT-STs sind verlassen.

Sein Sprengstoffexperte, Tormo, tritt vor und kratzt sich zwischen den Kopfschwänzen. »Äh, soll ich sie trotzdem in die Luft jagen oder ... Weil, wenn ihr mich fragt, sollten wir sie mitnehmen und sie selbst einsetzen.«

»Nehmt sie«, erklingt eine raue Stimme.

Sie gehört nicht zu Yendors Team. Es ist einer von ihnen: ein Imperialer. Die Twi'lek wirbeln zu dem Sturmtruppler herum, der am Tor der Garnison steht. Er hat den Helm abgenommen und unter seinen Arm geklemmt. Von der Rüstung an seinem linken Arm hat er sich ebenfalls befreit; dieser Arm ist geschwollen, wie man durch mehrere Lagen befeuchteter Mullbinde erkennen kann. Selbst von seiner Position aus sieht Yendor, dass der Mann krank ist: Schweiß perlt auf seiner Stirn, sein Gesicht ist gerötet, seine Augen und seine Nase von einer weißen Kruste umgeben.

»Wer bist du?«, schnappt er.

»LD-22 ...« Doch der Sturmtruppler bricht ab. »Was soll's? Mein Name ist Chorn.« Sein Arm erschlafft, und der Helm klappert über den Boden. Das Geräusch ist so überraschend, dass Yendor beinahe auf den Soldaten feuert, aber zum Glück hält langes Training seinen Abzugfinger im Zaum. Auch die anderen beherrschen sich, niemand schießt.

»Du siehst nicht gut aus, Chorn.«

»Ich fühle mich auch nicht gut.« Bereitwillig neigt er den Kopf in Richtung seines Armes. »Ich habe mir den Arm aufgekratzt, als ich draußen auf Patrouille war. Ein paar von uns hatten ihre Rüstung abgenommen, weil es so verflucht heiß war ...« Er seufzt und lässt sich neben dem Tor auf den Boden hinabrutschen. »Die Wunde hat sich infiziert.«

»Wo sind deine Leute?«

»Fort.« Er pfeift wie eine Rakete und deutet zum Himmel hoch. »Sie sind abgehauen.«

»Warum?«

»Warum hätten sie bleiben sollen? Wir sind erledigt. Wir haben verloren.«

»Ihr habt euren Posten verlassen?«

»Ich nicht.« Der Kerl lacht, bis sich dieses Lachen in einen würgenden Husten verwandelt. »Ich wäre mitgekommen, aber ich kann keine großen Strecken zurücklegen. Wie ich hörte, sind die meisten Truppen verschwunden. Oder gerade dabei zu verschwinden.«

Die Twi'lek wechseln Blicke. *Kann das wahr sein?*

Falls ja, dann hat ihr Planet gerade durch einen Akt von Verzweiflung und Feigheit seine Unabhängigkeit zurückgewonnen. Nicht unbedingt das, was Yendor erwartet hat, aber er wird ein solches Geschenk ganz sicher nicht ablehnen, egal, wie hässlich es verpackt ist. Denn eines weiß er mit absoluter Gewissheit: Der Krieg ist eine seltsame Bestie.

»Was werdet ihr mit mir tun?«, fragt der Mann. »Ihr könnt mich nicht mitnehmen. Wozu auch? Ihr wollt weder Nahrung noch Wasser vergeuden. Diese Garnison ist mein Grab ...«

Yendor will ihm gerade erklären, dass sie sehr wohl Essen und Wasser und auch Medikamente vergeuden werden, um ihn mitzunehmen. In erster Linie, damit er vor Gericht gestellt werden kann. Aber auch, weil alles andere unbarmherzig wäre. Ihm zu helfen ist die richtige Entscheidung.

Doch da zischt ein Laserstrahl durch die Luft, und der Sturmtruppler bricht tot zusammen.

Dardama senkt ihr Gewehr. »Ihr habt ihn gehört. Die Garnison ist sein Grab.«

Yendor überlegt, ob er sie anfahren soll, aber vielleicht hat sie recht. Vielleicht war das wirklich das Barmherzigste, was sie tun konnten. Vielleicht wollten sie heute auch nur auf irgendetwas schießen, nur um zu fühlen, dass sie diesen Sieg verdient haben.

So oder so, jetzt lässt sich nichts mehr daran ändern.

Der Planet, so scheint es, gehört ihnen.

Später, als sie wieder in den Höhlen sind, bestätigen Berichte von anderen Teams, dass sämtliche Garnisonen verlassen sind. Die imperiale Herrschaft auf Ryloth ist tatsächlich beendet. Während die übrigen Twi'lek ihr unterirdisches Lager abbauen, sagt der alte Tekku Aylay zu Yendor: »Wir sind jetzt eine freie Welt. Dank des Twi'lek-Widerstands. Dank Cham Syndulla. Und dank Leuten wir dir.«

»Scheint so.«

»Wir werden die Republik brauchen. Nur mit ihrer Hilfe können wir sicherstellen, dass so etwas nie wieder passieren wird. Und was wiederum bedeutet: Wir brauchen jemanden, der uns vertritt.«

»An wen hast du dabei gedacht, Tekku?«

Der alte Twi'lek lächelt.

»Oh nein«, sagt Yendor.

»Oh *doch*.«

34. Kapitel

Einst rannte Großadmiral Rae Sloane von zu Hause fort. Sie tat es, weil ihre Familie arm war und ihre Heimatwelt Ganthel eine Zwischenstation auf dem Weg zu anderen Planeten darstellte – reicheren, grüneren Welten. Also tat sie, wovon viele Kinder träumen (und was manchen sogar gelingt): Sie kletterte aus dem Fenster, während ihre Eltern schliefen, schlich sich zum nächsten Schiffsdock und versuchte, sich an Bord eines Frachters zu schmuggeln, um die Galaxis zu bereisen.

Wie so viele Kinder bekam sie letztlich kalte Füße. Doch bevor der Mut sie verließ, hat sie es bis ins Innere des Docks geschafft und sich zwischen zwei Kelerium-Containern versteckt, die für den nächsten Transport vom Planeten vorgesehen waren. Erst da wurde ihr klar, dass ihr die Ausreißerei nicht wirklich im Blut lag. Und als sie wieder zurück nach Hause wollte, musste sie feststellen, dass der Weg zwischen den Containern heraus von zwei Schlägern einer örtlichen Verbrecherbande versperrt wurde – den Kotaska, Gewürz- und Sklavenhändlern, die metallene Totenschädelmasken trugen. Die Kerle lachten hinter ihren Masken, als sie auf das Mädchen zukamen. Rae rannte in die andere Richtung, aber auch dieser Fluchtweg wurde von zwei weiteren Gangmitgliedern versperrt.

Es gab kein Entkommen. Die Kerle packten sie und stülpten ihr einen Sack über den Kopf. In diesem Moment erkannte sie, dass ihr Schicksal besiegelt war. Man würde sie entführen – sie stehlen und fortbringen. Vor ihr lagen nicht Abenteuer und Reichtum, sondern ein Leben voller Schufterei und vermutlich Grauen.

Glücklicherweise war ein Astromech in der Nähe, der sah, was vor sich ging, und Alarm gab. Seine Sirenen und blinkenden Lichter riefen die Dockwachen auf den Plan, und sie schlugen die Kotaska in die Flucht. Sie war frei, und im selben Moment, als ihre Stiefel wieder den Boden berührten, rannte sie nach Hause. Ihre Eltern fanden es nie heraus. Später kam dann das Imperium nach Ganthel und vertrieb das Gesindel von ihrer Welt; das war der Moment, in dem sie imperiale Kontrolle zum ersten Mal als etwas Gutes kennenlernte – eine notwendige Präsenz in einer ansonsten chaotischen Galaxis.

Jetzt, während ihr Shuttle aus der Lichtgeschwindigkeit zurückfällt, fühlt sie sich genau wie in jener Nacht, als sie zwischen den Containern festsaß.

Es gibt keinen Ausweg.

Ich sitze fest.

Ich muss wegrennen.

Vor ihr liegt die wunderschöne blaugrüne Welt Chandrila, eine Welt, von der sie plötzlich befürchtet, dass sie ihr wunderschönes Grab werden könnte.

Der Planet wird von Schiffen der neuen Republik umringt: einer Flotte, die der Zusammenarbeit vieler Welten entspringt. Mon-Cala-Kreuzer, alte alderaanische Fregatten, sullustanische Ringschiffe, ganz zu schweigen von den neuen Schlachtschiffen: Nadiri-*Starhawks*. Sie alle repräsentieren Welten, die das Imperium abgelehnt haben.

Die Leute an Bord dieser Schiffe hassen sie.

Rae hat keinen sechsten Sinn für so etwas. Es ist nicht, als hätte sie Zugang zur Macht; als würde sie den Zorn spüren, der in Wellen von diesen Schiffen ausströmt. Sie geht einfach nur davon aus, dass diese Leute sie hassen. Warum sollte es schließlich anders sein? Sie steht für die brutale Faust des Imperiums, das sie so verabscheuen. Sicher wünschen sie sich nichts mehr, als diese Faust abzuhacken und sie unter ihren Füßen zu zertreten.

Diese Leute hassen sie, und Sloane weiß nicht, warum ihre erste Reaktion nicht darin besteht, aus allen Rohren das Feuer zu eröffnen. In Erwartung eines solchen Beschusses hat sie bereits den Hyperantrieb der *Ravager* mit neuen Koordinaten programmiert.

Der Pilot des Shuttles, Fähnrich Damascus, sagt: »Sie schicken eine Eskorte.« Eine viereckige Formation von Sternjägern steigt ihnen entgegen. *Da kommen sie*, denkt Sloane. *Mit feuerbereiten Waffen.*

Doch auch sie feuern nicht.

Stattdessen tun sie, was der Pilot angedeutet hat:

Sie begleiten die *Ravager* zur Oberfläche von Chandrila. Für die Friedensgespräche. Oder zumindest die Illusion davon.

Vom Fenster ihrer Wohnung aus sieht Norra Schiffe, die durch den pulvrig-blauen Himmel über Hanna City schneiden. Ein imperialer Shuttle, eingerahmt von vier Y-Flüglern ...

Sloane ist in diesem Schiff.

Das letzte Mal, als sie Admiral Sloane sah, verfolgte Norra ihren Shuttle in einem gestohlenen TIE-Jäger. Ihre Geschütze schwächten die Schilde des Schiffes, bis sie einen direkten, kritischen Treffer erzielte. Der Shuttle explodierte, und sie wurde von dem Feuerball erfasst. Dass sie überlebte, war für sie selbst eine Überraschung.

Sloane hatte augenscheinlich ebenso viel Glück.

Es kostet sie erstaunlich viel Willenskraft, um nicht aus der Wohnung zu stürmen, sich ins Cockpit des erstbesten Jägers zu schwingen, den sie findet, und zu Ende zu bringen, was sie auf Akiva begonnen hat: den Admiral zu erledigen.

Aber sie beherrscht sich.

Obwohl sie zittert und brodelt, zwingt sie sich, den Blick vom Fenster abzuwenden und wieder auf den großen Spiegel zu richten – wo sie sich selbst in ihrer Ausgehuniform sieht. Die Uniform erinnert sie an eine formellere Version ihres alten Pilotenanzuges. Sie ist steif und kratzig, und Norra hasst, wie sie darin aussieht. Sie hat versucht, es ihnen zu erklären. *Ich gehöre nicht mal mehr zur Neuen Republik. Ich bin von meinem Posten zurückgetreten.* Und sie meinten nur, dass sie sich später darüber unterhalten könnten. Wexley erhielt eine handschriftliche Einladung von der Kanzlerin persönlich, mit Brentin und Temmin auf die Bühne zu kommen, praktisch als Vorbote der Feierlichkeiten am Tag der Befreiung. Ihr Sohn, einer der Befreier; ihr Mann, einer der Befreiten. Ganz unten in der Nachricht der Kanzlerin stand:

Das ist ein äußerst symbolkräftiges Bild, Norra Wexley. Eines, das wir unseren Bürgern und dem Imperium zeigen müssen. Wir schätzen uns glücklich, dass wir Leute wie Sie haben. Können wir auf Sie zählen?

Nun, vielleicht könnte sie dem Wunsch der Kanzlerin entsprechen – falls ihr Sohn und ihr Mann hier wären.

Doch sie sind wie vom Erdboden …

Hinter ihr öffnet sich die Zimmertür.

Da steht Brentin. Das morgendliche Licht fällt durch das Fenster auf seine Züge, und so, wie die Tür ihn einrahmt ...

... ist er einen Moment lang wieder ihr Brentin. Das jungenhafte Gesicht und die weisen Augen. Der ironische Ausdruck auf seinen Zügen. Die Hände in den Taschen.

»Hallo«, sagt sie, ihre Stimme leiser, als sie eigentlich beabsichtigt hat.

»Hallo«, erwidert er.

Dann schiebt sich eine Wolke vor die Sonne, ein Schatten wandert durch den Raum, und er ist verschwunden. Jetzt steht wieder der neue Brentin vor ihr: hagerer, mit leicht eingesunkenen Augen. Der ironische Zug verwandelt sich in eine dunkle Linie.

»Ich bin spät dran«, sagt er. Und er hat recht.

»Allerdings. Ebenso wie dein Sohn. Hast du ihn gesehen?«

Das lässt Brentin innehalten – ein Nebel scheint sich über seine Augen zu legen. »Ich ... nein.«

Sie hat keine Zeit, diesen Nebel zu lichten – und selbst falls sie die Zeit hätte, würde es vermutlich nichts bringen. Brentin ist manchmal einfach ein Dutzend Parsec entfernt. Als wäre er noch immer in dieser Gefängniskapsel. Alles, was sie im Moment tun kann, ist, ihm seine Kleider rauszulegen – einen schlichten, formellen weißen Anzug, den die Leute der Kanzlerin vorbeigebracht haben – und ihm beim Anziehen zu helfen.

Kurz scheint sich seine Miene aufzuhellen. »Ich bin sicher, Temmin kommt noch.«

»Vermutlich erst wieder in letzter Minute.«

»Er ist jetzt viel älter«, sagt Brentin, als sie ihm ein Paar polierter brauner Stiefel reicht. Während er die Verschlüsse zuklappt, fährt er fort: »Ich bedaure, dass ich ... alles verpasst habe. Zu sehen, wie er aufwächst. Wie du dich an meiner Stelle der Rebellion angeschlossen hast. Und jetzt gibt es die Rebellion nicht mal mehr.« Er blickt vom Bett zu ihr hoch, und seine Augen sind klar und hell, aber auch von Sorgen erfüllt. »Ich liebe dich, und es tut mir leid, dass ich nicht da war. Denkst du, wir kriegen das wieder hin?«

Sie ist wie erstarrt. Ihr Mund öffnet sich, aber kein Laut kommt über ihre Lippen. Die ganze Zeit über hat sie auf einen Moment wie diesen gewartet. Einen Schimmer dessen, was er einmal war. Ein Bekenntnis zu dem, was sie hatten und dann verloren haben. Jetzt ist der Moment gekommen. Wie auf einem Silbertablett wird er ihr präsentiert. Und alles, was sie tun kann, ist ihn mit offenem Mund anzustarren. Ihr Herz fühlt sich an wie ein Tier, das in einem Netz gefangen ist. Das Bild vor ihren Augen verschwimmt hinter Tränen, die sie aber schnell wieder fortblinzelt.

Und mit einem Mal erfüllt sie Gewissheit.

Sie werden es hinkriegen.

Das sagt sie ihm auch, wobei sie seine Wange streichelt. »Wir kriegen das hin. Vielleicht nicht heute, aber früh genug. Wir alle drei.«

Er lächelt schmal und nickt. »In Ordnung. Ich glaube dir.«

Norra beugt sich vor und küsst ihren Ehemann. Er zittert leicht. Oder ist es vielleicht sie, die zittert? Oder sie beide? Der Kuss ist zart und lang. Keiner der romantischen, leidenschaftlichen Küsse wie in ihrer Jugend – im Geheimen hinter einem Marktzelt ausgetauscht, während der Regen auf den Boden niederprasselte und alle anderen sich im Trockenen zusammendrängten. Nein, dieser Kuss ist besonnener, aber auch seltsamer, zögerlicher. Und umso süßer.

»Wir müssen bald los«, sagt sie und küsst ihn noch mal – diesmal nur eine kurze Berührung.

»Ich bin sicher, Temmin wird da sein«, erklärt er noch einmal. Beinahe mechanisch. Die Worte lassen Norra zögern, aber vermutlich ist es nichts. Sie nimmt seine Hand, und er drückt sie.

»Alles andere würde mich auch überraschen.«

Temmin tritt noch einmal zu, und seine Füße donnern gegen die Innenseite der Kiste. Sie klappert und wackelt, aber sie besteht aus einer Art schwerem Pressholz, das nicht nachgeben will. Und es hilft auch nicht, dass sich sein Körper anfühlt, als wäre er von einem betrunkenen Basilisken-Boxer bearbeitet worden – vier Arme, die auf ihn einschlagen, bis er nur noch ein Sack Kodari-Reis ist. Der Betäubungsschuss hat ihn voll erwischt, und ihm tut alles weh.

Mein Vater hat auf mich geschossen.

Was bedeutet das? Warum würde er so etwas tun?

Temmin hält inne und lässt seine Finger knacken, während er überlegt, warum Brentin ihm so etwas antun würde. Vielleicht hat er es getan, um ihn zu beschützen. Immerhin war es kein tödlicher Schuss. Vielleicht weiß er etwas. Vielleicht hat er etwas Schlimmes getan, um etwas Gutes zu bewirken …

Oder vielleicht ist er überhaupt nicht sein Vater? Könnte er jemand anderes sein? Jemand, der sich nur als Brentin Wexley *ausgibt*?

Beinahe hofft Temmin, dass es so ist. Das würde die Sache einfacher machen.

Wieder brüllt er und tritt gegen die Innenseite der Kiste. Krach, krach, krach. Sie wackelt und rutscht über den Boden. Aber es bringt nichts.

Irgendetwas stimmt nicht. Etwas geht hier vor sich. Etwas ...
Etwas bebt.

Hinter ihm. Eine schwache Vibration.

Jemand ist hier.

»He!«, schreit er und hämmert die Absätze gegen den magnaversiegelten Deckel. »*He!* Ich bin hier drin! Hilfe! Hilfe!«

Keine weiteren Geräusche. Die Stille zieht sich in die Länge.

Und dann hört er eine Waffe, die aufgeladen wird – das leise Summen von Energie. Die Kiste erbebt, und Funken prasseln auf Temmin herab. Er schreit, reißt den Unterarm vor das Gesicht und rollt sich zusammen, während sich eine grelle Vibroklinge durch die Versiegelung brennt. Einen Moment später wird der Deckel beiseitegerissen ...

»ICH HABE SIE GEFUNDEN«, erklingt das mechanische Zwitschern von Mister Bones. »DAS WAR DIE LÄNGSTE UND LANGWIERIGSTE PARTIE VERSTECKEN, DIE WIR JE GESPIELT HABEN, MASTER TEMMIN. ABER EINMAL MEHR BIN ICH DER GEWINNER. MÖCHTEN SIE NOCH EINMAL SPIELEN?«

Temmin springt aus der Kiste und umarmt das metallene Skelett. »Du hast keine Ahnung, wie gut es ist, dich zu sehen, Bones.«

»ICH FREUE MICH, DASS SIE SICH FREUEN.«

»Ich freue mich nicht. Mein Vater hat auf mich geschossen.«

»DAS IST BEDAUERLICH, MASTER TEMMIN. ICH WERDE IHN DAFÜR IN SEINE ATOME ZERLEGEN.«

»Noch nicht. Eines nach dem anderen. Wir müssen zu meiner Mom.«

»ROGER-ROGER. WIR WERDEN MASTER TEMMINS MUTTER FINDEN.«

»Ich muss ihr sagen, was hier los ist.« *Nicht, dass ich wüsste, was das ist.* Doch Temmin ist entschlossen, es herauszufinden.

Die Shuttletür bleibt geschlossen.

Sloane braucht noch einen Moment.

Hinter ihr stehen vier ihrer eigenen Leute, das ist ihre gesamte Begleitung. Da sind zwei imperiale Gardisten – keiner der beiden diente unter Palpatine, aber die bedrohlichen roten Roben und Helme sind die gleichen. Da ist ihr Pilot, Fähnrich Karz Damascus. Und da ist ihre Assistentin, Adea Rite.

Die verlässliche, loyale Adea. So verlässlich und loyal, dass Sloane sie zunächst gar nicht mitnehmen wollte. Nur für alle Fälle.

Auch jetzt flüstert sie Rite zu: »Das könnte eine Falle sein.«

»Das glaube ich nicht«, erwidert sie.

»Vielleicht will Rax uns auf die Probe stellen.«

»Rax stellt Sie ständig auf die Probe. Sie werden auch diesen Test bestehen.«

Rae verzieht das Gesicht. »Vielleicht hat er uns hergeschickt, um uns loszuwerden.«

»Warum sollte er so etwas tun? Dann würden Sie der Neuen Republik verraten, wer er war. Sie könnten imperiale Geheimnisse verraten. Sie ins feindliche Lager zu schicken wäre töricht, falls er etwas Derartiges vorhätte.«

Natürlich hat sie recht, das weiß Sloane. Dennoch hat sie Angst vor dieser Möglichkeit. Die Sehnen in ihrem Hals sind so straff gespannt wie Drahtseile. Etwas stimmt hier nicht. Nein, gar nichts stimmt hier.

Du bist nur nervös. Du bist wieder dieses Mädchen auf Ganthel, das von Feinden umgeben ist. Renn diesmal nicht weg, Rae. Bleib standhaft und kämpfe.

»Vielleiht nehmen sie uns direkt in Gewahrsam, sobald wir von Bord gehen«, murmelt sie.

Das Mädchen nickt. Ein Echo dieser Befürchtung ist auch

in ihren Augen zu sehen. »Vielleicht. Aber Admiral Rax glaubt, dass sie leichtsinnig und optimistisch genug sind, es nicht zu tun. Vertrauen wir dieses eine Mal seiner Einschätzung.«

»Ja.« Nicht, dass sie jetzt noch eine Wahl hätten. An den Piloten gewandt, sagt Sloane: »Öffnen Sie die Tür und lassen Sie die Rampe herunter.«

Er kommt dem Befehl nach. Die Tür gleitet nach oben, die Rampe nach unten, begleitet von Zwillingswolken aus Dampf – wie der Atem aus den Nasenschlitzen eines Rancors.

Das helle Tageslicht erreicht ihre Augen, und sie kneift die Lider zusammen, um sich dagegen zu schützen, als sie von Bord geht. Sie erwartet hektische Bewegungen – Wachen, die auf sie zueilen, Blaster, die hochgerissen werden, Stäbe, die überkreuzt werden, um ihr den Weg zu versperren.

Doch stattdessen kommt ihr nur Kanzlerin Mon Mothma entgegen. Eine hochgewachsene Frau mit einem Hals wie ein Rebenstängel und Haaren von der Farbe nassen Kupfersteins. Sie neigt den Kopf. »Admiral Sloane. Danke, dass Sie gekommen sind.«

»Kanzlerin.« Das ist die einzige Respektsbezeugung, die sie für diese Frau übrig hat.

Hinter Mothma stehen in Reih und Glied Soldaten, Wachen und natürlich diverse Generäle und Admiräle der Neuen Republik. Ackbar ist zu Ihrer Überraschung nicht unter ihnen, ebenso wenig die alderaanische Verräterin, Leia Organa. Sie fragt sich, warum – dann wird es ihr klar. Sie sind nicht hier, weil sie einen Hinterhalt befürchten. Wäre der Shuttle mit einer Bombe präpariert …

Ihre Brust zieht sich zusammen.

Was, falls es eine Bombe gibt?

Die Explosion würde die Kanzlerin töten. Die Soldaten und Offiziere.

Und *sie*. Vielleicht war das von Anfang an Rax' Absicht. Es wäre möglich …

Nein, nein, nein. Das ist absurd. Sie hat den Shuttle überprüfen lassen. Gewiss wurde er auch gescannt, bevor sie Landeerlaubnis erhielten, und vermutlich wurde dabei ganz besonders nach Spuren von Sprengstoff oder ungewöhnlichen chemischen Signaturen Ausschau gehalten.

»Wir haben einen großen Tag vor uns.« Die Worte der Kanzlerin reißen Sloane aus ihren grimmigen Gedanken. »Es finden gerade Feierlichkeiten statt, und nach dem Abendessen werden wir uns zurückziehen und mit den Verhandlungen beginnen.«

Sie strafft die Schultern. »Ich bin nicht hergekommen, um Ihrer Feier beizuwohnen. Ich würde lieber gleich zum Geschäftlichen kommen.«

»Ihre Assistentin meinte, Ihr Besuch hier würde nach einem gewissen Prunk verlangen, wie es bei Treffen zwischen Regierungsoberhäuptern üblich ist.«

Sloane wirft Adea einen Blick zu. Das Mädchen hat einen Fehler gemacht, und es wird sich dafür rechtfertigen müssen. Doch jetzt ist nicht der richtige Moment dafür. Also dreht Rae sich wieder um und zwingt ein Lächeln auf ihre Lippen. »Ja. Vielleicht hat sie recht. Wir haben uns alle einen Moment der Muße verdient. Danke, dass Sie mich zu diesen Gesprächen empfangen, Kanzlerin. Wollen wir beginnen?«

35. Kapitel

Der Transporter gleitet durch die Hangartore in den Bauch des Sternzerstörers *Dominion*. Jorrin Turnbull – oder besser: Sinjir Rath Velus, der sich einmal mehr die Identität eines toten imperialen Agenten borgt, welcher auf Endor ums Leben kam – drosselt die Triebwerke und knirscht dabei so heftig mit den Zähnen, dass er befürchtet, sie zu feinem, weißem Pulver zu zermahlen.

»Das ist ein schrecklicher Plan«, sagt er zu Han Solo – der sich neben ihm zusammenkauert, damit niemand ihn sehen kann. Solo, der Narr. Gut aussehend und charismatisch, ja. Aber trotzdem ein Narr. »Du hast keine Ahnung, wie sehr ich dich gerade hasse.«

»Entspann dich. Es wird funktionieren.«

Der Transporter knallt mit einem dumpfen Schlag auf den Hangarboden – Sinjir ist kein guter Pilot, und seine Landung ist unbeholfener als die einer betrunkenen Drachenschlange. Das Schiff fällt mehr oder weniger einfach auf den Boden. Aber zum Glück scheint sich niemand daran zu stören, und Sekunden später sind sie von einem ganzen, verfluchten Bataillon Sturmtruppler eingekreist. Oh, und was ist das? Da kommt Admiral Orlan höchstpersönlich. Er muss schon ganz begierig darauf sein, sich seinen Preis abzuholen. Den legendären Helden der Rebellion, Han Solo.

Hinter der versiegelten Tür, die das Cockpit des Transporters vom Frachtraum trennt, erklingt *das* Geräusch. Ein Geräusch, das Sinjir den ganzen Flug von Kashyyyk über schon gehört hat – ein Surren und Klicken und Scharren. Jedes Mal, wenn es ertönt, zuckt er zusammen.

»Bist du bereit?«, fragt Solo.

»Nein. Nicht hierfür.« Er wird blass. Seine Organe fühlen sich an, als würden sie zerfließen. Seine Haut prickelt. »In dem Moment, als du sagtest, was für ›Gefangene‹ wir transportieren würden, hätte mir klar werden müssen, was für ein furchtbarer Plan das ist. Du bist gemeingefährlich.«

Han zieht die Schultern hoch.

Draußen erklingt ein Pochen. Ein Sturmtruppler schlägt gegen die Seite des Transporters. Aus dem Komm dringt die Stimme von Lieutenant Yoff: »Öffnen Sie die Luke.«

»Jetzt gilt's«, murmelt Solo.

»Ja«, sagt Sinjir grimmig, dann öffnet er die Tür.

Er schaltet die Kamera über der Luke ein, obwohl er eigentlich gar nicht sehen will, was nun passiert. Doch es ist wie bei einem Gleiterunfall: Man kann den Blick einfach nicht abwenden.

Auf dem Schirm sieht man Orlan, sichtlich verwirrt, weil niemand das Schiff verlässt (obwohl er vermutlich ebenfalls die Geräusche hört – diese schrecklichen Geräusche). Anstatt sich zurückzuziehen, wie eine intelligente Person es tun würde, beugt der Trottel sich nach vorne. Und dann geht alles so schnell, dass er nicht einmal mehr Gelegenheit zu einem Schrei hat.

Er taumelt zurück, die Hände hochgerissen, als wäre etwas in seine Augen geraten. Sinjir weiß, was es ist. Haare von den Beinen und dem Leib der riesigen Netzweber-Spinne, die nun auf Orlan zuschnellt.

Und das Tier ist nicht allein. Weitere springen und staksen aus dem Transporter und schleudern die Sturmtruppler mit ihren borstigen Beinen auf das Deck des Hangars. Glänzende Kieferklauen schnappen und stanzen Löcher in weiße Rüstungen. Die Schreie der Soldaten verwandeln sich in blubberndes Röcheln, als sie zu Boden gehen. Die Spinnen kreischen und greifen die nächsten Opfer an.

Der Admiral versucht davonzurennen. Sinjir beobachtet ihn durch das Cockpitfenster des Shuttles. Doch Orlan ist geblendet. Und die Spinne hat nicht vor, sich diesen Leckerbissen entgehen zu lassen. Sie stößt ihn zu Boden und …

Ihre Fänge zermalmen den Schädel des Offiziers.

»Spinnen.« Rath Velus schüttelt sich. »Warum mussten es Spinnen sein?«

Solo zuckt mit den Schultern. »Die Wookiees meinten, es würde funktionieren. Es war nicht allzu schwer, diese Gruppe an Bord zu locken, und … na ja, sieh selbst.« Er breitet die Arme aus, um auf das Chaos im Hangar hinzuweisen. Sturmtruppler feuern vergeblich ihre Blaster ab, während ihre Offiziere flüchten. Netzweber stürzen sich auf alles, was zwei Beine hat. Schreie und um sich schlagende Gliedmaßen. »Also gut. Diese Ablenkung wird nicht ewig funktionieren. Machen wir uns an die Arbeit.«

Er richtet sich im Cockpit auf und bemannt die Waffenkontrollen. Surren ertönt von den Seiten des Shuttles, als die Geschütze links und rechts des Cockpits ausgefahren werden.

Vor ihnen ragen schiffsgroße Geschütze auf, dazu gedacht,

unbefugt eindringende Schiffe auszuschalten. Und neben ihnen befinden sich die Schildgeneratoren der Hangarbucht.

Han drückt den Auslöser, einmal, zweimal, dreimal …

Rote Blitze zucken über den Leichen der durchbohrten Sturmtruppler hinweg, und beide Geschütze und die Generatoren explodieren in einem Regen weißen Lichts. Trümmerteile regnen klappernd auf das Deck.

Sinjir beugt sich über das Komm.

»*Nimbus*, die Tür ist offen. Ihr müsst nicht klopfen.«

»Komm jetzt«, sagt Solo.

»Ich gehe da nicht raus.«

»Und ob du das wirst.«

»Da draußen sind Spinnen. Und ich meine keine kleinen Spinnen. Spinnen, so groß wie meine Großmutter. Zugegeben, meine Großmutter war eine sehr kleine Frau, aber deutlich größer als jede Spinne, *die ich je zuvor gesehen habe.*«

»Sie sind beschäftigt.«

»Beschäftigt?«

»Damit, die Sturmtruppler zu fressen.«

»Sagte ich schon, dass ich dich hasse?«

»Ein oder zwei Mal.«

Sinjir stöhnt, dann steht er auf, und sie öffnen die Tür zwischen dem Cockpit und dem Frachtraum. Der Atem stockt ihm in der Brust, er will nicht über seine Lippen kommen. *Spinnen. Da draußen sind schrecklich viele Spinnen.* Allein, seine Beine dazu zu bringen, dass sie ihn aus dem Shuttle tragen, fühlt sich an wie ein heldenhafter Akt. Doch er schafft es – und tatsächlich, da ist auch schon einer dieser Netzweber.

Das Tier erhebt sich auf seine beiden hinteren Beine. Seine Haare rascheln. Grüner Speichel tropft von Fängen, die auf- und zuklappen wie die Bügel einer Bärenfalle.

Solo schießt der Spinne ins Gesicht.

Etwas spritzt aus der Oberseite ihres Schädels, und sie bricht zuckend zusammen. Zwei weitere Kreaturen eilen hinter der ersten her – Sinjir greift nach seinem eigenen Blaster, aber da ist es bereits egal. Laserlanzen durchbohren die beiden Bestien, als die *Nimbus* in den Hangar fliegt. Das Kampfschiff gleitet vor, bis es dicht hinter dem Transporter ist, dann drehen sich seine Turbinen, und es setzt mit einem trommelfellerschütternden Knall auf. Binnen Sekunden sind die anderen von Bord geeilt – Jas, Jom und natürlich Chewbacca, die Waffen gezückt und bereits um sich schießend. Spinnen kippen um, Flüssigkeiten spritzen. Sturmtruppler taumeln und brechen zusammen.

»Kommt!« Solo winkt sie zu sich und johlt. »Stehlen wir einen Sternzerstörer.«

Sinjir unterdrückt ein Stöhnen.

»Keine Sorge«, grinst Han. »Ich habe so etwas schon mal gemacht. Was soll schon schiefgehen?«

Der Plan entzieht sich jeglicher realistischen Logik, daran gibt es für Sinjir keinen Zweifel.

Ein Sternzerstörer beherbergt Tausende Personen. Zugegeben, dieser hier hat keine volle Besatzung an Bord, es sind also vielleicht nur *Hunderte*. Aber die Ablenkung durch die Spinnen verschafft ihnen nur ein klein bisschen Zeit – und einen Sternzerstörer zu fliegen ist nicht gerade dasselbe, als würde man ein Kampfschiff oder einen Frachter durch eine Staffel TIE-Jäger steuern. Zugegeben, Sinjir hat noch nie einen Sternzerstörer geflogen, aber er ist sicher, dass es mehr Ähnlichkeit damit hat, eine wildgewordene Trogg-Bestie zu satteln und zu reiten.

Dementsprechend überzeugt ist er, dass es nicht funktionieren wird. Obwohl ihn ein ungewohntes Gefühl des Optimismus überkommt, als sie sich einen Weg durch die Gänge des Zerstörers freischießen, der Brücke entgegen. Während sie an Solos Seite kämpfen, scheint ein wenig vom legendären Glück des Schmugglers auf sie abzufärben, wie ein ungewöhnlicher, aber auch seltsam wohlriechender Duft. Jas schwenkt ihren Kugelwerfer von links nach rechts, und zu beiden Seiten gehen Sturmtruppler zu Boden. Jom geht noch brutaler vor – er und Chewbacca stürzen sich auf ihre weißgepanzerten Feinde, schleudern sie gegen die Wände oder gegen ihre Kameraden.

Und dann, wie durch ein Wunder – oder die Macht, oder welche bizarre, kosmische Energie die Galaxis auch immer zusammenhält – stehen sie plötzlich auf der Brücke, und Solo fuchtelt mit seinem Blaster herum und ruft:

»Das ist ein Überfall. Wir müssen uns mal eben diesen Sternzerstörer borgen.«

Einen Moment lang sieht alles gut aus. Die Komm-Offiziere und Fähnriche stehen auf, die Hände erhoben; ein älterer, dickbäuchiger Offizier mit den Abzeichen eines Vizeadmirals auf der Brust zögert einen Moment länger, tut es den anderen dann aber gleich.

Unglaublich, wir haben es tatsächlich geschafft, fährt es Sinjir durch den Kopf.

Doch dieser triumphale Gedanke kommt ein wenig zu früh.

Die Tür hinter ihnen springt auf, und weitere Sturmtruppler trampeln auf die Brücke. Der Kampf, den Sinjir gewonnen wähnte, folgt ihnen in den Kommandoraum. Ein Schuss sprengt Jom den Blaster aus der Hand, also stürmt er mit schwingenden Fäusten vor, aber da bohrt sich ihm ein Gewehrkolben in den Hals, und er kippt um. Jas nimmt seinen Platz ein, nur leider ist ihr Gewehr zu lang, als dass es auf so geringe Distanz effektiv eingesetzt werden kann. Also schwingt sie es wie eine Keule. Sinjir ist ebenfalls nicht untätig: Er springt hinter einen Truppler und donnert dem Tölpel die flache Hand unter den Rand seines Helms. Seine Finger bohren sich in den Hals des Mannes, und das Ergebnis ist genau so, wie er es sich vorgestellt hat – der Imperiale reißt reflexartig die Hände hoch, während sein Gewehr klappernd auf dem Deck landet.

Ha, ha, denkt er. Das Glück scheint uns ausnahmsweise wirklich hold zu sein.

Da fängt er sich einen heftigen Treffer von hinten ein. Seine Zähne graben sich in seine Zunge. Er schmeckt Blut und sieht Sterne hinter seinen Augenlidern, die sich in eine Supernova verwandeln, als er mit dem Gesicht voran zu Boden stürzt.

Ein Sturmtruppler steigt über ihn hinweg und verpasst ihm einen Tritt in die Rippen. *Autsch.*

Verschwommen sieht er, wie die Soldaten sich auf Solo stürzen und ihm seinen Blaster abnehmen. Chewie wird ebenfalls überwältigt – der Wookiee brüllt protestierend.

Es ist vorbei, denkt Rath Velus.

Er beobachtet, wie die Sturmtruppler Solo gegen eine Konsole stoßen. Zwei Imperiale betäuben Chewbacca, bevor dieser eingreifen kann. Ein Stiefel stellt sich auf Sinjirs Nacken und drückt zu.

Glück, so scheint es, gibt es wirklich nur in kleinen Dosen.

36. Kapitel

Der Tag der Befreiung hat begonnen.

Jetzt gerade marschiert eine Parade durch das Zentrum von Hanna City – eine Kolonne aus Musik und hellen Farben. Holotänzer ziehen neben einer realen chandrilanischen Kapelle vorbei: Blasenpfeifen dröhnen, Falltrommeln pochen, Hände klatschen und Füße stampfen.

Selbst dort, wo Wedge Antilles sitzt – auf einem Balkon oberhalb der Geschehnisse – kann er es hören. Und er riecht auch das Essen; ein Dutzend Gerüche, die sich dank der Imbissverkäufer überall in der Stadt in seiner Nase vermischen. Durmische Gewürze und Chandoschoten, luftgegrillte Schwarzschnäbel und eingelegte Schwarzschnabel-Eier, gebackene Sauerkuchen und knusprige Malvenleckereien.

Eigentlich sollte er dort unten sein, nicht, um zu essen oder die Parade zu bewundern – er sollte *arbeiten*. Wache schieben, alles im Auge behalten. Doch man hat ihm gesagt, er solle es *ruhig angehen lassen*. Er half dabei, die Sicherheitsmaßnahmen zu planen, und man befand, dass es nun Zeit für ihn wäre, sich zu entspannen und den Tag zu genießen. Doch das kann Wedge nicht. Er will etwas zu tun haben.

Er will seinen verfluchten Job machen.

Mit verzerrtem Gesicht rutscht er von dem Geländer zurück. Sein Bein und seine Hüfte schmerzen. Aber zumindest ist es heute weniger schlimm als gestern. Das ist ein Fortschritt.

Ein blinkendes Licht an seinem Tisch zeigt eine eingehende Nachricht an.

Er humpelt hinüber, aktiviert die Übertragung.

Leias Gesicht erscheint. Es ist eine aufgezeichnete Botschaft, keine direkte Kommunikation.

Was sie sagt, lässt ihm das Blut in den Adern erstarren.

»Captain Antilles. Ich habe Chandrila verlassen, um etwas Riskantes zu wagen. Ich bin mit Evaan Verlaine als Kopilotin im *Millennium Falken* zu einem Treffpunkt knapp außerhalb des Kashyyyk-Systems gesprungen. Wir werden bald den Orbit von Kashyyyk erreichen. Falls wir dort keine Unterstützung haben, erwarte ich, dass das Imperium uns stellt und mich gefangen nimmt. Ich wäre eine sehr wichtige Gefangene, und mein Verlust würde einen großen Rückschlag für die Neue Republik darstellen. Es sei denn, natürlich, jemand möchte eingreifen. Ich könnte hier draußen ein wenig Gesellschaft brauchen, Captain. Haben Sie vielleicht Lust?«

Dann verblasst ihr Gesicht und verschwindet.

Oh Leia, was tun Sie nur?

Das Herz pocht Wedge in der Brust wie eine Impulskanone.

Er wirft seinen Mantel über und greift nach seinem Stock.

In jeder freien Sekunde, die sie hat, wirft Sloane Adea *den* Blick zu. Einen Blick, der sagt: *Diese Parade, diese Musik, dieser Lärm, dieses Theater – das ist alles deine Schuld.* Sie muss dem Mädchen aber zugutehalten, dass es ernsthaft zerknirscht wirkt. Das sollte es auch.

Sloane muss derweil dieses leidige Spektakel über sich ergehen lassen. Das Imperium hat natürlich auch viele Ereignisse gefeiert. Paraden sind eine Notwendigkeit, um die Bevölkerung bei Laune zu halten. Ja, Bürger, esst eure Süßigkeiten und genießt das Feuerwerk. Aber imperiale Paraden sind maßvoll. Da marschieren Reihen von Offizieren und Sturmtrupplern auf. Da spielen Kapellen bekannte Lieder – *angemessene*, patriotische Märsche. Die Feierlichkeiten sind kurz und simpel.

Hier hingegen ist alles chaotisch und in die Länge gezogen.

Jetzt gerade tänzeln spärlich bekleidete Akrobaten unter Sloanes Balkonsitz vorbei. Sie schlagen Räder, staksen auf Stelzen dahin, springen zwischen Grav-Trampolinen hin und her, wobei sie holografische Wimpel hinter sich herziehen. Eine alberne und bizarre Darbietung. Hinter ihnen folgt auf einer schwebenden Bühne eine martialische Demonstration der Mon Cala – zugegebenermaßen beeindruckend, wenn man bedenkt, dass sie im Grunde nur eine unter Wasser lebende Spezies von Tintenfischwesen sind. Ihrem Festwagen wiederum folgt eine weitere Kapelle, die die abscheuliche, die Ohren marternde »Musik« der Gabdorianer zum Besten gibt.

Rechts von Rae sitzt die Kanzlerin, links Adea.

Ihre Wachen stehen an der Tür – obwohl der Raum dreimal so viele Soldaten der Neuen Republik beherbergt.

»Was für ein Anblick, nicht wahr?«, sagt Mon Mothma, und Rae merkt – die Frau meint das wirklich *ernst*. Viele Politiker setzen Masken auf, und das macht sie bei Sloane automatisch unbeliebt. Doch die ... *Ehrlichkeit* der Kanzlerin empfindet sie ebenfalls als beunruhigend.

»Es ist ... ein großer Aufwand.«

»Lassen Sie uns kurz reden. Ich möchte einige Dinge klären, bevor die offiziellen Gespräche beginnen, bevor alles, was wir sagen, aufgezeichnet und gespeichert wird und wir über die Details unseres Abkommens diskutieren.«

Wie wäre es damit, denkt Sloane. *Ich finde eure Lebensweise naiv. Ich befürchte, dass ihr Chaos über die Galaxis bringen werdet. Ich denke, was ihr in diesem schrecklichen Machtvakuum aufgebaut habt, ist ein stinkender Haufen Dung, der beseitigt werden muss. Wir haben die Ordnung aufrechterhalten. Ihr fördert nur Chaos.*

Doch natürlich spricht sie nichts davon aus.

Stattdessen sagt sie nur: »Ich würde lieber den Festzug genießen, falls Sie nichts dagegen haben.« Eine Lüge. Es ist schwer, gabdorianische Musik zu genießen, die klingt, als wären mehrere Tiere in scharfzahnigen Fallen gefangen, aus denen sie sich einfach nicht befreien können.

Doch die Kanzlerin ist beharrlich. »Der Festzug ist ein Sinnbild für eines der Themen, die ich ansprechen wollte. Die Galaxis beherbergt Myriaden wundervoller Orte. Sie ist die Heimat so großer Vielfalt. Was wir hier sehen, ist *Individualität*. Etwas, das meiner Meinung nach im Imperium gefehlt hat. Falls es einen Friedensvertrag zwischen unseren Seiten geben soll, dann muss dadurch geschützt werden, was das Leben in dieser Galaxis so besonders macht. Es ist unabdingbar, dass wir alles, was wir hier sehen, bewahren. Sämtliche Formen der Existenz. Und sie alle müssen gleichberechtigt sein.«

»Oh, absolut«, lügt Sloane. Jedes Molekül in ihrem Körper muss sie zurückhalten, ansonsten würde sie die Kanzlerin jetzt mit der Nachricht verhöhnen, dass ein Angriff bevorsteht. Dass sämtliche Schiffe der imperialen Flotte schon bald kurzen Prozess mit dieser Welt machen werden. Dass die Neue Republik schon bald in die Knie gehen wird. Individualität ist ein hehres Ziel, wenn man ein Trottel ist. Sich dem Kollektiv anzuschließen und durch imperiale Kontrolle das größere Wohl zu stärken – das erfordert wahre Intelligenz und Weisheit. Leider darf sie nichts davon aussprechen. Sie beschließt, etwas anderes zu versuchen. »Ich sehe die alderaanische Prinzessin gar nicht hier.«

Ein direkter Treffer. Die Kanzlerin rutscht unbehaglich auf ihrem Platz hin und her. »Leia ist bedauerlicherweise krank.«

»Schade. Ich habe oft das Gefühl, sie und ich sind durch das Schicksal verbunden. Gegenstücke, die sich im virtuellen Raum duellieren. Ich hätte sie gerne persönlich kennengelernt.«

»Ja. Sie ist die Stimme und das Gesicht der Neuen Republik.«

»So, wie ich Stimme und Gesicht des Imperiums bin.«

Da öffnet sich die Tür hinter ihnen. Ein Mann mit dunklem Haar und einem rostroten Fliegeranzug der Republik steht auf der Schwelle. Er stützt sich auf einen Stock und starrt Sloane an. Erst als ihre Augen einander begegnen, erkennt sie, wen sie vor sich hat.

Wedge Antilles.

Er ist der Pilot, der im Palast des Satrapen auf Akiva vor ihr lag. So, wie er sich über seinen Stock beugt, erkennt sie, dass sie ihn wirklich gebrochen hat. Ein seltsames Gefühl von Schuldbewusstsein frisst sich in ihr Herz. Er war nur eine unbedeutende Figur in diesem Spiel. Das Gleiche galt in gewisser Weise auch für sie, und sie bedauert, was ihm widerfahren ist.

So, wie er sie ansieht, wünscht er sich wohl, seine Augen wären Blaster, denn sie brennen sich tief in ihre Brust. Er will sie nicht nur töten; er will sie *auslöschen*. Sie kann ihm keinen Vorwurf machen. Zumindest verrät dieser Zorn, dass sein Geist im Gegensatz zu seinem Körper nicht gebrochen ist.

Gut. Auch wenn er ein Tor ist, weil er für die Republik kämpft.

Die Kanzlerin entschuldigt sich und eilt zu Wedge hinüber. Sie unterhalten sich mit gedämpften Stimmen, aber sie schaffen es nicht, ihre Anspannung zu verbergen.

Sloane wispert Adea zu: »Die Kanzlerin wirkt beunruhigt.«

»Ja, ein wenig.«

»Irgendetwas, das der Pilot ihr gesagt hat, macht sie nervös.« Mothma wirft einen Blick in ihre Richtung, dann zieht sie den Piloten aus dem Raum. Rite flüstert: »Ich bin sicher, es ist nichts.«

»Vielleicht wissen sie etwas.«

»Unmöglich.«

»Warum?«

»Weil sie nicht schlau genug sind«, erwidert Adea.

Etwas an dieser Antwort missfällt Rae. *Nicht schlau genug.* Sie hält große Stücke auf ihre eigene Intelligenz. In der Regel ist sie die intelligenteste Person, wo immer sie sich aufhält. Aber jetzt kriechen Zweifel in ihren Geist ...

Sie hat jedoch nur wenig Zeit, darüber nachzudenken, denn da kehrt die Kanzlerin auf den Balkon zurück. Mothma ist aufgebracht, auch wenn sie es zu verbergen sucht. »Verzeihen Sie«, sagt sie.

»Ist alles in Ordnung?«

»Natürlich. Was soll schon sein?«

Gallius Rax beobachtet die Ereignisse in Hanna City.

Er hat keine besonderen Quellen. Die braucht er auch gar nicht. Die Kanzlerin kontrolliert jetzt das HoloNetz und lässt den Tag der Befreiung in die gesamte Galaxis übertragen.

Es ist wirklich ein Spektakel. Das Aufplustern eines arroganten Vogels: *Schaut, wie hübsch meine Federn sind.*

Die Parade endet, und langsam leert sich der Senatsplatz. Eine Bühne wird aus dem Boden hochgefahren – nicht durch moderne Technologie, sondern durch Männer, die dienstbeflissen alte, hölzerne Kurbeln drehen, um noch ältere Zahnräder zu drehen. Chandrila ist eine alte Welt, auf der moderner Geschmack mit einer langen Geschichte kollidiert.

Falls sie die Bühne hochfahren, wird sie sich gewiss bald füllen.

Was bedeutet: Es ist Zeit, seinen Plan umzusetzen. Er ruft Großmoff Randd in seine Kabine.

»Sir«, sagt Randd, gefügig und kalt.

»Die Flotten sollen sich auf mein Kommando in Bewegung setzen.« Rax reicht ihm einen Datenblock. »Wenn ich den Befehl gebe, schicken Sie sie zu diesen Koordinaten. Alle. Leiten Sie die Anweisung auch an Borrum weiter. Wir werden sämtliche Bodentruppen und sämtliches Gerät brauchen. Absolut *alles*.«

»Aber, Sir, ist das nicht ...«

»Ich weiß. Tun Sie es einfach.«

»Weiß Sloane davon?«

»Sie wird es früh genug erfahren. So wie alle anderen. Sobald Sie fertig sind, berufen Sie den Schattenrat ein.« Er winkt mit der Hand. »Jetzt gehen Sie.«

Fürs Erste wendet Rax seine Aufmerksamkeit wieder den Geschehnissen von Hanna City zu. Die Bühne für sein eigenes Schauspiel ist vorbereitet.

37. Kapitel

Ich habe versagt.

Diese drei Worte jagen einander durch Han Solos Geist wie Podrenner, die um die Führung kämpfen.

Er kam hierher, hat Leia und der Neuen Republik den Rücken zugekehrt, um zu tun, was sonst niemand tun wollte: *Kashyyyk zu retten.* Seine Frau so im Stich zu lassen war die Hölle für ihn. Aber sie hat es verstanden. Sie weiß, was es bedeutet, eine Aufgabe zu schultern, die größer ist als man selbst. Falls irgendjemand so etwas verstehen kann, dann Leia.

Ich habe versagt.

Während der Vizeadmiral den Sturmtrupplern mit barscher Stimme befiehlt, ihn auf die Beine zu zerren – was sie bereitwillig tun –, geht er in Gedanken die Liste seiner Fehler durch. Er hat Imra vertraut; sie hatte ihre eigenen Pläne, aber er war zu dumm, es zu sehen. Das Imperium hat Chewie gefangen genommen, und Han konnte entkommen. Und dann war er so, *so* nahe dran, alles in Ordnung zu bringen: Sie kämpften sich über einen halben Planeten und schalteten Lozen Tolruck aus, aber leider hatte der Kerl noch Zeit, die völlige Bombardierung des Planeten zu befehlen. Alles, was zurückbleiben wird, sind Holzsplitter und Schlamm. Und Wookiee-Blut, ruft er sich traurig ins Gedächtnis.

Das ist alles meine Schuld.

Die anderen sind mittlerweile gefesselt: die Kopfgeldjägerin, der Elitesoldat, der Ex-Imperiale und einmal mehr und am schlimmsten von allem, sein Kopilot, Chewbacca. Sie waren ein gutes Team. Sie haben ihn nicht enttäuscht. Sie haben Chewie nicht enttäuscht.

Gemeinsam mit Solo werden sie nach vorne geschubst und gegen die Wand gedrückt. Der Vizeadmiral tritt hinter sie. Sein Atem riecht faulig, und er stinkt nach Schweiß. *Diese Imperialen haben sich wirklich gehen lassen.*

Der Kerl knurrt Han ins Ohr: »Mein Name ist Vizeadmiral Domm Korgale. Sie sollten sich diesen Namen merken, Abschaum. Ich werde nämlich derjenige sein, der Sie dem Imperium aushändigt. Sie werden ein überaus wertvolles Druckmittel abgeben, Solo. Sie allein sollten mir einen Platz im Oberkommando garantieren.«

»*Tooska chai mani*«, sagt Han – eine huttische Verwünschung und das Schlimmste, was ihm im Moment einfallen will. Es hat mit der Mutter des Angesprochenen und einem Häuptling der Tusken-Räuber zu tun. »Kapieren Sie nicht? Sie haben verloren. Sie sind nicht länger die andere Seite in einem Krieg. Sie sind Verbrecher.«

»Nun, wenn ich ein Verbrecher bin, dann werden Sie sicher verstehen, wenn ich nur Sie verschone und Ihre Freunde exekutieren lasse. Hier und jetzt.« Korgale macht eine Handbewegung, woraufhin die Sturmtruppler den anderen, die gegen die Wand gepresst sind, ihre Blaster an den Hinterkopf halten.

»Es hat Spaß gemacht, Leute«, murmelt Sinjir, die Wange an Metall gedrückt.

Jom und Jas sagen nichts, stemmen sich hilflos gegen die Hände, die sie eisern festhalten.

Chewie stößt ein leises Knurren aus.

»Ich weiß, Kumpel. Wir haben es versucht.«

Auf der anderen Seite des Raumes ruft plötzlich ein Kommoffizier: »Sir! Ein Schiff ist gerade aus dem Hyperraum gesprungen!«

»Was?«, schnappt Korgale. Doch dann wird sein Tonfall hoffnungsvoller. »Ich habe um Verstärkung gebeten. Vielleicht haben sie reagiert, jetzt, wo Tolruck tot ist.«

»Es ist keines von unseren. Ein alter, corellianischer Frachter ...«

Han reißt die Augen auf. Er blickt Chewie an und beendet den Satz selbst:

»Ein YT-1300.«

Noch immer an Chewbacca gewandt, formt er mit den Lippen die Worte: Der *Falke*?

Doch wer zur Hölle fliegt ihn? Wexley?

»Sie schicken eine Nachricht«, teilt der Kommoffizier mit.

»Durchstellen«, befiehlt Korgale. »Aber lassen Sie gleichzeitig ein Geschwader TIE-Jäger starten. Wir dürfen kein Risiko eingehen.«

Aus dem Komm erklingt eine Stimme, die Han Solos Herz gleichzeitig höher und schwerer schlagen lässt.

»Hier spricht Leia Organa von der Neuen Republik. Ergeben Sie sich, oder Ihr Schiff wird zerstört.«

Korgales Bauch bebt, als er ein steifes Lachen ausstößt. »Ein Schiff? Sie glaubt, sie kann drei Sternzerstörer mit einem rostigen Frachter zur Kapitulation zwingen? Hat sie den Verstand verloren? Die TIE-Jäger sollen sie in Stücke schießen. Sie ist nicht mal eine Pilotin. Sie ist eine *Politikerin*.«

Han grinst von Ohr zu Ohr. »Glauben Sie mir, *so* eine Politikerin haben Sie noch nicht gesehen.« Doch gleichzeitig fragt er sich:

Wie will sie das alleine schaffen?

Evaan Verlaine wirft ihr einen Blick zu. Und nicht irgendeinen. Einen ganz bestimmten Blick. Das vertraute Hochziehen der Braue, begleitet von einem süffisanten Schmunzeln und einem Funkeln in ihren Augen, das wortlos fragt: *In was haben Sie uns jetzt schon wieder hineingeritten, Prinzessin?*

Leia ist sich selbst nicht wirklich sicher. Einen Moment lang fühlt sie sich schutzlos: ein Zahn ohne Schmelz, ein Schiff ohne Panzerung. Als würde sie allein an einem Faden im All hängen. *Vielleicht war es doch keine so gute Idee ...*

Direkt vor ihnen beginnt die *Dominion*, TIE-Jäger in die Schwärze zu speien.

»Leia, wir haben Gesellschaft«, sagt Evaan. Doch sie meint damit nicht die TIEs. Die Sensoren zeigen näher kommende Schiffe an.

Über ein Dutzend Sterne hinter dem *Falken* wachsen plötzlich heran – Sterne, die gar keine sind, sondern *Sternjäger*. X-Flügler.

Sie zuckt zusammen, als die Schiffe aus dem Hyperraum fallen und mit gleißenden Geschützen an ihrem Frachter vorbeirasen. Ein TIE dreht ab, und kurz leckt Feuer aus seiner Oberseite, bevor er implodiert. Die Stimme von Wedge Antilles dringt aus Leias Komm.

»Hier ist Phantom Eins«, sagt er. »Die Phantom-Staffel steht zu Ihren Diensten. Bringen wir diese Sache zu einem guten Ende.«

Korgale saugt die Luft ein. Ein Moment der Schwäche, der Solo keinesfalls entgeht. Ein Moment der Furcht, und Han genießt ihn.

Doch der Moment, der darauf folgt, gefällt ihm sogar noch besser.

Denn Korgale faucht: »Ein Dutzend X-Flügler und ein flügellahmer Frachter, mehr haben sie nicht geschickt? Wir haben drei Sternzerstörer! Rufen Sie die *Vitiator* und die *Neutralizer*. Es ist Zeit, diesen Schwarm Fliegen zu erschlagen, bevor ...«

Ein weiteres Schiff kommt in Sicht.

Und nun folgt der Moment, den Solo *wirklich* genießt: Der Vizeadmiral wimmert. Wie Ungeziefer, das in eine Falle getappt ist.

Ackbars Stimme hallt aus den Lautsprechern. »Hier spricht Admiral Ackbar von der Flotte der Neuen Republik, Kommandant der *Home One*. Ergeben Sie sich, oder Sie werden zerstört.«

Korgale beginnt, auf und ab zu gehen. Seine Nasenflügel beben, er bläst die Backen auf, und als er spricht, gelten die Worte niemand anderem als ihm selbst. »Wir ... wir können uns nicht ergeben. Wir müssen in die Offensive gehen. G5–623 ist *unser* Planet, und es steht noch immer drei Schiffe gegen eines ...«

Chewbacca hat augenscheinlich genug. Der Wookiee brüllt, reißt seinen Kopf herum und rammt ihn gegen den Helm des Sturmtrupplers, der den Wookiee gegen die Wand drückt. Der Soldat schreit und stürzt zu Boden, während sich der Wookiee von der Wand abstößt und auf Korgale zustürmt. Die anderen Sturmtruppler wirbeln herum und heben ihre Gewehre.

Sie werden Chewie erschießen.

Han duckt sich hinter den Imperialen, der ihm am nächsten

steht, und stößt ihn nach vorne, sodass er gegen seinen Nebenmann stolpert. Sinjir geht in die Hocke, hakt sein Bein hinter dem Knie eines anderen Sturmtrupplers ein und bringt ihn zu Fall. Den letzten schalten Jom und Jas gemeinsam aus; sie attackieren ihn von beiden Seiten, und als er zu Boden geht, treten sie auf ihn ein, bis er sich nicht mehr bewegt.

Chewie erledigt den Rest.

Er rammt Korgale mit der Wucht eines abstürzenden Raumschiffs.

Der Mann bricht mit einem Röcheln zusammen, und der Wookiee brüllt triumphierend.

Vor den Sichtfenstern sausen die X-Flügler umher, während sich die *Vitiator* und die *Neutralizer* näher heranschieben. Ein Trio TIE-Jäger setzt sich hinter einen Sternjäger der Phantom-Staffel und löscht ihn aus, Sekunden bevor der *Falke* herbeieilt und sie vernichtet.

Solo weiß, dass Korgale recht hatte. Die Imperialen haben *drei* Sternzerstörer; sie haben den Vorteil noch immer auf ihrer Seite. Es ist ein riskantes Sabacc-Spiel, das Leia hier spielt. Doch was tut man, wenn die Chips auf dem Tisch liegen und man keine guten Karten auf der Hand hat?

Man verbessert seine Chancen.

Und Han tut das am liebsten, indem er schummelt.

Jas steht keuchend neben ihm, ihr Haar klebt an ihrer dornenbesetzten Stirn. »Was jetzt, Solo?«

»Es wird nicht lange dauern, bis es hier nur so vor Sturmtrupplern wimmelt«, erklärt er. »Wir müssen das Kommando über die Brücke übernehmen und die Tür verriegeln, aber um das zu tun, müssen wir uns erst mal von unseren Fesseln befreien.«

Chewie brummt, dann bleckt er die Zähne und drückt die

Arme auseinander. Seine Handschellen bersten, als würden sie aus Plastik bestehen und nicht aus Stahl.

»Ungefähr so«, sagt Solo.

Chewbacca eilt herbei und hilft den anderen mit ihren Fesseln. Jom ruft: »Ich übernehme die Tür«, dann eilt er hinüber und schließt sie. Sinjir und Jas legen ihre Handschellen derweil den bewusstlosen Sturmtrupplern an. Doch eine Person fehlt.

Korgale. Er ist nirgends zu sehen. Der Mistkerl ist geflohen. Sie haben keine Zeit, sich darüber zu ärgern.

»Also gut, finden wir heraus, wie man einen Sternzerstörer fliegt.« Solo klatscht in die Hände. »Verbessern wir unsere Chancen. Und kann bitte jemand ans Komm gehen und diesen X-Flüglern sagen, dass sie nicht versuchen sollen, uns in die Luft zu sprengen?«

Die Schlacht wütet weiter. Wedges Phantom-Staffel – bestehend aus ausgemusterten, ausgebrannten und verrückten Piloten, die aber allesamt Asse am Steuerknüppel sind – dezimiert gekonnt die TIE-Schwärme, erleidet aber auch selbst einige Verluste. Der *Falke* steht dem Sternjäger in nichts nach, und schon bald fühlt sich Leia, als wäre der Frachter ein Teil von ihr. Ein paarmal kann sie sogar spüren, wie sich die Schlacht rings um sie entfaltet – sie sieht es nicht, es ist eher, als würde sie ihre Hand in einen warmen Dunst tauchen. Sie weiß, die Macht lenkt sie. Zumindest ein kleines bisschen.

Luke wird stolz auf sie sein. Nach einer Weile eröffnet die *Dominion* das Feuer auf die anderen Sternzerstörer, und die *Vitiator* bricht in einem grellen Lichtblitz auseinander, bevor das Vakuum des Weltalls ihre Überreste zerschmettert.

»Ihr verrückter Plan hat funktioniert«, sagt Evaan mit einem Schmunzeln.

»Dann war er vielleicht gar nicht so verrückt.«

»Oh doch. Er war völlig wahnwitzig, Prinzessin. Es heißt immer, Han hätte das Glück gepachtet, aber ich fange allmählich an zu glauben, dass Ihr Name auf dem Pachtvertrag steht.«

Die Macht war heute mit mir, denkt Organa. *Und wichtiger noch: Meine Freunde waren es auch.* In dieser Galaxis ist das alles, was man wirklich braucht.

Ackbars Stimme erfüllt das Cockpit. »Die *Vitiator* ist ausgeschaltet, und die Mannschaft der *Neutralizer* meldet, dass sie sich ergeben.«

»Gute Arbeit, Admiral. Und danke, dass Sie gekommen sind.« Leia schickte ihm dieselbe Nachricht wie Wedge. Es war natürlich ein Risiko; Ackbar hätte sie aufhalten können. Aber er ist gekommen. Und sie weiß, dass er dafür bluten wird. Ebenso wie Wedge. Und sie. Aber das ist nur gerecht. Sie haben sich über die Politik hinweggesetzt. Was hier geschah, wurde nicht in einer Abstimmung gebilligt. Niemand erteilte ihnen die Erlaubnis, diese Schiffe und diese Personen in Gefahr zu bringen. Die Tatsache, dass Ackbar nur eine Rumpfmannschaft an Bord der *Home One* hat und Wedge ausgemusterte Piloten für diese Mission rekrutierte – von denen viele längst im Ruhestand waren –, wird Mon Mothma nicht gnädiger stimmen. Doch das ist ein Problem für die Leia von morgen. Die Leia von heute genießt ihren Sieg in vollen Zügen.

Es ist Zeit, ihren Ehemann wiederzusehen. Sie steuert den *Falken* in die Hangarbucht der *Dominion* und landet dort. Eine Handvoll Sturmtruppler leistet halbherzigen Widerstand und nimmt sie mit ihren Blastern unter Beschuss.

Die Geschütze des Frachters machen kurzen Prozess mit ihnen.

Anschließend sagt Evaan: »Geben Sie Han einen Kuss von

mir. Es sei denn, er hat immer noch diesen Bart. Ich meine, wirklich. Igitt.«

Leia lacht und geht von Bord.

Die Tür auf der anderen Seite der Hangarbucht gleitet auf.

Ein Mann steht dort, eingehüllt in das Leuchten der Lichter hinter ihm. Noch bevor er vortritt, weiß sie, wer es ist: ihr Ehemann, Han Solo. In jeder Hand hält er einen Blaster. Plötzlich sieht sie eine Bewegung links von sich, als ein Sturmtruppler auf einen Container klettert und mit seinem Gewehr auf sie zielt …

Blitze zucken aus Solos Waffen, und der Soldat kippt nach hinten.

Anschließend kommt Han auf sie zu. Leia lehnt sich gegen die Seite des *Falken* und lächelt.

»Eure Durchlaucht«, ruft er.

»Hallo, Schurke«, ruft sie zurück.

»Lässt du mich mal wieder zu dir kommen, hm?«

»Mir gefällt, wie du dich bewegst.«

»Geht es dir gut?«, fragt er.

»Jetzt schon. Aber ich bin verdammt wütend auf dich.«

»He, ich bin derjenige, der wütend sein sollte. Immerhin musste ich dir wieder mal den Hals retten.«

Ungläubig entgegnet sie. »*Du? Mir den Hals retten? Du hast da was durcheinandergebracht. Ich habe* dich *gerettet, du sturer Nerftreiber.*«

Er grinst.

»Ich liebe dich.«

Sie verdreht die Augen. »Jetzt küss mich schon, du Trottel.«

Und das tut er auch. Er nimmt sie so fest in die Arme, dass es sich kurz anfühlt, als wären sie nicht nur zusammen, sondern als wären sie eins; eine Einheit, die niemand trennen kann. Als sie sich wieder voneinander lösen, legt er ihr die Hand auf den Bauch. »Wie geht es unserem Baby?«

»Es geht ihm gut.«

»Er? Ist es jetzt also ein Er? Ich habe doch gesagt, dass es ein Junge wird, oder? Wir müssen uns einen Namen für den kleinen Schurken überlegen ...«

»Wage es nicht, ihn einen Schurken zu nennen. Er wird ein Engel.«

»Was ist falsch daran, ein Schurke zu sein?«

»Was ist falsch daran, ein *Engel* zu sein?«

»Küss mich noch mal.«

Und sie küsst ihn.

38. Kapitel

Norra lässt ihren Blick über das Meer von Wesen schweifen. Tausende sind auf dem Platz zusammengekommen, um Mon Mothmas Ansprache beizuwohnen und die Geschichten der Befreiten aus dem Gefängnis auf Kashyyyk zu hören. Brentin steht neben Norra, und als sie nach seiner Hand greift, um sie zu drücken, stellt sie fest, dass sie schweißnass ist. Er wirkt bleich, beißt sich auf die Lippe und starrt in Richtung der Menge, ohne sie aber wirklich anzusehen – stattdessen scheint sein Blick auf einen Punkt mitten im Nichts gerichtet. Sie befürchtet, dass sie keinen viel besseren Eindruck macht. Mehrere Emotionen durchströmen sie: Nervosität, weil sie vor all diesen Wesen sprechen muss; die Befürchtung, dass sie sich übergeben und ihre formelle Flottenuniform beschmutzen wird, wenn es so weit ist; und schließlich die Sorge um Temmin, weil er noch immer nicht hier ist, was bedeutet, dass er wirklich wütend auf sie sein muss.

Sie sind nicht die Einzigen auf der Bühne. Hinter der Kanzlerin stehen Dutzende Befreite aus Golas Arams bizarrem Gefängnisschiff. Und auch einige Würdenträger sind hier: Senatoren, Generäle, Admiräle. Ackbar kann sie nirgends entdecken, aber sie sieht Kommodore Agate, deren Gesicht die in Kriegszeiten typische Mischung aus Stolz und Trauer zeichnet. Am Ende der Reihe glaubt Norra auch General Madine zu erkennen – und neben ihm den Senator von Chandrila, Durm Harmodius.

Sie ist wirklich in guter Gesellschaft (wenn man bedenkt, dass sie eine Deserteurin ist).

Wenn sie über das Heer von Gesichtern hinwegblickt, sieht sie die weißen, klippenähnlichen Gebäude im Zentrum von Hanna City, die den Platz umgeben, und jenseits davon, das Meer. Vor ihr ziehen sich dunkle Linien dahin; Balkone, die sich wie die Sprossen einer Leiter am alten Rathaus übereinanderreihen. Sie sind für Diplomaten reserviert, für Senatoren und andere Gesandte, damit sie den Feierlichkeiten des Tages beiwohnen können.

Ganz oben erblickt Norra den Balkon, auf dem das imperiale Monster, Admiral Rae Sloane, sitzt. Sie versucht, nicht daran zu denken. Nicht an diese Frau, nicht an Temmin, nicht daran, dass sie sich fühlt, als müsste sie wegrennen oder sich übergeben.

Mon Mothma macht einen Schritt nach vorne, eingerahmt von ihren beiden Beratern: dem Togruta Auxi Kray Korbin und dem Chandrilaner Hostis Ij.

Zu beiden Seiten und über den Köpfen der Menge schweben Kameradroiden, ihre Hololinsen ausgefahren. Einige machen, begleitet von blauen Blitzen, Standaufnahmen, andere fangen die Ereignisse live ein. Norra versucht, sie zu ignorieren.

Mon Mothma stellt sich hinter ein altes Steinpodium – es ist weiß wie Kreide, und seine Kanten sind teilweise zerbröckelt, aber es trotzt weiter dem Zahn der Zeit.

»Guten Tag, Chandrila. Guten Tag, Neue Republik. Und Grüße an die Galaxis jenseits davon. Ich bin Kanzlerin Mon Mothma ...«

Applaus brandet auf.

Der Applaus tost, und Temmin muss schreien, damit die Wachen, die ihm den Weg auf den Platz versperren, seine Worte verstehen können. »Ich muss zu meiner Mutter! Sie ist auf der Bühne!«

Hinter ihm wippt Mister Bones ungeduldig auf seinen Füßen vor und zurück.

»Der Platz ist voll«, erklärt die Wache, als die Menge verstummt. »Du wirst wohl warten müssen.«

»Ich kann nicht warten. Es ist *wichtig*.«

»Das glaube ich dir gern.« Die Wache tritt vor und schiebt Temmin ein Stück nach hinten. »Trotzdem wirst du warten müssen, Kleiner.«

»Ich bin kein ...« *Aber das ist jetzt unwichtig.* »Es sind Leute in Gefahr.« Das ist natürlich nur seine eigene Vermutung; er weiß nicht, ob sie auch zutrifft. Er weiß nur, dass hier irgendetwas vor sich geht. Und diese Art von Rätseln ist in der Regel gefährlich. »*Bitte*.«

»Gefahr, hm?« Die Wache zieht einen Stab von ihrem Gürtel. Seine Spitze glüht blau. Ein Schockstab. Er holt damit aus – nicht, um Temmin zu treffen, sondern um ihn einzuschüchtern. »Zurück, Kleiner. Andernfalls ...«

Das Ächzen von Servomotoren erfüllt die Luft, als Mister Bones vorschnellt, den Arm des Mannes packt und ihn nach oben dreht, sodass der Schockstab sich unter seinen goldenen Helm bohrt. Die Wache schreit auf und fällt stammelnd zu Boden. Seine Stiefel zucken und klacken auf dem Boden, der Rest seines Körpers liegt still.

»Oh, oh«, macht Temmin.

»BEDROHUNG VON MASTER TEMMIN NEUTRALISIERT.«

»Nun, zumindest hast du ihn nicht getötet.« Hinter ihm erklingen Rufe – gefolgt von einem Trio weiterer Wachen. Zwei mit Schockstäben, einer mit einem Blaster. »Los, weiter, Bones!«

Mon Mothma fährt fort:

»Die Bürger auf dieser Bühne stehen für das Beste, was diese Galaxis zu bieten hat. Viele von ihnen gehören zu den Architekten der ursprünglichen Rebellion, einer Allianz gerechtigkeits- und freiheitsliebender Welten, die uns alle vom Joch eines Imperiums befreien wollten, das zahllose Systeme unterworfen hatte und durch brutale Gewalt und kalte Autokratie Ordnung erzwang. Doch damit ist es nun vorbei; die Klinge des Imperiums ist stumpf geworden.«

Noch mehr Applaus.

Weit hinten in der Menge sieht Norra Bewegung. Ihr Pilotenauge ist geschult darin, solche Dinge aufzuschnappen: In der schwarzen Weite des Alls ist es überlebenswichtig zu wissen, welche Lichtpunkte Sterne und welche feindliche Schiffe sind, die aus dem Hyperraum kommen. Hier ist es, als würde sich die versammelte Masse kräuseln. Sie kann nicht genau erkennen, was da hinten vor sich geht, aber sie sieht, wie Wesen beiseitegestoßen werden und die Köpfe drehen.

Die Kanzlerin sagt: »Langsam, aber sicher wird das Imperium zurückgedrängt – Planet um Planet, System um System. Seine Macht schwindet, und wo es zerbröckelt, erhebt sich die Neue Republik aus den Ruinen, um wieder aufzubauen, was sie beschädigt haben. Und ich sage ganz klar *beschädigt*, nicht *zerstört* – das Imperium hat Angst und Schrecken verbreitet, ja, aber nichts, was es tat, ist von Dauer. Sein Werk wird verblassen. Der Pfad in die Zukunft liegt hell und klar vor uns.«

Da. Jemand bahnt sich einen Weg durch die Menge. Norra erspäht die goldenen Helme von Senatswachen, die dieser Person nachsetzen ...

Moment. Es ist nicht nur eine Person, die die Zuschauer beiseitedrängt.

Es sind zwei.

Und einer von ihnen ist keine Person, sondern ein Droide. Ein Droide, den sie kennt.

Mister Bones. Oh nein. Nein, nein, nein. *Temmin, was hast du getan?* Jetzt sieht sie auch ihn, sein zu einem Knoten hochgebundenes Haar. Er hebt den Kopf, und ihre Blicke treffen sich. Er ruft etwas und wedelt mit den Armen, aber es ist sinnlos, denn einmal mehr erklingt donnernder Applaus, ein lebhaftes Tosen, das alle anderen Geräusche verschluckt.

Sloane starrt über den Rand des Balkons hinweg, die Ellbogen auf die Schenkel gestützt, das Kinn auf die gefalteten Finger. Die Kanzlerin redet weiter und weiter. Freiheit dies, Demokratie jenes, ohne auch nur einmal zu erwähnen, dass nicht die imperiale Ordnung, sondern deren Abwesenheit die größte Bedrohung für die Galaxis darstellt.

Rae kann nur hoffen, dass der Angriff bald beginnen wird. Sie weiß, dass Rax die Zeremonie mitverfolgt – das gesamte, selbstbeweihräuchernde Spektakel wird schließlich über das HoloNetz ausgestrahlt. Ihre Kiefer spannen sich, und sie betet, dass er wirklich alles unter Kontrolle hat.

Nun starte schon endlich den Angriff, wünscht sie. Als könnten ihre Gedanken Raum und Zeit ebenso überwinden wie Holowellen. *Das ist der richtige Moment.*

»Wir haben viele gute Leute verloren, aber am heutigen Tage blicken wir nicht auf das zurück, was wir opfern mussten«, erklärt Mon Mothma. »Stattdessen blicken wir nach vorne, in die Zukunft. Eine Zukunft, die wir jenen verdanken, die jüngst aus einem geheimen imperialen Gefängnis befreit wurden: Helden wie der ehemaligen Gouverneurin von Garel, Jonda Jae-Talwar; dem Generalkonsul von Hosnian Prime, Plas Lelkot, der half, Flüchtlinge in seinem eigenen Chateau zu verstecken; dem Funkspezialisten Brentin Wexley von Akiva, der unsere Botschaft auf eigenes Risiko am Äußeren Rand verbreitete, und dessen Frau, Norra, die das Team anführte, welches ihn und all die anderen befreite ...«

Norra hört ihren Namen, aber er klingt weit entfernt, als würde sie ihn tief unter Wasser hören. Ihre ganze Aufmerksamkeit gilt ihrem Sohn, der sich durch das Meer von Zuschauern drängt. Sie reißt sich von dem Anblick los und dreht sich zu Brentin um, will ihm sagen, was ...

Doch was sie sieht, ergibt keinen Sinn. Brentin hat den Arm erhoben.

In seiner Hand liegt eine kleine Pistole: ein Dreischuss-Taschenblaster.

Er zielt auf Kanzlerin Mon Mothma.

Norra schreit und packt seinen Arm, reißt ihn nach oben.

Aber es ist zu spät.

Ein Schuss löst sich aus dem Blaster.

Nein!

Temmin sieht, wie sein Vater etwas zückt – eine mattschwarze Pistole, klein und leicht zu verstecken. Er richtet die Waffe auf die Kanzlerin, und Temmin sieht, dass er nicht der Einzige ist. Alle befreiten Gefangenen haben Blaster.

Seine Mutter sieht es ebenfalls. Sie packt Brentin am Arm …

Im selben Moment, als er schießt, reißt jemand Temmin von den Beinen. Schmerzen durchzucken ihn, während sich einer der Schockstäbe in seine Seite bohrt. Seine Zähne klacken zusammen, seine Zunge fühlt sich aufgequollen an. Einen Moment lang ist es, als wäre sein Körper nichts weiter als ein Sack Fleisch. Die Wache baut sich über ihm auf …

Bones packt den Mann und schleudert ihn nach hinten, als wäre er eine alte Puppe.

Zwei weitere Uniformierte nähern sich, und Bones springt ihnen mit aktivierten Klingen entgegen.

Weißer Stoff wallt, und die Kanzlerin geht zu Boden.

Norra verdreht Brentin den Arm, sodass er nicht noch einen Schuss abgeben kann – und er wirbelt zu ihr herum. Sein Gesicht ist eine Maske des Grauens, als könnte er selbst nicht glauben, was er da gerade getan hat. Sein Mund steht in einem hoffnungslosen *Oh* offen, und in seinen Augen glänzen Tränen. Lautlos formen seine Lippen die Worte *Es tut mir leid*, dann rammt er ihr das Knie in den Bauch …

»Brentin«, schreit sie.

Er lässt die Waffe auf ihren Hinterkopf hinabsausen, und sie bricht zusammen.

Stöhnend rollt Norra sich herum. Auf der Bühne ist Chaos ausgebrochen. Zu spät erkennt sie, dass ihr Mann nicht der Einzige ist, der eine Pistole gezückt hat – die anderen Gefangenen halten ebenfalls Blaster, und sie feuern auf die versammelten Würdenträger auf der Bühne und in die Menge. Energiestrahlen zucken über den Platz. Neben ihr stürzt jemand zu Boden: einer der Berater der Kanzlerin. Hostis. Er landet hart auf der Seite, während sich eine dünne Rauchfahne aus dem

Loch in seinem Kopf kräuselt. Norra blickt sich um. Brentin ist verschwunden, Panik greift um sich. Einer der befreiten Gefangenen tritt vor sie – es ist die erste Person, die die Kanzlerin erwähnte, Jonda Jae-Talwar, eine hochgewachsene Frau mit weißem Haar. Ihr Gesicht ist eine Maske unbeschreiblichen Zorns, als sie auf die Zuschauer schießt.

Norra packt ihr Bein und zieht daran. Mit einem Schrei fällt die Verräterin auf den Rücken. Der Aufprall presst ihr die Luft aus der Lunge, und es ist nicht viel Kraft nötig, um die Pistole aus ihrem Griff zu reißen ...

Ein seltsamer Moment der Klarheit huscht über das Gesicht der ehemaligen Gouverneurin, als würde die Sonne hinter einer Wolke auftauchen. Sie sagt etwas, das über dem Lärm der Blaster und den Schreien der panischen Menge kaum zu hören ist. Es klingt wie: »Was habe ich getan?«

Norra kann ihr diese Frage nicht beantworten.

Die einzige Antwort, die sie parat hat, ist eine Faust, direkt auf Jae-Talwars Nase gezielt. Die Lider der Frau flattern, dann verliert sie das Bewusstsein.

Norra steht auf, nur um fast sofort wieder hinzufallen; erneut erblüht eine Nova aus Schmerzen in ihrem Kopf, dort, wo Brentin sie getroffen hat. Sie sieht alles doppelt, dann dreifach, dann verschwimmt die Welt vor ihren Augen. Sie sieht eine weiße, reglose Gestalt: Mon Mothma, die noch immer auf dem Boden liegt. Und da ist Kommodore Agate, die mit einem der Befreiten ringt, einem Rodianer, der einen Blaster hin- und herschwingt. Norra stolpert auf die beiden zu ...

Ein Lichtblitz. Agates Kopf wird nach hinten gerissen. Wexley schreit, stolpert gegen das Podium, während der Rodianer seine Waffe hebt, um zu beenden, was er begonnen hat. Sie erkennt ihn jetzt als Esdo, einst ein Berater im Senat von Coruscant, bevor er auf einem Gefängnisschiff eingesperrt wurde. Norra rammt ihn mit der Schulter, und er taumelt nach hinten, stürzt zu Boden, wo sie ihm die Pistole aus der Hand treten kann.

Agate hat die Hände auf ihr Gesicht gepresst. Zwischen ihren Fingern ist dunkle, verbrannte Haut zu sehen. »Gehen Sie«, stöhnt sie. »Bringen Sie sich in Sicherheit.«

Norra nickt. Vor sich sieht sie eine weibliche Togruta. Es ist Auxi, und sie hilft Mon Mothma auf. *Sie lebt*, fährt es ihr durch den Kopf. Zumindest eine gute Neuigkeit an diesem schrecklichen Tag. Eine Schulter der Kanzlerin ist nass und rot.

Wachen stürmen jetzt auf die Bühne und feuern auf die befreiten Gefangenen. Doch Brentin kann Norra noch immer nirgends entdecken.

Sie muss ihn finden. Jetzt gleich.

Was Sloane sieht, ist nicht, was sie erwartet hat, und auch nicht, was sie sehen will. Während sich die Geschehnisse unterhalb ihres Balkons entfalten, gelangt sie zu einer grimmigen Erkenntnis: *Das ist der Angriff, den Rax geplant hat.*

Und sie ist der perfekte Sündenbock. Sie hat keine Ahnung, was Rax getan hat. Diese Rebellen, die aus dem Gefängnis zurückgekehrt sind, müssen irgendwie ... programmiert worden sein. Sie wurden zu Verrätern gemacht. Zu Attentätern.

Es ist genial.

Und es widert sie an.

Das sagt sie auch zu Adea, die hinter steht. Sloane kann den Blick nicht von dem Chaos unter ihr losreißen. »Das ist keine Art, einen Krieg zu führen«, murmelt sie, ihre Stimme angespannt und heiser. »Das ist keine Art zu kämpfen. Das ist ...«

Ein Test, erklärt eine leise Stimme in ihrem Kopf. »... nicht die

Art des Imperiums. Das ist etwas, was *sie* tun würden. Rebellen und Terroristen.«

Sloane hat nicht erwartet, heute so etwas zu sehen. Wo sind die Schiffe? Wo ist ihre Flotte, die Chandrila mit dem Feuer des Imperiums überziehen sollte? Ihr bleibt nichts anderes übrig, als auf die Situation zu reagieren.

Mothma hat ihr und Adea mehrere Wachen zugewiesen, die sie zwar wie einen Ehrengast behandeln, deren Wachsamkeit aber keinen Moment nachlässt. Insgesamt sind es fünf von ihnen hier auf dem Balkon. Dann sind da noch Sloanes eigene Leute – die beiden rot gekleideten Gardisten, die starr und lautlos dastehen.

Adea hält sich dicht bei ihnen. Sie zittert leicht.

Sloane nickt den Gardisten unmerklich zu.

Die Wachen der Neuen Republik haben keine Chance. Wer ausgewählt wurde, um Palpatine zu dienen und die roten Roben zu tragen, musste ein emotionsloser Soldat sein, der sich nur auf zweierlei Dinge verstand: seinen Schutzbefohlenen zu verteidigen und Angreifer zu töten. Ihre Umhänge bauschen sich auf, ihre Klingen wirbeln in ihren Händen, und keine zehn Sekunden später liegen sämtliche republikanischen Wachen tot auf dem Boden.

Sloane wendet sich an die Gardisten: »Geht. Räumt den Weg frei und macht mein Schiff startbereit. Adea und ich werden euch in Kürze folgen.«

Sie sagen nichts, nicken nicht einmal.

Sie tun einfach nur, wie ihnen geheißen.

»Wir brauchen einen Plan«, sagt Rae.

»Die Wachen werden den Weg freimachen, wie Sie befohlen haben. Dann …«

»*Nein*«, schnappt Sloane in schneidendem Tonfall. »Einen

Plan für mehr als nur das hier. Diese Abscheulichkeit von einem Anschlag darf nicht zur standardmäßigen Vorgehensweise des Imperiums werden, Adea. Wir müssen Rax so schnell wie möglich ausschalten. Falls er genug Zeit bekommt, wird er diese Sache so hindrehen, wie es in seinen Plan passt. Er wird die anderen überzeugen, dass es vernünftig war, ein notwendiges Übel.«

»Was, wenn er recht hat? Die Neue Republik wird sich nicht so schnell vom heutigen Tag erholen und ...«

Sloane dreht sich herum und blickt vom Balkon. Jetzt sieht sie Wachen, die auf die Bühne steigen. Die Kanzlerin ist auf den Beinen und verschwindet in einem Kreis von Beschützern. Mon Mothma lebt also noch. Gut. Sie darf nicht sterben. Rae hat dieser törichten Politikerin bereits ein ganz bestimmtes Schicksal zugedacht: besiegt und untertänig vor ihren Füßen zu knien.

»Lass dich nicht von Rax' Worten verführen«, sagt sie, während sie weiter nach unten blickt. In der Menge vor der Bühne greift Panik um sich. »Ich habe diesen Fehler gemacht. Ich war leichtsinnig, habe aus Bequemlichkeit auf ihn gehört. Und was kam dabei heraus? Das hier. Wir hätten die Flotte herschicken sollen. Wir müssen unsere militärische Macht demonstrieren. Das Imperium ist ein Hammer, der das Chaos zerschmettert, kein Messer, dass einem nichtsahnenden Feind zwischen die Rippen gerammt wird. Rax muss unter Arrest gestellt werden. Und dann werde ich ihn hinrichten lassen.«

Adea sagt nichts dazu.

Ihr Schweigen ist ohrenbetäubend.

Und dann folgt für Sloane die zweite, unerwünschte Enthüllung des Tages.

»Adea«, sagt sie und dreht sich zu ihrer Assistentin herum.

Rite steht noch immer da, aber nun hat sie eines der Blastergewehre der Wachen in den Händen. Der Lauf ist auf Raes Kopf gerichtet. Das Mädchen zittert nicht länger. Sie wirkt völlig sicher in ihrem Handeln. Sloane seufzt. *Nicht sie. Bitte, nicht sie.* »Er hat dich um den Finger gewickelt, nicht wahr? Wir sind beide Narren, Adea.«

»Rax ist die Zukunft. Das Imperium muss bereit sein, sich zu ändern. Wir müssen der Galaxis demonstrieren, was mit denen passiert, die sich uns widersetzen, und wir dürfen dabei vor keinen Mitteln zurückschrecken.«

»Richte diese Waffe nicht auf mich, Adea.«

»Das hier war ein Test. Er wollte, dass Sie es akzeptieren und die Dinge auf seine Weise sehen. Es hätte nicht so kommen müssen. Sie hätten ihm helfen können, über die Galaxis zu herrschen. Und ich hätte Ihnen beiden geholfen, dem Imperium eine neue Form zu geben.«

»Ich will nicht, dass das Imperium durch seine Hände umgeformt wird. Und ich will auch nicht, dass er dich umformt. Wir haben gut zusammengearbeitet, du und ich. Du hast meiner Vision vertraut. Oder etwa nicht?« Doch dann erkennt sie: Adea hat sie von Anfang an betrogen. Alles, was Rae ihr anvertraut hat, hat sie hinter ihrem Rücken an Rax weitergeleitet. Darum wusste er, dass sie auf Coruscant war. Darum wusste er von ihrem Treffen mit Mas Amedda. Darum wusste er *alles*. Aber vielleicht gibt es noch Hoffnung. »Nimm die Waffe runter. Noch einmal werde ich mich nicht wiederholen, Adea. Nimmt sie. Runter.«

Doch Adea tut nichts dergleichen.

Sie ist entschlossen.

Rax hat bei ihr ganze Arbeit geleistet.

Dann soll es eben so sein.

Sloane täuscht links an und schnellt dann nach rechts. Rite ist nicht kampferfahren – sie folgt Raes erster Bewegung und feuert. Der Blasterstrahl brennt sich dort durch die Luft, wo Sloane eben noch war.

Und Sloane rammt ihr die Faust in die Nieren.

Das Mädchen schreit, versucht, mit dem Gewehr nach ihr zu schlagen.

Was genau die falsche Reaktion ist. Rae windet ihr mühelos die Waffe aus den Händen und jagt ihr dann aus nächster Nähe einen Energieblitz durch die Brust.

Adeas Augen weiten sich, und in ihnen sieht Sloane wieder die junge Frau, der sie vertraut hat. Eine Frau, die in einem anderen Leben ihre Tochter hätte sein können.

Rites Lippen bewegen sich lautlos.

Sie fällt zu Boden.

Sloane zögert einen Moment.

Und in diesem Moment brennt sich Zorn durch ihre Adern wie Säure.

Ich werde Gallius Rax umbringen.

Mit dem Gewehr in der Hand verlässt sie den Balkon.

Brentin …

Norra kämpft sich durch die Menge. Die Leute sind in Panik. Das sollten sie wohl auch sein, und ihr geht es nicht besser. Irgendwo hört sie jemanden weinen, dann wieder Blasterfeuer. Sie versucht zu ergründen, was passiert ist, was noch immer passiert, aber es entzieht sich ihrem Verständnis. Diese befreiten Gefangenen, die dann plötzlich um sich schießen … Das ergibt keinerlei Sinn.

Brentin …

Ihr Ehemann war einer von ihnen. Er versuchte, die Kanzlerin zu erschießen. Wen hätte er wohl noch angegriffen, hätte sie ihn nicht aufgehalten?

Und wohin ist er verschwunden?

Sie muss ihn finden.

Um ihn aufzuhalten, ja. Aber auch, um zu erfahren, was *wirklich* passiert ist. Um in seine Augen zu blicken und zu erkennen, ob die Person, die all das getan hat, noch immer ihr Ehemann ist – oder ob ihr Ehemann niemals wirklich da war.

Warum, Brentin?

Sie bahnt sich einen Weg über den Platz, sucht nach ihrem Mann, aber auch nach ihrem Sohn. Temmin wusste es. Er versuchte, sie zu warnen.

Doch wo ist er jetzt?

Ich brauche einen höheren Aussichtspunkt.

Sie ist Pilotin. Sie muss die Lage von oben sehen, wie ein Falke, der den Boden nach Beute absucht. Also drängt sie sich zum alten Rathaus und eilt atemlos ein paar Stufen hinauf. In der Eingangshalle sieht sie eine Leiche – einen Senator von Ottega. Seine Augen sind glasig – er ist so tot wie ein Droide. Bedeutet das, dass weitere Gefangene hier waren? Natürlich. Sie standen nicht alle auf der Bühne. Einige wohnten der Zeremonie vermutlich von hier aus bei. Und sie beobachteten. Und sie *warteten.*

Norra eilt weiter. Sie kann hier nichts tun.

Schließlich erreicht sie eine der nunmehr verlassenen Terrassen. Die Menge hat sich bereits teilweise aufgelöst, und die Wachen riegeln den Platz ab. Hoffentlich erwischen sie möglichst viele der Attentäter.

Jemand muss die Wahrheit ans Licht bringen.

Und dann sieht Norra ihn.

Brentin Wexley – auf der rechten Seite des Platzes. Er ist

auf einer der Himmelsbrücken, die zu den Landeplattformen führen.

Norra knirscht mit den Zähnen und rennt los.

»Stopp.«

Temmin steht hinter seinem Vater, als Brentin zum anderen Ende der Himmelsbrücke rennt – dahinter bilden Hunderte von Landeplattformen einen Ring zwischen Hanna City und dem Meer.

Sein Vater erstarrt, die Pistole noch immer in seiner Hand.

Temmin ist nicht bewaffnet, und er ist allein. Bones blieb auf dem Platz zurück, um die Wachen abzulenken, damit er entkommen konnte.

Langsam dreht Brentin sich um.

»Tem«, sagt er. Er klingt wie sein Vater. Seine Stimme zittert.

»Mom hatte recht. Du bist nicht du selbst.«

»Doch, aber …« Die Worte ersterben auf Brentins Lippen, bevor er den Satz beenden kann. Er steht einfach nur da. Dann hebt er langsam den Blaster, beinahe, als würde er es nicht wollen. Also würde etwas seinen Arm anheben – ein unsichtbarer Faden, der an seinem Handgelenk zieht. Vielleicht bildet Temmin sich das aber auch nur ein. Vielleicht *will* sein Vater ihn umbringen. So oder so, Tem steht ihm gegenüber, das Kinn hochgereckt, und versucht, nicht zu weinen. Doch er spürt bereits, wie sich seine Wangen spannen und seine Augen feucht werden. Er hat keine Waffe, also ist ein anklagender Finger alles, was er auf seinen Vater richten kann.

»Du hast da unten Leute erschossen.«

»Sag so etwas nicht.«

»Aber du hast es getan. Du gehörst zum Imperium. War es die ganze Zeit schon so? War das alles nur eine Lüge? Hast du nur den guten Kerl gespielt, damit niemand herausfindet, wie verkommen du wirklich bist?«

»Nein. *Nein!* Ich war ... ich war nie ...«

»Erschieß mich. Nur zu. Du hast schon einmal auf mich geschossen.«

Die Waffe zittert.

Brentin kämpft dagegen an. Die Anstrengung ist ihm deutlich am Gesicht abzulesen – als würde er mit sich selbst ringen. Die Pistole bebt nun heftig in seiner Hand, dann knickt er den Unterarm ab, richtet den Lauf langsam auf ...

Auf seinen eigenen Kopf.

»Nein!«, schreit Temmin und rennt los. Er springt und rammt seinen Vater im selben Moment, als die Waffe losgeht. Der Blaster landet klappernd auf der leeren Brücke. Brentin starrt ihn aus leeren Augen an ...

Nein, nein. Stirb nicht ...

Dann blinzeln diese Augen. Der Schuss ist danebengegangen. Temmin hat ihn noch rechtzeitig erreicht, und Brentin lebt.

Sein Vater schreit und rammt ihm eine Faust in den Magen, dann stößt er ihn von sich und rennt davon. Sein Sohn bleibt, um Atem ringend und schluchzend, auf der Himmelsbrücke zurück. *Dad ...*

Die Wache mit dem blonden Schopf und der kleinen Narbe am Kinn blickt auf Yupe Tashu hinab. Der einstige Berater von Imperator Palpatine starrt seinerseits zu ihr hoch, sein Kinn feucht von seinem eigenen Speichel.

»Halio, Wache«, stößt Tashu hervor.

Die Wache öffnet die Zelle, in der Tashu eingesperrt ist.

»Bist du gekommen, um mich zu töten?«, fragt Yupe, dann

lösen sich die Worte in wahnsinniges Gelächter auf. Dieses Lachen wird kurz darauf zu einem Hustenanfall, der seinen Körper durchschüttelt. Er rollt sich auf dem Boden zusammen, schnappt nach Luft. »Ich ... habe Blasterfeuer gehört.«

»Da haben Sie richtig gehört. Aber Sie sind nicht das Ziel.«

»Was bin ich dann?«

»Ein freier Mann.«

Erneut blubbert Gelächter in ihm hoch, was zu weiterem verkrampftem Husten führt. »Die Dunkle Seite hat mich gerettet. So lange habe ich zu ihr gebetet.«

»Sie können gehen. Ein Schiff wartet auf Sie. Dockplattform E-22.«

»Und die anderen Gäste? Shale und Crassus und Pandion?«

»Pandion ist tot, Sie Narr. Und die anderen haben sich ihm inzwischen angeschlossen.«

Tashu steht auf zitternden Vogelbeinen auf. »Du hast sie ermordet, richtig?«

»Ja.«

»Warum?«

»Weil ich den Befehl dazu hatte. Genauso, wie ich den Befehl habe, Sie zu befreien.«

»Und von wem stammen diese Befehle, Wache?«

»Von unserem neuen Imperator, dem Sie ab jetzt dienen werden.«

Tashus Lippe bebt. Palpatine war alles für ihn. Jemand anderem zu dienen fühlt sich an wie ein schrecklicher Verrat. Und wer Palpatine hintergeht, den erwartet die Leere – so viel weiß er noch. *Verräter enden in der Leere.*

»Ich diene allein Palpatine.«

»Imperator Rax dient Palpatine ebenfalls. Jetzt gehen Sie.«

Tashu nickt. »Ja. Ja. Das ergibt einen Sinn. Es ist Teil eines

Plans, richtig? Ein Plan, in den ich nicht eingeweiht wurde. Sidious hatte für alles einen Plan ...«

Er hustet ein letztes Mal, dann eilt er an der Wache vorbei, bevor der seltsame Kerl seine Meinung im letzten Moment noch ändert. *Ich bin frei. Endlich frei.*

Verflucht! Norra hat die Orientierung verloren. Das alte Rathaus ist ein Labyrinth. Sie dachte, sie könnte es einfach durchqueren und dann auf der dem Meer zugewandten Seite zu den Landeplattformen hinauslaufen, aber dieses Gebäude ist alt. Teile davon sind neu, ja, aber der Großteil wurde von den ersten Siedlern auf Chandrila erbaut; es war der Ort, wo sie zusammenkamen, aßen, schliefen. Außerdem wurde es über eine lange Zeitspanne hinweg erbaut, und nun irrt Norra durch seine Gänge, überzeugt, dass sie im Kreis geht. Hat sie dieses Leuchtfeld nicht gerade schon einmal gesehen? Diesen Riss in der Wand? Dieses Gemälde von der ersten Regierungssitzung?

Sie wirbelt herum und sieht eine Tür – die hat sie noch nicht versucht, oder? Norra drückt mit dem Handrücken auf den Öffner ...

Die Tür gleitet auf.

Und Wexley stößt beinahe mit jemandem zusammen.

»*Sie?*«, keucht Norra.

»*Sie?*«, stöhnt Admiral Sloane.

Norra verliert keine Zeit, sie schlägt Sloane mitten ins Gesicht.

Die Imperiale taumelt nach hinten, erholt sich aber schnell. Sie leckt nach dem Blut, das wie ein fliehender Wurm aus ihrer Nase rinnt, dann hebt sie ein Blastergewehr und drückt ab.

Doch Norra rollte sich neben die Tür. Die Luft ringsum erhitzt sich, Laserstrahlen sprengen Krater in die Wand hinter ihr.

Das ist es. Ihre Chance. All ihr Zorn und all ihre Furcht bündeln sich in einem Moment rasiermesserscharfer Klarheit. *Natürlich* ist Sloane hier. Dieses Monster steckt hinter allem. Was Brentin auf der Bühne getan hat, das war nicht er selbst – das war Sloane. Sie ist die Puppenspielerin, die alle Fäden in der Hand hält. Plötzliches Bedauern verwandelt Norras Magen in ein schwarzes Loch. Hätte sie nur ihre Pflicht getan und diese Frau getötet, als sie die Gelegenheit dazu hatte, dann wäre nichts von alledem geschehen.

Nun, zumindest kann sie jetzt zu Ende bringen, was sie begonnen hat.

Sloane tritt durch die Tür, das Gewehr vor sich, und Norra stößt die Waffe mit dem Knie nach oben, sodass der Lauf der Imperialen ins Gesicht knallt. Sloane blinzelt, dann duckt sie sich und rammt Norra mit der Schulter. *Uff.* Es fühlt sich an, als würde sie von einem Grav-Zug getroffen. Sie fliegt nach hinten, auf die Wand zu, und ihr Kopf prallt hart dagegen. Ein Feuerwerk gleißt hinter ihren Augen auf. Gleichzeitig sieht sie, wie Sloane erneut das Gewehr hebt.

Norra packt den Lauf mit der Hand und drückt ihn von sich fort. Neben ihr werden weitere Brocken aus der Wand gesprengt. Staub und Steinsplitter regnen auf ihre Haare und in ihre Augen. Sie ist noch immer benommen, und alles, was sie tun kann, ist, von ihrer Wut zu zehren und mit brutaler Gewalt anzugreifen.

Sie stößt einen lauten, gutturalen Schrei aus und reißt Sloane das Gewehr aus den Händen – mit solcher Wucht, dass es ihr selbst aus den Fingern gleitet und über den Steinboden davonschlittert. Norra springt hinter der Waffe her.

Doch sie bekommt sie nicht zu fassen. Sloane packt sie am Kragen und reißt sie nach hinten, bevor ihre Finger das kalte Metall des Laufs berühren. Die Imperiale schleudert Norra gegen die Wand und beharkt sie mit einer Reihe schneller, harter Faustschläge in die Seite. Norra versucht, sich zu wehren, aber sie hat keine Erfahrung im Nahkampf, und ihre Gegnerin attackiert sie mit der Vehemenz eines Orbitalbombardements.

»Ich erinnere mich noch an Sie«, zischt Sloane. »Sie sollten eigentlich tot sein.«

»Genau ... wie ... Sie«, keucht Norra, dann hämmert sie den Kopf vor und trifft das Kinn der Imperialen mit ihrer Stirn. Das verschafft ihr einen kurzen Moment, um sich zu bewegen, um zu *atmen*, um sich zu fühlen, als würde sie nicht gleich sterben.

Und sie macht das Beste aus diesem Moment.

Norra stürzt sich auf die andere Frau, aber Sloane stellt sich ihr mit erhobenen Fäusten und blockt jeden ihrer Hiebe. Also wendet Wexley einen schmutzigen Trick an – sie reißt den Fuß hoch und tritt dem Admiral gegen das Knie. Das Bein knickt nach hinten, Sloane schreit ...

Doch auch jetzt ist der Kampf nicht vorbei. Norras Kopf ruckt nach hinten, und sie schmeckt Blut, das nach einem heftigen Faustschlag aus ihrer aufgeplatzten Lippe rinnt. Ein weiterer Treffer lässt ihr Auge anschwellen. Sie holt selbst zu einem unbeholfenen Gegenschlag aus, aber Sloane duckt sich und rammt ihr im Gegenzug die Faust in den Bauch.

Autsch. Sie würgt und taumelt, und die Imperiale packt einen Schopf ihrer grauen Haare und donnert ihren Kopf gegen die Wand. Einmal, zweimal, dreimal. *Bämm, bämm, bämm.* Jedes Mal fühlt es sich an, als würde ihr Gehirn in ihrem Schädel hin und her geschleudert, und Lichter blitzen vor ihren Augen, während ihre Zähne zusammenklacken und ihre Zunge noch mehr Blut schmeckt ...

Ich verliere diesen Kampf. Ich werde sterben. Ich habe versagt.

»Keine Bewegung!«, brüllt eine Stimme den Korridor hinab. Es ist die Stimme einer Frau, und dann erfüllt das Geräusch von Blasterfeuer Norras Ohren. Sie kippt nach hinten und rutscht an der Wand hinab, während Sloane flüchtet und mehrere Senatswachen feuernd hinter ihr herrennen.

Sloane stößt einen leisen Fluch aus. Sie hat zu viel Zeit mit dieser Pilotin vergeudet – die Frau ist bedeutungslos, und doch hat sie sich auf einen Kampf mit ihr eingelassen. Wieso? Ihr Zorn hat sie verleitet, sie *abgelenkt.* Jetzt muss sie vor den Wachen fliehen, und das in einem Gebäude, das wie ein Irrgarten aufgebaut ist. Ihre Nase könnte gebrochen sein. Einer ihrer Zähne hat sich gelockert. Und das Schlimmste von allem: Sie hat versucht, nach dem Gewehr zu greifen, während sie daran vorbeirannte, aber es rutschte ihr zwischen den Fingern hindurch, als eine der Wachen auf sie schoss.

Doch bei all dem Negativen gibt es auch einen Lichtschimmer.

Denn als sie durch die nächste Tür eilt, um ihre Flucht fortzusetzen ...

... sieht sie vor sich eine Himmelsbrücke, die zu den Landeplattformen in der Ferne führt. Sie sitzen auf der Spitze mehrere Türme entlang der Küste, ragen über Sand und Wasser auf. Den Planeten zu verlassen wird nicht leicht sein. Sie ist ziemlich sicher, dass inzwischen eine Blockade im Orbit errichtet wurde – sie werden jedes Körnchen Sternenstaub nach Spuren von ihr scannen. Und falls sie sie erwischen? Dann werden sie sie in ein Loch werfen, in dem niemals die Sonne scheint. Sie wird ihr Imperium nie wiedersehen, und Rax hat freie Hand, es ganz nach Belieben tiefer in den Abgrund zu steuern. Doch sie muss es versuchen. Falls sie schnell genug ist, kann sie das Chaos vielleicht noch ausnutzen. Man wird noch immer *hier* nach ihr suchen, nicht dort *drüben*.

Sie eilt über die Himmelsbrücke und streift im Rennen ihre graue imperiale Uniformjacke ab, unter der sie ein weißes Hemd trägt. Der Wind erfasst die Jacke, als Sloane das Ende der Brücke erreicht, und sie flattert davon.

Derselbe Windhauch trägt eine Stimme an ihre Ohren.

Jemand ruft ihren Namen.

Adea?

Ihr wird klar, wie töricht dieser Gedanke ist, noch ehe sie sich umdreht, um zu sehen, wer …

Es ist schon wieder diese Frau. Die verfluchte Pilotin. Norra Irgendwas.

Sie hat das Gewehr.

Und sie schießt.

Sloane wirbelt herum, um zu fliehen, als sich der erste Blasterstrahl an ihrem Ohr vorbeibrennt – so nah, dass sie das knisternde Zischen hören kann. Der zweite Strahl zieht eine Furche über den Boden.

Der dritte Schuss geht nicht daneben.

Raes Rücken krümmt sich, als sie getroffen wird. Sie überschlägt sich, sieht erst die Wolken über sich, dann das Meer, und dann fällt sie von der Himmelsbrücke – die Arme ausgestreckt, nach irgendetwas suchend, woran sie sich festhalten kann. Doch da ist nichts. Dunkelheit legt sich über sie, während sie tiefer und immer tiefer stürzt.

39. Kapitel

Es wird Morgen auf Kashyyyk.

Jas sitzt hoch über der Welt und lässt die Beine vom Rand der Plattform baumeln. Ihre Füße schaukeln hin und her wie die eines Kindes, während sie mit der Hand eine Art klebrigen Teig aus einer Schale schaufelt und sich ihn in den Mund schiebt. *Ein Wookiee-Frühstück*, so hat Solo es beschrieben. *Bestehend aus Kabatha-Eingeweiden.* Sie fragte ihn, was ein »Kabatha« sei, und seine Antwort lautete: *Frag nicht, iss einfach.* Also isst sie.

Sie ist es gewohnt zu essen, was immer sie kriegen kann. In ihrem Beruf darf man nicht immer auf ein anständiges Mahl hoffen. Proteinwürfel, Polystärke, Veg-Fleisch: Was auch immer, es wird gegessen. Einmal hat sie neben dem Dinkelsilo eines Hachi-Bauern Rankenkrebse hinuntergewürgt.

Hinter ihr sind die Wookiees dabei, zu arbeiten und ihr altes Zuhause wieder aufzubauen. Sie verschwenden keine Zeit, diese großen Fellbiester. Sie klettern die Wroshyr-Bäume empor, als wäre es das Einfachste auf der Welt, bohren ihre Klauen in das Holz und bewegen sich schneller an der Borke nach oben als ein Turbolift. Sie springen von Ästen, ducken sich in

Astlöcher, schwingen sich von einem Baum zum nächsten. Ein wirklich beeindruckender Anblick.

Hin und wieder blickt sie in die Tiefe, um sich daran zu erinnern, wie hoch oben sie hier ist. Der Boden ist nicht mehr zu erkennen; er ist unter einem Nebel verborgen, der nun, im Licht der Morgensonne, aussieht, als würde er in Flammen stehen.

Sie hört Solo – er redet mit Leia und Chewie –, und sie überlegt, ob sie aufstehen und zu ihnen gehen soll. Da setzt sich jemand neben sie.

Sinjir.

Er rutscht an den Rand vor – und dann hastig wieder zurück. »Mutter von Monden, warum sitzt du hier? Und warum isst du dieses ... *Zeug*?«

»Warum hast du immer noch diesen Schnurrbart?«

»Ich mag ihn.«

»Es sieht aus, als hätte sich ein Tier auf deiner Lippe zusammengerollt, um zu sterben.«

»Hat dir schon mal jemand gesagt, dass du zu direkt bist?«
Sie zwinkert und isst weiter.

Der ehemalige Imperiale schiebt sich näher an sie heran, aber nicht so nahe, dass seine Beine über dem Abgrund baumeln. »Wirst du bleiben?«, fragt er.

»Hier? Nein.« Die Wookiees sind von ihren Hemmchips befreit, die drei Sternzerstörer, die den Planeten bombardierten, sind außer Gefecht gesetzt – einer von ihnen sogar völlig zerstört –, aber die verbliebenen Imperialen werden sich trotzdem nicht einfach ergeben. Dutzende Basen sind über den Planeten verteilt, dazu noch kleinere Außenposten. Chewbacca ist bereits dabei, mehrere Teams zusammenzustellen, um auszukundschaften, wie stark die Besatzer geschwächt sind und über wie viele Truppen sie noch verfügen.

»Solo und Leia werden noch eine Weile bleiben«, sagt Sinjir.

»Sie haben ein persönliches Interesse. Ich nicht. Wir haben unsere Arbeit getan. Der Job ist erledigt.«

»Wir haben etwas Gutes bewirkt, weißt du?«

»Ich weiß.«

»Es fühlt sich *gut* an, Gutes zu tun.«

»Auch das weiß ich.«

Er beugt sich herüber, die Augen zu fragenden Schlitzen zusammengekniffen. »Warum habe ich dann das Gefühl, dass du mir etwas verschweigst?«

»Ich verschweige dir nichts.« Doch sein Blick nimmt ihre Fassade auseinander wie ein Kind, dass einem Käfer die Beine ausreißt. »Na schön, ich verschweige dir etwas.«

»Spuck schon aus.«

»Aber ich esse es noch«, sagt sie durch einen Mundvoll Teig.

»Nicht das *Essen*. Dein *Geheimnis*.«

»Oh.« Sie schluckt. Es fühlt sich an, als würde ein Klumpen flüssiger Beton ihren Hals hinabrinnen. Sie schmatzt ein paarmal mit den Lippen, bevor sie schließlich sagt: »Ich werde gehen.«

»Gehen?«

»Ich verlasse das Team. Die Gruppe. Wie immer du es nennen willst.«

»Du reißt das Team auseinander?« Ein missbilligender Laut mit der Zunge.

»Ich reiße das Team auseinander.«

Sinjir seufzt. »Um ehrlich zu sein, ich habe selbst schon darüber nachgedacht.«

»Warum?«

»Ich habe zuerst gefragt, Emari.«

»Ich muss wieder an die Arbeit.«

»Der Job ruft?«

»Die Schulden rufen.« *Und es sind nicht mal meine eigenen*, denkt sie. Es sind Sugis Schulden. Und sie hat ihre Abmachung mit Rynscar nicht vergessen. *Sie werden nach meinem Kopf schreien, wenn ich nicht zahle.* »Ich habe mich schon zu lange ablenken lassen. Mal sehen, ob die Neue Republik mir einen Job bieten kann. Falls nicht, komme ich anderweitig unter. Die Galaxis ist ein Zoo, und irgendjemand muss die wilden Tiere einfangen.«

»Falls du bereit bist, für die NR zu arbeiten, warum bleibst du dann nicht einfach bei Norra?«

Jas zieht die Schultern hoch. »Sie hat ihren Mann, ihren Sohn. Ich fürchte, falls sie weiter das Team führt, wird es viel mehr *hiervon* geben ...« Sie macht eine ausladende Armbewegung, die nicht nur den Planeten Kashyyyk mit einbezieht, sondern auch, was sie hier getan haben: auf eigene Kosten ein Volk befreit. »... und viel weniger Jobs, die Geld einbringen. Falls die Neue Republik mich nicht will ... Nun, in der Welt der Verbrecher und Kriminellen gibt es mehr als genug Rivalitäten. So oder so, ich komme zu meinem Geld.«

»Ich werde dich vermissen.«

»Werd jetzt nicht sentimental. Das steht dir nicht. Du bist dran. Warum willst du gehen?«

»Mir ... gefällt, was wir hier getan haben.«

»Das ist eine komische Antwort.«

»Nun, ich möchte mich weiter so fühlen. Ich will nicht wieder in irgendwelche Grauzonen rutschen. Und ich weiß, falls ich dieser tollen, neuen Regierung weiter diene, werden sie früher oder später wollen, dass ich etwas tue, was ich nicht länger tun will. Ich bin es leid, Befehle zu befolgen.«

»Ich verstehe.« Sie zieht die Augenbraue hoch. »Was willst du dann tun? Die Hyperraumrouten bereisen und Abenteuer erleben? Dich mit deinem Liebhaber zur Ruhe setzen, mit ein paar Purravögeln als Haustiere.«

»Beides? Nichts davon?« Er seufzt erneut. »Ich weiß es noch nicht.«

»Du bist ein *Takask wallask ti dan*. Ein Mann ohne Stern.«

»Oh, bitte. Immer diese alten Weisheiten. Jetzt musst du mir aber auch erklären, was es bedeutet.«

»Meine Tante sagte das immer. Sie hatte ihr eigenes Team, und wann immer sie jemanden ersetzen musste oder aus dem ein oder anderen Grund jemanden für einen Job brauchte, sagte sie stets, sie sucht nach einem *Takask wallask ti dan* – einem Mann ohne Stern. Jemand ohne Heimat, ohne Ziel.«

»Das ist deprimierend.«

»Das heißt nicht, dass es nicht wahr ist.«

Er bläst die Backen auf, dann beginnt er, seinen Schnurrbart zu zwirbeln. Sie schlägt seine Hand nach unten, und er blickt sie stirnrunzelnd an.

»Du könntest mit mir kommen«, schlägt sie vor. »Ich könnte vielleicht einen Mann ohne Stern gebrauchen.«

»Ich würde einen hervorragenden Kopfgeldjäger abgeben.«

»Jetzt nicht übermütig werden.«

»Ebenso gut könntest du dem Regen sagen, er soll nicht fallen.« Sinjir verschränkt die Hände im Nacken und legt sich hin. »Ich würde mit dir kommen, aber ich glaube nicht, dass deine Bestimmung meine Bestimmung ist. Vielleicht braucht das Universum mich als betrunkenen, aber liebenswürdigen Schwerenöter. Als unverschämt gut aussehenden, chandrilanischen Herumtreiber. Als charmanten Hausmann, ohne dessen gemeißelte Wangenknochen und peitschenscharfen Humor die Galaxis ein ärmerer Ort wäre.«

»Versuch es einfach. Dann siehst du ja, ob es dir liegt.«

»Vielleicht tue ich das.« Er setzt sich wieder auf. »Verabschiedest du dich jetzt? Verschwindest du gleich? Oder bringst du mich vorher noch nach Hause?«

»Ich fliege erst mal zurück nach Chandrila. Ich bin sicher, nach dem Tag der Befreiung werden alle ...« Sie schneidet eine Grimasse. »... *fröhlich und harmoniesüchtig* sein. Falls du also ein letztes Mal mit der *Nimbus* fliegen willst, kann ich dich gern mitnehmen. Dann erzählen wir Norra gemeinsam von unserer Entscheidung.«

»Danke, großherzige Kopfgeldjägerin. Aber was ist mit *deinem* Liebhaber?« Sinjir nickt in Richtung Jom Barell, der eine Plattform entfernt damit beschäftigt ist, Thermaldetonatoren in eine Trageschlinge zu legen. »Ich glaube, er kam nur deinetwegen nach Irudiru. Du bist der Grund, warum er sich über seine Befehle hinweggesetzt hat und jetzt die Konsequenzen dafür tragen muss.«

»Das mit uns kann nicht weitergehen. Es hat Spaß gemacht. Aber es kann nicht mehr werden. Ich muss einen sauberen Schlussstrich ziehen. So wird es leichter, darüber hinwegzukommen.« *Für ihn oder für mich?*, fragt sie sich. Sie verzieht das Gesicht. »Ich möchte nicht, dass er mir hinterherläuft. Ich bin ihm nichts schuldig. Er hat seine Entscheidung getroffen, jetzt treffe ich meine.«

»Ich werde dich wirklich vermissen.«

»Na schön, ich ... werde dich auch vermissen.«

Er legt den Kopf auf ihre Schulter.

Jom weiß bereits, warum Jas zu ihm herüberkommt, und er spricht es offen an. Den letzten Detonator noch immer in der Hand, sagt er über die Schulter: »Ich nehme an, du willst mir schonend beibringen, dass es vorbei ist.«

»Nichts, was ich tue, ist schonend«, erwidert sie. Er kann nicht sagen, ob ihr Ton spielerisch oder ernst ist.

Während er sich umdreht, nimmt er einen Blattfaserlappen, wischt sich daran die Hände ab und steckt ihn dann in seine Tasche. »Darf ich dir erst noch sagen, dass du recht hattest?«

»In Ordnung.«

»Weißt du überhaupt, was ich meine?«

Sie zuckt mit den Schultern. »Ich habe immer recht.«

»Rede dir das nur weiter ein, Emari.« Er lacht. »Nein, du hattest damit recht, dass ich wegen dir nach Irudiru gekommen bin. Dann kamen wir hierher, und wir hatten diesen Streit. Und dann wurde ich gefangen genommen, und sie haben mir mein Auge genommen …«

»Das ist nicht meine Schuld. Schieb das nicht auf mich.«

Er schüttelt den Kopf. »Das tue ich nicht. Genau darum geht es ja. Ich blieb, weil es richtig war.« Jom beugt sich vor, und Jas sieht, das er im Laufe dieses Abenteuers sichtlich gealtert ist. Dunkle Schatten liegen auf seinen Zügen, er wirkt verwittert, wie windgegerbtes Leder. Doch sein Grinsen ist noch immer das gleiche. »Und du bist auch geblieben, weil es das Richtige war. Du bist eine bessere Person, als du denkst, Jas Emari.«

»Zwing mich nicht, dich zu töten, Jom.«

»Alles, was ich sagen will, ist: Ich verstehe. Das zwischen uns ist vorbei. Es ist in Ordnung. Ich werde hier bei den Wookiees bleiben. Ich denke, ich kann ihnen helfen.«

»Viel Glück, Jom.«

»Dir auch. Wir sehen uns, Kopfgeldjägerin.«

Leia weiß, dass sie sich Sorgen machen sollte. Immerhin ist sie hier auf einer fremden Welt, die noch immer mit einem Bein in einer imperialen Falle steckt, und sie ist schwanger. Ihr Rücken tut weh. Sie hat ständig Hunger. Was, falls etwas passiert? Sie weiß, sie sollte sich Sorgen machen, aber sie tut es nicht. Um die Wahrheit zu sagen, ist der Mangel an Sorgen das Einzige, was sie besorgt.

Sie fühlt sich gut. Mehr noch, *glücklich*. Sie kann sich auf Evaan Verlaine verlassen. Sie hat Han an ihrer Seite. Sie hat den Sohn, der in ihr heranwächst. Die Wookiees haben ihre Welt zurück – nun, zumindest fast. Und sie hat Lukes Ratschlag befolgt. Er sagte, sie müsse lernen loszulassen. Die Macht einfach durch sich hindurchströmen lassen. Genau das hat sie getan. Und deswegen ist sie hier.

Alles ist gut.

Chewbacca tritt hinter Han und grollt fröhlich, während er Leias Ehemann in eine lungenzerquetschende Umarmung schließt. Solo zuckt zusammen und weicht lachend zurück. »Ich weiß, ich weiß, du großer Tölpel. Wir haben es geschafft.« Noch nie hat sie Chewie so glücklich erlebt. Seine Familie ist hier, und sie werden ihm helfen, sie zu finden. Leia fragt sich, ob er wohl hier, auf Kashyyyk bleiben wird, jetzt, wo die Wookiees ihre Heimat zurückerobert haben. Han hält es für wahrscheinlich. Das hat er ihr letzte Nacht erzählt, als sie unter den Sternen schliefen. Er hat seine Familie, und wir haben unsere. Der Wookiee grollt und geht dann zu Kirratha hinüber, der gerade mit einigen anderen Ausrüstungskisten in eine Handvoll gestohlener ITTs lädt. Sie werden von Siedlung zu Siedlung reisen, die Vorräte verteilen und sich ein Bild von der imperialen Präsenz machen. Leia meinte Han gegenüber, dass sie die Neue Republik kontaktieren könnte, aber er meinte, stolz wie ein Venusvogel: *Wir brauchen ihre Hilfe nicht.*

Vielleicht, überlegt sie, hat er recht.

Doch dann humpelt Wedge herüber, dicht gefolgt von Evaan. Verlaine ruft: »Prinzessin. Sie müssen sich das ansehen.«

Wedge führt sie zu einem Transmitter und schaltet ihn auf eine HoloNetz-Frequenz.

Und dann sieht Leia die Ereignisse, die sich am Tag der Befreiung in Hanna City abgespielt haben. Wie sich die befreiten Gefangenen gegen ihre Retter wenden. Wie die Kanzlerin und auch andere – Madine, Agate, Hostis Ij – niedergeschossen werden. Einige überleben, andere sterben; die Informationen sind noch ungenau, und einige Quellen widersprechen einander. Nur eines steht fest: Chaos hat die Hauptstadt ergriffen. Leia bricht schier das Herz, als sie die Bilder sieht. Gleichzeitig kann sie das Gefühl nicht abschütteln, dass sie jetzt ebenfalls unter den Toten wäre, falls sie geblieben wäre. Oder hätte sie die Tragödie vielleicht verhindern können? Doch sie hat ihre Entscheidung getroffen, und welche Konsequenzen eine andere gehabt hätte, wird für immer unbeantwortet bleiben.

Doch eine Antwort ist offensichtlich: Das Imperium ist für dieses Attentat verantwortlich.

Eine Hand legt sich auf ihre Schulter. Es ist ihr Mann. Er steht hinter ihr, sichtlich entsetzt. »Wir haben ... diese Leute doch gerade erst gerettet. Ich ... ich verstehe das nicht.« Er schluckt hörbar. Nur wenig kann ihn erschüttern. Das hier schon.

»Ich muss zurück.«

Es dauert einen Moment, bevor er sich von den Bildern losreißt. Doch dann blickt er sie mit klaren Augen an. Er nickt. »Ich weiß.«

»Es ist nicht, als wollte ich es. Ich möchte hierbleiben. Bei dir. Bei Chewie.«

»Ich weiß. Aber wir müssen gehen. Ich komme mit dir.«

»Du könntest hierbleiben. Ich würde es verstehen, Han. Hilf Chewie ...«

»Chewie hat alles unter Kontrolle. Ihm und den anderen steht zwar noch harte Arbeit bevor, aber ich habe meine Aufgabe hier erfüllt, Leia. Ich möchte bei dieser Sache an deiner Seite sein ... was immer auch passiert. Und wer immer dafür verantwortlich ist – er wird bezahlen.«

»Ich mache den *Falken* startklar«, sagt sie.

»Ich komme gleich nach. Ich muss mich nur kurz verabschieden.«

Sie nimmt sein Gesicht zwischen ihre Hände und küsst ihn. Bedauern trübt ihre Augen. Doch es ist kein Selbstmitleid. Vielmehr tut es ihr für ihn leid, denn sie weiß, wie schwer es für ihn wird. Natürlich wird er es nicht zugeben. Aber sich von Chewie zu verabschieden, wird ihm sehr, sehr schwerfallen.

Sie hält sein Gesicht noch einen Moment, dann lässt sie ihn los und geht, gefolgt von Wedge, zu ihren Schiffen.

Chewbacca ist bei Kirratha und verlädt Kisten, die Han nur mit drei Mann Hilfe hochheben könnte. Der Wookiee ist so stark wie diese Bäume. Und manchmal hat Solo das Gefühl, dass er auch ebenso groß ist.

Es dauert nicht lange, dann sieht sein Kopilot ihn. Chewie und er waren schon immer auf einer Wellenlänge. Na gut, manchmal wollte Chewbacca in die eine Richtung und Han in die andere, aber sie konnten sich immer auf eine Marschrichtung einigen, und letztendlich haben sie erreicht, was immer sie erreichen mussten. Sie sind Partner. Das sind sie schon fast so lange, wie Solo sich erinnern kann (oder sich erinnern möchte).

Chewie brummt und bellt.

»Du brauchst keine Hilfe, du großes Pelztier.«

Noch ein Knurren, diesmal eine Frage.

»Ich, äh.« Oh Mann, das ist schwerer, als er dachte. Han scharrt mit den Füßen, dann wirft er die Hände hoch, als hätte er beim Sabacc verloren. »Ich dachte, wir hätten noch ein wenig Zeit, bevor es dazu kommt, Chewie, aber etwas ist passiert, und …«

Der Wookiee kommt zu ihm herüber und nickt mit einer leise gebrummten Antwort. Er hat verstanden. Bevor Solo es auch nur aussprechen kann, hat Chewie bereits begriffen. Da ist es wieder, dieses wortlose Verständnis. Keine wirkliche Überraschung. Der Wookiee weiß, dass Han gehen muss. Und was ist das Erste, was dieses riesige, zottelige Biest tut? Er bietet ihm an mitzukommen. Han hebt beide Hände und schüttelt so nachdrücklich den Kopf, wie er nur kann. Er schüttelt sogar den Finger, den er seinem Freund unter das fellbedeckte Gesicht hält.

»Nein. Nein! Du musst hierbleiben. Wir haben so hart dafür gekämpft, und jetzt … jetzt gehört es dir. In Ordnung? Das ist alles deins. Dein Zuhause. Du hast eine Familie hier, und ich möchte, dass du sie findest. Hörst du? Das ist mein letztes Wort.« Chewie knurrt, aber Solo unterbricht ihn, diesmal mit mehr Nachdruck. »Keine Widerrede. Sei für deine Familie da. Ich muss mich um meine kümmern.«

Ein Moment der Stille breitet sich zwischen ihnen aus, und am liebsten würde Han dem Wunsch nachgeben, der irgendwo zwischen seinem Herzen und seinem Bauch pocht, er möchte Chewbacca sagen: *War nur ein Scherz, Kumpel, gehen wir. Ab an Bord des* Falken*, und dann wollen wir mal sehen, wem wir diesmal Ärger machen können.* Und dann fliegen sie davon, nach Malastare oder zur Warrin-Station oder zurück in die staubige Cantina von Mos Eisley, um wieder irgendeinen naiven Farmjungen aufzugabeln ... und dann, wenn er nach Hause zurückkehrt und sein Kind, sein *Sohn* geboren wird, dann wird Chewie an seiner Seite sein und tun, was immer getan werden muss, denn so ist er nun mal.

Doch Han sagt nichts.

Chewbacca umarmt ihn und brummt.

»Ich komme wieder. Wir sind noch nicht fertig miteinander, du und ich. Wir sehen uns wieder. Ich werde bald Vater, und auf keinen Fall wird mein Kind ohne einen Wookiee in seinem Leben aufwachsen.«

Ein letztes Jaulen und Grollen, als Chewie seinen Kopf tätschelt.

»Ja, Kumpel. Ich weiß.« Er seufzt. »Ich hab dich auch lieb.«

40. Kapitel

Das ist das Nirgendwo.

Zumindest ist es kein Ort, den Sloane benennen könnte.

Draußen klafft die alles verschlingende Leere des Raums. Keine Planeten, keine Raumstationen, keine anderen Schiffe. Nichts.

Das kleine Frachtschiff ist völlig alleine hier draußen. Sloane deaktiviert die Triebwerke, lässt es driften. Dieses Schiff könnte ihre Gruft werden, fährt es ihr durch den Kopf.

Jedes Luftholen brennt in ihrer Brust, als würde sie Glassplitter einatmen. Zumindest blutet die Wunde nicht mehr. Sie verlagert das Gewicht auf ihrem Sitz, und ihre Hose gibt ein schmatzendes Geräusch von sich, als das getrocknete Blut sich löst.

Überlebe. Kämpfe. Vernichte Rax.

Sie überlegt, ob sie einen Kommkanal öffnen soll. In ihrem Geist verfasst sie eine Nachricht an den Flottenadmiral. Eine verbitterte Drohung, dass sie ihn holen kommt, obwohl sie eigentlich dabei ist, hier draußen in der Leere zu sterben. Er würde den Rest seines Lebens über die Schulter blicken müssen, unsicher, ob sie sich nicht mit einer gewetzten Klinge von hinten anschleicht. Das wäre ein wundervoller Fluch, mit dem sie ihn belegen könnte. Eine Verwünschung, nicht von jenseits des Grabes, aber fast.

Ihr Finger schwebt über dem Knopf.

Ihre Gedanken sind verschwommen, aber sie entscheidet, lieber nach medizinischer Hilfe zu suchen – sie hat sich das Recht verdient zu überleben. Doch wohin soll sie sich wenden? Das Imperium ist nun vermutlich vollends in der Hand des Verräters. Und irgendwo sonst ihr Gesicht zu zeigen könnte ihr einen Freiflug nach Chandrila einbringen, denn sicher ist schon eine Belohnung für ihre Festnahme ausgesetzt. Sie kann sich ihr Konterfei bildlich auf Holosteckbriefen vorstellen. Als wäre sie eine gemeine Kriminelle. Was für eine schändliche Erniedrigung.

Nein. Sie muss warten. Sie hat ihre Nachricht gesendet, ihren Zug gemacht. Allein wird sie es nicht zum Schrottmond schaffen, aber jemand anderes kann es …

Moment. Die Erkenntnis holt sie ein, dass sie nicht allein an Bord ist. Ein wahnsinniger, unmöglicher Gedanke. Ein offensichtliches Zeichen dafür, dass ihr Körper stirbt – die Giftstoffe strömen durch ihre Adern, lassen sie halluzinieren. Und doch hat sie weiter das Gefühl, dass jemand auf ihren Hinterkopf starrt.

In einem Anfall von Paranoia dreht sie sich um.

Ein Mann steht hinter ihr. Blass. Zerzaustes Haar.

Er hat einen Blaster. Einen kleinen Taschenblaster.

»Verschwinde von meinem Schiff«, murmelt sie, ihre Worte ein undeutliches Ächzen.

»Sie haben mir das angetan«, sagt der Mann.

»Was, dich mitten im Nichts in ein Frachtschiff gesteckt?« Sie lacht humorlos. »Wohl kaum. Wie bist du an Bord gekommen?«

»Ich habe Ihre Uniform gesehen. Darum bin ich Ihnen gefolgt. Ich will Antworten.«

»Warum zeigst du dich mir ausgerechnet jetzt?«

»Weil ich sehen wollte, was Sie hier vorne treiben.«

Ihr Kinn sinkt nach unten. »Ich kann dir keine Antworten geben.«

»Sie haben mich in ein Monster verwandelt!«

Sloane blinzelt. Er kommt ihr bekannt vor. »*Du* bist einer von *ihnen*.« Sie muss nicht erklären, was sie meint – einer der Gefangenen, die Rax in Attentäter verwandelt hat. Ein Verräter, vom Imperium erschaffen. Aber nicht von ihrem Imperium.

»Ja.« Der Mann zittert. »Und Sie werden dafür bezahlen.«

»Überleg dir das lieber noch mal. Ich habe nichts damit zu tun. Die Schuld liegt bei jemand anderem.« Ihre Worte verschmelzen miteinander. »Ich weiß nicht mal, was genau passiert ist. Ich wurde hereingelegt, ebenso wie du.«

»Nein, nicht so wie ich!«, brüllt der Kerl und feuert seinen Blaster ab.

Sie zuckt nicht mal zusammen; ihre Gedanken arbeiten nur noch langsam, ihr Körper schmerzt, und der Schuss kommt und geht bevor sie überhaupt realisiert, was vor sich geht. Sie sieht nur das Brandloch im Metall über ihrem Kopf. »Der ging daneben.«

»Falls Sie es nicht waren, wer dann?«

»Ein Mann namens Gallius Rax. Zumindest nennt er sich so. Falls du dich für das rächen willst, was man dir angetan hat, geh zu ihm.« Ihre Lider flattern, ihr Kinn sackt auf ihre Brust. »Und lass mich in Frieden sterben.«

»Sie kennen ihn. Sie können mir helfen.«

»Sehe ich aus, als könnte ich irgendjemandem helfen? Ich kann nicht mal ... mir selbst helfen.«

»Sie sind verletzt.«

Rae verdreht die Augen. »Was du nicht sagst. Trottel.«

Die Worte scheinen ihn zu verletzen. Einer von der empfindlichen Sorte also. »Sie haben das Medikit unter Ihrem Sitz nicht mal angerührt.«

»Medikit ... was? Unter dem ...« Ihre Hand tastet blind unter ihren Sessel. Tatsächlich, da ist etwas. »Oh.«

»Wer ist jetzt der Trottel, hm?«, kontert er.

»Pfft. Für mich kommt trotzdem jede Hilfe zu spät. Ich wurde angeschossen.«

Der Fremde brummt, dann schiebt er die Pistole in den Hosenbund und bückt sich, um das Medikit hervorzuziehen. Nachdem er es mit beiden Daumen aufgeklappt hat, fördert er etwas daraus zutage, das aussieht wie ein Streublaster mit breiter Mündung. Noch immer vor sich hin grummelnd, zieht er auch eine Kapsel mit grauem Schaum hervor und stopft sie wenig elegant in den Lauf der Waffe.

»Stillhalten«, sagt er. »Das könnte wehtun.«

»Was tust du ...«

Er packt sie grob und drückt die Pistole direkt auf ihre Wunde. Die Waffe zittert, und dann trifft der Schmerz Sloane wie ein Komet. Heiß und schrecklich verbrennt er sie von innen heraus, bis sie nicht mehr atmen kann. Sie bringt nur noch ein schrilles Keuchen zustande, während sie sich zusammenkrümmt und versucht, nicht zu weinen.

Dann packt sie die Bewusstlosigkeit und schleift sie davon.

Schließlich lässt sie wieder von ihr ab, und als Rae erwacht, liegt sie seitlich auf dem Deck des Schiffes, eine kleine Lache aus Speichel unter ihr.

»Wa...«

»Ein Bacta-Injektor«, erklärt der Mann, der nun im Pilotensessel sitzt. »Versiegelt die Wunde und heilt das Gewebe. Die Rebellion benutzte sie von Zeit zu Zeit. Wir übten damit, um zu lernen, wie man am Leben bleibt, um länger zu kämpfen. Das Zeug sitzt in der Wunde und lässt zusammenwachsen, was noch zusammenwachsen kann. Früher oder später werden Sie trotzdem zu einem echten Arzt müssen. Es ist nur eine kurzfristige Lösung.«

Sie fühlt sich, als hätte ihr jemand in jedes Organ einzeln getreten.

Aber ihr Kopf ist klarer. Und als sie einatmet …

Fühlt es sich nicht länger an, als würden Nadeln in ihre Lunge stechen.

Das ist immerhin etwas.

»Ich schätze, ich sollte Ihnen danken.«

Er richtet den Blaster auf sie.

»Jetzt bring mich zu diesem … Rax.«

»Wäre es nur so simpel. Ich kann nicht einfach einen Knopf drücken und ihn herbeibeschwören. Er ist kein Hologramm.« Obwohl er es ebenso gut sein könnte, so wenig, wie sie über ihn weiß. »Ihn zu erwischen wird schwierig.«

»Dann machen wir uns besser an die Arbeit.«

Sie zieht die Schultern hoch. »So einfach ist das nicht. Ich warte auf Informationen.«

»Ich weiß. Ich hörte, wie Sie die Nachricht abgesetzt haben. Wer ist Mercurial Swift?«

»Ein Kopfgeldjäger, der hin und wieder für mich arbeitet. Wie ist eigentlich Ihr Name?«

»Ich …« Der Rebell zögert. »Brentin.«

»Ich bin Sloane.«

Sie warten, wobei sie hin und wieder ein paar Worte wechseln, die meiste Zeit über aber stumm bleiben. Schließlich schläft Rae ein, und als sie wieder hochschreckt, ist Brentin direkt neben ihr. Sein Gesicht berührt ihres fast.

Sie will ihn gerade packen, da sagt er:

»Eingehende Nachricht.«

Es ist Mercurial. Er erscheint über dem Instrumentenpult, ein blauer Geist, der aus leerer Luft emporwächst. Ein arroganter Ausdruck liegt auf seinen Zügen.

»Sloane.«

»Haben Sie etwas herausgefunden?«, zischt sie.

»Wie ungeduldig.«

»Ich bezahle Sie nicht dafür, dass Sie mich hinhalten.«

»Sie wissen hoffentlich, dass imperiale Credits inzwischen so gut wie wertlos sind, oder? Sie könnten mich ebenso gut mit Pazaak-Spielgeld bezahlen.«

Zwischen zusammengepressten Zähnen stößt sie hervor: »Dann werde ich Sie eben mit Gefälligkeiten bezahlen. Zehn, hundert Gefallen, ein ganzer Sternzerstörer bis unter die Decke voller Gefallen.« Beinahe wird sie von einem Hustenanfall überwältigt, aber sie schluckt ihn hinunter, gibt keinen Laut von sich. Der Fremde an Bord ihres Schiffes hat sie bereits in einem Moment der Schwäche gesehen. Mercurial wird sie diese Genugtuung nicht geben. »Was ist nun? Sind Sie auf Quantxi? Haben Sie das Schiff gefunden?«

Das Hologramm zögert. »Ich habe es gefunden.«

»Und?«

»Amedda hat die Wahrheit gesagt. Er hatte Droiden. Ein Freund von mir, ein Hacker, hat sich eine der Einheiten angesehen.«

»Haben Sie etwas über Rax herausgefunden? Irgendetwas?«

Swift nickt. »Ja.«

»Raus damit!«

»Einen lebenslangen Vorrat an Gefälligkeiten, sagten Sie?«
Er gibt ihr keine Gelegenheit, ihr Angebot zu bestätigen. »Ihr
Freund stammt von einer Welt in den Westlichen Gebieten.
Am Rand des Unbekannten Raums. Jakku. Ich schicke Ihnen
die Koordinaten.«

Die Konsole piepst, dann erscheint eine Karte auf dem
Schirm. Sie zeigt eine Hyperraumroute in die Westlichen Gebiete. Das ist alles, was Rae braucht, also sagt sie nur noch:
»Gut. Ich schulde Ihnen was«, und unterbricht die Verbindung.

Anschließend setzt sie Kurs auf Jakku.

Die *Ravager* schnellt durch den Hyperraum.

Alle, die sich um den Tisch versammelt haben, an dessen
Kopfende Gallius Rax sitzt, kennen das Ziel des Supersten-
zerstörers, aber noch weiß keiner von ihnen, warum sie dorthin fliegen. Sie werfen einander verstohlene Blicke zu: Obdur
sieht Hux an, Hux Borrum. Nur Randd hält die Augen starr
nach vorne gerichtet; ein Zeichen von Anstand, Loyalität und
Furcht.

Rax weiß das zu schätzen.

»Inzwischen wissen Sie, dass unser geschätzter Großadmiral nicht länger bei uns sein kann«, beginnt Rax. Er schüttelt
den Kopf und klackt mit der Zunge. »Natürlich werden wir alles Mögliche unternehmen, um sie den Klauen der Neuen Republik zu entreißen, sollte sich herausstellen, dass sie noch
lebt. Zum Glück ist sie darin ausgebildet, einem Verhör zu widerstehen, es gibt also keinen Grund zu der Befürchtung, dass
sie die Position unserer Flotte verraten wird. Sie wird uns gegenüber loyal bleiben.«

Es ist Hux, der daraufhin das Wort ergreift. Er wirkt aufgebracht, als er sagt: »Sie wusste es? Sie wusste, was passieren würde? Wollen Sie sagen, dass Großadmiral Sloane in diesen Plan eingeweiht war?«

»Selbstverständlich. Ich bin ihr lediglich beratend zur Seite gestanden. Es war von Anfang an ihr Plan. Sie hat einen scharfen Geist, und dessen Verlust wird uns gewiss zurückwerfen.«

Die anderen nicken.

»Darum ist es wichtig, dass wir ihre Vision des Imperiums bewahren. Und wir müssen auch ihren Führungsstil fortsetzen und die Überzeugungen ehren, die diesen Führungsstil motiviert haben.« Rax macht eine Pause, lässt seine Worte in der Luft hängen.

»Werden Sie das Amt des Imperators übernehmen?«, fragt Borrum.

»Ich denke nicht. Ich bin eines solchen Titels unwürdig.«

»Dann vielleicht Großadmiral.«

»Nein. Für so machtvolle Titel bin ich zu bescheiden. Ich betrachte mich mehr oder weniger als Berater dieser Gruppe und des Imperiums im Allgemeinen, deshalb würde ich ›Berater des Imperiums‹ als Titel wählen. Ein vorübergehendes Oberhaupt, und natürlich nur, bis Großadmiral Sloane zu uns zurückkehrt.«

»So etwas hat es noch nie gegeben«, braust Borrum auf. Es war klar, dass der alte Mann derjenige sein würde, der dagegen protestiert. Alter und Sturheit gehen Hand in Hand. Je älter man ist, desto geringer wird das Verständnis für visionäres Denken. »Berater ist kein historischer imperialer Titel. Mit einem *Berater* an der Spitze könnten wir ebenso gut führungslos bleiben ...«

»Die imperiale Nomenklatur muss sich weiterentwickeln, ebenso wie das Imperium selbst«, erklärt Rax schneidend –

vielleicht zu schneidend. Er muss die Illusion aufrechterhalten. Er muss diese Männer zu der Schlussfolgerung führen, die ihm vorschwebt, nicht zu der, die sie wollen oder erwarten. »Und wie gesagt, es wird nur kurzzeitig ein offizieller Titel sein.«

Wieder meldet sich Borrum zu Wort: »So kurzzeitig wie der Titel des Imperators, als er nicht mehr Kanzler der Republik sein wollte?«

Das lässt Gallius schmunzeln. »Vielleicht.«

»Und warum Jakku?« Der General strapaziert Rax' Geduld. »Jakku ist eine Einöde ohne jeglichen strategischen Wert für uns. Keine Rohstoffe, keine nennenswerte Bevölkerung, die man versklaven könnte. Es gibt dort …«

»Es wird der Schauplatz unserer Feuerprobe«, erklärt Rax. »Wir werden uns auf Jakku auf die Probe stellen. Dort sind wir weit von den Augen der Galaxis entfernt, weit entfernt von den Augen Mon Mothmas und ihrer Speichellecker. Und sobald der richtige Moment gekommen ist, werden wir erneut zuschlagen. Der Senat ist geschwächt. Die Republik ist verwundet. Wir werden ihr den Todesstoß versetzen, aber noch ist es zu früh, und wir sind zu schwach.«

In ihren Augen flackern Verunsicherung und Furcht. Das ist in Ordnung. Er wird sie nicht mehr lange brauchen. Alle bis auf Hux. Hux hat noch eine wichtige Rolle zu spielen.

41. Kapitel

Die Nachwehen des Tags der Befreiung sind wie eine langsame, erschütternde Welle, die in der Folgezeit des Attentats über die Neue Republik hinwegrollt.

Es sind nur ein paar Tage vergangen, aber einiges ist bereits sicher:

Großadmiral Sloane ist entkommen. Sie stürzte von der Himmelsbrücke, landete aber auf einer anderen. Alles, was man fand, war eine Blutspur und später ihre Jacke, die auf das Meer hinausgeweht worden ist und im Netz eines Fischers endete.

Es wird angenommen, dass Sloane mit einem kleinen Frachtschiff geflüchtet ist – einem HHG-42 Bulkstar, nahe der Stelle abgestellt, wo sie nach ihrem Sturz landete. Das Schiff sollte eine der chandrilanischen Kolonien anfliegen, und Sloane nutzte das Chaos und die bestätigten Zielcodes des Schiffes, um durch die Blockade über dem Planeten zu schlüpfen.

Brentin ist ebenfalls verschwunden. Wohin, vermag niemand zu sagen. Sie haben ihn nicht gefunden, weder lebendig noch tot. Er ist wie ein Geist, der einmal mehr in der Leere verschwunden ist.

Es gibt zahlreiche Opfer.

Die Gefangenen aus Ashmeads Riegel hatten Waffen, kleine, leicht zu verbergende Taschenblaster, gegen Scans abgeschirmt.

Jede der Pistolen hatte nur Energie für ein paar Schüsse, aber viele davon waren tödlich. Es scheint, dass eine Wache die Waffen an die Befreiten verteilt hat: Windom Traducier, ein Chandrilaner mit blondem Haar und einer kleinen Narbe.

Mit diesen Waffen eröffneten die Gefangenen das Feuer auf die Menge. Viele Bürger wurden verwundet oder getötet.

Auch Mitglieder der neuen republikanischen Regierung wurden ermordet. Madine soll angeblich tot sein, ebenso Hostis Ij und mehrere Senatoren, Diplomaten und hochrangige Militärs. Agate hat überlebt, aber ihr Gesicht musste chirurgisch rekonstruiert werden. Auch die Kanzlerin lebt noch – ihre Verletzung ist ernst, aber sie ist bei Bewusstsein. Die Ärzte sind zuversichtlich, dass sie sich vollständig erholen wird, aber mit jedem Tag, den sie im Krankenhaus verbringt, wirkt die Neue Republik schwächer und ihre Zukunft ungewisser.

Norra wurde mitgeteilt, dass man sie mit einem weiteren Orden auszeichnen wird, weil sie Mon Mothmas Leben gerettet hat. Man sagte ihr, ihr Eingreifen hätte den Schuss abgelenkt, der für die Kanzlerin bestimmt war. So hat Mothma zwar einen Treffer in die Schulter abbekommen, aber zumindest nicht in die Brust oder den Kopf.

Norra will die Medaille nicht.

Nein. Sie will etwas anderes.

Temmins X-Flügler gleitet tief über dem Silbermeer dahin, um nicht von den Sensoren erfasst zu werden – doch er geht zu tief, und er ignoriert die Kollisionswarnung. Die Spitze eines

Flügels streift das Wasser und lässt eine zischende Gischtfontäne aufstieben; die Gischt kühlt die Triebwerke, aber Temmin ist viel zu schnell. Die Nase des Sternjägers ruckt nach unten, und einen Moment später beginnt er, sich zu überschlagen. Teile brechen ab, die Cockpithaube über ihm zerbirst, während das Schiff durch die Wellen pflügt, und dann sinkt es.

Alles wird dunkel.

Wedge zieht ihn aus dem Simulator.

»Noch ein Absturz«, sagt Antilles. Die Enttäuschung ist ihm ebenso deutlich anzuhören wie anzusehen.

»Es ist nicht, als ob es ein *echtes* Schiff wäre. Du lässt mich ja nur noch den Simulator benutzen.« Temmin lässt nervös die Knöchel knacken, dann stapft er davon und setzt sich auf die Bank an der Wand. Die übrigen Simulatoren reihen sich aneinander, alle leer.

»Ich hab's dir doch schon mal erklärt, Knacks. Wir können dich im Moment nicht in einen Jäger setzen.«

»Weil mein Name Wexley ist.«

»Das ist es nicht. Hier herrscht gerade die höchste Sicherheitsstufe, Kleiner. Der bürokratische Gürtel wurde noch enger geschnallt. Falls du im Simulator gute Werte erzielst – und vielleicht mal nicht deinen Sternjäger in den Boden rammst –, können wir dich vor der nächsten Mondkonstellation wieder in einem echten Flieger rausschicken.«

»*Großartig.* Mein Vater versucht, die Kanzlerin zu töten, und plötzlich vertraut mir niemand mehr.« Temmin zögert. »Um die Wahrheit zu sagen: Wenn ich es laut ausspreche, macht es sogar irgendwie Sinn.« Er seufzt. »Oh Mann.«

»Wie geht es deiner Mutter?«

Die Art, wie Wedge diese Frage stellt – die Art, wie er sie *jeden Tag* stellt –, ruft in Temmin das Gefühl hervor, dass hier etwas vor sich geht, das er nicht versteht. Doch erst jetzt beginnt er sich zu fragen, was das sein könnte. Hegt Wedge Antilles vielleicht Gefühle für seine Mutter? Bei den Sonnen! Nein, das kann nicht sein. Er schneidet eine Grimasse, als hätte er an einer undichten Batterie geleckt. Das wäre widerlich. *So* widerlich.

Andererseits ...

Zumindest ist Wedge kein imperialer Attentäter. Das ist doch ein Anfang.

Dad ...

Ein vertrauter Zorn kocht in Temmin hoch, als würden in seiner Brust Triebwerksdüsen hochgefahren. Er hat dieses Gefühl jede Nacht, wenn er die Augen schließt. Zorn auf seinen Vater, ein lebenslanger Vorrat davon. Brentin Wexley – vermeintlicher Held der Rebellion, der sich als imperialer Sympathisant entpuppte. Drohne und Soldat in Diensten des bösen Imperiums. Sie haben die überlebenden Gefangenen verhört, die an dem Attentat beteiligt waren: Die einen machen einen verwirrten, orientierungslosen Eindruck, andere blocken jede Frage ab. Beinahe als würden sie nicht wirklich realisieren, was sie getan haben. Das ist die Hoffnung, an der Temmin sich festklammert. Dass seinem Vater vielleicht gar nicht bewusst war, was er tat ...

Die Knöchel des Jungen sind noch immer schorfig, nachdem er letzte Woche die Faust gegen einen Spind gedonnert hat. Er möchte es wieder tun, und kurz ist er versucht, herumzuwirbeln und gegen die Wand zu schlagen. Doch Wedge ist da, also reißt er sich zusammen. Stattdessen konzentriert er sich auf etwas anderes, etwas Besseres. »Ich, äh, ich habe es nie gesagt, aber das war ganze Arbeit, was ihr auf Kashyyyk erreicht habt.«

»Das war ich nicht. Das war Leia.«

»Wirklich? Ich hörte, dass du und die Phantom-Staffel den Tag gerettet habt. Verdammt, ich wünschte, ich wäre dabei gewesen.« *Anstatt hier mitansehen zu müssen, wie mein Vater auf einer Bühne einen Blaster zückt und auf Mon Mothma schießt.*

Dass Wedge so kurzfristig seine Phantom-Staffel zusammenstellen konnte – bestehend aus ausrangierten und als unberechenbar verschrienen Piloten – war ein Geniestreich. Genau deswegen möchte Temmin der Staffel beitreten.

»Ich habe nur getan, worum Leia mich bat. Sie ist diejenige, die vorangegangen ist.« Und nach dem, was Tem gehört hat, hat Organas Handeln sie einiges an politischem Kapital gekostet. Was immer *politisches Kapital* sein mag. Wedge fügt hinzu: »Und fluch nicht so viel, ja? Wir wollen doch nicht, dass deine Mutter glaubt, du würdest diese Ausdrücke hier aufschnappen.«

»Natürlich, *Dad*, was immer du sagst.« Er seufzt. »Beim nächsten Mal werde ich keine Fehler machen. Lass mich wieder in den Simulator. Jetzt gleich.« Er will etwas *tun*, sich von all seinen Gedanken ablenken.

»Sicher?«

Temmin will schon sagen: *Absolut, verflucht noch mal*, aber da leuchtet Wedges Holoschirm auf. Das Gerät liegt neben dem Jungen auf der Bank, sodass er sehen kann, was auf dem Display steht.

Es ist eine Nachricht von Norra.

Seine Mutter möchte, dass ihr Sohn nach Hause kommt. Unverzüglich. Er zieht die Augenbraue hoch und blickt Wedge an. »Muss ich wirklich?«

»Tut mir leid, Knacks. Du gehst besser. Wie gesagt, ich möchte nicht, dass deine Mutter wütend auf mich ist. Du kannst morgen wieder in den Simulator steigen. Und wer weiß, vielleicht geschieht ja ein Wunder und du stürzt nächstes Mal nicht ab.«

»Du wirst schon sehen, Wedge.«

Doch jetzt geht er besser nach Hause und findet heraus, was seine Mutter will.

Die Tür des Verhörraums öffnet sich mit einem Zischen.

»Gardist Windom Traducier.«

Der Mann blickt auf, als er seinen Namen hört. Der Schopf blonder Haare auf seinem Kopf ist platt gedrückt. Er zieht im Halbdunkel die Nase hoch. »Du.«

Sinjir nickt und setzt sich. »Ich.«

»Der ehemalige imperiale Loyalitätsoffizier ist gekommen, um mich zu verhören.« Die Lippen des Verräters verziehen sich zu einem frostigen Schmunzeln. Er versucht, sich zurückzulehnen, aber die Handschellen, mit denen er an einen Ring in der Mitte des Tisches gefesselt ist, schränken seine Bewegungsfreiheit ein. »Na dann, viel Glück.«

Sinjirs Nasenflügel beben, als er tief seufzt.

Eine Kälte erfüllt seine Knochen, seine Haut, seinen Geist. Als er und Jas erfuhren, was hier in ihrer Abwesenheit geschehen war, reagierte Emari so, wie die meisten reagierten – mit Zorn, lodernd wie eine Lache Hypertreibstoff, die ausgeschüttet und in Brand gesetzt wird. Sinjirs Zorn hingegen loderte nicht. Er war kalt, ein Eiszapfen bohrte sich ins Fleisch seines Herzens. Vielleicht war das, was er fühlte, nicht einmal wirklich Zorn, sondern eher Enttäuschung. Enttäuschung, weil die Galaxis wieder einmal bewiesen hat, wie schlimm es um sie steht. Seine tiefsten Befürchtungen darüber, wie kaputt und irreparabel alles ist, wurden schlagartig bestätigt.

Doch gleichzeitig verhalf es ihm auch zu einer neuen Klarheit.

Bezüglich der Galaxis. Der Neuen Republik. Und darüber, wer er wirklich ist und was er tun muss.

»Ich bin nicht hier, um dich zu verhören«, sagt Sinjir.

»Oh, wirklich? Die Neue Republik hat dich nicht geschickt?«

»Nein. Ich arbeite nicht für sie. Ich habe die Wache bezahlt, damit sie mich hier reinlässt. Dich zu verhören würde jetzt ohnehin nichts mehr bringen. Die wissen bereits alles, was du ihnen sagen könntest. Ich hörte, der Sicherheitsdienst der Neuen Republik hat deine zweite, geheime Wohnung entdeckt und dort einige interessante Dinge in Erfahrung gebracht. Sie wissen, dass die Gefangenen die Waffen für das Attentat von dir erhalten haben. Sie wissen, dass du einen Transmitter auf dem Dach der Opfer von Hanna City platziert hast, über den ein codiertes imperiales Signal an die anorganischen Biochips im Stammhirn der Befreiten geschickt wurde. Und sie wissen, dass *du* Jylia Shale und Arsin Crassis getötet und Yupe Tashu bei der Flucht geholfen hast.« Sinjir beugt sich vor und senkt die Stimme. »Ich könnte dich natürlich nach dem Warum fragen, aber ganz ehrlich – es interessiert mich nicht. Nichts von alledem interessiert mich.«

»Warum bist du dann hier? Warum hast du mich in diesen Raum bringen lassen? Möchtest du gar nicht wissen, welche Motive ich hatte? Möchtest du nicht hören, wie ich sage, dass die Neue Republik von Anfang an eine verkrüppelte Abscheulichkeit war? Dass die Republik das Machtvakuum mit Chaos füllen wird und ...«

»Schhh«, macht Sinjir und hebt den Finger vor die Lippen. »Du kleiner, dummer Wicht. Ich werde dir sagen, warum ich hier bin. Die Galaxis interessiert mich nicht länger. Das Imperium, die Neue Republik, was immer kommt, wenn die beiden untergegangen sind – das ist mir alles völlig egal. Mich interessieren nur die Leute in meinem Leben. Meine Freunde.« Er zieht die Schultern hoch und steht auf, dann geht er in die Ecke, wo eine Kamera an der Wand befestigt ist. Während er weiterspricht, verhüllt er die Linse mit einem kleinen Seidentaschentuch. »Früher hatte ich nie wirklich Freunde. Ich hatte keine Ahnung, wie sich das anfühlt. Es ist ziemlich … überwältigend. *Gefühle* für Leute zu empfinden. Sich um sie zu *sorgen*. Um ehrlich zu sein, ist es ziemlich komisch. Weil man es nicht kontrollieren kann. Aber inzwischen will ich es gar nicht mehr kontrollieren. Ich genieße es einfach.«

»Du langweilst mich. Komm zum Punkt oder verschwinde.«

Sinjir setzt sich wieder. »Vielleicht bist du zu dämlich, um zu verstehen, worüber ich spreche. Also will ich mich ein wenig deutlicher ausdrücken.« Die nächsten Worte betont er auf beinahe schon komische Weise, als würde er mit einem begriffsstutzigen Kind sprechen, dessen Gehirn von Parasiten zerfressen ist. »Du hast meine Freunde *traurig* gemacht. Und das macht mich *wütend*.«

Er zieht ein Vibromesser hinten aus seinem Gürtel und aktiviert es. Die Waffe summt.

Ihre Klinge ist kurz – aber lang genug.

Die Wache setzt zu einem Protest an …

Sinjir schneidet ihr das Wort ab, indem er die vibrierende Klinge tief in das Brustbein des Verräters rammt. Welche Worte der Gefangene auch ausstoßen wollte, sie gehen in einem keuchenden, blubbernden Zischen unter.

Als Rath Velus das Messer zurückzieht, kippt die Wache tot nach vorne.

Seine Arbeit hier ist getan. Sinjir verlässt den Raum.

Jas überprüft das schwarze Brett im Sicherheitsbüro der Neuen Republik – hier herrscht Chaos, wie schon seit Wochen. Die Ermittlungen bezüglich des Attentats haben absoluten Vorrang, und dementsprechend ähnelt das gesamte Gebäude einem Rotwespenbau. Die Tatsache, dass das NRSB noch so jung ist – der reguläre Betrieb wurde erst einen Monat vor den Gräueln am Tag der Befreiung aufgenommen –, macht die Sache auch nicht besser. Die Leute hier waren völlig unvorbereitet. Und sie sind es noch immer.

Das Brett ist leer.

Keine Aufträge.

Der Offizier hinter dem Panzerglas erklärt: »Die Prioritäten haben sich verschoben. Wir suchen im Moment keine Kopfgeldjäger. Tut mir leid.«

Jas versteht. Sie wusste, dass dieser Tag kommen würde. Kopfgeldjäger werden als Abschaum betrachtet, und die Republik muss sich gerade mit einem wahren PR-Albtraum herumschlagen – mehrere Systeme, die kurz davorstanden, einen Sitz im Senat zu beantragen, haben ihre Anfrage nach dem Tag der Befreiung zurückgezogen. Es wird darüber diskutiert, den Senat von Chandrila in ein anderes, besser geschütztes System zu verlegen. Und bereits jetzt gibt es Gerüchte, dass sich in den galaktischen Randgebieten eine Allianz Unabhängiger Systeme bildet, die weder zum Imperium noch zur Republik gehören will. Kopfgeldjäger zu beschäftigen würde die Neue Republik in dieser Situation nur noch schwächer erscheinen lassen – auch wenn Jas weiß, dass Kopfgeldjäger genau die Richtigen sind, wenn etwas erledigt werden muss.

Sie brauchen sie nicht? Fein. Sie wird anderswo unterkommen.

Es ist Zeit, diesen Planeten zu verlassen. Doch wohin soll sie sich wenden? An die Freibeuter? An Den? An Kanatas Schloss? Auf Ord Mantell könnten ihre Chancen momentan am besten stehen. Sie hat dort Kontakte – Kontakte, die sie nicht wegen ihrer Schulden ans Messer liefern werden. Natürlich hat sie auch von mehreren kleinen Piratennationen gehört, die in dem entstandenen Machtvakuum draußen am Äußeren Rand ihr Einflussgebiet vergrößert haben.

Sie verlässt das Büro und wägt gerade ihre Optionen ab, als ihr Komm piepst. Eine vertraute Stimme dringt an ihr Ohr.

Es ist Norra. Und sie will sie sprechen.

Nun, vermutlich kann es nicht schaden, sie anzuhören.

»Norra Wexley hat versucht, dich zu erreichen«, sagt Conder, als Sinjir das Büro betritt.

»Hm.«

»Alles in Ordnung?«

Es ist eine gefährliche Frage. Conder weiß genau, dass nicht alles in Ordnung ist. Welches Glück die beiden vor dem Tag der Befreiung auch geteilt haben, es hat sich aufgelöst wie eine Sandburg unter dem Ansturm der Flut. Der Stress der Situation hat es abrupt beendet. Conder arbeitet freiberuflich für das NRSB und tut, was immer Hacker dort eben tun – da Leia ihn persönlich für den Job empfohlen hat, ertrinkt er förmlich in Arbeit. Aktuell versucht er, die kleinen Kontrollchips zu hacken, die den Attentätern aus Ashmeads Riegel ins Stammhirn eingepflanzt wurden. So will die Neue Republik herausfinden, wer die Chips hergestellt hat und wie sie funktionieren. Folglich ist Conder kaum zu Hause. Und Sinjir ist eigentlich nur zu Hause. Er sitzt hier herum und hat nichts anderes zu tun, als auf und ab zu gehen. Und nachzudenken. Und Pläne zu schmieden.

Als Conder also diese Frage stellt, überlegt Rath Velus, ob es klug wäre, wahrheitsgemäß darauf zu antworten. Doch er ist es leid, eine Maske aufzusetzen.

»Mir geht es gleichzeitig besser und schlechter als vorher«, sagt er. Was er nicht laut ausspricht, ist: *Ich habe einen Mann getötet, weil er meinen Freunden Probleme bereitet hat.* Und das bestätigt eigentlich nur, was er schon lange geahnt, aber bislang erfolgreich verdrängt hat: Er ist kein guter Mensch. Er ist ein mieser Kerl, und er hat ein Talent, Böses zu tun.

Conder kommt herüber und nimmt Sinjirs Hand.

Seine Hände sind warm.

Sinjirs Hand ist kalt.

»Alles wird gut«, versichert sein Geliebter ihm, aber es ist ein Versprechen, das er gar nicht geben kann. Er ist rührend und optimistisch. Mit anderen Worten: naiv wie ein frischgeborener Taurücken.

Sinjir beschließt, dass der Moment gekommen ist. Er beugt sich vor, küsst Conder fest und erklärt dann: »Ich bin nicht der Richtige für dich, Conder Kyl. Ich bin eine moralische Wetterfahne, die in diesem Wirbelsturm hin und her weht. Du hast jemand Besseren verdient.« In Gedanken fügt er hinzu: *Ich liebe dich, aber das allein reicht nicht.* Doch diese Worte kommen nicht über seine Lippen. Stattdessen steht er auf und geht.

Es fühlt sich beinahe normal an, als sie alle in der *Moth* zusammenkommen. Da sind Sinjir und Jas, Temmin und Mister Bones. Sie umarmen sich und wechseln ein paar Worte, und obwohl es nur ein paar Wochen her ist, seit sie einander das letzte Mal gesehen haben, kommt es ihnen doch wie eine Ewigkeit vor. So viel ist geschehen. So viel hat sich verändert.

Norra kommt direkt zum Punkt:

»Es tut mir leid, dass ich euch mit dieser Sache so überfalle, und ihr müsst nicht Ja sagen, wenn ihr nicht wollt ...«

»Ja«, sagt Sinjir abrupt.

Norra zieht eine Augenbraue hoch. »Du weißt doch noch gar nicht, worum es geht.«

»Und es ist mir auch egal. Die Antwort lautet Ja.«

Temmin klopft ihm grinsend auf die Schulter.

Jas zögert. »Ich habe dir gesagt, wie es ist, Norra. Ich kann so nicht weitermachen. Ich habe Schulden. Entweder ich kümmere mich darum, oder jemand wird kommen und sich um mich kümmern.«

»Ich weiß. Und du kannst auch Nein sagen. Aber alles, worum ich euch bitte, ist eine letzte Mission.«

»Worum geht es?«, fragt Jas. »Wer ist unser Ziel? Darum geht es doch, oder? Eine weitere Jagd.«

Norra schiebt eine kleine Scheibe in die Tischmitte, dann tippt sie die Seite des Geräts an, und ein kleines Hologramm wird darüber in die Luft projiziert: ein eingefrorenes Bild von Admiral Rae Sloane, aufgenommen von Überwachungskameras am Tag der Befreiung. Das Bild rotiert langsam um die eigene Achse.

Alle starren es aus großen Augen an.

»Wir haben sie jetzt zweimal entwischen lassen. Das gibt uns eine Mitschuld an dem, was passiert ist.« Norra schließt die Augen und atmet tief ein. »Nein, es gibt *mir* eine Mitschuld. Aber ich glaube nicht, dass ich es alleine schaffe. Ich werde es versuchen, falls ich keine andere Wahl habe ...«

»Du bist aber nicht allein«, unterbricht Sinjir sie.

Temmin fügt hinzu: »Falls jemand weiß, wo Dad ist, dann sie. Ich bin dabei.«

»ICH LIEBE ES, UNSERE FEINDE AUSZUWEIDEN«, meldet

sich Bones fröhlich zu Wort. »ICH WERDE MICH EBENFALLS AN DIESEM TÖRICHTEN ABENTEUER BETEILIGEN.«

Jas verdreht die Augen. »Lass mich raten: Es gibt keine Belohnung, oder? Ein zusammengewürfelter Haufen von Unverbesserlichen macht Jagd auf die ranghöchste Offizierin des Imperiums? Das kann nicht von der Neuen Republik abgesegnet sein.«

»Nein«, antwortet Norra. »Aber …«

»Sie haben meinen Segen«, sagt Leia, als sie den Frachtraum des Schiffes betritt. »Entschuldigen Sie die Verspätung, Norra.« Ihre Hand gleitet unbewusst zu ihrem anschwellenden Bauch, als sie näher kommt. »Die Neue Republik würde eine solche Mission nicht mal mit der Kneifzange anfassen. Aber ich schon. Und ich habe Ressourcen, die ich einsetzen kann, um Ihnen zu helfen. Aber leider kann auch ich Ihnen keine große Belohnung versprechen. Mein Handeln auf Kashyyyk hat mich bei der Regierung zu einer Art Geächteten gemacht. Die Neue Republik bietet keine Belohnungen mehr für gefangene Imperiale, und ich habe nicht länger den politischen Einfluss, um daran etwas zu ändern. Aber das ist eine Aufgabe, die erledigt werden muss, und ich werde tun, was immer ich kann, um Sie zu unterstützen.«

»Jetzt wisst ihr, worum es geht«, fügt Norra an. »Wir jagen den größten Stern am Himmel. Und falls möglich, nehmen wir sie gefangen.«

»Was, falls es nicht möglich ist?«, will Temmin wissen.

Norra antwortet nicht. Das muss sie auch gar nicht.

»Na gut«, brummt Jas. »Ich bin dabei. Eine letzte Mission. Schnappen wir uns einen Admiral.«

42. Kapitel

Kein Wunder, dass Sloane nicht wusste, wo sich der Planet Jakku befindet. Er liegt am Rand der Westlichen Gebiete, so weit vom Zentrum der Galaxis entfernt, dass sie nicht mal sicher ist, ob er überhaupt noch zur Galaxis gehört. Das System grenzt an den Unbekannten Raum – das unerforschte Ende der Galaxis, hinter dem schreckliche Plasmastürme und Gravitationsfelder lauern. Jene, die versuchten, den Raum außerhalb der Galaxis zu erkunden, kehrten nie von dort zurück, allein verzerrte, lückenhafte Kommnachrichten wurden aufgefangen – Warnungen vor geomagnetischen Anomalien und schneidenden Plasmawinden.

Sie bringen das Frachtschiff auf die Oberfläche herunter. Die Welt, die sie dort erwartet, ist ein trostloser, toter Ort. Sand und Stein und ein ausgeblichener Himmel. Sie landen unweit eines rostfarbenen Außenpostens am Rand einer weiten Salzebene.

Von dort aus gehen sie und Brentin zu Fuß.

Sloane schneidet eine Grimasse und betastet ihre Seite – als sie die Hand hebt, ist sie feucht von frischem Blut. Doch es sind nur ein paar Tropfen. *Das wird schon wieder*, denkt sie. Hofft sie.

Die Sonne brennt auf sie herab, die Luft ist trocken wie Knochenstaub.

Sie erreichen den Außenposten, und Rae nickt in Richtung einer ... nun, es ist nicht wirklich eine Cantina. Es ist zu primitiv, um diesen Namen zu verdienen. Eine Bar, zusammengeschustert aus verschweißten Schrottteilen, über der sich ein eingesunkenes, lochzerfressenes Dach spannt. Ein unrasierter Mann mit ölverschmierter Stirn steht hinter der Theke und schenkt eine mit Klumpen durchsetzte Flüssigkeit in das Glas eines totenschädelköpfigen Wesens, dessen Spezies Sloane noch nie zuvor gesehen hat. Anschließend wendet der Mann sich ihnen zu. »Ich kenne euch nicht.«

»Ich kenne dich auch nicht«, erwidert sie.

»*Na-tee wa-sha Toh Ja-lee ja-wah*«, sagt das Totenschädelwesen.

Der Kerl hinter der Theke schüttelt den Kopf. »Ja, ich weiß. Ich bin auch nicht wirklich aus der Gegend. Ein Job ist ein Job, Gazwin.« An Sloane gerichtet, brummt er: »Ich habe Schüttelnektar, falls ihr welchen wollt. Das macht zehn Credits pro Glas.«

»Ich möchte keinen Drink.«

»Dann haben wir nichts zu besprechen«, erklärt der Schankwirt.

»Wie heißt du?«

»Ich wüsste nicht, was dich das angeht. Aber sei's drum. Ballast. Corwin Ballast. Und du?«

Sloane zögert, dann sagt sie den ersten Namen, der ihr einfällt: »Adea. Adea Rite.«

»Freut mich, dich kennenzulernen«, erwidert er, obwohl er es eindeutig nicht ernst meint. »Also, wie gesagt, ich verkaufe hier Getränke. Falls ihr also keine wollt ...«

»Das hier ist eine Bar. Bars sind in der Regel der perfekte Ort, wenn man nach Informationen sucht.«

»Oh. Ihr sucht nach Informationen? Wie wäre es damit: Dieser Planet heißt Jakku. Es gibt hier rein gar nichts. Jeder, der auf dieser Welt lebt, ist ein Geist. Und da ihr jetzt hier seid, seid ihr vielleicht auch Geister. Falls euch das nicht reicht, müsst ihr bis zu Ergels Schicht warten. Er ist vielleicht gesprächiger. Tut mir leid.«

»Wir sind auf der Suche nach jemandem.«

»Ich bezweifle, dass dieser jemand hier ist.«

»Gallius Rax. Oder Galli. Oder Rax. Oder …«

»Tja, gute Frau, ich weiß nicht …«

Doch dann verhallt seine Stimme. Sein Blick wandert über ihren Kopf hinweg. Nach oben. Noch weiter nach oben. Plötzlich fällt ein langer Schatten über sie – als würde eine schwertförmige Wolke vor der Sonne vorbeiziehen. »Nein«, wispert er.

Brentin saugt scharf den Atem ein.

Sloane dreht sich um, und auch sie keucht.

Über ihnen ist ein Sternzerstörer aus dem Hyperraum aufgetaucht. Er schneidet durch den Himmel wie eine Speerspitze. Die *Ravager*, denkt Rae. Ringsum beginnen weitere Schiffe in den Normalraum zurückzufallen, eines nach dem anderen. Größtenteils Sternzerstörer, die wie aus dem Nichts auftauchen. Dutzende von ihnen. Mehr, als sie befehligt hat. Was nur eines bedeuten kann: Dies sind die geheimen Flotten, die bislang in diversen Sternnebeln versteckt waren.

Sloane kam nach Jakku, um die Wahrheit über Gallius Rax zu erfahren.

Nun sieht es aus, als wäre Rax nach Hause zurückgekehrt. Und er hat das gesamte Imperium mitgebracht – *ihr* Imperium, fährt es ihr durch den Kopf, und *ihr* Schiff.

Das Gesicht des Wirts wird kreidebleich, und er sagt in grimmigem Tonfall.

»Der Krieg ist nach Jakku gekommen.«

Epilog
Dreißig Jahre zuvor

Gallius friert und hat Hunger. Er hat sich schon lange, zu lange an Bord dieses Schiffes versteckt. Es scheint ihm seine Körperwärme auszusaugen. Und sein Magen knurrt so laut, dass die gesamte Galaxis es hören muss. Er versucht, Spucke in seinem Mund zu sammeln, um sie hinunterschlucken und seinen Magen zum Verstummen zu bringen. Als ihm das nicht gelingt, kneift er die Haut über seinem blassen, kleinen Bauch und drückt sie nach innen, bis das Grummeln schließlich wieder verstummt.

Die Zeit vergeht. Das Schiff fliegt weiter und weiter. Nach oben, nach unten, zur Seite und wieder nach oben. Galli ist zäh. Er wird nicht weinen, auch wenn er hier allein und verängstigt ist. Er kriecht zwischen zwei Kisten und macht sich klein. Klein wie eine Skittermaus.

Bald darauf hört er ein Geräusch. Schritte. Das Rascheln von Stoff. *Das ist er*, denkt der Junge: der Mann in der violetten Robe mit dem seltsamen Hut.

Eine Stimme erklingt ganz in seiner Nähe.

»Knabe. Zeig dich.«

Das ist nicht die Stimme des Mannes mit dem seltsamen Hut.

Diese Stimme hat einen scharfen Akzent, aber sie spricht guttural, gedehnt – und sie pulsiert auf eine Weise, die Gallis Blut in Eis verwandelt.

Er schluckt hart, dann steht er auf und tritt zwischen den Kisten hervor. Die Stimme verlangt: »Komm.«

Es ist keine Aufforderung. Ein einziges Wort, aber mehr als nur eine Bitte – es hat Gewicht. Es zieht ihn bewusst aus seinem Versteck.

Der Junge kämpft dagegen an. Er stemmt die Füße auf den Stahlboden des Schiffes, knickt die Knie nach hinten, beißt die Zähne zusammen.

Der Mann gibt ein Geräusch von sich, ein Brummen, das womöglich Belustigung ausdrückt.

»Ich werde es nicht noch einmal sagen.«

Die Drohung, die in diesem Satz mitschwingt, hängt wie ein Schwert über Gallis Kopf. Doch diesmal zwingt ihn kein Drang weiterzugehen. Diesmal ist es eine Aufforderung. Sie mag bedrohlich klingen, aber trotzdem: nur eine Aufforderung. Also tritt der Junge zwischen den beiden Kisten hervor. Er sieht sich einer Gestalt in Roben gegenüber, ja, aber diese Roben sind nicht violett, so wie die des anderen Mannes. Diese Roben sind schwarz wie die Nacht. Dunkler als das Schiff ringsum. Galli dreht sich mit scharrenden Bewegungen, damit sein Gesicht der Gestalt in der Robe zugewandt bleibt, während diese um ihn herumgeht.

Der Mann blickt ihn an. Unter seiner Kapuze kann Galli flüchtig ein altes Gesicht erhaschen, bleich wie der Mond und ebenso zerfurcht. Falten haben sich in seine Haut gegraben, als hätte man sie mit einem Messer eingeritzt. Ein Lächeln breitet sich auf diesem Gesicht aus. »Wie heißt du, Knabe?«

»Man nennt mich Galli.« Er fährt sich mit der trockenen Zunge über die Lippen, begleitet von einem kratzenden Geräusch. »Seid Ihr ein Anachoret?«

»Nein.«

»Seid Ihr der zurückgekehrte Eremit?«

Diese Frage beantwortet der Mann nicht. Stattdessen sagt er: »Du stammst von dieser Welt, von Jakku.«

»Ja.«

»Dies ist mein Schiff. Die *Imperialis.* Und du bist ein blinder Passagier.«

»Ich ... ja.«

»Ein tapferer kleiner Junge bist du. Aber auch ungezogen und frech. Gute Kinder verstecken sich nicht auf fremden Schiffen. Zum Glück habe ich wenig Interesse an Güte.« Der Mann beugt sich vor. »Galli, ich habe ein Angebot für dich. Es ist ein günstiger Zufall, dass wir einander begegnen. Möchtest du mein Angebot hören?«

Galli ist nicht sicher, ob er es hören will. *Bleib stark,* denkt er. *Zeig deine Angst nicht.* Also nickt er hastig. »Ja, Herr.«

»Dein Leben liegt in meinen Händen.« Wie um das zu demonstrieren, hebt der Mann seine dürre, weiße Hand. Die langen Finger lassen sie aussehen wie eine auf dem Rücken liegende Spinne. Ein kleiner Sandhaufen wird von der Stelle hochgewirbelt, wo Galli sich versteckt hat. Der Sand gleitet in die Höhe wie eine Schlange aus Staubkörnern, dann verharrt er in der Luft über der Hand des Fremden, um schließlich herabzurieseln und einen kleinen Haufen in der Mitte seiner Handfläche zu bilden. Galli saugt den Atem ein, während der Mann die Hand zur Faust ballt. »Aber mich interessiert, was du möchtest. Ich könnte deinem Leben ein Ende machen – und ich würde dir keinen Vorwurf machen, falls du diese Option wähltest. Immerhin bist du ein kleiner Junge, der in der brutalen Einöde von Jakku lebt, wo viele den Tod als Luxus betrachten. Ich habe das kollektive Verlangen danach gespürt, ebenso wie ich die Feigheit spüre, die sie zurückhält, ihr Leben zu beenden. Das ist die eine Möglichkeit. Oder … Möchtest du die zweite Möglichkeit hören?«

Noch einmal nickt der Junge hastig.

»Die zweite Möglichkeit ist, dass ich dir ein neues Leben schenke. Ein besseres Leben. Ich werde dir eine Aufgabe stellen, und falls du sie erfüllst, wird sie dir den Weg zu Großem eröffnen. Nichts so Unbedeutendes wie eine Arbeit, sondern eine Funktion. Ein *Zweck*. Ich spüre dein Potenzial. Ein Schicksal. Nur die wenigsten haben so etwas.« Den letzten Satz spricht er aus, als würde ihn das anwidern – als wären all jene, denen in seinem Spiel keine Rolle zukommt, nur Hindernisse in seinem Weg. Unrat, um den man einen Bogen machen muss. »Sie sind nutzlos. Sie sind keine Akteure auf der Bühne, nur Requisiten. Hintergrunddekoration, die man hin und her schiebt oder umwirft. Weißt du, was eine Oper ist? Nein. Natürlich nicht. Aber das lässt sich ändern, falls du dieses neue Leben akzeptierst. Und, Knabe? Wirst du den leichten Weg wählen – den Weg, der zu einem einfachen, schnellen Tod führt? Oder willst du dein Schicksal ändern? Hier und jetzt? Wirst du das neue Leben annehmen, das ich dir biete?«

Es ist nicht wirklich eine Wahl. Galli kennt den Tod nur zu gut; Jakku ist der Tod. Bereits in seinen jungen Jahren hat er etliche Leichen im Schmutz und im Staub gesehen: Haut, die sich spannt und glänzt wie Leder; Haar, das spröde wird wie die Mähne eines Thisserpferdes – eines der stummelbeinigen Reittiere, die die Anachoreten benutzen. Es stimmt, für viele auf Jakku ist der Tod ein Gefallen.

Doch der Junge wollte nie sterben, nicht einmal in seinen dunkelsten Momenten.

Zumindest nicht wirklich.

Er sagt: »Ich will ein neues Leben. Ich will nicht länger ich sein.«

Der Mann erwidert. »*Hm*. Gut. Dann ist hier deine erste Aufgabe für dich, kleiner Galli. Dieser Fleck in der Wüste, an dem meine Droiden tätig waren – er ist wichtig. Nicht nur für mich, sondern für die Galaxis im Ganzen.« Er bewegt seine zerbrechliche Hand, wie um das Universum mit einzuschließen. »Er war vor tausend Jahren bedeutend, und er wird es wieder sein. Du wirst dorthin zurückkehren, und du wirst meine Droiden beaufsichtigen, während sie ihre Ausgrabung durchführen. Anschließend werde ich mehr Droiden schicken, und sie werden etwas unter der Erde errichten. Ich möchte, dass du über diesen Ort wachst. Kannst du das für mich tun?«

»Ihn bewachen? Ich bin nur ein Kind.«

»Ja. Aber doch sicher ein einfallsreiches Kind.«

»Ich bin einfallsreich.« Er weiß nicht, ob das wirklich stimmt, aber was würde es schon bringen, das Gegenteil zu sagen. »Ich werde diesen Ort bewachen.«

»Gut. Halte andere von dort fern. Sie sollen die Stätte nicht beschmutzen. Führe sie in die Irre. Töte sie, falls es keine andere Möglichkeit gibt. Könntest du so etwas tun? Natürlich könntest du. Die eigentliche Frage ist: *Wirst* du es tun?«

»J... ja.«

»Dann haben wir eine gemeinsame Zukunft vor uns. Jetzt kehre zurück. Geh nach Hause. Eines Tages werden wir uns wieder begegnen.«

»Danke ... äh ... ich kenne Euren Namen nicht?«

Ein schmales Lächeln. »Ich denke, wir können einander mit

dem Vornamen anreden, du und ich. Galli, ich bin Sheev. Wir werden gute Freunde sein. Schließlich braucht jeder Freunde. Auch ein Imperator.«

Der Beginn einer neuen Ära für das Star-Wars-Universum

480 Seiten. ISBN 978-3-7341-6071-4

Der zweite Todesstern ist zerstört worden. Das Galaktische Imperium befindet sich in völligem Chaos. Der Imperator und Darth Vader sind tot. Innerhalb der Galaxis wird diese Entwicklung von einigen Systemen gefeiert, während in anderen die imperialen Fraktionen brutal durchgreifen. Die Rebellenallianz macht sich auf, die angeschlagenen Streitkräfte des feindlichen Imperiums zur Strecke zu bringen, ehe diese sich neu gruppieren und zurückschlagen können. Da macht ein einsamer Kundschafter der Rebellen eine folgenschwere Beobachtung …

Lesen Sie mehr unter: **www.blanvalet.de**

Hautnah erleben die Leser
die ersten Tage von Darth Vader.

416 Seiten. ISBN 978-3-7341-6070-7

Anakin Skywalker ist nur noch eine entfernte Erinnerung,
Darth Vaders Aufstieg ist unaufhaltsam. Der auserwählte
Schüler des Imperators hat seine Treue zur dunklen Seite
schnell bewiesen. Dennoch ist die Geschichte der Sith
geprägt von Täuschung, Verrat und Schülern, die mit Gewalt
die Stelle ihres Meisters an sich reißen wollten – und das
wahre Ausmaß von Vaders Treue daher noch unbekannt.
Bis jetzt. Als er sich mit Imperator Palpatine auf eine
gefährliche Mission begibt, müssen die beiden
Sith endlich entscheiden, ob das grausame Band,
das sie verknüpft, sie zu siegreichen Verbündeten
oder tödlichen Gegenspielern macht.

Lesen Sie mehr unter: **www.blanvalet.de**